青春國學薈

證 書

四川大学锦城学院一百家经典选读

在第一届中华学子青春国学荟活动中，

被评为

全国优秀国学教育文艺作品

团中央学校部

全国学联秘书处

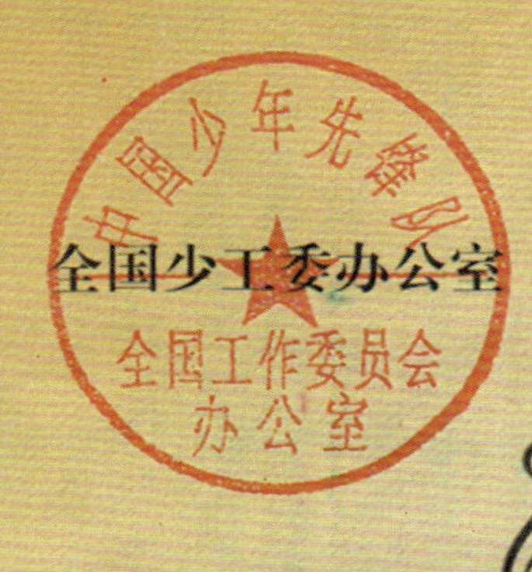

全国少工委办公室

二〇一五年十一月

青春國學薈

国学梦 青春行

百家经典选读

主编　邹广严

HEUP 哈尔滨工程大学出版社

图书在版编目(CIP)数据

百家经典选读/邹广严主编. —哈尔滨：哈尔滨工程大学出版社，2014. 11（2020.8重印）

ISBN 978 – 7 – 5661 – 0858 – 6

Ⅰ. 百… Ⅱ. 邹… Ⅲ. 世界文学 – 文学欣赏 Ⅳ. I106

中国版本图书馆 CIP 数据核字(2014)第 163664 号

出版发行 哈尔滨工程大学出版社
地　　址 哈尔滨市南岗区东大直街 124 号
邮政编码 150001
发行电话 0451 – 82519328
传　　真 0451 – 82519699
经　　销 新华书店
印　　刷 济南靓彩印务有限公司
开　　本 787mm × 1 092mm　1/16
印　　张 33. 75
字　　数 677 千字
版　　次 2014 年 12 月第 1 版
印　　次 2020 年 8 月第 7 次印刷
定　　价 78. 00 元
http://www. hrbeupress. com
E-mail:heupress@ hrbeu. edu. cn

《百家经典选读》编委会

序

教育的根本目的是培养人才。正如联合国教科文组织在“全世界第一次高等教育大会”宣言中所提出：高等教育首要的任务，是培养高素质的毕业生与负责任的公民。毫无疑问，这种人的思想感情是高尚而丰富的，思维能力是正确而富于创新的，精神境界是纯洁而神圣的，人格个性是健康而完善的。但在当前严峻的社会竞争压力之下，学校特别是高校笼罩着过分功利的气氛和浮躁的情绪，一些学生家长及教育者，似乎急于让学生学到一些专业技能，找个工作就业了就算万事大吉。这显然是不正确的，它不是教育的全部目标。我们的教育应使学生们学习科学知识，顺乎规律办事；学习人文知识，按普世价值做人。二者结合起来就是求真向善，做事为人。而要达到这个目标，就要积极推行我们所倡导的“阅读经典计划”。这里所说的名著和经典，不只是文学，还有其他人文科学、社会科学、自然科学等等。

我们面前的这部《百家经典选读》，主要是供读者作为通识课教材以及课外读物的。学生以学为主，阅读当是天经地义之事。大学生更应当博览群书，学富五车。多读书、读好书更是题中应有之义。在大学生中推行经典的阅读，实为培养高素质人才和负责任公民的绝佳途径。

什么是经典？经典是指在人类文明发展的过程中起过重大作用、产生过重大影响、具有公认的权威性的著作和文献。经典是人类文明的载体，是走向事实的阶梯，是人类智慧的结晶，是我们学习的最好教材，是前人留给我们的宝贵财富。

我们为什么要倡导阅读经典、推行大学生阅读经典计划？

其一，阅读经典有利于提高修养、陶冶情操，提升人格素质。高素质人才和负责任公民无论做学问、做事业，都是要神交中外大师，成就君子风范。古今中外经典的撰写者，都是著名的思想家、哲学家、政治家、军事家、经济学家、作家等等，他们既创造了光辉的业绩，又留下了灿烂的思想。正如马克思所说，希腊艺术、史诗或莎士比亚的价值是超越时空的。阅读经典就像结交良师益友，通过与他们对话受到感染和熏陶，使我们得到学术经典深长久远的滋润，获得创造性的和不断反刍的精神空间，对我们“养天地正气、法古今完人”大有好处。

其二，阅读经典有利于走向事实，认识真理。我们过去往往习惯于读概论、通史、简介、语录，甚至于从网上查一下资料获得的只言片语就以为足矣，但这种办法往往以偏概全，离题走样，使学生只知其然而不知其所以然，长此以往，就丧失了原创性

和思想的能力，只会人云亦云。原原本本地读原著，才能领会其精神实质，才能溯本求源。英国著名的教育家约翰·洛克在《教育漫谈》中有一段十分重要的话："研究'原本'是一件不怕主张太过的主张。这是研究一切学问的一条最简捷、最稳当、最如意的大路。事情要从源头上得来，不要间接去获得。大著作家的著作决不可放置一边，要去细细玩味，好好地记在心头，有了机会就要引用。"他还说："你不可看了那些借来的光辉就感到满足。"因此从某种意义上可以说，阅读经典就是追求事实，阅读经典就是追求真理，经典是人类知识的源头。德国哲学家叔本华说过："谁要是向往哲学，就得亲自到原著那肃穆的圣地去找永垂不朽的大师。"

其三，阅读经典有利于发扬优良传统，推动中华民族的伟大复兴。众所周知，历史名人和经典名著是一个国家、民族的传统文化的宝贵资源。民族精神是一个民族优秀文化传统的集中表现，是一个民族与时俱进、不断发展的价值取向与精神动力。中华文明是世界上唯一的一个五千年未曾中断过的文明，中国曾经是世界上最大的政治、经济、文化强国。所以从孔孟之道、老庄学说、诸子百家到孙中山、鲁迅，到毛泽东、邓小平、江泽民、胡锦涛、习近平等共产党人，他们的学说包含了中华民族的基本价值理念与做人做事的依据，可以说是立身处世之本、安身立命之道、治国安邦之策、民族团结之魂。其中有些内容如"己所不欲、勿施于人"、"和而不同"等已经成为全人类的普世价值。阅读反映五千年中华文明的古今经典，有利于提高中国人自立于世界之林的信心和勇气，这对于中华民族的伟大复兴是不可缺少的。一个不知自己国家的文明历史、不屑于自己民族的传统、不认同自己的祖国，把自己的祖先说得一无是处的民族是没有资格谈论"复兴"的。

如何阅读经典呢？

首先要有一种敬畏的心情、虔诚的态度来看待和阅读经典；要以敬畏之心面对前人的努力，以敬畏之心面对民族文化的经典。在这方面，孔夫子可以说是典范。他以敬畏的心情整理了三代及三代以前重要的典籍，定礼乐、删诗书、赞易道、修春秋，使中华民族的文化得以流传。现在一些人出于种种动机，任意恶搞名人，颠覆历史，连一些经典的皮毛都未搞懂，动辄就批判起来。这种态度，有哗众取宠之心，无实事求是之意，是肯定学不到任何东西的。我们对待传统、对待经典、对待人类文明，既要有敬畏和尊重的情感，又要有虔诚向往的态度，还要有感恩爱恋的情怀。

其次，要有决心、耐心、恒心。从本质上讲，读书是寂寞的，坐冷板凳不是一件快乐的事情。但是要学一点东西，满心的浮躁，五分钟热血，是断然不行的。有些经典离我们比较久远，有些经典出自于不同的国度，我们要老老实实弄清楚它的时代背景、社会环境、作者的出发点和原则，以及经典所产生的社会影响。有些经典往往和一些重大的历史事件相关，你就必须把这个重大的历史事件的来龙去脉搞清楚。经典的阅读是一种高层次、纵深度的文化阅读，对于大学生来说，这无异于是一次精神上的“万里长征”。如果没有足够的决心、耐心和恒心，在当前急功近利和五光十色的诱惑之下，恐怕是很难入门的，所以我们要下大决心克服浮躁情绪，静下心来，有计划地把这本《百家经典选读》学好。

第三，要用发展的眼光来看待经典。任何事物都不是永恒不变的，经典也是这样。随着世事变迁，沧海桑田，我们的认识水平在不断提高，我们的认知模式在不断更新，有些经典可能会显得不合时宜，有些经典本身就含有在我们今天看来并不正确的成分。但这仍然是瑕不掩瑜，只要我们头脑清醒，用发展的眼光、批判的态度看待之，取其精华，去其糟粕，这些经典仍然会像宝石一样，用自身的光辉照亮我们。我们要把经典放在当时的语境下理解它的历史意义，放在当代的语境下合理阐释其现实意义。毛泽东说过：“我们这个民族有数千年的历史，有它的特点，有它的许多珍品。对于这些，我们还是小学生。今天的中国是历史的中国的一个发展……从孔夫子到孙中山，我们应当给以总结，继承这一份珍贵的遗产。”

第四，阅读是一种积累。一切创造、创新都必须建立在一定的知识的储备之上，因此对于我们选出来的经典部分要有计划地阅读。不但要读，有些篇章、段落、字句还要背诵，要记在脑海里。读得多了，记得多了，用得多了，就会有“读书破万卷，下笔如有神”之感，就如一个人登上泰山之巅，一览众山小了。

我们编写这部《百家经典选读》，它包括古今中外、政治、军事、经济、文化等多个国家、多个时期、多个领域的一些重要经典，将它作为大学进行通识教育——人文素质教育的教材是非常合适的。

我希望广大学子学习好、应用好这部《百家经典选读》，将中国“忠孝仁爱、信义和平”的传统美德与西方“自由平等、科学民主”的现代精神结合起来，发扬光大，使我们的青少年不仅具备精湛的专业技能，同时也具有良好的教养。

阅读经典，开卷有益。我祝愿我们的青少年都能以先贤为榜样，潜心向学，学而不厌，修身明德，止于至善，成为德才兼备、学贯中西的一代英才。

当然，这部书如果能对党政机关、企业事业、社会各界的朋友学习经典有所帮助的话，将是我们非常高兴的事情。

邹广严

二〇一四年二月二十五日

于四川大学锦城学院

目 录

中国名篇

外国名篇

中国名篇

《论语》选

《论语》是孔子的弟子和再传弟子追记孔子的言行思想编纂而成的，全书 20 篇，498 章，是反映儒家思想和中国文化最重要的典籍之一。

孔子，名丘，字仲尼，生于公元前551 年，死于公元前479 年。孔子少时贫贱，做过管仓库和放牧的小吏，30 岁开始创立了中国第一所私学，一生主要从事教育活动，传说有弟子3000 人，其中优秀的有72 人。孔子是儒家学派的创始人，春秋末期的大思想家、大教育家。

《论语》的中心思想是讲做人的道理。他提出了“为政以德”的主张，认为治国要以道德教化为基础；为改变当时“天下无道”的局面，恢复社会安定，他提出以“仁”为核心的道德思想体系，并致力于道德教育。

《论语》的思想融政治、道德与教育为一体，而中心是做人的道理，其中包含了许多有普遍意义的原则。他强调，道德与刑政不同，单纯依靠刑罚和行政手段，百姓慑于刑罚，不敢做坏事，却不会有知耻之心；只有实行德治，才能使百姓有知耻之心，自觉不做坏事。他提出了正人先正己、先富后教、取信于民等重要原则。在仁学中，他一方面倡导爱人、匹夫不可夺志，提倡独立的人格精神；另一方面又以求仁为己任，见利思义，见义勇为，把社会责任放在第一位，提出了一种把个人人格与社会责任、社会义务相统一的人生观。在人我关系上，他提出“己所不欲，勿施于人”、“己欲立而立人，己欲达而达人”、推己及人的原则；提出了孝、悌、忠、信、恭、宽、敏、勇、直等一系列道德规范；还特别强调“为仁由己”，启发每个人的自觉道德精神，提出了不少重要的修身方法；并且论证了道德思想与礼仪规范的关系，要求人们仁礼兼备，文质彬彬。在教育方面，孔子提出有教无类、启发式教学等许多有价值的思想。这些思想对中国教育和文化的发展有深远的影响。《论语》中许多话都成为格言流传于后世。读《论语》要着重吸取其有普遍意义的精华，以提高我们的道德意识、责任感和使命感。孔子处于2500 年前的宗法等级制社会，《论语》的内容也不免带有时代的烙印。今天，我们继承、吸取其精华，也要注意剔除其旧的封建内容，赋予它新的时代意义。

《论语》可以一章一章地读，一章一章地理解、把握，领会一点即有一分收获。同时要注意把散见于各章中的对同一问题或相关问题的论述，联系起来，融会贯通，以求较全面、深入地了解；注意不要只据只言片语做不恰当的理解和发挥。

《论语》的版本很多。初学者可读杨伯峻的《论语译注》（中华书局）、钱逊的《论语浅解》（北京古籍出版社）。如想做较深入的研读，可读清人刘宝楠的《论语正义》、三国魏人何晏的《论语集解》和宋人朱熹的《论语集注》。各家注释各有不同，

通过各本不同注释的比较，有助于更深入地理解和把握《论语》的精义。

本书所录注释译文主要参考了杨伯峻译注的《论语译注》（中华书局，2004 年 5 月）、钱穆的《论语新解》（三联书店，2002 年 9 月）、李泽厚的《论语今读》（三联书店，2004 年 3 月）、林觥顺的《论语我读》（九州出版社，2006 年 1 月）等书。

卷一　学而篇

子[①]曰：“学而时习之，不亦说[②]乎？有朋自远方来，不亦乐乎？人不知[③]，而不愠，不亦君子乎？”

译文

孔子说：“学能时时复习并实践，我心不很觉欣畅吗？有许多朋友从远方来群集共励，我心不更快乐吗？更当在学有所得后而不自恃逞显于人，或怀才不遇却不心生怨忌，能如此，岂不更是一位修养有成德的君子吗？”

曾子[④]曰：“吾日三省[⑤]吾身。为人谋而不忠乎？与朋友交而不信乎？传不习[⑥]乎？”

译文

曾参说：“我每天常多次反省我自己，作为我行事缺失的自我检讨与改进：为别人谋略事务时，是否尽心呢？与朋友相交，是否信实呢？在传授行仁之事上，是否做到事先充分实践验证而不佞传妄言呢？”

子曰：“弟子[⑦]，入则孝[⑧]，出则悌[⑨]，谨而信，泛爱众，而亲仁[⑩]。行有余力，则以学文。”

译文

孔子说：“后生在家孝顺父母，在外尊敬长上友爱兄弟；谨慎信实，无分贵贱，视

① 子：《论语》“子曰”的“子”都是指孔子。

② 说（yuè）：古文“悦”字。

③ 人不知：谓有才智而不显于人，故不为人知。或谓怀才而不遇。

④ 曾子：孔子学生，名参（sēn），字子与，南武城（故城在今天的山东平邑县附近）人。

⑤ 三省（xǐng）：自我检查，反省，内省。

⑥ 传（chuán）：动词作名词用，老师的传授。习，包括温习、实习、演习，这里概括地译为复习。

⑦ 弟子：凡后生小辈之称，谓如弟如子。引申作学生、子弟等。

⑧ 入则孝：“入”是入于室、入于家、入于宗庙，就当以孝顺为则，《诗经》云：“永言孝思，孝思维则。”

⑨ 出则悌：悌是和顺长上，说离家出门在外，或事公卿或处乡里，当以和顺为贵。

⑩ 亲仁：亲者，至也。仁者，仁人也。须亲近有仁德的人。

人如一，更亲近有仁德之人。如此修行有余力，再向书本文字上用心。”

有子曰：“礼之用，和为贵[①]。先王之道，斯为美。小大由之，有所不行。知和而和，不以礼节之，亦不可行也。”

译文

有子说：“礼之运用，贵在能和，乃在人群间与以和顺人心，使之和谐相融。过去圣明君王治理国家，其美处正在此，小事大事都得由此行。但是，如果只知道要和，而一意用和，却不用礼节来做限制，那也正是行不通之处啊。”

子曰：“君子食无求饱，居无求安，敏于事而慎于言，就有道而正焉，可谓好学也已。”

译文

孔子说：“君子吃食不要求饱足，居住不要求舒适，做事勤勉，说话谨慎，到有道的人那里去匡正自己，这样，可以说是好学了。”

子曰：“不患人之不己知，患不知人也。”

译文

孔子说：“不愁别人不了解我，该愁我不了解别人。”

卷二　为政篇

子曰：“吾十有五[②]而志于学，三十而立[③]，四十而不惑[④]，五十而知天命[⑤]，六十而耳顺[⑥]，七十而从心所欲不逾矩[⑦]。”

---

① 和为贵：《礼记·中庸》：“喜怒哀乐之未发谓之中，发而皆中节谓之和。”礼贵和，乃在人群间与以种种调融。

② 有：通“又”。“吾十有五”，即我十五岁的时候。

③ 立：成立。能确有所立，不退不转，故志向有所得、有所坚守。

④ 不惑：人之行事有异同，有顺逆，虽有立志，当遇到相异相逆的情况时，心中难免疑惑。故必能对外界一切言论事变，明到深处，究竟处，或达相互会通处，则无可疑之处了。对志向有立有守，对世事能知之明能居之安，是为孔子进学的第二阶段。

⑤ 天命：据钱穆先生注，天命指人生一切当然之道义与职责。

⑥ 耳顺：字面上讲，一切听入于耳，没有感到于我有不顺，也没有觉得与道有不顺。外界一切异同顺逆，自有其所以然。能明其所以然，进而能明万事万物之规律，故对万事万物无诧异嗔怪之处，故能耳顺。古今顺逆，远近正反，皆为道也，皆在规律之中。

⑦ 从心所欲不逾矩：从，遵从义。一说放任义。圣人到此境界，一任己心所欲，不复检点管束，但不会不合规矩法度。内心达到自由之极致，却与万事万物遵从的一切法度规矩自然相洽。

译文

孔子说："我十五岁时，始有志于学；到三十岁，能坚定自立了；到四十岁，我对一切道理，能通达而不致迷惑；到五十岁，能知道什么是天命；到六十岁，凡我一切所听到的，都能明白贯通，不再感到于心有违逆；到了七十岁，能随心所欲而不越法度。"

子游[①]问孝。子曰："今之孝者，是谓能养[②]。至于犬马，皆能有养。不敬，何以别乎？"

译文

子游问什么是孝道。孔子说："现在人只把能养父母便算孝了。就是犬马，一样能有人养着。若没有对父母的一片孝敬之心，那养父母和养犬马又怎样去分别呢？"

子夏问孝。子曰："色难[③]。有事，弟子服其劳；有酒食，先生馔，曾是以为孝乎？"

译文

子夏问什么是孝道。孔子说："难在子女的容色上。如遇有事，则由年幼者操劳，若有酒食，先让年长者尝食，仅仅做到这些，就是孝了吗？"

子曰："温故而知新，可以为师矣。"

译文

孔子说："能从温习旧知中开悟出新知，那就可以为人师了。"

子曰："学而不思则罔[④]，思而不学则殆[⑤]。"

译文

孔子说："仅向外面学，却不知思考，去推究道理，最终只会迷惘；只知道一味思考，却不向外面学以审其正误，那又危险了。"

---

① 子游：孔子弟子。姓言，名偃，字子游，吴人，小孔子四十五岁。

② 养："养父母"的"养"。从前都读去声，yàng。

③ 色难：难在子女的容貌脸色上。就是承欢膝下最难。要以和颜悦色的言行表情，使父母由衷感到喜乐。如春秋时代楚人老莱子，虽年七十，却身着彩衣取悦父母，使双亲满心欢喜，即是做到了这点。

④ 罔：迷惘义，惘然无知。学习所得须经过自己的推敲琢磨、究其根本，才不至于迷惘。

⑤ 殆：危殆。一味苦想，遇到疑惑也不向外寻求释疑，这样思而不学，无从实践验证所学之正误，那么危害就深远了。

子曰："由[①]，诲女[②]知之乎！知之为知之，不知为不知，是知也。"

译文

孔子说："仲由呀！我教你怎么算知道吧！你知道你所知，又能同时知道你所不知，如此诚实对待自己，有自知之明，才算是知。"

子曰："人而无信，不知其可也。大车无輗，小车无軏[③]，其何以行之哉？"

译文

孔子说："人若无诚信之心，我不知还能做到些什么。正如大车没有輗，小车没有軏，缺了个灵活的接榫，它们又如何行进呢？"

子曰："非其鬼而祭[④]之，谄也。见义不为，无勇也。"

译文

孔子说："不是自己当祭祀的先祖，你也去祭祀，是为求福禄官财，这是存心献媚。眼见合乎仁义善行的事情却不做，是为无勇。"

卷三　八佾篇

子曰："人而不仁，如礼何？人而不仁，如乐何？"

译文

孔子说："人心若没有了仁，如何运用礼呀？人心若没有了仁，如何运用乐呀？"

卷四　里仁篇

子曰："里[⑤]仁为美。择不处[⑥]仁，焉得知[⑦]？"

译文

孔子说："选择有仁之处居住，（使自己也成为有仁风美德的人），此为最美的了。如果不选择与仁相处，又如何能增长知识呢？"

---

① 由：孔子早年弟子。仲由，字子路，卞人，小孔子九岁。

② 诲：教也。女：同汝，你的意思。

③ 輗（ní）、軏（yuè）：輗和軏分别是大车和小车的接榫配件，使车行走灵活安稳。大车，牛车。小车，轻车，驾四马。

④ 祭：祭分当祭和不当祭。祭祀先祖以崇德报恩，是为当祭；求福禄官财，是为不当祭。祭非其当祭之事，则必有谄媚之心。

⑤ 里：这里可以看为动词，居住。

⑥ 处（chǔ）：居住。

⑦ 知：《论语》的"智"字都这样写。

子曰："不仁者，不可以久处约，不可以长处乐。仁者安仁，知者利仁。"

译文

孔子说："不仁的人，不能久处于穷困中，也不能久处在逸乐中。只有仁人，自能安于仁道。智人，便知仁道于他有利，而想做到仁了。"

子曰："朝闻道，夕死可矣。"

译文

孔子说："人若是在早晨得到圣人的教诲，即便晚上死了，也无遗憾。"

子曰："士志于道，而耻恶衣恶食者，未足与议也。"

译文

孔子说："一个士，既然有志于行仁之道，却还觉得自己吃粗粮穿破衣为耻辱，这种人，不值得同他议论行仁之事。"

子曰："君子怀德，小人怀土①。君子怀刑，小人怀惠。"

译文

孔子说："君子怀念德行，小人怀念乡土。君子关心法度，小人关心恩惠。"

子曰："不患无位，患所以立。不患莫己知，求为可知也。"

译文

孔子说："不要愁得不到职位，该愁自己拿什么来立在这个位子上。不要愁没人知道我，该求我有什么足以使别人知道的。"

子曰："参乎！吾道一以贯之。"曾子曰："唯。"子出，门人问曰："何谓也？"曾子曰："夫子之道，忠恕②而已矣。"

译文

孔子说："参啊！我平日所讲的道，都可用一个思想来贯穿。"曾子回应说："是啊。"孔子出去了，别的同学便问道："这是什么意思呀？"曾子说："老师之道，只忠恕二字便完了。"

子曰："君子喻于义，小人喻于利。"

---

① 土：如果解为田土，亦通。

② 忠恕：忠恕之道即仁道。

译文

孔子说："君子所了解的是义，小人所了解的是利。"

子曰："见贤思齐焉，见不贤而内自省也。"

译文

孔子说："遇见贤人，当思与之齐等；遇见不贤之人，当反省莫要同他一般。"

子曰："父母在，不远游，游必有方[①]。"

译文

孔子说："父母在世时，不到远方去游历，如果必须要远走时，须告知父母自己的去向。"

子曰："以约[②]失之者鲜矣。"

译文

孔子说："因检约谨慎而犯过失的，这种事情很少了。"

子曰："君子欲讷[③]于言而敏于行。"

译文

孔子说："君子说话要谨慎，行事要敏捷。"

子曰："德不孤，必有邻。"

译文

孔子说："有德之人，是不会被孤立的，一定会有（志同道合的）人来亲近他。"

卷五　公冶长篇

宰予昼寝。子曰："朽木不可雕也，粪土之墙不可杇[④]也。于予与何诛[⑤]？"子曰："始吾于人也，听其言而信其行。今吾于人也，听其言而观其行。于予与改是。"

---

① 方，地方，去向。子女远游前，须告知父母自己的去向，以免父母担心。南怀瑾先生则将"方"理解为安顿父母的方法，他在《论语别裁》中认为，"'游必有方'的'方'是指方法的方，父母老了没人照应，子女远游时必须有个安顿的方法，这是孝子之道"。此说也可取。

② 约：检束，检约，收敛，不放纵。凡谨言慎行，即是约。如理财可为俭约。如治学处事可为守约。

③ 讷（nè）：语言迟钝。意即说话谨慎。

④ 杇（wū）：饰墙的泥刀。这里用作动词，粉刷义。

⑤ 诛：责备。

译文

宰予在白天睡觉。孔子说："烂木不能再雕刻，肮脏的土墙不能再粉饰，我对宰予，还能有何责备呀！"又说："以前我对人，听了他说话，便相信他的行为；现在我对人，听了他说话，却要考察他的行为。这一态度，我是因宰予的事件而改变的。"

子贡问曰："孔文子①何以谓之文也？"子曰："敏而好学，不耻下问，是以谓之文也。"

译文

子贡问道："孔文子凭什么得到'文'的谥号呀？"孔子道："他做事勤敏，又好学，不以向不及他的人求问为耻，所以用'文'字作他的谥号。"

子谓子产②："有君子之道四焉，其行己也恭，其事上也敬，其养民也惠，其使民也义。"

译文

孔子评论子产，说："他有四种行为合于君子之道，他操行极谦恭，对待上位的人有敬有礼，养护民众有恩惠，使唤民众有法度。"

卷六　雍也篇

子曰："贤哉，回也！一箪③食，一瓢饮，在陋巷，人不堪其忧，回也不改其乐。贤哉，回也！"

译文

孔子说："颜回，贤德呀！一竹筐饭，一瓜瓢水，住在小巷陋室，别人都受不了那忧苦，颜回却不改其自有的快乐。颜回，有贤德的人呀！"

子谓子夏曰："女④为君子儒，无为小人儒。"

译文

孔子对子夏说："你该去做个君子式的儒者，不要去做那小人式的儒者！"

子曰："质胜文则野，文胜质则史。文质彬彬⑤，然后君子。"

---

① 孔文子：卫国大夫孔圉，谥号为"文"。
② 子产：公孙侨，字子产，郑国大夫，贤相。
③ 箪（dān）：古代盛饭的竹器，圆形。
④ 女：通"汝"，你。
⑤ 文质彬彬：此处形容人既文雅又朴实，后来多用来指人文雅有礼貌。

译文

孔子说："朴实多于文采，就未免粗野；文采多于朴实，又未免虚浮。文采和朴实，配合适当，这才是个君子。"

子曰："知之者，不如好之者。好之者，不如乐之者。"

译文

孔子说："自认有知识的人，不如好学不倦的人。好学不倦的人，不如以学为乐的人。"

子曰："知者乐水，仁者乐山。知者动，仁者静。知者乐，仁者寿。"

译文

孔子说："智者喜好水，仁者喜好山。智者常动，仁者常静。智者常有乐，仁者常长寿。"

子曰："君子博学于文，约之以礼，亦可以弗畔[①]矣夫！"

译文

孔子说："君子广泛学习古圣先贤的典籍，再以礼来约束规范自己的实践行为，也就不致于离经判道了。"

子曰："中庸[②]之为德也，其至矣乎！民鲜久矣。"

译文

孔子说："中庸之德，可算是至极了！但在一般民众中，少有此德也很久了。"

卷七　述而篇

子曰："默而识[③]之，学而不厌，诲人不倦，何有于我哉[④]？"

译文

孔子说："不多言说，只默记在心，勤学不厌，教人不倦，这些事情我做到了哪些呢？"

---

①畔：通"叛"。

②中庸：这是孔子的最高道德标准。中：不偏，中正平和。庸：常也。中庸：平常。中庸之德乃民德。

③识（zhì）：记住。

④何有于我哉：何有，有什么。即（这三件事）我做到了哪些呢，有自谦意。一说有何难，即（这三件事）在我有何难呀，有自勉意。

子曰："志于道，据于德，依于仁，游于艺[①]。"

译文

孔子说："立志在'道'，据守在'德'，依靠在'仁'，而游憩于礼、乐、射、御、书、数六艺之中。"

子曰："不愤不启，不悱不发，举一隅不以三隅反，则不复也。"

译文

孔子说："教导学生，到他想求明白而不得的时候，才去开导他；到他想说出来却说不出的时候，再去启发他。凡事举一例，而不能触类旁通，我也不再重复说教了。"

子曰："饭疏食，饮水[②]，曲肱[③]而枕之，乐亦在其中矣。不义而富且贵，于我如浮云。"

译文

孔子说："吃着粗饭，喝着凉水，曲着胳膊当枕头用，也有乐趣。干不义之事而得来的富贵，在我看来像天际浮云一般。"

叶公[④]问孔子于子路，子路不对。子曰："女奚不曰：'其为人也，发愤忘食，乐以忘忧，不知老之将至云尔。'"

译文

叶公向子路问孔子是怎样一个人，子路一时答不上（回来告诉老师）。孔子对子路说："你何不答道：'这人呀，用功便忘记吃饭，快乐便忘记忧愁，连自己衰老将至也不知。'"

子曰："我非生而知之者，好古，敏以求之者也。"

译文

孔子说："我的知识学问，不是与生俱来的。我是喜好于古圣先贤的著作，通过勤奋求学、实践总结而得来的呀。"

---

① 游于艺：《礼记·学记》曾说："不与其艺，不能乐学。故君子之于学也，藏焉，修焉，息焉，游焉。夫然，故安其学而亲其师，乐其友而信其道，是以虽离师辅而不反也。"可以阐明这里的"游于艺"。

② 水：古代常以"汤"和"水"对言，"汤"的意思是热水，"水"就是冷水。

③ 肱（gōng）：胳膊。

④ 叶（shè）公：楚大夫沈诸梁，字子高，他是叶县尹（县长），以"叶公"称之。

子曰：“三人行，必有我师焉。择其善者而从之，其不善者而改之。”[①]

译文

孔子说：“众人同行，其中必有可以为我所取法的人。我选取那些好的方面学习，看到其有不好的地方就作为借鉴，改掉自己的缺点。”

子以四教：文，行，忠，信。

译文

孔子用四项内容教育人：一是典籍文献，二是道德行事，三是对待别人的忠心，四是与人交际的信实。

子曰：“盖有不知而作之者，我无是也。多闻，择其善者而从之，多见而识之，知之次[②]也。”

译文

孔子说：“大概有一种自己不懂却凭空捏造的人吧！我却没有这样做过。多听，选择其中好的来学习，多看，然后记在心里。这是仅次于“生而知之”的智慧。”

子曰：“仁，远乎哉？我欲仁，斯仁至矣。”

译文

孔子道：“仁难道离我们很远吗？只要我想到仁，仁就来了。”

子曰：“奢则不孙[③]，俭则固[④]。与其不孙也，宁固。”

译文

孔子说：“奢侈了就会越礼，节俭了就会寒酸。与其越礼，宁可寒酸。”

子曰：“君子坦荡荡，小人长戚戚。”

译文

孔子说：“君子心胸宽广，小人经常忧愁。”

子温而厉，威而不猛，恭而安。

---

① 子曰……改之：子贡说孔子没有特定的老师，意思是随处都有老师。

② 次：《论语》的“次”一共用了八次，都是当“差一等”“次一等”讲。这里次一级的“知”，是相对于“我非生而知之，好古敏以求之”的“知”而言的。

③ 孙：通“逊”，逊让，谦逊。

④ 固：固陋，寒碜。

译文

孔子既温和，又严厉；既威严，又不凶猛；既恭敬，又安详。

卷八　泰伯篇

曾子有疾，孟敬子[①]问之。曾子言曰：“鸟之将死，其鸣也哀。人之将死，其言也善。君子所贵乎道者三：动容貌，斯远暴慢[②]矣。正颜色，斯近信矣。出辞气，斯远鄙倍[③]矣。笾豆之事[④]，则有司[⑤]存。”

译文

曾子得了重病，孟敬子来问病。曾子说：“鸟要死了，鸣声是悲哀的；人要死了，说话也多善言。君子应当重视的道有三个方面：使自己的容貌庄重严肃，就可以避免粗暴和怠慢；使自己的脸色一本正经，便可以接近于诚信；使自己的言辞和语气谨慎小心，就可以远离粗野和背理。至于那些祭祀和礼仪仪式，自有专责管理的人来负责。”

曾子曰：“可以托六尺[⑥]之孤，可以寄百里之命，临大节而不可夺也。君子人与？君子人也。”

译文

曾子说：“可以把年幼的孤儿托付给他，可以把国家的命脉托付给他，面临安危存亡的紧要关头，却不动摇屈服。这样的人是君子吗？是君子啊！”

曾子曰：“士不可以不弘毅[⑦]，任重而道远。仁以为己任，不亦重乎？死而后已，不亦远乎？”

译文

曾子说：“一个士，不可不刚强而有毅力，因为他担负重而道路远。以实现仁德于天下为己任，难道还不重大吗？到死方休，难道还不遥远吗？”

---

① 孟敬子：鲁国大夫仲孙捷。

② 暴慢：暴是粗暴无礼，慢是懈怠不敬。

③ 鄙倍：鄙，鄙陋。倍：通“背”，违背。

④ 笾（biān）豆之事：笾，竹器，祭祀时用以盛果实等食品。豆：木器，祭祀时用以盛有汁的食物。这里“笾豆之事”系代表礼仪中的一切具体细节。

⑤ 有司：主管其事的小吏。

⑥ 六尺：古人以七尺指成年。六尺一般指15岁以下的人。

⑦ 弘毅：非弘大强毅之德，不足以担重任，行远道。弘，弘大。毅，强毅。

子曰："兴于诗，立于礼，成于乐[①]。"

译文

孔子说："诗篇使我振奋，礼使我能在社会上站得住，音乐使我的所学得以完成。"

卷九　子罕篇

子绝四：毋意，毋必，毋固，毋我。

译文

孔子杜绝了四种弊病：一无悬空揣测之心，二无期求必须之心，三无拘泥固执之心，四无唯我独是之心。

子欲居九夷[②]。或曰："陋[③]，如之何？"子曰："君子居之，何陋之有？"

译文

孔子想居住到九夷去。有人说："九夷闭塞，怎么能住呢？"孔子说："有君子去住，哪还称什么闭塞呢？"

子在川[④]上，曰："逝者如斯夫！不舍[⑤]昼夜。"

译文

孔子在河边，叹道："消逝的时光像河水一样啊！日夜不停地流去。"

子曰："吾未见好德如好色者也。"

译文

孔子说："我没有见过好德能像好色般的人呀。"

子曰："三军[⑥]可夺帅也，匹夫不可夺志也。"

译文

孔子说："三军之众，可以夺取其主帅；匹夫立志，谁也不能强迫改变。"

子曰："岁寒，然后知松柏之后彫[⑦]也。"

---

① 成于乐：孔子所谓"乐"的内容和本质都离不开"礼"，因此常常"礼乐"连言。
② 九夷：东方边远的九个部落民族。
③ 陋：文化闭塞。
④ 川：河水。
⑤ 舍：通"捨"。止，停留。
⑥ 三军：根据周朝的制度，诸侯中的大国可以拥有三军军队。因此便用"三军"作军队的通称。
⑦ 彫：通"凋"，凋零，零落。

译文

孔子说："直到寒冷的季节，才知道松柏是最后凋谢的。"

子曰："知者不惑，仁者不忧，勇者不惧。"

译文

孔子说："智者心无疑惑，仁者心无愁虑，勇者心无恐惧。"

卷十　乡党篇

食不语，寝不言。

译文

吃饭的时候不交谈，睡觉的时候不说话。

厩焚。子退朝，曰："伤人乎？"不问马。

译文

孔子家的马房被烧了。孔子退朝回来，知道了此事，问："伤到人了吗？"并没有问到马。

卷十一　先进篇

子贡问："师与商也孰贤？"子曰："师也过，商也不及。"

曰："然则师愈与？"子曰："过犹不及。"

译文

子贡问孔子："颛孙师（子张）和卜商（子夏）两个人谁更好呀？"孔子说："师呢，常是过了；商呢，又常是不及。"

子贡说："那么该是师好一些？"孔子说："过和不及，都是一样的。"

卷十二　颜渊篇

颜渊问仁。子曰："克己复礼为仁。一日克己复礼，天下归仁①焉。为仁由己，而由人乎哉？"

颜渊曰："请问其目？"子曰："非礼勿视，非礼勿听，非礼勿言，非礼勿动。"

颜渊曰："回虽不敏，请事斯语矣。"

---

① 归仁："称仁"的意思，详见毛奇龄《论语·稽求篇》。朱熹《集注》谓"归犹与也"，也是此意。

译文

颜渊问怎样做才是仁。孔子说："约束自己，一切都照着礼的要求去做，这就是仁了。一旦能这样，那天下的一切就都归于仁了。实行仁德，全凭自己，还凭别人吗？"

颜渊说："请问行动的纲领是什么？"孔子道："不合礼的事不看，不合礼的话不听，不合礼的话不说，不合礼的事不做。"

颜渊说："我虽资质愚钝，但还是要照您的话去做。"

子曰："君子成人之美，不成人之恶。小人反是。"

译文

孔子说："君子成全别人的好事，不助长别人的恶行。小人恰恰与此相反。"

樊迟问仁。子曰："爱人。"问知。子曰："知人。"

樊迟未达。子曰："举直错诸枉，能使枉者直。"

樊迟退，见子夏曰："乡[①]也，吾见于夫子而问知，子曰：'举直错诸枉，能使枉者直。'何谓也？"

子夏曰："富哉言乎！舜有天下，选于众，举皋陶[②]，不仁者远矣。汤[③]有天下，选于众，举伊尹[④]，不仁者远矣。"

译文

樊迟问什么是仁。孔子说："爱人。"又问什么是智。孔子说："了解人。"

樊迟听了不明白。孔子说："举用正直的人，罢黜邪恶的人，这样就能够使邪者归正了。"

樊迟退下，又去见子夏，说道："刚才我去见老师，问他什么是智，老师说，'举用正直的人，罢黜邪恶的人，这样就能够使邪者归正了'，这是什么意思呀？"

子夏说："这话中含义多丰富呀！舜有了天下，在众人之中挑选出皋陶来举用他，那些不仁的人便都远去了。汤有了天下，在众人之中挑选出伊尹来举用他，那些不仁的人也都远去了。"

卷十三　子路篇

子曰："其身正，不令而行。其身不正，虽令不从。"

---

① 乡（xiàng）：通"嚮"。之前，较早时候。

② 皋陶（gāo yáo）：舜的臣子。

③ 汤：卜辞作"唐"，罗振玉云："唐殆太乙之谥。"商朝开国之君，名履（卜辞作"大乙"，而无"履"字），伐夏桀而得天下。

④ 伊尹：汤的辅相。

译文

孔子说："主政者身正了，即使不下令，下面的人也会去做。若其身不正，纵使三令五申，下面的人也不会听从。"

子夏为莒父[①]宰，问政。子曰："无欲速，无见小利。欲速则不达，见小利则大事不成。"

译文

子夏做了莒父的县长，问为政之道。孔子说："不要求速成，不要只顾小利。求速成，反达不到目的。只顾小利，就不能成大事。"

子曰："君子和而不同，小人同而不和。"[②]

译文

孔子说："君子能相和，但不相同。小人只相同，但不相和。

子贡问曰："乡人皆好之，何如？"子曰："未可也。"

"乡人皆恶之，何如？"子曰："未可也。不如乡人之善者好之，其不善者恶之[③]。"

译文

子贡问道："一乡之人都喜欢他，这个人怎么样？"孔子说："这还不能肯定。"

子贡又问："一乡之人都厌恶他，这个人怎么样？"孔子说："这也是不能肯定的。最好的是乡人中的善人都喜欢他，不善的人都厌恶他。"

卷十四　宪问篇

子曰："邦有道，危[④]言危行；邦无道，危行言孙[⑤]。"

---

① 莒父：鲁国之一邑。

② 和，同："和"与"同"是春秋时代的两个常用术语，《左传》昭公二十年所载晏子在齐景公前面批评梁丘據的话，和《国语·郑语》所载史伯的话都解说得非常详细。"和"如五味的调和，八音的和谐。一定要有水、火、酱、醋各种不同的材料才能调和滋味；一定要有高下、长短、疾徐各种不同的声调才能使乐曲和谐。晏子说："君臣亦然。君所谓可，而有否焉，臣献其否以成其可；君所谓否，而有可焉，臣献其可以去其否。"因此史伯也说，"以他平他谓之和"。"同"就不如此，用晏子的话说："君所谓可，據亦曰可；君所谓否，據亦曰否；若以水济水，谁能食之？若琴瑟之专一，谁能听之？'同'之不可也如是。"

③ 如果一乡之人皆好之，便近乎所谓好好先生，孔、孟叫他为"乡愿"。因此孔子便说："众好之，必察焉；众恶之，必察焉。"又说，"唯仁者能好人，能恶人。"这可以为"善者好之，不善者恶之"的解释。

④ 危：《礼记·缁衣注》："危，高峻也。"意谓高于俗，朱熹《集注》用之，固然可通。但《广雅》云："危，正也。"王念孙《疏正》即引《论语》此文来作证，更为恰当，译文即用此解。

⑤ 孙：通"逊"。谦顺。

译文

孔子说："国家有道，要言语正直，行为正直；国家无道，也要行为正直，但言语要谦顺。"

子曰："有德者必有言，有言者不必有德。仁者必有勇，勇者不必有仁。"

译文

孔子说："一个有德的人，必然能有好言语。但一个能有好言语的人，未必就是有德。一个仁人必然有勇，但一个有勇的人，未必就是仁人。"

子曰："古之学者为己，今之学者为人。"①

译文

孔子说："古之学者，是为己而学的（修养自己的学问道德）。今之学者，是为人而学的（装饰自己，给别人看）。"

子曰："君子耻其言而②过其行。"

译文

孔子说："说得多，做得少，君子以为耻。"

子曰："不患人之不己知，患其不能也。"

译文

孔子说："不要愁别人不知道我，只愁自己没有能力。"

或曰："以德报怨，何如？"子曰："何以报德？以直报怨，以德报德。"

译文

有人对孔子道："拿恩惠来回答怨恨，怎么样？"孔子道："拿什么来酬答恩惠呢？拿公平正直来回答怨恨，拿恩惠来酬答恩惠。"

子曰："上好礼，则民易使也。"

译文

孔子说："在上位者若遇事依礼而行，就容易使民众听从指挥了。"

---

① 如何叫做"为己"和"为人"，译文采用钱穆先生之于"己欲立而立人，己欲达而达人"的理解，学者为己，是为求得自身学为和道德的修养；学者为人，是为求获实现兼济天下本领而去学习。另有理解为，古之学者求学旨在修养自身，而今之学者求学则是为沽名钓誉，可参见《荀子·劝学篇》《北堂书钞》所引《新序》和《后汉书·桓荣传论》的解释。

② 而：用法同"之"。

卷十五　卫灵公篇

子曰："可与言而不与之言，失人；不可与言而与之言，失言。知者不失人，亦不失言。"

译文

孔子说："可以同他谈，却不同他谈，这是错过人才；不可以同他谈，却同他谈，这是说错了话。唯有智者，既不错过人才，也不说错话。"

子曰："志士仁人，无求生以害仁，有杀身以成仁。"

译文

孔子说："一个志士仁人，没有因贪生怕死而宁愿妨害仁道的，只有宁愿牺牲自己的性命来完成仁道的。"

子贡问为仁。子曰："工欲善其事，必先利其器。居是邦也，事其大夫之贤者，友其士①之仁者。"

译文

子贡问为仁之道。孔子说："做工的要想把活儿做好，必须首先使他的工具锋利。我们住在一个国家，就要与那些大夫中的贤者共事，与士人中的仁者交朋友。"

子曰："人无远虑，必有近忧。"

译文

孔子说："一个人若不能有长远的考虑，则必然会有眼前的忧患。"

子曰："躬自厚②而薄责于人，则远怨矣。"

译文

孔子说："多责备自己，而少责备别人，那就可以避免别人的怨恨了。"

子曰："君子矜而不争，群而不党③。"

译文

孔子说："君子庄敬自守，而不与人相争，合群而不结党营私。"

---

① 士：《论语》中的"士"，有时指有一定修养的人，如"士志于道"的"士"；有时指有一定社会地位的人，如"使于四方，不辱君命，可谓士矣"的"士"。此处和"大夫"并言，可能是"士、大夫"之"士"，即已做官而位置下于大夫的人。

② 躬自厚：本当作"躬自厚责"，"责"字探下文"责薄"之"责"而省略。说详拙著《文言语法》。"躬自"是一双音节的副词，和《诗经·卫风·氓》的"静言思之，躬自悼矣"的"躬自"用法一样。

③ 群而不党："群而不党"可能包含着"周而不比"（见为政篇第十四）以及"和而不同"（见子路篇第二十三）两个意思。

子曰："君子不以言举人，不以人废言。"

译文

孔子说："君子不因一人说的话而举荐他，也不因为他行事有缺失而连他说的话也全不理会。"

子贡问曰："有一言而可以终身行之者乎？"子曰："其恕[①]乎？己所不欲，勿施于人。"

译文

子贡问道："有没有一句是可以终身奉行的话呢？"孔子说："怕只有一个'恕'字罢！你自己不想要的，不要强加给别人。"

子曰："巧言乱德。小不忍[②]则乱大谋。"

译文

孔子说："花言巧语足以败坏人之品德。小处不能忍，便会败坏大事情。"

子曰："过而不改，是谓过矣[③]。"

译文

孔子说："有了过错而不改正，这才真叫错了。"

子曰："吾尝终日不食，终夜不寝，以思，无益，不如学也。"

译文

孔子说："我曾经整天不吃饭，整晚不睡，尽自思量，总是无益，不如去向人学习的好。"

卷十六　季氏篇

孔子曰："益者三友，损者三友。友直，友谅[④]，友多闻，益矣。友便辟，友善柔，友便佞，损矣。"

---

① 恕："忠"（己欲立而立人，己欲达而达人）是有积极意义的道德，未必每个人都有条件来实行。"恕"只是"己所不欲，勿施于人"，则谁都可以这样做，因此孔子在这里言"恕"不言"忠"。

② 小不忍："小不忍"不仅是小忍、小愤怒，也包括不忍、小仁、小恩，也包括吝财、不忍舍以及见小利而贪。

③ 是谓过矣：《韩诗外传》卷三曾引孔子的话说："过而改之，是不过也。"

④ 谅：《说文》："谅，信也。""谅"和"信"有时意义相同，这里便是如此。有时意义有别。如《宪问篇第十四》"岂若匹夫之妇之为谅也"的"谅"只是"小信"的意思。

译文

孔子说："有益的朋友有三类，有损的朋友有三类。同正直的人交友，同信实的人交友，同见闻广博有知识的人交友，便有益了。同惯于走邪道的人交友，同工于谄媚伪善的人交友，同惯于花言巧语的人交友，便有损了。"

孔子曰："益者三乐，损者三乐。乐节礼乐，乐道人之善，乐多贤友，益矣。乐骄乐，乐佚游，乐宴乐，损矣。"

译文

孔子说："对人有益的快乐有三类，对人有损的快乐有三类。喜欢把自己节制于礼乐中，喜欢称道别人善处，喜欢多交贤友，便有益了。喜欢骄纵放肆，喜欢怠惰游荡，喜欢饮食荒淫，便有损了。"

卷十七 阳货篇

子张问仁于孔子。孔子曰："能行五者于天下，为仁矣。"

"请问之。"曰："恭、宽、信、敏、惠。恭则不侮，宽则得众，信则人任焉，敏则有功，惠则足以使人。"

译文

子张向孔子问仁道。孔子说："能够处处实行五件事，便是仁了。"

子张问哪五件事。孔子说："恭、宽、信、敏、惠。恭即庄重，就不致遭受侮辱。宽即宽厚，易得民众人心。信即守信，能得人信任善用。敏即勤敏，就会做事效率高、易成功。惠即恩惠，于人有恩惠便易命令人。"

子路曰："君子尚①勇乎？"子曰："君子义以为上。君子有勇而无义为乱，小人有勇而无义为盗。"

译文

子路问道："君子看重勇吗？"孔子说："君子是看重义的。君子有勇没有义，就会作乱；小人有勇没有义，就会为盗。"

卷十九 子张篇

子夏曰："博学而笃志②，切问而近思，仁在其中矣。"

---

① 尚：上。"尚勇"的"尚"和"上"相同，不过用作动词。

② 志：孔注以为"志"与"识"同，那么，"博学笃志"便是"博闻强识"之意，但不及译文所解恰切。

译文

子夏说："博学，并能坚守自己的志趣，就与切身有关的问题提出疑问并且去思考，仁道也就在这其中了。"

子夏曰："大德不逾闲，小德出入可也。"

译文

子夏说："人的德行，大处不能逾越界限，小处有一些出入是可以的。"

子夏曰："仕而优则学，学而优则仕。"

译文

子夏说："从仕为官者，有余力便去学习；学者，有余力便去从仕为官。"（此句犹言学习与实践的关系。学而优则入仕途，即是践行所学。仕而优则治学，即是不断充实。二者交替，互助互长，互补互证，在学与行的互进中实现孔子所谓仁的大道，实现人生价值。）

子贡曰："君子之过也，如日月之食焉。过也，人皆见之；更也，人皆仰之。"

译文

子贡说："君子的过失，好比日蚀月蚀般。他犯错时，人人可见。他改过时，人人都仰望着他。"

卷二十　尧曰篇

子张问于孔子曰："何如斯可以从政矣？"

子曰："尊五美，屏[①]四恶，斯可以从政矣。"

子张曰："何谓五美？"

子曰："君子惠而不费，劳而不怨，欲而不贪[②]，泰而不骄，威而不猛。"

子张曰："何谓惠而不费？"

子曰："因民之所利而利之，斯不亦惠而不费乎？择可劳而劳之，又谁怨？欲仁而得仁，又焉贪？君子无众寡，无小大，无敢慢，斯不亦泰而不骄乎？君子正其衣冠，

---

① 屏（bǐng）：摒除。

② 欲而不贪：下文云："欲仁而得仁，又焉贪？"可见此"欲"字是指欲仁欲义而言，因之皇侃《义疏》云："欲仁义者为廉，欲财色者为贪。"译文本此。

尊其瞻视，俨然人望而畏之，斯不亦威而不猛乎？”

子张曰：“何谓四恶？”

子曰：“不教而杀谓之虐，不戒视成谓之暴，慢令致期谓之贼。犹之[①]与人也，出纳[②]之吝，谓之有司[③]。”

译文

子张向孔子问道：“如何可以治理政事呢？”

孔子说：“尊崇五美，摒除四恶，这样就可以治理政事了。”

子张问：“五美是什么呢？”

孔子说：“在上位的君子，第一须懂得惠而不费，第二是劳而不怨，第三是欲而不贪，第四是泰而不骄，第五是威而不猛。”

子张问：“怎样称作惠而不费呢？”

孔子说：“你的人民能在哪方面得利，便在哪方面诱导他们去得利，岂不是施了恩惠而不让自已破费吗？你只选择可以让人民劳作的事来交给他们去做，又有谁来怨你呢？自己要追求仁德便得到了仁，还有什么可贪的呢？一个在上位的君子，不论对方是寡是众，或大或小，都不敢怠慢，那岂不是庄重而并不傲慢吗？一个在上位的君子，只要衣冠肃整，瞻视尊严，便显得庄重俨然，令人望去便生敬畏之心，岂不有威严而不凶猛了吗？”

子张又问：“四恶又是什么呢？”

孔子说：“不事先教导人便要用杀戮来推行政法、制止不善，叫作虐；不加申诫便要成绩，叫作暴；起先懈怠，突然限期而有意陷害，叫作贼；同样是要给予人的，出手时却不免吝啬，有失在上位者体制，倒像是一个保管财物的小吏了。”

子曰：“不知命，无以为君子也。不知礼，无以立也。不知言[④]，无以知人也。”

译文

孔子说：“不懂得天命，就不能做君子；不知道礼仪，就不能立足于社会；不善于分辨别人的话语，也就不能真正了解别人。”

---

① 犹之：王引之《释词》云：“犹之与人，均之与人也。”

② 出纳：出和纳（入）是两个意义相反的字，这里虽然在一起连用，却只有“出”的意义，没有“纳”的意义。说本俞樾《群经平议》。

③ 有司：古代管理者之称，职务卑微，在文中可理解为“小家子气”。

④ 知言：这里“知言”的意义和《孟子·公孙丑上》的“我知言”的“知言”相同，善于分析别人的言语，辨其是非善恶的意思。

《中庸》选

《中庸》原为《礼记》中的一篇。相传为孔子之孙子思所作。它主要阐述儒家的道、诚和中庸的观念，描绘儒家理想人格所应具有的思想品质和精神境界。

书中提出的“博学之，审问之，慎思之，明辨之，笃行之”的学习、研究方法，极大地促进了中国传统学术的发展，至今仍有指导意义。它推崇的儒家修身目标——“尊德行而道问学，致广大而尽精微，极高明而道中庸”一直被认为是儒家知识分子个人修养的最高原则。至于它所高标的理想人格——“唯天下之至诚，为能尽其性；能尽其性，则能尽人之性；能尽人之性，则能尽物之性；能尽物之性，则可以赞天地之化育；可以赞天地之化育，则可以与天地参矣”，更是中国古代知识分子努力追攀的最高境界，在历史上产生过深远影响，至今也仍然能够对追求自我实现的现代人发挥一种巨大的人格鼓舞作用。

天命[①]之谓性，率性[②]之谓道，修道之谓教。

道也者，不可须臾离也，可离非道也。是故君子戒慎乎其所不睹，恐惧乎其所不闻。莫见乎隐，莫显乎微，故君子慎其独也。

喜怒哀乐之未发，谓之中；发而皆中节，谓之和。中也者，天下之大本也；和也者，天下之达道也。致中和，天地位焉，万物育焉。

译文

人的自然禀赋叫作“性”，顺着本性行事叫作“道”，按照“道”的原则修养叫作“教”。

“道”是不可以片刻离开的，如果可以离开，那就不是“道”了。所以，品德高尚的人在没有人看见的地方也是谨慎的，在没有人听见的地方也是有所戒惧的。越是隐蔽的地方越是明显，越是细微的地方越是显著。所以，品德高尚的人在一人独处的时候也是谨慎的。

喜怒哀乐没有表现出来的时候，叫作“中”；表现出来以后符合节度，叫作“和”。“中”，是人人都有的本性；“和”，是大家遵循的原则，达到“中和”的境界，天地便各在其位了，万物便生长繁育了。

---

① 天命：天赋。朱熹解释说：“天以阴阳五行化生万物，气以成形，而理亦赋焉，犹命令也。”所以，这里的天命实际上就是指人的自然禀赋，并无神秘色彩。

② 率性：遵循本性。率：遵循，按照。

子曰："中庸其至矣乎！民鲜[①]能久矣！"

译文

孔子说："中庸大概是最高的德行了吧！但人们很少能够做到，这种状况已经很久了！"

子曰："道之不行也，我知之矣。知者[②]过之，愚者不及也；道之不明也，我知之矣，贤者过之，不肖者[③]不及也。人莫不饮食也，鲜能知味也。"

译文

孔子说："中庸之道不能实行的原因，我知道了。聪明的人自以为是，认识过了头；愚蠢的人，智力不及，不能理解它。中庸之道不能弘扬的原因，我知道了。贤能的人做得太过分；不贤的人根本做不到。就像人们每天都要吃喝，却很少有人能够真正品尝其滋味。"

哀公问政。子曰："文武之政，布在方策。其人存，则其政举；其人亡，则其政息。人道敏政，地道敏树[④]。夫政也者，蒲卢也[⑤]。故为政在人，取人以身，修身以道，修道以仁。仁者，人也，亲亲为大；义者，宜也，尊贤为大；亲亲之杀[⑥]，尊贤之等，礼所生也。故君子不可以不修身；思修身，不可以不事亲；思事亲，不可以不知人；思知人，不可以不知天。

天下之达道五，所以行之者三：曰君臣也，父子也，夫妇也，昆弟也，朋友之交也，五者天下之达道也。知、仁、勇三者，天下之达德也，所以行之者一也。或生而知之，或学而知之，或困而知之，及其知之一也；或安而行之，或利而行之，或勉强而行之，及其成功一也。"

子曰："好学近乎知，力行近乎仁，知耻近乎勇。知斯三者，则知所以修身；知所以修身，则知所以治人；知所以治人，则知所以治天下国家矣。"

凡为天下国家有九经，曰：修身也，尊贤也，亲亲也，敬大臣也，体群臣也，子庶民也，来百工也，柔远人也，怀诸侯也[⑦]。修身则道立，尊贤则不惑，亲亲则诸父昆弟不怨，敬大臣则不眩，体群臣则士之报礼重，子庶民则百姓劝，来百工则财用足，

---

① 鲜：少，不多。
② 知者：即智者，与愚者相对，指智慧超群的人。知：通"智"。
③ 不肖者：与贤者相对，指不贤的人。
④ 敏：勉力，用力，致力。
⑤ 蒲卢：即芦苇。芦苇性柔而具有可塑性。
⑥ 杀（shài）：减少，降低等。
⑦ 来：招徕。百工：各种工匠。柔远人：安抚边远地方来的人。怀，安抚。

柔远人则四方归之，怀诸侯则天下畏之。齐明盛服，非礼不动，所以修身也；去谗远色，贱货而贵德，所以劝贤也；尊其位，重其禄，同其好恶，所以劝亲亲也；官盛任使，所以劝大臣也；忠信重禄，所以劝士也；时使薄敛，所以劝百姓也；日省月试，既廪称事①，所以劝百工也；送往迎来，嘉善而矜不能，所以柔远人也；继绝世，举废国，治乱持危，朝聘以时，厚往而薄来，所以怀诸侯也。凡为天下国家有九经，所以行之者一也。

凡事豫则立，不豫则废。言前定则不跲②，事前定则不困，行前定则不疚，道前定则不穷。在下位不获乎上，民不可得而治矣。获乎上有道：不信乎朋友，不获乎上矣。信乎朋友有道：不顺乎亲，不信乎朋友矣。顺乎亲有道：反诸身不诚，不顺乎亲矣。诚身有道：不明乎善，不诚乎身矣。

诚者，天之道也；诚之者，人之道也。诚者不勉而中，不思而得，从容中道，圣人也。诚之者，择善而固执之者也。博学之，审问之，慎思之，明辨之，笃行之。有弗学，学之弗能弗措也；有弗问，问之弗知弗措也；有弗思，思之弗得弗措也；有弗辨，辨之弗明弗措也；有弗行，行之弗笃弗措也；人一能之己百之，人十能之己千之。果能此道矣，虽愚必明，虽柔必强。

译文

鲁哀公询问政事。孔子说："周文王、周武王的政事都记载在典籍上。他们在世，这些政事就实施；他们去世，这些政事也就废弛了。治理人的途径是勤于政事；治理地的途径是多种树木。说起来，政事就像芦苇一样，所以，要处理好政事完全取决于用什么人。要得到适用的人在于修养自己，修养自己在于遵循大道，遵循大道要从仁义做起。仁就是爱人，亲爱亲人是最大的仁。义就是事事做得适宜，尊重贤人是最大的义。至于说亲爱亲人要分亲疏，尊重贤人要有等级，这都是礼的要求。所以，君子不能不修养自己。要修养自己，不能不侍奉父母亲人；要侍奉父母亲人，不能不了解他人；要了解他人，不能不知道天理。

天下人共有的伦常关系有五项，用来处理这五项伦常关系的德行有三种。君臣、父子、夫妇、兄弟、朋友之间的交往，这五项是天下人共有的伦常关系；智、仁、勇，这三种是天下人共通的德行。至于这三种德行的实施，道理都是一样的。比如说，有的人生来就知道它们，有的人通过学习才知道它们，有的人要遇到困难后才知道它们，但只要他们最终都知道了，也就是一样的了。又比如说，有的人自觉自愿地去实行它们，有的人为了某种好处才去实行它们，有的人勉勉强强地去实行，但只要他们最终

---

① 省：视察。试：考核。既（xì）：通"饩"，指赠送别人粮食或饲料。廪：给予粮食。称：符合。

② 跲（jiá）：说话不通畅。

都实行起来了，也就是一样的了。”

孔子说：“喜欢学习就接近了智，努力实行就接近了仁，知道羞耻就接近了勇。知道这三点，就知道怎样修养自己，知道怎样修养自己，就知道怎样管理他人，知道怎样管理他人，就知道怎样治理天下和国家了。”

治理天下和国家有九条原则。那就是：修养自身，尊崇贤人，亲爱亲人，敬重大臣，体恤群臣，爱民如子，招纳工匠，优待远客，安抚诸侯。修养自身就能确立正道；尊崇贤人思想就不会困惑；亲爱亲人就不会惹得叔伯兄弟怨恨；敬重大臣就不会遇事无措；体恤群臣，士人们就会竭力报效；爱民如子，老百姓就会忠心耿耿；招纳工匠，财物就会充足；优待远客，四方百姓就会归顺；安抚诸侯，天下的人都会敬畏了。像斋戒那样净心虔诚，穿着庄重整齐的服装，不符合礼仪的事坚决不做，这是为了修养自身；驱除小人，疏远女色，看轻财物而重视德行，这是为了尊崇贤人；提高亲族的地位，给他们以丰厚的俸禄，与他们爱憎相一致，这是为了亲爱亲人；让众多的官员供他们使用，这是为了敬重大臣；真心诚意地任用他们，并给他们以较多的俸禄，这是为了体恤群臣；使用民役不误农时，少收赋税，这是为了爱民如子；经常视察考核，按劳付酬，这是为了招纳工匠；来时欢迎，去时欢送，嘉奖有才能的人，救济有困难的人，这是为了优待远客；延续绝后的家族，复兴灭亡的国家，治理祸乱，扶持危难，按时接受朝见，赠送丰厚，纳贡菲薄，这是为了安抚诸侯。总而言之，治理天下和国家有九条原则，但实行这些原则的道理都是一样的。

任何事情，事先有预备就会成功，没有预备就会失败。说话先有预备，就不会不流畅；做事先有预备，就不会受挫；行为先有预备，就不会后悔；道路预先选定，就不会走投无路。在下位的人，如果得不到在上位者的信任，就不可能治理好平民百姓。得到在上位者的信任是有办法的：得不到朋友的信任就得不到在上位者的信任。得到朋友的信任是有办法的：不孝顺父母就得不到朋友的信任。孝顺父母是有办法的：自己不真诚就不能孝顺父母。使自己真诚是有办法的：不明白什么是善就不能够使自己真诚。

真诚是上天的原则，追求真诚是做人的原则。天生真诚的人，不用勉强就能做到，不用思考就能拥有，自然而然地符合中庸之道，这样的人是圣人。努力做到真诚，就要选择美好的目标执着地追求。广泛学习，详细询问，周密思考，明确辨别，切实实行。要么不学，学了没有学会就绝不罢休；要么不问，问了没有弄懂就绝不罢休；要么不想，想了没有想通就绝不罢休；要么不分辨，分辨了没有明确就绝不罢休；要么不实行，实行了没有成效绝不罢休。别人用一分努力就能做到的，我用一百分的努力去做；别人用十分的努力做到的，我用一千分的努力去做。如果真能够做到这样，虽然愚笨也一定可以聪明起来，虽然柔弱也一定可以刚强起来。

唯天下至诚，为能尽其性[①]；能尽其性，则能尽人之性；能尽人之性，则能尽物之性；能尽物之性，则可以赞天地之化育[②]；可以赞天地之化育，则可以与天地参矣[③]。

译文

只有天下极端真诚的人，才能充分发挥他的本性；能充分发挥他的本性，就能充分发挥众人的本性；能充分发挥众人的本性，就能充分发挥万物的本性；能充分发挥万物的本性，就可以帮助天地培育生命；能帮助天地培育生命，就可以与天地并列为三了。

大哉圣人之道！洋洋乎！发育万物，峻极于天。优优大哉！礼仪三百，威仪三千。待其人而后行。故曰苟不至德，至道不凝焉[④]。故君子尊德行而道问学[⑤]，致广大而尽精微，极高明而道中庸。温故而知新，敦厚以崇礼。是故居上不骄，为下不倍，国有道其言足以兴，国无道其默足以容。《诗》曰：“既明且哲，以保其身。”其此之谓与！

译文

伟大啊，圣人的道！浩瀚无边，生养万物，与天一样崇高。充足有余！大的礼仪三百条，细的仪节三千条。这些都有待于圣人来实行。所以说，如果没有极高的德行，就不能成就极高的道。因此，君子尊崇道德修养而追求知识学问；达到广博境界而又钻研精微之处；洞察一切而又奉行中庸之道；温习已有的知识从而获得新知识；诚心诚意地崇奉礼节。所以身居高位不骄傲，身居低位不自弃。国家政治清明时，他的言论足以振兴国家；国家政治黑暗时，他的沉默足以保全自己。《诗经》说：“既明智又通达事理，可以保全自身。”大概就是这个意思吧！

《大学》选

《大学》是《礼记》中的一篇，相传为孔子弟子曾子所作。它提出了儒学的“三纲领”（明明德、亲民、止于至善）和“八条目”（格物、致知、诚意、正心、修身、齐家、治国、平天下）。它们构成了儒家政治学和伦理学的理论基石。北宋司马光所著《大学广义》，第一次将《大学》单列成书，南宋朱熹把它编入“四书”，将正文称为

---

① 尽其性：充分发挥自己的本性。
② 赞：赞助。化育：化生和养育。
③ 参天地：与天地并列为三。参：并列。
④ 苟：如果。凝：凝聚，引申为成功。
⑤ 问学：询问，学习。

"经"，又在后面附加解释著作，说是"曾子之意而门人记之。"（《四书章句集注》）——至此，《大学》成为儒家最重要的经典之一。

大学之道，在明明德，在亲民，在止于至善。知止而后有定，定而后能静，静而后能安，安而后能虑，虑而后能得。

物有本末，事有终始，知所先后，则近道矣。古之欲明明德于天下者，先治其国；欲治其国者，先齐其家；欲齐其家者，先修其身；欲修其身者，先正其心；欲正其心者，先诚其意；欲诚其意者，先致其知；致知在格物①。物格而后知至，知至而后意诚，意诚而后心正，心正而后身修，身修而后家齐，家齐而后国治，国治而后天下平。

自天子以至于庶人②，壹是皆以修身为本。其本乱而末治者否矣。其所厚者薄，而其所薄者厚，未之有也！

译文

大学的宗旨在于弘扬光明正大的品德，在于使人弃旧图新，在于使人达到最完善的境界。知道应达到的境界才能够志向坚定；志向坚定才能够镇静不躁；镇静不躁才能够心安理得；心安理得才能够思虑周祥；思虑周祥才能够有所收获。

每样东西都有根本、有枝末，每件事情都有开始、有终结。明白了这本末始终的道理，就接近事物发展的规律了。古代那些要想在天下弘扬光明正大品德的人，先要治理好自己的国家；要想治理好自己的国家，先要管理好自己的家庭和家族；要想管理好自己的家庭和家族，先要修养自身的品性；要想修养自身的品性，先要端正自己的心思；要想端正自己的心思，先要使自己的意念真诚；要想使自己的意念真诚，先要使自己获得知识；获得知识的途径在于认识、研究万事万物。通过对万事万物的认识、研究后才能获得知识；获得知识后意念才能真诚；意念真诚后心思才能端正；心思端正后才能修养品性；品性修养后才能管理好家庭和家族；管理好家庭和家族后才能治理好国家；治理好国家后天下才能太平。

上至国家元首，下至平民百姓，人人都要以修养品性为根本。若这个根本被扰乱了，家庭、家族、国家、天下要想治理好是不可能的。不分轻重缓急，本末倒置却想做好事情，将应该重视的事情忽略了，应该忽略的事情重视起来，想要达到治国、平天下的目的，也同样是不可能的！

① 格物：认识、研究万事万物。

② 庶人：指平民百姓。

所谓诚其意者，毋自欺也。如恶恶臭，如好好色[①]，此之谓自谦[②]。故君子必慎其独[③]也！

小人闲居[④]为不善，无所不至，见君子而后厌然[⑤]，掩其不善，而著[⑥]其善。人之视己，如见其肺肝然，则何益矣。此谓诚于中，形于外。故君子必慎其独也。

曾子曰："十目所视，十手所指，其严乎！"

富润屋，德润身，心广体胖。故君子必诚其意。

译文

使意念真诚的意思是说，不要自己欺骗自己。要像厌恶腐臭的气味一样，要像喜爱美貌的女子一样，一切都发自内心。所以，品德高尚的人哪怕是在一个人独处的时候，也一定要谨慎。

品德低下的人在私下里无恶不作，一见到品德高尚的人便躲躲闪闪，掩盖自己所做的坏事而显示其如何善良。殊不知，别人看你自己，就像能看见你的心肺肝脏一样清楚，掩盖有什么用呢？这就叫做内心的真实一定会表现到外表上来。所以，品德高尚的人哪怕是在一个人独处的时候，也一定要谨慎。

曾子说："十只眼睛看着，十只手指着，这难道不令人畏惧吗?!"

财富可以装饰房屋，品德却可以修养身心，使心胸宽广而身体舒泰安康。所以，品德高尚的人一定要使自己的意念真诚。

所谓修身在正其心者，身有所忿懥[⑦]，则不得其正；有所恐惧，则不得其正；有所好乐，则不得其正；有所忧患，则不得其正。

心不在焉，视而不见，听而不闻，食而不知其味。此谓修身在正其心。

译文

之所以说修养自身的品性要先端正自己的心思，是因为心有愤怒就不能够端正；心有恐惧就不能够端正；心有喜好就不能够端正；心有忧虑就不能够端正。

心思被不端正的念头所困扰，就会心不在焉：虽然在看，却像没有看见一样；虽然在听，却像没有听见一样；虽然在吃东西，却一点也不知道是什么滋味。所以说，要修养自身的品性必须先端正自己的心思。

---

① 恶恶臭：厌恶腐臭的气味。臭：气味，较现代单指臭味的含义宽泛。好好色：喜爱美丽的女子。好色：美丽的女子。

② 谦：通"慊"，心安理得的样子。

③ 慎其独：在独自一人时也谨慎不苟。

④ 闲居：即独处。

⑤ 厌然：躲躲闪闪的样子。

⑥ 掩：掩盖。著：显示。

⑦ 忿懥（zhì）：愤怒。

所谓齐其家在修其身者，人之其所亲爱而辟焉[①]，之其所贱恶而辟焉，之其所畏敬而辟焉，之其所哀矜[②]而辟焉，之其惰敖[③]而辟焉。故好而知其恶，恶而知其美者，天下鲜矣！故谚有之曰：“人莫知其子之恶，莫知其苗之硕[④]。”此谓身不修不可以齐其家。

译文

之所以说管理好家庭和家族要先修养自身，是因为人们对于自己亲爱的人会有偏爱；对于自己厌恶的人会有偏恨；对于自己敬畏的人会有偏向；对于自己同情的人会有偏心；对于自己轻视的人会有偏见。因此，很少有人能喜爱某人又看到那人的缺点，厌恶某人又看到那人的优点。所以有谚语说：“人都不知道自己孩子的坏，人都不满足自己庄稼的好。”这就是不修养自身就不能管理好家庭和家族的道理。

所谓治国必先齐其家者，其家不可教而能教人者无之。故君子不出家而成教于国：孝者，所以事君也；悌[⑤]者，所以事长也；慈者，所以使众也。

《康诰》曰：“如保赤子[⑥]。”心诚求之，虽不中，不远矣。未有学养子而后嫁者也！

一家仁，一国兴仁；一家让，一国兴让；一人贪戾，一国作乱；其机如此。此谓一言偾[⑦]事，一人定国。

尧舜帅天下以仁，而民从之；桀纣帅天下以暴，而民从之；其所令反其所好，而民不从。是故君子有诸己而后求诸人，无诸己而后非诸人。所藏乎身不恕，而能喻诸人者，未之有也。故治国在齐其家。

译文

之所以说治理国家必须先管理好自己的家庭和家族，是因为不能管教好家人而能管教好别人的人，这种事是没有的。所以，有修养的人在家里就受到了治理国家方面的教育：对父母的孝顺可以用于侍奉君主；对兄长的恭敬可以用于侍奉长官；对子女的慈爱可以用于统治民众。

《康诰》说：“爱人民如同爱护婴儿一样。”内心真诚地去追求，即使达不到目标，也不会相差太远。要知道，没有先学会了养孩子再去出嫁的人啊！

---

① 之：即“于”，对于。辟：偏颇，偏向。

② 哀矜：同情，怜悯。

③ 惰敖：骄纵。惰：怠慢。

④ 硕：大，肥壮。

⑤ 悌（tì）：指弟弟应该尊重兄长，即儒家主张的长幼之序。

⑥ 赤子：婴儿。

⑦ 偾（fèn）：败，坏。

国君一家仁爱，国人也会兴起仁爱；国君一家礼让，国人也会兴起礼让；国君一人贪婪暴戾，国人就会犯上作乱。其联系就是这样紧密，这就叫作：一句话就会坏事，一个人就能安定国家。

尧舜用仁爱统治天下，老百姓就跟随着仁爱；桀纣用残暴统治天下，老百姓就跟随着残暴。统治者的命令与自己的实际做法相反，老百姓是不会服从的。所以，品德高尚的君子，总是自己先做到，然后才要求别人做到；自己先不这样做，然后才要求别人不这样做。不采取这种推己及人的恕道而想让别人按自己的意思去做，那是不可能的。所以，要治理国家必须先管理好自己的家庭和家族。

所谓平天下在治其国者，上老老而民兴孝，上长长而民兴弟，上恤孤而民不倍[①]。是以君子有絜矩之道[②]也。

所恶于上，毋以使下；所恶于下，毋以事上；所恶于前，毋以先后；所恶于后，毋以从前；所恶于右，毋以交于左；所恶于左，毋以交于右。此之谓絜矩之道。

是故君子先慎乎德。有德此有人，有人此有土，有土此有财，有财此有用。德者，本也，财者，末也。外本内末，争民施夺。是故财聚则民散，财散则民聚。是故言悖而出者，亦悖而入。货悖而入者，亦悖而出。

生财有大道，生之者众，食之者寡，为之者疾，用之者舒，则财恒足矣。仁者以财发身，不仁者以身发财。未有上好仁而下不好义者也，未有好义其事不终者也，未有府库财非其财者也。孟献子曰："畜马乘[③]不察于鸡豚，伐冰之家[④]不畜牛羊，百乘之家[⑤]不畜聚敛之臣，与其有聚敛之臣，宁有盗臣。"此谓国不以利为利，以义为利也。长国家而务财用者，必自小人矣。彼为善之，小人之使为国家，灾害并至。虽有善者，亦无如之何矣！此谓国不以利为利，以义为利也。

译文

之所以说平定天下要治理好自己的国家，是因为，在上位的人尊敬老人，老百姓就会孝顺自己的父母；在上位的人尊重长辈，老百姓就会尊重自己的兄长；在上位的人体恤救济孤儿，老百姓也会同样跟着去做。所以，品德高尚的人总是实行以身作则、推己及人的"絜矩之道"。

如果厌恶上司对你的某种行为，就不要用这种行为去对待你的下属；如果厌恶下

---

① 恤：体恤，周济。孤：孤儿，古时候专指幼年丧失父亲的人。倍：通"背"，背弃。

② 絜（xié）矩之道：儒家伦理思想之一，指一言一行要有示范作用。絜：量度。矩：画直角或方形用的尺子，引申为法度、规则。

③ 畜：养。乘（shèng）：指用四匹马拉的车。畜马乘是士人初作大夫官的待遇。

④ 伐冰之家：指丧祭时能用冰保存遗体的人家。是卿大夫类大官的待遇。

⑤ 百乘之家：拥有一百辆车的人家，指有封地的士大夫贵族。

属对你的某种行为，就不要用这种行为去对待你的上司；如果厌恶在你前面的人对你的某种行为，就不要用这种行为去对待在你后面的人；如果厌恶在你后面的人对你的某种行为，就不要用这种行为去对待在你前面的人；如果厌恶在你右边的人对你的某种行为，就不要用这种行为去对待在你左边的人；如果厌恶在你左边的人对你的某种行为，就不要用这种行为去对待在你右边的人。这就叫作“絜矩之道”。

所以，品德高尚的人首先注重修养德行。有德行才会有人拥护，有人拥护才能保有土地，有土地才会有财富，有财富才能供给使用，德是根本，财是枝末，假如把根本当成了外在的东西，却把枝末当成了内在的根本，那就会和老百姓争夺利益。所以，君王聚财敛货，民心就会失散；君王散财于民，民心就会汇聚。这正如你说话不讲道理，人家也会用不讲道理的话来回答你；财货来路不明不白，总有一天也会不明不白地失去。

生产财富也有正确的途径：要让生产的人多，消费的人少；要让生产的人勤奋，消费的人节省。这样，财富便会经常充足。仁爱的人仗义疏财以修养自身的德行，不仁的人不惜以生命为代价去敛钱发财。没有在上位的人喜爱仁德，而在下位的人却不喜爱忠义的；没有喜爱忠义而做事却半途而废的；没有国库里的财物不是属于国君的。孟献子说：“养了四匹马拉车的士大夫之家，就不要再去养鸡养猪；丧礼用冰的卿大夫家，就不要再去养牛养羊；拥有一百辆兵车的士大夫之家，就不要去收养搜刮民财的家臣。与其有搜刮民财的家臣，不如有偷盗东西的家臣。”这意思是说，一个国家不应该以财货为利益，而应该以仁义为利益。做了国君却还一心想着聚敛财货，这必然是有小人在诱导，而那国君还以为这些小人是好人，让他们去处理国家大事，结果是天灾人祸一齐降临。这时虽有贤能的人，却也没有办法挽救了。所以，一个国家不应该以财货为利益，而应该以仁义为利益。

《孟子》选

《孟子》也是儒家的重要典籍，宋代以后与《论语》《大学》《中庸》同列为四书，是当时初学入门和科举考试的必读书。

孟子，名轲，战国中期邹（今山东邹城市）人。约生于公元前372年，死于公元前289年（一说约前390—前305），曾受业于孔子之孙子思的门下。他以天下为己任，前半生周游各国，游说诸侯，宣传其主张，但被看作迂腐而不中用。晚年回故乡从事教育和著述，与弟子一起著《孟子》七篇。他继承、发展了孔子的思想，是儒家思想的重要代表。

《孟子》思想的核心是性善论，在此基础上提出了其仁政学说和修养学说。战国时期，人性问题成为百家争鸣中的重要问题。孟子在与各种人性学说的争论中提出了性善论，认为人都有天赋的恻隐之心、羞恶之心、辞让之心、是非之心，这是人与禽兽的区别之所在，也是仁、义、礼、智等善的萌芽，而恶则是后天受到外界影响而产生的。孟子强调，天赋的善性是人所共有的，在这点上，尧、舜与人同，人皆可以为尧、舜，只要自觉努力，任何人都可以成为道德完善的圣人；他大力提倡自觉修养，反对自暴自弃。孟子还认为，尽心、知性就可以知天，知天的途径就是修养心性，据此，就把“天”落实到人的心性上来。这样，对于天，不必去祈祷、占卜，不必外求。孟子的这些思想鼓励了人们进行道德修养的主体自觉性，同时也阻断了中国文化向宗教方面发展的道路，对于以后中国文化的发展有深远的影响。

在其仁政学说中，孟子提出了民贵君轻的命题，发挥了民本思想。民贵君轻思想的核心是强调得民心者得天下，失民心者失天下。这是历史经验的总结，也是西周以来民本思想的继承和发展。为了得民心，孟子提出了一系列具体政策和措施，并且认为，保证百姓的温饱是进行道德教化的重要基础。

在修养方面，孟子强调人的道德价值和道德自觉精神，明确提出了“所欲有甚于生者”“所恶有甚于死者”的观念，因此在生与义二者不可得兼的时候要“舍生取义”，提出了要养浩然之气，培养“富贵不能淫，贫贱不能移，威武不能屈”的大丈夫精神，提出了“生于忧患死于安乐”，要自觉接受艰难困苦的磨炼等极有价值的思想，这些思想对于我们民族精神的形成有着深远的影响。

孟子继承并发展了孔子的思想。读《孟子》，如能与《论语》联系起来，比较其异同，既有助于我们深刻理解《孟子》，也有助于进一步理解《论语》，并了解儒家思想的发展。

《孟子》书，可选读杨伯峻的《孟子译注》，古注本可读南宋朱熹《孟子集注》、清焦循《孟子正义》。如不能读全书，可读杨伯峻《孟子导读》或刘鄂培《孟子选讲》。

梁惠王·下

齐宣王见孟子于雪宫。王曰：“贤者亦有此乐乎？”孟子对曰：“有。人不得，则非其上矣。不得而非其上者，非也；为民上而不与民同乐者，亦非也。乐民之乐者，民亦乐其乐；忧民之忧者，民亦忧其忧。乐以天下，忧以天下，然而不王者，未之有也。……”

译文

齐宣王在雪宫里接见孟子。宣王问：“有道德的贤人也有这种快乐吗？”孟子答道：“有的。如果他们得不到这种快乐，他们就会埋怨国王了。得不到这种快乐就埋怨国王，是不对的。可是作为一国之主有快乐而不同他的百姓一同享受，也是不对的。以百姓的快乐为自己的快乐，百姓也会以国王的快乐为自己的快乐；以百姓的忧愁为自己的忧愁，百姓也会以国王的忧愁为自己的忧愁。和天下之人同忧同乐，这样还不能使天下归服于他的，是从来不曾有过的事。……”

公孙丑·上

（第二章）“敢问何谓浩然之气？”

曰：“难言也。其为气也，至大至刚，以直养而无害，则塞于天地之间。其为气也，配义与道；无是，馁也。是集义所生者，非义袭而取之也。行有不慊[①]于心，则馁矣。我故曰，告子[②]未尝知义，以其外之也。必有事焉，而勿正，心勿忘，勿助长也。无若宋人然：宋人有闵[③]其苗之不长而揠之者，芒芒然[④]归。谓其人曰：‘今日病矣，予助苗长矣！’其子趋而往视之，苗则槁矣。天下之不助苗长者寡矣。以为无益而舍之者，不耘苗者也；助之长者，揠[⑤]苗者也。非徒无益，而又害之。”

译文

（第二章）（公孙丑说：）“我大胆问一下，什么叫浩然之气？”

（孟子）说：“很难说清楚。它作为一种气，无比宏大，无比刚强，如果以直道培养而不加以伤害，它就会充塞于天地之间。它作为一种气，要同义和道相配合，不然，它就没有力量了。它是义不断地聚集的结果，而不是偶然做一件合于义的事而突然从外面获得的。如果行为有愧于心，那么它也没有力量了。所以我说，告子并不懂得义，因为他把义当成心外之物。一定要致力于养气，但不要预期其效，心既不要忽略此事，也不要拔苗助长。不要像那个宋国人那样：宋国有个人担心他家的禾苗不长高而把它们往上拔，疲劳不堪地回到家里，对家里人说：‘今天累坏了，我帮助禾苗长高了。’他的儿子赶忙到田里去看，发现禾苗都枯萎了。世上不拔苗助长的人是很少的。以为人的作用没有用处而放弃努力的人，就像不为禾苗耕地除草的懒汉；而那些违反自然规律，人为地促使事物加速成长的人，就像拔苗助长的蠢人。这样做不仅没有好处，反而会害了它。”

（第六章）孟子曰：“人皆有不忍人之心。先王有不忍人之心，斯有不忍人之政矣。以不忍人之心，行不忍人之政，治天下可运之掌上。所以谓人皆有不忍人之心者，今

---

① 慊（qiè）：满足。
② 告子：姓告，名不害，战国时哲学家。
③ 闵（mǐn）：担心。
④ 芒芒然：疲劳的样子。
⑤ 揠（yà）：拔。

人乍[①]见孺子将入于井，皆有怵惕恻隐[②]之心——非所以内交[③]于孺子之父母也，非所以要[④]誉于乡党朋友也，非恶其声而然也。由是观之，无恻隐之心，非人也；无羞恶之心，非人也；无辞让之心，非人也；无是非之心，非人也。恻隐之心，仁之端[⑤]也；羞恶之心，义之端也；辞让之心，礼之端也；是非之心，智之端也。人之有是四端也，犹其有四体也。有是四端而自谓不能者，自贼者也；谓其君不能者，贼其君者也。凡有四端于我[⑥]者，知皆扩而充之矣[⑦]，若火之始然[⑧]，泉之始达。苟能充之，足以保[⑨]四海；苟不充之，不足以事父母。"

译文

（第六章）孟子说："每个人都有怜恤别人的心情。先王因为有怜恤别人的心情，这就有怜恤别人的政治了。凭着怜恤别人的心情来实施怜恤别人的政治，治理天下可以像转运小物件于手掌上一样容易。我所以说每人都有怜恤别人的心情，其道理就在于：譬如现在有人突然看到有一个小孩子要跌入井里，任何人都会有惊骇同情的心情。这种心情的产生，不是为着要来和这小孩的爹娘攀结交情，不是为着要在乡里朋友中间博取名誉，也不是厌恶那小孩的哭声才如此的。从这里看来，一个人，如果没有同情之心，简直不是个人；如果没有羞耻之心，简直不是个人；如果没有推让之心，简直不是个人；如果没有是非之心，简直不是个人。同情之心是仁的萌芽，羞耻之心是义的萌芽，推让之心是礼的萌芽，是非之心是智的萌芽。人有这四种萌芽，正好比他有手足四肢一样（是自然而然的）。有这四种萌芽却自己认为不行的人，是自暴自弃的人；认为他的君主不行的人，便是抛弃他君主的人。所有具有这四种萌芽的人，如果知道把它们扩充起来，便会像刚刚燃烧的火（终必不可扑灭）、刚刚流出的泉水（终必汇为江河）。假若能够扩充，便足以安定天下；假若不扩充（让它消减），便连赡养爹娘都不行。"

---

① 乍：《朱熹集注》："乍，犹忽也。"

② 怵（chù）：《说文解字》："怵，恐也。"惕（tì）：易乾释文引郑玄云："惧也。"恻：《说文解字》："恻，痛也。"隐：即"王若隐其无罪而就死地"之"隐"，赵岐注："隐，痛也。""怵惕"皆惊惧之义。"恻隐"皆哀痛之义，都是同义复词。

③ 内：通"纳"，《朱熹集注》："内，结也。"则"内交"即结交。

④ 要（yāo）：求也。

⑤ 端：本作"耑"。《说文解字》："耑。物初生之题（题犹额也，端也。）也，上象生形，下象其根也。"段玉裁注云："古发端字作此，今则'端'行'耑'废，乃多用'耑'为'专'矣。"

⑥ 我：此"我"字作"己"字用。其例证可参照杨树达高等国文法。

⑦ 这是假设句，但无假设连接词。

⑧ 然："燃"本字。《说文解字》："燃，烧也。"

⑨ 保：和"保民而王"的"保"字同义，定也。

离娄上·得民心者得天下

（第九章）孟子曰："桀纣之失天下也，失其民也；失其民者，失其心也。得天下有道：得其民，斯得天下矣。得其民有道：得其心，斯得其民矣。得其心有道：所欲与之聚之，所恶勿施尔也。民之归仁也，犹水之就下、兽之走圹①也。故为渊敺②鱼者，獭③也；为从敺爵④者，鹯⑤也；为汤武敺民者，桀与纣也。今天下之君有好仁者，则诸侯皆为之敺矣。虽欲无王，不可得已。今之欲王者，犹七年之病求三年之艾⑥也。苟为不畜，终身不得。苟不志于仁，终身忧辱，以陷于死亡。《诗》云：'其何能淑，载胥及溺⑦。'此之谓也。"

译文

（第九章）孟子说："夏桀和商纣之所以失去天下，是由于失去人民的拥护，而失去人民的拥护则是由于丧失民心。得天下有其必由之路：得到人民的拥护，这就得到天下了。得到人民的拥护也有其必由之路：赢得民心，这就得到人民的拥护了。赢得民心也有其必由之路：人民希望什么就帮助他们增加这些东西，他们所痛恨的不要强加给他们，不过如此而已。人民趋向仁，就像水向下流，野兽奔向旷野一样。所以说，为深池把鱼赶进来的，是水獭；为树林把鸟赶进来的，是鹞鹰；为商汤和周武王把人民赶进来的是夏桀和商纣。当今世界上如果有好仁德的君主，那么诸侯都会把人民朝他那里赶。即使他不想称王天下，也是不行的。现今想称王的人，就像生了七年的病要找存放了三年的艾草作药，如果一时不蓄藏，那就终身也得不到。如果不立志行仁，就会终身处于忧愁和受辱之中，以至于死亡。《诗经》说：'此辈怎能做善事？只有大家淹死共沉沦。'讲的就是这个意思。"

告子·上

（第十章）孟子曰："鱼，我所欲也；熊掌，亦我所欲也，二者不可得兼，舍鱼而取熊掌者也。生，亦我所欲也；义，亦我所欲也，二者不可得兼，舍生而取义者也。""生亦我所欲，所欲有甚于生者，故不为苟得也；死亦我所恶，所恶有甚于死者，故患有所不辟也。""如使人之所欲莫甚于生，则凡可以得生者，何不用也？使人之所恶莫

① 圹（kuàng）：旷野。
② 敺（qū）：通"驱"。
③ 獭（tǎ）：水獭。
④ 爵：通"雀"。
⑤ 鹯（zhān）：鹞鹰一类的猛禽。
⑥ 艾：中医治病的药草，存放时间越长，效果越好。
⑦ 其何能淑，载胥及溺：见《诗经·大雅·桑柔》。载：语气词。胥：皆。

甚于死者，则凡可以辟患者，何不为也？由是则生而有不用也，由是则可以辟患而有不为也。是故所欲有甚于生者，所恶有甚于死者，非独贤者有是心也，人皆有之，贤者能勿丧耳。”“一箪[①]食，一豆[②]羹，得之则生，弗得则死。嘑[③]尔而与之，行道之人弗受；蹴尔而与之，乞人不屑也。万钟则不辨礼义而受之。万钟于我何加焉？为宫室之美、妻妾之奉、所识穷乏者得[④]我与？乡[⑤]为身死而不受，今为宫室之美为之；乡为身死而不受，今为妻妾之奉为之；乡为身死而不受，今为所识穷乏者得我而为之，是亦不可以已乎？此之谓失其本心。”

译文

（第十章）孟子说：“鱼是我想要的，熊掌也是我想要的，如果两者不能同时都得到，就放弃鱼而选择熊掌；生命也是我想要的，义也是我想要的，如果两者不能同时都得到，就放弃生命而选择义。”“生命也是我想要的，但是想要的东西有比生命更重要的，所以不能无原则地求活命；死亡也是我所厌恶的，但是有比死亡更为我所厌恶的东西，所以有些祸害是不能避开的。”“假使人所想要的没有一样比生命更重要，那么凡是可以保存生命的手段，为何不使用呢？假使人所厌恶的没有一样超过死亡，那么凡是可以避开祸害的办法，为何不使用呢？这样做了就能保全生命而有人却不用这手段，这样做了就能避开祸害而有人却不肯做，所以说，想要的东西有比生命更重要的，厌恶的东西有超过死亡的。并不是只有贤人才有这样的心，实际上人人都有，只不过是贤人能够保持它罢了。”“一筐饭，一碗汤，得到了就能生存，得不到就会死，呼喝着给他，就是过路的饿人也不会接受；脚踏过再给他，就是乞丐也不屑于要。然而竟有人于万钟的俸禄却不问合礼仪与否，欣然接受了。万钟的俸禄对我有什么好处呢？是为了住宅的华美、妻妾的服侍和我所认识的贫苦人感激我吗？以前宁愿身死而不接受，现在却为了住宅的华美而接受了；以前宁愿身死而不接受，现在却为了妻妾的服侍而接受了；以前宁愿身死而不接受，现在却为我所认识的贫苦人的感激而接受了，这些不是可以罢手的吗？这便叫作丧失了他的本性。”

尽心·上

（第二十四章）孟子曰：“孔子登东山[⑥]而小鲁，登泰山而小天下。故观于海者难为

① 箪（dān）：盛饭用的竹器。
② 豆：盛食物用的木制器皿。
③ 嘑（hù）尔：呵斥声。
④ 得：通“德”，得我：认为我好。
⑤ 乡：通“向”，从前。
⑥ 东山：蒙山，在今山东蒙阴县西南。

水，游于圣人之门者难为言。观水有术，必观其澜。日月有明，容光[①]必照焉。流水之为物也，不盈科[②]不行；君子之志于道也，不成章不达。”

译文

（第二十四章）孟子说：“孔子登上了东山就感到鲁国小了，登上了泰山就感到天下小了。因此看到过大海的人，别的水难以引起他的兴趣；在圣人那里学习的人，对别的什么理论就不会产生兴趣。观看水有方法，就是一定要看到它的波澜。日月放射光辉，即使很小的缝隙必定也能照到。流水这样的东西，不灌满坑坑洼洼就不会向前流；君子立志求道有一个过程，不经过一定的积累，他对道的领悟还没有表现出来，就不会通达道的本体。”

尽心·下

（第三十一章）孟子曰：“人皆有所不忍，达之于其所忍，仁也；人皆有所不为，达之于其所为，义也。人能充无欲害人之心，而仁不可胜用也；人能充无穿逾[③]之心，而义不可胜用也。人能充无受尔汝之实，无所往而不为义也。士未可以言而言，是以言餂之也[④]；可以言而不言，是以不言餂之也，是皆穿逾之类也。”

译文

（第三十一章）孟子说：“人都有不忍心之处，把这种不忍心扩展到忍心之处，这就是仁；人都有不愿做的事，把这种有所不为之心扩展到所想做的事，这就是义。一个人如果能扩充他的不想害人之心，那么他的仁爱精神就会永不枯竭；一个人如果能扩充他的不愿偷盗之心，那么他的行义思想就会用之不尽；一个人如果能扩充不愿受轻视之心，那么他无论到什么地方都合于义。一个士人，不可以言说的而言说，这是用话语来试探对方以从中取利；可以言说而不言说，这是以沉默来试探对方以从中取利，这些都属于偷盗一类的行为。”

《易传》选

《易传》是战国时期一部解说和发扬《易经》的论文集，其学说本于孔子，具体成于孔子后学之手。《易传》共七种，它们是：《彖传》（上、下篇）、《象传》（上、下篇）、《文言传》、《系辞》（上、下篇）、《说卦传》、《序卦传》和《杂卦传》。因共有

---

① 容光：窄缝，仅能容纳一缕光线。
② 科：土坑。
③ 穿逾：打洞翻墙盗窃。
④ 餂（tiǎn）：探取东西。

十篇，故自汉代起，它们又被称为“十翼”。

《系辞》是今本《易传》的第四种，它总论《易经》大义，是今本《易传》七种中思想水平最高的作品。《系辞》解释了卦辞、爻辞的意义及卦象爻位，所用的方法有取义说、取象说、爻位说；又论述了求卦的过程，用数学方法解释了《周易》筮法和卦画的产生和形成。《系辞》认为《周易》是一部讲圣人之道的典籍，它有四种圣人之道：一是察言，二是观变，三是制器，四才是占卜。《周易》是忧患之书，是道德教训之书，读《周易》要于忧患中提高道德境界，以此作为化凶为吉的手段。

对《易经》的基本原理，《系辞》进行了创造性的阐述和发挥。它认为“一阴一阳之谓道”，奇偶二数、阴阳二爻、乾坤两卦、八经卦、六十四卦，都由一阴一阳构成，没有阴阳对立，就没有《周易》。它把中国古代早已有之的阴阳观念，发展成为一个系统的世界观，用阴阳、乾坤、刚柔的对立统一来解释宇宙万物和人类社会的一切变化。它特别强调了宇宙变化生生不已的性质，说“天地之大德曰生”、“生生之谓易”。又提出“穷则变，变则通，通则久”，发挥了“物极必反”的思想，强调提出了“居安思危”的忧患意识。它认为“汤武革命，顺乎天而应乎人”，肯定了变革的重要意义，主张自强不息，通过变革以完成功业。同时，它又以“保合太和”为最高的理想目标，继承了中国传统的重视和谐的思想。《系辞》肯定了“《易》与天地准”，以为《周易》及其筮法出于对自然现象的摹写，其根源在于自然界；同时也含有夸大《周易》筮法功能的成分，认为易卦包罗万象，囊括了一切变化法则。它说：“《易》有太极，是生两仪，两仪生四象，四象生八卦，八卦定吉凶，吉凶生大业。”将求卦的过程理论化，实际包含着宇宙生成论，对后来的思想家产生了很大的影响。

读《易传》，较好的古注本是孔颖达的《周易正义》，收在《十三经注疏》中。今人徐志锐《周易大传新注》（齐鲁书社，1986 年版），黄寿祺、张善文《周易译注》（上海古籍出版社，1989 年版），都是较好的参考书。建议重点读《系辞》上、下篇。

系辞·上

天尊地卑，乾坤定矣。卑高以陈，贵贱位矣。动静有常，刚柔断矣。方[①]以类聚，物以群分，吉凶生矣。在天成象，在地成形，变化见矣。是故刚柔相摩，八卦相荡。鼓之以雷霆，润之以风雨；日月运行，一寒一暑。乾道成男，坤道成女；乾知大始，

① 方：方法，做法，技巧。

坤作成物[1]。乾以易知，坤以简能[2]；易则易知，简则易从。易知则有亲，易从则有功；有亲则可久，有功则可大；可久则贤人之德，可大则贤人之业。易简而天下之理得矣。天下之理得，而成位乎其中矣。……

《易》与天地准，故能弥纶天地之道[3]。仰以观于天文，俯以察于地理，是故知幽明之故；原始反终，故知死生之说；精气为物，游魂为变，是故知鬼神之情状。与天地相似，故不违；知周乎万物而道济天下，故不过；旁行而不流[4]，乐天知命，故不忧；安土敦乎仁，故能爱。范围天地之化而不过，曲成[5]万物而不遗，通乎昼夜之道而知，故神无方而《易》无体[6]。

一阴一阳之谓道。继之者善也，成之者性也。仁者见之谓之仁，知者见之谓之知，百姓日用而不知，故君子之道鲜矣。显诸仁，藏诸用，鼓万物而不与圣人同忧，盛德大业至矣哉！富有之谓大业，日新之谓盛德。生生之谓易，成象之谓乾，效法之谓坤，极数知来之谓占，通变之谓事，阴阳不测之谓神。

夫《易》广矣大矣！以言乎远则不御[7]，以言乎迩则静而正，以言乎天地之间则备矣。夫乾，其静也专，其动也直，是以大生焉；夫坤，其静也翕，其动也辟[8]，是以广生焉。广大配天地，变通配四时，阴阳之义配日月，易简之善配至德。……

是故阖户谓之坤，辟户谓之乾，一阖一辟谓之变，往来不穷谓之通；见[9]乃谓之象，形乃谓之器，制而用之谓之法，利用出入，民咸用之谓之神。

是故《易》有太极，是生两仪，两仪生四象，四象生八卦[10]，八卦定吉凶，吉凶生大业。是故法象莫大乎天地；变通莫大乎四时；悬象著明莫大乎日月；崇高莫大乎富贵；备物致用，立成器以为天下利，莫大乎圣人；探赜索隐，钩深致远，以定天下之吉凶，成天下之亹亹[11]者，莫大乎蓍龟。是故天生神物，圣人则之；天地变化，圣人效之；天垂象，见吉凶，圣人象之；河出图，洛出书，圣人则之。……

子曰："书不尽言，言不尽意。"然则圣人之意，其不可见乎？子曰："圣人立象以尽意，设卦以尽情伪，系辞焉以尽其言，变而通之以尽利，鼓之舞之以尽神。"……

---

① 知：主管。这两句说：乾道主管事物的开端，坤道使得万物成形。

② 乾以易知，坤以简能：乾道以平易为主，坤道以简易为能。

③ 准：等同，符合。弥纶：普遍包括。

④ 旁：普遍。旁行而不流：德行遍达四方而不放纵。

⑤ 曲成：普遍助成。

⑥ 方：方所，引申为固定不移。体：形体。

⑦ 不御：无止境。

⑧ 翕：合，闭。辟：开。

⑨ 见：显现。

⑩ 太极：天地尚未分开之元始状态。两仪：天地；阴阳。四象：太阳、太阴，少阳，少阴。

⑪ 亹亹（wěi）：微细的意思。

是故形而上者谓之道，形而下者谓之器，化而裁之谓之变，推而行之谓之通，举而措之天下之民谓之事业。

是故夫象，圣人有以见天下之赜[1]，而拟诸其形容，象其物宜，是故谓之象。圣人有以见天下之动，而观其会通，以行其典礼，系辞焉以断其吉凶，是故谓之爻。极天下之赜者存乎卦；鼓天下之动者存乎辞；化而裁之存乎变；推而行之存乎通；神而明之存乎其人；默而成之，不言而信，存乎德行。

译文

天尊贵于上，地卑贱于下，乾坤由此确定；卑下高上得以有序，贵贱之位得以确立。天地动静有其常规，阳刚阴柔得以区分。万事以其类相聚，万物以其群相分，这样吉凶便产生了。在天形成象，在地生成形，因而变化就显现了。所以刚柔相互切摩，八卦互相推移。以雷霆鼓动，以风雨滋润，日月运行，寒暑交替。乾道成就男性，坤道成就女性。乾主管万物之初始，坤成就万物之化生。乾以平易之故而易于知晓，坤以简约之故而易于顺从。平易则人有亲附，简约则事有功效。有亲附则可以长久，有功效则可以广大。可长久才是贤人的德行，可广大才是贤人的事业。易简而天下之理可得，天下之理可得而人的地位也就在其中得以确立。……

《易》之道与天地等同，所以能包罗天地之道。抬头观看天文，俯首察看地理，所以便知晓了一切无形和有形事物变化的原因；探究事物发展的始末，这样就知晓了死生的学说；精气聚合而生成物形，魂气消散就有了变化，因此也就可知鬼神的情状。与天地相似，所以不会违背天地的规律。智慧遍及天下万物而以其道成就天下，所以不会有失误；德行遍达四方而不放纵；愉快地顺应天道，旷达于命运的变化，因此就没有忧愁；安于所居，敦厚于仁德，于是便有天地般的大爱。效法天地的变化而恰到好处，巧妙地助成万物而无任何遗漏，透彻地反映了阴阳变化的规则，而且能预知凶吉。所以说，阴阳的神妙变化没有一定的规则，而变易之道亦不是一成不变的。

一阴一阳相互转化叫作道，顺应其道的叫作善，秉承其道的叫作性。仁者看见它的仁便称它为仁，智者看见它的智便称它为智。百姓对它习以为常自己却不知道，所以君子之道已很少见了。显现道的仁德于外，潜藏道的功用于内，鼓动万物生长而不去与圣人同忧虑，盛德大业可谓完备至极！富有叫作大业；日新叫作盛德；阴阳变化、生生不已叫作“易”；成象为乾，效形为坤；通达运数、预知未来叫作占；预测未来、顺应变化叫作事；把握不可测度的变化叫作神。

这易道深广远大！要说它远，则没有止境；要说它近，则宁静而方正；要说它充塞于天地之间，则无所不备。乾，它静止时专一，运动时刚直，所以能广生万物；坤，

---

① 赜（zé）：繁杂的意思。

它静止时关闭，运动时开敞，所以也广生万物。乾坤以其广大，故能与天地配合；以其变通，故能与四时配合；阴阳则在精神上与日月配合，易简则以其便于利用的好处而与至大的德行配合。……

所以闭户叫作坤，开户叫作乾；一闭一开叫作变；往来不穷叫作通；显现出来时叫作象；成其形体时叫作器；根据这些道理而加以利用叫作法；这样使民众得到许多方便就叫作神。

所以易中有太极，由太极生成两仪，两仪生成四象，四象生成八卦，八卦推断吉凶，由此推断而成就大业。所以模仿那显现出来的莫过于（模仿）天地，模仿变通莫过于（模仿）四季之变化；最能显现出来以彰明大义的莫过于日月；最能显示高大的莫过于富贵；根据这些道理而指定原则、成就器物，以利于天下百姓，莫过于圣人；探寻事物之繁杂，求索事物隐藏的事理，获取深远、最不可知的知识，以此定天下之吉凶，而成就天下纷繁微妙之事，没有比卜筮所用的“蓍草和龟甲”更有作用的。所以天生的神物蓍草和龟甲，圣人效法它；天地变化，圣人效法它；天垂示日月星象，昭示吉凶，圣人效法它；黄河出《图》，洛水出《书》，圣人效法它。……

孔子说：“文字不能写尽言语所能表达的意思，言语不能表尽心中所有的意思。”那么，圣人的心意就不可见了吗？孔子说：“圣人创立卦象以穷尽所要表达的心意，设置卦爻以穷尽所要表达的真伪，又在这里用系辞进一步阐发其中的含义。变动（阴阳爻）使之通达，以尽天下之利；鼓动起舞（而行蓍），以穷究其神妙。”……

所以，没有形体，因而不可感知的叫作道；有形体，因而可以感知的叫作器；洞明了这些变化而有所树立有所制定的就叫作变；把它予以推广就叫作通；将其付诸实施而便利天下民众的，就叫作事业。

所以这卦象，是圣人看见天下事物繁杂，因而模仿其外部形状，显示事物之所宜，所以叫作卦象；圣人看到天下事物的变动，因而观察体会其内在的联系，以推行其典章礼仪，附上爻辞以推断吉凶，这就叫作爻。把天下纷繁之事物纳入卦象，把推动天下变化的道理寓于爻辞，用变化的举措来顺应事物的变化，用与时俱进的会通来推行这些法则，用人来洞察这些微妙的道理，在无言中用德行来默默地成就这一切。

《礼记》选

《礼记》是儒家最重要的经典之一。书中主要记载了战国前后各大儒家的许多言论，特别是有关礼仪制度、社会规范方面的言论。除此之外，一些著名的篇章如《大学》、《中庸》、《礼运》（尤其是其中著名的《大同》篇）、《学记》等，由于集中阐述了儒家的政治原则、社会理想、道德境界、哲学观念、教育思想等，在后世不仅被视为研究先秦儒家思想的重要史料，而且被奉为孔子和孔门弟子思想的正面表达。例如

《大学》和《中庸》两篇，就被宋代新儒家朱熹抽出来与《论语》和《孟子》合在一起编成“四书”，成为后世读书人必读的圣典。

《礼记》有两种版本，都是汉人辑录的。戴德辑录本叫《大戴礼记》，原有八十五篇，现存三十九篇。戴圣辑录的叫《小戴礼记》，共四十九篇，就是现在通行的《礼记》，东汉郑玄给它做了注，唐代的孔颖达又为它做了疏，成为后世通行的《礼记注疏》。此外较通行的还有元代陈浩的《礼记集说》，清代朱彬的《礼记训纂》和孙希旦的《礼记集解》。

由于《大学》和《中庸》经朱熹强调后已具有单独成篇的价值，这里我们只选编了《大同》和《儒行》两篇，帮助读者更好地理解《礼记》这部古代经典。

大　同

昔者仲尼与蜡宾①，事毕，出游于观②之上，喟③然而叹。仲尼之叹，盖叹鲁也。言偃在侧曰：“君子何叹？”孔子曰：“大道之行也，与三代之英，丘未之逮也，而有志焉。”

“大道之行也，天下为公，选贤与能，讲信修睦。故人不独亲其亲，不独子其子，使老有所终，壮有所用，幼有所长，矜④寡孤独疾废者皆有所养。男有分，女有归。货，恶其弃于地也，不必藏于己；力，恶其不出于身也，不必为己。是故谋闭而不兴，盗窃乱贼而不作，故外户而不闭，是谓大同。”

“今大道既隐，天下为家，各亲其亲，各子其子，货力为己，大人世及以为礼，城郭沟池以为固，礼义以为纪；以正君臣，以笃父子，以睦兄弟，以和夫妇，以设制度，以立田里，以贤勇知，以功为己。故谋用是作，而兵由此起。禹、汤、文、武、成王、周公，由此其选也。此六君子者，未有不谨于礼者也。以著其义，以考其信，著有过，刑⑤仁讲让，示民有常。如有不由此者，在执者去，众以为殃，是谓小康。”

译文

从前，有一天孔子作为宾客参加蜡祭，仪式结束后出来信步登上殿外门楼，眺望了一会儿，他感慨地长叹一声。孔子的叹息，大概是叹鲁国的命运吧。弟子子游在他身旁，问道：“老师为何叹息？”孔子说：“大道之行于天下的时代，以及夏商周的杰出

---

① 与：参与。蜡（zhà）：年终合祭鬼神。
② 观：古代宫殿、宗庙门旁的楼。
③ 喟（kuì）：叹气的样子。
④ 矜（guān）：通“鳏”，年老无妻的人。
⑤ 刑：通“型”，准则。

人物，我都未能有幸遇到，然而我对之却十分向往。”

“大道之行于天下之时，天下为公。选拔贤人与能人予以重用，对他人和邻国，讲究诚信，建立友好和睦的关系。所以人们不只是把自己的亲人当作亲人，像对待自己的子女一样对待别人的子女。使老人能安享晚年，壮年人能发挥自己的作用，儿童能够健康成长，鳏寡孤独、残疾病患的人，在生活上都得到保障。男子都有名分职位，女子都有自己的家庭。对于财富，不希望它被人丢在地上，但不一定将它据为己有；至于体力，不愿意自己付出，但不一定是为自己。因此谋略无人再用而不再时兴，盗窃乱贼也不会产生，这样，只须合上外门，不须上锁严防。这就是所说的大同之世。”

“现在大道已经不为人所知，天下人都是各为其家。人们只是把自己的亲人当作亲人，只对自己的子女慈爱有加。财富、体力只是为了自己；君位世袭被当作礼制，筑城墙挖壕沟以保护自己的所有，礼义被规定为社会国家的纲纪，作为标准来规范君臣关系，以增强父子之情，以使兄弟和睦、夫妻关系融洽，以建立制度，以划分田地界线，以鼓励那些勇敢的人和智者，为自己的利益而立功。这样，谋略就时兴起来，而战争也由此发生。大禹、商汤、周文王、周武王、周成王、周公就是以礼义治天下的杰出人物。这六位君子，没有一个不严格遵守礼制的。他们用礼来表现他们所信守的原则，以考验他们所注重的诚信的品格，区别正确与错误，确立仁的准则，提倡谦让，向人民昭示了永恒的法则。如果有人背离礼，即使他有权，也要罢免他，百姓都把他看作祸害，这就是所谓的小康之世。”

儒 行

鲁哀公问于孔子曰：“夫子之服，其儒服与?”孔子对曰：“丘少居鲁，衣逢掖之衣[①]；长居宋，冠章甫[②]之冠。丘闻之也，君子之学也博，其服也乡。丘不知儒服。”

哀公曰：“敢问儒行。”孔子对曰：“遽数之不能终其物，悉数之乃留，更仆未可终也。”

哀公命席，孔子侍曰：“儒有席上之珍以待聘，夙夜强学以待问，怀忠信以待举，力行以待取，其自立有如此者。

儒有衣冠中，动作慎，其大让如慢，小让如伪，大则如威[③]，小则如愧。其难进而易退也，粥粥[④]若无能也。其容貌有如此者。

---

① 逢：宽大。掖：腋下。

② 章甫：殷商帽名，为黑布帽。

③ 威：通“畏”。

④ 粥粥：形容柔弱。

儒有居处齐难[①]，其坐起恭敬，言必先信，行必中正；道涂不争险[②]易之利，冬夏不争阴阳之和；爱其死以有待也，养其身以有为也。其备豫有如此者。

儒有不宝金玉，而忠信以为宝；不祈土地，立义以为土地；不祈多积，多文以为富。难得而易禄也，易禄而难畜也。非时不见，不亦难得乎！非义不合，不亦难畜乎！先劳而后禄，不亦易禄乎！其近人有如此者。

儒有委之以货财，淹之以乐好[③]，见利不亏其义；劫之以众，沮之以兵，见死不更其守；鸷虫攫搏不程勇者[④]；引重鼎不程其力；往者不悔，来者不豫；过言不再，流言不极；不断其威，不习其谋。其特立有如此者。

儒有可亲而不可劫也，可近而不可迫也，可杀而不可辱也。其居处不淫，其饮食不溽，其过失可微辨，而不可面数也。其刚毅有如此者。

儒有忠信以为甲胄，礼义以为干橹[⑤]；戴仁而行，抱义而处；虽有暴政，不更其所。其自立有如此者。

儒有一亩之宫，环堵之室，筚门圭窬[⑥]，蓬户瓮牖[⑦]；易衣而出，并日而食；上答之不敢以疑，上不答不敢以谄。其仕有如此者。

儒有今人与居，古人与稽；今世行之，后世以为楷；适弗逢世，上弗援，下弗推。谗谄之民，有比党而危之者，身可危也，而志不可夺也；虽危，起居竟信其志，犹将不忘百姓之病也。其忧思有如此者。

儒有博学而不穷，笃行而不倦，幽居而不淫，上通而不困；礼之以和为贵，忠信之美，优游之法；慕贤而容众，毁方而瓦合。其宽裕有如此者。

儒有内称不辟亲，外举不辟怨。程功积事，推贤而进达之，不望其报。君得其志，苟利国家，不求富贵。其举贤援能有如此者。

儒有闻善以相告也，见善以相示也；爵位相先也，患难相死也；久相待也，远相致也。其任举有如此者。

儒有澡身而浴德，陈言而伏，静而正之，上弗知也，麤[⑧]而翘之，又不急为也；不临深而为高，不加少而为多；世治不轻，世乱不沮；同弗与，异弗非也。其特立独行有如此者。

---

① 齐难：一解为“齐庄可畏难”。
② 险：通“俭”，省力。
③ 淹：浸润。
④ 攫搏：搏斗。
⑤ 干橹：小盾，大盾。
⑥ 筚门：编荆竹为门。圭窬：上尖下方之门，形如圭。
⑦ 牖：窗子。
⑧ 麤：即“粗”字。

儒有上不臣天子，下不事诸侯；慎静而尚宽，强毅以与人，博学以知服；近文章，砥厉廉隅[①]；虽分国，如锱铢，不臣不仕。其规为有如此者。

儒有合志同方，营道同术；并立则乐，相下不厌；久不相见，闻流言不信。其行本方立义，同而进，不同而退。其交友有如此者。

温良者，仁之本也。敬慎者，仁之地也。宽裕者，仁之作也。孙接者，仁之能也。礼节者，仁之貌也。言谈者，仁之文也。歌乐者，仁之和也。分散者，仁之施也。儒皆兼此而有之，犹且不敢言仁也。其尊让有如此者。

儒有不陨[②]获于贫贱，不充诎于富贵，不慁[③]君王，不累长上，不闵[④]有司，故曰儒。今众人之命儒也妄，常以儒相诟病。"

孔子至舍，哀公馆之，闻此言也，言加信，行加义："终没吾世，不敢以儒为戏。"

译文

鲁哀公问孔子说："先生穿的大概是儒服吧？"孔子回答说："我年幼时住在鲁国，穿腋下宽大的衣服；长大以后住在宋国，戴黑布般帽。我听说，君子的学问要广博，穿衣服则要入乡随俗。我没有听说有什么儒服。"

哀公问："冒昧地问一下，儒行是怎样的？"孔子回答说："一下子不能完全讲清儒者的行为，如果逐一列举将要花很长时间，讲到侍从换班时也讲不完。"

哀公命令设席，孔子陪在旁边，说："儒者有像席上的珍品那样的品质，等待聘任，起早带夜努力学习以等待询问，具有忠信的美德以等待荐举，奋力实行以等候任用。他们就是这样自强自立。"

"儒者穿戴既不奢侈，也不简陋，行为谨慎；在大事上他们的谦让看起来像傲慢，在小事上他们的谦让好像很虚伪；对于大事，他们十分谨慎，好像有所畏惧，对于小事，对自己所为总是不满意，好像心中有愧；在仕途上他们的前进很难，后退倒是容易，似乎柔弱无能。他们的容貌就是这样的。

儒者平时在家严肃端庄，似很难做到，他们的一举一动都显出恭敬的样子，讲话必定首先讲信用，行为必定符合中正的原则；在路途中不费心思取巧贪利，冬夏之时也不尽力避寒趋凉；珍爱生命以等待机会，保养身体以便有朝一日能够有所作为。他们事先是这样准备的。

儒者不以金玉为贵，而是以忠信为宝；不企求增加土地，而是把义作为立身之地；不企求多积聚财富，而是以知识、学问多为富裕；难以得到他们，但容易供养，虽然

① 廉隅：棱角。

② 陨：形容困迫失志。

③ 慁（hùn）：惊动。

④ 闵：病，责难。

容易供养，但却不容易网罗。不到适当的时候他们不出现，不是很难得到吗？不符合义的事就不合作，不是很难网罗吗？先干事而后接受供养，不是很容易供养吗？他们就是这样合乎人情。

有人赠给儒者财物，用玩乐爱好来影响他们，但是他们见利不损害义；用许多人来胁迫他们，用武器来威逼他们，但是他们面临死亡的危险也不改变自己的操守；遇到猛兽，就与之搏斗，而不估量自己力量的大小；要举重鼎就当仁不让，也不估量自己力气的大小；已经过去的事情不去追悔，对于未来的事情也不胡乱猜测；错话不说第二次，对于流言也不追根究底细打听；始终保持威严而不懈怠，又不致力于钻研谋略。他们就是这样保持独立人格。

儒者和蔼可亲，却不可以利用；可以接近，却不可以逼迫；可以杀害，却不可以侮辱。他们居家不腐化，其饮食不苛求味道，经过仔细观察可以发现他们的过失，却不能当面指责。他们就是这样刚毅。

儒者以忠信作为护身的盔甲，以礼义作为抵御邪恶的盾牌；举着仁的旗帜前进，坚守义而自处；虽然政治暴虐，但也不改变一贯的信守。他们就是这样自立于世。

儒者的住宅狭陋，房间局促，竹草为门，破瓮为窗；换身衣服出门办事访友，一日粮食并作两天吃；长上答复，不敢怀疑自己的才能，长上不答复，不敢逢迎谄媚。他们就是这样为官的。

儒者与今人共同生活，其追求与理想却与古人一致；他们在今世的行为，将为后世引为楷模；如果正好没有遇到好的时代，上边不帮助，下边没有人推举，那些专门进谗言害人的小人结成朋党来陷害他们，生命可以遭受危险，但他们的志向是不会丢弃的；虽然生命危险，但仍能在日常生活中实行他的志向，仍然不忘百姓的困苦。他们就是这样保持忧思的。

儒者广泛地探究学问而无终止，认真踏实地去做而不知疲倦，闲居乡间而不放纵自己，通达于上而不背离原则；他们实行礼制时以和为贵，具有忠信的美德，又悠闲自得；敬仰贤人，又宽厚容人，虽然立身方正，但又随和，乐于与普通百姓交往。他们就是这样宽容。

儒者推荐人才时，对家族内的，不避亲属，对外面的人，不避怨恨的人，而是根据他的事迹功劳，推贤举才，促进他的晋升，并不企图有什么回报，而是期望君主能实现自己的志向，只是为了国家的利益，并不是企求富贵。他们就是这样推举贤人、帮助能人的。

儒者听到有益的话就告诉他人，看见好的东西也指给别人看；遇到升官晋爵的机会就推让，遇到患难勇于牺牲自己；如果朋友仍未提升，就耐心地等待，同他一起提升；如果朋友在远方不被任用，就把他招来，发挥他的作用。他就是这样对待升任提拔的。

儒者沐浴身心，以德自清，陈述自己的意见与主张，伏听君主的裁决，平心静气地坚守正道，君主如果不了解，就婉转大致地指出君主的过失，也不急躁；在地位低下的人面前不炫耀自己的地位高，在知识少的人面前不夸耀自己的学问多；政治清明的时代，不低估自己，在动乱的时代，也不放弃自己的操守随波逐流；不与主张相同的人结为朋党，也不对主张不同的人加以诽谤。他们就是这样特立独行。

儒者中有的上不做天子之臣，下不为诸侯效劳；谨慎平静，崇尚宽厚，在与人相处中刚强坚毅，学问广博，明白自己该做什么；经常演习礼乐，不断磨炼自己；即使封他一块国土，他也视为微不足道，不出任官吏。他们的行为规范就是这样的。

儒者交友追求志同道合，对于实行道的途径和方法，他们也持相同的主张；他们都为世所用时，能相互促进，十分快乐，都失意时也不相互轻视；朋友很久没有见面，有点生疏时，也不听信流言。他们的行为以方正为本，以义为根基，志向相同时就一起前进，志向不同了就分开。他们就是这样交朋友的。

温和善良，是仁的根本；恭敬谨慎，是仁的基础；宽容厚道，是仁的开始；谦逊亲切，是仁的功能；礼节，是仁的表现；言语，是仁的表达；歌乐，是表达仁的和谐；分散，是仁的施行。儒者兼有这些品质，仍然不敢以仁者自居而谈仁。他们就是这样恭敬谦让。

儒者不因贫贱困迫而堕落，也不因富贵得意而骄横，不使君主为难，不成为长上的累赘，不刁难负责具体事务的人，所以称为儒。现在许多人说的儒与其原意不符，所以常用儒者的名称相互讥讽。”

孔子回到住处，鲁哀公为他安排了公馆，听了他说的这番话后，说话更讲信用，行为更合于义。他说：“在我有生之年，再也不敢拿儒者开玩笑了。”

《孝经》选

《孝经》是中国古代儒家的伦理学著作。有人说是孔子自作，但南宋时已有人怀疑是出于后人附会。清代纪昀在《四库全书总目》中指出，该书是孔子“七十子之徒之遗言”，成书于秦汉之际。自西汉至魏晋南北朝，注解者甚多。现在流行的版本是唐玄宗李隆基注，宋代邢昺疏。全书共分十八章。

该书以孝为中心，比较集中地阐发了儒家的伦理思想。它肯定“孝”是上天所定的规范，“夫孝，天之经也，地之义也，人之行也”。书中指出，孝是诸德之本，“人之行，莫大于孝”，国君可以用孝来治理国家，臣民能够用孝来立身治家。《孝经》在中国伦理思想中，首次将孝亲与忠君联系起来，认为“忠”是“孝”的发展和扩大，并把“孝”的社会作用扩大化，认为“孝悌之至”就能够“通于神明，光于四海，无所不通”。

《孝经》对实行“孝”的要求和方法也做了系统的规定。它主张把“孝”贯穿于人的一切行为之中，“身体发肤，受之父母，不敢毁伤”，是孝之始；“立身行道，扬名于后世，以显父母”，是孝之终。主张“孝”要“始于事亲，中于事君，终于立身”，并按照父母的生老病死等生命过程，提出“孝”的具体要求：“居则致其敬，养则致其乐，病则致其忧，丧则致其哀，祭则致其严。”该书还根据不同人的等级差别规定了行“孝”的不同内容：天子之“孝”要求“爱敬尽于其事亲，而德教加于百姓，刑于四海”；诸侯之“孝”要求“在上不骄，高而不危，制节谨度，满而不溢”；卿大夫之“孝”则在于一切按先王之道而行，“非法不言，非道不行，口无择言，身无择行”；士阶层的“孝”是“忠顺事上，保禄位，守祭祀”；庶人之“孝”应“用天之道，分地之利，谨身节用，以养父母”。

《孝经》在唐代被尊为经书，南宋以后被列为《十三经》之一。在相当长的时期里它被看作是“孔子述作，垂范将来”的经典，对中国传统文化有很大影响。故而读者可结合我院“三讲三心”明德教育中的“三心”（对国家人民尽忠心、对父母长辈尽孝心、对同学同事尽爱心）理解《孝经》中的合理内容，这将对树立美德、陶冶情操不无裨益。

开宗明义章第一

仲尼居，曾子侍①。子曰：“先王有至德要道，以顺天下，民用和睦，上下无怨，汝知之乎？”曾子避席②曰：“参不敏，何足以知之？”子曰：“夫孝，德之本也，教之所由生也。复坐，吾语汝。身体发肤，受之父母，不敢毁伤，孝之始也。立身行道，扬名于后世，以显父母，孝之终也。夫孝，始于事亲，中于事君，终于立身。《大雅》云：‘无念尔祖，聿修厥德。’”

译文

孔子在家里坐着，他的弟子曾参陪坐在一旁。孔子说：“古代的圣王有一种崇高至极之德，精要至妙之道。拿它来治理天下，天下的人民，都能够很和气地相亲相敬，上自天子，下至庶人，都不会相互怨恨。这个道德的妙用，你知晓吗？”曾子肃然起敬，恭敬地离开座位站起来，对孔子说：“我曾参很鲁钝，不大聪敏，才学和能力都不足以知晓这样深奥的道理。”孔子就告诉他说：“前边所讲的至德要道，就是孝道。这个孝道，就是德行的根本，教化的出发点。你先坐下，我慢慢地告诉你。一个人的身体，哪怕很细小的一根头发和一点皮肤，都是父母给予的，要好好地加以爱惜，不敢

① 侍：陪侍。
② 避席：起身离席。

稍有毁伤，这就是孝道的开始。一个人的为人，应该独立不倚，坚持道德原则，凡事合乎道德标准，不为外界利欲所动摇，这样的道德人格，就会受到众人的景仰，他的名誉不但要称颂于当时，而且将要流传于后世，使自己的父母也因此而荣耀——做到这一步，那就是孝道的完成。这个孝道，可分成三个阶段。幼年时期，一开始，便是承欢膝下，侍奉双亲。到了中年，便要充当公仆，替君王或长官办事，为国家尽忠，为民众服务。到了老年，就要检查自己的人格道德是否已经完善而没有遗憾。如果已经完善，那就是孝道的完成。”孔子引《诗经·大雅·文王》的话说：“你能不追念你祖父文王的德行吗？如要追念你祖父文王的德行，你就得先修持你自己的德行，来继续他的德行。”

庶人章第六

用天之道，分地之利，谨身[①]节用，以养父母，此庶人之孝也。故自天子至于庶人，孝无终始，而患不及者，未之有也。

译文

利用四时的气候来耕耘收获，以适应天道；分辨土地的性质来种植庄稼，以收地利之果；谨慎修身行事，爱护自己的名誉，节省用度，使财物充裕，以孝养自己的父母——所有这些，是普通老百姓都应该尽的孝道。所以上自一国之君，下至平民百姓，这个孝道，是没有终始的。如果有人说恐怕做不到这一步，那是绝对没有的事。

广要道章第十二

子曰：“教民亲爱，莫善于孝。教民礼顺，莫善于悌。移风易俗，莫善于乐。安上治民，莫善于礼。礼者，敬而已矣。故敬其父，则子悦，敬其兄，则弟悦，敬其君，则臣悦[②]。敬一人，而千万人悦。所敬者寡，而悦者众，此谓之要道也。”

译文

孔子说：“教民相亲相爱，没有比孝道更好的了。教民恭敬和顺，没有比悌道更好的了。要想移风易俗，没有比音乐更好的了。要想安定长官的身心，治理一国的人民，莫有比礼更好的了。所谓礼，可以用一个‘敬’字来概括。如果做过国君的人能尊敬别人的父亲，那个父亲的儿女一定是很喜悦的。尊敬他人的兄长，那个兄长的弟弟们一定是很喜悦的。尊敬他人的国君，那他的臣下一定是很喜悦的。尊敬一个人，喜悦的人却有千万人。尊敬的人少而高兴的人多，岂不是简约精要的治国之道吗？”

---

① 谨身：谨慎保养身体。

② 按照邢昺的解释，此处敬人之父、敬人之兄、敬人之君的“敬者”（主语）应为国君。

广至德章第十三

子曰："君子之教以孝也，非家至而日见之也。教以孝，所以敬天下之为人父者也。教以悌，所以敬天下之为人兄者也。教以臣，所以敬天下之为人君者也。"

《诗》云："'恺悌[1]君子，民之父母。'非至德，其孰能顺民，如此其大者乎！"

译文

孔子说："君子教民行孝道，并非是亲自到人家家里去教，也并非日日见面去教。以孝教民，是要使天下为人子的，都知道尽事父之道，那就等于尊敬天下所有做父亲的长者了。以悌教民，是要使天下为人弟的，都知道尽事兄之道，那就等于尊敬天下所有为人兄的人了。以做臣下的道理教人，那就等于尊敬天下所有做君王的人了。"

孔子引述《诗经》中的话说："'恺悌君子，民之父母。'（一个执政的君子，他的态度常是和平快乐，他的德行常是平易近人，这样他就像民众的父母一样）如果不是有很高的道德修养，谁能像这样广泛地使人民都知道恭顺呢？"

广扬名章第十四

子曰："君子之事亲孝，故忠可移于君。事兄悌，故顺可移于长。居家理，故治可移于官。是以行成于内，而名立于后世矣。"

译文

孔子说："君子能以孝敬的态度对待自己的父母，就一定能将这种忠诚敬爱的态度转而用于对待自己的君王。能以恭敬的态度对待自己的哥哥，就一定能将这种做弟弟的态度转而用于对待一切年长者。在家中能将一切事情都处理得有条有理，治理国家时也就一定能将这种处理事情的本领转移到处理民事上去，把事情都办得井井有条。所以说，一个人的行为，能成功于家庭之内，便也能扩展到社会上去，不但做官时声誉显耀于一时，而且忠孝之名将永远留传于后世。"

《老子》选

《老子》是道家最重要的经典。老子其人，据《史记》载，姓李，名耳，字聃，春秋末期楚国苦县（今河南鹿邑）人，是周朝的史官。但《史记》同时也记载了不同的传说，说"世莫知其然否"，没有肯定的结论。

《老子》分上下两篇，上篇道经，下篇德经，合称《道德经》，共 81 章，5000 余

---

① 恺悌：兄弟般和睦。

字。约成书于战国时期。

《老子》提出以“道”为核心的哲学思想体系。它以道为宇宙的根本，阐述了道的本质、特点及其运动变化的规律。认为万物都生于道，道是没有形象、不可被感官感知的，是不断运行变化的，有着自己的规律。道虽产生万物，却不占有和主宰万物，是自然无为的。《老子》的哲学体系，标志着我国哲学思想达到了很高的程度，在中国哲学发展史上有着重要的地位和深远的影响。要了解中国哲学，不可不读《老子》。

《老子》中有丰富的辩证法思想，它认为道是“周行不殆”、变动不居的。书中列举了许多对立的方面，如阴阳、祸福、有无、难易、前后、长短、高下、生死、强弱、损益，等等，说明事物对立的双方都是相互依存的，而且认为对立双方可以相互转化。书中提出“福兮祸之所伏，祸兮福之所倚”的哲学思想，包含着深刻的人生智慧。但老子过于夸大了事物转化的必然性，并且过多地强调了“兵强则灭，木强则折”，由强大走向灭亡这一面。他说，“反者道之动，弱者道之用”，用一个“反”字来概括道的运动，用一个“弱”字概括表述了由此引出的“柔弱胜刚强”的人生信条。

《老子》对当时的社会、政治表示不满，有不少时政批评。它提出“绝圣弃智”、“绝仁弃义”、“见素抱朴”、“少私寡欲”的人生态度和“小国寡民”、“清静无为”的社会政治理想。

《老子》提出的人生态度和社会政治理想，不免失之消极，但其思想中确也包含了深刻的智慧。它曾被人们广泛运用于社会、政治的方方面面，发挥了重要的作用。在整个中国文化发展历程中，与儒家刚健有为的思想起着互补的作用。

《老子》中的文字是韵文。历来注本很多，文字、句读和注释都有许多不同，读时要注意。初读时可选用任继愈的《老子新译》、陈鼓应的《老子注译及评价》，亦可参考高亨的《老子正诂》、朱谦之的《老子集释》。

一　章

道，可道，非常道；名，可名，非常名。

无，名天地之始；有，名万物之母。

故常“无”，欲以观其妙；常“有”，欲以观其徼。

此两者，同出而异名，同谓之玄。玄之又玄，众妙之门。

译文

道，如果可以用言辞来表达，就不是常道；名，如果可以用言辞来表达，那也就不是常名。

“无”是天地的本始，“有”是万物的根本。

故常从“无”中去观察“道”的奥妙，常从“有”中去认识“道”的端倪。

“无”和“有”这两者，来源相同而具有不同的名称。它们都可以说是很幽深的；极远极深，是一切变化的总门。

二　章

天下皆知美之为美，斯恶已；皆知善之为善，斯不善已。

故有无相生，难易相成，长短相形，高下相盈，音声相和，前后相随，恒也。

是以圣人处无为之事，行不言之教。万物作焉而不辞，生而不有，为而不恃，功成而弗居。夫唯弗居，是以不去。

译文

天下的人都知道美之所以为美，就显露出丑来了；都知道善之所以为善，就显露出丑来了。

有和无相互对立而产生，难和易相互对立而完成，长和短相互对立而形成，高和低相互对立而包含，音和声相互对立而和谐，前和后相互对立而随顺，这是永远不变的（对立统一体）。

因此，圣人以“无为”的态度去对待世事，实行“不言”的教导。顺应万物自然地生长变化而不加干预，生养万物而不据为己有，培育万物而不自恃自己的能力，功成业就而不自我夸耀。正由于不自我夸耀，所以他的功绩不会泯灭。

三　章

不尚贤，使民不争；不贵难得之货，使民不为盗；不见可欲，使民不乱。是以圣人之治也，虚其心，实其腹，弱其志，强其骨。常使民无知无欲。使夫知者不敢为也。为无为，则无不治。

译文

不推崇有才干的人，使人民不争功名利禄；不看重稀有货品，使人民不去偷盗；不炫耀那些能诱发人贪欲的东西，使人民的心性不被搅乱。所以，圣人治理天下，要简化人民的头脑，填饱人民的肚子，削弱人民的意志，增强人民的体魄，永远使人民没有知识、没有欲望。（这样，）使一些自作聪明的人不敢妄为，以“无为”的态度去处理世事，就没有办不好的事情。

四　章

道冲，而用之有弗盈也。渊呵！似万物之宗。挫其锐，解其纷，和其光，同其尘。湛兮，似或存。吾不知谁之子，象帝之先。

译文

“道”是虚而不见的，然而它的作用却无穷无尽。它是那样渊深，好像是万物的宗主。它不露锋芒，脱离纠纷，蕴蓄着光明，混合着尘埃。它是那样幽隐，似无而实存。我不知道它是从哪里产生的，似乎在有大帝之前它就存在了。

五　章

天地不仁，以万物为刍狗；圣人不仁，以百姓为刍狗。

天地之间，其犹橐龠[①]乎！虚而不屈，动而愈出。

多言数穷，不若守于中。

译文

天地无所偏爱，任凭万物自然生灭；圣人无所偏爱，听任百姓自然生息。

天地之间，不正像风箱一样吗？虽空虚却不会穷竭，越动，它的风量越大。

议论太多，只会加速失败，不如保持内心的虚静。

六　章

谷神不死，是谓玄牝。玄牝之门，是谓天地根。绵绵若存，用之不堇[②]。

译文

“道”这个生养天地万物的神奇之物，是永恒存在而不会消逝的，这就叫作形而上的微妙的母体。微妙深奥的母体的门户，就叫作天地的根源。它冥冥地存在着，对宇宙万物的作用是无穷无尽的。

七　章

天长地久。天地所以能长且久者，以其不自生也，故能长生。是以圣人后其身而身先，外其身而身存。非以其无私邪？故能成其私。

译文

天地是长久存在的。天地所以能够长久存在，是因为它们的运行、存在不是为了自己，所以能够长久。因此圣人把自己摆在后面，结果自己反而会占先；（危险时）把自己的生死置之度外，结果反而能保全自己。不正因为他不自私吗？所以反倒成就了他自己的目的。

---

① 橐龠（tuó yuè）：风箱。

② 堇：通“勤”。

十　章

载营魄抱一，能无离乎？专气致柔，能如婴儿乎？涤除玄览，能无疵乎？爱民治国，能无为乎？天门开阖，能为雌乎？明白四达，能无知乎？生之畜之，生而不有，为而不恃，长而不宰，是谓“玄德”。

译文

精神和身体合一，能不分离吗？结聚精气，致力柔和，能像无欲的婴儿吗？洗清杂念，深入静观，能没有瑕疵吗？爱民治国，能遵行自然无为的规律吗？感官与外界的对立变化相接触，能宁静吗？明白四达，能不用心机吗？生万物，养万物，生养了万物而不据为己有，推动了万物发展而不自恃其功绩，使万物生长了而不去主宰它们，这就叫最深远的“德”。

十一章

三十辐共一毂，当其无，有车之用。埏埴以为器，当其无，有器之用。凿户牖以为室，当其无，有室之用。故有之以为利，无之以为用。

译文

三十根辐条汇集到一个毂上，有了毂中间的洞孔，才有了车的作用。揉捏黏土做成器皿，有了器皿中间的虚空，才有了器皿的作用。开凿门窗建造房屋，有了门窗四壁中间的空间，才有了房屋的作用。所以“有”给人以便利，（全靠）“无”使它发挥作用。

十二章

五色令人目盲；五音令人耳聋；五味令人口爽；驰骋畋猎，令人心发狂；难得之货，令人行妨。是以圣人为腹不为目，故去彼取此。

译文

缤纷的色彩，使人眼花缭乱；纷繁的音乐，使人听觉不灵敏；丰盛的食物，使人味觉迟钝；纵情围猎，使人内心疯狂；稀罕的器物，使人行为不轨。因此，有“道”的人只求安饱而不追逐声色之娱，所以摒弃物欲的诱惑而吸收有利于身心自由的东西。

十三章

宠辱若惊，贵大患若身。何谓宠辱若惊？宠为下，得之若惊，失之若惊，是谓宠辱若惊。何谓贵大患若身？吾所以有大患者，为吾有身，及吾无身，吾有何患？故贵以身为天下，若可寄天下；爱以身为天下，若可托天下。

译文

得宠和受辱都感到惊恐，把荣辱这样的祸患看得和自己生命一样宝贵。什么叫得宠和受辱都感到惊恐呢？得宠（本质上）是卑下的，得到宠爱感到惊恐不安，失去宠爱也感到惊恐不安，这就叫得宠和受辱都感到惊恐。什么叫重视大祸患像重视自身生命一样？我所以有大祸患，是因为我有这个身体，如果没有这个身体，我还会有什么祸患呢？所以，能够看重自己的身体，并以这种态度去处理事情的人，才可以把天下交付给他；能够爱惜自己的身体，并以这种态度去处理事情的人，才可以把天下托付给他。

十五章

古之善为道者，微妙玄通，深不可识。夫唯不可识，故强为之容：豫兮若冬涉川；犹兮若畏四邻；俨兮其若客；涣兮其若凌释；敦兮其若朴；旷兮其若谷；混兮其若浊；孰能浊以静之徐清，孰能安以动之徐生。保此道者，不欲盈。夫唯不盈，故能蔽而新成。

译文

古时候懂得"道"的人，细致、深邃而通达，深刻到难以认识的地步。正因为难以认识，所以只好勉强地形容他：小心谨慎呵，像冬天踏冰过河；警惕疑惧呵，像提防着周围的攻击；庄重严肃呵，像在做客；融和疏脱呵，像冰柱消融；敦厚质朴呵，像未经雕凿的素材；空旷豁达呵，像深山幽谷；浑朴厚道呵，像混浊的江河；谁能够在浑浊中安静下来，慢慢地澄清？谁能在长久的安定中变动起来，慢慢地趋进？保持这种"道"的人，不要求圆满。正因为他不自求圆满，所以虽然破败，却不会穷竭，不必制造新的东西去补充。

十八章

大道废，有仁义；智慧出，有大伪；六亲不和，有孝慈；国家昏乱，有忠臣。

译文

社会的公正被废弃了，才有所谓的"仁义"存在；出现了聪明智慧，才产生严重的虚伪；有家庭纠纷，才有所谓的孝慈；国家陷于昏乱，才显出所谓的忠臣。

十九章

绝圣弃智，民利百倍；绝仁弃义，民复孝慈；绝巧弃利，盗贼无有。此三者以为文不足。故令有所属，见素抱朴，少私寡欲，绝学无忧。

译文

抛弃聪明和智慧，人民才可以得到百倍的好处；抛弃"仁"和"义"，人民才能回归孝慈；抛弃巧和利，盗贼自然消失。（圣智、仁义、巧利）这三样东西全是巧饰的东西，不足以治理天下。所以，要（正面指出）使人的认识有所归属，即外表单纯、内心质朴，减少私欲，抛弃（所谓的圣智礼法的）学问，达到没有忧虑的境地。

二十八章

知其雄，守其雌，为天下溪。为天下溪，常德不离，复归于婴儿。知其白，守其黑，为天下式。为天下式，常德不忒，复归于无极。知其荣，守其辱，为天下谷。为天下谷，常德乃足，复归于朴。朴散则为器，圣人用之，则为官长，故大制不割。

译文

深知什么是强雄，却安于柔雌的地位，甘做天下的溪涧。甘做天下的溪涧，永恒的“德”就不会离失，而回归到婴儿时的单纯质朴状态。深知什么是光彩，却安于暗昧的地位，甘做预测天下的工具。甘做预测天下的工具，永恒的“德”就不会有过错，而回归到最后的真理。深知什么是荣耀，却安于卑微的地位，甘做天下的川谷。甘做天下的川谷，永恒的“德”才得以充足，而回归到真朴的状态。真朴的“道”分散形成万物，有“道”的“圣人”沿用真朴，则成为百官的首长。所以完善的政治制度是自然天成、不能割裂的。

三十三章

知人者智，自知者明。胜人者力，自胜者强。知足者富，强行者有志。不失其所者久，死而不亡者寿。

译文

认识别人的叫作机智，了解自己的才算聪明。战胜别人的是有力，战胜自己的才算作刚强。知道满足的是富有，努力不懈的才是有志。不离失根基才能持久，身死而精神长存才是真正的长寿。

三十六章

将欲歙之，必固张之；将欲弱之，必固强之；将欲废之，必固兴之；将欲夺之，必固与之。是谓微明，柔弱胜刚强。鱼不可脱于渊，国之利器不可以示人。

译文

想要收敛它，必先扩张它；想要削弱它，必先加强它；想要废去它，必先抬举它；想要夺取它，必先给予它。这就叫作虽然微妙而又显明，柔弱可战胜刚强。鱼的生存不可以脱离池渊，国家的刑法政教不可以向人炫耀，不能轻易用来吓唬人。

《庄子》选

《庄子》是庄子学派的著述总集、道家的重要典籍。现存《庄子》共33篇，分内篇、外篇、杂篇。一般认为内篇是庄子所作，外篇、杂篇是庄周弟子及后学所作。

庄子名周，战国中期蒙（今河南商丘东北）人，曾做过管漆园的小吏。他追求精神自由，视名利地位如粪土腐鼠。齐王曾慕名派使臣携重金聘他为相，庄周回答，宁愿在脏水沟里自由嬉戏，也不愿受当权者的羁绊，拒绝了聘请。

庄周也以“道”为宇宙的根本，认为道存在于一切事物之中，是万物存在、变化的根本和依据。他提出万物一体的思想，认为宇宙万物都是一气之化，虽千姿百态各不相同，却又同是气聚所成，同为一体。从此出发，他认为大小、寿夭、生死、是非等的差别都是相对的，从万物一体的观点来看，这一切区别都失去了意义。

庄子对当时的社会现实十分不满，描述那时的社会“福轻于羽，祸重于地”，“仅免于刑”。所以他厌恶世俗生活，追求摆脱世俗羁绊的精神自由。他理想中的圣人、真人，是吸风饮露，游于天地之间，不受任何羁绊，无所依赖，逍遥自由的人；他追求一种超凡脱俗，不为任何是非、好恶、喜怒、哀乐“内伤其身”，使人的自然天性能自由发展的境界；对于孜孜于世俗名利的人，他讥之为麻雀与蝉，不识鲲鹏的广阔天地和宏大志向；他把生死看作有如春夏秋冬的转换，纯属自然，不知悦生，不知恶死，甚至认为死摆脱了世俗烦恼而“反其真”，在妻子死后“鼓盆而歌”；为达到这种理想境界，他提出“心斋”、“坐忘”等修养方法。

庄子的思想包含着深刻的智慧，对后世有着深远的影响。他提出的万物一体的思想，是认识世界的一个进步；提出了只靠辩论依据主观标准无法判断是非的思想和世界无限而个人的认识能力有限、无法尽知世界的思想两个认识领域的根本问题。虽然他没能正确回答这些问题，还有片面性，甚至得出了错误的结论，但提出的问题却是深刻的。庄子的人生哲学，虽偏于消极，但对于人们身处乱世和逆境困境时消解烦恼、求心理平衡，也不失其意义和作用，可以作为积极有为的人生观的补充。

《庄子》多用寓言来说明哲理，文字优美，有很高的文学价值。读此书，对于提高文学修养亦会有所裨益。

读《庄子》，初读可用陈鼓应的《庄子今注今译》，古注本可读清人郭庆藩的《庄子集释》和王先谦的《庄子集解》。可以先读内篇及《秋水》、《至乐》、《山木》、《知北游》等篇。《庄子》末篇《天下》，对当时百家争鸣的形势及各家学说做了评价，是了解、研究中国思想史的重要思想资料，应特别予以注意。

逍遥游[①]

北冥[②]有鱼，其名为鲲[③]。鲲之大，不知其几千里也；化而为鸟，其名为鹏[④]。鹏之背，不知其几千里也。怒而飞，其翼若垂天[⑤]之云。是鸟也，海运[⑥]则将徙于南冥。南冥者，天池[⑦]也。《齐谐》者，志怪者也[⑧]。《谐》之言曰："鹏之徙于南冥也，水击三千里，抟[⑨]扶摇而上者九万里，去以六月息者也[⑩]。"野马也，尘埃也，生物之以息相吹也[⑪]。天之苍苍，其正色邪？其远而无所至极邪？其视下也，亦若是则已矣[⑫]。且夫水之积也不厚，则其负大舟也无力。覆杯水于坳堂[⑬]之上，则芥[⑭]为之舟；置杯焉则胶，水浅而舟大也。风之积也不厚，则其负大翼也无力。故九万里则风斯在下矣。而后乃今培风[⑮]；背负青天而莫之夭阏[⑯]者，而后乃今将图南。蜩与学鸠笑之曰[⑰]："我决起而飞，抢榆枋而止，时则不至，而控于地而已矣，奚以之九万里而南为[⑱]？"适莽苍者，三餐而反，腹犹果然[⑲]；适百里者，宿舂粮[⑳]；适千里者，三月聚粮。之二虫又何知？小知不及大知，小年不及大年。奚以知其然也？朝菌不知晦朔[㉑]，蟪蛄[㉒]不知春秋，此

---

① 逍遥游：是说不受任何拘束，自由自在地在宇宙中遨游。

② 北冥：北海。

③ 鲲：大鱼名。

④ 鹏：大鸟名。

⑤ 垂天：天边。垂，通"陲"，边也。

⑥ 海运：海动，谓海水震荡时引起大风。

⑦ 天池：谓南海是天然形成的，非人为所为，故名"天池"。

⑧ 齐谐：书名，记载怪异之事的书。志：记载。

⑨ 抟：旋起，一说作"博"，拍。

⑩ 去：这里指离开北海。息：停歇。

⑪ 野马：指春天湖泽田间的游气，如马奔腾。息：气息。

⑫ 其正色邪：其，岂。若是则已：正是如此而已，意谓大鹏从高空看地下，同人仰视天空一样看不清楚。

⑬ 坳堂：堂上的低洼处。

⑭ 芥：小草。

⑮ 培：凭。培风：乘风。

⑯ 夭阏（è）：遮拦，阻塞。

⑰ 蜩（tiáo）：即蝉。学鸠：小鸟名。

⑱ 决：迅速的样子。枪：突过。枋：檀木。时：有时。控：投。奚以：何以。为：语气助词。

⑲ 适：往。莽苍：指近郊林野之处。果然：饱食的样子。

⑳ 宿舂粮：前一宿就要捣米储食。

㉑ 晦：夜。朔：昼。

㉒ 蟪蛄：寒蝉名。

小年也。楚之南有冥灵[①]者，以五百岁为春，五百岁为秋；上古有大椿[②]者，以八千岁为春，八千岁为秋。而彭祖乃今以久特闻，众人匹之[③]，不亦悲乎？

汤之问棘[④]也是已："穷发[⑤]之北有冥海者，天池也。有鱼焉，其广数千里，未有知其修者[⑥]，其名为鲲。有鸟焉，其名为鹏，背若太山，翼若垂天之云，抟扶摇羊角而上者九万里，绝云气[⑦]，负青天，然后图南，且适南冥也。斥鴳[⑧]笑之曰：'彼且奚适也？我腾跃而上，不过数仞而下，翱翔蓬蒿之间，此亦飞之至也，而彼且奚适也？'"此小大之辩也。

故夫知效一官[⑨]，行比一乡[⑩]，德合一君[⑪]而徵一国者[⑫]，其自视也亦若此矣。而宋荣子犹然笑之。且举世而誉之而不加劝，举世而非之而不加沮，定乎内外之分，辩乎荣辱之境，斯已矣[⑬]。彼其于世，未数数然也[⑭]。虽然，犹有未树也。夫列子御风而行，泠然善也[⑮]，旬有五日而后反。彼于致福者[⑯]，未数数然也。此虽免乎行，犹有所待者也。若夫乘天地之正，而御六气之辩，以游无穷者，彼且恶乎待哉[⑰]？故曰：至人无己，神人无功，圣人无名。

尧让天下于许由[⑱]，曰："日月出矣，而爝火不息[⑲]，其于光也，不亦难乎？时雨降矣，而犹浸灌，其于泽也，不亦劳乎？夫子立而天下治，而我犹尸之[⑳]，吾自视缺然[㉑]。

---

① 冥灵：一说是树名，一说是海中的灵龟。

② 大椿：落叶乔木。

③ 彭祖：传说中活了七百多岁的长寿老人。特：特别，突出。闻：闻于后世。匹：比。

④ 棘：通"革"，《列子·汤问》作"夏革"。

⑤ 穷发：古代传说中的极北地带。

⑥ 修：长度。

⑦ 绝：超越。

⑧ 斥鴳（yàn）：指小雀。

⑨ 知效一官：谓才智仅能胜一官之任。

⑩ 比：同"庇"，庇护。行比一乡：是说行为仅能庇护一乡之地。

⑪ 德合一君：德行仅能投合一国的君主。

⑫ 而徵一国者："而"，读"能"，才能。徵，信。是说才能仅得一国的信任。

⑬ 劝：励勉。沮：沮丧。斯已矣：如此而已。

⑭ 数数：频，常。未数数然：不是常见的。

⑮ 泠然：轻妙的样子。善：指技术好。

⑯ 致：得。福：谓顺当。致福：谓无往不顺。

⑰ 正：指正气。六气：指阴、阳、风、雨、晦、明。辩：读为"变"。恶乎待：何所待。

⑱ 许由：隐士，隐于箕山。

⑲ 爝火：火炬。

⑳ 尸：本指古代代表死者受祭的活人，此处为主持之意。

㉑ 缺然：不足的样子。

请致天下[①]。”许由曰：“子治天下，天下既已治也，而我犹代子，吾将为名乎？名者，实之宾也[②]，吾将为宾乎？鷦鹩[③]巢于深林，不过一枝；偃鼠饮河[④]，不过满腹。归休乎君[⑤]，予无所用天下为！庖人虽不治庖，尸祝不越樽俎而代之矣[⑥]。”

肩吾问于连叔曰[⑦]：“吾闻言于接舆[⑧]，大而无当，往而不返。吾惊怖其言，犹河汉而无极也。大有径庭[⑨]，不近人情焉。”连叔曰：“其言谓何哉？”曰：“藐姑射之山[⑩]，有神人居焉。肌肤若冰雪，绰约若处子[⑪]；不食五谷，吸风饮露。乘云气，御飞龙，而游乎四海之外。其神凝[⑫]，使物不疵疠而年谷熟[⑬]。吾以是狂而不信也。”连叔曰：“然。瞽者无以与乎文章之观，聋者无以与乎钟鼓之声。岂唯形骸有聋盲哉？夫知亦有之！是其言也，犹时女也[⑭]。之人也，之德也[⑮]，将旁礴万物以为一[⑯]，世蕲乎乱，孰弊弊焉以天下为事[⑰]！之人也，物莫之伤，大浸稽天而不溺[⑱]，大旱金石流，土山焦而不热。是其尘垢秕糠将犹陶铸尧舜者也[⑲]，孰肯以物为事！宋人资章甫而适诸越[⑳]，越人断发文身，无所用之[㉑]。尧治天下之民，平海内之政。往见四子藐姑射之山，汾水之阳，窅然丧其天下焉[㉒]。”

惠子谓庄子曰：“魏王贻我大瓠[㉓]之种，我树之成，而实五石。以盛水浆，其坚不

---

① 这句是说：请允许我把天下交给你。
② 宾：从。
③ 鷦鹩（jiāo liáo）：一种善于营巢的小鸟。
④ 偃（yǎn）鼠：一作“鼹鼠”，常行耕地中，好饮河水。
⑤ 这句是说：算了吧。
⑥ 祝：祭祀时读辞之人。樽：盛酒器。俎：盛肉器。庖人：厨工。
⑦ 肩吾、连叔：庄子虚构的人物。
⑧ 接舆：春秋末鲁国隐士。
⑨ 径庭：意谓相去悬殊，谓激过也。
⑩ 藐：远。姑射之山：北海中的仙山。
⑪ 绰约：美好貌，一说柔弱貌。处子：即“处女”。
⑫ 凝：专一。
⑬ 疵疠（cì lì）：疾病。
⑭ 时女：时通“是”；女通“汝”。这两句是说，这样的话，就是说的你（指肩吾）。
⑮ 两“之”字，都作“此”解。
⑯ 旁礴：磅礴。
⑰ 弊弊：劳苦经营貌。
⑱ 大浸：大水。稽：至。
⑲ 这句是说：神人身上的尘垢糟粕。
⑳ 资：贩卖。章甫：殷朝时的礼冠。
㉑ 文身：身涂花纹。
㉒ 窅（yǎo）然：迷茫自失貌。
㉓ 大瓠（hù）：大葫芦。

能自举也。剖之以为瓢，则瓠落无所容。非不呺然大也[①]，吾为其无用而掊之[②]。”庄子曰：“夫子固拙于用大矣！宋人有善为不龟手之药者，世世以洴澼絖为事[③]。客闻之，请买其方百金。聚族而谋曰：‘我世世为洴澼絖，不过数金。今一朝而鬻技百金[④]，请与之。’客得之，以说吴王。越有难，吴王使之将。冬与越人水战，大败越人，裂地而封之。能不龟手，一也；或以封，或不免于洴澼絖，则所用之异也。今子有五石之瓠，何不虑以为大樽，而浮于江湖，而忧其瓠落无所容？则夫子犹有蓬之心也夫[⑤]！”

惠子谓庄子曰：“吾有大树，人谓之樗。其大本臃肿，而不中绳墨；其小枝卷曲，而不中规矩。立之涂，匠者不顾。今子之言，大而无用，众所同去也。”庄子曰：“子独不见狸狌[⑥]乎？卑身而伏，以候敖者[⑦]；东西跳梁，不避高下；中于机辟[⑧]，死于罔罟[⑨]。今夫斄牛，其大若垂天之云；此能为大矣，而不能执鼠。今子有大树，患其无用，何不树之于无何有之乡，广莫之野[⑩]，彷徨乎无为其侧，逍遥乎寝卧其下。不夭斤斧[⑪]，物无害者，无所可用，安所困苦哉！”

译文

北方的大海里有一条鱼，它的名字叫鲲。鲲的体积，真不知道大到几千里，变化成为鸟，它的名字就叫鹏。鹏的脊背，真不知道长到几千里，当它奋起而飞的时候，那展开的双翅就像天边的云。这只鹏鸟呀，随着海上汹涌的波涛迁徙到南方的大海。南方的大海是个天然的大池。《齐谐》是一部专门记载怪异事情的书，这本书上记载说：“鹏鸟迁徙到南方的大海，翅膀拍击水面激起三千里的波涛，海面上急骤的狂风盘旋而上直冲九万里高空，它是乘着六月的大风而飞去的。”春日林泽原野上蒸腾浮动犹如奔马的雾气，低空里沸沸扬扬的尘埃，都是大自然里各种生物的气息吹拂所致。天空是那么湛蓝，难道这就是它真正的颜色吗？抑或是高旷辽远没法看到它的尽头呢？鹏鸟在高空往下看，不过也就像这个样子罢了。再说水汇积不深，它就没有力量浮载大船。在庭堂的低洼处倒杯水，那么小小的芥草也可以给它当作船；而搁置杯子就滞住不动了，因为水太浅而船太大了。风聚积的力量不雄厚，它托负巨大翅膀的力量便

---

① 呺然：虚无貌。
② 掊（pōu）：打破。
③ 洴（píng）：浮。澼（pī）：漂。絖（kuàng）：絮。洴澼絖：在水上漂洗棉絮。
④ 鬻（yù）：出售。技：指制造不龟手之药的技能。
⑤ 蓬：蔽塞，不畅通。有蓬之心：见识浅陋的心。
⑥ 狸狌：野猫。
⑦ 敖：同“遨”。敖者：来往遨游的动物，如鸡、鼠之类。
⑧ 机：弩机。辟：陷阱。
⑨ 罔：同“网”。罟（gǔ）：网类。
⑩ 广莫：广大。
⑪ 不夭斤斧：不被斤斧所损伤。

不够。所以，鹏鸟高飞九万里，狂风就在它的身下，然后方才凭借风力飞行，背负青天而没有什么力量能够阻遏它了，然后才像现在这样飞到南方去。寒蝉与小灰雀讥笑它说：“我从地面急速起飞，碰着榆树和檀树的树枝，常常飞不到而落在地上，为什么要到九万里的高空而向南飞呢?”到迷茫的郊野去，带上三餐就可以往返，肚子还是饱饱的；到百里之外去，要用一整夜时间准备干粮；到千里之外去，三个月以前就要准备粮食。寒蝉和灰雀这两个小东西懂得什么？小聪明赶不上大智慧，寿命短比不上寿命长。怎么知道是这样的呢？清晨的菌类不会懂得什么是晦朔，寒蝉也不会懂得什么是春秋，这就是短寿。楚国南边有叫冥灵的大龟，它把五百年当作春，把五百年当作秋；上古有叫大椿的古树，它把八千年当作春，把八千年当作秋，这就是长寿。可是彭祖到如今还是以年寿长久而闻名于世，人们与他攀比，岂不可悲可叹吗?

商汤询问棘的话是这样的：“在那草木不生的北方，有一个很深的大海，那就是‘天池’。那里有一种鱼，光它的脊背就有好几千里，没有人能够知道它有多长，它的名字叫鲲。有一种鸟，它的名字叫鹏，它的脊背像座大山，展开双翅就像天边的云。鹏鸟奋起而飞，翅膀拍击急速旋转向上的气流直冲九万里高空，穿过云层，背负青天，这才向南飞去，打算飞到南方的大海。斥鴳讥笑它说：‘它打算飞到哪儿去？我奋力跳起来往上飞，不过几丈高就落了下来，盘旋于蓬蒿丛中，这也是我飞翔的极限了。而它打算飞到什么地方去呢?’”这就是小与大的不同了。

所以，那些才智足以胜任一个官职，品行合乎一乡人心愿，道德能使国君感到满意，能力足以取信一国之人的人，他们看待自己也是这样的。而宋荣子却讥笑他们。世上的人们都赞誉他，他不会因此越发努力；世上的人们都非难他，他也不会因此而更加沮丧。他清楚地划定自身与物外的区别，辨别荣誉与耻辱的界限，不过如此而已呀！宋荣子他对于整个社会，从来不急急忙忙地去追求什么。虽然如此，他还是未能达到最高的境界。列子能驾风行走，那样子实在轻盈美好，而且十五天后方才返回。列子对于寻求幸福，从来没有急急忙忙的样子。不过他这样做虽然免除了行走的劳苦，可还是有所依凭呀。至于遵循宇宙万物的规律，把握“六气”的变化，遨游于无穷无尽的境域，他还仰赖什么呢！因此说，道德修养高尚的“至人”，能够达到忘我的境界；精神世界完全超脱物外的“神人”，心目中没有功名和事业；思想修养臻于完美的“圣人”，从不去追求名誉和地位。

尧打算把天下让给许由，说：“太阳和月亮都已升起来了，可是小小的炬火还在燃烧不熄；它要跟太阳和月亮的光亮相比，不是很难吗？季雨及时降落了，可是还在不停地浇水灌地；如此费力的人工灌溉对于整个大地的润泽，不显得徒劳吗？先生如能居于国君之位，天下一定会获得大治，可是我还空居其位；我自己越看越觉得能力不够，请允许我把天下交给你。”许由回答说：“你治理天下，天下已经获得了大治，而我却还要去替代你，我是为了名声吗？‘名’是‘实’所派生出来的次要东西，我会去追求这次要的东西吗？鹪鹩在森林中筑巢，不过占用一棵树枝；鼹鼠到大河边饮水，不过喝饱肚子。你还是打消念头回去吧，天下对于我来说没有什么用处啊！厨师即使不下厨，祭祀主持人也不会越俎代庖的！”

肩吾向连叔求教：“我从接舆那里听到谈话，大话连篇没有边际，一说下去就回不到原来的话题上。我十分惊恐他的言谈，就好像天上的银河没有边际，与一般人的言谈差异甚远，确实是太不近情理了。”连叔问：“他说的是些什么呢？”肩吾转述道：“在遥远的姑射山上，住着一位神人，皮肤润白像冰雪，体态柔美如处女，不食五谷，吸清风饮甘露，乘云气驾飞龙，遨游于四海之外。他的神情那么专注，使得世间万物不受病害，年年五谷丰登。我认为这全是虚妄之言，一点也不可信。”连叔听后说：“是呀！对于瞎子没法同他们欣赏花纹和色彩，对于聋子没法同他们聆听钟鼓的乐声。难道只是形骸上有聋与瞎吗？思想上也有聋和瞎啊！这话似乎就是说你肩吾的呀。那位神人，他的德行，与万事万物混同一起，以此求得整个天下的治理，谁还会忙忙碌碌把管理天下当回事！那样的人呀，外物没有什么能伤害他，滔天的大水不能淹没他，天下大旱致使金石熔化、土山焦裂，他也不会感到灼热。他所留下的尘埃以及瘪谷糠麸之类的废物，也可造就出尧舜那样的圣贤人君来，他怎么会把忙着管理万物当作己任呢！北方的宋国有人贩卖帽子到南方的越国，越国人不蓄头发满身刺着花纹，没什么地方用得着帽子。尧治理好天下的百姓，安定了海内的政局，到姑射山上、汾水北面，去拜见四位得道的高士，不禁怅然若失，忘记了自己治理天下的地位。”

惠子对庄子说：“魏王送我大葫芦种子，我将它培植起来后，结出的果实有五石那么大。用大葫芦去盛水浆，可是它的坚固程度承受不了水的压力。把它剖开做瓢也太大了，没有什么地方可以放得下。不是因为这个葫芦不够大，我是因为它没有什么用处而砸烂了它。”庄子说：“先生实在是不善于使用大东西啊！宋国有一善于调制不皲手药物的人家，世世代代以漂洗丝絮为职业。有个游客听说了这件事，愿意用百金的高价收买他的药方。全家人聚集在一起商量：‘我们世世代代在河水里漂洗丝絮，所得不过数金，如今一下子就可卖得百金。还是把药方卖给他吧。’游客得到药方，来游说吴王。正巧越国发难，吴王派他统率部队，冬天跟越军在水上交战，大败越军，吴王划了块土地封赏他。能使手不皲裂，药方是同样的，有的人用它来获得封赏，有的人却只能靠它在水中漂洗丝絮，这是使用的方法不同。如今你有五石大的葫芦，怎么不考虑用它来制成腰舟，而浮游于江湖之上，却担忧葫芦太大无处可容？看来先生你还是心窍不通啊！”

惠子又对庄子说：“我有棵大树，人们都叫它‘樗’。它的树干却疙里疙瘩，不符合绳墨取直的要求；它的树枝弯弯扭扭，也不适应圆规和角尺取材的需要。虽然生长在道路旁，木匠连看也不看。现今你的言谈，大而无用，大家都会鄙弃它的。”庄子说：“先生你没看见过野猫和黄鼠狼吗？低着身子匍匐于地，等待那些出洞觅食或游乐的小动物。一会儿东，一会儿西，跳来跳去，一会儿高，一会儿低，上下窜越，不曾想到落入猎人设下的机关，死于猎网之中。再有那犛牛，庞大的身体就像天边的云。它的本事可大了，不过却不能捕捉老鼠。如今你有这么大一棵树，却担忧它没有什么用处，怎么不把它栽种在什么也没有生长的地方，栽种在无边无际的旷野里，悠然自得地徘徊于树旁，逍遥自在地躺卧于树下。大树不会遭到刀斧砍伐，也没有什么东西会去伤害它。虽然没有派上什么用场，可是哪里又会有什么困苦呢？"

《墨子》选

《墨子》是阐述墨家思想的著作，原有71篇，现存33篇，一般认为是墨子的弟子及后学记录、整理、编纂而成。墨家的创始人墨子（约前468—前376），名翟，鲁国人，原是手工工匠，善于制造守城器械等，学过儒学，后创墨家学派。

《墨子》分两大部分：一部分是记载墨子言行，阐述墨子思想，主要反映了前期墨家的思想；另一部分包括《经上》、《经下》、《经说上》、《经说下》、《大取》、《小取》6篇，一般称作墨辩或墨经，着重阐述墨家的认识论和逻辑思想，还包含许多自然科学的内容，反映了后期墨家的思想。

墨子思想的根本精神是自苦利人。他倡导"兼相爱，交相利"，以利人为义，亏人自利为不义，以是否利于人民作为衡量是非的重要标准。他的非攻、非乐、节用、节葬等主张，都体现了这一精神。同时他要求人们学习大禹治水、自苦为极的精神，在个人物质生活方面，只取最低的标准。所以孟子说他是"墨子兼爱，摩顶放踵，利天下为之。"鲁迅的《故事新编》中有一篇《非攻》，是根据《墨子》中《公输》一篇改写的，写墨子劝止楚王攻宋的事，生动地反映了墨子的兼爱思想，可以参读。

政治上墨子主张尚贤、尚同。尚贤是主张突破贵族世袭制度，有能则举之，无能则下之，反映了小生产者对获得平等的政治权利的要求。尚同则认为国家的职能在于统一全国思想，要求百姓逐级与上级官长保持一致，最后上同于天子，以天子之是非为是非，表现出专制的倾向。

墨子思想中保存有较多的宗教思想的影响。他承认天有意志和鬼神的存在，以天志为其全部思想的最后依据，认为天和鬼神都赏善罚恶。但他又反对天命思想，认为人与禽兽的区别就在于禽兽以羽毛为衣，以水草为食，不必耕织，衣食已足；人则赖其力者生，不赖其力者不生，突出强调了一切要依靠人自己的努力。他还提出衡量人们言行是非的三个标准：上古圣王的经验、百姓耳目之实和符合国家人民之利。这都是有价值的思想。

墨子思想包含深刻的矛盾。他自苦利人，精神崇高，但带有若干空想成分，难以为多数人接受；他要求平等的政治权利，却有着专制倾向。这些都反映出小生产者思想的特点，在这方面也具有重要意义。

总的说来，中国古代逻辑思想不够发达，而《墨经》所阐述的逻辑思想，则已达到相当高的水平。《墨经》是了解中国古代逻辑思想的重要著作。读《墨子》，可以参考近人王焕镳的《墨子校释》，或清孙诒让的《墨子闲诂》，可重点读《尚贤》、《兼爱》、《非攻》、《节用》、《节葬》、《天志》、《非乐》等篇。

尚贤（上篇）

子墨子言曰："今者王公大人为政于国家者[①]，皆欲国家之富，人民之众，刑政之治[②]。然而不得富而得贫，不得众而得寡，不得治而得乱，则是本失其所欲[③]，得其所恶。是其故何也?"子墨子言曰："是在王公大人为政于国家者，不能以尚贤事能为政也[④]。是故国有贤良之士众，则国家之治厚[⑤]，贤良之士寡，则国家之治薄[⑥]。故大人之务，将在于众贤而已[⑦]。"

曰："然则众贤之术将奈何哉[⑧]?"子墨子言曰："譬若欲众其国之善射御之士者[⑨]，必将富之贵之，敬之誉之，然后国之善射御之士，将可得而众也。况又有贤良之士，厚乎德行[⑩]，辩乎言谈，博乎道术者乎? 此固国家之珍，而社稷之佐也。亦必且富之贵之，敬之誉之，然后国之良士，亦将可得而众也。"

是故古者圣王之为政也，言曰："不义不富，不义不贵，不义不亲，不义不近。"是以国之富贵人闻之，皆退而谋曰[⑪]："始我所恃者[⑫]，富贵也。今上举义不辟贫贱[⑬]，然则我不可不为义。"亲者闻之，亦退而谋曰："始我所恃者，亲也。今上举义不辟疏，然则我不可不为义。"近者闻之，亦退而谋曰："始我所恃者，近也，今上举义不辟远，然则我不可不为义。"远者闻之，亦退而谋曰："我始以远为无恃，今上举义不辟远，

① 今者：今天，现在。
② 治：治理。
③ 本：此处指"根本"、"完全"的意思。
④ 尚：尊崇，注重。
⑤ 厚：强盛。
⑥ 薄：弱小。
⑦ 将：应当。
⑧ 众贤：使贤才增多。
⑨ 射御：射箭驾车。
⑩ 厚：高尚。
⑪ 谋：商量。
⑫ 恃：仗恃，凭借。
⑬ 辟：通"避"，避开。疏：疏远，陌生。

然则我不可不为义。”逮至远鄙郊外之臣[①]、门庭庶子、国中之众、四鄙之萌人闻之[②]，皆竞为义。是其故何也？曰：上之所以使下者，一物也。下之所以事上者，一术也[③]。譬之富者，有高墙深宫。墙立既[④]，谨上为凿一门，有盗人入，阖其自入而求之[⑤]，盗其无自出。是其故何也？则上得要也。

故古者圣王之为政，列德而尚贤[⑥]，虽在农与工肆之人[⑦]，有能则举之，高予之爵，重予之禄，任之以事，断予之令，曰：“爵位不高则民弗敬，蓄禄不厚则民不信[⑧]，政令不断则民不畏。”举三者授之贤者，非为贤赐也，欲其事之成。

故当是时，以德就列，以官服事，以劳殿赏[⑨]，量功而分禄。故官无常贵，而民无终贱。有能则举之，无能则下之。举公义，辟私怨[⑩]，此若言之谓也。

故古者尧举舜于服泽之阳，授之政，天下平。禹举益于阴方之中，授之政，九州成。汤举伊尹于庖厨之中，授之政，其谋得[⑪]。文王举闳夭、泰颠于罝罔之中[⑫]，授之政，西土服。

故当是时，虽在于厚禄尊位之臣，莫不敬惧而施；虽在农与工肆之人，莫不竞劝而尚德[⑬]。故士者，所以为辅相承嗣也。故得士则谋不困[⑭]，体不劳，名立而功成，美章而恶不生[⑮]，则由得士也。

是故子墨子言曰：得意，贤士不可不举，不得意，贤士不可不举，尚欲祖述尧、舜、禹、汤之道[⑯]，将不可以不尚贤。夫尚贤者，政之本也。

译文

墨子说：“现在的王公大人，治理国政的，都希望国家富足、人民众多、政治安定。然而国家却不富足，反而贫穷，人民不增加，反而减少，刑政之治不通，反而混

---

① 逮至：及至、直到、等到的意思。远鄙：偏远之地。
② 萌人：百姓。
③ 术：方法。
④ 墙立既：墙已经建成。
⑤ 阖：关闭。
⑥ 列德：为德者安排职位。
⑦ 工肆：各行各业。
⑧ 蓄禄：俸禄。
⑨ 殿：古代对官吏业绩的考核，上等称最，下等称殿。殿赏：通过考核来决定赏赐。
⑩ 辟：避开，消解。
⑪ 谋得：谋略取得了功效。
⑫ 罝罔：狩猎工具。
⑬ 劝：鼓励。
⑭ 困：穷困，受困。
⑮ 章：同“彰”，彰显。
⑯ 尚：倘若。

乱，所希望的恰得其反，这是什么原因呢？”

墨子说：“这是因为王公大人治理国政时，不能尊敬贤者、任用能人参政的缘故。国家拥有贤能之士多了，治理国家的力量就雄厚；贤能之士少了，治理国家的力量就薄弱。因此，王公大人的重要任务就在于使贤能之士增多。”

有人问：“那么究竟怎样才能使贤能之士增多呢？”墨子说：“假如要让这个国家善于射箭驾车的人增多，就一定要使他们富贵，尊敬他们，赞美他们。然后国家善于射箭驾车的人才可以增多，更何况有贤能的人呢？敦厚德行，善于言谈，精通于治国的道术，这本来就是国家的珍宝、社稷的栋梁呀！也务必使他们富贵，尊敬他们，赞美他们，这样以后，国家的贤能之士才能增多。”

所以古代的圣王治理国政，说道：“行为不义的人就不让他富有，行为不义的人就不让他尊贵，行为不义的人就不与他亲密，行为不义的人就不与他接近”。国中富贵的人听到后，都退下商量：“当初我们所依靠的是富贵，现在上面只举义而不避贫贱，那么我不可以行不义。”同君王有亲戚关系的人听到了，也私下商量：“起初我们所依赖的是亲戚关系，现在上面选拔义士不避开无亲戚关系的人，那么我们不可以行不义了。”同君主亲近的人听到了，也都退下商量：“起初我们所依仗的是同主上亲近，现在主上选拔义士不避开疏远的人，那么我们不可以行不义。”远的人听到了，也私下商量：“我们当初认为太疏远而无所依仗，现在主上选拔义士不避开远处的人，那么我们不可以行不义。”一直到边远的偏僻地方的臣僚、宫廷戍卫的人员、国内的民众、四野的农民听到了，都争先行义，这是什么原因呢？那就是上对下，只以尚贤为标准。下对上，只以行义为标准。上下都只循着一条路径。好比富人有高墙深宫，墙已经立好了，仅在上面开一道门，如果有强盗进入，立刻将他所出入的这道门关闭，强盗就出不去了。这是什么缘故呢？这就是主人抓住了关键要领。

所以古代圣王为政，任德尊贤，不管是务农的或是经商的，如果有才能就任用他。给他高的官爵、重的俸禄、重要的任务、断案的权力。那就是说，爵位不高，百姓就不尊敬他；俸禄不厚，百姓就不信任他；权力不大，百姓就不畏惧他。以这三样东西授予贤人，并不是单为他本人打算，而是要让他事业成功。所以在这时，要以德任官，以官服务，以劳定赏，量功勋而分俸禄。这样，官吏就不会永远富贵，而百姓也不会永远贫贱，有才能的人就提拔他，没才能的人就罢黜他。举公义，除私怨，就是这个意思。

古时尧推举舜于服泽之北，将政事授给他，而天下太平。禹推举伯益于阴方之中，把政事授给他，而九州太平。汤推举伊尹于庖厨之中，把政事授给他，而计谋得以实现。文王推举闳夭、泰颠于猎渔人夫之中，把政事交给了他们，而使西方各小国臣服。所以在这个时候，即使是禄厚位尊的大臣，没有不敬畏他们而仿效他们的；即使是农夫或是商人，没有不争相规劝而崇尚他们的德行的。凡是贤士，都是用以辅佐和接替的人选。得到了贤士，计谋不致困乏，身体不必劳苦，就可以名立功成，美好的更加显著，败坏的不会产生。这都是得助于贤士的缘故。

因此墨子说：“得意的时候，不可以不举用贤士；不得意的时候，也不可以不举用贤士。如果想继承尧舜禹汤的大道，就不可以不崇尚贤能。尚贤，是治理国政的根本啊！”

《荀子》选

《荀子》一书为战国末期赵人荀况及其弟子所著。荀况本为孙氏，故此书又称《孙卿对书》或《孙卿子》。西汉刘向整理时定为32篇，它们大致可分为三类：第一类是荀子亲手所著的22篇，第二类是荀子弟子所记录的荀子言行，共5篇，第三类是荀子及弟子所引用的材料，共5篇。前两类是研究荀子思想的直接材料，是《荀子》一书的主体。

《荀子》的人性论是荀子思想的逻辑起点。荀子主张人性恶，他认为，人的本性是好利恶害，如果任人顺性发展，人与人之间就会互相争夺，使社会陷入混乱；必须由圣人制定礼义，进行教化，才能使人转而为善，使社会正常安定。所以他认为人性是恶的，而善则是后天人为教育的结果；善不是性，而是“伪”。他与孟子一样，也肯定人人都可以经过自己的努力而成善成圣，只是成善成圣的途径与孟子所说的不同。他不是强调尽心知性，而强调学习、积累和“注错习俗”，创造良好的社会风气来给人以潜移默化的影响。荀子认为“能群”是人类区别于禽兽并能胜过和役使禽兽的基本条件，而“分”则是人类组成社会的基本法则。为了消除人们由于欲利而引起的争夺，必须明确规定人们在经济上、政治上贫富贵贱的等级区分，这就是礼义的起源和实质。在此基础上，他在政治上提出了隆礼重法说。在君民关系上，荀子一方面尊君、隆君，一方面重视民本，提出君民舟水说。在天人关系方面，荀子认为天是客观存在的自然界，有它固有的客观规律；人类社会的治乱兴废，在人而不在天；人应顺应自然规律，利用自然，制天命而用之。在认识论方面，荀子特别提出“解蔽”，认为认识的片面性是人们的通病。他提出“虚壹而静”的解蔽方法，主张认识事物要虚心、专心、静心，以达到主观上的大清明境界。荀子又构成了以正名为中心的逻辑体系，他揭示了名反映实的本质，制定了关于名的划分和推演的理论，阐述了制名的原则，又揭示了命题的本质，特别是在直言判断的定义上超越了前人。

荀子以儒学为本，对诸子百家之说进行了激烈批评，其论虽不无偏颇，但足可称为先秦时期继孔子、孟子之后最有成就的儒学大师。

唐杨倞曾为《荀子》一书作注。较好的注本有王先谦的《荀子集释》，收入中华书局版的《诸子集成》。较为浅近的注本有梁启雄的《荀子简释》，还有《荀子新译》（中华书局，1979 年版）。其中《天论》、《性恶》、《解蔽》、《劝学》诸篇可重点细读。

劝学（节选）

君子[①]曰：学不可以已[②]。青，取之于蓝，而青于蓝；冰，水为之，而寒于水。木直中绳[③]，輮以为轮[④]，其曲中规[⑤]，虽有槁暴[⑥]，不复挺者，輮使之然也[⑦]。故木受绳则直[⑧]，金就砺则利[⑨]，君子博学而日参省乎己[⑩]，则知明而行无过矣[⑪]。

故不登高山，不知天之高也；不临深溪，不知地之厚也；不闻先王之遗言，不知学问之大也。干、越、夷、貉之子[⑫]，生而同声，长而异俗，教使之然也。《诗》曰："嗟尔君子，无恒安息。靖共尔位，好是正直。神之听之，介尔景福。"神莫大于化道，福莫长于无祸。

吾尝终日而思矣，不如须臾之所学也；吾尝跂而望[⑬]矣，不如登高之博见也。登高而招，臂非加长也，而见者远[⑭]；顺风而呼，声非加疾[⑮]也，而闻者彰。假舆马者[⑯]，非利足[⑰]也，而致千里；假舟楫者，非能水也，而绝[⑱]江河。君子生非异也[⑲]，善假于

---

① 君子：指有道德、有知识的人。

② 学不可以已：求学不可以让它停止，即学习是无止境的。已：停止。

③ 中绳：合乎墨线取直的要求。中：符合。绳：木工取直用的墨线。

④ 輮以为轮：把它弯曲成车轮。輮：使直的东西弯曲。

⑤ 其曲中规：它弯曲的程度符合圆规取圆的要求。规：圆规。

⑥ 有：又。槁：枯干。暴，曝，晒。挺：直。

⑦ 然：这样。

⑧ 受绳：用墨线量过。

⑨ 金：金属，这里指金属制成的刀剑。就：靠近，这里指磨。砺：磨刀石。利：锋利。

⑩ 博学而日参省乎己：广泛地学习，而且每天再三地对照检查自己。参：通"三"，再三，多次。省：反省，检查。乎：于。

⑪ 知：通"智"。知明：明白道理的意思。

⑫ 干、越、夷、貉：当时中国东部和北部的几个小国。

⑬ 跂而望：踮起脚尖来看。

⑭ 见者远：距离很远的人都能看见。

⑮ 加：加强。疾：这里指声音激扬。

⑯ 假：凭借，利用。舆：车。

⑰ 利足：脚走得快。

⑱ 绝：横渡。

⑲ 生：通"性"，指人的禀性、能力。

物也[①]。

……

积土成山，风雨兴焉；积水成渊，蛟龙生焉；积善成德，而神明自得，圣心备焉。故不积跬步[②]，无以致千里；不积小流，无以成江海。骐骥[③]一跃，不能十步；驽马十驾，功在不舍[④]。锲而舍之[⑤]，朽木不折；锲而不舍，金石可镂[⑥]。螾[⑦]无爪牙之利、筋骨之强，上食埃土，下饮黄泉，用心一也。蟹八跪而二[⑧]，非蛇、蟺之穴无可寄托者，用心躁也。是故无冥冥之志者，无昭昭之明；无惛惛之事者，无赫赫之功。行衢道者不至，事两君者不容。目不能两视而明，耳不能两听而聪。螣蛇无足而飞，鼫鼠五技而穷。《诗》曰："尸鸠在桑，其子七兮。淑人君子，其仪一兮。其仪一兮，心如结兮。"故君子结于一也。

……

译文

君子说：学习是不可以停止的。靛青，是从蓝草中提取的，却比蓝草的颜色还要蓝；冰，是水凝固而成的，却比水还要寒冷。木材笔直，合乎墨线，（如果）浸湿后把它烤弯做成车轮，（那么）木材的弯度（就）合乎圆的标准了，即使再弄干枯，（木材）也不会变回挺直，是因为经过加工，使它成为这样的。所以木材经过墨线量过就能取直，刀剑等金属制品在磨刀石上磨过就能变得锋利，君子广泛地学习，而且每天检查反省自己，那么他就会聪明多智，而行为就不会有过错了。

所以，不登上高山，就不知天有多高；不面临深涧，就不知道地有多厚；不懂得先代帝王的遗教，就不知道学问的博大。干、越、夷、貉之人，刚生下来啼哭的声音是一样的，而长大后风俗习惯却不相同，这是教育使之如此。《诗经》上说："你这个君子啊，不要老是想着安逸。认真对待你的本职，爱好正直的德行。神明听到这一切，就会赐给你巨大的幸福。"精神修养没有比受道的熏陶感染更大的，福分没有比无灾无祸更长远的。

我曾经整天思索，（却）不如片刻学到的知识（多）；我曾经踮起脚远望，（却）不如登到高处看得广阔。登到高处招手，胳膊没有比原来长，可是别人在远处也能看

---

① 善假于物：善于利用外物。这里指善于学习。

② 跬步：半步。古人以跨出一脚为跬，再跨出一脚为步。

③ 骐骥：骏马。

④ 驽马：劣马。十驾：马拉着车走一天的路程叫一驾。功：成功，效果。不舍：不止。

⑤ 锲：用力刻。舍：停止。

⑥ 镂：雕刻。

⑦ 螾：通"蚓"。

⑧ 螯跪：足。螯：第一对足，形如钳。

见；顺着风呼叫，声音没有比原来大，可是听的人却能听得很清楚。借助车马的人，脚走得并不快，却可以行千里；借助舟船的人，并不能游泳，却可以横渡江河。君子的本性跟一般人没什么不同，（只是君子）善于借助外物罢了。

……

堆积土石成了高山，风雨就从这儿兴起了；汇积水流成为深渊，蛟龙就从这儿产生了；积累善行养成高尚的品德，那么就会达到高度的智慧，也就具有了圣人的精神境界。所以不积累一步半步的行程，就没有办法达到千里之远；不积累细小的流水，就没有办法汇成江河大海。骏马一跨跃，也不足十步远；劣马拉车走十天，（也能走得很远，）它的成功就在于不停地走。（如果）刻几下就停下来了，（那么）腐烂的木头也刻不断；（如果）不停地刻下去，（那么）金石也能雕刻成功。蚯蚓没有锐利的爪子和牙齿，没有强健的筋骨，却能向上吃到泥土，向下喝到泉水，这是由于它用心专一啊。螃蟹有八只脚，两只大爪子，（但是）如果没有蛇、蟮的洞穴它就无处存身，这是因为它用心浮躁啊。因此没有刻苦钻研的心志，学习上就不会有显著成绩；没有埋头苦干的实践，事业上就不会有巨大成就。在歧路上行走达不到目的地，同时侍奉两个君主的人，双方都不会容忍他。同时看两样东西就不会看明白，同时听两种声音也不会听清楚。螣蛇没有脚但能飞，鼫鼠有五种本领却还是没有办法。《诗经》上说："布谷鸟筑巢在桑树上，它的幼鸟有七只。善良的君子们，行为要专一不偏邪。行为专一不偏邪，意志才会坚如磐石。"所以君子的意志坚定专一。

《韩非子》选

《韩非子》是战国末期思想家韩非的著作集。此书系统地阐明了以"法、术、势"为纲领的政治理论，成为法家思想集大成的表述，两千多年来对中国政治文化产生了重要而深远的影响。

韩非十分注重研究历史，认为历史是不断发展进步的。他认为身处当今之世如果还继续赞美"尧、舜、汤、武、禹之道"，则"必为新圣笑矣"。因此他主张"不期修古，不法常可""世异则事异，事异则备变"（《五蠹》），要根据当前的实际情况来制定政策。

韩非继承和总结了战国时期法家的思想和实践，提出了君主专制中央集权的理论。他主张"事在四方，要在中央；圣人执要，四方来效"（《物权》），国家的大权，要集中在君主（"圣人"）一人手里，君主必须有权有势，才能治理天下，"万乘之主，千乘之君，所以制天下而征诸侯者，以其威势也"（《人主》）。为此，君主应该使用各种手段清除世袭的贵族，"散其党"，"夺其辅"（《主道》）；同时，选拔出一批经过实践锻炼的官吏来取代他们，"宰相必起于州部，猛将必发于卒伍"（《显学》）。韩非还主张改革和实行法治，要求“废先王之教”（《问田》），“以法为教”（《五蠹》）。他强调，制定了“法”，就要严格执行，任何人也不能例外，做到“法不阿贵”，“刑过不避大臣，赏善不遗匹夫”（《有度》）。他还认为，只有实行严刑重罚，人民才会顺从，社会才能安定。韩非的这些主张，反映了当时掌权者的利益和要求，为结束诸侯割据，建立统一国家，提供了理论依据。秦始皇统一中国后采取的许多政治措施，就是韩非理论的应用和发展。

这里所选的《有度》一篇，是《韩非子》中的第六篇，集中论述了他的治国之术。“有度”的意思就是有法度。文章专门论述了治国要有法度的政治主张，系统地阐述了韩非的法治思想。

有度

国无常强，无常弱。奉法者强，则国强；奉法者弱，则国弱。荆庄王并国二十六，开地三千里；庄王之氓社稷也[①]，而荆以亡。齐桓公并国三十，启地三千里；桓公之氓社稷也，而齐以亡。燕襄王以河为境，以蓟为国[②]，袭涿[③]、方城，残齐，平中山，有燕者重，无燕者轻；襄王之氓社稷也，而燕以亡。魏安釐王攻赵救燕，取地河东；攻尽陶、魏之地；加兵于齐，私平陆之都；攻韩拔管，胜于淇下；睢阳之事，荆军老而走；蔡、召陵之事，荆军破；兵四布于天下，威行于冠带之国；安釐死而魏以亡。故有荆庄、齐桓公，则荆、齐可以霸；有燕襄、魏安釐，则燕、魏可以强。今皆亡国者，其群臣官吏皆务所以乱而不务所以治也。其国乱弱矣，又皆释国法而私其外[④]，则是负薪而救火也，乱弱甚矣！

故当今之时，能去私曲就公法者[⑤]，民安而国治；能去私行行公法者，则兵强而敌弱。故审得失有法度之制者加以群臣之上[⑥]，则主不可欺以诈伪；审得失有权衡之称者以听远事[⑦]，则主不可欺以天下之轻重。今若以誉进能，则臣离上而下比周；若以党举官，则民务交而不求用于法。故官之失能者其国乱。以誉为赏、以毁为罚也，则好赏

① 氓社稷：即失去社稷，氓，通“亡”。

② 蓟（jì）：燕国的都城。

③ 袭：以什么为重的意思。此处指以涿和方城为重镇。

④ 又皆释国法而私其外：又都置国法于不顾而营私舞弊。

⑤《韩非子》中“私”和“公”相对而言，“私”指臣下的、个人的，与“家”、“臣”相应；“公”指国家的、君主的，与“国”、“君”相应。

⑥ 制：规章、制度，与“法度”同义。以：“于”也。

⑦ 权：秤锤。衡：秤，比喻法度。

恶罚之人，释公行，行私术，比周以相为也[①]。忘主外交，以进其与，则其下所以为上者薄矣。交众、与多，外内朋党，虽有大过，其蔽多矣。故忠臣危死于非罪，奸邪之臣安利于无功。忠臣之所以危死而不以其罪，则良臣伏矣；奸邪之臣安利不以功，则奸臣进矣。此亡之本也。若是，则群臣废法而行私重、轻公法矣[②]。数至能人之门，不壹至主之廷；百虑私家之便，不壹图主之国。属数虽多，非所尊君也；百官虽具，非所以任国也。然则主有人主之名，而实托于群臣之家也。故臣曰：亡国之廷无人焉。廷无人者，非朝廷之衰也；家务相益，不务厚国[③]；大臣务相尊，而不务尊君；小臣奉禄养交，不以官为事。此其所以然者，由主之不上断于法，而信下为之也。故明主使法择人，不自举也；使法量功，不自度也[④]。能者不可弊，败者不可饰，誉者不能进，非者弗能退，则君臣之间明辩而易治，故主雠[⑤]法则可也。

贤者之为人臣，北面委质，无有二心。朝廷不敢辞贱，军旅不敢辞难；顺上之为，从主之法，虚心以待令而无是非也。故有口不以私言，有目不以私视，而上尽制之。为人臣者，譬之若手，上以修头，下以修足；清暖寒热，不得不救；镆铘傅体[⑥]，不敢弗搏。无私贤哲之臣，无私事能之士。故民不越乡而交，无百里之感。贵贱不相逾，愚智提衡而立[⑦]，治之至也。今夫轻爵禄，易去亡，以择其主，臣不谓廉。诈说逆法，倍主强谏，臣不谓忠。行惠施利，收下为名，臣不谓仁。离俗隐居，而以诈非上，臣不谓义。外使诸侯，内耗其国，伺其危险之陂[⑧]，以恐其主曰："交非我不亲，怨非我不解"。而主乃信之，以国听之。卑主之名以显其身，毁国之厚以利其家，臣不谓智。此数物者，险世之说也，而先王之法所简也。先王之法曰："臣毋或作威，毋或作利，从王之指；无或作恶，从王之路[⑨]。"古者世治之民，奉公法，废私术，专意一行，具以待任。

夫为人主而身察百官，则日不足，力不给。且上用目，则下饰观；上用耳，则下饰声；上用虑，则下繁辞。先王以三者为不足，故舍己能而因法数，审赏罚。先王之所守要[⑩]，故法省而不侵。独制四海之内，聪智不得用其诈，险躁不得关其佞[⑪]，奸邪

---

① 相为：我为你而你为我。

② 重：权也。

③ 厚：富，使动用法。

④ 度（duó）：估量。

⑤ 雠（chóu）：犹"用"也。

⑥ 镆铘（mò yé）：古代利剑名，这里泛指利剑。傅：通"附"，靠近。

⑦ 提衡：提着秤。这句是说提着秤使它保持平衡，引申指平衡，平等，相当。立：存在，生存。

⑧ 伺：窥测、侦察。

⑨ 路：道路，引申指行动的途径，这里指法度。

⑩ 要：重要、扼要。

⑪ 险：利口也。躁：多言也。佞：口才。此处均指花言巧语。

无所依。远在千里外，不敢易其辞；势在郎中[①]，不敢蔽善饰非；朝廷群下，直凑单微，不敢相逾越。故治不足而日有馀，上之任势使然也。

夫人臣之侵其主也，如地形焉，即渐以往，使人主失端，东西易面而不自知。故先王立司南以端朝夕。故明主使其群臣不游意于法之外，不为惠于法之内，动无非法。峻法，所以凌过游外私也[②]；严刑，所以遂令惩下也。威不贰错[③]，制不共门。威、制共，则众邪彰矣；法不信，则君行危矣行：且，将。；刑不断，则邪不胜矣。故曰：巧匠目意中绳[④]，然必先以规矩为度；上智捷举中事，必以先王之法为比。故绳直而枉木断，准夷而高科削，权衡县而重益轻，斗石设而多益少。故以法治国，举措而已矣。法不阿贵[⑤]，绳不挠曲[⑥]。法之所加，智者弗能辞，勇者弗敢争。刑过不避大臣，赏善不遗匹夫。故矫上之失，诘下之邪，治乱决缪，绌羡齐非[⑦]，一民之轨，莫如法。厉官威名，退淫殆，止诈伪，莫如刑。刑重，则不敢以贵易贱；法审，则上尊而不侵。上尊而不侵，则主强而守要，故先王贵之而传之。人主释法用私[⑧]，则上下不别矣。

译文

国家没有永久的强，也没有永久的弱。执法者强，国家就强；执法者弱，国家就弱。楚庄王并吞国家二十六个，开拓疆土三千里；庄王灭了他国，楚也就衰弱了。齐桓公吞并国家三十个，开辟疆土三千里；桓公灭了他国，齐也就衰弱了。燕昭襄王把黄河作为国界，把蓟城作为国都，外围有涿和方城，攻破齐国，平定中山，有燕国支持的就被人重视，无燕国支持的就被人看轻；昭襄王灭了他国，燕也就衰弱了。魏安釐王攻打燕国，救援赵国，夺取河东地，完全攻占陶、卫领土；对齐用兵，占领平陆；攻韩，拿下管地，一直打到淇水岸边；睢阳交战，楚军疲惫而退；上蔡、召陵之战，楚军败；魏军遍布天下，威震中原各国；安釐王死，魏随即衰弱。所以有庄王、桓公在，楚、齐就可以称霸；有昭襄王、安釐王在，燕、魏就可以强盛。如今这些国家都成了弱国，是因为它们的群臣官吏都专干乱国的事，而不干治国的事。这些国家混乱衰弱了，又都丢掉国法去营私舞弊，这好比背着干柴去救火，混乱衰弱只会加剧。

所以当今之时，能除私欲趋国法的就会民安而国治；能除私行行国法的，就会兵强而敌弱。所以明察得失有法律制度的，加在群臣头上，君主就不会被狡诈虚伪所欺

---

① 郎中：古官名。
② 游：放纵。
③ 贰错：即“两错”，“错”与“措”同，施也。
④ 中：读 zhòng。
⑤ 阿（ē）：偏袒。
⑥ 绳：原义指木工用的墨线，引申指法律的准绳。曲：弯曲，引申为不正直，邪恶。
⑦ 绌：音“黜”，去掉。羡：有余。此句的意思是：削减多余，纠正错误。
⑧ 私：指臣下。

骗；明察得失有衡量标准的，用来判断远方事情，君主就不会被天下轻重不一所欺骗。现在若按声誉选用人才，臣下就会背离君主而在下面联络勾结；若凭朋党关系举用官吏，臣民就会营求交结而不求依法办事。所以官吏不称职，国家就会混乱。凭好名声行赏，凭坏名声处罚，那么好赏恶罚的人，就会弃公务，行私术，紧密勾结来互相包庇利用。忘记君主，在外搞私人交情，引进他的同党，那么这些人为君主出力就少了。交情广，党羽多，内外结成死党，即使犯了大罪，为他掩饰的人却很多。所以忠臣无罪却遭难而死，奸臣无功却安然得利。忠臣不因为有罪却遭难而死，他们就会隐退；奸臣不论功绩却能安然得利，他们就会进用。这是国家衰亡的根源。像这样下去，群臣就会废弃法治而注重私利、轻视国法了。他们多次奔走在奸臣门下，一次也不去君主朝廷；千方百计考虑私家的利益，一点也不为君主的国家着想。属臣数目虽多，不能用来尊奉君主；百官虽备，不能用来担当国事。这样，君主就徒有君主虚名，而实际上是依附于群臣之家的。所以我说：衰弱国家的朝廷没有人。朝廷里边没有人，不是指朝廷里边臣子少，而是指私家致力于互谋私利，不致力于富国利民；大臣致力于互相推崇，不致力于尊奉君主；小臣拿俸禄供养私交，不把官职当回事。造成这种情况的原因，是由于君主在上不依法断事，而听凭臣下任意行事。所以明君用法选人，不用己意推举；用法定功，不用己意测度。能干的人不可能埋没，败事的人不可能掩饰，徒有声誉的人不可能升官，仅受非议的人不可能斥退，那么君主对臣下就辨得清楚而易于控制了，所以君主依法办事就可以了。

品德高的人做臣子，面北献礼，效忠君主，没有二心。在朝廷任官，不敢因为职位低下而抱怨；在军队服役，不敢因为有危难而推辞。顺从君主的行为，遵从君主的法令，虚心等待命令，不挑拨是非。所以有嘴不因私事而说，有眼不因私事而看，君主控制着他们的一切。做臣子的，如同双手，上用来保护头部，下用来防卫脚部；冷暖寒暑，不能不管；刀剑近身，不敢不拼。不要因私使用贤明臣子，不要因私使用智能之士。所以百姓不离乡私交，没有远道奔走的忧虑。贵贱不僭越，愚智各得其所，这是治的最高境界。对现今那种轻视爵禄，轻易流亡去选择他的主人的，我不认为是廉。谎言抗法，违背君主而强行进谏，我不认为是忠。施行恩惠，收买人心来抬高自己的声望，我不认为是仁。避世隐居，而用谎言来非议君主，我不认为是义。出使他国，在内损耗国库，等到祖国陷入危境，便恐吓君主说："邦交非我不能亲和，仇怨非我不能解除。"而君主也便相信他，把国家托付给他；这样贬低君主名声来抬高自己，损害国家利益来便利私家，我不认为是智。这几种行为，是乱世君主喜欢的，先王法治看轻的。先王法令说："臣下不要逞威，不要牟利，顺从君主旨意；不要作恶，跟随君主脚步。"古代太平社会的百姓，奉行公法，废止私术，一心一意为君主办事，做好准备来等待任用。

做君主的亲自考察百官，就会时间不够，精力不足。而且君主用眼睛看，臣子就修饰外表；君主用耳朵听，臣子就修饰言辞；君主用脑子想，臣子就夸夸其谈。先王认为这三种器官不够，所以放弃自己的才能而依赖法术，严明赏罚。先王掌握着关键，所以法令简明而君权不受侵害。独自控制四海之内，聪明多智的人不能使用欺诈手段，阴险浮躁的人不能使用花言巧语，奸邪的人就没有什么可依赖。臣子远在千里之外，不敢改变说辞；即使处在郎中之位，也不敢隐善饰非；朝廷的群臣，集中的或单独的，不敢相互逾越职守。所以政事不多而时间有余，这都是君主运用权势所得来的啊。

臣子侵害君主，就像行路时的地形一样，由近及远，地形渐变，使君主失去方向，东西方向改变了，自己却不知道。所以先王设置指南仪器来判断东西方向。所以明君不让他的群臣在法律之外乱打主意，在法令规定的范围内谋求利益，举动没有不合法的。严峻的法令是用来禁止犯罪、排除私欲的，严厉的刑法是用来贯彻法令、惩办臣下的。威势不能分置，权力不能同享。威势权力与别人同享，奸臣就会公然活动；法令不坚定，君主的行为就危险了；刑罚不果断，就不能战胜奸邪。所以说：巧匠目测合乎墨线，但必定先用规矩做标准；智商高者办事敏捷合乎要求，但也必定用先王的法度做依据。所以墨线直了，曲木得以砍直；测准器平了，凸出的地方就可以削平；秤具拎起，就要减重补轻；量具设好，就要减多补少。所以用法令治国，不过是制定出来、推行下去罢了。法令不偏袒权贵，墨绳不迁就弯曲。法令该制裁的，智者不能逃避，勇者不敢抗争。惩罚罪过不回避大臣，奖赏功劳不漏掉平民。所以矫正上面的过失，追究下面的奸邪，治理纷乱，判断谬误，削减多余，纠正错误，统一民众的规范，没有什么比得上法的。整治官吏，威慑民众，去除过分的怠惰，禁止欺诈虚伪，没有什么比得上刑的。刑罚重了，地位高的就不敢轻视地位低的；法令严明，君主就尊贵不受侵害。尊贵不受侵害，君主就强劲而能掌握要害。所以先王重法并传授下来。君主弃法用私，君臣之间就没有区别了。

《管子》选

《管子》是战国时各学派的言论汇编，内容很庞杂，包括法家、儒家、道家、阴阳家、名家、兵家和农家的观点，传说是春秋时期管仲的著作。

管仲（约前723或前716—前645），名夷吾，字仲，春秋时期齐国颍上（今安徽颍上）人。春秋时期齐国著名的政治家、军事家。管仲少时丧父，老母在堂，生活贫苦，为维持生计，与鲍叔牙合伙经商；几经曲折，到齐国，跟随公子纠，与公子小白争夺君位，曾以箭射中公子小白的衣带钩。后来公子小白得胜，成为齐国国君，即齐桓公。后管仲经鲍叔牙力荐，为齐国上卿（丞相），辅佐齐桓公成为春秋时期的第一个霸主，被称为“春秋第一相”。

《管子》非一人之手笔，也非一时之书，内容庞杂，包括道、法、儒、名、兵、农、纵横、阴阳、五行等各家的思想，实际上是一部综合百家的政治学论文集。内容分为八类：《经言》九篇、《外言》八篇、《内言》七篇、《短语》十七篇、《区言》五篇、《杂篇》十篇、《管子解》四篇、《轻重》十六篇。原有八十六篇，现存七十六篇。流传于今的《管子》为西汉刘向编定。

研究《管子》一书，清戴望所著的《管子校正》很有参考价值，郭沫若、闻一多等人写的《管子集校》把前人研究成果汇集一书，学习、使用都很方便。

这里所选的《牧民》，节选自《管子》第一篇，论述的是统治管理人民的基本方法。共分五部分：一是总论治国理民之道（国颂），二是提出礼、义、廉、耻四条治理国家的根本纲领（四维），三是行政顺民心的四个方面（四顺），四是治理国家和人民的十一种方法（十一经），五是管理宗族百姓的五条基本法则（六亲五法）。

牧 民

凡有地牧民者，务在四时，守在仓廪①。国多财，则远者来；地辟举，则民留处②；仓廪实，则知礼节，衣食足，则知荣辱③；上服度，则六亲固，四维张，则君令行④。故省刑之要，在禁文巧⑤；守国之度，在饰四维⑥；顺民之经，在明鬼神、祇山川、敬宗庙、恭祖旧⑦。不务天时，则财不生；不务地利，则仓廪不盈。野芜旷，则民乃荒；上无量，则民乃妄⑧。文巧不禁，则民乃淫，不障两原，则刑乃繁⑨。不明鬼神，则陋

---

① 有地牧民者：拥有土地并统治人民的人。牧：牧养，这里指统治、治理。务：致力。四时：指春耕、夏耘、秋收、冬藏四季农事。守：保持。仓廪：指粮食。古时藏谷者称仓，藏米者称廪。

② 地辟举：土地开辟充分。辟：开辟。举：尽、全。留处：停留安居。

③ 这两句的意思是：粮仓充实，人们才会讲究礼仪等级；丰衣足食，人们才能懂得光荣耻辱。

④ 服度：遵守制度。服：行。六亲：父、母、兄、弟、妻、子。四维：指礼、义、廉、耻。维：绳索，引申为纲领。张：伸张。这两句的意思是：统治者遵守法度，亲戚六族才会亲和稳固；礼、义、廉、耻四大纲领伸张发扬，君主的法令才能得以推行。《资治通鉴》第二百九十一卷：欧阳修论曰：“礼义廉耻，国之国维。四维不张，国乃灭亡。礼义，治人之大法；廉耻，立人之大节。”

⑤ 要：关键。禁文巧：禁止生产和使用奢侈物品。文巧：指只供装饰或玩赏而无实用价值的器物。

⑥ 守国之度：巩固国家的原则。饰：通“饬”，修治、整顿。

⑦ 顺民之经：教育训导人民的根本方法。顺：通“训”。经：常规。明：尊。祗（zhí）：敬。祖旧：宗亲旧臣。

⑧ 芜：荒芜。旷：废弃。荒：懒惰懈怠。“荒”原本为“菅”，据戴望说校改。量：限度。这两句的意思是：田地荒废，人们就会懒散懈怠；统治者贪欲无度，人民就会越轨妄为。

⑨ 淫：放纵，过度。障：堵塞。“障”原本为“璋”，据俞樾说校改。两原：指“民乃妄”和“民乃淫”的两个根源，即统治者贪欲无度、不禁文巧。

民不悟；不祗山川，则威令不闻；不敬宗庙，则民乃上校；不恭祖旧，则孝悌不备[①]。四维不张，国乃灭亡。

右国颂。

译文

凡是拥有土地并统治人民的人，必须致力于四时农事，确保粮食储备。国家财力充足，远方的人们就能前来归附；荒地开垦充分，百姓就能安居乐业；仓廪充实，人们就知道礼节；衣食丰足，人们就懂得荣辱。君主的行为合乎法度，六亲就可以相安无事；四维伸张，君令就可以贯彻推行。因此，减少刑罚的关键，在于禁止奢侈；巩固国家的准则，在于整饬四维；教训人们的根本办法，则在于：尊敬鬼神、祭祀山川、敬重祖宗和宗亲故旧。不顺应农时，财富就不会增长；不勤劳耕作，粮食就不会充足。田野荒芜废弃，人们也将由此而惰怠；君主挥霍无度，人们就会胡作妄为。不注意禁止奢侈，人们就会贪图享乐；这两者得不到控制，作奸犯科者就会增多而导致刑罚滥用；不敬重鬼神，小民就不能觉悟；不祭祀山川，国家的威令就不能远播；不敬重祖先，老百姓就会犯上作乱；不尊重宗亲故旧，孝悌伦常就不会完备。四维不能伸张，国家就会灭亡。

以上是国颂。

四　维

国有四维，一维绝则倾，二维绝则危，三维绝则覆，四维绝则灭[②]。倾可正也，危可安也，覆可起也，灭不可复错也[③]。何谓四维？一曰礼，二曰义，三曰廉，四曰耻。礼不逾节，义不自进，廉不蔽恶，耻不从枉[④]。故不逾节，则上位安，不自进，则民无巧诈，不蔽恶，则行自全，不从枉，则邪事不生[⑤]。

右四维。

译文

国家有四维。假如一维断绝，国家就会失去平衡，二维断绝，国家就会发生动乱，三维断绝，国家就得倾覆，四维断绝，国家必定灭亡了。

---

① 陋民：小民。悟：觉悟。闻：传播。校：通“较”，对抗。孝悌：善事父母为孝，善事兄长为悌。备：具备。

② 以上五句的意思是：维系国家政权有四维，一维断绝则国家倾斜，二维断绝则国家动乱，三维断绝则国家垮台，四维断绝则国家灭亡。

③ 正：纠正。复错：挽救。复：再，重。错：同“措”，安置。

④ 逾节：违反法度。自进：不通过举荐而自己投机钻营。蔽恶：掩盖过错。从枉：干坏事。枉：曲、邪。

⑤ 上位：统治者的职位。行自全：品行自然完美。

倾斜的可以扶正，危险的可以安定，倾覆的可以复起，只有灭亡的命运是不可能改变的。

什么是立国的四维呢？第一是礼，第二是义，第三是廉，第四耻。所谓礼，就是不违反法度；义就是不苟且钻营；廉就是不隐瞒过错；耻就是不与邪恶同流合污。所以一个国家没有违反法度的人，君主就可以安定；没有苟且钻营的人，百姓就不会浮巧奸诈；不隐瞒过错，其品格就可以完美；不与邪恶同流合污，坏事就不会发生。

以上是四维。

《孙子兵法》选

《孙子兵法》共13篇，是我国现存最早的一部兵书，也是世界上最早的兵书。作者孙武，春秋末期齐国人，生卒年不详。他受吴王阖闾重用，在吴国为将，辅助吴治军强国，为吴王的霸业做出了贡献。

《孙子兵法》的内容包括对战争、军队等基本问题的论述以及战略、策略、作战原则、方法等。它深刻地指出了战争与政治、经济的关系，提出决定战争胜负的五个基本因素是政治、天时、地利、将帅、法制，而首要的是政治因素；它提出许多杰出的命题，如“知彼知己，百战不殆”“攻其无备，出其不意”“不战而屈人之兵，善之善者也”等。《孙子兵法》在许多问题上反映了战争的一般规律，不仅为中国历代兵家所重视，也为各国军事家所重视，不少国家的军校把它列为教材。1991年海湾战争期间，交战双方都曾研究《孙子兵法》，借鉴其军事思想以指导战争。

《孙子兵法》对战争问题的论述，也包含了许多有价值的哲学思想。书中所说“知彼知己，百战不殆”和“因敌而制胜”，认为必须全面了解敌我双方全部情况，才能取得战争胜利，要求在战前对敌我双方影响战争胜负的诸多因素做全面的了解和比较，以预测战争的胜负，体现了朴素唯物论的倾向。

《孙子兵法》中又有丰富的辩证法思想，书中探讨了与战争有关的一系列矛盾的对立和转化，如敌我、主客、众寡、强弱、攻守、进退、胜败、奇正、虚实、勇怯、劳逸、动静、迂直、利患、死生，等等。《孙子兵法》特别重视这些对立面转化的条件。其中最重要的就是人的主观能动性。认为战争胜负不仅取决于客观的形势，还取决于战争的主观指导是否正确。一方面，它说“胜可知，而不可为”，认为胜利可以预见，但不能凭主观愿望去取得。另一方面，它又说“胜可为也”，认为只要研究敌我双方的情况，据此正确决定自己的行动，发挥自己的实力，避免自己的被动，并且利用敌人的弱点造成敌人的被动，就可以为胜利创造条件。《孙子兵法》正是在研究战争中种种矛盾及其转化条件的基础上提出了具体的战略和战术。《孙子兵法》论战争问题中体现的辩证思想，是我国古代辩证思维的一个重要组成部分，在中国辩证思维发展史中占

有重要地位。

《孙子兵法》中的哲学思想不仅适用于军事，而且受到各方面的广泛注意，被运用于其他许多领域。一些现代企业家，也把《孙子兵法》中的辩证思想、军事谋略运用于企业经营和商战中去。《孙子兵法》一书的意义已经远远超出了兵书的范围。

读《孙子兵法》可读郭化若的《孙子今译》，其中可重点读上卷《始计篇》、《作战篇》，中卷《势篇》、《虚实篇》。

始计第一

孙子曰：兵者，国之大事也，死生之地，存亡之道，不可不察也。

故经之以五，校之以计而索其情：一曰道，二曰天，三曰地，四曰将，五曰法。

道者，令民与上同意也，故可与之死，可与之生，而不畏危也。天者，阴阳、寒暑、时制也。地者，高下、远近、险易、广狭、死生也。将者，智、信、仁、勇、严也。法者，曲制、官道、主用也。

凡此五者，将莫不闻，知之者胜，不知者不胜。

故校之以计而索其情，曰：主孰有道？将孰有能？天地孰得？法令孰行？兵众孰强？士卒孰练？赏罚孰明？吾以此知胜负矣。

将听吾计，用之必胜，留之；将不听吾计，用之必败，去之。

计利以听，乃为之势，以佐其外。势者，因利而制权也。

兵者，诡道也。故能而示之不能，用而示之不用，近而示之远，远而示之近。利而诱之，乱而取之，实而备之，强而避之，怒而挠之，卑而骄之，佚而劳之，亲而离之。攻其无备，出其不意。此兵家之胜，不可先传也。

夫未战而庙算胜者，得算多也；未战而庙算不胜者，得算少也。多算胜，少算不胜，而况于无算乎！吾以此观之，胜负见矣。

译文

孙子说：战争是国家的大事，关系到军民的生死、国家的存亡，是不可以不认真研究的。

所以，要从五个方面分析研究，比较敌对双方的各种条件，以探求战争胜负的情形：一是道，二是天，三是地，四是将，五是法。

道，是使民众与国君的意愿相一致，这样，民众在战争中就可为国君出生入死而不怕危险。天，是指昼夜、晴雨、寒冷、炎热、四季更替等气候、季节的变化规律。地，是指地理位置的高低与远近、地形的险阻与平坦、地域的广阔与狭窄以及哪里是死地、生地等。将，是指将帅的智谋才能、赏罚有信、爱抚士卒、勇敢果断、军纪严明。法，是军队组织编制、将吏的统辖管理和职责区分、军用物资的供应和管理等制度规定。

凡属这五个方面的情况，将帅们没有不知道的。然而，只有深刻了解、确实掌握的才能打胜仗；否则，就不能取胜。

所以，要从以下七个方面来分析比较，以探求战争胜负的情势。要看哪一方的国君比较贤明；哪一方的将帅比较有才能；哪一方占据比较有利的天时地利条件；哪一方的法令能切实贯彻执行；哪一方的军队实力强盛；哪一方的士卒训练有素；哪一方赏罚严明。我们根据这些，就可以判明谁胜谁败了。

如果能够听从我的计谋，用兵作战一定能够胜利，我就留在这里；如果不能听从我的计谋，用兵作战必定失败，我就告辞而去。

有利的计策已被采纳，还要设法造成有利的态势，作为取胜的辅助条件。所谓"势"，就是根据情况是否有利而采取相应的措施。

用兵打仗是一种诡诈的行为。所以，能打装作不能打；要打装作不想打；要向近处装作要向远处；要向远处装作要向近处；对于贪利的敌人，要用小利引诱它；对于处于混乱状态的敌人，要乘机攻取它；对于实力充实的敌人，要加倍防备它；对于强大的敌人，要暂时避开它；对于易怒的敌人，要用挑衅的办法去激怒它；对于鄙视我方的敌人，要使其更加骄傲；对于休整充分的敌人，要设法拖累它；对于内部团结的敌人，要设法离间它。要在敌人无准备的状态下实施攻击，要在敌人意想不到的情况下采取行动。这是军事家取胜的奥妙，是根据随时变化的情况，随机应变，不能事先规定的。

凡是未战以前预计能够取胜的，是因为得胜的条件充分；未战以前预计不能打胜仗的，是因为得胜的条件不充分。条件充分的就能取胜，条件不充分的就不能取胜，何况根本不计算有没有胜利条件呢！我们从这些方面来看，战争的胜败就很明白了。

《左传》选

《左传》是我国第一部叙事详细而又完整的历史著作。关于《左传》的作者和成书时代，历来有许多争论，比较可信的说法是：《左传》是春秋时鲁国史官左丘明所著，后来经过许多人增益。一般人认为它原是一部独立的历史著作，但也有人认为它是为《春秋》这部"经"作"传"的。随着儒家重要经典从五经扩展到十三经，《左传》也被后世纳入儒家重要经典的范围。

《左传》所记载的历史年代大致和《春秋》相当，起于公元前722年，结束于公元前453年。它比较系统和详细地记述了春秋时代各国的政治、经济、军事和文化等方面的一些事件，在一定程度上真实地反映了那个时代的面貌，是研究中国古代社会很有价值的历史文献。此外，一定程度上它也像《春秋》那样，旨在通过叙事表达儒家的社会政治思想和道德伦理思想。

除了历史和思想方面的价值，《左传》在文学和语言上的成就也很大。作者既善于突出事件的本质，用简括的语句写出复杂纷繁的事件（特别善于描写战争），更善于用极少的笔墨，刻画出人物的细微动作和内心活动，使人物形象跃然纸上。另外，《左传》在记载许多外交辞令方面也做得很出色。

《左传》为后代历史著作和叙事散文树立了典范，后代的一些伟大作家如司马迁等，都从中吸取了营养。

自东汉以来，为《左传》作注的很多，现在最通行的是《十三经注疏》中的《春秋左传注疏》（晋杜预注，唐孔颖达疏）。

楚归晋知罃[①]

晋人归楚公子谷臣，与连尹襄老之尸于楚，以求知罃。于是荀首佐中军矣[②]，故楚人许之。

王送知罃[③]，曰："子其怨我乎？"

对曰："二国治戎，臣不才，不胜其任，以为俘馘[④]。执事不以衅鼓[⑤]，使归即戮，君之惠也。臣实不才，又谁敢怨？"

王曰："然则德我乎？"

对曰："二国图其社稷，而求纾其民，各惩其忿，以相宥也[⑥]。两释累囚[⑦]，以成其好。二国有好，臣不与及，其谁敢德？"

王曰："子归，何以报我？"

对曰："臣不任受怨，君亦不任受德。无怨无德，不知所报。"

王曰："虽然，必告不谷。"

对曰："以君之灵，累臣得归骨于晋，寡君之以为戮，死且不朽。若从君之惠而免之，以赐君之外臣首[⑧]；首其请于寡君，而以戮于宗[⑨]，亦死且不朽。若不获命，而使

---

① 知罃：晋大夫，公元前597年在晋楚邲之战中被俘，在楚九年。

② 荀首：知罃之父。中军：春秋时军队分为上中下三军，其中中军地位最高。佐中军为中军副帅。

③ 王：指楚共王。

④ 俘馘：俘虏。馘：古代战时割取所杀敌人的左耳，用以计功。

⑤ 衅鼓：古代杀牲，将其血涂在鼓上。不以衅鼓，即不加杀戮。

⑥ 惩：戒止，抑止。宥：赦免。

⑦ 累：系。累囚：拘留的俘虏。

⑧ 外臣：一国的臣子对他国国君自称外臣。首：指荀首。

⑨ 戮于宗：将在宗族内处死。

嗣宗职[①]，次及于事，而帅偏师以修封疆，虽遇执事，其弗敢违[②]。其竭力致死，无有二心，以尽臣礼，所以报也。"

王曰："晋未可与争。"重为之礼而归之。

译文

晋国人将楚国的公子谷臣和连尹襄老的尸体送还楚国，以此要求交换知罃。此时正值知罃的父亲荀首担任中军的副帅，所以楚国人答应了。

楚王送别知罃时说："您可能会怨恨我吧？"

知罃答道："两国交兵，下臣缺少才能，不能胜任自己的职责，成了俘虏。君王的左右没有用我的血来涂鼓，而让我回国去受罚，这是君王对我的恩惠。我实在没有才能，敢怨恨谁呢？"

楚王说："那么，您感激我吗？"

知罃答道："两国谋求各自利益，以求解除百姓之痛苦，双方能控制愤怒，互相谅解。双方释放俘虏，以结成友好关系。两国友好，并非为我个人，我感谢谁呢？"

楚王说："你回去以后，如何报答我？"

知罃答道："我担当不了受怨，您也担当不了受德，没有怨恨，也没有恩德，不知道报答什么。"

楚王说："尽管如此，也一定要告诉我你的想法。"

知罃答道："托您的福，我这个被囚之臣，能活着回晋国。如果我们国君把我杀掉，我死也是忠贞不渝的。如果和您一样开恩赦免我，把我交给您国外的臣子荀首（这是一种外交辞令），荀首请示晋君把我杀死在祖庙里，我也死而不朽。如果晋君不杀我，而叫我继承世袭的官职，担任晋国的军职，带领一支军队治理边疆，如果碰上了您的手下，我也不敢回避，将全力作战，不惜牺牲生命来尽到臣下对君主应有的礼数，这就是我能用来报答您的。"

楚王听了，说道："晋国是不可以跟它相争的。"于是为他举行隆重的仪式，送他回国。

《战国策》选

《战国策》是一部战国时期的史料汇编，作者已无可考。流传到现在的版本是经西汉刘向整理过的，分为东周、西周、秦、齐、楚、赵、魏、韩、燕、宋、卫、中山十二国，分别对各国的重要政治文献（特别是当时策士们游说诸侯或相互辩论时所提出

① 嗣：继承。宗职：家族世袭的官职。

② 违：躲避。此句意思是作战时也不会避开楚军，而要迎战。

的政治主张和斗争策略）做了记载。

书中着重描绘了“士”这一社会角色，肯定了他们在政治上的地位和在外交事务中的作用，生动地刻画了许多令人难忘的人物形象。他们中有些人确实有很高的思想境界和政治抱负，其所作所为符合人民的利益；另外一些人则是为了猎取个人的名利，凭着三寸不烂之舌，到处游说诸侯，极尽纵横捭阖、挑拨离间之能事，只求个人的显赫，不顾自己的所作所为会给他人带来什么样的痛苦和灾难。

《战国策》的语言流畅犀利，是论辩文的典型。每论述一个问题，都能反复纵横，曲尽其意，加之特别善于运用寓言故事来说明抽象的道理，便显得更加雄辩。由于其史学、文学和政治学方面的价值，此书早已成为经典。下面选编的几篇文章，可以起到借一斑而窥全豹的作用。

赵威后问齐使[①]

齐王使使者问赵威后[②]。书未发[③]，威后问使者曰：“岁亦无恙耶[④]？民亦无恙耶？王亦无恙耶？”使者不说[⑤]，曰：“臣奉使使威后，今不问王而先问岁与民，岂先贱而后尊贵者乎？”威后曰：“不然。苟无岁，何以有民？苟无民，何以有君？故有问舍本而问末者耶？”

乃进而问之曰：“齐有处士曰钟离子[⑥]，无恙耶？是其为人也，有粮者亦食，无粮者亦食；有衣者亦衣，无衣者亦衣。是助王养其民也，何以至今不业也[⑦]？叶阳子无恙乎[⑧]？是其为人，哀鳏寡，恤孤独，振困穷，补不足。是助王息其民者也[⑨]，何以至今不业也？北宫之女婴儿子无恙耶[⑩]？撤其环瑱[⑪]，至老不嫁，以养父母。是皆率民而出于孝情者也，胡为至今不朝也？此二士弗业，一女不朝，何以王齐国，子万民乎？於

① 赵威后：赵惠文王的夫人，赵孝成王的母亲。

② 齐王：齐襄王的儿子，名建。使使者：前者为动词，派遣使臣。使者：奉使命的人。问：聘问。当时诸侯之间的一种礼节。

③ 书：齐王给赵威后的书信。发：启封。

④ 岁：收成。恙：忧患、灾祸。耶：疑问语气词。

⑤ 说：通“悦”。

⑥ 处士：有才能而不出来做官的人。钟离：复姓。

⑦ 何以：因为什么。不业：不使他成就功业。

⑧ 叶（shè）阳子：叶阳，复姓。叶阳子：齐国处士。

⑨ 息：繁殖。鳏寡孤独困穷的人得到救济，不至于死亡，就是使民繁殖。

⑩ 北宫：复姓。婴儿子：姓北宫的女子的名字。这人是齐国有名的孝女。

⑪ 撤其环瑱：拿掉耳环与玉饰。

陵子仲尚存乎[①]？是其为人也，上不臣于王[②]，下不治其家，中不索交诸侯。此率民而出于无用者，何为至今不杀乎？”

译文

齐王派遣使者问候赵威后。国书还没启封，威后就先问使者道：“贵国今年收成好吗？百姓好吗？国君好吗？”使者听了很不高兴，说道：“我奉齐王使命出使赵国来拜见威太后您，可如今您不先问候齐王，倒先问年成与百姓，难道卑贱的可以居先，尊贵的反要靠后吗？”威后道：“不对。如果没有年成，哪会有百姓？如果没有百姓，哪会有国君？所以我有这样的问候次序，哪能撇开根本的倒来先问枝节呢？”

于是赵威后又接着问使者道：“齐国有位隐士叫钟离子的，他好吗？这个人的为人呀，有粮食的、没粮食的他都给他们东西吃；有衣服的也罢，没衣服的也罢，他都给他们衣服穿。这是一位帮助国君抚养他的百姓的人，怎么到现在还不让他做官干番事业呢？叶阳子好吗？这个人抚恤孤苦老幼，救济穷困潦倒，同情鳏夫寡妇，补助缺衣少食的人。这是一位帮助国君养育他的百姓的人，怎么到如今还没有任用他呢？北宫家叫婴儿子的闺女，她好吗？她放弃首饰打扮，到老不嫁，为的是奉养父母。她这样做都是给百姓树立榜样，带领他们尽孝心，为什么直到现在还没让她上朝接受表彰呢？这样的两位贤士还未做上官，一位孝女还未入朝受封，凭什么来统治齐国，抚育广大百姓呢？於陵人子仲还活着吗？这个人的为人，上不向齐王称臣，下不治理自己的家业，中不求与诸侯交往，这是给百姓做脱离社会、无为度日的榜样，为什么到现在还不杀了他呢？”

《颜氏家训》选

《颜氏家训》，颜之推撰。共七卷，二十篇，是南北朝时期记述个人经历、思想、学识以告诫子孙的著作。

颜之推（约 531—595），字介。颜氏原籍琅琊临沂（今山东临沂北），先世随晋渡江，寓居建康。侯景之乱，梁元帝萧绎自立于江陵，之推任散骑侍郎。承圣三年（554 年），西魏破江陵，之推被俘西去。他为回江南，趁黄河水涨，从弘农（今河南三门峡西南）偷渡，经砥柱之险，先逃奔北齐。但南方陈朝代替了梁朝，之推南归之愿未遂，即留居北齐，官至黄门侍郎。577 年齐亡入周。隋代周后，又仕于隋。《颜氏家训》一书在隋灭陈（589 年）后完成。

颜之推出身士族，深受儒家名教礼法影响，又信仰佛教。他博识有才辩，处事勤

---

① 於（wū）陵：齐邑名，在今山东长山县。子仲：齐国的隐士。

② 不臣于王：不向王称臣，意思是不做官。

敏，应对贤明，所以在南北朝胡汉各政权之下，先后都受宠任。在长达60多年的一生中，他“三为亡国之人”，行踪遍及江南、河北、关中，又死在南北朝统一之后的隋开皇年间，所以经验、阅历都较丰富，非南朝或北朝局促一隅的高门士族可以比拟。《颜氏家训》一书包含不少有关南北朝社会、政治、文化的细致观察和通达议论。书中记载的许多情况，有很高的史料价值。诸如对南北士族风尚的异同、治学为文之方法乃至语言杂艺都进行了比较，求其得失。至于作者阅历的老到、人情的练达，更是处处在文章中体现出来。这里节选的“勉学篇”便鲜明体现了作者关于无论出身贵贱，也无论身处治世乱世，学问皆足以养身荣身的主张。

勉学篇

自古明王圣帝，犹须勤学，况凡庶乎！此事遍于经史，吾亦不能郑重，聊举近世切要，以启寤汝耳。士大夫之弟，数岁以上，莫不被教，多者或至《礼》、《传》，少者不失《诗》、《论》[①]。及至冠婚[②]，体性稍定，因此天机，倍须训诱。有志尚者[③]，遂能磨砺，以就素业；无履立者，自兹堕慢，便为凡人。人生在世，会当有业：农民则计量耕稼，商贾则讨论货贿，工巧则致精器用，伎艺则沉思法术[④]，武夫则惯习弓马，文士则讲议经书。多见士大夫耻涉农商，羞务工伎，射则不能穿札，笔则才记姓名，饱食醉酒，忽忽无事，以此销日，以此终年。或因家世余绪，得一阶半级，便自为足，全忘修学；及有吉凶大事，议论得失，蒙然张口[⑤]，如坐云雾；公私宴集，谈古赋诗，塞默低头，欠伸而已。有识旁观，代其入地。何惜数年勤学，长受一生愧辱哉！

梁朝全盛之时，贵游子弟，多无学术，至于谚云：“上车不落则著作，体中何如则秘书。”无不熏衣剃面，傅粉施朱，驾长檐车，跟高齿屐，坐棋子方褥，凭斑丝隐囊[⑥]，列器玩于左右，从容出入，望若神仙。明经求第，则顾人答策；三九公宴，则假手赋诗。当尔之时[⑦]，亦快士也。及离乱之后，朝市迁革，铨衡[⑧]选举，非复曩者之亲[⑨]；当

①《礼》、《传》、《诗》、《论》：《礼记》、《左传》、《诗经》、《论语》，这些都是儒家经典。
② 冠：成人，古时贵族男子20岁行加冠礼。婚：结婚。
③ 志尚：指有理想。
④ 伎：通“技”。本篇中“伎”字或指有专门技艺的男性，或泛指技艺。
⑤ 蒙然：通“懵然”。
⑥ 斑丝隐囊：染色丝织成的软囊。
⑦ 当尔之时：在那样的时候。
⑧ 铨衡：原指衡量轻重的器具；后引申为量才授官。
⑨ 曩（nǎng）者：往昔。

路秉权，不见昔时之党。求诸身而无所得，施之世而无所用。被褐而丧珠[1]，失皮而露质，兀若枯木，泊若穷流[2]，鹿独戎马之间[3]，转死沟壑之际。当尔之时，诚驽材也。有学艺者，触地而安。自荒乱以来，诸见俘虏，虽百世小人，知读《论语》、《孝经》者，尚为人师；虽千载冠冕，不晓书记者，莫不耕田养马。以此观之，安可不自勉耶？若能常保数百卷书，千载终不为小人也。

夫明《六经》之旨，涉百家之书，纵不能增益德行，敦厉风俗，犹为一艺，得以自资。父兄不可常依，乡国不可常保。一旦流离，无人庇荫，当自求诸身尔。谚曰："积财千万，不如薄伎在身。"伎之易习而可贵者，无过读书也。世人不问愚智，皆欲识人之多，见事之广，而不肯读书，是犹求饱而懒营馔，欲暖而惰裁衣也。……

有客难主人曰："吾见强弩长戟，诛罪安民，以取公侯者有矣；文义习吏，匡时富国，以取卿相者有矣；学备古今，才兼文武，身无禄位，妻子饥寒者，不可胜数，安足贵学乎？"主人对曰："夫命之穷达，犹金玉木石也；修以学艺，犹磨莹雕刻也。金玉之磨莹，自美其矿璞；木石之段块，自丑其雕刻。安可言木石之雕刻，乃胜金玉之矿璞哉？不得以有学之贫贱，比于无学之富贵也。且负甲为兵，咋笔为吏，身死名灭者如牛毛，角立杰出者如芝草；握素披黄[4]，吟道咏德，苦辛无益者如日蚀，逸乐名利者如秋荼，岂得同年而语矣。且又闻之：生而知之者上，学而知之者次。所以学者，欲其多知明达耳。必有天才，拔群出类，为将则暗与孙武、吴起同术，执政则悬得管仲、子产之教，虽未读书，吾亦谓之学矣。今子即不能然，不师古之踪迹，犹蒙被而卧耳。"

人见邻里亲戚有佳快者，使子弟慕而学之，不知使学古人，何其蔽也哉？世人但知跨马被甲，长槊强弓，便云我能为将；不知明乎天道，辩乎地利，比量逆顺，鉴达兴亡之妙也。但知承上接下，积财聚谷，便云我能为相；不知敬鬼事神，移风易俗，调节阴阳，荐举贤圣之至也。但知私财不入，公事夙办，便云我能治民；不知诚己刑物[5]，执辔如组[6]，反风灭火[7]，化鸱为凤化鸱为凤：鸱，即鸱鸮，猫头鹰。古人人为它

---

① 褐：兽毛或粗麻制成的短衣，此处指穷人穿的衣服。

② 泊若穷流：泊然像条干涸的河流。

③ 鹿独：落拓；流离颠沛、失魂落魄的样子。

④ 握素披黄：这里指传扬道德文章的人。

⑤ 刑：治理。

⑥ 执辔如组：此语出自《诗经·邶风·简兮》。辔，马缰绳，组，用丝织成的宽带子。古代有一种四匹马拉的车，每匹马都有两条缰绳，驾车人手牵着八条马缰绳，就如同一排正在编织的丝带一般。此句比喻御民有方。

⑦ 反风灭火：反，通"返"，回、灭的意思。此句是引自东汉刘昆的故事，据《后汉书·儒林传》载：汉光武帝时，刘昆在江陵（今湖北江陵县）任县令时，该县连年发生火灾，刘昆向火叩头，多能降雨止风，熄灭火焰。这里的意思是德政可感天地。

是一种不祥之鸟，化鸱为凤，就是把猫头鹰变成祥瑞的凤凰。此处引用的是东汉仇览的故事。据《后汉书·循吏传》载：东汉陈留郡（今河南兰考县）人仇览，县里选他做蒲亭长，他治下有个叫陈元的，对其母不孝，元母到仇览处告儿子，仇览亲自到陈家，向其讲述人伦之道，终使陈元悔悟，并成了有名的孝子，当地人为歌颂仇览的以德化民，曾编民谣："父母何在在我庭，化我鸱鸮蒲所生。"之术也。但知抱令守律，早刑晚舍①，便云我能平狱②；不知同辕观罪③，分剑追财④，假言而奸露⑤，不问而情得之察也⑥。爰及农商工贾，厮役奴隶⑦，钓鱼屠肉，饭牛牧羊，皆有先达，可为师表，博学求之，无不利于事也。

译文

从古以来的贤王圣帝，还需要勤奋学习，何况是普通百姓呢？经籍史书上到处可以见到这类事情，我也不能一一列举，只举近代切要的来启发提醒你们。士大夫的子弟，几岁以上，没有不受教育的，多的读到《礼记》《左传》，少的也起码读了《诗经》和《论语》。到了成人加冠娶亲结婚的年龄，体质性情稍稍定型，就更需要凭借此时天赋的机灵，加倍地教训诱导。他们中有志向的，就能因此得到磨炼，成就其家族的事业；没有成就功业志向的，从此怠惰，就成为庸人。人生在世，应当有所专有所

① 早刑晚舍：刑，用刑，判刑；舍，赦免；这里意思是用刑应及早，赦免要尽量延缓，这里指酷吏的习惯。

② 平狱：公平地判裁案件。

③ 同辕观罪：据《左传·成公十七年》载："郤犨与鱼矫争田，执而梏之，与其父母妻子同一辕。"意欲以此观察二人的对错。

④ 分剑追财：这是引自西汉何武的故事。据《太平御览》载：西汉大司空何武任沛郡太守时，郡内有一富人，有财产两千余万。妻先亡，自带一子一女生活，其女先嫁，不贤，儿子尚未成年。富人病危，他假意把全部财产都留给女儿，只留一柄剑给儿子，并说："等儿子长到十五岁时，把剑还给他。"后来儿子长到十五岁时，女儿连剑也不想给了。儿子便告到何武那里。何武说，当初富人把财产交给女儿，是因为女儿贪婪、不贤，女婿又卑鄙、吝啬，他害怕女儿、女婿害死儿子。剑是象征决断的，限定在儿子十五岁时还给他，是估计到十五岁时儿子已经有了诉讼能力，足以讨回自己的东西。据此何武将富人的财产全部判给了富人的儿子。

⑤ 假言而奸露：这是引用北朝李崇的故事。据《魏书·李崇传》载：李崇任扬州刺史时，有个叫苟泰的人，他三岁的儿子被人诱拐。几年后，发现孩子被同县的赵奉伯收养，苟即告到官府，其后双方争执不下，都说孩子是自己的亲生。李崇得知情况后，让人把两家人与孩子分开，过了一段时间，派人告诉两家人说，孩子已得重病死了。苟泰听了放声痛哭，悲痛欲绝，而赵奉伯却只是叹息并不悲伤。李崇得知情况后，把小孩判给了苟泰，至此赵奉伯已无话可说。

⑥ 不问而情得之察也：这是引自西晋陆云的故事。据《晋书·陆云传》载：陆云任浚仪（今河南开封）县令时，有人被杀，凶犯未获。陆云命人将被害者的妻子召来盘问，也一无所获，关了十几天后放出去，并派人暗中跟踪，并交待说："十里之内，就会有男子在等候她，把他们一起抓来。"果然不出陆云所料，抓来的男子坦然承认自己与女子私通，合谋杀了女子的丈夫，正欲一起出逃。

⑦ 厮役：供人支使、为人服务的人。

长，如农民商议耕稼，商人讨论货财，工匠精通各种用具的制造，有技艺的人考虑方法技术，武夫练习骑马射箭，文士研究议论经书。然而常看到士大夫耻于涉足农商，羞于从事工技，射箭则不能穿铠甲，握笔则只会写自己的姓名，饱食醉酒，恍惚空虚，以此来打发日子、虚度生命。有的凭家世余荫，弄到一官半职，就自感满足，全忘学习。遇到婚丧大事，议论得失，就昏昏然张口结舌，像坐在云雾之中。公家或私人集会宴请，谈古赋诗，便只知道沉默低头，打呵欠、伸懒腰。有见识的人在旁看到，真替他羞得无处容身。为什么不愿用几年时间来勤学，以致弄得一辈子都受辱呢？

梁朝全盛时期，士族子弟多数没有学问，以至有俗谚说："上车不落就可当著作郎，肚里无货也可做秘书官。"（这些贵族子弟）个个都讲究熏衣剃面，涂脂抹粉，驾着长檐车，踩着高齿屐，坐着有棋盘图案的方块褥子，靠着用染色丝织成的软囊，左右摆满了器用玩物，从容地出入，看上去真好似神仙一般。到了需要阐明经义、求取功名的时候，就雇人去回答考试问题；要出席朝廷显贵的宴会，就请人帮助作文赋诗。在这种时候，也算得上是个"才子佳士"。等到发生战乱流离所失后，朝廷变迁，执掌选拔人才的职位，不再是从前的亲属，执政掌权的人，也不再是当年的私党，此时的他们，向内求之自身一无所有，对外想做点世事则一无所能，外边披上粗麻短衣，内里没有真正本领，外边失去虎皮外表，而里边肉里露出羊质，呆然像段枯木，泊然像条干涸的河流，失魂落魄于兵马之间，辗转死亡于沟壑之际。在这种时候，真成了驽材。只有那些有学问、有才艺的人，才能随处可以安身。从战乱以来，见到许多被俘虏的，即使是世代寒士，只要懂得读《论语》《孝经》的，还能给人家当老师；而那些祖上历代都是做大官的人，因为自己不懂书识字，便只能去为人耕田养马。从这点来看，怎能不自勉呢？如（肚子里）经常有几百卷书，任何时代也不会成为地位低下的人。

深刻地懂得《六经》的宗旨，广泛地涉猎过百家之著作，即使不增益德行，敦化风俗，至少也有一门技艺，可以养活自己。父兄不可能依靠一辈子，家乡祖国也有沦亡的时候。一旦流离失所，无人庇荫，便只能自己依靠自己了。谚语说："积累万贯家财，不如有一门技艺在身。"所有技艺中，最容易学习而又最具价值的，就是读书了。世人不论愚蠢还是聪明，都希望认识的人越多越好，见识的事越多越好，可又不屑读书。这就像想吃饭而懒得做饭，想穿衣而懒得缝衣一样。……

有人追问我说："我看见有的人只凭强弓长戟，就去讨伐叛逆，安抚民众，以取得公侯的爵位；有的人只学得一点官场的知识，就在危难时刻匡扶正义，使国家富强，以取得卿相的官职。而那些真正学贯古今、文武双全的人，却往往没有官禄爵位，妻子儿女饥寒交迫。类似这样的事数不胜数，学习又怎么值得崇尚呢？"我回答说："人的命运坎坷或者通达，就好像金玉木石；钻研学问，掌握本领，就好像琢磨与雕刻的手艺。琢磨过的金玉之所以光亮好看，是因为金玉本身是美物；一截木头、一块石头之所以难看，是因为尚未经过雕刻。但我们怎么能说雕刻过的木石胜过尚未琢磨过的宝玉呢？同样，我们不能将有学问的贫贱之士与没有学问的富贵之人相比。况且，身怀武艺的人，也有去当小兵的；满腹诗书的人，也有去当小吏的，身死名灭的人多如牛毛，出类拔萃的人少如芝草。埋头读书，传扬道德文章的人，劳而无益的，少如日蚀；追求名利，耽于享乐的人，多如秋草。二者怎么能相提并论呢？另外，我又听说：一生下来不学就会的人，是天才；经过学习才会的人，就差了一等。因而，学习使人增长知识，明白通达道理。只有天才才能出类拔萃，领兵打仗就暗合于孙子、吴起的兵法；操持政务就暗合于管仲、子产的政治素养。像这样的人，即使不读书，我也说他们已经读过了。你们现在既然不能达到这样的水平，如果不效仿古人勤奋好学的榜样，就像盖着被子蒙头大睡，什么也不知道。”

人们看到乡邻亲戚中有称心的好榜样，便叫子弟去仿效学习，却不知道叫他们去学习古人，为什么这样糊涂？世人只知道骑马披甲，长矛强弓，就说我能为将，却不知道要有明察天道、辨识地利、考虑是否顺乎时势人心、审察通晓兴亡的能耐；只知道承上接下，积财聚谷，就说我能为相，却不知道要有敬神事鬼、移风易俗、调节阴阳、推荐选举贤圣之人的水平；只知道不谋私财，早早办公，就说我能治理百姓，却不知道要有诚己正人、治理有条、救灾灭祸、教化百姓的本领；只知道执行律令，早判晚赦，就说我能平狱，却不知道侦查、取证、审讯、推断等种种技巧。在古代，不管是务农的、做工的、经商的、当仆人的、做奴隶的，还是钓鱼的、杀猪的、喂牛牧羊，都有显达贤明的先辈可以作为学习的榜样，博学寻求，没有不利于成就事业的啊！

《史记》选

司马迁（前145—约前87），西汉史学家、文学家。字子长，生于汉景帝中元五年（前145年），一说生于汉武帝建元六年（前135年）。司马迁10岁开始学习古文书传，约在汉武帝元光、元朔年间，向今文家董仲舒学《公羊春秋》，又向古文家孔安国学《古文尚书》。20岁时，从京师长安南下漫游，足迹遍及江淮流域和中原地区，所到之处考察风俗，采集传说。不久仕为郎中，成为汉武帝的侍卫和扈从，多次随驾西巡，曾出使巴蜀。元封三年（前108年），司马迁继承其父司马谈之职，任太史令，掌管天文历法及皇家图籍，因而得以通读史官所藏图书。太初元年（前104年），与唐都、落下闳等共订《太初历》，以代替由秦沿袭下来的《颛顼历》，新历适应了当时社会的需要。此后，司马迁开始撰写《史记》。后因替投降匈奴的李陵辩护，获罪下狱，受腐刑。出狱后任中书令，继续发愤著书，终于完成了《史记》的撰写，即后人所称的《太史公书》。

《史记》是中国第一部纪传体通史，对后世史学影响深远。《史记》语言生动，形象鲜明，也是优秀的文学作品。司马迁还撰有《报任安书》，记述了他下狱受刑的经过和著书的抱负，为历代传颂。

《项羽本纪》是司马迁人物传记方面的代表作，文风声情并茂，对项羽既有欣赏也有批评。这里节选了项羽被困垓下和项羽本纪赞的部分内容。

项羽本纪

……

项王军壁垓下，兵少食尽，汉军及诸侯兵围之数重。夜闻汉军四面皆楚歌，项王乃大惊曰："汉皆已得楚乎？是何楚人之多也？"项王则夜起，饮帐中。有美人名虞，常幸从[①]；骏马名骓，常骑之。于是项王乃悲歌慷慨，自为诗曰："力拔山兮气盖世，时不利兮骓不逝。骓不逝兮可奈何，虞兮虞兮奈若何！"歌数阕，美人和之。项王泣数行下，左右皆泣，莫能仰视。

于是项王乃上马骑，麾下壮士骑从者八百余人，直夜溃围南出，驰走[②]。平明，汉军乃觉之，令骑将灌婴以五千骑追之。项王渡淮，骑能属者百余人耳。项王至阴陵，迷失道，问一田父，田父绐曰："左。"左，乃陷大泽中。以故汉追及之。项王乃复引兵而东，至东城，乃有二十八骑。汉骑追者数千人。项王自度不得脱，谓其骑曰："吾起兵至今八岁矣，身七十余战，所当者破，所击者服，未尝败北，遂霸有天下。然今卒困于此，此天之亡我，非战之罪也。今日固决死，愿为诸君快战，必三胜之，为诸君溃围，斩将，刈[③]旗，令诸君知天亡我，非战之罪也。"乃分其骑以为四队，四向。汉军围之数重。项王谓其骑曰："吾为公取彼一将。"令四面骑驰下，期山东为三处。于是项王大呼驰下，汉军皆披靡，遂斩汉一将[④]。是时，赤泉侯为骑将，追项王，项王瞋目而叱之，赤泉侯人马俱惊，辟易数里[⑤]。与其骑会与三处，汉军不知项王所在，乃分军为三，复围之。项王乃驰，复斩汉一都尉，杀数十百人，复聚其骑，亡其两骑耳。乃谓其骑曰："何如？"骑皆伏曰："如大王言。"

于是项王乃欲东渡乌江。乌江亭长檥船待，谓项王曰："江东虽小，地方千里，众数十万人，亦足王也。愿大王急渡。今独臣有船，汉军至，无以渡。"项王笑曰："天之亡我，我何渡为？且籍与江东子弟八千人渡江而西，今无一人还，纵江东父兄怜而

---

① 幸从：因宠幸而跟随。
② 骑（jì）：一人一马之合称。麾下：部下。直：通"值"。
③ 刈（yì）：砍倒。
④ 披靡：本指草木随风倒伏，此指军队溃败。
⑤ 辟易：惊退的样子。

王我，我何面目见之[①]！纵彼不言，籍独不愧于心乎？”乃谓亭长曰：“吾知公长者。吾骑此马五岁，所当无敌，尝一日行千里，不忍杀之，以赐公[②]。”乃令骑皆下马步行，持短兵接战。独籍所杀汉军数百人。项王身亦被十余创[③]。顾[④]见汉骑司马吕马童，曰：“若非吾故人乎？”马童面之，指王翳曰：“此项王也。”项王乃曰：“吾闻汉购我头千金，邑万户，吾为若德。”乃自刎而死。

……

太史公曰：吾闻之周生曰“舜目盖重瞳子”，又闻项羽亦重瞳子。羽岂其苗裔邪[⑤]？何兴之暴[⑥]也！夫秦失其政，陈涉首难，豪杰蜂起，相与并争，不可胜数。然羽非有尺寸，乘势起陇亩之中，三年，遂将五诸侯灭秦，分裂天下而封王侯，政由羽出，号为“霸王”，位虽不终，近古以来未尝有也。及羽背关怀楚，放逐义帝而自立，怨王侯叛己，难矣。自矜功伐，奋其私智而不师古，谓霸王之业，欲以力征经营天下，五年卒亡其国，身死东城，尚不觉寤而不自责，过矣[⑦]。乃引“天亡我，非用兵之罪也”，岂不谬哉！

译文

……

项羽将军队驻扎在垓下，士兵越来越少，粮食也吃完了，汉军和诸侯军队把项王围了好几层。夜晚，汉军四面都唱著楚国地方的民歌，项羽大惊失色地说：“汉军都已经攻占楚地了吗？这里为什么有这么多的楚人呢？”项羽于是夜里起来，在军帐中喝酒。有个美人叫虞，受到项王宠爱，经常跟在身边；有匹骏马叫骓，经常骑着它。于是项羽就悲伤地唱着歌，情绪愤激高昂，自己作诗道：“力能拔山啊豪气压倒一世，天时不利啊骓马不驰。骓马不驰啊能怎么办呢？虞姬啊虞姬，怎么安排你呢？”唱了好几遍，虞姬也应和着一起唱。项羽眼泪落下来好几行，身边的侍卫也都流淌着眼泪，谁也不能抬头看项羽了。

于是项羽跨上战马，部下壮士骑马跟随的有八百多人，当夜突破包围，往南冲了出去，纵马飞奔。天亮的时候，汉军才发觉项羽突围，命令统率骑兵的将领灌婴率领五千骑兵追击项羽。项羽渡过淮河，骑兵能跟上的只有一百多人了。项羽达到阴陵（秦县名）时，迷了方向，找不到道路，向一老农询问。老农骗他说：“往左拐。”项

---

① 纵：即使。怜：爱护，爱惜。

② 当：通“挡”，抵挡。

③ 被：受到。创：创伤。

④ 顾：回头。

⑤ 苗裔：后代。邪：通“耶”。

⑥ 暴：突然。

⑦ 矜：夸耀。寤：通“悟”。伐：功劳。过：错。

羽往左走，就陷进了一片大沼泽中。因为这个缘故，汉军追赶上了项王。项羽又率兵向东走，到达东城（秦县名）时，身边只剩下二十八个骑兵，而汉军骑兵追击的有几千人。项羽自己估计不能逃脱，对他的骑兵说："我从起兵打仗至今八年了，亲历七十余次战斗，凡是所遇上的敌人，我都打败了；我所攻击的，也都降服了，于是称霸，占据天下。可是今天终于被围困在这里，这是上天要我灭亡，不是我指挥战争的过错啊。今天本来必定会死，我愿意为诸君痛快地打一场仗，一定要战胜敌人三次，为各位突出重围，斩杀汉将，砍倒敌人军旗，让各位知道这是上天要亡我，不是我用兵打仗的错误。"于是把他的骑兵分作四队，面向四个方向。汉军层层包围他们。项羽对他的骑兵说："我为你们斩他一将。"命令分向四面的骑兵飞奔冲杀下去，约定在山的东面分三处集合。于是项羽大声呼喝向下直冲，汉军人仰马翻，于是斩杀汉军一将。这时赤泉侯杨喜担任骑兵将领，追击项王，项王瞪眼对他呵斥，赤泉侯本人和他的马一齐都受了惊，退避了好几里。与他的骑兵在三处会合，汉军不知道项王在哪里。（汉军）于是把军队分成三部分，重新包围他们。项王就冲击，又斩了汉军的一个都尉，杀死数十上百人。再一次集合他的骑兵，只损失了两名骑兵，便对他的随骑道："怎么样？"骑兵们都佩服地说："真像您说的那样！"

于是项羽就想东渡乌江（长江西岸的乌江浦）。乌江亭长把船停靠在岸边等候项羽，对项羽说："江东虽小，土地千里，民众数十万，也足够称王的。希望大王急速过江。现在只有我有船，汉军即使追到这里，也没有什么办法渡江。"项羽笑道："上天既然要亡我，我为什么还要渡江呢？况且我项羽（当初带领）江东的子弟八千人渡过乌江向西挺进，现在无一人生还。即使江东的父老兄弟怜爱我而拥我为王，我还有什么脸面去见他们？即使他们不说什么，我难道不在心里感到惭愧吗？"于是对亭长说："我知道您是年高有德的人。我骑这匹马五年了，所遇到的都没有对手，曾经日行千里，不忍心杀掉它，就把它赠给你吧！"于是命令骑兵都下马步行，手持短小轻便的武器交战。仅他一人就杀了汉军几百人，自身也受了十几处伤。回头看见汉军骑兵中的司马吕马童（原是项羽部将，这时已背楚归汉）说："你不是我的老朋友吗？"吕马童面对着项羽，指示给王翳说："这是项羽。"项羽便说道："我听说汉王拿一千两黄金、一万户封邑悬赏征求我的头，我给你一点好处。"于是就割断脖颈自杀了。

……

太史公说：我从周生那里听说，虞舜的眼睛大概是双瞳子。又听说项羽也是双瞳子，项羽难道是舜的后代么？怎么兴起得这么突然呢？秦国在政治措施上有重大失误，陈涉首先发难，英雄豪杰像蜂群飞起，一起争雄，多得数也数不清。可是项羽并没有什么根基（包括土地和权势），而是乘天下大乱的形势在民间起事，三年的时间，就率领五国诸侯（楚外的五国反秦武装）灭秦，分割天下的土地，封赏王侯，一切政令都由项羽颁布，号称霸王。霸王的权位虽然不能维持到底，可是这显赫的功业是近古以来不曾有过的。等到项羽放弃关中，怀念楚国而东归，放逐义帝，自立为王，干了这些失策失人心的事，却埋怨诸侯背叛自己，这样想要成就霸业，就很难了。自夸功劳，逞个人才智，却不效仿古人，自以为霸王之业已成，想凭借武力来征服和治理天下，经过五年战争，终于使自己国家灭亡了，自身死在东城，却仍然不觉悟，更不知道反省，那就错了。竟然称说“上天要灭亡我，不是我用兵的过错”，难道不荒谬吗？

报任安书

［汉］司马迁

《报任安书》见于《汉书·司马前传》，又见于《昭明文选》。任安，字少卿，荥阳人。武帝征和年间，为北军使者护军。征和二年（前91年），江充巫蛊案起，戾太子发兵和丞相刘屈氂战于长安城中。任安已受太子节而按兵观望。后太子败，任安遂以“持两端”获罪被武帝腰斩。任安是司马迁的好友。司马迁因李陵的事被处以宫刑，出狱后，被任命为中书令，主管传达皇帝的诏书命令。因他接近皇帝，所以任安写信希望他尽“推贤进士”的责任。司马迁此信写于征和二年十一月，任安被杀之前。

《报任安书》是我国古代文学史上第一篇富有抒情性的长篇书信，是研究司马迁生平思想的重要史料，也是任何散文选本都要选的西汉著名的大文章。这篇作品的思想意义在于以下几个方面。

其一，司马迁借此倾吐了他受刑遭罪的满腹委屈。当初李陵战败的消息传来时，司马迁为了安慰汉武帝，堵住那些落井下石的家伙们的嘴，而且是在被点名的情况下才站出来讲话的。没想到他替李陵辩护，却触怒了汉武帝及其宠幸们，因此被冠以“沮贰师”和“诬上”两大罪名而获“极刑”[①]。当司马迁写此信时，李陵已经投降了，“事实”证明当初司马迁是“错”的，而当初诬陷他的小人反而是“正确”的，满腹的冤屈能够向谁诉说呢？“事未易一二为俗人言也”。

其二，抨击了汉王朝对将领的刻薄寡恩及当时酷吏政治的黑暗凶残。李陵以五千步兵北伐匈奴，开始节节胜利，后由于遭遇匈奴的主力部队，李陵以少抗多，打得艰苦卓绝，后来由于弹尽粮绝，没有后援而兵败被俘。本是李绪为匈奴训练军队，却被误传是李陵，汉武帝杀了李陵的老母及全家，李陵一气之下投降了匈奴，可这一切罪孽又源于谁呢？

汉武帝时期，狱吏制度非常严苛。当时还出现了荒诞可笑的“腹诽”之罪。司马迁因一言不慎，竟被处以腐刑，更何况他发言的出发点还是由于对皇上的“拳拳之

① 极刑：古时也指宫刑。

忠”。对封建王朝吏制的凶残，司马迁有切肤之感。在文中，他用大量的篇幅写了在狱中的感受，“见狱吏则头抢地，视徒隶则心惕息”，还列举了历史上和生活中著名的王侯将相在狱中所受的凌辱，酷吏政治的残忍与黑暗真令人不寒而栗。

其三，表现了司马迁对人情冷暖、世态炎凉的深深慨叹以及对整个社会风气败坏的愤慨。当李陵战胜的消息传来时，“汉公卿王侯，皆奉觞上寿”；而当李战败，这些人马上调转风向，“媒孽其短”。这种令人作呕的行为，司马迁十分看不惯。当他由于得罪了皇上要被处以“极刑”时，“交游莫救，左右亲近，不为一言”，这是多么令人寒心啊！

其四，司马迁最早提出了“发愤著书”的理论。《报任安书》表现了司马迁对生与死这个问题的理性思考。要死就要死得重于泰山，决不能随意轻生，死得比鸿毛还轻。司马迁之所以要选择忍辱苟活，就是为了写一部彪炳千秋的《史记》。别人的误解他早已置之度外了，周文王、孔子、左丘明、孙膑、韩信、吕不韦，才是他效法的榜样，功过是非留待后人评说。

《报任安书》是一篇倾吐满腔悲愤的书信文字，它波涌云飞、纵横跌宕，可以说是一篇小的《离骚》。其艺术特点体现在以下几方面。

其一，文章气势磅礴，如高山泻水，铺排夸张，酣畅淋漓。司马迁写此信时，他的《史记》早已草创成功，生与死对他来说已无关紧要，他需要把多年压抑沉积的悲愤和一切是非曲直倾泻出来，大白于天下。这是火山下面潜涌奔腾的洪流，是一座活火山，只要有喷薄而出的机会，就会燃烧出万丈烈焰，形成冲决一切的排山倒海的气势。书中历叙士君子的五种表现，受宫刑之辱的“无所比数”，李陵事件的前后曲直，各种刑罚的耻辱性比较（其中“腐刑”为耻辱之极），历史上和当代社会一些著名人物所受的牢狱之灾，历史上发愤著书的事例，《史记》的内容及写作目的，一事连着一事，一环扣紧一环，给人一种滔滔不绝、一气呵成之感。孙月峰评该文：“直写胸臆，发挥又发挥，惟恐倾吐不尽，读之使人慷慨激烈，唏嘘欲绝，真是大有力量文字。”又说，“粗粗卤卤，任意写去，而矫健磊落，笔力真如走蛟龙，挟风雨，且峭句险字，往往不乏，读之但见奇肆，而不得其构造锻炼处。古圣贤规矩准绳文字，至此一大变，卓为百代伟作。”（《评昭明文选》引）

其二，感情起伏盘旋，既磅礴奔放，又顿挫曲折。《报任安书》全文充盈着一股由于受宫刑导致的怨愤之气，一种受委屈、受侮辱、受压抑而无处诉说的悲愤之情，一种带有“复仇”因素的忍辱发愤，一种不达目的誓不罢休的艰苦奋斗之志，一种对自己事业的自信心和自豪感。这种感情四面磅礴，不断起伏，渗透于各段之中，特别是首位两段，呼应盘旋，一贯到底。同时，在奔放中又极尽曲折顿挫之能事。吴楚材说：“此书反复曲折，首尾相续，叙事明白，豪气逼人。其感慨啸歌，大有燕赵烈士之风；忧愁幽思，则又直与《离骚》对垒，文情至此极矣。”（《古文观止》）

其三，语言极具抒情性。《报任安书》的语言完全是在那股强烈的气势的带动下自然而然形成的，语言随情感的需要而变化，时长时短，时骈时散，毫无雕章琢句之感。

有时为了情感抒发的需要，不惜使用违背事实的夸张，如：关于“发愤著书”的那一段，里面有关韩非、吕不韦、《诗经》的说法虽与历史有所出入，但这是司马迁为行文的需要故意为之的。这一段话也成了现今被经常引用的励志名言。

书中还大量地使用语气词，从而使文章形成一种回环往复的抒情美。如：“嗟夫，嗟夫，如仆尚何言哉！”“悲夫，悲夫，事未易一二为俗人言也”，等等，真有一咏三叹之美。孙执升说：“史迁一腔抑郁，发之《史记》；作《史记》一腔抑郁，发之此书。识得此书，便识得一部《史记》，盖一生心事，尽泻于此也。纵横跌宕，真是绝代大文章。”（评注《昭明文选》）

太史公牛马走司马迁再拜言[①]。

少卿足下：曩者辱赐书，教以顺于接物，推贤进士为务，意气勤勤恳恳。若望仆不相师[②]，而用流俗人之言，仆非敢如此也。仆虽罢驽，亦尝侧闻长者之遗风矣[③]。顾自以为身残处秽，动而见尤，欲益反损，是以独郁悒而谁语，谚曰：“谁为为之？孰令听之？”盖钟子期死，伯牙终身不复鼓琴[④]。何则？士为知己者用，女为说己者容[⑤]。若仆大质已亏缺矣，虽才怀随、和，行若由、夷，终不可以为荣，适足以见笑而自点耳[⑥]。

书辞宜答，会东从上来，又迫贱事，相见日浅，卒卒无须臾之间[⑦]得竭指意。今少卿抱不测之罪，涉旬月，迫季冬，仆又薄从上雍，恐卒然不可为讳。是仆终已不得舒愤懑以晓左右[⑧]，则长逝者魂魄私恨无穷。请略陈固陋。阙然久不报[⑨]，幸勿为过。

① 牛马走：对客人的自称，意思是像牛马一样供驱使的仆人。

② 望：抱怨，怨恨。仆：自称的谦辞，代“我”。

③ 罢驽：拙劣，低下。罢，通“疲”。驽，劣马。侧闻：私下听过，自谦之词。

④ 动而见尤：不论什么事，只要自己一动，就要受到指责。谁为为之，孰令听之：为谁而作？叫谁来听？钟子期、伯牙：都是春秋时楚人。伯牙善弹琴，钟子期能知音，两人遂为知己。后来钟子期死了，伯牙破琴绝弦，终身不再弹琴，只因子期一死，世上再无知音。

⑤ 说：通“悦”。喜欢，爱慕。

⑥ 大质：指身体。随、和：指随侯珠、和氏璧，均为天下至宝，喻有珠玉一般的才华。由、夷：指许由和伯夷，均为古代品行高洁的贤士。点：污辱和玷污。

⑦ 东从上来：即“从上东来”，指跟随汉武帝由甘泉宫向东回到长安来。卒卒：同“猝猝”，仓促匆忙。间：间隙。

⑧ 少卿抱不测之罪：指任安被判处腰斩。涉旬月，迫冬季：意谓再过十天半月，就到季冬腊月了，汉代例以腊月处决犯人。薄从上雍：迫于要跟汉武帝到雍州去。薄，同“迫”，迫近。雍，西汉县名，在今陕西凤翔县南。雍有祭武帝的坛，汉武帝常到这里祭神。不可为讳：不可避忌，指任安不可避免要处死。这是委婉的措辞。左右：指任安。不直称对方，而称对方左右的人表示尊敬。

⑨ 阙然：阙，通“缺”，间隔，空隙。

仆闻之：修身者，智之符也；爱施者，仁之端也；取予者，义之表也；耻辱者，勇之决也；立名者，行之极也[①]。士有此五者，然后可以托于世，而列于君子之林矣。故祸莫憯于欲利，悲莫痛于伤心，行莫丑于辱先，诟莫大于宫刑[②]。刑余之人，无所比数，非一世也，所从来远矣。昔卫灵公与雍渠同载，孔子适陈；商鞅因景监见，赵良寒心；同子参乘，袁丝变色[③]：自古而耻之！夫以中才之人，事关于宦竖，莫不伤气，况慷慨之士乎？如今朝廷虽乏人，奈何令刀锯之余，荐天下豪俊哉！仆赖先人绪业，得待罪辇毂下二十余年矣[④]。所以自惟：上之，不能纳忠效信，有奇策才力之誉，自结明主；次之，又不能拾遗补阙，招贤进能，显岩穴之士；外之，不能备行伍[⑤]，攻城野战，有斩将搴旗之功；下之，不能累日积劳，取尊官厚禄，以为宗族交游光宠。四者无一遂，苟合取容，无所短长之效，可见于此矣。向者，仆亦尝厕下大夫之列，陪外廷末议，不以此时引纲维，尽思虑，今已亏形为扫除之隶，在阘茸之中[⑥]，乃欲仰首伸眉，论列是非，不亦轻朝廷，羞当世之士邪？嗟乎！嗟乎！如仆尚何言哉！尚何言哉！

且事本末未易明也。仆少负不羁之行，长无乡曲之誉。主上幸以先人之故，使得奉薄技，出入周卫之中[⑦]。仆以为戴盆何以望天，故绝宾客之知，忘室家之业，日夜思竭其不肖之才力，务一心营职，以求亲媚于主上[⑧]。而事乃有大谬不然者。

夫仆与李陵俱居门下[⑨]，素非能相善也。趋舍异路，未尝衔杯酒，接殷勤之余欢。然仆观其为人，自守奇士：事亲孝，与士信，临财廉，取予义，分别有让，恭俭下人，常思奋不顾身，以徇国家之急。其素所蓄积也，仆以为有国士之风[⑩]。夫人臣出万死不顾一生之计，赴公家之难，斯已奇矣。今举事一不当，而全躯保妻子之臣，随而媒孽

① 符：信，依据，这里有证验、表现的意思。取予：与“修身”“爱施”“立名”句式同，即接受人物的意思。

② 宫刑：阉割男子生殖器的酷刑，又称腐刑。

③“卫灵公”二句：雍渠是卫灵公宠爱的宦官，卫灵公外出时，让雍渠与之同车，而使孔子坐在后面的车上，孔子感到耻辱，便离开卫国到陈国去。“商鞅”二句：商鞅由秦孝公宠信的宦官景监荐引而得官。当时秦的贤良赵良却说商鞅急流通退时，曾认为只是一件不光彩的事。“同子”二句：汉文帝让宦官赵谈坐在车子的右边，袁丝见了，脸色骤变，认为不成体统，劝汉文帝令其下车。同子，指赵谈。作者父名谈，避讳，改称他为同子。袁丝，名盎，汉文帝时官至太常。

④ 刀锯之余：指受过刑的人，司马迁自称。辇毂下：代指皇帝身边。辇毂，皇帝乘坐的车子。

⑤ 行伍：军队。古时军队编制，五人为伍，二十五人为行。

⑥ 下大夫：汉太史令官禄六百石，级位是下大夫。末议：微末的议论。纲维：纲常法纪。阘茸：阘，小户；茸，小草，比喻细小、卑贱。

⑦ 周卫：指皇帝的宫禁。

⑧“戴盆”句：当时谚语，言不可兼顾，比喻自己全心全力，谨慎奉职，无暇应酬。

⑨ 李陵：西汉陇西成纪人（今甘肃秦安），字少卿，名将李广之孙，善骑射。武帝时任骑都尉。曾率兵出击匈奴，战败投降。俱居门下：李陵曾任侍中，司马迁当时任太史令，都是可以出入宫门的官，所以说俱居门下。

⑩ 分别有让：指待人接物有分别，有礼让。国士：国中才能出众的人。

其短[①]，仆诚私心痛之。且李陵提步卒不满五千，深践戎马之地，足历王庭，垂饵虎口，横挑强胡，仰亿万之师，与单于连战十有余日，所杀过当[②]。虏救死扶伤不给，旃裘之君长咸震怖，乃悉征左、右贤王[③]，举引弓之人，一国共攻而围之。转斗千里，矢尽道穷，救兵不至，士卒死伤如积，然陵一呼劳，军士无不起，躬自流涕，沬血饮泣，更张空弮[④]，冒白刃，北向争死敌者。陵未没时[⑤]，使有来报，汉公卿王侯皆奉觞上寿。后数日，陵败书闻，主上为之食不甘味，听朝不怡，大臣忧惧，不知所出。仆窃不自料其卑贱，见主上惨怆怛悼，诚欲效其款款之愚，以为李陵素与士大夫绝甘分少，能得人之死力，虽古之名将，不能过也[⑥]。身虽陷败，彼观其意，且欲得其当而报于汉。事已无可奈何，其所摧败，功亦足以暴于天下矣。仆怀欲陈之而未有路。适会召问，即以此指推言陵之功，欲以广主上之意，塞睚眦之辞[⑦]。未能尽明，明主不晓，以为仆沮贰师，而为李陵游说，遂下于理[⑧]。拳拳之忠，终不能自列。因为诬上，卒从吏议[⑨]。家贫，财赂不足以自赎；交游莫救，左右亲近，不为一言。身非木石，独与法吏为伍，深幽囹圄之中，谁可告愬者[⑩]！此正少卿所亲见，仆行事岂不然乎？李陵既生降，隤其家声，而仆又佴之蚕室[⑪]，重为天下观笑。悲夫！悲夫！事未易一二为俗人言也。

仆之先，非有剖符丹书之功，文史星历，近乎卜祝之间，固主上所戏弄，倡优所畜[⑫]，流俗之所轻也。假令仆伏法受诛，若九牛亡一毛，与蝼蚁何以异？而世又不与能与死节者比，特以为智穷罪极，不能自免，卒就死耳。何也？素所自树立使然也。人固有一死，或重于泰山，或轻于鸿毛，用之所趋异也。太上不辱先，其次不辱身，其

---

① 媒糵：媒，酒母；糵，酒曲。比喻挑拨是非，陷人于罪，犹今之“添油加醋”。

② 王庭：匈奴单于的大本营。仰：面临。单于：古代匈奴对其部落首领的称呼。所杀过当：所杀的敌人超过了自己的兵数。

③ 旃裘：匈奴人穿的衣服。旃，同“毡”。左、右贤王：地位仅次于大单于的匈奴统治者，左贤王管辖匈奴东部地区，右贤王管辖匈奴西部地区。

④ 沬血：满脸是血。弮：弓弦。

⑤ 没：指军队覆没。

⑥ 惨怆怛悼：悲伤、哀戚之意。款款：忠实的样子。绝甘分少：好的东西，自己不要；稀罕的东西，分给别人。

⑦ 睚眦：怒目相视的样子。

⑧ 沮：以言语毁人。贰师：贰师将军，指李广利。李广利是汉武帝宠妃李夫人的兄弟，时为讨征匈奴的主帅。武帝派李陵率偏师为之策应。李陵被围，李广利按兵不动。汉武帝原想借征匈奴使李广利立功封侯，因此疑心司马迁为李陵辩护是攻击李广利。理：指掌管刑狱的官。

⑨ 吏议：狱吏的意见。

⑩ 愬：通“诉”，诉说。

⑪ 隤：通“颓”，败坏。佴：随后。蚕室：宫刑者所居之室。

⑫ 剖符：古代帝王分封诸侯和功臣，把符节剖分为二，双方各执其半，作为信守的证件。丹书：帝王发给功臣的文书，凭着它可以减免罪行。文史：太史令掌管的事。星历：天文历法。倡优：旧时对演员的统称。倡、优在封建社会地位低下。

次不辱理色，其次不辱辞令，其次屈体受辱，其次易服受辱，其次关木索、被棰楚受辱，其次剔毛发、婴金铁受辱[①]，其次毁肌肤、断肢体受辱，最下腐刑，极矣！传曰“刑不上大夫。”此言士节不可不勉励也。猛虎在深山，百兽震恐，及在槛阱之中，摇尾而求食，积威约[②]之渐也。故士有画地为牢，势可不入；削木为吏，议不可对，定计于鲜也。今交手足，受木索，暴肌肤，受榜箠，幽于圜墙之中。当此之时，见狱吏则头抢地，视徒隶则心惕息[③]。何者？积威约之势也。及以至是，言不辱者，所谓强颜耳，曷足贵乎？且西伯，伯也，拘于羑里；李斯，相也，具于五刑；淮阴，王也，受械于陈；彭越、张敖，南面称孤，系狱抵罪；绛侯诛诸吕，权倾五伯，囚于请室；魏其，大将也，衣赭衣，关三木；季布为朱家钳奴；灌夫受辱于居室[④]。此人皆身至王侯将相，声闻邻国，及罪至罔加，不能引决自裁，在尘埃之中[⑤]。古今一体，安在其不辱也？由此言之，勇怯，势也；强弱，形也。审矣，何足怪乎？夫人不能早自裁绳墨之外，以稍陵迟，至于鞭箠之间，乃欲引节，斯不亦远乎！古人所以重施刑于大夫者，殆为此也。

夫人情莫不贪生恶死，念父母，顾妻子。至激于义理者不然，乃有所不得已也。今仆不幸，早失父母，无兄弟之亲，独身孤立，少卿视仆于妻子何如哉？且勇者不必死节，怯夫慕义，何处不勉焉？仆虽怯懦，欲苟活，亦颇识去就之分矣[⑥]，何至自沉溺缧绁之辱哉！且夫臧获婢妾[⑦]，犹由能引决，况仆之不得已乎？所以隐忍苟活，幽于粪土之中而不辞者，恨私心有所不尽，鄙陋没世而文采不表于后世也。

古者富贵而名磨灭，不可胜记，唯倜傥非常之人称焉[⑧]。盖西伯（文王）拘而演《周易》；仲尼厄而作《春秋》；屈原放逐，乃赋《离骚》；左丘失明，厥有《国语》；

---

① 理色：脸色。屈体：弯腰。易服：换上囚衣。关木索：披枷带锁。索：指绳索。棰：杖。楚：荆条。婴金铁：铁索束颈，指钳刑。婴，缠绕。

② 威约：指人对虎所加的威力和约束。

③ 惕息：惧怕喘息。

④ 西伯：即周文王。羑里：地名，在今河南省汤阴北。文王曾被殷纣囚禁于羑里。“李斯”句：李斯是秦始皇的丞相，后被赵高治罪，施五刑，腰斩咸阳。五刑，割鼻（黥劓）、斩左右趾、笞杀、枭首、菹骨肉于市。“淮阴”句：淮阴侯韩信封为王，有人诬告他谋反。高祖用陈平的计策，南游到陈，韩信来见，便被捆绑起来。“彭越”句：梁王彭越和赵王赵傲，都被人诬告谋反，刘邦把他们关进监狱。南面称孤：古时王侯坐北向南，自称孤。“绛侯”句：绛侯周勃，刘邦的功臣，曾与陈平共诛诸吕，拥立文帝。后被人诬告，一度下狱。请室：请罪之室。“魏其”句：魏其侯窦婴在平定“七国之乱”中为大将，立有大功。后因与丞相田蚡不和，被治罪下狱，遭杀害。三木：手、足和颈上的刑具。“季布”句：灌夫平吴楚“七国之乱”有战功，后因得罪田蚡，拘在居室。

⑤ 罔加：受到法令的制裁。罔，同“网”，即刑法。尘埃：犹言污秽。

⑥ 颇识去就之分：识别到去生就死得分界，即受辱不如自杀。

⑦ 藏获：泛指奴仆，与“婢妾”义同。

⑧ 倜傥：洒脱不拘，才德卓异。

孙子膑脚，《兵法》修列；不韦迁蜀，世传《吕览》；韩非囚秦，《说难》《孤愤》[①]；《诗》三百篇，大抵圣贤发愤之所为作也。此人皆意有所郁结，不得通其道，故述往事、思来者。乃如左丘无目，孙子断足，终不可用，退而论书策，以舒其愤，思垂空文以自见。

仆窃不逊，近自托于无能之辞，网罗天下放失旧闻，略考其行事，综其终始，稽其成败兴坏之纪，上计轩辕[②]，下至于兹，为十表、本纪十二、书八章、世家三十、列传七十，凡百三十篇。亦欲以究天人之际[③]，通古今之变，成一家之言。草创未就，会遭此祸，惜其不成，是以就极刑而无愠色。仆诚以著此书，藏之名山，传之其人通邑大都，则仆偿前辱之责，虽万被戮，岂有悔哉！然此可为智者道，难为俗人言也！

且负下未易居，下流多谤议，仆以口语遇遭此祸，重为乡党所笑[④]，以污辱先人，亦何面目复上父母丘墓乎？虽累百世，垢弥甚耳！是以肠一日而九回，居则忽忽若有所亡，出则不知其所往。每念斯耻，汗未尝不发背沾衣也！身直为闺阁之臣[⑤]，宁得自引深藏于岩穴邪？故且从俗浮沉，与时俯仰，以通其狂惑[⑥]。今少卿乃教以推贤进士，无乃与仆私心剌谬乎[⑦]？今虽欲自雕琢，曼辞以自饰，无益，于俗不信，适足取辱耳。要之，死日然后是非乃定。书不能悉意，略陈固陋。谨再拜。

译文

我太史公、您的仆人司马迁再致敬并陈言。

少卿足下：前不久，承蒙您屈尊写信给我，教导我要谨慎地待人接物，并以向朝廷推贤进士为己任，情意和语气热诚恳切。如果您抱怨我不好好学习，把您的话当作世俗人的话看待，我是不敢这样的。我虽然才能低劣，但还是曾经私下听到过长者留传下来的教诲风范。只是自以为身体残废，处在污秽的地位，稍一行动就招致别人的

---

①“文王”句：相传周文王被商纣王囚于羑里时，将伏羲所画的八卦推演为六十四卦，成为《周易》一书的基础。“孙子”句：孙子，即孙膑，战国时齐人。他的同学魏将庞涓嫉妒他的才能，加以陷害，砍去他的两脚。孙子逃到齐国，为齐军师，在一次援韩攻魏的战争中，用计破杀庞涓。因他被断两脚，故人称为孙膑，著有《孙子》，专讲兵法。膑，古代酷刑之一。修列：编著。“不韦”句：吕不韦为秦丞相时，命令门下宾客编纂《吕氏春秋》。因为《吕氏春秋》有八览、六论、十二纪，故简称为《吕览》。“韩非”句：韩非，战国末年韩人，著名法家，他在入秦前，写了《说难》《孤愤》两篇文章，后收入《韩非子》一书中。

② 放失：失散。轩辕：即黄帝。传说黄帝居于轩辕丘，所以称轩辕。

③ 究天人之际：探究天地自然和人类社会的关系。

④ 负下：所凭依的地势低下。笑：羞辱，嘲笑。

⑤ 闺阁之臣：指宦官。当时司马迁任中书令，在西汉，这个职务是由宦官担任的。闺阁，妇女住所，这里是皇帝的后宫，后宫的臣子，即宦官。

⑥ 通其狂惑：谦言自己随波逐流地人云亦云。此是愤慨语。

⑦ 剌谬：违背，相反。

指责，本想做一些有益的事，却反而招来损害，因此独自忧愁烦闷，又能向谁述说呢？俗话说：“为谁去做？又叫谁来听从？”钟子期死了以后，伯牙终身不再弹琴。这是为什么呢？贤士为了解自己的人效力，女子为喜欢自己的人打扮。像我这种身体已遭受摧残的，即使才能像随侯珠、和氏璧，品德像许由、伯夷，终究不能拿这个当荣耀，只会被人耻笑而自取其辱。您的信本应该及时答复，当我跟随皇上从东方回来，又被烦琐的事务缠身，跟您见面的机会本来不多，匆匆忙忙没有片刻的空闲，能够让我向您倾吐自己的心怀。现在您遭到意外的罪祸，再过十天半个月，就靠近十二月，我又必须跟随皇帝去雍州，恐怕您骤然被杀，这样我将再不能够向您抒发满腔的悲愤，使您与世长辞的灵魂抱怨无穷。请让我向您简略地陈述我浅陋的看法。隔了很久没有复信，希望不要责怪。

我听说：善于修身，是有智的表现；施恩惠于人，是仁爱的起点；不随便取予，是义的表现；以受辱为耻，是勇的标志；树立名声，是行为的终极目标。士人有了这五种品德，就可以立身世上，跻身于君子的行列。所以最惨痛的事情莫过于想为人做好事，却反而受到别人的处罚，最悲痛的莫过于心灵受伤害，最丑恶的莫过于在行为上污辱了祖先，而最耻辱的莫过于遭受宫刑了。受过宫刑的人，地位不能同任何人相比。这种看法并非只限当今，而是由来已久了。从前卫灵公和宦官雍渠同坐一辆车，（让孔子坐到后面的车上，他认为受了侮辱）孔子就离开卫国前往陈国；商鞅由于太监景监的推荐被召见，赵良认为不光彩；太监赵谈陪坐在汉文帝的车上，袁丝看到了就脸色骤变，自古以来人们都瞧不起宦官。有着一般才能的人，事情关系到宦官，没有人不灰心丧气，何况抱负远大、意志刚毅的人呢？如今朝廷虽然缺乏人才，怎么会要受过刑罚的人去推荐天下的英豪俊杰呢！我依赖祖先的余荫，能够在皇帝身边做事，到现在二十多年了。自己反思了一下：上不能对皇帝尽忠效信，有策略卓越、能力突出的声誉，从而得到皇帝的赏识；其次又不能替皇帝拾遗补缺，招贤进能，发现有才德的隐士；外不能投身于军营，攻城拔地，建立斩将夺旗的战功；下不能每天积累功劳，取得高官厚禄，替宗族朋友争光。这四项没有一项成功，只能随声附和，讨得人家的欢心，我没有任何微小的贡献可以从这些看出来。从前我也曾加入下大夫的行列，陪着大家在朝堂上参加讨论，我没有利用这个时机整顿纲常法纪，竭尽自己的思虑。现在已经身体残废成为扫除污秽的差役，处在地位卑贱的人中间，还想抬头扬眉，评论是非，这不是太轻视朝廷，侮辱当世的君子了吗？唉！像我这样的人，还有什么可说的呢？还有什么可说的呢！

而且事情的前因后果是不容易对别人说明白的。我年轻时没有卓越出众的行为表现，成年后也没有乡里的称誉。幸亏皇上由于我父亲的缘故，使我能得到进献自己微薄才能的机会，允许我在宫禁中进进出出。我觉得头上戴了盆子怎么能望得见天，所以断绝了和宾客的交往，忘掉了家事，日日夜夜都想着全部献出自己的微薄才力，务必专心尽职，以求得皇上的亲近信任。然而事情却与愿望大相违背，并不像我想的那样。

我和李陵，都在宫廷内做官，平常并没有什么亲善往来。志向和走的道路，各不相同，不曾一起饮酒有过任何私交。然而，我观察李陵的为人，是个以奇士的节操自守的人：侍奉父母非常孝顺，同朋友交往很讲信用，遇到钱财很廉洁，或取或予很有分寸，能分别长幼尊卑，谦让有礼，尊重下人，经常想着奋不顾身，为了国家的急难不惜牺牲自己。他的素养，我以为有国士的风度。做人臣的，能够提出万死不顾一生的计策，奔赴国家的急难，这已经是个奇士了。如今他行事一有不当，那些只知保全妻子儿女的大臣们，却跟着添油加醋地夸大李陵的过失，我真是私下替李陵感到悲痛。况且李陵带的士兵不满五千，深入匈奴境内，打到单于的大本营，在老虎口上挂钓饵，向强悍的胡兵挑战，面对着数以亿万计的敌人，同单于连续作战十多天，杀掉的敌人超过自己士兵的数量。使得敌人救死扶伤也忙不过来，匈奴的君长都震惊恐惧，于是全部征调他们的左、右贤王，发动所有能开弓射箭的人，用一国的兵力共同进攻，包围李陵。李陵转战千里，箭射完了，道路断绝了，救兵却不到，士兵死伤严重，尸体成堆。可是李陵扬起臂膀一声号召，慰劳军队，士兵无不奋起，激动得人人流泪，脸上沾满血污，悲痛地哭泣，拉开没有箭的空弓弦，冒着白光闪闪的刀口奔向北方，跟敌人拼命。当李陵的军队没有覆没时，有使者送来捷报，公卿王侯都举杯向皇上庆贺。过了几天，李陵战败的书信传来，皇上为此食不下咽，上朝处理政事也不高兴，大臣们忧虑恐惧，不知如何是好。我没有考虑自己的卑贱，见主上悲伤哀戚，实在想报效自己的一片忠心。我认为李陵平素能跟士兵同甘共苦，所以能够得到士兵军官的死命效力。即使是古代的名将，也不能超过他。他虽然败降匈奴，看他的意思，还想找到适当的机会报效汉朝。事情已经无可奈何，但他摧杀敌人的战功完全可以向天下表白了。我心中想把这个想法上奏皇上，却没有得到机会。恰好碰到皇上召问，就说出这个意见，并讲了李陵的功劳，试图用这个来宽慰皇上的胸怀，堵塞那些诋毁诬陷的言语。我没有说清楚，皇上不了解，以为我有意攻击贰师将军李广利，替李陵辩解，就把我下交狱官。我忠诚恳切的心，终于不能自我辩解。众吏认为我的话是诬谤皇上，最后天子也依从了狱官的拟议。我家境贫寒，钱财不够拿来赎罪，朋友都不出来援救，皇帝左右的亲近大臣不为我说一句好话。人身不是木石，单独跟执法的官吏在一起，深深囚禁在监狱之中的痛苦能向谁述说呢？这正是少卿亲眼看到的，我的遭遇难道不正是这样吗？李陵既已生降匈奴，败坏了他家族的声誉，我又跟着被关进蚕室，更加被天下人耻笑，可悲啊！可悲啊！事情难以逐一地跟俗人说清啊！

我的祖先，没有立下拜爵封侯的功勋，掌管文史星历的太史令，职位接近卜官和巫祝，这本是皇上戏弄、被当作乐师优伶来蓄养、被流俗的人所轻视的职务。假如我伏法被杀，也不过像九头牛身上失掉一根毛，同蝼蛄和蚂蚁有什么区别？而且世俗的人又不能把我同死节的人相提并论，只是以为我愚蠢犯了大罪，不能够自己避免，终于走向死路。这是什么缘故呢？这是平素自己所从事的职业和所处的地位造成的。人本来都有一死，有的死得重如泰山，有的死得轻如鸿毛，死的价值不相同啊！最上等的是不污辱祖先，其次是不污辱自身，再次是不污辱脸面，再次是不污辱言语，再次是点头哈腰地道歉认错受辱，再次是换穿囚服进监牢受辱，再次是披枷戴锁受辱，再次是剃光头发、颈戴枷锁受辱，再次是毁坏肌肤、断截肢体受辱，最下等的是腐刑，侮辱到极点了。《礼记》上说："刑不上大夫。"这话是说士的节操不可不加以勉励。猛虎在深山的时候，所有的野兽都害怕，等到把他关在栅栏和陷阱里面，就摇着尾巴讨求食物了，这是人用威力和约束使它逐渐驯服的。所以士看见地上画的牢狱而绝不进入，面对用木头削成的吏卒而不能对答，这都是由于早有成见的缘故。等到手脚被捆，戴着镣铐，脱掉衣服，接受拷打，被幽禁在监牢之中，到了这个时候，见了狱吏就要触地叩头，见了牢狱就心里害怕。这是什么缘故呢？就是长期受威力、被约束所造成的威势啊。等到这个地步还说不受辱，就是常说的厚脸皮了，有什么值得尊贵的呢！西伯姬昌，是个诸侯的领袖，曾被拒囚在羑里；李斯，是个丞相，受尽五刑；淮阴侯韩信，是堂堂诸侯国之王，曾在陈地被捆绑；彭越、张敖，都是王侯，被下狱定罪；绛侯周勃，曾诛杀诸吕，权力之大实在可以凌驾于春秋五霸，结果被囚禁在请罪之室；魏其侯窦婴，是员大将，穿着囚衣，手脚和颈上都套上刑具；季布卖身给朱家做带枷的奴隶，灌夫受辱被拘禁在少府狱中。这些人都身为王侯将相，名声传扬天下，等到犯了罪，刑具加身，不能自杀，关在监狱里，这情景古今都一样，哪能不受污辱呢？照这样说来，所谓勇敢还是怯懦、刚强还是柔弱，都是形势造成的。明白了这一点，还有什么值得奇怪的呢？人不能早早自杀来逃掉法律的制裁，因此逐渐志气衰微，等到挨鞭打受杖责，再想保全气节自杀，这不是离节义更远了吗？古人所以对大夫施刑很慎重的原因就在这里。人的常情，没有谁不贪生怕死，怀念父母，顾念妻子，至于为正义公理所激发的人就不是这样，这里有不得已的缘故啊。我不幸父母早逝，没有兄弟，一个人孤单在世，少卿你看我对于妻女还有什么眷恋呢？真正的勇士并不一定就为名节而死，怯懦的人为得到一个好名声而轻易丧生的不在少数。我虽然怯懦，想苟活在世上，但也稍微能够识别死节和苟活的区别，何至于自己陷入坐监牢的侮辱呢！而且奴隶婢妾还能够自杀，何况我已到了不得已的地步呢？我之所以忍辱苟活，被拘禁在污浊的环境而不肯死的原因，是恨我的志愿还没有实现，如果随便死了，文章便不能留传给后世。

古时候虽富贵而默默无闻地死去的人，多得不可胜数，只有卓异非常的人才被后世称颂。文王被拘禁在羑里，却推演出了《周易》；仲尼被围困在陈、蔡，回鲁国后作了《春秋》；屈原被放逐，写下《离骚》；左丘明双目失明，作了一部《国语》；孙膑被截去膝盖骨，编著了一部兵法；吕不韦被贬谪到蜀地，有《吕览》一书传世；韩非被囚禁在秦国，曾著有《说难》《孤愤》；《诗》三百篇，大抵也是圣贤发愤而著作的。这些都是人们思想被压抑，不能实行自己的主张，因此叙述以往的事迹，想使将来的人明了自己的志向，就像左丘失明，孙膑断脚，终不能为世所用，便退而著书立说来抒发胸中的怨愤，想通过留下文章来表现自己的才智。我也自不量力，近来用简陋的文辞，收集天下散失的传闻，略为考核它的事迹，综合它的前后始末，考查它的成败原因，上从黄帝开始，下到今天，写了十篇表，十二篇本纪，八篇书，三十篇世家，七十篇列传，一共一百三十篇。想用它来探求自然现象与政治社会的关系，通晓古往今来的变化规律，形成一家独立的见解。草稿还没有完成，恰恰遭遇这场大祸。我恐怕这书不能完成，因此身受最重的刑法也没有怒色。我写完这部书，就把它藏在名山，留给可传的人，使它流传于通都大邑，那么我就可以抵偿以前受到的侮辱，即使碎尸万段也没有什么悔恨的。可是这话只可以给聪明的人讲，很难同庸人说啊！

况且戴罪受辱的人很难立身处世，身份低贱的人容易受到诽谤议论。我因为说了几句话就遭遇这种横祸，被乡里人耻笑，又污辱了祖宗，还有什么脸面再到父母的坟墓上去祭扫呢？即使过了百代，污垢也只会越发加重。所以我极端痛苦，每天翻肠倒肚，坐在家里恍惚迷离，好像丢了什么，外出却不知道要往哪里去。每次想到这件耻辱的事，汗便从脊背上冒出，湿透衣裳。身为宫廷内的臣仆，又怎能自行引退隐居深山岩穴中呢？所以只好跟着世俗沉浮，随着时势上下，随波逐流，人云亦云。如今您教导我推贤进士，这不是和我的心思相违背吗？现在虽然想用美好的言辞自我装饰，也没有益处，世俗的人不会相信，反而自取其辱。总而言之，人死了，是非才能论定。这封信说不完我的心意，只不过简略地陈述我固塞浅陋的意见罢了。谨再拜。

《资治通鉴》选

《资治通鉴》是我国历史上第一部编年体通史，由北宋名臣、史学家司马光负责编纂，历时十九年，全书共294卷，记事上起周威烈王二十三年（前403年），下迄后周世宗显德六年（959年），前后共1362年。

《资治通鉴》在内容上以政治、军事和民族关系为主，兼及经济、文化和历史人物的评价，目的在于以史为鉴，帮助治理国家的人总结经验、吸取教训，在治理国家的方式方法上更加明智。

实际上，《资治通鉴》的意义已远远超过作者的本意，它不仅为统治者提供了“资治”的借鉴，也给全社会提供了财富。为之作注的胡三省深谙此理。他说：“《通鉴》不特记治乱之迹而已，至于礼乐、历数、天文、地理，尤致其详。读者如饮河之鼠，各充其量而已。”清代王鸣盛也说：“此天地间必不可无之书，亦学者必不可不读之书。”近千年的历史证明：《资治通鉴》已与《史记》一样，被人们并称为史学瑰宝，广为流传，教益大众。

这里节选的“淝水之战”，历来被认为是《资治通鉴》中最精彩的篇章之一。

甲子[①]，坚发长安，戎卒六十余万，骑二十七万，旗鼓相望，前后千里。九月，坚至项城，凉州之兵始达咸阳，蜀、汉之兵方顺流而下，幽、冀之兵至于彭城，东西万里，水陆齐进，运漕万艘。阳平公融等兵三十万，先至颍口。

诏以尚书仆射谢石为征虏将军、征讨大都督，以徐、兖二州刺史谢玄为前锋都督，与辅国将军谢琰、西中郎将桓伊等众共八万拒之；使龙骧将军胡彬以水军五千援寿阳。琰，安之子也。

是时[②]，秦兵既盛，都下震恐。谢玄入，问计于谢安，安夷然，答曰：“已别有旨。”既而寂然。玄不敢复言，乃令张玄重请。安遂命驾出游山墅，亲朋毕集，与玄围棋赌墅[③]。安棋常劣于玄，是日，玄惧，便为敌手而又不胜。安遂游陟，至夜乃还。桓冲深以根本[④]为忧，遣精锐三千入卫京师。谢安固却之，曰：“朝廷处分已定，兵甲无阙[⑤]，西藩宜留以为防。”冲对佐吏叹曰：”谢安有庙堂之量，不闲将略[⑥]。今大敌垂至，方游谈不暇，遣诸不经事少年拒之，众又寡弱，天下事已可知，吾其左衽矣[⑦]!”

以琅邪王道子录尚书六条事。

冬，十月，秦阳平公融等攻寿阳。癸酉，克之，执平虏将军徐元喜等。融以其参军河南郭褒为淮南太守。慕容垂拔郧城。胡彬闻寿阳陷，退保硖石，融进攻之。秦卫将军梁成等帅众五万屯于洛涧，栅淮以遏东兵。谢石、谢玄等去洛涧二十五里而军，惮成，不敢进。胡彬粮尽，潜遣使告石等曰：“今贼盛粮尽，恐不复见大军!”秦人获之，送于阳平公融。融驰使白秦王坚曰：“贼少易擒，但恐逃去，宜速赴之!”坚乃留大军于项城，引轻骑八千，兼道就融于寿阳。遣尚书朱序来说谢石等，以为：“强弱异势，不如速降。”序私谓石等曰：“若秦百万之众尽至，诚难与为敌。今乘诸军未集，宜速击之；若败其前锋，则彼已夺气，可遂破也。”

石闻坚在寿阳，甚惧，欲不战以老秦师。谢琰劝石从序言。十一月，谢玄遣广陵

① 甲子：（八月）初八日。

② 是时：这时。

③ 与玄围棋赌墅：和谢玄下棋，用别墅做赌注。

④ 根本：指京都。

⑤ 阙：通“缺”，缺乏。

⑥ 不闲将略：闲，通“娴”，熟悉的意思。此句的意思是：不熟悉军事艺术，不善于指挥军队。

⑦ 吾其左衽矣：左衽，衣襟向左边开，少数民族的装束。此句意思是“我们就要沦为野蛮民族的奴隶了。”

相刘牢之帅精兵五千趣[1]洛涧，未至十里，梁成阻涧为陈以待之[2]。牢之直前渡水，击成，大破之，斩成及弋阳太守王咏，又分兵断其归津，秦步骑崩溃，争赴淮水，士卒死者万五千人，执秦扬州刺史王显等，尽收其器械军实。于是谢石等诸军水陆继进。秦王坚与阳平公融登寿阳城望之。见晋兵部阵严整，又望见八公山上草木，皆以为晋兵，顾谓融曰："此亦勍敌[3]，何谓弱也！"怃然[4]始有惧色。

秦兵逼淝水而陈，晋兵不得渡。谢玄遣使谓阳平公融曰："君悬军深入，而置陈逼水，此乃持久之计，非欲速战者也。若移陈少却，使晋兵得渡，以决胜负，不亦善乎！"秦诸将皆曰："我众彼寡，不如遏之，使不得上，可以万全。"坚曰："但引兵少却，使之半渡，我以铁骑蹙[5]而杀之，蔑不胜矣[6]！"融亦以为然，遂麾[7]兵使却。秦兵遂退，不可复止，谢玄、谢琰、桓伊等引兵渡水击之。融驰骑略陈[8]，欲以帅退者，马倒，为晋兵所杀，秦兵遂溃。玄等乘胜追击，至于青冈。秦兵大败，自相蹈藉[9]而死者，蔽野塞川。其走者闻风声鹤唳，皆以为晋兵且至，昼夜不敢息，草行露宿，重以饥冻，死者什七、八。初，秦兵少却，朱序在陈后呼曰："秦兵败矣！"众遂大奔。序因与张天锡、徐元喜皆来奔。获秦王坚所乘云母车及仪服器械、军资、珍宝、畜产不可胜计。复取寿阳，执其淮南太守郭褒。

……

谢安得驿书，知秦兵已败，时方与客围棋，摄书置床上，了无[10]喜色，围棋如故。客问之，徐答曰："小儿辈遂已破贼。"既罢，还内，过户限，不觉屐齿之折[11]。

译文

甲子日，苻坚自长安发兵，士兵（这里指步兵）六十余万，骑兵二十七万，旗帜战鼓相望，前后千里。九月，苻坚到达项城，凉州的军队刚达到咸阳，蜀、汉的军队正顺流而下，幽、冀的军队到达彭城，东西万里，水陆并进，运送粮草的船只数以万计。阳平公符融等率兵三十万，先到达颖口。

---

① 趣：趋，赴。

② 阻涧为陈以待之：以山涧为阵地，等待敌人前来。陈：通"阵"。

③ 勍敌：劲敌。

④ 怃（wǔ）然：怅然失色。

⑤ 蹙：紧逼。

⑥ 蔑：没有，莫。蔑不胜矣：没有不胜的道理。

⑦ 麾：通"挥"，指挥。

⑧ 驰骑略陈：驰马巡行军阵。

⑨ 蹈藉：踩踏，重叠。

⑩ 了无：一点没有。

⑪ 还内，过户限，不觉屐齿之折：回到内室，跨门槛的时候，自己也没有察觉到木拖鞋下面的齿碰断了。形容谢安实际上内心既紧张又高兴，以致步伐失态。

（晋武帝）下诏以尚书仆射谢石为征虏将军、征讨大都督，以徐、兖二州刺史谢玄为前锋都督，与辅国将军谢琰、西中郎将桓伊等众人共领八万将士抵挡前秦军；派遣龙骧将军胡彬以水军五千增援寿阳。谢琰，是谢安的儿子。

这时前秦军队强盛，京城建康震动恐惧。谢玄入室，向谢安询问计策。谢安坦然无事，一点也不着急的样子，回答说："已经另有命令。"随后就一言不发了。谢安不敢再问，于是命令张玄再一次请示。谢安接着命令预备车马出游城外的别墅，亲戚朋友全都聚集在一起，与谢玄把别墅作为赛棋的赌注。谢安的棋术通常劣于谢玄，这日，谢玄畏惧，谢玄和谢安成了不相上下的敌手。谢安接着登山游玩，到了夜里才回来。桓冲深深地为京城建康感到担忧，派遣精锐军队三千人进入京师守卫。谢安坚决不接受，说："朝廷安排已确定，将士没有缺少，荆州（在建康的西面）适合留下来作为防守。"桓冲对僚属叹气道："谢安有庙堂的才干，但不熟悉军事谋略。如今大敌就要到来，还游玩清谈个不停，派遣没有领兵作战经验的年轻人（谢玄、谢琰等人）抵挡他们，军队又少弱，天下事已注定，我们将要穿外族的服装了！"

东晋任命琅邪王司马道子为录尚书六条事。

冬季，十月，前秦阳平公苻融等攻打守阳，并于当年十月十八日，攻下守阳，捉获平虏将军徐元喜等人。苻融任命他的参军（官名，参预军中军事谋划）河南郭褒为淮南太守，慕容垂攻取郧城。胡彬听说寿阳陷落，退兵坚守硖石，苻融进攻它。前秦卫将军梁成等率领众兵五万驻扎在洛涧，在淮河上设置栅栏作为障碍物，用以阻拦从东面来增援的晋军。谢石、谢玄等离开洛涧二十五里而驻扎，畏惧梁成不敢前进。胡彬粮食耗尽，秘密地遣派信使报告谢石等说："如今敌军（气势）旺盛，（我们）粮食耗尽，恐怕不能够见到大军！"前秦军人获得书信，送交给阳平公苻融。苻融派人飞马前去报告秦王苻坚说："敌军人少容易擒获，但恐怕逃走，应当快速赶来攻打！"苻坚就留大军在项城，带领装备轻便的骑兵八千人，以加倍的速度赶路靠近寿阳苻融大军。派遣尚书朱序来劝降谢石等，因以说道："强弱不同势，不如快些投降。"朱序私下对谢石等人说："如果前秦百万大军都到了，谁也难与之为敌。如今趁著各路兵马没有集结，应当快速攻击它，如果挫败它的前锋，那么对方就丧气了，可以随即打败了。"

谢石听说苻坚在寿阳，很害怕，想不战使秦军丧失锐气。谢琰劝说谢石听从朱序的话。十一月，谢玄派遣广陵相（封国在广陵的地方长官）刘牢之率领精兵五千前往洛涧，没有到十里，梁成以涧为阻列阵以等待他。刘牢之向前渡水，攻击成功，大破对方，斩梁成及弋阳太守王咏；又分兵截断他们归途中必经的渡口，前秦的步骑崩溃，争着赶往淮水，士兵死去一万五千人，捉获前秦扬州刺史王显等，全部收缴对方军用器械及粮草之类。于是谢石等各路军队，水路继续前进。秦王苻坚与阳平公苻融等上寿阳城眺望，发现晋兵布阵严整，又望见八公山上草木，都以为是晋兵，回头看苻融说："这也是强敌，怎么说弱小呢？"惆怅失意之外开始有恐惧的神色。

前秦军队紧靠淝水而摆开阵势，晋军不能渡河。谢玄派遣使臣对平阳公苻融说：“您孤军深入，而布置阵势又逼近水边，这是准备持久作战的打算，不是想要速战的做法。如果移动阵势稍微后退一点儿，让晋国军队得以渡河，以此来决定胜负，不也很好吗?”秦国的众将都说：“我们兵多，他们兵少，不如阻止他们，使他们不能攻上来，可万分安全。”苻坚说：“只是率领军队稍微后退，让他们渡过一半，我们以精锐骑兵逼迫上去杀死他们，没有不胜利的。”苻融也认为可以这样，于是指挥军队让他们撤退。前秦军队就撤退，这一退，就不能再制止。谢玄、谢琰、桓伊等人率领军队渡过淝水进击前秦军。苻融骑马在阵地上飞跑巡视，想统帅约束那些退却的士兵，战马倒了，被晋兵所杀，前秦军队于是溃败。谢玄等人乘胜追击，到达青冈。秦兵大败，互相践踏而死，尸体遮蔽了田野，堵塞了河流。那些败逃的秦兵听到风声和鹤叫声，都以为是东晋的追兵即将赶到，白天黑夜不敢歇息，在草野中行军，露水中睡觉，加上挨饿受冻，死去的人十之七八。起初，前秦军队稍稍后退，朱序在阵地后方喊道：“秦兵败了！”众兵就狂奔。朱序于是和张天锡、徐元喜一齐来投降。（晋兵）缴获了秦王苻坚所乘坐的云母车及军服仪仗，其他武器军备、珍宝畜产，不可胜数。又攻占寿阳，抓获前秦的淮南太守郭褒。

……

谢安得到战报，知道秦兵已经战败，当时正与客人下围棋，把驿书收叠起来放在床上，毫无欣喜之色，照旧下棋。客人问他（原因），他慢慢地回答说：“孩子们已经打败了敌军。”结束后，返回屋内，过门槛时，木屐底上的齿被门槛碰断也没觉察到。

前出师表

［三国］诸葛亮

诸葛亮（181—234），是三国时期著名的政治家、军事家和外交家。字孔明，人称卧龙，东汉末年徐州琅琊郡阳都县（在今山东沂南县）人。

“出师表”是出兵打仗前，主帅给君主上的奏章。历来以战名世者甚众，以表传后者颇少。唯独诸葛亮的“表”不仅存之典册，而且灿然于文苑。这是因为孔明之作，持论贤明通达，行文情浓义明，因而被奉为理政的规范，为人的圭臬，作文的楷模。诸葛亮上《出师表》是在蜀汉后主建兴五年（227 年），率兵北代之时。这时蜀偏居一隅，国力疲敝，又北畏曹操之强，东惮孙权之逼，诸葛亮为了实现刘备振兴汉室、一统天下的遗愿，五月渡泸，深入不毛，平定了南方，有了较巩固的后方，并抓住了曹魏兵败祁山、孙吴兵挫石亭的时机，挥师北伐，打算夺取北魏的凉州（今甘肃省部分地区）。出发之前，他向后主刘禅上了这篇《出师表》。

《出师表》前半部分是临行时的进谏，后半部分则表明此行夺胜的决心。诸葛亮向后主提出三项建议：广开言路，执法公平，亲贤远佞。这三项建议，既是安定后方的措施，也是施政的方针。诸葛亮在行文上颇费深思，由势入理，起笔峥嵘，充分表明了诸葛亮深谋远虑、一生谨慎的政治家风格。至于表白其恪尽忠诚的名句“鞠躬尽瘁，死而后已”，则出自此后另一篇被称为《后出师表》的文章。

臣亮言：先帝创业未半，而中道崩殂[①]，今天下三分，益州疲弊[②]，此诚危急存亡之秋也。然侍卫之臣不懈于内，忠志之士忘身于外者，盖追先帝之殊遇[③]，欲报之于陛下也。诚宜[④]开张[⑤]圣听，以光先帝遗德，恢弘[⑥]志士之气，不宜妄自菲薄[⑦]，引喻失义[⑧]，以塞忠谏之路也。

宫中府中[⑨]，俱为一体，陟罚臧否[⑩]，不宜异同。若有作奸犯科及为忠善者，宜付有司，论其刑赏，以昭陛下平明[⑪]之治，不宜偏私，使内外异法也。

侍中侍郎郭攸之、费祎、董允等，此皆良实，志虑忠纯，是以先帝简拔[⑫]以遗陛下。愚以为宫中之事，事无大小，悉以咨之，然后施行，必能裨补阙漏，有所广益。将军向宠，性行淑均[⑬]，晓畅军事，试用于昔日，先帝称之曰能，是以众议举宠以为督。愚以为营中之事，事无大小，悉以咨之，必能使行阵和睦，优劣得所也。

亲贤臣，远小人，此先汉所以兴隆也；亲小人，远贤臣，此后汉所以倾颓也。先帝在时，每与臣论此事，未尝不叹息痛恨于桓、灵[⑭]也。侍中、尚书、长史、参军，此悉贞良死节之臣也，愿陛下亲之信之，则汉室之隆，可计日而待也。

臣本布衣，躬耕于南阳，苟全性命于乱世，不求闻达于诸侯。先帝不以臣卑鄙[⑮]，

---

① 崩殂：指帝王的死。先帝指的是刘备。

② 疲弊：指人困财乏。

③ 殊遇：特殊的知遇，多指帝王的恩宠。

④ 诚宜：确实应该。

⑤ 开张：开扩，扩展。

⑥ 恢弘：发扬，扩大。

⑦ 妄自菲薄：过于自卑。

⑧ 引喻失义：指言论表达不合道义。

⑨ 宫中府中：指宦官和大臣。

⑩ 陟罚臧否：指对人进行提拔或惩罚，褒扬或贬低。陟：提升。臧否：褒贬人物，评论优劣。

⑪ 平明：公正明察。

⑫ 简拔：选拔。

⑬ 淑均：善良公正。

⑭ 桓、灵：指汉桓帝刘志和汉灵帝刘宏，两帝在位时生活荒淫，聚敛无度，卖官鬻爵，激化社会矛盾，黄巾起义由此而来，东汉由桓、灵二帝开始转向衰败。

⑮ 卑鄙：卑贱鄙陋。

猥自枉屈[①]，三顾臣于草庐之中，谘臣以当世之事，由是感激，遂许先帝以驱驰[②]。后值倾覆，受任于败军之际，奉命于危难之间，尔来二十有一年矣！先帝知臣谨慎，故临崩寄臣以大事也。受命以来，夙夜忧叹，恐托付不效，以伤先帝之明。故五月渡泸，深入不毛。今南方已定，兵甲已足，当奖率三军，北定中原，庶竭驽钝[③]，攘除[④]奸凶，兴复汉室，还于旧都[⑤]；此臣所以报先帝而忠陛下之职分也。至于斟酌损益[⑥]，进尽忠言，则攸之、祎、允之任也。

愿陛下托臣以讨贼兴复之效；不效[⑦]，则治臣之罪，以告先帝之灵。若无兴德之言，则责攸之、祎、允之咎，以彰其慢[⑧]。陛下亦宜自谋，以咨诹善道[⑨]，察纳雅言，深追先帝遗诏，臣不胜受恩感激。今当远离，临表涕零，不知所云。

译文

臣诸葛亮呈表进言：先帝创建统一大业尚未完成一半，竟中途去世。如今天下形成三国鼎立的局面，我蜀汉国力困乏，民生凋敝，这的确是关系国家生死存亡的危急关头！然而，朝廷上的官员，在内供职毫不懈怠，军队中的将士，在外作战舍生忘死，这都是在追念先帝对他们的特殊恩遇，想报答给陛下啊！陛下实在应该扩大圣明的听闻，听取群臣意见，以发扬光大先帝遗留下来的美德，振奋鼓舞志士们的勇气。不可随便地看轻自己，言谈训谕违背道义，从而堵塞了忠诚进谏的道路。宫中的侍臣和政府各部门的官员，全是一个整体，升贬赏罚，赞扬批评，不应标准不同。如有干坏事犯法纪的，或尽忠心做善事的，应该一律交给主管部门评定，加以处罚或奖赏，以显示陛下处理问题的公正严明，切不可有所偏袒，使得内廷和外府法令不一。

侍中、侍郎郭攸之、费祎、董允等，这些都是善良诚实、心志忠贞、意念纯真的人，所以先帝把他们选拔出来，留下来辅佐陛下。臣下认为宫内的事情，无论大小，都应该征询他们的意见，然后再去施行。这样一定能够弥补过失或疏漏，收到较好的效果。将军向宠，品性善良公正，通晓军事，当初曾被任用过，先帝称赞他是个能人，所以经过大家评议推举他做中部督。臣下认为军中的事情，无论大小，都与他商量，必能够使军队团结和睦，使不同的人各尽其能。

---

① 猥自枉屈：屈尊纡贵。猥：卑下，鄙陋。
② 驱驰：原义为策马疾驰，此处引申为奔走效力。
③ 驽钝：才能低下平庸。
④ 攘除：排除。
⑤ 旧都：这里指东汉的国都洛阳。
⑥ 斟酌损益：权衡得失。
⑦ 效：前一个效是指任务，后一个效是奏效的意思。
⑧ 以彰其慢：彰显他的过失。
⑨ 咨诹善道：咨询好的措施。

亲近贤臣，疏远小人，这是前汉所以能够兴盛的原因；亲近小人，疏远贤臣，这是后汉覆亡的缘故。先帝在世的时候，每逢与臣下议论到这件事，对桓、灵二帝的作为没有一次不发出叹息，感到痛心和遗憾的。侍中郭攸之、费祎，尚书陈震，长史张裔，参军蒋琬，这些都是坚贞坦诚、能以死报国的臣子，希望陛下亲近他们，信任他们，这样汉王室的兴盛就指日可待了。

臣下本是个平民，在南阳隆中耕田种地，在乱世间只求保全性命，不想在诸侯中求得显达。先帝不嫌臣下出身卑微、见识浅陋，亲自屈尊，三次到草庐中看望臣下，征询臣下对天下大事的看法。因此臣下深为感动，从而答应为先帝驱遣效力。后来遇到当阳失利，我临危受命，到现在已有二十一年了。先帝深知臣下处事谨慎，所以在临终时把辅助陛下兴复汉室的大业交付给臣下。臣下接受先帝遗命以来，日夜忧虑，唯恐有负先帝托付给我的大业，有损先帝的知人善任的名声。所以臣下五月率兵南渡泸水，深入不毛之地。如今南方已经平定，军库兵器装备充足，应当鼓励和统率全军，北伐平定中原地区，我愿贡献我平庸的才能，扫除奸贼，复兴汉朝王室，返归旧日国都。这是臣下所要报答先帝、效忠陛下的职责本分。至于权衡政事的得失，向陛下进献忠言，那是郭攸之、费祎、董允他们的责任了。

祈望陛下把讨伐奸贼、振兴汉室的大任交付给臣下，如果不能做出成绩，那就请治臣下失职的罪过，以禀告先帝在天之灵；如果没有劝勉陛下发扬圣德的忠言，那就要责备郭攸之、费祎、董允等人的失职，公布他们的过失。陛下自己也应该多加考虑，征询治理国家的好策略，明察和采纳正直的进言，深切追念先帝的遗诏。臣下这就受恩、感激不尽了。

而今即将出征远离陛下，面对奏章，禁不住泪流衣襟，不知说了些什么。

后出师表

诸葛亮在蜀建兴五年（227 年）准备北上击魏前做了《前出师表》表白忠心，并提出东汉后期上层统治集团任人唯亲而致倾颓的历史教训，规劝刘禅“亲贤臣，远小人”后，相传其于次年十一月又作了本篇《后出师表》，陈述出兵伐魏的必要和决心。当时，魏将曹休被东吴打败，魏军主力东下，关中虚弱，诸葛亮想趁此起兵。但朝廷内部出现了一些反对北伐曹魏的意见。后主刘禅也犹豫不决，诸葛亮为此而上了这篇《后出师表》，指出敌人已弱的形势，从而陈述了乘时伐魏的必要性和迫切性。其文辞恳切生动，态度诚挚感人，透过表文似乎可以窥见一个老臣忠心耿耿、披肝沥胆的形象。宋人苏轼说它“简而直，尽而不肆”（《乐全先生文集叙》），明人归有光说它“沛然从肺腑中流出，不期文而自文”（《文章指南》），都颇有道理。其中“鞠躬尽瘁，死而后已”两句虽是千古传诵的名句，但两篇末尾的“临表涕零不知所云”和“至于成败利钝，非臣之明所能逆睹也”，却更能令人想到“出师未捷身先死，长使英雄泪满襟”的悲凉。

先帝虑汉、贼不两立[①]，王业不偏安，故托臣以讨贼也。以先帝之明，量臣之才，固知臣伐贼，才弱敌强也，然不伐贼，王业亦亡，惟坐而待亡，孰与伐之？是故托臣而弗疑也。

臣受命之日，寝不安席，食不甘味。思惟北征，宜先入南，故五月渡泸，深入不毛，并日而食。臣非不自惜也，顾王业不可偏安于蜀都，故冒危难以奉先帝之遗意也。而议者谓为非计。今贼适疲于西，又务于东，兵法乘劳，此进趋之时也。谨陈其事如左：

高帝明并日月[②]，谋臣渊深，然涉险被创，危然后安。今陛下未及高帝，谋臣不如良、平[③]，而欲以长策取胜，坐定天下。此臣之未解一也。

刘繇、王朗各据州郡[④]，论安言计，动引圣人，群疑满腹，众难塞胸，今岁不战，明年不征，使孙策坐大，遂并江东。此臣之未解二也。

曹操智计殊绝于人，其用兵也，仿佛孙、吴[⑤]，然困于南阳[⑥]，险于乌巢[⑦]，危于祁连[⑧]，逼于黎阳[⑨]，几败北山[⑩]，殆死潼关[⑪]，然后伪定一时尔。况臣才弱，而欲以不危而定之。此臣之未解三也。

---

① 汉、贼：指蜀汉和曹操。

② 高帝：汉高祖刘邦。

③ 良、平：张良和陈平。

④ 刘繇：东汉末任扬州刺史。王朗：东汉末任会稽太守。

⑤ 孙、吴：孙膑和吴起。

⑥ 南阳：东汉时期南阳郡治宛即在今河南南阳。这里指建安二年（197 年），曹操进军宛，攻击张绣而被流矢击中，长子曹昂也战死。

⑦ 乌巢：在今河南延津东南。建安五年（200 年），袁绍以重兵进攻曹操，兵临官渡，于乌巢屯粮，而被曹操率骑兵夜袭乌巢，然后又在官渡被曹操打败。

⑧ 祁连：祁连山在今甘肃西部至青海东北部。“危于祁连”一事，不详。

⑨ 黎阳：在河南浚县东北。建安八年（203 年），曹操在黎阳救过袁绍之子袁谭，次年曹操攻邺，而袁谭随之相逼，掠取甘陵等地。

⑩ 北山：即今甘肃境内北山。建安二十四年（219 年），曹操和刘备争汉中，运粮经此，遭蜀将赵云袭击而损失巨大。

⑪ 潼关：因潼水得名，在今陕西、陕西、河南三省要冲。建安十六年（211 年），曹操西征马超至潼关，被马超追赶至黄河船上。

曹操五攻昌霸不下[①]，四越巢湖不成[②]，任用李服而李服图之[③]，委任夏侯而夏侯败亡[④]。先帝每称操为能，犹有此失，况臣驽下，何能必胜？此臣之未解四也。

自臣到汉中，中间期年耳，然丧赵云、阳群、马玉、阎芝、丁立、白寿、刘郃、邓铜等及曲长、屯将七十余人[⑤]，突将无前。賨、叟、青羌散骑、武骑一千余人[⑥]，此皆数十年之内所纠合四方之精锐，非一州之所有；若复数年，则损三分之二也，当何以图敌，此臣之未解五也。

今民穷兵疲，而事不可息；事不可息，则住与行劳费正等；而不及早图之，欲以一州之地与贼持久。此臣之未解六也。

夫难平者，事也。昔先帝败军于楚[⑦]，当此时，曹操拊手，谓天下已定。然后先帝东连吴、越[⑧]，西取巴、蜀[⑨]，举兵北征，夏侯授首，此操之失计而汉事将成也。然后吴更违盟，关羽毁败[⑩]，秭归蹉跌[⑪]，曹丕称帝。凡事如是，难可逆料。臣鞠躬尽力，死而后已，至于成败利钝，非臣之明所能逆睹也。

译文

先帝考虑到汉王室与魏贼不能并存，汉室的大业不能偏处一方而自安，所以临终时托付我讨伐奸贼。凭先帝的英明，度量我的才能，固然知道由我率兵伐贼，我的才能微弱而敌人强大。但如不去发兵讨贼，王室大业也会灭亡，与其坐以待毙，何不去讨伐他们呢？因此，先帝毫无疑虑地把讨贼兴汉的大业托付给了我。我从接受任命那天起，就每天睡觉不安于席，吃饭不知其味。考虑到要举行北伐，应该先安定南方。所以五月率兵渡过泸水，深入不毛之地，两天才吃一天的粮食。我并非不知自我爱惜，只是想到王业不能安于蜀地，所以甘愿冒着危险艰难来实现先帝的遗志。而议论朝政的官员们都以为这并不是上好的计策。现在贼军正于西方疲于奔命，又忙着应付东边的战事。据兵法，要在敌人疲劳的时候进行攻击。这正是进攻的大好时机。现在我仅述有关事实如下。

汉高祖的英明可与日月相比，他的谋臣都能深谋远虑，但仍不免经历艰险，身受

---

① 昌霸：即昌豨，建安五年（200 年），他背叛曹操，依附刘备。

② 巢湖：在今安徽巢湖，魏以合肥为重镇，屡次从巢湖进攻孙权。

③ 李服：事迹不详，或以为是“王服”之误。

④ 夏侯：曹魏大将夏侯渊。他在关中被刘备大将黄忠所杀。

⑤ 曲长、屯将：都是军官。曲和屯，都是军队的编制单位。

⑥ 賨、叟、青、羌：都是西南地区少数民族。

⑦ 败军于楚：建安十三年（208 年），刘备败兵于当阳长坂坡，此是旧时楚地。

⑧ 吴、越：建安十三年（208 年），刘备联合江东孙吴共击曹操。指赤壁之战。吴国正在旧时吴、越两国之地。

⑨ 巴、蜀：建安十六年（211 年），刘备率军入巴、蜀，十九年（214 年）围成都，取益州。

⑩ 关羽毁败：建安二十四年（219 年），孙权袭击荆州，杀关羽。

⑪ 秭归蹉跌：章武二年（222 年），刘备在秭归被吴军所败指猇亭（夷陵）之战。秭归，在今湖北。

创伤，然后才转危为安。如今陛下比不上高祖，谋臣也不及张良、陈平，却想用长远之计来取得胜利，安安稳稳地平定天下，这是我不能理解的第一点。

刘繇、王朗各自据有州郡，他们坐论安危，空谈计谋，动不动就引用圣人的话。满腹疑虑，畏前畏后，今年不出兵，明年不出兵，使孙策安然地强大起来，吞并了江东，这是我不能理解的第二点。

曹操的机智谋略，在众人之上；他用兵作战，如同孙膑、吴起复生。然而也曾在南阳受困，在乌巢遇险，在祁连遭难，在黎阳被逼，几乎败于北山，差点死于潼关，在这以后才安定于一时。更何况我才能低弱，却想不经过危难而平定天下，这是我不能理解的第三点。

曹操曾五次攻打昌霸不能取胜，四次想渡过巢湖却未能成功，任用李服而李服却图谋于他，委任夏侯渊而夏侯渊兵败身亡。先帝每次都称赞曹操有才能，却仍有这些失误，更何况我才能低下，怎么能必然取胜呢？这是我不能理解的第四点。

自从我率兵来到汉中，只有一年的时间，却丧失了赵云、阳群、马玉、阎芝、丁立、白寿、刘郃、邓铜等大将及曲长、屯将七十多人，还有冲锋向前、所向无敌的賨叟、青羌的骑兵一千多人，这些都是几十年来从四面八方招集来的精锐部队，并非是一州所有。如果再过几年，就会减损三分之二，还以什么力量图谋讨贼呢？这是我不能理解的第五点。

如今人民穷困，士兵疲劳，而战事不休；战事不停息，坐待敌人进攻与主动出攻敌人所耗用的劳力和费用是相等的。如果不及时图谋讨贼，却想凭借一州之地与敌人长久相持。这是我不能理解的第六点。

最难以预料的就是战事。过去先帝在楚地被曹军打败。那时，曹操拍手称快，得意忘形地认为天下大局已定，但是后来先帝东连孙吴，西取巴、蜀之地，发兵北伐，击杀夏侯渊，这是曹操失算，而汉室的事业将要复兴啊。但后来孙吴违背了盟约，关羽败亡，先帝姊归受挫，曹丕称帝。凡事都是如此，难以预料，我只有鞠躬尽力，死而后已。至于成败与否，就不是我的眼光所能预见的了。

陈情表

［晋］李密

《陈情表》是中国古代一篇优秀的散文。作者李密（224—287），字令伯，犍为武阳（今四川彭山）人。因父早亡，母亲改嫁，从小由祖母刘氏抚养成人。他为人正直，很有才干，在蜀汉时曾出仕为郎。蜀亡以后，对于新朝的征召是否应命，显然是一个十分敏感的政治问题，弄得不好，随时都可能以抗命而身遭不测。然而日夜侍奉在祖母病榻前的李密出于孝心，实在不忍对老人弃而不顾，于是便和泪写了这篇表奏，宛转而又深切地陈述了希望为祖母养老送终，不得已辞不赴命的情由。晋武帝读了这篇表奏后，感叹其至孝之情，出于以忠孝治国的政治考虑，对李密特加嘉赏，不仅准许其奉亲尽孝，留蜀不仕，而且还让地方政府给以一定的经济资助。

全文由陈述孤苦的身世遭遇入手，揭出当时所面临的尽孝和应诏这一两难处境，阐明祖孙二人相依为命的特殊关系，并最终点明难以赴诏的原因。在说明自己辞不赴命的理由时，作者也自始至终站在晋武帝的角度着想，以免引起他的猜疑和误会。整篇文章写得委婉恳切，既出乎人之常情，又合于伦理道德，没有一点夸张做作、浮泛矫饰之辞；深沉的感情充溢于朴实感人的叙述之中，因而能够唤起人们的理解和同情。

臣密言：臣以险衅[①]，夙遭闵凶[②]。生孩六月，慈父见背[③]，行年四岁，舅夺母志[④]。祖母刘悯[⑤]臣孤弱，躬亲抚养。臣少多疾病，九岁不行，零丁孤苦，至于成立。既无伯叔，终鲜[⑥]兄弟，门衰祚薄[⑦]，晚有儿息。外无期功[⑧]强近之亲，内无应门五尺之僮，茕茕孑立[⑨]，形影相吊。而刘夙婴[⑩]疾病，常在床蓐，臣侍汤药，未曾废离。

逮[⑪]奉圣朝，沐浴清化[⑫]，前太守臣逵察臣孝廉；后刺史臣荣，举臣秀才。臣以供养无主，辞不赴命。明诏特下，拜臣郎中，寻[⑬]蒙国恩，除[⑭]臣洗马。猥以微贱，当侍东宫，非臣陨首[⑮]所能上报。臣具以表闻，辞不就职。诏书切峻，责臣逋慢[⑯]；郡县逼迫，催臣上道，州司临门，急于星火。臣欲奉诏奔驰，则刘病日笃；欲苟徇私情，则告诉不许。臣之进退，实为狼狈。

---

① 险衅：艰难祸患。

② 夙：早。闵凶：忧患凶丧之事。闵，忧患，后世作“悯”。

③ 见背：婉指去世。背，离弃。

④ 舅夺母志：指舅父强行改变母亲守节的志向，即逼迫母亲改嫁。夺，改变。

⑤ 悯：怜悯。

⑥ 鲜：少。

⑦ 门衰祚薄：家门衰落，福分又浅。

⑧ 期功：古代服丧名称。期，服丧一年。功，按关系亲疏分大功、小功，大功服丧九月，小功服丧五月。

⑨ 茕茕孑立：孤单无依的样子。

⑩ 婴：缠绕。

⑪ 逮：到。

⑫ 沐浴清化：指承受清明的政治教化。清化，清明的政治教化。

⑬ 寻：不久。

⑭ 除：委任官职。

⑮ 陨首：掉脑袋。

⑯ 逋慢：逋，逃避。慢，怠慢。

伏惟[①]圣朝以孝治天下，凡在故老，犹蒙矜恤[②]，况臣孤苦，特为尤甚。且臣少仕伪朝[③]，历职郎署[④]，本图宦达，不矜名节[⑤]。今臣亡国贱俘，至微至陋，过蒙拔擢，宠命优渥，岂敢盘桓，有所希冀。但以刘日薄西山，气息奄奄，人命危浅，朝不虑夕。臣无祖母，无以至今日；祖母无臣，无以终于年，母孙二人更相为命，是以区区不能废远。

臣密今年四十有四，祖母刘今年九十有六，是臣尽节于陛下之日长，报养刘之日短也。乌鸟私情，愿乞终养。

臣之辛苦，非独蜀之人士及二州牧伯所见明知，皇天后土，实所共鉴。愿陛下矜愍愚诚，听臣微志，庶刘侥幸，保卒余年，臣生当陨首，死当结草。

臣不胜犬马怖惧之情，谨拜表以闻。

译文

臣李密呈言：臣由于命运多舛，很早就遭受不幸。生下只有六个月，父亲就去世了。长到四岁，舅舅就逼迫母亲改嫁。祖母刘氏可怜我孤苦弱小，就亲自加以抚养。臣从小体弱多病，九岁还不能行走，始终孤独无依，直到长大成人。既没有叔叔伯伯，也没有哥哥弟弟。家门衰落，福分又浅，很晚才有了儿子。外面没有关系比较亲近的亲戚，家里也没有看管门户的僮仆。一人孤单地独自生活，只有影子作伴。而祖母刘氏很久前就身缠疾病，经常躺在床上不能起身。臣早晚服侍饮食药物，从来没有离开过。

到了圣明的朝代，臣身受清明的教化。起初有太守逵推选臣为孝廉，后来刺史荣又举荐臣为秀才。臣因没有人供养祖母，推辞没有遵命。朝廷便特下诏书，任臣为郎中。不久又蒙受国恩，任臣为太子洗马。以臣这样微贱的人去侍奉太子，这实在不是臣杀身捐躯所能报答的。对此臣都用表备述上陈，推辞不去就职。不料诏书严厉急切，责怪臣回避怠慢；郡县长官催促逼迫，令臣即刻启程；而州的长官也登门督促，比星火还要紧急。臣想手捧诏书马上赶路，但因祖母的疾病却日重一日，就想姑且迁就自己的私情，但被告知不被准许。臣的处境进退两难，实在狼狈不堪。

圣明的朝代是以孝道来治理天下的，凡是老年人，尚且受到怜悯抚养，何况臣的孤苦，又特别严重呢。而且臣年轻时曾在伪朝做官，历任郎官衙署之职，原来就希望仕途显达，不计较名气节操。现在臣身为亡国之俘，实在微贱卑陋，却受到超常的提

---

① 伏惟：念及，想到。是旧时奏疏或书信中下级对上级常用的敬词。

② 矜：怜悯。恤（xù）：抚养。

③ 伪朝：指蜀汉政权。

④ 历职郎署：指自己曾在蜀汉官署中担任过郎官一类的职务。

⑤ 宦达：官职显赫。矜，清高。

拔、恩惠的任命，十分优厚，怎么还敢犹豫徬徨，别有所想呢？只是因为祖母刘氏已像迫近西山的落日，只剩一缕将断的气息，生命十分危险，到了朝不保夕的地步。臣没有祖母，就不能活到现在；祖母没有了臣，也不能安度余生。臣与祖母祖孙二人，此时更是相依为命，正是出于这种内心的恳切之情才无法离去远行。臣李密今年四十四岁，祖母刘氏今年已九十六岁，因此臣为陛下效劳尽节的时间还很长，而报答祖母的日子已经很短了。怀着乌鸦反哺的私情，希望能准许臣为祖母养老送终的恳求。

臣的苦处，不单是蜀地人士和二州的长官所耳闻目睹，就是天地神明，也都能看见。祈愿陛下能体悯臣的愚拙和至诚，俯允臣微小的请求，祖母刘氏或许能因此侥幸得以最终安度余年。臣活着愿捐献生命，死后也应结草知恩图报。

臣怀着犬马一样不胜恐惧的心情，谨用此表拜上禀知。

谏太宗十思疏[①]

［唐］魏征

魏征（580—643），字玄成，唐代巨鹿郡下曲阳（今河北晋县）人。年轻时孤贫，曾为道士。隋末参加瓦岗起义军，后随李密降唐。官至左光禄大夫，封郑国公。他是唐初杰出的政治家、史学家、文学家。

本文是魏征于贞观十一年（637 年）写给唐太宗李世民的一篇奏议，文章提出“十思”，指出作为一个国君，应该如何正确处理眼前的各种事物，提醒唐太宗要“居安思危，戒奢以俭”，中心意思是要他积德行义。

唐代的诏令、奏疏、书启等正式的应用文章，还是用骈体文写的。这篇文章的文句比较整齐，但是比起六朝的骈体文来，少了许多浮艳的辞藻典故，文意明白晓畅，说明骈体文在当时已逐渐散文化了。

臣闻：求木之长者，必固其根本；欲流之远者，必浚其泉源；思国之安者，必积其德义。源不深而望流之远，根不固而求木之长，德不厚而思国之安，臣虽下愚，知其不可，而况于明哲乎？人君当神器[②]之重，居域中之大，将崇极天之峻，永保无疆之休。不念居安思危，戒奢以俭，德不处其厚，情不胜其欲，斯亦伐根以求木茂，塞源而欲流长也。

---

① 谏：直言规劝，使改正错误。一般用于下对上。疏：奏疏，是臣子给皇帝的奏议。

② 神器：帝位。

凡百元首，承天景[①]命，莫不殷忧而道著，功成而德衰。有善始者实繁，克终者盖寡。岂其取之易、守之难乎？昔取之而有余，今守之而不足。夫在殷忧[②]，必竭诚以待下；既得志，则纵情以傲物。竭诚则吴越为一体，傲物则骨肉为行路。虽董[③]之以严刑，振之以威怒，终苟免而不怀仁，貌恭而不心服。怨不在大，可畏惟人。载舟覆舟，所宜深慎。奔车朽索，其可忽乎？

君人者，诚能见可欲，则思知足以自戒；将有作，则思知止以安人；念高危，则思谦冲而自牧；惧满溢，则思江海而下百川；乐盘游[④]，则思三驱以为度；忧懈怠，则思慎始而敬终；虑壅蔽，则思虚心以纳下；惧谗邪，则思正身以黜恶；恩所加，则思无因喜以谬赏；罚所及，则思无以怒而滥刑。总此十思，宏兹九德[⑤]。简[⑥]能而任之，择善而从之。则智者尽其谋，勇者竭其力，仁者播其惠，信者效其忠。文武争驰，君臣无事，可以尽豫游之乐，可以养松乔之寿。鸣琴垂拱，不言而化。何必劳神苦思，代百司[⑦]之职役哉！

译文

臣听说，要想树木成长，一定要巩固它的根干；想要水流长远，一定要疏通它的源头；谋求国家安定，一定要积累道德信义。水源不深而希望水流长远，根干不牢而追求树木成长，德义不厚而谋求国家安定——（这些道理，）即使是极其愚蠢的人，也知道是不可能的，更何况圣明通达的人呢！作为一国之君，担当着帝王的重任，身处于天地间最高的地位，（应该）推崇皇权的高峻，永保永无止境的美善。倘若不考虑在安乐的时候会出现危难，不用厉行节俭的办法去革除奢侈，这就像砍伐树根而要求树木繁茂，堵塞水源而希望流水长远啊。

从古至今的帝王，承受了上天的重大使命，创业时做得很好的确实很多，能够贯彻到底的却很少。难道是取得天下容易，而守住天下困难吗？想必是在忧虑深重的时候，一定竭尽诚信对待下属；在已经得志的时候，就放纵自己而傲视别人。竭尽诚信，那么像吴越那样的敌国也能够结为一体；傲视别人，即使是骨肉般的亲属也可以视同陌路。虽然用严酷的刑罚来督责，用很大的威势去镇慑，结果只能是众人不过苟求免于罪责而不会感念君王的仁德恩惠，外貌表示恭顺而内心并不悦服。怨恨不在大小，可怕的是人心向背。君主像船，民众像水，水能承载舟船，也能颠覆舟船，这是应当

---

① 景：大。
② 殷忧：深重的忧患。
③ 董：督责。
④ 盘游：游乐，这里指打猎。
⑤ 九德：泛指多种美德。
⑥ 简：挑选。
⑦ 百司：百官。

慎重对待的。用腐朽的缰绳来驾驭飞奔的马车，这样可以忽视不理吗？

倘若真的能够做到：见到可以引起欲念的事物，就想到要知足而自己警戒；将要大兴土木，就想到要适可而止而让百姓安定；考虑到居高位如同临险境，就想到谦虚而加强自我修养；害怕骄傲自满，就想到要像江海那样居于百川之下；喜欢打猎游乐，就想到一年最多以三次为限；担忧意志懈怠，就想到做事必始终谨慎；忧虑自己受到蒙蔽，就想到虚心接纳来自下面的意见；害怕谗佞奸邪之人，就想到端正自身而斥退邪恶；加恩于人时，就想到不要因为一时高兴而赏赐不当；责罚于人时，就想不要由于正在震怒而滥施刑罚。综合上述十个方面的思考，扩充贤哲种种品德的修养，选拔有才能的人而加以任用，选择有益的意见而善于听从，那么，聪慧的人贡献他的智谋，勇敢的人竭尽他的力量，仁爱的人广施他的恩惠，诚信的人献出他的忠心；文臣武将各得其所而同时受到重用，君主垂衣拱手而天下安治。君主为什么一定要耗费精力，苦苦思索，代替百官去执行他的职务呢？

为徐敬业讨武曌[①]檄

［唐］骆宾王

骆宾王（约630—684），浙江义乌人，“初唐四杰”之一，担任过武功、长安两县主簿、侍御史等官职，武后时，因多次上书言事，被贬为临海丞。

光宅元年（684年），武则天废去刚登基的中宗李显，另立李旦为帝，自己临朝称制，想进一步登位称帝，建立大周王朝，引起了一些忠于唐室的大臣勋贵的愤怒。身为开国元勋英国公李绩嗣孙的徐敬业，以已故太子李贤为号召，在扬州起兵，建立匡复府，自任匡复府上将、扬州大都督。骆宾王被罗致入幕府，为艺文令，军中的书檄均出自他的手笔，本文即作于此时。

这篇檄文立论严正，先声夺人，将武则天置于被告席上，列数其罪。借此宣告天下，共同起兵，起到了很大的宣传鼓动作用。据《新唐书》所载，武则天初观此文时，还嬉笑自若，当读到“一抔之土未干，六尺之孤何托”句时，惊问是谁写的，叹道：“有如此才，而使之沦落不偶，宰相之过也！”可见这篇檄文煽动力之强，遂成为后世檄文撰写的典范。

① 曌（zhào）：通“照”。

伪临朝武氏者[①]，性非和顺，地实寒微。昔充太宗下陈[②]，尝以更衣入侍。洎乎晚节[③]，秽乱春宫[④]。潜隐先帝之私[⑤]，阴图后房之嬖[⑥]。入门见嫉，蛾眉不肯让人，掩袖工谗[⑦]，狐媚偏能惑主。践元后于翚翟[⑧]，陷吾君于聚麀。加以虺[⑨]蜴为心，豺狼成性，近狎邪僻近[⑩]，残害忠良，杀姊屠兄，弑君鸩母[⑪]。人神之所共疾，天地之所不容。犹复包藏祸心，窥窃神器[⑫]。君之爱子，幽之于别宫；贼之宗盟，委之以重任。呜呼！霍子孟之不作[⑬]，朱虚侯之已亡[⑭]。燕啄皇孙[⑮]，知汉祚之将尽；龙漦帝后[⑯]，识夏庭之遽衰。

敬业皇唐旧臣，公侯冢子[⑰]。奉先帝之遗训，荷本朝之厚恩。宋微子之兴悲，良有以也；袁君山之流涕[⑱]，岂徒然哉！是用气愤风云，志安社稷。因天下之失望，顺宇内之推心，爰举义旗，誓清妖孽。南连百越[⑲]，北尽三河，铁骑成群，玉轴相接。海陵红

---

① 伪：指武则天僭位，其政权非法。

② 太宗：李世民。下陈：古代统治者堂下陈放礼品、站立婢妾的地方，这里指武则天曾入宫为才人。

③ 洎（jì）：到，及。

④ 春宫：东宫，太子所居之宫。这句指武氏和太子（即后来的高宗）发生了暧昧关系。

⑤ 潜隐先帝之私：指武氏在太宗死后削发为尼，掩饰她充当太宗才人时的私情。

⑥ 后房：指高宗后宫。嬖（bì）：受宠爱的人。

⑦ 掩袖：战国时期，魏王送一美人给楚王，楚王很喜欢。郑袖告诉美人，楚王不喜欢她的鼻子，于是她见了楚王总以袖掩鼻，楚王问郑袖是何原因，郑袖说大概厌恶君王的气味，楚王怒而割去美人的鼻子。

⑧ 翚翟（huī dí）：皇后的车服。翚，五色皆备的雉鸡。翟，长尾山鸡。皇后的车子和服装上都画有翚、翟的图案，象征妇女美好的德行。

⑨ 虺（huǐ）：一种毒蛇。

⑩ 狎：亲近而态度不庄重。

⑪ 鸩（zhèn）：鸟名，其羽毛有毒，古人用其羽毛浸酒，饮之即死。

⑫ 神器：帝位。

⑬ 霍子孟：霍光，字子孟。汉昭帝时的大司马、大将军。昭帝死后，为安定汉朝王业立下大功。

⑭ 朱虚侯：即刘章，汉高祖刘邦的孙子，封朱虚侯。高祖死后，刘章和丞相陈平、太尉周勃等合谋，诛杀图谋篡权的诸吕。

⑮ 燕啄皇孙：汉成帝时有童谣说："燕飞来，啄皇孙。"燕，指赵飞燕，成帝的皇后。她性情狠毒，因为自己没有儿子，便暗中杀死许多皇子。这里以赵飞燕比武则天。武则天立为皇后之后，先后废掉和杀死太子李忠、李弘、李贤等。

⑯ 漦（chí）：涎沫。传说夏代衰亡时，有二龙降临宫廷，吐下涎沫。夏帝将这些龙的涎沫用木盒装起密封。传到周厉王末朝，打开木盒，龙漦流出，化为大鳖，进入后宫，一个未成年的宫女遇之受孕，生一女，即褒姒。褒姒后来成为周幽王之后，受到宠幸，招致西周的灭亡。古人以为周朝的衰亡，于夏朝就已埋下伏根。

⑰ 冢（zhǒng）子：长子。

⑱ 袁君山：即东汉袁安，仕于明帝、章帝、和帝三朝。他不避权贵，敢于面折廷争。

⑲ 百越：古代泛指南方的少数民族。

粟[1]，仓储之积靡穷；江浦黄旗，匡复之功何远。班声动而北风起[2]，剑气冲而南斗平。喑呜则山岳崩颓，叱咤则风云变色，以此制敌，何敌不摧；以此攻城，何城不克！

公等或居汉地，或叶周亲[3]，或膺重寄于话言，或受顾命于宣室[4]。言犹在耳，忠岂忘心？一抔之土未干[5]，六尺之孤何托[6]？倘能转祸为福，送往事居[7]，共立勤王之勋[8]，无废旧君之命。凡诸爵赏，同指山河。若其眷恋穷城，徘徊歧路，坐昧先机之兆，必贻后至之诛。请看今日之域中，竟是谁家之天下！

译文

僭窃帝位的武氏，本性不良，出身贫寒低微，以前是太宗的才人，在服侍皇帝更衣时得到宠幸。到了后来，又与太子关系暧昧。隐瞒和太宗的私情，暗中图谋在后宫的宠幸。她嫉妒后宫的妃嫔，不肯让人以美色与她争宠；善以掩袖作态，巧施谗毁，卖弄姿色，迷惑主上，窃据皇后名位，陷君王于乱伦。加之心如蛇蝎，性同豺狼，亲近奸佞小人，残害忠良大臣，杀姊屠兄，谋害君主，毒死母亲。使人神共恨，天地不容。又包藏祸心，阴谋篡夺帝位。君王的爱子被幽禁别宫；武氏的宗族，却委以重任。唉！能扭转国家危亡的霍子孟不再兴起，预示着汉朝将要灭亡；龙涎帝后，标志着夏朝的衰败。

徐敬业是大唐的旧臣，公侯长子。继承先辈的功业，蒙受朝廷厚恩，宋微子触景生悲，确实有道理；桓君山痛哭流涕，难道是徒然的吗？因此，义愤而激起风云，志在安定社稷。趁着天下百姓对武氏的失望，顺着百姓的心意，举起义旗，清除妖孽。南连百越，北达三河，铁骑战车相接。海陵的粟米多得发酵变红，仓库的储存真是无穷无尽；长江边黄旗成片，显示吉兆，匡复国家之功，指日可待。战马声动似北风卷起，剑气冲天直指天上星斗。怒气勃发使山岳崩溃、风云变色。有了这样的力量，什么敌人不能摧毁？什么功业不能完成？

诸公或是异姓功臣，或是唐朝宗室，或接受重托分封在外，或受顾命于朝廷。先帝的遗言尚在耳边回响，忠诚的誓言难道就忘记了？埋葬先帝的黄土还没有干，幼小的君王交托于何人！倘若能够转祸为福，送别先帝侍奉继位的幼君，共同建立扶助皇

---

① 海陵：今江苏泰县，唐时属扬州。红粟：陈年的米，因发酵而变红。
② 班声：这里指战马。
③ 叶：通“协”，共，同。
④ 宣室：汉未央宫正殿室名，这里借指朝廷。
⑤ 一抔（póu）之土：指皇帝的陵墓。
⑥ 六尺之孤：指中宗李显。李显嗣位不久，就被武则天废为庐陵王，受到软禁。
⑦ 往：死者，指高宗。居：生者，指中宗。
⑧ 勤王：君主有难，臣下起兵救援，即为勤王。

室的功勋，不弃先帝遗命，有功的一定受爵，可以共指山河立誓。如果留恋孤单的城池，徘徊在歧路上，看不清微妙有利的征兆，必将遭到贻误先机的惩罚。请看现今究竟是谁家之天下！

进学解

［唐］韩愈

韩愈（768—824），字退之，唐河南南阳（今河南孟县南）人。唐代古文运动的倡导者，后世被列为古文“唐宋八大家”之首，有《韩昌黎文集》传世。

韩愈不仅是古代的文学大家，同时也是一位博学多识的学者和思想家。他的思想对宋代的程朱理学产生了很大影响，在思想史上有承先启后的作用。他学识渊博、厚积薄发，行文气势磅礴、波澜起伏、大开大合、有破有立，既有思想深度又有文章风骨。

《进学解》模仿西汉东方朔的《答客难》和扬雄的《解嘲》，以设问设答方式，假借国子监先生与太学生的对话，指责了当时执政者的不识贤愚，宣泄了自己怀才不遇的愤慨。作者一生以儒家道统的继承者自居，但空有高才卓识却不被朝廷重用，内心不免郁闷，因此作《进学解》一文以自嘲自娱。不过，尽管此篇也如《毛颖传》一样有调侃搞笑的一面，我们更多的是看到作者矢志不渝的道德坚贞。某种程度上，此篇也可以视为韩愈的精神自传或自画像。

国子先生，晨入太学[①]，招诸生立馆下，诲之曰：“业精于勤，荒于嬉；行成于思，毁于随[②]。方今圣贤相逢，治具[③]毕张，拔去凶邪，登崇[④]俊良[⑤]。占小善者率以录，名一艺者无不庸[⑥]。爬罗剔抉[⑦]，刮垢磨光[⑧]。盖有幸而获选，孰云多而不扬？诸生业患不能精，无患有司[⑨]之不明；行患不能成，无患有司之不公。”

---

① 国子：国子监，唐朝最高学府。国子先生：作者自称，时任国子博士。太学：唐国子监相当于汉朝太学。

② 随：不加思考，随着坏人做坏事。

③ 治具：指法律政令。

④ 登崇：选用，推崇。

⑤ 俊：才智过人。

⑥ 率：都。庸：通“用”。

⑦ 爬：爬梳。罗：搜罗。剔：剔除。抉：选择。

⑧ 刮垢磨光：比喻对人才的培养、锻炼。

⑨ 有司：主管的官吏或官府。

言未既，有笑于列者曰："先生欺余哉！弟子事先生，于兹有年矣。先生口不绝吟于六艺之文，手不停披于百家之编；记事者必提其要，纂言者必钩[1]其玄；贪多务得，细大不捐；焚膏油以继晷[2]，恒兀兀[3]以穷年。先生之于业可谓勤矣。羝排[4]异端，攘斥佛老，补苴罅漏[5]，张皇幽眇[6]；寻坠绪[7]之茫茫，独旁搜而远绍[8]；障百川而东之，回狂澜于既倒。先生之于儒，可谓有劳矣。沉浸醲郁，含英咀华[9]。作为文章，其书满家。上规姚姒[10]，浑浑无涯；周《诰》殷《盘》，佶屈聱牙[11]；《春秋》谨严，《左氏》浮夸；《易》奇而法，《诗》正而葩[12]；下逮《庄》《骚》，太史所录，子云、相如[13]，同工异曲。先生之于文，可谓闳其中而肆其外矣。少始知学，勇于敢为；长通于方，左右具宜。先生之于于为人，可谓成矣。然而公不见信于人，私不见助于友，跋前踬后[14]，动辄得咎。暂为御史，遂窜南夷。三年博士，冗不见治。命与仇谋，取败几时。冬暖而儿号寒，年丰而妻啼饥。头童齿豁[15]，竟死何裨？不知虑此，而反教人为？"

先生曰："吁！子来前！夫大木为宋[16]，细木为桷，欂栌、侏儒[17]，椳、阑、扂、楔[18]。各得其宜，施以成室者，匠氏之工也。玉札、丹砂，赤箭、青芝，牛溲、马勃，败鼓之皮，俱收并蓄，待用无遗者，医师之良也[19]。登明选公，杂进巧拙，纡馀为妍[20]，

---

① 钩：探索。玄：指深奥道理。

② 晷（guǐ）：日影，指白天。

③ 兀兀：用心劳苦的样子。

④ 羝排、攘斥：均指排斥之意。异端：指不合于儒家的学说。

⑤ 补苴：补缀，弥缝。罅漏：漏洞。

⑥ 张皇：张大。幽：深。眇：微小。

⑦ 坠绪：指儒学。韩愈认为孟子以后，儒学失传。

⑧ 绍：继续。

⑨ 含英咀华：指欣赏、玩味诗文的精华。

⑩ 规：取法。姚：虞舜的姓。姒：夏禹的姓。

⑪ 佶屈聱牙：形容《书》的文句艰涩难读。

⑫《易》奇而法：《易》的卦辞，有时说得奇奇怪怪，但都是以阴阳变化来说明道理，有一定的规律。《诗》正而葩：《诗》纯正无邪，但文词很美。

⑬ 子云、相如：指汉代的扬雄、司马相如。

⑭ 跋前踬后：形容进退两难。

⑮ 头童：头秃无发。齿豁：齿缺不全。

⑯ 宋（máng）：屋梁。桷（jué）：方椽子。

⑰ 欂栌：斗拱，承托栋梁的方木。侏儒：此处指梁上的短柱。

⑱ 椳（wēi）：门框臼。阑（niè）：门中央所立短木。扂（diàn）：门闩。楔：门两旁竖立之木，以防车撞坏门。

⑲ 玉札、丹砂，赤箭、青芝：均贵药。牛溲：牛尿。马勃：菌类。败鼓之皮：已破败的鼓皮。此句所列均为贱药。

⑳ 纡馀：委婉、从容的样子。卓荦：超过一般人。

卓荦为杰，校短量长，惟器是适者，宰相之方[①]也。昔者孟轲好辩[②]，孔道以明，辙环天下，卒老于行；荀卿守正，大论是弘，逃谗于楚，废死兰陵[③]。是二儒者，吐辞为经，举足为法[④]，绝类离伦，优入圣域，其遇于世何如也？今先生学虽勤而不繇其统，言虽多而不要其中，文虽奇而不济于用，行虽修而不显于众。犹且月费俸钱，岁糜廪粟。子不知耕，妇不知织。乘马从徒，安坐而食。踵常途之促促[⑤]，窥陈编[⑥]以盗窃，然而圣主不加诛，宰臣不见斥，兹非其幸欤？动而得谤，名亦随之，投闲置散，乃分之宜。若夫商[⑦]财贿之有亡，计班资之崇庳，忘己量之所称，指前人之瑕疵，是所谓诘匠氏之不以杙为楹[⑧]，而訾医师以昌阳引年，欲进其豨苓[⑨]也。"

译文

国子先生清晨来到太学，召集学生站在学舍前面，教导他们说："学业由于勤勉而精进，由于贪玩而荒废；德行因为深思熟虑而完善，因为随意而毁败。如今，正逢圣主贤臣相聚，法令都建立起来了。铲除凶险邪恶的人，选拔德才兼备的人。有一技之长的人全部录用。细心搜罗人才，精心加以培养。可能会有无才而侥幸得到选拔的，但有谁能说有学问广博而没有被举用的呢？读书人只担心学业不能精深，不用担心主管官员不够明察；只怕品行不能完善，不必担心主管官员不公正。"

话还没说完，有个学生就在队列里笑着说："先生是在欺骗我们吧！弟子跟您学习，到如今已有好几年了。先生口中不断吟诵六经之文；手中不停地翻阅诸子百家的书。对记录的事实您一定要提出它的要点；对于立论的著作您一定要探索它精妙的深意。对学问永不满足，努力做到必有收获，问题无论大小都不放过。点起灯烛，夜以继日，一年到头，苦读不知疲倦。先生对于学业可以说是很勤勉了。您抨击不合正道的异端邪说，反对佛、道，补充儒学的缺漏，阐发它隐微深奥的道理。探求失传了的儒学，独自广泛地搜求，以便继承古代的道统。堵住异学泛滥，引导它们归入正途；挽回已经横流的狂波巨浪，使它流入正道。先生对于儒学，可说是辛劳了。沉浸在内容深刻的著作里，仔细体会着文章的精髓。撰写文章，书籍满屋。向

---

① 方：指治国之术。

② 孟轲好辩：孟子以好辩著名，他自己也承认，并说他的好辩是为了捍卫孔子之道。后二句是说他周游列国，在奔走中老去。

③ 废死兰陵：荀子曾任兰陵（今山东峄县）令，罢官后，即在兰陵讲学，直至去世。

④ 吐辞：指言化。举足：指行动。

⑤ 促促：劳作不息的样子。

⑥ 陈编：古旧书籍。

⑦ 商：计较。班资：位次资格。庳：同"卑"。

⑧ 杙：小木橛。楹：柱。

⑨ 昌阳：补药。豨苓：利尿药。

上效法《尚书》《虞书》《夏书》，内容广博深远。《周书》和《商书》文字艰涩难读，《春秋》谨严精妙，《左传》文采华美，《易经》辩理奇妙而有法则，《诗经》内容雅正而华丽。向下学习《庄子》《离骚》，司马迁记述的《史记》，扬雄和司马相如的辞赋，这些著作尽管风格各异，却同样美妙出众。先生所写文章，内容丰富，文辞奔放。少年时刚开始学习，就敢于大胆实践；长大以后通晓礼仪，处理事情合乎情理。先生对于为人处世，可说是成熟完美了。但是在朝廷方面，您得不到信任；在私交方面，得不到朋友的帮助。进退两难，动不动就获罪惹祸。刚上任监察御史，就被贬谪到边远的南方。做了三年国子博士，职位闲散难以表现政治才能。命运仿佛跟仇人相勾结，使您总不得志。即使在冬天暖和的日子里，您的儿女却因缺衣而啼哭叫冷；年成丰收，您的妻子也因为吃不饱而哭泣。先生头秃齿脱，像这样到死，又有什么益处？您自己不知道想想这些，反倒教训别人做什么呢？”

先生说：“唉！你到前边来！大木料做屋梁，小木料做椽子。斗拱、短柱、门枢、门中短木、门闩、门两旁的长木，分别得到合理使用，用它们建成房屋，这是木匠高超的技巧。无论是珍贵的地榆、朱砂、天麻、龙芝，还是普通的车前、马屁菌、坏了的鼓皮，都收藏起来，等待采用，没有遗漏，这是医师善于运筹的高明之处。提拔人才，了解清楚；选拔人才，态度公正；好的和差的一起量才录用。稳重谨慎，被认为美好；豪放旷达，被认为豪杰。比较衡量才能的高低，做到人尽其才，这是宰相用人之道。从前孟轲喜欢辩论，孔子的学说才得以阐明。他的足迹遍天下，结果在奔走劳碌中过完一生。荀卿坚持正道，把儒学发扬光大了。为了逃避别人的毁谤跑到楚国，做了兰陵令，最后还是被免官，老死在那里。两位儒学大师的言论成为经典，行动成为准则，他们超凡出众，达到圣人的境界。但是在社会上的境遇又怎样呢？现在我学习虽然勤勉，可是还没能遵从儒家学说的系统；言论虽然很多，可是还没能把握住儒家学说的至理；文章虽然突出，可是还没能有补于世；德行虽然端正，可是还没能在众人中显露。尚且月月耗费俸钱，年年浪费国库的粮食。儿子不懂得种地，妻子不会织布。出门时骑着马，还有随从跟着，安然地坐吃现成。拘谨地照常规办事，翻开旧书抄抄摘摘而没有创见。虽然这样，圣明的君主却不责罚我，也没有被宰相大臣斥退罢免，这不是我的幸运吗？动辄受到毁谤，名誉也跟着受到损害，被安置在闲散的位置，那是应得的处置。至于计较俸禄的有无，考虑官位的高低，忘记了自己的才能和地位相称，反而指责上级的过失，这是所谓责问木匠为什么不用小木桩做柱子，指责医生用昌阳使人延年益寿，自己却想着将豨苓推荐给别人。”

岳阳楼记

［宋］范仲淹

范仲淹（989—1052），字希文，汉族，北宋著名的政治家、思想家、军事家、文学家，世称“范文正公”。《岳阳楼记》是一篇古今传诵的名文。本篇是作者在“庆历新政”变法运动失败后贬居外地时写的。作者用浓墨重彩，出色地描写了在岳阳楼上所能见到的景物，通过不同景物与不同思想感情的对比描写，借“古仁人”的形象，抒发了作者“先天下之忧而忧，后天下之乐而乐”的生活理想，大大超出了一般“迁客骚人”的思想境界。全文由扼要的叙事、生动的写景和简短的议论三部分组成。议论是文章的主旨所在，然而却通过对景物的着力描写而得以引发和强化。

庆历四年春，滕子京谪守巴陵郡。越明年，政通人和，百废具兴。乃重修岳阳楼，增其旧制，刻唐贤、今人诗赋于其上，属[①]予作文以记之。

予观夫巴陵胜状，在洞庭一湖。衔远山，吞长江，浩浩汤汤[②]，横无际涯。朝晖夕阴，气象万千，此则岳阳楼之大观也，前人之述备矣。然则北通巫峡，南极潇湘，迁客骚人，多会于此，览物之情，得无异乎？

若夫淫雨霏霏，连月不开；阴风怒号，浊浪排空，日星隐耀，山岳潜形，商旅不行，樯倾楫摧，薄暮冥冥，虎啸猿啼。登斯楼也，则有去国怀乡，忧谗畏讥，满目萧然，感极而悲者矣。

至若春和景明，波澜不惊，上下天光，一碧万顷，沙鸥翔集，锦鳞游泳，岸芷汀兰，郁郁青青。而或长烟一空，皓月千里，浮光跃金，静影沉璧；渔歌互答，此乐何极！登斯楼也，则有心旷神怡，宠辱皆忘，把酒临风，其喜洋洋者矣。

嗟夫！予尝求古仁人之心，或异二者之为，何哉？不以物喜，不以己悲。居庙堂之高，则忧其民；处江湖之远，则忧其君。是进亦忧，退亦忧。然则何时而乐耶？其必曰：先天下之忧而忧，后天下之乐而乐乎？噫！微[③]斯人，吾谁与归？

---

① 属：通“嘱”。

② 汤：读作 shāng。

③ 微：非。

译文

庆历四年春天，滕子京被贬到岳州做知州。到了第二年，政事通顺，百姓安乐，原来被废弃的许多事都一齐兴办起来。于是他就重新修建岳阳楼，扩大原来的规模，把唐代贤士和当代名士的诗赋刻在上面，并嘱托我写篇文章来记叙这件事。

我看那巴陵的美景，都集中在洞庭湖上。这湖含着远山，吞吐长江，浩瀚宽阔，无边无际；早晨阳光明媚，傍晚暮霭沉沉，气象万千。这些就是在岳阳楼上看见的雄伟景观，前人的描述已经说得很详尽了。那么，我想说的是此湖北通长江巫峡，南达潇水、湘水，那些贬官外调的官吏和路过的诗人，大多来这里聚会，他们观览景物的心情，只怕因景物的不同也会有所不同吧？

在那阴雨连绵不断、数月不晴的日子里，阴风怒吼，浊浪滔天；太阳和星辰隐没了光辉，山岳掩没了形体；商人和旅客不能上路，船桅倾倒，船桨摧折；傍晚一片昏暗，老虎长啸，猿猴哀啼。此时登上岳阳楼，就会想到离开国都，怀念故乡，担心受诽谤，害怕被讥笑，满目萧条凄凉，不禁感慨万分而悲哀无限了。

至于春光和煦、景色明媚的时节，湖上风平浪静，天光水色互映，江面壮阔，一派碧绿；沙鸥有时飞翔，有时停止聚集，鱼儿浮游水中；岸上的芷草和水边的兰花，香气浓郁，花叶茂盛。有时烟雾消散，皓月当空，浮动着的波光像黄金那样耀眼，静静的月影映在水中犹如玉璧沉在水底；渔夫的歌声此唱彼和，这乐趣真是无穷无尽！这时登上这座岳阳楼啊，就会心旷神怡，忘却一切荣辱得失，举杯迎风畅饮，充满无限喜悦之情。

唉！我曾经探索过古代品德高尚的人的心态，或许不同于上述两种精神状态。是什么呢？他们不因外物而喜乐，也不因自己的遭遇而悲伤。他们身居朝廷高位，就为百姓担忧；退处僻远乡间，就为国君担忧。这样进用也担忧，退居也担忧。那么什么时候才会快乐呢？想来他们必定会说“忧在天下人忧患之先，乐在天下人欢乐之后”吧！唉！如果没有这样的人，我还能与谁同道呢？

朋党论

［宋］欧阳修

欧阳修（1007—1072），字永叔，自号醉翁，又号六一居士，吉州永丰（今属江西）人。他是宋朝第一个在散文、诗、词各方面都很有成就的杰出作家，是当时公认的文坛领袖，团结和培养了许多著名文人，领导了北宋的诗文革新运动。

这里所选的《朋党论》是一篇广泛传诵的名文，不仅体现了作者文章风格的一个侧面，而且很有代表性地表达了作者的思想，反映了北宋时期知识分子的精神风貌。

文章开宗明义，提出君子“以同道为朋”、小人“以同利为朋”的中心论点，然后引证大量历史事实，说明国家的兴亡治乱和朋党的真实关系。文中连用排比，增加了说理的气势，也使事理在正反两面的对比中显得更加明白清楚。

臣闻朋党之说，自古有之，惟幸人君辨其君子小人而已。大凡君子与君子，以同道为朋，小人与小人以同利为朋，此自然之理也。

然臣谓小人无朋，惟君子则有之，其故何哉？小人所好者，禄利也；所贪者，货财也。当其同利之时，暂相党引[①]以为朋者，伪也。及其见利而争先，或利尽而交疏[②]，则反相贼害[③]，虽其兄弟亲戚不能相保。故臣谓小人无朋，其暂为朋者，伪也。君子则不然，所守者道义，所行者忠信，所惜者名节。以之修身，则同道而相益；以之事国，则同心而共济，终始如一，此君子之朋也。故为人君者，但当退小人之伪朋，用君子之真朋，则天下治矣。

尧之时，小人共工、驩兜[④]等四人为一朋，君子八元、八恺[⑤]十六人为一朋。舜佐尧退四凶小人之朋，而进元、恺君子之朋，尧之天下大治。及舜自为天子，而皋、夔、稷、契等二十二人并列于朝，更相称美，更相推让，凡二十二人为一朋，而舜皆用之，天下亦大治。《书》曰：“纣有臣亿万，惟亿万心；周有臣三千，惟一心。”纣之时，亿万人各异心，可谓不为朋矣，然纣以亡国。周武王之臣，三千人为一大朋，而周用以兴。后汉献帝时，尽取天下名士囚禁之，目为党人。及黄巾贼起，汉室大乱，后方悔悟，尽解党人而释之，然已无救矣。唐之晚年，渐起朋党之论。及昭宗时，尽杀朝之名士，或投之黄河，曰：“此辈清流，可投浊流。”而唐遂亡矣。

夫前世之主，能使人人异心不为朋，莫如纣；能禁绝善人为朋，莫如汉献帝；能诛戮清流之朋，莫如唐昭宗之世；然皆乱亡其国。更相称美推让而不自疑[⑥]，莫如舜之二十二臣，舜亦不疑而皆用之。然而后世不诮[⑦]舜为二十二人朋党所欺，而称舜为聪明之圣者，以辨君子与小人也。周武之世，举其国之臣三千人共为一朋，自古为朋之多

---

① 党引：结成私党，互相援引。

② 交：交道，彼此关系。交疏：关系疏远。

③ 贼害：残害。

④ 共工、驩兜（huān dōu）：皆为人名。相传共工、驩兜、三苗、鲧为尧时代的四个恶人，合为“四凶”。

⑤ 八元、八恺：相传上古高辛氏有八个有才德的后裔，天下的人称为八元；高阳氏有八个有才能的人，天下的人称为八恺。

⑥ 更相称美推让而不自疑：彼此之间相互称道、谦让而不猜忌。

⑦ 诮：嘲笑，讥讽。

且大莫如周，然周用此[①]以兴者，善人虽多而不厌也。

嗟呼！兴亡治乱之迹，为人君者，可以鉴矣。

译文

据我所知，有关“朋党”的说法，从古就有，只是希望君主能辨别是君子还是小人罢了。大凡君子与君子因道义结为朋党，小人与小人则因私利而结为朋党。这是自然的道理。

然而我却认为小人并无朋党，只有君子才有。其原因是什么呢？小人所喜爱的是利禄，所贪图的是财物，当他们私利相同的时候，暂时互相勾结而形成朋党，那是虚假的；等他们见到实利便会争先恐后，或者一旦利益已尽交情就会疏远，甚至反过来互相残害，即使是兄弟亲戚，也不会互相保全。所以我以为小人并无朋党，他们暂时结为朋党是虚假的。君子就不是这样了：他们所信奉的是道义，所履行的是忠信，所珍惜的是名誉气节。用这些来修养自身，就能志趣一致而相互补益；用这些来服务于国家，就能同心协力把事办成；自始至终一贯如此，这就是君子的朋党了。所以做君主的，只应当摈斥小人的假朋党，信任君子的真朋党，那天下就能大治了。

唐尧时，小人共工、驩兜等四人结成一党，君子八元、八恺等十六人结成一党。舜辅助尧，摈斥四凶的小人朋党，起用八元、八恺十六人的君子朋党，唐尧的天下得到大治。等到虞舜自己做了天子，皋陶、后夔、后稷、后契等二十二人，同时在朝廷列位任职，相互称赞，相互谦让，一共二十二人结为一党，而虞舜都任用他们，天下也得到了大治。《尚书》说：“商纣王有亿万名臣子，是亿万条心；周武王有三千名臣子，却是一条心。”纣王时，亿万臣子各怀异心，说得上是不结朋党了，然而纣王却因此亡国。周武王的臣子三千人结为一个大党，周朝却因此而兴盛。东汉献帝时，将天下所有名士都逮捕监禁起来，把他们看做同党的人。等到黄巾军起事，汉王朝大乱，这才后悔醒悟，把党人全部赦免，然而局面已无法挽救了。唐朝末年，朝廷逐渐掀起了朋党之争。到昭宗时，竟把当朝名士全部杀害，有的还被投进黄河，说：“这批人自命清流，应当投进浑浊的黄河中去。”唐朝也就灭亡了。

前代的君主中，能使臣子人人各怀异心而不结党，没有比得上纣王的；能禁止贤士结为朋党，没有比得上汉献帝的；能杀戮清流结党的人，没有比得上唐昭宗的，然而他们的国家都招致混乱灭亡。相互称赞、谦让而不自相疑忌的，没有比得上虞舜的二十二位臣子，虞舜也不加猜疑而都任用他们。然而后世并没有讥责虞舜被二十二人朋党所蒙骗，反而称赞虞舜是英明的圣君，就是由于他能分辨君子和小人。周武王时期，全国所有的臣子三千人共同结为一个朋党，自古以来结党人数之多，规模之大，没有比得上周朝的，然而周朝却因此而兴盛，贤士再多也不嫌多啊！

唉，这些天下兴盛衰亡、太平混乱的掌故，做君主的可以作为借鉴啊！

---

① 用此：以此，因此。

《正蒙》选

［宋］张载

张载（1020—1077），字子厚，陕西人。他是北宋五子之一，与程颢、程颐一起成为宋代理学的奠基人。他所建立的学派被称为关学。又因他家住在横渠镇，人们称他为横渠先生。

张载的主要著作有《易说》《正蒙》，此外还有他的弟子整理的《语录》《理窟》。明代沈自彰把张载的著作编为《张子全书》。中华书局以《张子全书》为底本，又采取了宋本《张子语录》，参考了《宋文鉴》，编定《张载集》，加以新式标点，是较全较好的版本。

《张载集》中最重要的是《正蒙》。他的学生吕大临为他写的《行状》中说："熙宁九年秋，先生感异梦，忽以书属门人，乃集所立言，谓之《正蒙》。出示门人曰：'此书予历年致思之所得，其言殆与前圣合欤！'"（见《张载集·附录》）《正蒙》是张载最后的著作，也是他一生思想的最高总结。该书的篇名有：太和篇、参两篇、天道篇、神化篇、动物篇、诚明篇、大心篇、中正篇、至当篇、作者篇、三十篇、有德篇、有司篇、大易篇、乐器篇、王禘篇、乾称篇上、乾称篇下。《正蒙》提出"太虚无形，气之本体"的命题，认为宇宙是气的流行，其中含有浮沉、升降、动静的矛盾，矛盾对立"相感""相荡""胜负""屈伸"，推动事物的发展。气聚而为有形之物，气散而为无形之神。张载用一元论批判了道教和佛教，认为他们不懂有无虚实相互依存和相互转化的道理。张载还提出"一物两体"的思想，认为事物都是对立统一的。他又说："有象斯有对，对必反其为；有反斯有仇，仇必和而解。"他强调矛盾斗争最后的最终是统一。张载在《正蒙·乾称篇》中把宇宙视为一个大家庭，天地是父母，人类是儿女，认为人应该亲近同类和万物，"民吾同胞，物吾与也"，正确的人生态度应该是"存，吾顺事；没，吾宁也"。这是一种对儒家宇宙境界的纲领性论述，对后来理学家影响很大。《张子语录》中有张载的名言："为天地立心，为生民立命，为往圣继绝学，为万世开太平"，称为"横渠四句"，表现了儒者的宏大抱负，一直被人们传颂不绝。

乾称篇（节录）

乾称父，坤称母；予兹藐焉[①]，乃混然中处[②]。故天地之塞，吾其体；天地之帅，

① 兹：这样。藐：微小。

② 中处：处于其中。

吾其性。民，吾同胞，物，吾与也。

大君者，吾父母宗子[①]；其大臣，宗子之家相也。尊高年，所以长其长；慈孤弱，所以幼吾幼。圣，其合德，贤，其秀也。凡天下疲癃、残疾、茕独、鳏寡[②]，皆吾兄弟之颠连[③]而无告者也。

于时保之，子之翼也；乐且不忧，纯乎孝者也。违曰悖德，害仁曰贼；济恶者不才，其践形[④]，唯肖者也。

知化则善述其事，穷神[⑤]则善继其志。不愧屋漏为无忝[⑥]，存心养性为匪懈。恶旨酒，崇伯子之顾养；育英才，颖封人之锡类。不弛劳[⑦]而底豫，舜其功也；无所逃而待烹，申生其恭也。体其受而归全者，参乎！勇于从而顺令者，伯奇也。

富贵福泽，将厚吾之生也；贫贱忧戚，庸玉女于成也。存，吾顺事，没，吾宁也。

译文

《易经》的乾卦，表示天道创造的奥秘，称作万物之父；坤卦表示万物生成的物质性原则与结构性原则，称作万物之母。我如此的藐小，却混有天地之道于一身，而处于天地之间。这样看来，充塞于天地之间的，就是我的形色之体；而引领统帅天地万物以成其变化的，就是我的天然本性。人民百姓是我同胞的兄弟姊妹，而万物皆与我为同类。天子是天地的嫡长子，而大臣则是嫡长子的管家。尊敬年高者，乃是为了礼敬同胞中年长的人；慈爱孤苦弱小者，乃是为了保育同胞中的幼弱之属。所谓的圣人，是指同胞中与天地之德相合的人，而贤人则是其中优异杰出之辈。天底下无论是衰老龙钟或有残疾的人、孤苦无依之人或鳏夫寡妇，都是我困苦而无处诉说的兄弟。及时地保育他们，是子女对乾坤父母应有的协助。如此地乐于保育颠沛流连之兄弟而不为己忧，是对天地最纯粹的孝顺。若是违背了这样的意旨，就叫作"悖德"，如此地伤害仁德就叫作"贼"。助长凶恶的人是天地不成材之子，而那些能够将天性表现于形色之身的人就是肖似天地的孝子。能了知造物者善化万物的功业，才算是善于记述天地的事迹；能彻底地洞彻造化不可知、不可测之奥秘，才算是善于继承天地的志愿。即便在屋漏隐僻独处之地也能对得起神明，无愧无怍，才算无辱于天地；时时存仁心、养天性，才算是事天奉天无所懈怠。崇伯之子大禹，是透过厌恶美酒来照顾赡养天地父母的；颖谷守疆界的颖考叔，是经由点化英才、

① 宗子：嫡子。

② 疲癃、残疾、茕独、鳏寡：指年老，残疾，失去父母，没有儿女，丧妻丧夫的人。

③ 颠连：颠沛流连，这里指生活困苦的人。

④ 践形：把天性实践和表现出来。

⑤ 穷神：彻底洞察神奥。

⑥ 无忝：不感到羞耻。

⑦ 不弛劳：不松懈的劳作努力。

培育英才，将恩德施与其同类的。不松懈而持续努力，以使父母达到欢悦，这便是舜对天地父母所贡献的功劳；顺从父命，不逃他处，以待烹戮，这是太子申生所以被谥为“恭”的缘故；临终时，将从父母那里得来的身体完整地归还给天地的是曾参；勇于听从以顺父命的是伯奇。富贵福禄的恩泽，是天地所赐，用以丰厚我的生活；贫贱忧戚，是天地用以珍惜你的方式，使你在艰苦锻炼中成就。活着的时候，我顺从天地所要求的事理；死的时候，心安理得，我安宁而逝。

答司马谏议书

［宋］王安石

王安石（1021—1086），字介甫，晚号半山，小字獾郎，封荆国公，世人又称王荆公。抚州临川人（现为抚州东乡县上池里洋村），北宋杰出的政治家、思想家、文学家。他出生在一个小官吏家庭。父益，字损之，曾为临江军判官，一生在南北各地做了几任州县官。王安石少好读书，记忆力强，受到较好的教育。庆历二年（1042 年）登杨镇榜进士第四名，先后任淮南判官、鄞县知县、舒州通判、常州知州、提点江东刑狱等地方官吏。治平四年（1067 年），神宗初即位，诏安石知江宁府，旋召为翰林学士。熙宁二年（1069 年）提为参知政事，从熙宁三年起，两度任同中书门下平章事，推行新法。熙宁九年（1076 年）罢相后，隐居，病死于江宁（今江苏南京市）钟山，谥文。

《答司马谏议书》以数百字的篇幅，针对司马光指责新法为侵官、生事、征利、拒谏四事，严加剖驳，短小精悍，言简意赅，措辞得体，体现了作者刚毅果断和坚持原则的政治家风度。

某启[①]：昨日蒙教，窃以为与君实[②]游处相好之日久，而议事每不合，所操之术多异故也。虽欲强聒，终必不蒙见察，故略上报，不复一一自辩。重念蒙君实视遇厚，于反复[③]不宜卤莽[④]，故今具道所以，冀君实或见恕也。

盖儒者所争，尤在于名实，名实已明，而天下之理得矣。今君实所以见教者，以为侵官、生事、征利、拒谏，以致天下怨谤也。某则以谓受命于人主，议法度而修之

① 某启：某，作者自称。
② 君实：司马光。
③ 反复：指书信来往。
④ 卤莽：通“鲁莽”。

于朝廷，以授之于有司，不为侵官；举先王之政，以兴利除弊，不为生事；为天下理财，不为征利；辟邪说，难壬人，不为拒谏。至于怨诽之多，则固前知其如此也。人习于苟且非一日，士大夫多以不恤国事、同俗自媚于众为善，上乃欲变此，而某不量敌之众寡，欲出力助上以抗之，则众何为而不汹汹然？盘庚之迁，胥怨者民也，非特朝廷士大夫而已，盘庚不为怨者故改其度，度义而后动，是而不见可悔故也。如君实责我以在位久，未能助上大有为，以膏泽斯民，则某知罪矣，如曰今日当一切不事事，守前所为而已，则非某之所敢知。

无由会晤，不任区区向往之至。

译文

安石启：昨日承蒙您来信指教，我私意以为跟您友好相处的日子很久了，但讨论国事往往意见不同，这是由于所采取的政治主张和方法不同的缘故。我虽然想硬在你耳边罗嗦（强作辩解），恐怕结果一定不会得到您的理解。后来又想到您待我一向很好，对于书信往来是不应简慢无礼的，因而我详细地说出我所以这样做的理由，希望您或许能够谅解我。

我们读书人所要争论的，特别是在“名称”（概念、理论）与“实际”是否符合上。“名称”与“实际”的关系明确了，天下的真理也就有正确的认识了。现在您所用来教诲我的，是以为我“侵官”“生事”“征利”“拒谏”，以致天下的人都怨恨和诽谤我。我却认为接受皇上的命令，议定法令制度，又在朝廷上修正、决定，交给主管官署去执行，不算是“侵官”。发扬（恢复）前代贤君的治国原则，以便兴利除弊，这不算是“生事”。替国家整理财政，这不算“征利”。排除不正确的言论，批驳巧言谄媚的坏人，这不算“拒谏”。至于怨恨毁谤的很多，那是本来早就该料到会这样的。人们习惯于得过且过的守旧之风已经不是一天两天了，做官的人又大多不为国家大事操心，以附和旧俗之见来讨好众人为美德。皇上却想改变这种现状，而我又不顾政敌的多少，想尽力去帮助皇上抵制他们，那么，众人怎么会不大吵大闹呢？过去商王盘庚迁都，群起怨恨的是老百姓，不仅是朝廷士大夫而已。盘庚并不因为有人怨恨，就改变他的计划，这是他考虑到迁都合理，然后坚决执行，认为正确就看不出有什么值得后悔的缘故啊。如果您责备我执政很久，却没有能够帮助皇上做一番大事业，以此造福人民，那我自知有罪了。但如果说今天应当什么事也不必干，只是墨守前人的陈规旧法就行了，那就不是我所敢领教的了。

没有会面的机会，不胜诚心仰慕您。

留侯论

[宋] 苏轼

苏轼（1037—1101），字子瞻，号东坡居士，四川眉山人。其散文和诗词都很有名。散文方面，他是“唐宋八大家”之一；诗词方面，他代表了宋代的“豪放派”诗风。

《留侯论》是苏轼对张良的评论。张良是辅佐刘邦建立汉朝的主要谋士。据说他年轻的时候，曾在桥上遇到一位老人，老人对他进行了几番考验之后，赠给他一部兵书。本文主要是对这个故事发表评论。苏轼认为，张良之所以能在反秦灭项的斗争中起重要作用，就在于桥上老人潜移默化的指点，让他明白了“忍小忿而就大谋”的道理，因此成为大智大勇之人。文章以“忍”为中心，列举史实，特别是以刘邦项羽相争的实例，反复证明“忍”作为成大事者人格修炼的重要性，从一个着眼点上突出了儒家“任重道远”“士不可以不弘毅”（《论语》）的精神境界。

古之所谓豪杰之士者，必有过人之节，人情有所不能忍者。匹夫见辱，拔剑而起，挺身而斗，此不足为勇也。天下有大勇者，卒[①]然临之而不惊，无故加之而不怒，此其所挟持[②]者甚大，而其志甚远也。

夫子房受书于圯上之老人也，其事甚怪，然亦安知其非秦之世，有隐君子[③]者出而试之？观其所以微见其意者[④]，皆圣贤相与[⑤]警戒之义。而世不察，以为鬼物，亦已过矣。且其意不在书。

当韩之亡，秦之方盛也，以刀锯鼎镬[⑥]待天下之士，其平居无罪夷灭者不可胜数，虽有贲[⑦]、育，无所复施。夫持法太急者，其锋不可犯，而其未可乘。子房不忍忿忿之心，以匹夫之力，而逞于一击之间。当此之时，子房之不死者，其间不能容发，盖亦已危矣。

---

① 卒（cù）：通“猝”，突然。

② 挟持：倚仗，把握。

③ 君子：君子在古代汉语里有好几个含义，这里指才德卓越的人。

④ 微：细小的事情。见（xiàn）：通“现”，表现，表露。

⑤ 相与：互相，在一起。

⑥ 鼎镬（dǐng huò）：古代用以煮食物的器具，这里指酷刑用的汤鼎油锅。

⑦ 贲（bēn）：孟贲，古代力士名。

千金之子[①]，不死于盗贼。何哉？其身之可爱，而盗贼之不足以死也。子房以盖世之才，不为伊尹、太公[②]之谋，而特出于荆轲、聂政[③]之计，以侥幸于不死，此固圯上老人所为深惜者也。是故倨傲鲜腆[④]而深折之。彼其能有所忍也，然后可以就大事。故曰："孺子可教也。"

楚庄王伐郑，郑伯肉袒[⑤]牵羊以逆。庄王曰："其君能下人，必能信用其民矣。"遂舍之。勾践[⑥]之困于会稽，而归臣妾于吴者[⑦]，三年而不倦。且夫有报人之志，而不能下人者，是匹夫之刚也。夫老人者，以为子房才有余，而忧其度量之不足，故深折其少年刚锐之气，使之忍小忿而就大谋。何则？非有生平之素，卒然相遇于草野之间，而命以仆妾之役，油然而不怪者，此固秦皇之所不能惊，而项籍之所不能怒也。

观夫高祖之所以胜，而项籍之所以败者，在能忍与不能忍之间而已矣。项籍唯不能忍，是以百战百胜而轻用其锋。高祖忍之，养其全锋以待其弊，此子房教之也。当淮阴破齐而欲自王，高祖发怒，见于词色[⑧]。由是观之，犹有刚强不能忍之气，非子房，其谁全之？

太史公疑子房以为魁梧奇伟[⑨]，而其状貌乃如妇人女子，不称其志气。呜呼，此其所以为子房欤！

译文

古代所说的豪杰之士，必定有出众的节操。能忍受在常人看来难以忍受的事情。一个普通人被侮辱，就拔剑而起，挺身而斗，这不能算是勇敢。天下有一种大勇的人，能临危不乱，喜怒不形于色，这是因为他抱负远大。

张良从桥上老人那里接受那本书，说来是件很奇怪的事情。但是，又怎么知道这不是秦代隐居的高士有意考验他呢？想想老人含蓄的方式，是圣贤者对人的警示。世

---

① 千金之子：富贵人家的子弟。

② 伊尹：商汤大臣，辅助商汤推翻暴君夏桀。太公：即太公望，亦名吕尚，辅佐武王诛灭暴君殷纣王。

③ 荆轲：亦称荆卿，战国时期卫（今河南省淇县）人，为燕国太子丹的宾客，很受敬重。奉命诈献樊于期首级和督亢地图而刺秦王，未成，被杀。聂政：战国时期轵（故地在今河南省济源市东南三十里）人，为替严仲子报仇，独往刺死权奸韩相侠累，然后毁面自杀。

④ 倨傲：傲慢。鲜腆：稍感耻辱。

⑤ 肉袒：脱去上衣，露出上部肢体，表示虔敬和惶惧，用于谢罪和祭祀之时。

⑥ 勾践：春秋时期，越王被吴王夫差打败，困在会稽山上。其后，卧薪尝胆，发愤图强，十年生聚，十年教训，终于灭掉吴国。

⑦ 归臣妾于吴：像臣妾似地归服吴国。归：归属，归服。妾：古代女子自我谦称，这里特指奴婢。

⑧ 词色：言语表情。

⑨ 魁梧奇伟：身材高大。

人不能明察，认为他古怪，那就错了。况且老人的用意还不在那本书上。在韩国已经灭亡，秦国正强大的时候，用刀锯鼎镬这样的残酷的刑罚来对待天下士人，那些平白无故遭受斩杀灭族的人数不胜数，即使有孟贲、夏育那样的勇士，也无法施展勇力。执法严厉的酷吏触犯不得，也没有可乘之机。张良忍不住心中的愤怒，想凭一己之力去阻击以求得一时的痛快。在这时候，张良没有被杀死，也离死不远，真是太危险了！

富贵人家的子弟，不会死在盗贼手里。为什么呢？因为他的身体宝贵，不值得为盗贼而死。张良有超越世人的才能，不作伊尹、太公安邦定国的谋划，却想出荆轲、聂政行刺的办法，只因侥幸才免于一死。这正是桥上老人深为他惋惜的。所以，老人用倨傲无礼的态度狠狠挫掉他的锐气，他如果能忍受得住，方能凭借这一点成就大业，所以说："这年轻人是可以调教的。"

楚庄王攻打郑国，郑襄公袒衣露体，牵着羊去迎接庄王。庄王说："郑国的国君能够这样屈于人下，必定能够获得人民的信任。"于是放弃了郑国。越王勾践被吴国军队围困在会稽，在吴国为奴仆，三年中一直而没有懈怠。而心中有报仇的大志，却不肯向人低头，这是匹夫的刚强。桥上那个老人，认为张良才能有余，可是度量不足，所以狠狠地挫掉他那种年轻人刚烈的性情与他的锐气，使他忍住小小的愤怒而完成远大的计划。为什么呢？老人和张良未曾相识，突然偶遇在乡野，却使唤他做仆人奴婢那样的事，张良却顺从了，这种涵养自然是秦始皇吓不倒的，楚霸王也激怒不了。

反观汉高祖的胜利和楚霸王的失败，原因就在于能忍与不能忍之间的差别。楚霸王正因为不能忍，逢仗必打，虽能战胜，可是却轻率地消耗了精锐兵力。汉高祖能忍，积蓄了他的全部精锐力量，等待楚霸王的疲敝。这是张良教给他的。当韩信打败齐王，想自己做齐王的时候，高祖发怒，显露于言语和脸色。由这件事看来，高祖也有刚强而不能忍耐的脾气，如果不是张良，谁能成全他的大业呢？

太史公司马迁原以为张良是个魁梧英武的人，可是他的身材相貌竟像妇人、女子一样，与他的志向气概并不相称。唉！这正是张良之所以为张良的地方啊！

上枢密韩太尉书

［宋］苏辙

苏辙（1039—1112），字子由，号颍滨遗老，四川眉山人，北宋著名文学家，又有"小苏"之称，与父（苏洵）兄（苏轼）合称"三苏"，皆为唐宋散文八大家。他发展了韩愈"气盛言宜"的观点，提出了独到的"文气说"，强调生活体验对创作的重要性。其散文以其独特的风貌卓然自成一家。著有《诗传》《春秋传》《论语拾遗》《孟子解》《龙川志略》《古史》《老子解》《栾城文集》等。

嘉祐元年（1056年），苏轼、苏辙兄弟随父亲去京师，得到了欧阳修的赏识和推誉。第二年，苏轼、苏辙兄弟高中进士，“三苏”之名遂享誉天下。就在这一年，苏辙与其兄苏轼试礼部中第，后又参加制科考试，因直言时政得失，得罪当道，故被列为下等，授商州军事推官。于是，年仅19岁的苏辙就给当时的枢密使韩琦写了一封自荐书，以求得到接见和赏识，谋求仕途发展，这就是《上枢密韩太尉书》。此文不类屈心抑志、阿谀奉承的自荐旧文，而是由作文之道入手，把求进干谒之事纳入到文学活动的范畴，高雅拔俗。此外，这位未及弱冠之年的青年后生有胆有识，勇于上书当朝名人大家，表现出尊师重道、潜心向学的优良品质，令太尉韩琦对这位19岁的后生刮目相看。更为难能可贵的是，苏辙敢于推荐自己的勇气，诚为我辈后进努力上进、拼搏进取、谋求发展之楷模。

太尉执事[①]：辙生好为文，思之至深。以为文者气之所形。然文不可以学而能，气可以养而致。孟子曰：“我善养吾浩然之气。”今观其文章，宽厚宏博，充乎天地之间，称其气之小大。太史公[②]行天下，周览四海名山大川，与燕、赵间豪俊交游[③]，故其文疏荡，颇有奇气。此二子者，岂尝执笔学为如此之文哉？其气充乎其中而溢乎其貌，动乎其言而见[④]乎其文，而不自知也。

辙生十有九年矣。其居家所与游者，不过其邻里乡党[⑤]之人。所见不过数百里之间，无高山大野，可登览以自广。百氏之书[⑥]，虽无所不读，然皆古人之陈迹，不足以激发其志气。恐遂汩没[⑦]，故决然舍去，求天下奇闻壮观，以知天地之广大。过秦、汉之故都[⑧]，恣观终南、嵩、华[⑨]之高，北顾黄河之奔流，慨然想见古之豪杰。至京师，

① 太尉：韩琦曾任枢密使，这是执掌全国兵权的官，职位相当于秦、汉时的太尉，故称韩琦为太尉。执事：供使令的人。不直接称呼对方，而指对方左右管事的人，表示恭敬。

② 太史公：即司马迁。

③ 燕、赵：都是战国时国名。燕在今河北省北部和辽宁西、南部，赵在今山西省中、北部，陕西省东北角和河北省西部一带。

④ 见：通“现”。

⑤ 邻里乡党：相传周制以五家为邻，二十五家为里，以五百家为党，一万二千五百家为乡，后因以“邻里乡党”泛指乡里。

⑥ 百氏之书：诸子百家著作。

⑦ 汩没：沉沦，埋没。引申为无所成就的意思。

⑧ 秦、汉之故都：秦都咸阳（今属陕西），汉都长安（今陕西西安市），东汉迁都洛阳（今属河南）。

⑨ 终南：山名，在今陕西西安市南。嵩：嵩山，为五岳中的中岳，在今河南登封县。华：华山，为五岳中的西岳，在今陕西华阴市。

仰观天子宫阙之壮，与仓廪、府库、城池、苑囿[①]之富且大也，而后知天下之巨丽。见翰林欧阳公[②]，听其议论之宏辩，观其容貌之秀伟，与其门人贤士大夫游，而后知天下之文章聚乎此也。太尉以才略[③]冠天下，天下之所恃以无忧，四夷[④]之所惮以不敢发，入则周公、召公[⑤]，出则方叔、召虎[⑥]，而辙也未之见焉。

且夫人之学也，不志其大，虽多而何为？辙之来也，于山见终南、嵩、华之高，于水见黄河之大且深，于人见欧阳公，而犹以为未见太尉也。故愿得观贤人之光耀，闻一言以自壮，然后可以尽天下之大观而无憾者矣。

辙年少，未能通习吏事[⑦]。向之来，非有取于斗升之禄[⑧]，偶然得之，非其所乐。然幸得赐归待选，使得优游[⑨]数年之间，将归益治其文，且学为政。太尉苟以为可教而辱教之，又幸矣！

译文

太尉执事：我生来喜欢作文章，曾经深入思考过作文章的道理。我认为，文章是一个人气质的体现，然而文章不是通过练习就能写得好的，而人的气质却可能通过修练获得。孟子说："我善于培养我的浩然之气。"看他的文章，宽厚博大，充满天地之间，正好和他的浩然之气相称。司马迁周游天下，博览名山大川，与燕、赵的豪杰交游，所以他的文章舒畅浩荡，有伟岸的气质。这两人难道是常常拿着笔管作这样的文章吗？这是因为他们的气质充满于心胸，洋溢于外表，体现在言词中，表现在文章里，是他们自己无意当中流露出来的。

我已经十九岁了，在家时只是与邻里之间有所交游。所看到的不过是几百里内的事物，没有高峻的山岭和广袤的原野可以开阔自己的胸怀。诸子百家的书，虽然无所不读，然而都是古人留下的陈旧经验，不能激发我的志气。我担心会沉没下去，所以毅然离开家乡，去寻求天下的奇闻壮观，以体会天地的广博。探访秦汉的故都，纵情观览了终南山、嵩山、华山的高峻，北望飞泻而下的黄河激流，慨叹古代的豪士俊杰。到了京城，瞻仰了帝王宫殿的雄伟，以及国家粮仓、府库、护城河、园林的富庶、宏大，这才知道天下宏伟壮丽的景色。我见到翰林学士欧阳公，亲耳听到他宏博的辩论，

---

① 苑囿（yuán yòu）：又作"园囿"，指种植花木、畜养禽兽以供帝王游玩的园林。
② 欧阳公：即欧阳修，曾任翰林学士（替皇帝起草诏令的官），是著名的文学家。
③ 才略：才能和谋略。
④ 四夷：古代对边境少数民族的蔑称。
⑤ 周公、召公：即周公旦和召公奭（shì），都是周武王的大臣，政绩卓著。
⑥ 方叔、召虎：都是周宣王时的名臣，征伐猃狁（xiǎn yǔn）、淮夷有功。
⑦ 吏事：官府事务。
⑧ 斗升之禄：微薄的俸禄，这里指品级不高的官吏。
⑨ 优游：闲暇自得的样子。

亲眼见到他秀美大雅的容貌，同他门下的贤大夫交游，这才知道天下的文章都聚集在这里。太尉以才干韬略冠绝天下，天下百姓得以无忧无虑，四夷因畏惧而不敢发难。您在朝廷内就像周公、召公一样辅佐君王，镇守边陲就像方叔、召虎。但我还没拜见过您。

再说一个人求学，如果不立志在大的方面，即使满腹经纶又有何用呢？我这次来看见了终南山、嵩山和华山的崇高，看见了黄河的深广，见到了欧阳公，但没拜见您，颇为遗憾。希望能够目睹贤人的风采，您的一句话也足以鼓励我，这才能称得上阅尽天下盛观而没有遗憾。

我年轻，并不能熟悉官府政务，当初到京都来，并非想谋求一官半职，偶然得到，也并不是我所乐意的事，幸而得到允许回去等候选用的时机，使我能有几年闲暇时间，将进一步钻研我的学业，并且学习治理政事。太尉如果觉得我尚可教诲而肯屈尊指教我，就更是我的荣幸了！

满江红

［宋］岳飞

岳飞（1103—1142），字鹏举，汉族，北宋相州汤阴县永和乡孝悌里（今河南省安阳市汤阴县菜园镇程岗村）人，中国历史上著名的战略家、军事家、民族英雄、抗金名将。岳飞在军事方面的才能被誉为宋、辽、金、西夏时期最为杰出的军事统帅、连结河朔之谋的缔造者，同时又是两宋以来最年轻的建节封侯者，被公认为是南宋中兴四将（岳飞、韩世忠、张俊、刘光世）之首。

岳飞作为中国历史上的一员名将，其精忠报国的精神深受中国各族人民的敬佩。其在出师北伐、壮志未酬的悲愤心情下写的千古绝唱《满江红》，至今仍是令人士气大振的佳作。其率领的军队被称为“岳家军”，人们流传着“撼山易，撼岳家军难”的名句，表示对“岳家军”的最高赞誉。

绍兴十一年（1142 年）十二月二十九日，秦桧以“莫须有”的罪名将岳飞毒死于临安大理寺狱中。1162 年，宋孝宗时诏复官，谥武穆，宁宗时追封为鄂王，改谥忠武，有《岳武穆集》传世。

怒发冲冠[①]，凭栏[②]处、潇潇雨歇。抬望眼，仰天长啸，壮怀激烈。三十功名尘与

① 怒发冲冠：《史记·廉颇蔺相如列传》“相如因持璧，却立，倚柱，怒发上冲冠”。

② 栏：一作“阑”。

土[①]，八千里路云和月[②]。莫等闲、白了少年头，空悲切[③]。

靖康耻[④]，犹未雪；臣子恨[⑤]，何时灭？驾长车，踏破贺兰山缺[⑥]。壮志饥餐胡虏肉，笑谈渴饮匈奴血[⑦]。待从头、收拾旧山河，朝天阙[⑧]。

译文

我愤怒得头发直竖，几乎戴不住帽子。独自凭栏登高，哗哗作响的雨渐渐地停了下来。我抬头遥望，仰望天空，忍不住纵声长啸，胸中的豪情剧烈地起伏回荡。三十多岁了，为了建立功名，总是四处奔波，一身尘土；转战八千余里，起早摸夜，披星戴月。切莫让自己年轻的头轻易地变白，到那时再悲伤也来不及了。

靖康年间蒙受的耻辱，至今尚未洗雪；身为臣子，我心中的愤怒何时才能消除？我要驾着战车，长驱北上，直捣敌巢。怀着与敌寇势不两立的壮志，我恨不得食异族侵略者的肉来充饥，谈笑间拿那些恶魔的血来解渴。等到重新把昔日的大好河山都一一收复之后，我再去朝见皇帝。

过零丁洋[⑨]

［宋］文天祥

文天祥（1236—1283），初名云孙，字天祥。选中贡士后，换以天祥为名，改字履善。宝祐四年（1256 年）中状元后再改字宋瑞，后因住过文山，而号文山。庐陵（今属江西吉安）人。南宋后期杰出的民族英雄、军事家、爱国诗人和政治家。著作有

---

① 三十：岳飞被害时，年仅四十，此时应是刚过三十岁。尘与土：指风尘仆仆，四处奔走。岳飞《题翠微亭》诗：“经年尘土满征衣。”

② 八千里路：说转战数千里。云和月：犹言披星戴月。

③“莫等闲”二句：汉乐府《长歌行》“少壮不努力，老大徒伤悲”。

④ 靖康耻：靖康元年（1126 年），金兵攻破汴京；次年，掳徽、钦二帝北去，北宋灭亡。

⑤ 恨：一本作“憾”。

⑥“驾长车”句：意谓北上直捣敌人的巢穴。长车指战车。贺兰山，在宁夏，河套以西，时属西夏，西夏与南宋并无战争。岳飞有“直抵黄龙府，与诸君痛饮耳”（《宋史》本传）的话，黄龙府在吉林，为金国老巢所在。贺兰山与黄龙府，一西一东，中隔辽宁、河北、山西、陕西诸省，相距千里。缺：山口。

⑦ 饥餐胡虏肉，渴饮匈奴血：《汉书·王莽传》“中校尉韩威进曰：‘以新（王莽之国号）室之威，而吞胡虏，无异口中蚤虱，臣愿得勇敢之士五千人，不赍斗粮，饥食虏肉，渴饮其血，可以横行’”。

⑧ 朝天阙：朝见皇帝。天阙：皇帝住的宫殿。

⑨ 零丁洋：即“伶仃洋”，在今广东中山南的珠江口。文天祥于宋末帝赵昺祥兴元年（1278 年）十二月被元军所俘，囚于零丁洋的战船中，次年正月，元军都元帅张弘范攻打崖山，逼迫文天祥招降坚守崖山的宋军统帅张世杰。于是，文天祥写了这首诗。

《文山先生全集》《文山乐府》，名篇有《正气歌》《过零丁洋》等。宋理宗宝祐四年（1256 年）进士第一名（状元），与陆秀夫、张世杰被称为“宋末三杰”。他晚年的诗词，风格慷慨激昂，苍凉悲壮，具有强烈的感染力，反映了他坚贞的民族气节和顽强的战斗精神。1283 年 1 月 9 日（农历十二月九日）在北京菜市口慷慨就义，年仅四十七岁。文天祥在狱中写作大量诗词，《过零丁洋》《正气歌》等作品已成为千古绝唱，表现了慷慨激昂的爱国热情和视死如归的高风亮节，以及舍生取义的人生观，是中华民族传统美德的最高表现，是中华民族精神的象征。

辛苦遭逢起一经[①]，
干戈寥落四周星。[②]
山河破碎风飘絮[③]，
身世浮沉雨打萍。
惶恐滩[④]头说惶恐，
零丁洋里叹零丁[⑤]。
人生自古谁无死，
留取丹心照汗青[⑥]。

译文

回想我早年由科举入仕历尽艰辛，
如今战火消歇已熬过了四个年头。
国家危在旦夕恰如狂风中的柳絮，
个人身世遭遇好似骤雨里的浮萍。

---

①“辛苦”句：追述早年身世及为官以来的种种辛苦。遭逢：遭际，遇合。遭遇到朝廷选拔。起一经，指因精通某一经籍而通过科举考试得官。文天祥在宋理宗宝祐四年（1256 年）以进士第一名及第。

② 干戈寥落：寥落意为冷清，稀稀落落。在此指宋元间的战事已经接近尾声。南宋亡于本年（1279 年），此时已无力反抗。四周星：周星即岁星，岁星每隔十二年在天空循环一周，故又以周星借指十二年。四周星即四十八年，文天祥作此诗时四十四岁，这里四周星用整数。旧注多以“四周星”为文天祥 1275 年应诏勤王以来的四年，其实本诗前两句应当合起来理解，是诗人对平生遭遇的回顾。

③“山河”句：指国家局势和个人命运都已经难以挽回。

④ 惶恐滩：在今江西万安县，水流湍急，为赣江十八滩之一。宋瑞宗景炎二年（1277 年），文天祥在江西空院兵败，经惶恐滩退往福建。

⑤“零丁”句：慨叹当前处境以及自己的孤军勇战、孤立无援。诗人被俘后，被囚禁于零丁洋的战船中。

⑥ 汗青：史册。纸张发明之前，用竹简记事。制作竹简时，须用火烤去竹汗（水分），这样竹简便干燥易写，且不被虫蛀，称汗青。后因以代指史册。

惶恐滩的惨败让我至今依然惶恐，
零丁洋身陷元虏可叹我孤苦伶仃。
自古以来又有谁能够长生不死呢？
我要留一片爱国的丹心名垂青史。

正气歌

［宋］文天祥

《正气歌》是南宋末代左宰相文天祥所作的诗，创作于元大都的监狱中。该诗慷慨激昂，充分表现了文天祥坚贞不屈的爱国情操。开卷点出狱中有“水、土、日、火、米、人、秽”七气，而文天祥说要“以一正气而敌七气”，歌中“哲人日已远，典刑在夙昔。风檐展书读，古道照颜色”两句，乃千古绝唱。

余囚北庭[①]，坐一土室。室广八尺，深可四寻[②]。单扉低小[③]，白间短窄[④]，污下而幽暗[⑤]。当此夏日，诸气萃然[⑥]：雨潦四集[⑦]，浮动床几，时则为水气；涂泥半朝[⑧]，蒸沤历澜[⑨]，时则为土气；乍晴暴热[⑩]，风道四塞[⑪]，时则为日气；檐阴薪爨[⑫]，助长炎虐[⑬]，时则为火气；仓腐寄顿[⑭]，陈陈逼人[⑮]，时则为米气；骈肩杂遝[⑯]，腥臊污垢[⑰]，

① 余：我。北庭：指元朝首都燕京（今北京）。
② 寻：古时八尺为一寻。
③ 单扉：单扇门。
④ 白间：窗户。
⑤ 污下：低下。
⑥ 萃然：聚集的样子。
⑦ 雨潦：下雨形成的地上积水。
⑧ 涂泥半朝：朝当作“潮”，意思是狱房墙上涂的泥有一半是潮湿的。
⑨ 蒸沤历澜：热气蒸，积水沤，到处都杂乱不堪。澜：澜漫，杂乱。
⑩ 乍晴：刚晴，初晴。
⑪ 风道四塞：四面的风道都堵塞了。
⑫ 薪爨：烧柴做饭。
⑬ 炎虐：炎热的暴虐。
⑭ 仓腐寄顿：仓库里贮存的米谷腐烂了。
⑮ 陈陈逼人：陈旧的粮食年年相加，霉烂的气味使人难以忍受。陈陈：陈陈相因，《史记·平准书》：“太仓之粟，陈陈相因。”
⑯ 骈肩杂遝：肩挨肩，人多拥挤杂乱的样子。
⑰ 腥臊：鱼肉发臭的气味，此指囚徒身上发出的酸臭气味。

时则为人气；或圊溷[①]、或毁尸[②]、或腐鼠，恶气杂出，时则为秽气[③]。叠是数气[④]，当侵沴[⑤]，鲜不为厉[⑥]。而予以孱弱[⑦]，俯仰其间[⑧]，于兹二年矣[⑨]，幸而无恙[⑩]，是殆有养致然尔[⑪]。然尔亦安知所养何哉[⑫]？孟子曰："我善养吾浩然之气[⑬]。"彼气有七，吾气有一，以一敌七，吾何患焉[⑭]！况浩然者，乃天地之正气也。作《正气歌》一首。

天地有正气，杂然赋流形[⑮]。
下则为河岳，上则为日星[⑯]。
于人曰浩然，沛乎塞苍冥[⑰]。
皇路当清夷[⑱]，含和吐明庭[⑲]。
时穷节乃见[⑳]，一一垂丹青[㉑]。

---

① 圊溷：厕所。
② 毁尸：毁坏的尸体。
③ 秽：肮脏。
④ 叠是数气：这些气加在一起。
⑤ 侵沴：恶气侵入。
⑥ 鲜不为厉：很少有不生病的。厉：病。
⑦ 孱弱：虚弱。
⑧ 俯仰其间：生活在那里。
⑨ 于兹：至今。
⑩ 无恙：没有生病。
⑪ 是殆有养致然尔：这大概是因为会保养元气才达到这样的吧。殆：大概。有养：保有正气。语本《孟子·公孙丑》："我善养吾浩然之气。"致然：使然，造成这样子。
⑫ 然尔亦安知所养何哉：然而又怎么知道所保养的内容是什么呢？
⑬ 浩然之气：纯正博大而又刚强之气。见《孟子·公孙丑》。
⑭ 吾何患焉：我还怕什么呢。我国古代的许多思想家都认为浩然正气对于人身有无所不能的巨大力量。
⑮"天地有正气"二句：天地之间充满正气，它赋予各种事物以不同形态。这类观点明显地具有唯心色彩，但作者主要用以强调人的节操。杂然：纷繁，多样。
⑯"下则为河岳"二句：是说地上的山岳河流，天上的日月星辰，都是由正气形成的。
⑰"于人曰浩然"二句：赋予人的正气叫浩然之气，它充满天地之间。沛乎：旺盛的样子。苍冥：天地之间。
⑱ 皇路当清夷：当国家太平的时候。皇路：国运，国家的局势。清夷：清平，太平。
⑲ 含和吐明庭：正气和谐地表露在政事修明的朝廷里。吐：表露。
⑳ 时穷节乃见：国家危难之际，气节便表现了出来。见：同现，表现，显露。
㉑ 垂丹青：见于画册，传至后世。垂：留存：流传。丹青：图画，古代帝王常把有功之臣的肖像和事迹叫画工画出来。

在齐太史简[①]，在晋董狐笔[②]，
在秦张良椎[③]，在汉苏武节[④]。
为严将军头[⑤]，为嵇侍中血[⑥]，
为张睢阳齿[⑦]，为颜常山舌[⑧]。
或为辽东帽[⑨]，清操厉冰雪[⑩]。
或为出师表[⑪]，鬼神泣壮烈[⑫]。
或为渡江楫[⑬]，慷慨吞胡羯[⑭]。

---

① 在齐太史简：太史：史官。简：古代用以写字的竹片。《左传·襄公二十五年》载，春秋时，齐国大夫崔杼把国君杀了，齐国的太史在史册写道："崔杼弑其君。"崔杼怒，把太史杀了。太史的两个弟弟继续写，都被杀，第三个弟弟仍这样写，崔杼没有办法，只好让他写上。

② 在晋董狐笔：《左传·宣公二年》载，春秋时，晋灵公被赵穿杀死，晋大夫赵盾没有处置赵穿，太史董狐在史册上写道："赵盾弑其君。"孔子称赞这样写是"良史"笔法。

③ 张良椎：《史记·留侯世家》载，张良的祖父、父亲任过五代韩王之相，韩国被秦始皇灭掉后，他一心要替韩国报仇，找到一个大力士，持一百二十斤的大椎，在博浪沙（今河南新乡县南）伏击出巡的秦始皇，未击中。后来张良辅佐刘邦建立汉朝，封留侯。

④ 苏武节：《汉书·李广苏建传》载，汉武帝时，苏武出使匈奴，匈奴人要他投降，他坚决拒绝，被流放到北海（今俄罗斯西伯利亚贝加尔湖）边牧羊。为了表示对祖国的忠诚，他一天到晚拿着从汉朝带去的符节，牧羊十九年，始终贤贞不屈，后来终于回到汉朝。

⑤ 严将军：《三国志·蜀书·张飞传》载，严颜在刘璋手下做将军，镇守巴郡，被张飞捉住，要他投降，他回答说："我州但有断头将军，无降将军！"张飞见其威武不屈，把他释放了。

⑥ 嵇侍中：嵇绍，嵇康之子，晋惠帝时做侍中（官名）。《晋书·嵇绍传》载，晋惠帝永兴元年（304 年），皇室内乱，惠帝的侍卫都被打垮了，嵇绍用自己的身体遮住惠帝，被杀死，血溅到惠帝的衣服上。战争结束后，有人要洗去惠帝衣服上的血，惠帝说："此嵇侍中血，勿去！"

⑦ 张睢阳：即唐朝的张巡。《旧唐书·张巡传》载，安禄山叛乱，张巡固守睢阳（今河南商丘），每次上阵督战，大声呼喊，牙齿都咬碎了。城破被俘，拒不投降，敌将问他："闻君每战，皆目裂，嚼齿皆碎，何至此耶？"张巡回答说："吾欲气吞逆贼，但力不遂耳。"敌将"视其齿，存者不过三数"。

⑧ 颜常山：即唐朝的颜杲卿，任常山太守。《新唐书·颜杲卿传》载，安禄山叛乱时，他起兵讨伐，后城破被俘，当面大骂安禄山，被钩断舌头，仍不屈，被杀死。

⑨ 辽东帽：东汉末年的管宁有高节，是在野的名士，避乱居辽东（今辽宁省东南部），一再拒绝朝廷的征召。他常戴一顶黑色帽子，安贫讲学，名闻于世。

⑩ 清操厉冰雪：是说管宁严格奉守清廉的节操，凛如冰雪。厉：严肃，严厉。

⑪ 出师表：诸葛亮出师伐魏之前，上表给蜀后主刘禅，表明自己为光复汉室奋斗到底的决心。表文中有"鞠躬尽瘁，死而后已"的名言。

⑫ 鬼神泣壮烈：鬼神也被诸葛亮的壮烈精神感动得流泪。

⑬ 渡江楫：东晋爱国志士祖逖率兵北伐，渡长江时，敲着船桨发誓北定中原，后来终于收复黄河以南失地。楫：船桨。

⑭ 胡羯：古代对北方少数民族的称呼。过去史书上曾称匈奴、鲜卑、羯、氐、羌为五胡。这句是形容祖逖的豪壮气概。

或为击贼笏[①]，逆竖头破裂[②]。
是气所磅礴[③]，凛冽万古存[④]。
当其贯日月，生死安足论[⑤]。
地维赖以立，天柱赖以尊[⑥]。
三纲实系命[⑦]，道义为之根[⑧]。
嗟予遘阳九[⑨]，隶也实不力[⑩]。
楚囚缨其冠[⑪]，传车送穷北[⑫]。
鼎镬甘如饴[⑬]，求之不可得。
阴房阒鬼火[⑭]，春院闭天黑[⑮]。
牛骥同一皂，鸡栖凤凰食[⑯]。
一朝蒙雾露[⑰]，分作沟中瘠[⑱]。

---

① 击贼笏：唐德宗时，朱泚谋反，召段秀实议事，段不肯同流合污，以笏猛击朱泚的头，大骂："狂贼，吾恨不斩汝万段，岂从汝反耶？"笏：古代大臣朝见皇帝时所持的手板。

② 逆竖：叛乱的贼子，指朱泚。

③ 是气：这种"浩然之气"。磅礴：充塞。

④ 凛冽：庄严，令人敬畏的样子。

⑤"当其贯日月"二句：当正气激昂起来直冲日月的时候，个人的生死还有什么值得计较的。

⑥"地维赖以立"二句：是说地和天都依靠正气支撑着。地维：古代人认为地是方的，四角有四根支柱撑着。天柱：古代传说，昆仑山有铜柱，高入云天，称为天柱，又说天有人山为柱。

⑦ 三纲实系命：是说三纲实际系命于正气，即靠正气支撑着。

⑧ 道义为之根：道义以正气为根本。

⑨ 嗟予遘阳九：可叹我遇上了恶运。嗟：感叹词。遘：遭逢，遇到。阳九：即百六阳九，古人用以指灾难年头，此指国势的危亡。

⑩ 隶也实无力：是说我实在无力改变这种危亡的国势。隶：地位低的官吏，此为作者谦称。

⑪ 楚囚缨其冠：《左传·成功九年》载，春秋时，楚子重攻陈以救赵，楚国被俘的人戴着一种楚国帽子（表示不忘祖国），被拘囚着，晋侯问是什么人，旁边人回答说是"楚囚"。这里作者是说，自己被拘囚着，把从江南戴来的帽子的带系紧，表示虽为囚徒仍不忘宋朝。

⑫ 传车：官办交通站的车辆。穷北：极远的北方。

⑬ 鼎镬甘如饴：身受鼎镬那样的酷刑，也感到像吃糖一样甜，表示不怕牺牲。鼎镬：大锅，此处指古代一种酷刑，把人放在鼎镬里活活煮死。

⑭ 阴房阒鬼火：囚室阴暗寂静，只有鬼火出没。杜甫《玉华宫》诗："阴房鬼火青。"阴房：见不到阳光的居处，此指囚房。阒：幽暗，寂静。

⑮ 春院闭天黑：虽在春天里，院门关得紧紧的，照样是一片漆黑。杜甫《大云寺赞公房》诗："天黑闭春院。"闭：关闭着。

⑯"牛骥同一皂"二句：牛和骏马同槽，鸡和凤凰共处，比喻贤愚不分，杰出的人和平庸的人都关在一起。骥：良马。皂：马槽。鸡栖：鸡窝。

⑰ 一朝蒙雾露：一旦受雾露风寒所侵。蒙：受。

⑱ 分作沟中瘠：料到自己一定成为沟中的枯骨。分：料，估量。沟中瘠：弃于沟中的枯骨，《说苑》："死则不免为沟中之瘠。"

如此再寒暑[①]，百沴自辟易[②]。

哀哉沮洳场[③]，为我安乐国。

岂有他缪巧，阴阳不能贼[④]？

顾此耿耿在[⑤]，仰视浮云白[⑥]。

悠悠我心悲，苍天曷有极[⑦]？

哲人日以远，典型在夙昔[⑧]。

风檐展书读[⑨]，古道照颜色[⑩]。

译文

在天地宇宙间有正气（气、元气），

它赋予及孕育着各种各样的物体。

在大地上它孕育了江河湖海、高山峻岭，

在天空中它孕育了日月星辰。

在人的身上，它体现为至大至刚的浩然之气，

它布满充塞了浩渺的天宇。

当国家政局处于清平宁和的时代，

秉有正气的人为国家效力使国泰民安。

当国家民族出现危难的时候，秉有正气的人就体现出坚贞崇高的气节，

他们一一永垂青史，留下万古长存的英名。

正气体现在齐国太史敢于据实记史的史册，

正气体现在晋国良史董狐敢于据理记史的史笔。

正气体现在秦代张良为国复仇追杀秦始皇所铸造的铁锤，

---

① 如此再寒暑：在这种环境里过了两年了。

② 百沴自辟易：各种病害都自行退避了。这是说没有生病。

③ 沮洳场：低下阴湿的地方。

④“岂有他缪巧”二句：哪有什么妙法奇术，使得寒暑都不能伤害自己？缪巧：智谋，机巧。贼：害。

⑤ 顾此耿耿在：只因心中充满正气。顾：但，表示意思有转折的连接词。此：指正气。耿耿：光明貌。

⑥ 仰视浮云白：对富贵不屑一顾，视若浮云。《论语·述而》：“不义而富且贵，于我如浮云。”

⑦“悠悠我心悲”二句：我心中亡国之痛的忧思，象苍天一样，哪有尽头。曷：何，哪。极：尽头。

⑧ 哲人日以远：古代的圣贤一天比一天远了。哲人：贤明杰出的人物，指上面列举的古人。典型：榜样，模范。夙昔：从前，过去。

⑨ 风檐展书读：在临风的廊檐下展开史册阅读。

⑩ 古道照颜色：古代传统的美德，闪耀在面前。

正气体现在汉朝名臣苏武效忠祖国日日手持的节杖。
正气体现为严颜将军不屈的头颅，
正气体现为嵇绍护帝身亡洒下的鲜血。
正气体现为张巡对叛贼切齿痛恨而咬碎的牙齿，
正气体现为颜杲卿怒骂敌人而被勾断的舌头。
正气体现在隐居辽东的管宁，其节操如冰雪般高洁。
正气体现在诸葛亮尽忠尽节的《出师表》，
其忠贞壮烈连天地鬼神都被感动得哭泣。
正气体现在东晋将军祖逖誓复中原击楫渡江，其慷慨气势可吞灭敌人。
正气体现在唐代忠臣段秀实手中的笏板，把逆贼的头颅击裂。
这些英雄先贤们的身上都充满着浩然正气，
他们崇高的品格和伟大的精神万古长存。
当英烈们身上的正气直冲霄汉，
个人的生死还何足谈论。
大地依靠正气才赖以稳立，
擎天之柱依靠正气才能高高地屹立。
伦理纲常、道德准则依靠正气来维持其生命，
道德、正义和真理都要以正气为根基。
可叹我遭逢国家民族危亡的厄运，
而我个人的力量也实在太小。
我虽被俘虏，但我要像被俘的楚国将军钟仪一样端正衣冠，士可杀，不可辱！
乘坐囚车被押往千里塞北。
即使用大锅烹煮我，我也觉得像吃蜜糖一样的甘甜，
我多次求死，总是得不到实现。
阴暗的牢房里死一般寂静，但见鬼火点点，
牢房外面春光明媚，可牢门紧闭着，牢房里漆黑一片。
骏马与牛栓在同一个食槽上，
凤凰塞进鸡窝里。
有朝一日当风霜疾病侵染了我，
料想我的尸骨定会弃之于沟渠。
这样的日子经历了两年，
各种邪恶之气及百病都侵染不了我。
啊！这个低洼潮湿的地方，
我视为我的安乐之国。

难道我有什么窍门妙法，
使得阴阳寒暑伤害不了我？
我只因心中秉存着耿耿正气，
把功名利禄荣华富贵看成天空中的浮云。
唯想着我的国家与黎民百姓，
我心中的悲疼就如苍穹，绵绵无尽头。
我讴歌的圣哲先贤虽然离我们已久远了，
可他们伟大的精神及光辉的事迹如在我的眼前。
在这牢狱的屋檐下，我迎着疾风展读圣贤们的书，
圣哲先贤们的正气与美德照彻我的容颜和我的心灵。

《四书章句集注》选

[宋] 朱熹

《四书集注》是朱熹（1130—1200）为《大学》《中庸》《论语》《孟子》所作的注。有《大学章句》1卷、《中庸章句》1卷、《论语集注》10卷、《孟子集注》14卷。

朱熹是一位学问渊博的经学家，一生为编撰《四书集注》倾注了大量心血。他自称从30岁起便开始对《论语集注》《孟子集注》下功夫，直至临死前仍在修改《大学章句》中“诚意”章的注。宋隆兴元年（1163年），他曾取二程及其门人朋友数家之说撰成《论语要义》，后又作《论语训蒙口义》，以便于童子习学。乾道八年（1172年），朱熹又取二程、张载、范祖禹、吕希哲、吕大临等几家之说，加工荟萃，条疏整理，编成《论语精义》和《孟子精义》，后改名为《集义》。在以上两书的基础上，又进一步修改加工，于淳熙四年（1177年）完成了《论语集注》和《孟子集注》。因在注释《论语》《孟子》时，大量引用了二程及他人的说法，故以《集注》命名。

《大学》与《中庸》原是《礼记》中的篇章，至宋代时被单独抽出。朱熹对二书加以注释，并都加了“序”，每章之后都进行总括。尤其是《大学》一书，朱熹以程颐的《改正大学》为底本，将《大学》分为经1章、传10章，重新编排了章节。为了阐释理学思想，还按照自己的意思编撰了一篇“格物传”补入《大学》中。朱熹对《大学》《中庸》的注释以直抒己见为主，故名之为《大学章句》和《中庸章句》，完成时间是淳熙十六年（1189年）。

《四书集注》发挥了儒家学说，论述了道、理、性、命、心、诚、格物、致知、仁、义、礼、智等哲学理念，并加以阐释发挥，提出了以理为最高范畴的哲学体系。书中还特别重视认识方法、修养方法和道德实践等。如对“天命之谓性”的解释为：

“命，犹令也。性，即理也。天以阴阳五行化生万物，气以成形，而理亦赋焉，犹命令也。于是人物之生，因各得其所赋之理，以为健顺五常之德，所谓性也。”（《中庸章句》）按照朱熹的意思，一切事物的属性都是最高的天理所赋予的，从而《中庸》中“尽性”的主张，也就是人的一种天职。

朱熹一生著述丰厚，流传于世者也颇多，但最重要的还是《四书集注》，故《四书集注》为历代学者所重视。注释儒家之书者不下成百上千家，独《四书集注》能长期流传、历久不衰，这与朱熹本人就是大思想家分不开。朱熹的学术思想在日本、朝鲜一度十分盛行，被称为“朱子学”，在东南亚和欧美也受到重视，足见其在世界文化史上的影响。

大学章句序

《大学》之书，古之大学所以教人之法也。盖自天降生民，则既莫不与之以仁义礼智之性矣。然其气质之禀或不能齐，是以不能皆有以知其性之所有而全之也。一有聪明睿智能尽其性者出于其间，则天必命之以为亿兆之君师，使之治而教之，以复其性。此伏羲、神农、黄帝、尧、舜所以继天立极[①]，而司徒之职、典乐之官所由设也。

三代之隆，其法寖[②]备，然后王宫、国都以及闾巷，莫不有学。人生八岁，则自王公以下，至于庶人之子弟，皆入小学，而教之以洒扫、应对、进退之节，礼乐、射御、书数之文；及其十有五年，则自天子之元子[③]、众子，以至公、卿、大夫、元士之适子[④]，与凡民之俊秀，皆入大学，而教之以穷理、正心、修己、治人之道。此又学校之教、大小之节所以分也。

夫以学校之设，其广如此，教之之术，其次第节目之详又如此，而其所以为教，则又皆本之人君躬行心得之余，不待求之民生日用彝伦[⑤]之外，是以当世之人无不学。其学焉者，无不有以知其性分之所固有，职分之所当为，而各俛[⑥]焉以尽其力。此古昔盛时所以治隆于上，俗美于下，而非后世之所能及也！

及周之衰，贤圣之君不作，学校之政不修，教化陵夷，风俗颓败，时则有若孔子之圣，而不得君师之位以行其政教，于是独取先王之法，诵而传之以诏后世。若《曲

① 立极：成为典范。
② 寖：渐渐。
③ 元子：太子。
④ 适子：正妻之子。
⑤ 彝伦：伦理知识。
⑥ 俛：通“勉”，勤勉的意思。

礼》《少仪》《内则》《弟子职》诸篇，固小学之支流余裔，而此篇者，则因小学之成功，以著大学之明法，外有以极其规模之大，而内有以尽其节目之详者也。三千之徒，盖莫不闻其说，而曾氏之传独得其宗，于是作为传义，以发其意。及孟子没而其传泯焉，则其书虽存，而知者鲜矣！

自是以来，俗儒记诵词章之习，其功倍于小学而无用；异端虚无寂灭之教，其高过于大学而无实。其他权谋术数，一切以就功名之说，与夫百家众技之流，所以惑世诬民、充塞仁义者，又纷然杂出乎其间。使其君子不幸而不得闻大道之要，其小人不幸而不得蒙至治之泽，晦盲否塞[1]，反复沈痼[2]，以及五季之衰，而坏乱极矣！

天运循环，无往不复。宋德隆盛，治教休明。于是河南程氏两夫子出，而有以接乎孟氏之传。实始尊信此篇而表章之，既又为之次其简编，发其归趣[3]，然后古者大学教人之法、圣经贤传之指，粲[4]然复明于世。虽以熹之不敏，亦幸私淑而与有闻焉。顾其为书犹颇放失，是以忘其固陋，采而辑之，闲亦窃附己意，补其阙略，以俟后之君子。极知僭逾，无所逃罪，然于国家化民成俗之意、学者修己治人之方，则未必无小补云。

淳熙己酉二月甲子，新安朱熹序。

译文

《大学》这部书，是古代大学教学的大纲和方法。

自从上天创造人类以来，则上天莫不赋予每一个人以仁、义、礼、智的先天本性。然而人的后天禀赋存在差别，因而在私欲上有强弱的差别，不能做到人人都知道其天生便具有的善良和合乎天理的本性，并通过后天的努力使之发扬光大。如果有聪明智慧且无邪念私欲的人，就能保有人之初的本性。一旦这样的人出于人民中间，则天主上帝必命定立他为人民的君师（领袖或领导人），使其治理和教育人民，以恢复人民在被造之初的善良和理性的本性。这就是伏羲、神农、黄帝、尧、舜之所以承受天命成为人民的君师和榜样的原由，也是教育人民的官职之所以设立的理由。

在夏、商、周三代兴隆时，大学、小学各种学校设施都很完备。八岁的孩子，则自王公、大臣以下至老百姓的子弟，都进入小学学习。小学教学的内容是：待人接物的礼节、礼乐和算术等文化知识，同时进行骑射等体育锻炼。待孩子长到十五岁，则自君王可继位的太子及其他儿子，以及公侯、大臣、官员之正妻所生的儿子，与老百姓中的优秀子弟，都进入大学。而教学的内容是政治学，教学的目的是使受教者正心、修己，并掌握治人之道。这样的学校教育，大学、小学的教学内容和目的是划分得清楚明白的。

---

① 晦盲否塞：指昏暗不明，道路堵塞。
② 沈痼：积久难治的病。
③ 归趣：最后的归结和指向。
④ 粲：通“灿”，鲜明。

学校的设施是如此广泛；教学方法的次序和内容是如此详细分明；而所教的内容，都是人君亲身经历的经验、教训和心得，不追求人民日常伦理知识之外的奇思妙想。这样，当世之人没有不学习的，这些学习的人，没有不知道什么是人的本性里固有的，什么是自己的职分所当为和不当为的，这样各人就埋头尽自己的力量来尽自己的义务。这就是古代兴盛时政治修明于上、风俗美善于下，而后世赶不上的原因。

到周朝衰落后，君王不做贤圣之君，不推行上述学校的教学体制。教化随世事而变迁，风俗也颓废败坏。当时就算是孔子这样的圣人，也得不到君师的地位来推行他的政教学说。于是他就开设私人学校，仿效先王之法，招收弟子习读《诗》《书》和历史文献，将先王之道传授于弟子，再由弟子传教后人。像《曲礼》《少仪》《内则》《弟子职》等篇，都是小学的内容。而这一篇《大学》，是在小学学成的基础上，讲明大学教学的方法，是儒家学说理论体系的大纲框架和基础，所研究的对象涉及非常广泛，规模极其广大，而书的内容又条理分明、十分详细。孔子的三千多学生，都听过孔子的讲解，只有曾子明白其中的真义，于是写成书籍，以传后世。到孟子死后，《大学》的传统消失了。《大学》这部书虽然存在，但知其真义者太少了。

从这以后，普通学者诵读记忆词句文章，所下的功夫数倍于小学但没有用；佛学禅学等所有不合于孔孟教义之学说，表面上高深玄妙，却于实际之社会人生无补；其他权谋术数，一切以急功近利为目的的说教，以及百家众技之流，都是一些蛊惑人心、充塞仁义的说教，又纷然杂出并流行于世，使君王、大臣、官员不得闻大道的要理，使平民百姓不能得到政治修明的恩泽，昏暗不明，政教不行，反复沉痼，到五代十国之时衰败、坏乱到了极点。

天运循环，无往不复。宋德隆盛，治教修明。于是出了河南程氏两位先生，继承孟子的传统，开始尊信和表彰此篇，又将传下来的古书重新编辑，发现其真义，使得古代大学教人之法、圣经贤传之宗旨，再次鲜明地出现在世上。虽然我朱熹不够聪明，也有幸从我老师那里听说了程氏两位先生的学说。我觉得程氏两位先生的书仍有缺点和错误，于是忘记我自己的固陋，将该书重新编辑，其间也把我自己的见解写入书中，补其阙略。等待以后的学者纠正。自知有所僭越，无所逃罪，然于国家化民成俗之意，学者修己治人之方，则未必没有帮助。

补大学格物致知传

右[①]传[②]之五章，盖释格物、致知之义，而今亡矣。闲尝窃取程子之意以补之曰：

---

① 右：古代书写从上到下，从右到左。故此处“右”相当于“前面”。

② 传：古书之内容，往往分“经”“传”两部分。“经”是圣人（如孔子）说的话，“传”是传授经书的人解释“经书”内容的文字。

"所谓致知在格物者，言欲致吾之知，在即物而穷其理也[①]。盖人心之灵莫不有知，而天下之物莫不有理，惟于理有未穷[②]，故其知有不尽也。是以《大学》始教，必始学者即凡天下之物，莫不因其已知之理而益穷之[③]，以求至乎其极。至于用力之久，而一旦豁然贯通焉，则众物之表里精粗无不到，而吾心之全体大用无不明矣。此谓物格，此谓知之至也。"

译文

以上是"传"这一部分的第五章，是解释"格物""致知"的意思的，现已失传。我曾私下揣摩程子的意思，把这失传的部分进行了补充："所谓获得知识在于接触和推敲事物，说的是要想获得知识，就要接触每一件事并深入追问它的道理。每个人的心灵，天生就有认知事物及其道理的能力；而天下的所有事物，也莫不有它自己之所以存在或发生的道理。仅仅因为人没有穷尽宇宙间的道理，所以心也就没有完全实现其潜在的能力。所以《大学》开篇，便要求学者去弄清天下的万事万物，每一件都根据其已经知道的道理而进一步追问，以求达到极致。到了用力既久而某一天终于豁然贯通，则天下所有事物之表里精粗没有不清楚的，而我的心也因为充分实现了它的潜能而变得明白透彻。这就是所谓的认识事物、获得知识。"

中庸章句序

中庸何为而作也？子思子忧道学之失其传而作也。盖自上古圣神继天立极，而道统[④]之传有自来矣。其见于经，则"允执厥中"者[⑤]，尧之所以授舜也；"人心惟危，道心惟微，惟精惟一，允执厥中"者[⑥]，舜之所以授禹也。尧之一言，至矣，尽矣！而舜复益之以三言者，则所以明夫尧之一言，必如是而后可庶几也。

盖尝论之：心之虚灵知觉，一而已矣，而以为有人心、道心之异者，则以其或生于形气之私，或原于性命之正，而所以为知觉者不同，是以或危殆而不安，或微妙而难见耳。然人莫不有是形，故虽上智不能无人心，亦莫不有是性，故虽下愚不能无道心。二者杂于方寸之间，而不知所以治之，则危者愈危，微者愈微，而天理之公卒无以胜夫人欲之私矣。精则察夫二者之间而不杂也，一则守其本心之正而不离也。从事于斯，无少闲断，必使道心常为一身之主，而人心每听命焉，则危者安、微者著，而

① 即：接近，接触。穷：穷究，彻底研究。
② 未穷：未穷尽，未彻底。
③ 益：更加。
④ 道统：学说传授的继承关系。
⑤ 允：真诚。执：坚持。厥：其。允执厥中：《论语尧曰》中尧对舜说的话。
⑥ 语见《尚书大禹谟》。宋人把这四句话称为"十六字真传"。

动静云为自无过不及之差矣。

夫尧、舜、禹，天下之大圣也。以天下相传，天下之大事也。以天下之大圣，行天下之大事，而其授受之际，丁宁告戒，不过如此。则天下之理，岂有以加于此哉？自是以来，圣圣相承：若成汤、文、武之为君，皋陶、伊、傅、周、召之为臣，既皆以此而接夫道统之传，若吾夫子，则虽不得其位，而所以继往圣、开来学，其功反有贤于尧舜者。然当是时，见而知之者，惟颜氏、曾氏之传得其宗。及曾氏之再传，而复得夫子之孙子思，则去圣远而异端起矣。子思惧夫愈久而愈失其真也，于是推本尧舜以来相传之意，质以平日所闻父师之言，更互演绎，作为此书，以诏后之学者。盖其忧之也深，故其言之也切；其虑之也远，故其说之也详。其曰“天命率性”，则道心之谓也；其曰“择善固执”，则精一之谓也；其曰“君子时中”，则执中之谓也。世之相后，千有余年，而其言之不异，如合符节。历选前圣之书，所以提挈纲维、开示蕴奥，未有若是之明且尽者也。自是而又再传以得孟氏，为能推明是书，以承先圣之统，及其没而遂失其传焉。则吾道之所寄不越乎言语文字之闲，而异端之说日新月盛，以至于老佛之徒出，则弥近理而大乱真矣。然而尚幸此书之不泯，故程夫子兄弟者出，得有所考，以续夫千载不传之绪；得有所据，以斥夫二家似是之非。盖子思之功于是为大，而微程夫子，则亦莫能因其语而得其心也。惜乎！其所以为说者不传，而凡石氏之所辑录，仅出于其门人之所记，是以大义虽明，而微言未析。至其门人所自为说，则虽颇详尽而多所发明，然倍其师说而淫于老佛者，亦有之矣。

熹自蚤岁即尝受读而窃疑之，沈潜反复，盖亦有年，一旦恍然似有以得其要领者，然后乃敢会众说而折其中，既为定著章句一篇，以俟后之君子。而一二同志复取石氏书，删其繁乱，名以《辑略》，且记所尝论辩取舍之意，别为《或问》，以附其后。然后此书之旨，支分节解、脉络贯通、详略相因、巨细毕举，而凡诸说之同异得失，亦得以曲畅旁通，而各极其趣。虽于道统之传，不敢妄议，然初学之士，或有取焉，则亦庶乎行远升高之一助云尔。

淳熙己酉春三月戊申，新安朱熹序。

译文

《中庸》是在什么情况下写出来的呢？是因为子思担心道学失传而写作的。自从上古的圣人神人们根据天命而确立了人世间的准则，道统的传授就有其源流和出处了。见于经书的，则所谓“允执厥中”这句话，就是尧传授给舜的；而“人心惟危，道心惟微，惟精惟一，允执厥中”这些话，又是舜传授给禹的。尧虽然只有一句话，这句话却已经十分完备了！而舜之所以又增加了三句，则是要阐明尧的一句，必须像这样去把握理解，才基本接近其本意。

我曾这样说：心的虚灵知觉，本来大家都是一样的，在每个人那里也只是一个东西。之所以区分“人心”“道心”的不同，是因为前者源于人的体质血气，属于个人后天的东西；后者则源于人的先天禀性，属于人心中公正无私的灵性。两者既然不同，发而为知觉，则前者危殆而不安，后者微妙而难见。但既然人人都有血肉之躯，那么，即使是道德最高尚、智力最上乘的人，也不可能没有这“人心”；另一方面，既然人人都有这天生的禀性，那么，即使是智力最下乘、境界最低劣的人，也不可能没有这“道心”。二者混杂于我们心中，一般人不知道怎么去发挥“道心”，克制“人心”，其结果便是危者愈危，微者愈微，而天理之公，也就没有办法战胜人欲之私了。所谓“精”，则是说能明察“人心”“道心”二者的不同而不让它们彼此混杂。所谓“一”，则是要坚守其本心之“正”而寸步不离。天天致力于这种事情，一刻也不要间断，一定要做到使“道心”成为一身之主，而“人心”必须听命于“道心”。做到了这点，则人身上危险而不安的东西便变得对人没有危害，隐藏而不显著的东西也变得成为人的主宰，这样无论说话做事，就都自然而然地能够恰到好处了。

尧、舜、禹，可算是天下最伟大的圣人了。以天下彼此禅让，可算是天下最了不起的事情了。以天下之伟大圣人，行天下之伟大圣事，而其传授接受之际，所彼此叮咛告诫的，不过就是这么一句话，足见天下的道理，没有比这更大的了。从那以来，圣圣相传：像成汤、文王、武王等为人君的，像皋陶、伊尹、傅说、周公、召公等为人臣的，都是以这句话来上接道统之真传。至于孔子，则虽然不得其位，没能为臣为君，但他以传授道统来继往圣、开来学，功劳反而有超过尧舜的地方。但在孔子生前，亲见孔子而得获真传的，惟有颜回与曾参。后来从曾参那里获得再传的弟子中，又有孔子的孙子子思。那时候，距离往古圣人的时代已越来越远，各种异端邪说蜂起。子思担心圣人的学说愈久而愈失其真，于是细心体会尧舜以来相传之意，以平日所听闻的乃父乃师的话相互参证发明，写成了这本书，以诏告后世向学的人。因为他内心的担忧很深，所以他的文字十分中肯；他的思虑很远，所以他的论说十分详明。书中所说的“天命率性”，指的就是“道心”；所说的“择善固执”，指的就是“惟精惟一”；所说的“君子时中”，指的就是“允执厥中”。从古昔到后来，其间相距一千多年，而所说的话彼此吻合，简直没有一点差错。历选前圣之书，能够提挈纲维、开示蕴奥的，没有一本书能够像这样条目分明、内容精详。从那以后，道统又传给了孟子。也只有孟子能够去发挥先圣的思想，继承其学统。孟子死后，这一学统便逐渐失传了。圣人之道，其所凭借和寄托的，不外乎言语文字，到后来异端邪说日新月盛，以至于老子佛陀的门徒大肆宣扬道家、佛家的思想，闹得黑白混淆，看似相似而其实是以假乱真。但幸好此书还没有被淹没，所以程颢、程颐两夫子出世后，能够有所研究、有所比较，而得以接续道统千载不传的断线。同时也能够有所凭依、有所宗尚，而得以抵斥老子、佛陀学说中那些似是而非的东西。子思的功劳，可以说在这一点上最大。而如果没有两位程夫子，那也没有人能够一读这本书就领会其中的深意和真意。可惜啊！此书据以立意的思想没有传下来，而凡是石氏所辑录的，仅出于子思门人所记载下来的文字，所以大义（字面的基本意思）虽明，而微言（背后的隐秘思想）未析。至于门人们自行发挥的地方，则虽然颇为详尽且多有发明，但背离自己的老师而不知不觉中沾染了老子、佛陀思想的地方，也时时可见，在所难免。

我从早年开始，就曾受读此书，但私下里却不免心有疑惑。多年来，经过反复的沉思和细心的咀嚼，突然有一天，恍然间仿佛把握到了其中的精髓，因此才敢于融汇各家说法，折取其中，然后编定章句一篇，留待后之君子发挥其真传。而也有几位志同道合的人，又把石氏辑录的书拿来，删掉其中繁乱的地方，冠以“辑略”的名称，并记录下平时论辨取舍时的各种看法，另外列为问答的方式，附在书后。这样，此书的宗旨，便条目清楚、脉络贯通、详略有当、巨细毕举了，而此前所有那些不同的解说，它们的同异得失，也得以曲畅旁通，而各尽其趣了。这样一来，虽然尚不敢说重新接续了道统，但对于初学的人，应该是有些帮助的吧。如果那样，也就差不多可以起到一点帮助别人“行远升高”的作用了。

淳熙己酉春三月戊申，新安朱熹序。

《明夷待访录》选

［清］黄宗羲

本书诞生于明清之际，是一部具有启蒙性质的批判君主专制、呼唤民主政体的名著。

作者黄宗羲，字太冲，号南雷，学者称梨洲先生，浙江省余姚县黄竹浦人，生于明万历三十八年（1610 年），卒于清康熙三十四年（1695 年）。其父黄尊素为明末东林党名士，被宦官魏忠贤陷害致死。黄宗羲成年后加入复社，坚持反宦官斗争，险遭杀害。清兵南下，他召募义兵成立“世忠营”，武装抗清。明亡后拒绝清廷征召，隐居著述。主要著作有《明儒学案》《宋元学案》和《明夷待访录》等。

《明夷待访录》成书于康熙二年（1663 年）。“明夷”是《周易》中的一卦，其爻辞有曰：“明夷于飞垂其翼，君子于行，三日不食。有攸往，主人有言。”所谓“明夷”是指有智慧的人处在患难地位。“待访”，等待后代明君来采访采纳。该书有《原君》《原臣》等论文 21 篇。《原君》批判现实社会之为君者“以我之大私为天下之大公”，实“为天下之大害”。《原臣》指出，臣之责任，乃“为天下，非为君也；为万民，非为一姓也”。《原法》批评旧制国家之法，乃“一家之法，而非天下之法”。《学校》主张扩大学校的社会功能，使之有议政参政的作用，“天子之所是未必是，天子之所非未必非，天子亦遂不敢自为是非，而公属是非于学校”，“必使治天下之具，皆出

于学校，而后设学校之意始备。”黄宗羲所设想的未来学校，相似于西方近代的议会。黄宗羲虽然没有从根本上否定君、臣的设置，但主张君主开明立宪制，加强平等因素，扩大社会对执政者的监督权力，含有近代民主政治的思想。这种思想并非受西方文明的影响，而是从中国传统文化中发展出来的，因而更加可贵。这部书曾一度受到查禁，直至清末才重见天日，受到谭嗣同、梁启超等人的重视和赞许。

《明夷待访录》现存钞本、刻印本20余种。1985年浙江古籍出版社出版了《黄宗羲全集》第一册，内收《明夷待访录》，并加以点校，颇便于阅读。单行本有北京古籍出版社1955年铅印标点本和中华书局1981年重印标点本。

原　君

有生之初，人各自私也，人各自利也，天下有公利而莫或兴之，有公害而莫或除之。

有人者出，不以一己之利为利，而使天下受其利，不以一己之害为害，而使天下释其害。此其人之勤劳必千万于天下之人。夫以千万倍之勤劳而己又不享其利，必非天下之人情所欲居也。故古之人君，量而不欲入者，许由、务光是也[①]；入而又去之者，尧、舜是也；初不欲入而不得去者，禹是也。岂古之人有所异哉？好逸恶劳，亦犹夫人之情也。

后之为人君者不然，以为天下利害之权皆出于我，我以天下之利尽归于己，以天下之害尽归于人，亦无不可；使天下之人不敢自私，不敢自利，以我之大私为天下之大公。始而惭焉，久而安焉，视天下为莫大之产业，传之子孙，受享无穷；汉高帝所谓“某业所就，孰与仲多”[②] 者，其逐利之情不觉溢之于辞矣。此无他，古者以天下为主，君为客，凡君之所毕世而经营者，为天下也。今也以君为主，天下为客，凡天下之无地而得安宁者，为君也。是以其未得之也，屠毒天下之肝脑，离散天下之子女，以博我一人之产业，曾不惨然！曰：“我固为子孙创业也。”其既得之也，敲剥天下之骨髓，离散天下之子女，以奉我一人之淫乐，视为当然，曰：“此我产业之花息[③]也。”然则为天下之大害者，君而已矣。向使无君，人各得自私也，人各得自利也。呜呼，

① 许由、务光：传说中的隐者。尧想把君位传给许由，殷汤想把君位让给务光，二人皆不受，逃隐山林。

② 某业所就，孰与仲多：我所成就的家产，同老二相比，哪个更多呢？这是刘邦对他父亲说的话。在刘邦未得天下之前，他父亲曾埋怨他游手好闲，不事生产，不如老二（刘邦的二哥）勤劳。刘邦当皇帝后，便在父亲面前炫耀整个天下都是自己的家产。见《史记·高祖本纪》。

③ 花息：利息，借款人支付给贷款人的报酬。

岂设君之道固如是乎！

古者天下之人爱戴其君，比之如父，拟之如天，诚不为过也。今也天下之人怨恶其君，视之如寇雠，名之为独夫，固其所也。而小儒规规焉以君臣之义无所逃于天地之间，至桀、纣之暴，犹谓汤、武不当诛之，而妄传伯夷、叔齐无稽之事，使兆人万姓崩溃之血肉，曾不异夫腐鼠。岂天地之大，于兆人万姓之中，独私其一人一姓乎？是故武王圣人也，孟子之言，圣人之言也。后世之君，欲以如父如天之空名禁人之窥伺者，皆不便于其言，至废孟子而不立，非导源于小儒乎！

虽然，使后之为君者，果能保此产业，传之无穷，亦无怪乎其私之也。既以产业视之，人之欲得产业，谁不如我？摄缄縢，固扃鐍[①]，一人之智力不能胜天下欲得之者之众，远者数世，近者及身，其血肉之崩溃在其子孙矣。

昔人愿世世无生帝王家，而毅宗之语公主[②]，亦曰："若何为生我家？"痛哉斯言！回思创业时，其欲得天下之心，有不废然摧沮者乎[③]？是故明乎为君之职分，则唐、虞之世，人人能让，许由、务光非绝尘也；不明乎为君之职分，则市井之间，人人可欲，许由、务光所以旷后世而不闻也。然君之职分难明，以俄顷淫乐不易无穷之悲，虽愚者亦明之矣。

译文

人一出生，都是自私自利的，天下有公共的利益没有人去做起来，有公共的祸患也没有人去铲除。

如果有人站出来，不以自己一个人的利益为出发点，要使天下的人都得到同样的利益，不仅仅消除对自己有害的，还要使天下的祸患都得到消除。这样的话，这种人就必然要付出千万倍于常人的努力辛劳。付出千万倍的努力辛劳，自己又得不到其间的利益，必然不是一般人愿意去干的事情。所以古代的人君，权衡之后不想去做的，有许由、务光；做了后来又不做了的，有尧和舜；开始不想去做，后来却不得不去做的人是大禹。（在这个问题上，）难道古人与今人有什么不同吗？好逸恶劳，也是人之常情啊。

后来做人君的却不是这样，他们以为天下的利和害都掌控在自己一人手中——我把天下的利益都归给自己，把天下的祸患都归给别人，也没有什么不可以的。我要使天下的人都不敢自私自利，我个人的事就是天下的事。开始的时候慢慢发展，时间长了就心安理得，把天下看成是自己最大的财产家业，传给后代子孙，无穷尽地享有。

---

① 摄缄縢，固扃鐍：《庄子·胠箧》中语。缄縢：绳子。扃鐍：门闩锁钥之类。摄：收敛。固：固定。

② 毅宗：明末崇祯皇帝朱由检的谥号。

③ 废然：灰心丧志貌，失望貌。摧沮：沮丧。

汉高祖刘邦（对父亲）说：“我拥有家业的，与二哥相比，哪个更多？”追逐财富的心绪不觉溢于言表。这没有别的原因，（只因为）古时候人们把天下当作主体，君主当作客体，大凡君主终身为之奋斗的，是为了得天下；现在则把君主当作主体，天下当作客体，凡是弄得天下人无处安宁的，都是因为君主的缘故。君主没有得到天下的时候，不惜使天下人肝脑涂地，使老百姓子女离散，来换取自己一人的财产家业。这种情形，还不够惨烈吗？他们自己则说：“我不过是为了给子孙创家业而已。”所以他们得到天下后，便残酷地剥削人们，使人们子女离散，以满足自己的奢侈享乐，并把这看成是理所当然的事，说：“这不过是我财产家业的小小的花销而已。”这样看来，天下最大的祸患就是君主了。如果天下没有君主，人们就都能各自爱自己，就都能各自为自己谋好处。天啊，难道这就是拥立君主的本意吗？

古时候天下的人爱戴他们的君主，把他们看成是父亲，把他们看成是上天，这的确都不过分。现在天下的人都怨恨讨厌他们的君主，把他们看成是强盗、敌人，把他们称作“独夫”，这也是恰如其分的。迂腐的儒生认为君和臣之间的关系天地之间无处不在，甚至对暴虐的桀和纣，还说汤王和武王不应当诛杀他们，还妄传伯夷、叔齐那些没有根据的事情，使亿万被残害的血肉之躯，还不如腐臭的老鼠。以天地之大，在亿万百姓当中，难道就单只成全一人或一个姓氏的私利吗？武王是圣人，孟子的话，也是圣人的话。后代的君主，想用“父亲”“上天”之类的虚名来禁止人们对君位的觊觎，都不便引用孟子的话，甚至想废除孟子的地位和影响，这不都是起因于那些腐儒的观点吗？

虽然这样，如果后来做君主的，果真能够保有这份家业永远地传下去，也不怪他们把这看成是自己的东西。（但）既然天下可以被看成自己的家产，那么人人也都和我一样想要获得家产。即使把绳子拴紧，把门闩关好，一人的智慧能力也比不上天下那么多想要得到它的人的智慧能力。因此，时间长的在自己死后几代，时间短的就在自己还活着的时候，杀身之祸便会殃及子孙。

从前的人但愿世世代代都不要出生在帝王之家，崇祯皇帝对公主说：“你为什么生在我家？”这句话多么沉痛！回想创业时希望得到天下的那份雄心壮志，现在不是很让人灰心丧气吗？因此，如果明确了做君主的职责和本分，那么在唐尧、虞舜的时代，人人都是能够谦让的——许由、务光并非绝无仅有；不明白做君主的职责本分，那么在普通人之间，人人就都会有和自己一样的野心——这就是许由、务光在后世为什么再也没有出现的原因。可见，君主的职责是不容易弄清楚的，片刻的淫乐是不值得换取那无穷无尽的悲哀的。这个道理，即使是愚钝的人，也一定能明白的吧。

《曾国藩家书》选

［清］曾国藩

曾国藩（1811—1872），字伯涵，号涤生，湖南湘乡人。曾国藩六岁读书，二十八岁中进士。初授翰林院检讨，一直到道光二十九年（1849 年）升礼部右侍郎、署理兵部左侍郎。咸丰帝即位后，他先后兼任过兵部、工部、刑部、吏侍郎等职。曾国藩在仕途上官运亨通，十年之中连升十级，并在京师赢得了较好的声望。他一生严于治军、治家、修身、养性，实践了士大夫立功、立言、立德的最高追求，被后世视为道德修养的楷模。曾国藩亲历了中国衰朽的过程，就其本人而言，早年精专学问，学做圣贤，着实取得不少成绩，后从戎理政，也不失终有所成。尽管对他的评价人言言殊，但至少有一点可以肯定：他对他所处的历史时期和后世的中国社会，都产生了重要的影响，尤其是他留下的《曾文正公文集》一书，在历史上更是受到世人的重视。

《曾文正公文集》由曾国藩撰写，李鸿章之兄、湖广总督李瀚章编辑，共 167 卷，初于 1876 年刊行，几经刻印，卷数不一。全集包括奏搞、批牍、治兵语录、文集、诗集、杂著、日记、书札、家书、家训等部分。其中最受世人重视的，当推《曾国藩家书》。

《曾国藩家书》反映了曾国藩一生的主要活动和他治政、治家、治学、治军的主要思想，是研究曾国藩其人及这一时期历史的重要材料。《曾国藩家书》行文从容镇定，形式自由，随想而到，挥洒自如，在平淡家常中蕴育真知良言，具有极强的说服力和感召力，从而赢得了“道德文章冠冕一代”的称誉。

对曾国藩做什么样的评价，那是历史学家的事情。但如果不因人废言，则《曾国藩家书》无疑有值得认真研读的价值。尤其这里所选谈治学、修身、进德的文字，对今人也仍有参考乃至启迪的作用。

致诸弟

四弟来信甚详，其发愤自励之志，溢于行间；然必欲找馆出外，此何意也？不过谓家塾离家太近，容易耽搁，不如出外较净耳。然出外从师，则无甚耽搁，若出外读书，其耽搁更甚于家塾矣。

且苟[①]能发奋自立，则家塾可读书，即旷野之地，热闹之场，亦可读书，负薪牧

① 苟：如果，只要。

豕[1]，皆可读书。苟不能发奋自立，则家塾不宜读书，即清净之乡，神仙之境，皆不能读书。何必择地，何必择时，但自问立志之真不真耳。

六弟自怨数奇[2]，余亦深以为然；然屈于小试，辄发牢骚，吾窃笑其志之小而所忧之不大也。君子之立志也，有民胞物与[3]之量，有内圣外王之业，而后不忝于父母之所生，不愧为天地之完人。故其为忧也，以不如舜不如周公为忧也，以德不修学不讲为忧也。是故顽民梗化则忧之，蛮夷猾夏[4]则忧之。小人在位，贤人否闭则忧之，匹夫匹妇不被己泽则忧之。所谓悲天命而悯人穷，此君子之所忧也。若夫一体之屈伸，一家之饥饱，世俗之荣斥得失，贵贱毁誉，君子固不暇忧及此也。六弟屈于小试，自称数奇，余故笑其所忧之不大也。

盖人不读书则已，亦既自名曰读书人，则必从事于《大学》。《大学》之纲领有三，明德、亲民、止至善，皆我分内事也。若读书不能体贴到身上去，谓此三项，与我身毫不相涉，则读书何用？虽使能文能诗，博雅自诩，亦只算识字之牧猪奴耳，岂不谓明理有用之人也？朝廷以制艺取士，亦谓其能代圣贤立言，必能明圣贤之理，行圣贤之行，可以居官莅民，整躬率物也。若以明德、亲民为分外事，则虽能文能诗，而于修己治人之道茫然不讲，朝廷用此等人作官，与用牧猪奴作官，何以异哉？

然则既自名为读书人，则《大学》之纲领皆己立身切要之事明矣。其修目有八，自我观之，其致功之处，则仅二者而已，曰格物，曰诚意。格物，致知之事也。诚意，力行之事也。物者何？即所谓本末之物也。身心意知家国天下，皆物也。天地万物，皆物也。日用常行之事，皆物也。格者，即格物而穷其理也。如事亲定省，物也。究其所以当定省之理，即格物也。事兄随行，物也。究其所以当随行之理，即格物也。吾心，物也。究其存心之理，又博究其省察涵养以存心之理，即格物也。吾身，物也。究其敬身之理，又博究其立齐坐尸以敬身之理，即格物也。每日所看之书，句句皆物也。切己体察，穷其理，即格物也。知一句便行一句，此力行之事也。此二者并进，下学在此，上达亦在此。

吾友吴竹如格物工夫颇深，一事一物，皆求其理。倭艮峰先生则诚意工夫极严，每日有日课册。一日之中，一念之差，一事之失，一言一默，皆笔之于书，书皆楷字。三月则订一本，自乙未年起，今三十本矣。尽其慎独之严，虽妄念偶动，必即时克治，而著之于书，故所读之书，句句皆切身之要药。兹将艮峰先生日课，钞三叶付归，与

---

① 负薪：背柴，相传汉代朱买臣背着柴草时还刻苦读书。牧豕：放猪。相传汉代承宫一边放猪。同时还在听徐子盛讲解经书。

② 数奇（jī）：指命运不好，遇事不利。

③ 民胞物与：把天下人都视为自己的同胞，把天下万物都视为与自己息息相关。

④ 蛮夷猾夏：泛指不开化的少数民族和外国民族。夷、夏：古代称呼中国为华夏或夏，夏之外为夷，包括少数民族和外国民族。猾夏：汉人中刁顽奸猾的那部分人。

诸弟看。

余自十月初一日起，亦照艮峰样，每日一念一事，皆写之于册，以便触目克治，亦写楷书。冯树堂与余同日记起，亦有日课册。树堂极为虚心，爱我如兄弟，敬我如师，将来必有所成。余向来有无恒之弊，自此写日课本子起，可保终身有恒矣。盖明师益友，重重夹持，能进不能退也。本欲抄余日课册付诸弟阅，因今日镜海先生来，要将本子带回去，故不及钞。十一月有折差，准抄几叶付回也。

译文

四弟来信写得很详细，他发奋自励的志向，流露在字里行间。但一定要出外找学堂，这是什么意思？不过说家塾学堂离家里太近，容易耽搁，不如外出安静。然而出外从师，自然没有耽搁。如果是出外读书，那耽搁起来，比在家塾里还厉害。

而且真能发奋自立，那么家塾可以读书，就是旷野地方、热闹场所，也可以读书，背柴放牧，都可以读书。如不能发奋自立，那么家塾不宜读书，就是清净的地方、神仙的环境，都不宜读书。何必要选择地方，何必要选择时间，只要问自己：自立的志向是不是真的。

六弟埋怨自己的命运不佳，我也深以为然。但只是小试失利，就发牢骚，我暗笑他志向太小而心中担心的事情不大。君子的立志，有为民众请命的器量，有内修圣人的德行，外建王者称霸天下的雄功，然后才不负父母生育自己，不愧为天地间的一个完全的人。所以君子所应忧虑的，是以自己德行不如舜帝、周公而忧虑；是以自己德行没有修整、学问没有大成而忧虑。所以，他们忧心的事情是顽固的刁民难以感化；是外族人和汉人中凶蛮奸猾的那部分人的不能臣服；是小人在位，贤人退隐；是一般老百姓没有得到自己的恩泽。这就是通常所说的悲天命而怜悯百姓的困苦，这才是君子所忧虑的事情。至于自己个人的得志或不得志，自己一家人的饥寒温饱，世俗所说的荣辱、得失、贵贱、毁誉，等等，君子是没有时间为这些事情忧虑的。六弟在科举考试中遭受一点小挫折便抱怨自己命运坎坷，我暗笑他所忧的事情太小了。

假如有人不读书便罢了，只要自称为读书人，就一定从事于《大学》。《大学》的纲要有三点：明德、亲民、止于至善，都是我们的分内事情。如果读书不能应用到身上去，说这三点，与我毫不相干，那读书又有什么用？虽说能写文能作诗，博学雅闻自己吹嘘自己，也只算得一个识字的牧童而已，怎么能算个明理有用的人呢？朝廷以科举来录取士人，也是说他能代替圣人贤人立言，能明白圣贤的道理，行圣贤的行为，可以为官管理民众，以身作则。如果以为明德、亲民为分外事，那虽能文能诗，而对于修身治人的道理茫茫然不知所云，朝廷用这种人做官，和用牧童做官，又有什么区别呢？

这样看来，既然自称读书人，那么《大学》的纲领，就都是自己立身切要的事情。

这个道理，想必已经说得很明白了。《大学》应修的科目共有八个方面，以我看来，取得功效的地方只有两条，一条叫格物，一条叫诚意。格物，讲的是如何获得知识的事情；诚意，讲的是如何努力实践的事情。物是什么？就是一切大事小事。身、心、意、知、家、国、天下，都是物；天地万物，也都是物；日常用的、做的，也都是物。格，就是仔细研究这些事情，并追问其中的道理。如侍奉父母、定期探亲，是一件事，弄清为什么应当定期探亲的道理，就是格物；尊重随顺兄长，是一件事，研究为什么应当尊重随顺兄长的道理，就是格物；我的心，是物，研究坚守自己本心的道理，并进一步广泛研究心的省悟、观察、涵养的道理，这就是格物；我的身体，是物，研究如何敬惜身体、举止庄重的道理，这就是格物；每天所看的书，句句都是物，切己体察，穷究其理，就是格物。（以上说的都是“致知”的事。至于所谓“诚意”，就是知道了的东西就努力去做，诚实不欺。）知一句，行一句，这是身体力行的事。两者并进，所谓埋头钻研、上通天理，都要如此。

我的朋友吴竹如格物功夫很深，一事一物，都要追问它的道理。倭艮峰先生诚意功夫很严，每天有每天的功课册子。一天之中，一念之差，一事之失，一言一默，都要记录下来。每个字都是正楷。三个月订一本，从乙未年起，已订了三十本。因他即使独处，也谨慎严格地要求自己，哪怕偶尔有一点不该有的想法，也一定马上克服，写在书上。所以他读的书，句句都是切合自身的良药。现将艮峰先生每天的功课本子，抄三页寄回，给弟弟们看。

我从十月初一日起，也照艮峰一样，每天一个念头、一件事情，都写在册子上，以便随时看见了加以克服，字也都写正楷。冯树堂和我同日记起，也有日课册子。树堂非常虚心，爱护我如同兄弟，敬重我如同老师，将来一定有所成就。我向来有无恒心的毛病，从写日记本子开始，可以保证一生有恒心了。明师益友，一重又一重挟持我，只能进不能退。本想抄我的日课册给弟弟们看，今天镜海先生来，要将本子带回，所以来不及抄。十一月有通信兵，准定抄几页寄回。

论中国教化之退

严复

严复（1853—1921），近代启蒙思想家、翻译家，字几道，福建侯官（今闽侯县）人。福州船政学堂毕业后，留学英国海军学校。在国外，他亲身接触到西方资本主义社会，研究西方学说。归国后，他发表文章反对顽固保守，主张维新变法，以“物竞天择，适者生存”的论点，号召人们救亡图存，对当时和稍后的中国思想界产生了极大影响。戊戌变法后，翻译了许多西方重要著作，对后来的五四新文化运动产生过直接的影响（陈独秀、鲁迅等人都受到严复很大影响）；严复也因此与康有为、孙中山等人一样，被誉为近现代以来“向西方寻求救国之道”的“先驱者”之一。

本文选自《严复诗文选注》。在这篇文章里，作者站在开启民智、教育救国的立场上，指出造成中国贫穷落后、濒临灭亡的根本原因是统治者因循守旧、复古倒退。要救亡图存，就必须深刻分析贫穷落后的原因，从根本上施治。这就表达了当时新兴资产阶级迫切要求变法维新，实现民主自由的强烈愿望。

吾闻深于《春秋》者[①]，推《春秋》于天下，说世有三等[②]：治世为一等，乱世为一等，衰世为一等。治世与乱世至不同[③]，治世与衰世则貌若相似。何谓治世？教宗[④]、政法、学术均能推极[⑤]。夫人所受于天之智，而人与物各得其情[⑥]。此世则今欧人有其几[⑦]，或千年之后能有之。何谓乱世？智识初开。世运初变，林林生材[⑧]，不相统一。于是有教门之战[⑨]，有国权之战，有货殖之战[⑩]。以材而战，战而益材，此世则中国周秦时，南北朝隋唐时，欧洲希腊、罗马以至英、法民变时见之[⑪]。何谓衰世？大都本有政教。逐渐倾颓。至于退化，此世在埃及、波斯[⑫]、印度久矣，而支那乃不幸渐近之[⑬]。游衰世之过者，行于其野，闾阎安堵[⑭]，击壤以嬉[⑮]，如是者民类治世；观于其市，百货腾踊，万瓦鳞集[⑯]，如是者商类治世；游于其校，图书满屋，咿唔相闻[⑰]，立于其朝，

① 深于《春秋》者：深深懂得《春秋》的人。《春秋》：我国编年体史书，相传为孔子所作，记载了公元前722—前481年的我国历史，文字简短，寓有褒贬之意。

② 世：指社会。

③ 至不同：极不相同。

④ 教宗：即宗教。

⑤ 推极：达到最高的程度。

⑥ 人与物各得其情：人尽其才，物尽其用。

⑦ 有其几：开始有这样的苗头。几：通“机”，指苗头。

⑧ 林林生材：指人才辈出。林林：形容多。

⑨ 教门之战：宗教方面的斗争。

⑩ 货殖之战：经济方面的斗争。货殖：经商。

⑪ 英、法民变：指英国、法国18、19世纪的资产阶级革命。

⑫ 波斯：古国名，即今伊朗。

⑬ 支那：即中国。

⑭ 闾阎安堵：民间安居。闾阎：里巷的门，借指平民。

⑮ 击壤以嬉：相传古代帝尧时，有个老人击壤（田里土块）而歌：“日出而作，日入而息，凿井而饮，耕田而食，帝力于我何有哉！”这里借用来形容天下太平无事，老百姓生活安闲。

⑯ 万瓦鳞集：屋上的瓦像鱼鳞一样聚集在一起，形容人口稠密。

⑰ 咿唔相闻：到处是读书声。

貂禅盈座①，文酒从容，如是者士大夫类治世。均类治世矣，而所显之果，乃与治世反。强邻环视，刀俎鱼肉，任其取携，草泽奸人，沉吟睥睨②，以为时至。樽俎之间③，枕席之上，未尝有他，而知与不知，心目之间，常若有一事之将至。如是者乃不及乱世，何论治世！若此者何哉？天下之政教，名存实去，而天下已为无政教之民也。

溯支那开国④，其年最远，泰山之封禅七十二君⑤，涂山之会，执玉帛者万国⑥，《周礼》备三皇五帝之书，《繁露》有九皇六十四民之说⑦，诸侯去籍⑧，不可得详。信史之传⑨，当自秦始。秦并天下，更古制，更井田而为阡陌，废封建而置郡县，黜儒术而任名法，当世虽以为非，而未尝不稍稍用其术，直至于今，因循未改。风俗之移，性情之易三四十年便已不同。薄物细故，随在可验⑩。况上下数千年，中更万变，陵谷迁移⑪，黑白倒置，不可胜言。而犹执古术以驭之⑫，以千百年前之章程，范围百世下之世变⑬；以一二人之意见，强齐忆兆辈之性情⑭。虽以圣智，不能为谋，虽有下愚，知其不可。唯在上之人，既持之益坚⑮，斯在下之人，违之而不敢，从之而不便，乃有一二人阳奉而阴违之。及其行之大效，乃莫不起而效之。当其初必有羞之者矣，积之既久，风俗以成，则欲不如是而不可。于是朝廷之所制，与天下之所行，判然大异⑯。选举之政，财赋之政，兵政、刑政、漕政⑰、盐政，无在不然⑱。百姓自视，不以为非，

---

① 貂禅盈座：达官贵人坐满屋子。貂禅：古代皇帝的侍从帽子上的装饰品，这里借指达官贵人。

② 草泽奸人，沉吟睥睨：造反的人暗中策划，窥测时机。草泽奸人：是对造反者的蔑称。睥睨（bì nì）：斜着眼睛看。

③ 樽俎之间：指宴席上。

④ 溯：逆着水流的方向走，这里指追溯到……

⑤ 泰山之封禅七十二君：相传我国古代有七十二个皇帝到泰山祭祀天地。封禅：即封泰山，禅梁父山。在泰山上筑土为坛以祭天，称封；在泰山下的梁父山上祭地，称禅。

⑥ 涂山之会，执玉帛者万国：相传禹在涂山聚会诸侯时有一万个国家。涂山：在今安徽境内。玉帛：古代诸侯聚会行礼时，捧在手中的玉器和丝织品。

⑦ 繁露：即汉朝董仲舒著的《春秋繁露》。

⑧ 去籍：销毁了一些史籍。

⑨ 信史：确实可信的历史。

⑩ 薄物细故，随在可验：微薄细小的事物，到处都可以作为证据。

⑪ 陵谷迁移：高山变峡谷，峡谷变高山，形容变化巨大。

⑫ 驭（yù）：驾驭，管理。

⑬ 范围：界限，引申为束缚，限制。

⑭ 强齐：强行统一。

⑮ 唯在上之人，既持之益坚：只因为封建统治者顽固地坚持这一套。

⑯ 判然大异：截然不同。

⑰ 漕政：征收漕粮的政务。漕粮是清朝的一种田赋，征收白米，然后由水路运到京城。

⑱ 无在不然：没有一个地方不是这样。

政府知之，无从相责[①]。盖中国之民，乃以“自由”而病矣[②]。

吾闻之西人曰：人人皆有自主之权，此彼律法之公理[③]。然以视吾民，谁无自主之权哉！其学也，国家听之；其不学也，国家亦听之。其富也，僭侈逾度[④]，国家听之；其贫也，转乎沟洫[⑤]，国家亦听之；其散而之四方也，国家听之；其至四方而益国也，国家亦听之。秦法甚密，后失之疏，秦法甚整，后失之紊[⑥]。受秦之害而失其利，自然之势[⑦]，不足怪也。夫人之壮也，智识即开，则当特立独行[⑧]，而不宜有所牵制。若其幼稚，百事未知，听其自然，必至殒灭[⑨]，是赖有父母之教养焉。今支那之民非特智识未开也[⑩]，退化之后，流于巧伪，手执草木，化为刀兵[⑪]，彼此相贼，日趋于困。而又因其积渐而来，深极无极，中智之人，不见其厓[⑫]，故日在苦中，而不知致我苦者之为何物，以深观而力改之。遂相率而安之若命，以为人间世当如此也。嗟乎！若由今之道，毋变今之俗，再数百年，谓为种灭，虽未必然，而涣散沦胥[⑬]，殆必不免，与欧人何涉哉[⑭]！观衰世之本源，而施以扶植[⑮]，是所望于为父母者矣[⑯]。

译文

我听说那些对《春秋》很有研究的人，把《春秋》中的说法加以推广，认为世间的治乱有三种不同。第一种是“治世”（太平盛世），第二种是“乱世”，第三种是“衰世”。“治世”与“乱世”有很大的区别，“治世”与“衰世”却看上去彼此相似。什么是“治世”呢？那就是这样一种社会，在这种社会中，宗教、政治、法律、道德、学术都能发展到最高的程度。人的一切内在禀赋都能获得实现，所谓“人尽其才，物尽其用”。这样的“治世”，在今天的欧洲可以说是初见端倪，也许几千年后能真正到

---

① 无从相责：无法指责。

② 以“自由”而病矣：这里的“自由”是对统治者的讽刺。意思是说，中国的人民，由于统治者因循守旧，不思改革，政治腐败，法令废弛，受到很大祸害。病：祸害。

③ 公理：公认的道理。

④ 僭（jiàn）侈逾度：奢侈过度。

⑤ 转乎沟洫：指穷苦人民饿死冻死在田野里。沟洫：田间的水渠。

⑥ 紊：混乱。

⑦ 自然之势：自然的发展趋势。

⑧ 特立独行：坚持操守，独立行事，不随波逐流。

⑨ 殒（yǔn）灭：死亡。

⑩ 非特：不仅。

⑪ 手执草木，化为刀兵：即使手中拿着普通的草木，也会当作武器使用。

⑫ 中智之人，不见其厓：一般人也看不到边。中智：指一般人。厓：通“涯”，水边。

⑬ 沦胥：一个接一个地沦丧。

⑭ 与欧人何涉哉：与欧洲人有什么相干呢？

⑮ 施：给予。

⑯ 为父母者：指封建统治者。这句的意思是：要实行改革，还得把希望寄托于掌权的统治者。

来。什么是“乱世”呢？那就是这样一种情形，即人们的思想已经开化，（摆脱了许多传统的束缚，）社会正开始发生大的变化，各种各样不同的人才应运而生，人们所信奉、所追求的东西都彼此不同。于是就有不同教派之间的战争，有不同国家之间的争斗，有种种商业上的竞争。彼此之间凭借其才能上的优势争斗，争斗的结果也进一步刺激和发展了自己的才能。例如，中国的春秋战国时期、南北朝隋唐时期、欧洲古希腊与罗马时期以及英国、法国革命时期，就属于这样的“乱世”。什么是“衰世”呢？“衰世”的一般情形是：原有的政治制度、道德观念等渐渐地都开始崩溃，乃至于日趋退化。像埃及、波斯、印度（这些古文明国家），便早已经处在这样的衰颓中，而中国也不幸越来越走向这种状况。去“衰世”参观的人，走到乡下，只见老百姓过得很太平、很高兴，农村的情形类似太平盛世；去到城里，只见市场上商品丰富，房屋建筑鳞次栉比；商业的情形也跟太平盛世没有什么两样；去学校参观，只见图书满屋，到处是朗朗书声；而走进政府机关，达官贵人也一个个像模像样——读书做官的人，其精神风貌也颇像太平盛世景象。表面上一切都像太平盛世，而实际的情形却恰恰相反：国际上，四面被强大的邻国包围，像任人宰割的鱼肉那样被别人随意取夺；国内呢，心怀不轨的野心家都以为造反夺权的时机成熟了，一心只想浑水摸鱼。一般人平时虽照常吃饭睡觉，隐隐约约地却都有大难即将临头的预感。像这种情形，连“乱世”都不如，哪里还说得上什么太平盛世！这到底是怎么回事呢？（说到底，）一个民族的政治教化、道德民风，表面上好像都还存在，其实却早已经名存实亡——中国已成为没有文明秩序的国家。

回顾中国的历史，最早可追溯到泰山封禅、涂山之会……久远的传说今天已很难弄清，有详细记载的真实历史应该从秦开始。秦始皇统一中国，改变古代的制度，废井田开阡陌，废封建置郡县。他不用儒家的政治思想治理天下，而用法家的学说统治万民，虽然在当时和后来一直遭到人们的批评，但直到今天，没有谁不基本上遵循其治理国家的方法，这种情形一直沿袭到今天也没有什么改变。而一般说来，社会的风气、人民的心理，每三四十年就会有所变化。这种变化从许多细小的事情上都可以显示出来。更何况从那时到现在，上下已经几千年，中间经历的巨大变化，包括价值观念、是非标准的改变，真是说也无法说清。社会既已发生巨大的变化，统治者却仍然一成不变地用古老的方法治理国家，真可谓用千百年前的章程来应对变化了的世界；以一两个人的心智来规范亿万人的思想。这样治理国家，即使是圣人再世，也会一筹莫展；即使是最愚笨、最没有头脑的人，也知道是万万行不通的。但上面的人既一意坚持要这样，下面的人当然不敢违抗，执行起来却又有许多困难，于是个别人便率先阳奉阴违，说一套做一套。后来大多数人发现他们这样阳奉阴违居然很有效，便群起而效之。有些人一开始肯定还知道这种做法不对，但实行久了，便成为风气，再想不这样也就不可能了。于是中央的政策法令是一套，下面执行的东西又是另外一套。选拔官吏、征收赋税、军队管理、司法诉讼、水利运输盐业等各个方面都无不这样“上有政策，下有对策”。人民对此早已司空见惯，不认为这是错；政府即使知道，也拿这事没有办法。于是中国人一个个都因为“自由”的原因而变得不可救药。

我听西方人说：人人都生而自由，对自己的生命财产有自主之权。这是他们所有法律的基础。以此反观中国的情形，能说谁没有自主之权吗？有些人有条件受教育，国家听之任之；有些人没有条件受教育，国家也听之任之；有些人富得奢侈无度，国家听之任之；有些人穷得死在路边，国家也听之任之；有些人干脆就去了别的国家，甚至去为别国效力，国家对此也听之任之。秦王朝的法律太过于繁密，后世的法律则太过于松散；秦王朝的法律太过于整齐划一，后世的法律则太过于杂乱无章。这样一来，顺理成章的便是：秦的坏处都继承下来了，它的好处却没有得到。一个人若已成年，有知识有头脑，当然应该按自己的意思做事，不应该受别人的强制。但如果他并没有成年，什么事都不懂，那么一切听之任之，就等于是任其毁灭。正因为如此，所以才需要有父母对子女尽教育的职责。（一个人的情形是这样，一个国家的情形也是这样。）今天，中国人不仅知识方面未受启蒙，政教退化之后，民风更是流于弄虚作假，流于铤而走险、犯法作乱。人们彼此争夺、彼此残害，愈演愈烈。而由于这种情形由来已久，一般人已很难知道其缘由，所以虽深受其害，却不知到底是什么东西在为害，也就不可能在深刻认识的基础上加以匡正。于是大家都只好把这当成是命中注定，过一天算一天，以为人活在世上本就是这样。唉！照这样下去，不改变这种社会风气，再过几百年，亡国灭种虽然不一定，而国人的涣散沉沦，一定是势所难免，这跟西方人又有什么关系呢？深刻认识造成“衰世”的历史原因而设法扶植补救，这只有（寄希望于教育，）寄希望于做父母的了。

少年中国说[①]

梁启超

梁启超（1873—1929），中国近代思想家、戊戌维新运动领袖之一。字卓如，号任公，别号饮冰室主人。广东新会人。梁启超自幼在家中接受传统教育，1884 年（光绪十年）中秀才。1885 年入广州学海堂，治训诂之学，渐有弃八股之志。1889 年中举。

① 本文作于光绪二十六年（1900），文章从驳斥日本和西方列强污蔑我国为“老大帝国”入手，说明中国是一个正在成长的少年中国。本文所说的“国”，是理想的资产阶级共和国。文章认为封建专制制度和封建官吏已经腐朽，希望寄托在中国少年身上，并且坚信中国少年必有志士，能使国家富强，雄立于地球。反映了作者渴望祖国繁荣昌盛的爱国思想和积极乐观的民族自信心。文章紧扣主题，运用排比句法，层层推进，逐次阐发，写得极有感情，极有气势。

1890 年赴京会试，不中。回粤路经上海，看到介绍世界地理的《瀛环志略》和上海机器局所译西书，眼界大开。同年结识康有为，钦佩无比，遂投其门下。1891 年就读于万木草堂，接受康有为的思想学说并由此走上改良维新的道路。

1895 年春，梁启超再次赴京会试，时值清政府与日本签订丧权辱国的《马关条约》，群情激愤。梁启超协助康有为，发动在京应试举人联名请愿，要求清廷拒和、迁都、实行变法，这就是著名的“公车上书”。维新运动期间，梁启超表现活跃，曾任北京《万国公报》（后改名《中外纪闻》）和上海《时务报》主笔，在鼓动舆论、宣传维新方面，发挥了巨大作用。他的许多政论激昂慷慨，文笔流畅，笔锋常带感情，在社会上有很大影响。1897 年，应湖南巡抚陈宝箴之邀，就任长沙时务学堂总教习，在湖南宣传变法思想，培养维新人才。1898 年回京，积极参加“百日维新”。7 月 3 日，受光绪帝召见，奉命进呈所著《变法通议》，赏六品衔，负责办理京师大学堂译书局事务。9 月，政变发生，梁启超逃离北京，东渡日本，一度与革命派有过接触。随着形势的发展，其政治主张亦时有变化。从“保皇”到“新民”，从“开明专制”到“拥护立宪”，但改良主义的基本立场则始终未变。在日期间，先后创办《清议报》和《新民丛报》，鼓吹改良，反对革命。同时也大量介绍西方社会政治学说，在当时的知识分子中影响很大。1905—1907 年，改良派与革命派的论战达到高潮，此时资产阶级民主革命已逐渐取代改良主义的维新变法成为中国社会思潮的主流。梁启超作为改良派的主将，遭到革命派的反对。

1906 年，清政府宣布“预备仿行宪政”，梁启超立即表示支持，撰写文章，介绍西方宪政，宣传立宪政体。1907 年 10 月，与蒋智由等人在东京建立“政闻社”，并派人回国直接参加立宪活动。由于清政府并不真心实行宪政，梁启超的活动非但不为清朝统治者所容纳，反而遭到忌恨，政闻社也因受到查禁而宣告解散。

武昌起义爆发后，他一度宣扬“虚君共和”，企图使革命派与清政府妥协。民国初年又支持袁世凯，为袁出谋划策，秉承袁意，将民主党与共和党、统一党合并，改建进步党，与国民党争夺政治权力。1913 年，进步党“人才内阁”成立，梁启超出任司法总长，但因袁世凯帝制自为的野心日益暴露，梁启超劝说无效，遂反对袁氏称帝，并与之发生冲突。1915 年 8 月，发表《异哉所谓国体问题者》一文，对袁氏意欲复辟帝制的行径进行猛烈抨击，旋与蔡锷密谋，策划武力反袁。1915 年底，护国战争在云南爆发。1916 年，梁启超赴两广地区，先后担任护国军两广都司令部都参谋、军务院抚军兼政务委员长等职，积极参加反袁斗争，为护国运动的兴起和发展，做出了重要贡献。

袁世凯死后，段祺瑞逐渐成为北洋政府的实权人物，梁启超认为“护国”成功，遂主张解散军务院，依附段祺瑞。他拉拢一些政客，组建宪政研究会，与支持黎元洪的宪政商榷会对抗。1917 年 7 月，张勋复辟失败，段祺瑞掌握北洋政府大权。梁启超拥段有功，受到重用，出任财政总长兼盐务总署督办。其后，段祺瑞对内实行独裁，对外出卖主权，遭到全国民众反对。9 月，孙中山发动护法战争。11 月，段内阁被迫下台，梁启超也随之辞职，并从此退出政坛。

1918 年底，梁启超赴欧，亲身了解到西方社会的许多问题和弊端。同时，马克思主义在中国的传播和工农运动的兴起，也使其深感不安。回国之后，即宣扬西方文明已经破产，主张光大传统文化，用东方的"固有文明"来"拯救世界"。

梁启超不仅是中国近代重要的思想家、政治活动家，而且也是一位著名学者。他兴趣广泛，学识渊博，在文学、史学、哲学、佛学等诸多领域，都有较深的造诣。早年曾热情参加文学改良活动，主张文学要能反映时代精神。1901—1902 年，他先后撰写了《中国史叙论》和《新史学》，发动"史学革命"。梁启超一生热衷于政治，但始终没有找到正确的政治道路。他一生又热衷于文化学术，其在文化学术上的业绩，远远超过政治上的成就。特别是欧游归来之后，以主要精力从事文化教育和学术研究活动，写下了《清代学术概论》《中国近三百年学术史》《先秦政治思想史》《中国历史研究法》《中国文化史》等重要著作和大量文章，其中不少具有很高的学术价值。

这里所选《少年中国说》一篇，表达了晚清以来先进知识分子振兴中国的共同愿景，在当时曾产生过巨大的影响。

日本人之称我中国也，一则曰老大帝国，再则曰老大帝国。是语也，盖袭译欧西人之言也[①]。呜呼！我中国其果老大矣乎？梁启超曰：恶[②]，是何言！是何言！吾心目中有一少年中国在。

欲言国之老少，请先言人之老少：老年人常思既往，少年人常思将来。惟思既往也，故生留恋心；惟思将来也，故生希望心。惟留恋也故保守，惟希望也故进取。惟保守也故永旧，惟进取也故日新。惟思既往也，事事皆其所已经者，故惟知照例；惟思将来也，事事皆其所未经者，故常敢破格。老年人常多忧虑，少年人常好行乐。惟多忧也，故灰心，惟行乐也，故气盛。惟灰心也，故怯懦；惟盛气也，故豪壮。惟怯懦也，故苟且；惟豪壮也，故冒险。惟苟且，故能灭世界；惟冒险也，故能造世界。老年人常厌事，少年人常喜事。惟厌事也，故常觉一切事无可为者；惟好事也，故常觉一切事无不可为者。老年人如夕照，少年人如朝阳；老年人如瘠牛，少年人如乳虎；

① 欧西：指欧美西方世界。

② 恶（wū）：叹词，犹"唉"，含有否定的意思。

老年人如僧，少年人如侠；老年人如字典，少年人如戏文；老年人如鸦片烟，少年人如泼兰地酒；老年人如别行星之陨石，少年人如大洋海之珊瑚岛；老年人如埃及沙漠之金字塔[①]，少年人如西比利亚之铁路；老年人如秋后之柳，少年人如春前之草；老年人如死海之潴为泽[②]，少年人如长江之初发源。此老年与少年性格不同之大略也。任公曰：人固有之，国亦宜然。

任公曰：伤哉老大也！浔阳江头琵琶妇，当明月绕船，枫叶瑟瑟，衾寒于铁，似梦非梦之时，追想洛阳尘中春花秋月之佳趣[③]；西宫南内，白发宫娥，一灯如穗，三五对坐，谈开元天宝间遗事，谱霓裳羽衣曲[④]。青门种瓜人，左对孺人，顾弄孺子，忆侯门似海、珠履杂遝之盛事[⑤]。拿破仑之流于厄蔑[⑥]，阿剌飞之幽于锡兰，与三两监守吏，或过访之好事者，道当年短刀匹马驰骋中原，席卷欧洲，血战海楼，一声叱咤，万国震恐之丰功伟烈[⑦]，初而拍案，继而抚髀[⑧]，终而揽镜。呜呼！面皴齿尽，白发盈把，颓然老矣！若是者，舍幽郁之外无心事[⑨]，舍悲惨之外无天地，舍颓唐之外无日月，舍叹息之外无音声，舍待死之外无事业，美人豪杰且然，而况于寻常碌碌者耶？生平亲友，皆在墟墓；起居饮食，待命于人。今日且过，遑知他日？今年且过，遑恤明年？普天下灰心短气之事，未有甚于老大者。于此人也，而欲望以拏云之手段[⑩]，回天之事功[⑪]，挟山超海之意气挟山超海：喻英雄壮举。，能乎不能？

---

① 金字塔：古代埃及法老之墓，以石筑成，底面为四方形，侧面作三角形之方尖塔，望之状如“金”字，故译名“金字塔”。金字塔与下句“西伯利亚铁路”对举，取其古雅而无实用之意。

② 死海：湖名，一名咸海。因水中含盐量高，鱼类不生，故名。在约旦、以色列和巴基斯坦间。潴（zhū）：聚积的水流。

③“浔阳”六句：用白居易《琵琶行》诗所写的故事。琵琶妇原是长安歌女（此处误为洛阳歌女），老大嫁作商人妇。商人离她经商而去。在浔阳江头的夜晚，枫叶瑟瑟，她回想往事，有不胜零落之感。浔阳江：在今九江市北，长江流经九江市的一段。

④“西宫”六句：就白居易《长恨歌》所咏唐玄宗与杨贵妃事，用元稹《行宫》“白头宫女在，闲坐说玄宗”诗意，谓安史之乱后，白头宫人忆及当年事，备感凄凉。西宫：唐太极宫。南内：唐兴庆宫。李隆基自四川返京后，先居兴庆宫，后迁太极宫。霓裳羽衣曲，本名《婆罗门》，源出印度，唐开元年间传入中国。传说李隆基梦游月宫，听诸仙奏曲，默记其调，醒后令乐工谱成。

⑤“青门”四句：用汉初邵平故事。邵平在秦末为东陵侯。秦亡后，在长安东门外以种瓜为生。（见《三辅黄图》）此句谓邵平回想当年的繁华，颇为感伤。青门：汉长安东门。孺人：古代大夫之妻称孺人，明、清两代七品官的妻子封孺人。珠履：用珠子装饰的鞋。杂遝（tà）：杂乱。

⑥ 拿破仑：拿破仑一世。他于1804年为法国皇帝，曾称霸欧洲。1814年各国联军攻破巴黎，拿破仑被流放于厄尔巴岛。厄蔑：即厄尔巴岛，在意大利半岛和法国科西嘉岛之间。

⑦ 丰功伟烈：丰功伟绩。烈：功绩。

⑧ 髀（bì）：大腿。

⑨ 幽郁：深沉的忧郁。

⑩ 拏云：上干云霄之意。李贺《致酒行》诗：“少年心事当拏云。”

⑪ 回天：使天地倒转，喻改变局势。

呜呼！我中国其果老大矣乎？立乎今日，以指畴昔，唐虞三代[①]，若何之郅治[②]！秦皇汉武，若何之雄杰！汉唐来之文学，若何之隆盛！康乾间之武功，若何之烜赫！历史家所铺叙，词章家所讴歌，何一非我国民少年时代良辰美景赏心乐事之陈迹哉？而今颓然老矣。昨日割五城，明日割十城；处处鸟雀尽，夜夜鸡犬惊。十八省之土地财产[③]，已为人怀中之肉；四百兆之父兄子弟[④]，已为人注籍之奴[⑤]。岂所谓"老大嫁作商人妇"者耶？

呜呼！凭君莫话当年事，憔悴韶光不忍看！楚囚相对[⑥]，岌岌顾影，人命危浅，朝不虑夕。国为待死之国，一国之民为待死之民，万事付之奈何，一切凭人作弄，亦何足怪？

任公曰：我中国其果老大矣乎？是今日全地球之一大问题也。如其老大也，则是中国为过去之国，即地球上昔本有此国，而今渐澌灭[⑦]，他日之命运殆将尽也。如其非老大也，则是中国为未来之国，即地球上昔未现此国，而今渐发达，他日之前程且方长也。欲断今日之中国为老大耶，为少年耶？则不可不先明国字之意义。夫国也者，何物也？有土地，有人民，以居于其土地之人民，而治其所居之土地之事，自制法律而自守之；有主权，有服从，人人皆主权者，人人皆服从者，夫如是，斯谓之完全成立之国。地球上之有完全成立之国也，自百年以来也。完全成立者，壮年之事也；未能完全成立而渐进于完全成立者，少年之事也。故吾得一言以断之曰：欧洲列邦在今日为壮年国，而我中国在今日为少年国。

夫古昔之中国者，虽有国之名，而未成国之形也。或为家族之国，或为酋长之国，或为诸侯封建之国，或为一王专制之国，虽种类不一，要之其于国家之体质也，有其一部而缺其一部。正如婴儿自胚胎以迄成童，其身体之一二官支[⑧]，先行长成，此外则全体虽粗具，然未能得其用也。故唐虞以前为胚胎时代，殷周之际为乳哺时代，由孔子而来至于今为童子时代，逐渐发达，而今乃始将入成童以上少年之界焉。其长成所以若是之迟者，则历代之民贼有窒其生机者也。譬犹童年多病，转类老态，或且疑其死期之将至焉，而不知皆由未完全未成立也。非过去之谓，而未来之谓也。

且我中国畴昔，岂尝有国家哉？不过有朝廷耳。我黄帝子孙，聚族而居，立于此

---

① 唐虞三代：指唐尧、虞舜和夏、商、周三代。

② 郅（zhì）治：至治，把国家治理得太平强盛。郅：极，至。

③ 十八省：清初全国共分十八个省。光绪末年增至二十三个，但人们习惯上仍称十八省。

④ 四百兆：即四亿，当时中国有四亿人口。

⑤ 注籍之奴：注入户籍的奴隶，这里指失去自由的人。

⑥ 楚囚相对：喻遇到强敌，窘迫无计。

⑦ 澌灭：消亡，消失。

⑧ 官支：五官、四肢。

地球之上者既数千年，而问其国之为何名，则无有也。夫所谓唐、虞、夏、商、周、秦、汉、魏、晋、宋、齐、梁、陈、隋、唐、宋、元、明、清者，则皆朝名耳。朝也者，一家之私产也。国也者，人民之公产也。朝有朝之老少，国有国之老少。朝与国既异物，则不能以朝之老少而指为国之老少明矣。文、武、成、康[①]，周朝之少年时代也；幽、厉、桓、赧[②]，则其老年时代也。高、文、景、武[③]，汉朝之少年时代也；元、平、桓、灵[④]，则其老年时代也。自馀历朝，莫不有之。凡此者，谓为一朝廷之老也则可，谓为一国之老也则不可。一朝廷之老且死，犹一人之老且死也，于吾所谓中国者何与焉？然则吾中国者，前此尚未出现于世界，而今乃始萌芽云尔。天地大矣，前途辽矣，美哉我少年中国乎！

玛志尼者[⑤]，意大利三杰之魁也。以国事被罪，逃窜异邦，乃创立一会，名曰“少年意大利”。举国志士，云涌雾集以应之。卒乃光复旧物，使意大利为欧洲之一雄邦。夫意大利者，欧洲第一之老大国也，自罗马亡后[⑥]，土地隶于教皇，政权归于奥国，殆所谓老而濒于死者矣。而得一玛志尼，且能举全国而少年之，况我中国之实为少年时代者耶？堂堂四百余州之国土，凛凛四百余兆之国民，岂遂无一玛志尼其人者？

龚自珍氏之集有诗一章，题曰《能令公少年行》[⑦]，吾尝爱读之，而有味乎其用意之所存。我国民而自谓其国之老大也，斯果老大矣；我国民而自知其国之少年也，斯乃少年矣。西谚有之曰：“有三岁之翁，有百岁之童。”然则国之老少，又无定形，而实随国民之心力以为消长者也。吾见乎玛志尼之能令国少年也，吾又见乎我国之官吏士民能令国老大也。吾为此惧！夫以如此壮丽浓郁翩翩绝世之少年中国，而使欧西、

---

① 文、武、成、康：周朝初年的几代帝王。周文王奠定了灭商的基础；周武王灭商建立周朝；成王、康王把国家治理得非常强盛，史称“成康之治”。所以下句将其比作周朝的少年时代。

② 幽、厉、桓、赧（nǎn）：指周幽王、厉王、桓王、赧王。幽王宠褒姒，废申后，申侯联合犬戎攻周，幽王被杀，西周灭亡。周厉王暴虐，被流放于彘（今山西霍县）。周桓王时，东周王室衰落。周赧王死后不久，东周灭亡。

③ 高、文、景、武：指汉初四代皇帝。汉高祖灭秦、楚，建立汉王朝。文帝、景帝发展生产，国家强盛，史称“文景之治”。武帝重武功，国力强盛。

④ 元、平、桓、灵：汉元帝、平帝、桓帝、灵帝。汉元帝时，西汉开始衰落。汉平帝死后不久，王莽篡国，西汉灭亡。桓帝、灵帝是东汉末年的两代帝王，其执政期间外戚、宦官专权，政治黑暗，为东汉灭亡种下了祸根。

⑤ 玛志尼（1805—1872）：意大利爱国者。罗马帝国灭亡后，意大利受奥地利帝国奴役，玛志尼创立“少年意大利党”，创办《少年意大利报》，发动和组织资产阶级革命，完成了意大利的独立统一事业。他与同时的加里波的、喀富尔并称“意大利三杰”。下文“旧物”，指国家原有的基业。

⑥ 罗马亡后：罗马帝国曾跨欧亚两洲，后分裂为二。西罗马亡于476年，东罗马亡于1453年。下文“土地隶于教皇，政权归于奥国”，是指1815年后，意大利分为几个邦国，其中罗马教皇国势力甚大，都受奥地利的控制。

⑦《能令公少年行》：龚自珍抒怀之诗，收入《定庵全集》，原意是说一个人不追求名利，放宽胸怀，就能长葆青春。这里取其长葆青春意。

日本人谓我为老大者，何也？则以握国权者，皆老朽之人也。非哦几十年八股，非写几十年白摺[①]，非当几十年差，非捱几十年俸，非递几十年手本[②]，非唱几十年诺[③]，非磕几十年头，非请几十年安，则必不能得一官，进一职。其内任卿贰以上[④]，外任监司以上者[⑤]，百人之中，其五官不备者[⑥]，殆九十六七人也；非眼盲，则耳聋，非手颤，则足跛，否则半身不遂也。彼其一身，饮食步履视听言语，尚且不能自了，须三四人在左右扶之捉之，乃能度日。于此而乃欲责之以国事，是何异立无数木偶而使之治天下也！且彼辈者，自其少壮之时，既已不知亚细、欧罗为何处地方，汉祖、唐宗是那朝皇帝，犹嫌其顽钝腐败之未臻其极，又必搓磨之[⑦]，陶冶之，待其脑髓已涸，血管已塞，气息奄奄，与鬼为邻之时，然后将我二万里山河，四万万人命，一举而畀于其手。呜呼！老大帝国，诚哉其老大也！而彼辈者，积其数十年之八股、白摺、当差、捱俸、手本、唱诺、磕头、请安，千辛万苦，千苦万辛，乃始得此红顶花翎之服色[⑧]，中堂大人之名[⑨]号，乃出其全副精神，竭其毕生力量，以保持之。如彼乞儿拾金一锭，虽轰雷盘旋其顶上，而两手犹紧抱其荷包，他事非所顾也，非所知也，非所闻也。于此而告之以亡国也，瓜分也，彼乌从而听之[⑩]，乌从而信之。即使果亡矣，果分矣，而吾今年既七十矣、八十矣，但求其一两年内，洋人不来，强盗不起，我已快活过了一世矣。若不得已，则割三头两省之土地[⑪]，奉申贺敬，以换我几个衙门，卖三几百万之人民作仆为奴，以赎我一条老命，有何不可，有何难办？呜呼！今之所谓老后、老臣、老将、老吏者，其修身、齐家、治国、平天下之手段，皆具于是矣。“西风一夜催人老，凋尽朱颜白尽头。”使走无常当医生[⑫]，携催命符以祝寿。嗟乎痛哉！以此为国，是安得不老且死？且吾恐其未及岁而殇也。

---

① 摺：通“折”。白折：清代科举应试的试卷之一。殿试取中进士后，还要进行朝考，以分别授予官职。朝考用白折，即用工整的楷书写在白纸制的折子上。

② 手本：明清官场中下级晋见上级时用的名帖。

③ 唱诺（rě）：古代的一种礼节。对人打恭作揖，口中出声，叫唱喏。诺，当作“喏”。下文“请安”，系清代问候的礼节，男子打千，即右膝微跪，隆重时，双膝跪地，呼“请某某安”。

④ 卿贰：卿是朝廷各部的长官，贰指副职。

⑤ 监司：清代通称各省布政使、按察使及各道道员为监司。

⑥ 五官不备：指五官功能不全。

⑦ 搓磨：磋磨，切磋琢磨。原是精益求精意，这里指磨去棱角、锋芒。

⑧ 红顶花翎：大官的帽饰。清代官员帽顶上顶珠的颜色、质料，标志着官阶的品级，一品官用红宝石顶珠。花翎，用孔雀翎做的帽饰，以翎眼多者为贵，五品以上用花翎，六品以下用蓝翎。

⑨ 中堂：明清时对大学士的称呼。明代大学士实际掌握宰相的权力，在内阁办公，中书居东西两房，大学士居中，故称“中堂”。清代包括协办大学士均用此称。

⑩ 乌：何，哪里。

⑪ 三头两省：闽粤方言，三两个省。

⑫ 走无常：迷信说法，阴司用活人为鬼役，摄取死者的魂。充当这种鬼差者，称走无常。

任公曰：造成今日之老大中国者，则中国老朽之冤业也；制出将来之少年中国者，则中国少年之责任也。彼老朽者何足道，彼与此世界作别之日不远矣，而我少年乃新来而与世界为缘。如僦屋者然[①]，彼明日将迁居他方，而我今日始入此室处；将迁居者，不爱护其窗栊，不洁治其庭庑[②]，俗人恒情，亦何足怪？若我少年者，前程浩浩，后顾茫茫。中国而为牛、为马、为奴、为隶，则烹脔鞭箠之惨酷[③]，惟我少年当之；中国如称霸宇内，主盟地球，则指挥顾盼之尊荣，惟我少年享之；于彼气息奄奄，与鬼为邻者何与焉？彼而漠然置之，犹可言也；我而漠然置之，不可言也。使举国之少年而果为少年也，则吾中国为未来之国，其进步未可量也。使举国之少年而亦为老大也，则吾中国为过去之国，其澌亡可翘足而待也。故今日之责任，不在他人，而全在我少年。少年智则国智，少年富则国富，少年强则国强，少年独立则国独立，少年自由则国自由，少年进步则国进步；少年胜于欧洲则国胜于欧洲，少年雄于地球则国雄于地球。

红日初升，其道大光[④]；河出伏流[⑤]，一泻汪洋。潜龙腾渊，鳞爪飞扬；乳虎啸谷，百兽震惶；鹰隼试翼[⑥]，风尘吸张。奇花初胎，矞矞皇皇[⑦]；干将发硎[⑧]，有作其芒[⑨]。天戴其苍，地履其黄[⑩]；纵有千古，横有八荒[⑪]；前途似海，来日方长。美哉我少年中国，与天不老！壮哉我中国少年，与国无疆！

“三十功名尘与土，八千里路云和月。莫等闲白了少年头，空悲切。”此岳武穆《满江红》词句也[⑫]。作者自六岁时即口受记忆，至今喜诵之不衰。自今以往，弃“哀时客”之名，更自名曰“少年中国之少年”。作者附识。

译文

日本人称呼我们中国，一称作老大帝国，再称还是老大帝国。这个称呼，大概是承袭照译了欧洲西方人的话。真是实在可叹啊！我们中国果真是老大帝国吗？我梁启超说：不！这是什么话！这算什么话！在我心中有一个少年中国存在。

---

① 僦（jiù）屋：租赁房屋。

② 庭庑（wǔ）：庭院走廊。

③ 脔（luán）：切成小块的肉，这里用作动词，宰割之意。箠：棍杖。这里用作动词，捶打之意。

④ 其道大光：语出《周易·益》：“自上下下，其道大光。”光：广大，发扬。

⑤ 伏流：水流地下。

⑥ 鹰隼（sǔn）：指鹰类猛禽。

⑦ 矞（yù）矞皇皇：形容艳丽。

⑧ 干将：古剑名，后泛指宝剑。发硎（xíng）：刀刃新磨。硎：磨刀石。

⑨ 有作其芒：发出光芒。

⑩“天戴”二句：是说少年中国如苍天之大，如地之广阔。

⑪ 八荒：八方荒远之地。《说苑·辨物》：“八荒之内有四海，四海之内有九州。”

⑫ 岳武穆：岳飞，死后谥武穆。

要想说国家的老与少，请让我先来说一说人的老与少。老年人常常喜欢回忆过去，少年人则常常喜欢考虑将来。由于回忆过去，所以产生留恋之心；由于考虑将来，所以产生希望之心。由于留恋，所以保守；由于希望，所以进取。由于保守，所以永远陈旧；由于进取，所以日日更新。由于回忆过去，所有的事情都是他已经经历的，所以只知道照惯例办事；由于思考未来，各种事情都是他所未经历的，因此常常敢于破格。老年人常常多忧虑，少年人常常喜欢行乐。因为多忧愁，所以容易灰心；因为喜欢行乐，所以容易冲动。因为灰心，所以怯懦；因为气盛，所以豪壮。因为怯懦，所以只能苟且；因为豪壮，所以敢于冒险。因为苟且因循，所以必定使社会走向死亡；因为敢于冒险，所以能够创造世界。老年人常常厌于事，少年人常常好任事。因为厌于事，所以常常觉得天下一切事情都无可作为；因为好任事，所以常常觉得天下一切事情都无不可为。老年人如夕阳残照，少年人如朝旭初阳。老年人如瘦瘠的老牛，少年人如初生的虎犊。老年人如坐僧，少年人如飞侠。老年人如释义的字典，少年人如活泼的戏文。老年人如抽了鸦片洋烟，少年人如喝了白兰地烈酒。老年人如告别行星向黑暗坠落的陨石，少年人如海洋中不断增生的珊瑚岛。老年人如埃及沙漠中矗立的金字塔，少年人如西伯利亚不断延伸的大铁路。老年人如秋后的柳树，少年人如春前的青草。老年人如死海聚水成大泽，少年人如长江涓涓初发源。这些是老年人与少年人性格不同的大致情况。我梁启超说：人固然有这种不同，国家也应当如此。

我梁启超说：令人悲伤的老大啊！浔阳江头琵琶女，正当明月萦绕着空船，枫树叶在秋风中瑟瑟作响，衾被冷得像铁，在似梦非梦的蒙胧之时，回想当年在长安繁华的红尘中对春花赏秋月的美好意趣。清冷的长安太极宫、兴庆宫内，满头白发的宫娥，在结花如穗的灯下，三三五五相对而坐，谈论开元、天宝年间的往事，谱当年盛行宫内的《霓裳羽衣曲》。在长安东门外种瓜的召平，对着身边的妻子，戏逗自己的孩子，回忆着禁卫森严的侯门之内歌舞杂沓、明珠撒地的盛况。拿破仑被流放到厄尔巴岛，阿拉比被幽禁在斯里兰卡，与三两个看守的狱吏，或者前来拜访的好事的人，谈当年佩着短刀独自骑马驰骋中原，席卷欧洲大地，浴血奋战在海港、大楼，一声怒喝，令万国震惊的丰功伟业，起初高兴得拍桌子，继而拍大腿感叹，最后持镜自照。真可叹啊，满脸皱纹、牙齿落尽，白发正堪一把，已颓然衰老了！像这些人，除了忧郁以外没有别的思绪，除了悲惨以外没有其他天地；除了萎靡不振以外没有其他精神寄托，除了叹息以外没有别的声息，除了等死以外没有其他事情。美人和英雄豪杰尚且如此，何况平平常常、碌碌无为之辈呢？生平的亲戚朋友，都已入于坟墓；日常起居饮食，依赖于别人。今日得过且过，匆匆哪知他日如何？今年得过且过，哪里有闲暇去考虑明年？普天之下令人灰心丧气的事，没有更甚于老大的了。对于这样的人，而要希望他有上天揽云的手段、扭转乾坤的本领、挟山跨海的意志气概，能还是不能？

真是可悲啊，我们中国果真已经是老大帝国了吗？站在今天以纵览往昔，尧、舜和夏商周三代，是何等美好的政治；秦始皇、汉武帝，是何等的英雄豪杰；汉唐以来的文学，是何等的兴隆繁盛；康熙、乾隆年间的武功，是何等的盛大显赫。历史家所铺叙记载的，文学家所尽情讴歌的，哪一样不是我们国民少年时代的良辰美景、赏心乐事的陈迹呢！而今颓然衰老了！昨天割去五座城，明天又割去十座城，处处穷得鼠雀不见踪影，夜夜扰得鸡犬不得安宁。全国的土地财产，已成为别人怀中的肥肉；四万万父兄同胞，已成注名于他人户册上的奴隶，这难道不就像“老大嫁作商人妇”的人一样吗？可悲啊，请君莫说当年事，衰老憔悴的光阴不忍目睹！像束手待毙的楚囚相对，孤单地自顾垂危的身影，性命险危，可谓朝不保夕，国家成为等死的国家，国民成为等死的国民。万事已到了无可奈何的地步，一切都听凭他人作弄，也没有什么值得奇怪的！

我梁启超说：我们中国果真是老大帝国吗？这是今日地球上的一大问题。如果是老大帝国，那么中国就是过去的国家，即地球上原来就有这个国家，而今渐渐消灭了，以后的命运大概也差不多快完结了。如果不是老大帝国，那么中国就是未来的国家，即地球上过去从未出现这个国家，而今渐渐发达起来，以后的前程正来日方长。要想判断今日的中国是老大？还是少年？则不可不先弄清“国”字的含义。所谓国家，到底是什么呢？那是有土地、有人民、以居住生息在这片土地上的人民，治理他们这块土地上的事情，自己制定法律且自己遵守它；有主权，有服从，人人是有主权的人，人人又是遵守法律的人，如果做到这样，这就可以称之为名符其实的国家。地球上开始有名符其实的国家，只是近百年以来的事。完全名符其实的，是壮年的事情。未能完全合格而渐渐演进成名符其实的，是少年的事情。所以我可以用一句话判断他们说：欧洲列国今天是壮年国，而我们中国今天是少年国。

大凡古代中国，虽然有国家的名义，然而并未具备国家的形式。或是作为家族的国家，或是作为酋长的国家，或是作为封建诸侯的国家，或是作为一王专制的国家。虽种类不一样，总而言之，他们对于国家应具备的体制来说，都是有其中一部分而缺少另一部分。正如婴儿从胚胎变成儿童，他身体上一两种肢体器官，先开始发育形成，此外的部分虽已基本具备，但尚未能得到它的用处。所以唐虞尧舜以前为我国的胚胎时代，殷周之际为我国的乳哺时代，从孔子而来直至现在是儿童时代。逐渐发达，至今才开始将进入儿童以上的少年时代。他的发育成长之所以如此迟缓的原因，是历代的民贼阻碍遏止他生机的结果。犹如童年多病，反而像衰老的样子，有的甚至怀疑他死期就要到了，而不知道他全是因为没有完全成长、没有名副其实的缘故。这不是针对过去说的，而是放眼未来说的。

况且我们中国的过去，哪里曾出现过所谓的国家呢？不过仅仅有过朝廷罢了！我黄帝子孙，聚族而居，自立于这个地球上已有数千年，然而问一问这个国家叫什么名称，则竟没有名称。前所谓唐、虞、夏、商、周、秦、汉、魏、晋、宋、齐、梁、陈、隋、唐、宋、元、明、清的，都只是朝廷的名称罢了。所谓朝廷，乃是一家的私有财产。所谓国家，乃是人民公有的财产。朝代有朝代的老与少，国家也有国家的老与少。朝廷与国家既是不同的事物，那么不能以朝廷的老少指代国家老少的道理就很明白了。文王、武王、成王、康王时代，是周朝的少年时代。至幽王、厉王、桓王、赧王时代，就是周朝的老年时代了。高祖、文帝、景帝、武帝时代，是汉朝的少年时代。至元帝、平帝、桓帝、灵帝时代，就是汉朝的老年时代了。自汉以后各代，没有一个朝代不具有少年时代和老年时代的。凡此种种称为一个朝廷老化是可以的，称为一个国家老化就不可以。一个朝廷衰老将死，犹如一个人衰老将死一样，与我所说的中国有什么相干呢。那么，我们中国，只不过以前尚未出现在世界上，而今才刚刚开始萌芽罢了。天地是多么广大啊，前途是多么辽阔啊，多么美啊我的少年中国！

玛志尼，是意大利三杰中的魁首。因为国家的事被判罪，逃窜到其他国家。于是创立一个会，叫作“少年意大利”。全国有志之士，像云涌雾集一般响应他。最后终于统一复兴旧邦，使意大利成为欧洲一大强国。意大利，乃是欧洲的第一老大帝国。自从罗马帝国灭亡后，全国土地隶属于教皇，政权却归之于奥地利，这大概是所谓衰老而濒临于死期的国家了。但产生一个玛志尼，就能使全国变成少年意大利，何况我们中国确实处在少年时代呢？堂堂四百多个州的国土，凛凛然有四万万国民，难道就不能产生一个像玛志尼这样的人物吗？

龚自珍诗集中有一首诗，题目叫《能令公少年行》。我曾经十分爱读它，喜欢体味它用意的所在。我们国民自己说自己的国家是老大的话，那便果真成老大了；我们国民自己了解自己的国家是少年，那便真是少年了。西方有句民间谚语说：“有三岁的老翁，有百岁的儿童。”那么，国家的老与少，又无确定的形态，而实在是随着国民人心的力量变化而增减的。我既看到玛志尼能使他的国家变成少年国，我又目睹我国的官吏士民能使国家变成老大帝国。我为这一点感到恐惧！像这样壮丽浓郁、风度优美、举世无双的少年中国，竟让欧洲和日本人称我们为老大帝国，这是为什么呢？这是因为掌握国家大权的都是老朽之人。非得吟诵几十年八股文，非得写几十年的考卷，非得当几十年的差使，非得熬几十年的俸禄，非得递几十年的名帖，非得唱几十年的喏，非得磕几十年的头，非得请几十年的安，否则必定不能得到一官，提升一职。那些在朝中任正副部长以上，外出担任监司以上官职的，一百人当中，其中五官不全的大概有九十六七人。不是眼瞎就是耳聋，不是手打颤就是脚瘸跛，再不就是半身风瘫，他自身的饮食、行走、看物、听音、说话尚且不能自理，必须由三四个人在左右扶着他、挟着他，才能过日子，像这样而要叫他担负起国家大事，这与竖起无数木偶而让他们治理天下有什么两样呢！况且那些家伙，自从他少年壮年的时候就本已不知道亚细亚、欧罗巴是什么地方，汉高祖唐太宗是哪一朝皇帝，还嫌他愚笨僵化腐败没有到达极点，又必定要去搓磨他、陶冶他，等他脑髓已经干涸，血管已经堵塞，气息奄奄，与死鬼作邻居之时，然后将我二万里山河、四万万人命，一举而交付在他手中。真可悲啊！老大帝国，确实是老大啊！而他们那些人，积聚了自己几十年的八股、白折、当差、捱俸、手本、唱喏、磕头、请安，千辛万苦，千苦万辛，才刚刚得到这个红顶花翎的官服、中堂大人的名号，于是使出他全副的精神，用尽他毕生的力量，以保持它。就像那乞丐拾到一锭金子，虽然轰隆隆的响雷盘旋在他的头顶上，而双手仍紧抱着他装钱的囊袋，其他事情就不是他想顾及，不是他想知道，不是他想听到的了。在这个时候你告诉他要亡国了，要被瓜分了，他怎么会跟从你听这些消息？怎么会跟从你相信这些消息？即使果真亡了，果真被瓜分了，而我今年已七十岁了，八十岁了，但只求这一两年之内，洋人不来，强盗不起，我已快活地过了一世了！如果不得已，就割让两三个省的土地双手献上以示恭贺礼敬，以换取我几个衙门；卖几百万人民作为仆人奴隶，以赎取我一条老命，有什么不可？有什么难办？真是可悲啊！今天所谓的老后、老臣、老将、老吏，他们修身、齐家、治国、平天下的手段，全都用在这里了。西风一夜催人老，凋尽朱颜白尽头。让走无常来当医生，携着催命符以祝寿，唉，令人悲痛啊！用这样的办法来统治国家，这哪能不老而将死呢，甚至我怕它未到年岁就夭折了。

我梁启超说：造成今天衰老腐朽中国的，是中国衰老腐朽人的罪孽；创建未来的少年中国的，是中国少年一代的责任。那些衰老腐朽的人有什么可说的，他们与这个世界告别的日子不远了，而我们少年才是新来的并将与世界结缘。如租赁房屋的人一样，他们明天就将迁到别的地方去住，而我们今天才搬进这间屋子居住。将要迁居别处的人，不爱护这间屋子的窗户，不清扫治理这间房舍的庭院走廊，这是俗人常情，又有什么值得奇怪的！至于像我们少年，前程浩浩远大，回顾辽阔深远。中国如果成为牛马奴隶，那么烹烧、宰割、鞭打的惨酷遭遇，只有我们少年承受。中国如果称霸世界，主宰地球，那么发号施令左顾右盼的尊贵光荣，也只有我们少年享受；这对于那些气息奄奄将与死鬼做邻居的老朽有什么关系？他们如果漠然对待这一问题还可以说得过去。我们如果漠然地对待这一问题，就说不过去了。假如使全国的少年果真成为充满朝气的少年，那么我们中国作为未来的国家，它的进步是不可限量的；假如全国的少年也变成衰老腐朽的人，那么我们中国就会成为从前那样的国家，它的灭亡不久就要到来。所以说今天的责任，不在别人身上，全在我们少年身上。少年聪明，我们国家就聪明；少年富裕，我们国家就富裕；少年强大，我们国家就强大；少年独立，我们国家就独立；少年自由我们国家就自由；少年进步，我们国家就进步；少年胜过欧洲，我们国家就胜过欧洲；少年称雄于世界，我们国家就称雄于世界。

红日刚刚升起，道路充满霞光；黄河水从地下冒出来，汹涌奔泻、浩浩荡荡；潜龙从深渊中腾跃而起，它的鳞爪舞动飞扬；小老虎在山谷吼叫，所有的野兽都害怕惊慌；雄鹰隼鸟振翅欲飞，风和尘土高卷飞扬。奇花刚开始孕起蓓蕾，灿烂艳丽，茂盛茁壮；干将宝剑新磨，闪射出光芒。头顶着苍天，脚踏着大地，从纵的时间看有悠久的历史，从横的空间看有辽阔的疆域。前途像海一般宽广，未来的日子无限远长。美丽啊，我的少年中国，将与天地共存不老！雄壮啊，我的中国少年，将与祖国万寿无疆！

三十功名尘与土……

三民主义

——在东京《民报》创刊周年庆祝大会上的演说

（一九〇六年十二月二日）

孙中山

孙中山（1866—1925年），名文，字载之，号日新，改号逸仙，中国近代民主革命家，中华民国建国元勋，死后并在1940年被国民政府奉为国父。

孙中山的三民主义思想体系，是中国政治现代化运动中具有突破性的指导思想。三民主义思想的形成，来自孙中山多年的海外经验和见识，以及对中西文化的深切认识。这种思想，给处在转型期的中国提供了基本的纲领和原则。三民主义包括民族主义、民权主义和民生主义。民族主义的具体内容是民族独立、国家统一、“结合四万万人成一个坚固的民族”，解除少数统治多数的不平等，以求得民族的生存。民权主义旨在把中国从专制的政体，导向民主政治的领域。其具体内容，主要是基本人权的保障、全民政治的参与、提高政治体系的效率，以及实现建国的程序等等。其具体途径，则必须通过“国民革命”推翻封建帝制，代之以“民主立宪”的共和制度，结束“以千年专制之毒而不解”的严重状态。与这种“国体”的“变革”相适应，关于政体的擘划也构成民权主义的重要内容。民生主义是孙中山的“社会革命”纲领，它希望解决的课题是中国的近代化，即发展资本主义经济，使中国由贫弱至富强；同时还包含着关怀劳动人民生活福利的内容，以及对资本主义社会经济溃疡的批判和由此产生的“对社会主义的同情”。孙中山把民生主义的主要内容归结为土地与资本两大问题。“平均地权”、“土地国有”是孙中山的土地方案。主要内容为“当改良社会经济组织，核定天下地价。其现有之地价仍归原主所有，其革命后社会改良进步之增价，则归于国家，为国民所共享”。孙中山认为这一方案的实施可以防止垄断，也能使“公家愈富”，从而促进“社会发达”。在有关资本的问题上，孙中山确认“实业主义为中国所必须”，但对大的实业如铁路、水利等则必须“皆归国有”，不能委诸个人及有独占性质之私人企业。

这里所选《在东京〈民报〉创刊周年庆祝大会上的演说》即是孙中山本人对三民主义的简要表述。

诸君：

今天诸君踊跃来此，兄弟想来，不是徒为高兴，定然有一番大用意。今天这会，是祝《民报》的纪元节。《民报》所讲的是中国民族前途的问题，诸君今天到来，一定是人人把中国民族前途的问题横在心上，要趁这会予大家研究的。兄弟想《民报》发刊以来已经一年，所讲的是三大主义：第一是民族主义，第二是民权主义，第三是民生主义。

那民族主义，却不必要什么研究才会晓得的。譬如一个人，见着父母总是认得，决不会把他当做路人，也决不会把路人当做父母；民族主义也是这样，这是从种性发出来，人人都是一样的。满洲入关，到如今已有二百六十多年，我们汉人就是小孩子，见着满人也是认得，总不会把来当做汉人。这就是民族主义的根本。

但是有最要紧一层不可不知：民族主义，并非是遇着不同族的人便要排斥他，是不许那不同族的人来夺我民族的政权。因为我汉人有政权才是有国，假如政权被不同族的人所把持，那就虽是有国，却已经不是我汉人的国了。我们想一想，现在国在那里？政权在那里？我们已经成了亡国之民了！地球上人数不过一千几百兆，我们汉人有四百兆，占了四分之一，算得地球上最大的民族，且是地球上最老最文明的民族；到了今天，却成为亡国之民，这不是大可怪的吗？那非洲杜国杜兰斯哇，今译德兰士瓦（Transvaal）。不过二十多万人，英国去灭他，尚且相争至三年之久；菲律宾岛不过数百万人，美国去灭他，尚且相持数岁；难道我们汉人，就甘心于亡国！想起我汉族亡国时代，我们祖宗是不肯服从满洲的。闭眼想想历史上我们祖宗流血成河、伏尸蔽野的光景，我们祖宗很对得住子孙，所难过的，就是我们做子孙的人。再想想亡国以后满洲政府愚民时代，我们汉人面子上从他，心里还是不愿的，所以有几回的起义。到了今日，我们汉人民族革命的风潮，一日千丈。那满洲人也倡排汉主义，他们的口头话是说他的祖宗有团结力、有武力，故此制服汉人；他们要长保这力量，以便永居人上。他们这几句话本是不错，然而还有一个最大的原因，是汉人无团体。我们汉人有了团体，这力量定比他大几千万倍，民族革命的事不怕不成功。

惟是兄弟曾听见人说，民族革命是要尽灭满洲民族，这话大错。民族革命的原故，是不甘心满洲人灭我们的国，主我们的政，定要扑灭他的政府，光复我们民族的国家。这样看来，我们并不是恨满洲人，是恨害汉人的满洲人。假如我们实行革命的时候，那满洲人不来阻害我们，决无寻仇之理。他当初灭汉族的时候，攻城破了，还要大杀十日才肯封刀，这不是人类所为，我们决不如此。惟有他来阻害我们，那就尽力惩治，不能与他并立。照现在看起来，满洲政府要实行排汉主义，谋中央集权，拿宪法做愚民的器具。他的心事，真是一天毒一天。然而他所以死命把持政权的原故，未必不是怕我汉人要剿绝他，故此骑虎难下。所以我们总要把民族革命的目的认得清楚，如果

满人始终执迷，仍然要把持政权，制驭汉族，那就汉族一日不死，一日不能坐视的！想来诸君亦同此意。

民族革命的大要如此。

至于民权主义，就是政治革命的根本。将来民族革命实行以后，现在的恶劣政治固然可以一扫而尽，却是还有那恶劣政治的根本，不可不去。中国数千年来都是君主专制政体，这种政体，不是平等自由的国民所堪受的。要去这政体，不是专靠民族革命可以成功。试想明太祖驱除蒙古，恢复中国，民族革命已经做成，他的政治却不过依然同汉、唐、宋相近。故此三百年后，复被外人侵入，这由政体不好的原故，不做政治革命是断断不行的。研究政治革命的工夫，煞费经营。至于著手的时候，却是同民族革命并行。我们推倒满洲政府，从驱除满人那一面说是民族革命，从颠覆君主政体那一面说是政治革命，并不是把来分作两次去做。讲到那政治革命的结果，是建立民主立宪政体。照现在这样的政治论起来，就算汉人为君主，也不能不革命。佛兰西今译为“法兰西”，即今日之法国。大革命及俄罗斯革命，本没有种族问题，却纯是政治问题；佛兰西民主政体，已经成立，俄罗斯虚无党也终要达这目的。中国革命之后，这种政体最为相宜，这也是人人晓得的。

惟尚有一层最要紧的话，因为凡是革命的人，如果存有一些皇帝思想，就会弄到亡国。因为中国从来当国家做私人的财产，所以凡有草昧英雄崛起，一定彼此相争，争不到手，宁可各据一方，定不相下，往往弄到分裂一二百年，还没有定局。今日中国，正是万国眈眈虎视的时候，如果革命家自己相争，四分五裂，岂不是自亡其国？近来志士都怕外人瓜分中国，兄弟的见解却是两样。外人断不能瓜分我中国，只怕中国人自己瓜分起来，那就不可救了！所以我们定要由平民革命，建国民政府。这不止是我们革命之目的，并且是我们革命的时候所万不可少的。

说到民生主义，因这里头千条万绪，成为一种科学，不是十分研究不得清楚。并且社会问题隐患在将来，不象民族、民权两问题是燃眉之急，所以少人去理会他。虽然如此，人的眼光要看得远。凡是大灾大祸没有发生的时候，要防止他是容易的；到了发生之后，要扑灭他却是极难。社会问题在欧美是积重难返，在中国却还在幼稚时代，但是将来总会发生的。到那时候收拾不来，又要弄成大革命了。革命的事情是万不得已才用，不可频频伤国民的元气。我们实行民族革命、政治革命的时候，须同时想法子改良社会经济组织，防止后来的社会革命，这真是最大的责任。

于今先说民生主义所以要发生的原故。这民生主义，是到十九世纪之下半期才盛行的，以前所以没有盛行民生主义的原因，总由于文明没有发达。文明越发达，社会问题越着紧。这个道理，狠觉费解，却可以拿浅近的事情来做譬喻。大凡文明进步，个人用体力的时候少，用天然力的时候多，那电力、汽力比起人的体力要快千倍。举

一例来说，古代一人耕田，劳身焦思，所得谷米至多不过供数人之食。近世农学发达，一人所耕，千人食之不尽，因为他不是专用手足，是借机械的力去帮助人功，自然事半功倍。故此古代重农工，因他的生产刚够人的用度，故他不得不专注重生产。近代却是两样。农工所生产的物品，不愁不足，只愁有余，故此更重商业，要将货物输出别国，好谋利益，这是欧美各国大概一样的。照这样说来，似乎欧美各国应该家给人足，乐享幸福，古代所万不能及的。然而试看各国的现象，与刚才所说正是反比例。统计上，英国财富多于前代不止数千倍，人民的贫穷甚于前代也不止数千倍，并且富者极少，贫者极多。这是人力不能与资本力相抗的缘故。古代农工诸业都是靠人力去做成，现时天然力发达，人力万万不能追及，因此农工诸业都在资本家手里。资本越大，利用天然力越厚，贫民怎能同他相争，自然弄到无立足地了。社会党所以倡民生主义，就是因贫富不均，想要设法挽救；这种人日兴月盛，遂变为一种狠繁博的科学。其中流派极多，有主张废资本家归诸国有的，有主张均分于贫民的，有主张归诸公有的，议论纷纷。凡有识见的人，皆知道社会革命，欧美是决不能免的。

这真是前车可鉴，将来中国要到这步田地，才去讲民生主义，已经迟了。这种现象，中国现在虽还没有，但我们虽或者看不见，我们子孙总看得见的。与其将来弄到无可如何，才去想大破坏，不如今日预筹个防止的法子。况且中国今日如果实行民生主义，总较欧美易得许多。因为社会问题是文明进步所致，文明程度不高，那社会问题也就不大。举一例来说，今日中国贫民，还有砍柴割禾去谋生活的，欧美却早已绝迹。因一切谋生利益尽被资本家吸收，贫民虽有力量，却无权利去做，就算得些蝇头微利，也决不能生存。故此社会党常言，文明不利于贫民，不如复古。这也是矫枉过正的话。况且文明进步是自然所致，不能逃避的。文明有善果，也有恶果，须要取那善果，避那恶果。欧美各国，善果被富人享尽，贫民反食恶果，总由少数人把持文明幸福，故成此不平等的世界。我们这回革命，不但要做国民的国家，而且要做社会的国家，这决是欧美所不能及的。

欧美为甚不能解决社会问题？因为没有解决土地问题。大凡文明进步，地价日涨。譬如英国一百年前，人数已有一千余万，本地之粮供给有余；到了今日，人数不过加三倍，粮米已不够二月之用，民食专靠外国之粟。故英国要注重海军，保护海权，防粮运不继。因英国富人把耕地改做牧地，或变猎场，所获较丰，且征收容易，故农业渐废，并非土地不足。贫民无田可耕，都靠做工糊口，工业却全归资本家所握，工厂偶然停歇，贫民立时饥饿。只就伦敦一城算计，每年冬间工人失业的常有六七十万人，全国更可知。英国大地主威斯敏士打公爵有封地在伦敦西偏，后来因扩张伦敦城，把那地统圈进去，他一家的地租占伦敦地租四分之一，富与国家相等。贫富不均竟到这地步，“平等”二字已成口头空话了！

大凡社会现象，总不能全听其自然，好象树木由他自然生长，定然支蔓，社会问题也是如此。中国现在资本家还没有出世，所以几千年地价从来没有加增，这是与各国不同的。但是革命之后，却不能照前一样。比方现在香港、上海地价比内地高至数百倍，因为文明发达，交通便利，故此涨到这样。假如他日全国改良，那地价一定是跟着文明日日涨高的。到那时候，以前值一万银子的地，必涨至数十万、数百万。上海五十年前，黄浦滩边的地本无甚价值，近来竟加至每亩百数十万元，这就是最显明的证据了。就这样看来，将来富者日富，贫者日贫，十年之后，社会问题便一天紧似一天了。这种流弊，想也是人人知道的，不过眼前还没有这现象，所以容易忽略过去。然而眼前忽略，到日后却不可收拾。故此，今日要筹个解决的法子，这是我们同志应该留意的。

闻得有人说，民生主义是要杀四万万人之半，夺富人之田为己有；这是他未知其中道理，随口说去，那不必去管他。解决的法子，社会学者所见不一，兄弟所最信的是定地价的法。比方地主有地价值一千元，可定价为一千，或多至二千；就算那地将来因交通发家。价涨至一万，地主应得二千，已属有益无损；赢利八千，当归国有，这于国计民生，皆有大益。少数富人把持垄断的弊窦自然永绝，这是最简便易行之法。欧美各国地价已涨至极点，就算要定地价，苦于没有标准，故此难行。至于地价未涨的地方，恰好急行此法，所以德国在胶州湾、荷兰在爪哇已有实效。中国内地文明没有进步，地价没有增长，倘若仿行起来，一定容易。兄弟刚才所说社会革命，在外国难，在中国易，就是为此。行了这法之后，文明越进，国家越富，一切财政问题断不至难办。现今苛捐尽数蠲除，物价也渐便宜了，人民也渐富足了。把几千年捐输的弊政永远断绝，漫说中国从前所没有，就欧美日本虽说富强，究竟人民负担租税未免太重。中国行了社会革命之后，私人永远不用纳税，但收地租一项，已成地球上最富的国。这社会的国家，决非他国所能及的。我们做事，要在人前，不要落人后，这社会革命的事业，定为文明各国将来所取法的了。

总之，我们革命的目的，是为众生谋幸福，因不愿少数满洲人专利，故要民族革命；不愿君主一人专利，故要政治革命；不愿少数富人专利，故要社会革命。这三样有一样做不到，也不是我们的本意。达了这三样目的之后，我们中国当成为至完美的国家。

尚有一问题，我们应要研究的，就是将来中华民国的宪法。“宪法”二字，近时人人乐道，便是满洲政府也晓得派些奴才出洋考察政治，弄些预备立宪的上谕，自惊自扰。那中华民国的宪法，更是要讲求的，不用说了。兄弟历观各国的宪法，有文宪法是美国最好，无文宪法是英国最好。英是不能学的，美是不必学的。英的宪法所谓三权分立，行政权、立法权、裁判权各不相统，这是从六七百年前由渐而生，成了习惯，

但界限还没有清楚。后来法国孟德斯鸠将英国制度作为根本，参合自己的理想，成为一家之学。美国宪法又将孟氏学说作为根本，把那三权界限更分得清楚，在一百年前算是最完美的了。一百二十年以来，虽数次修改，那大体仍然是未变的。但是这百余年间，美国文明日日进步，土地财产也是增加不已，当时的宪法现在已经是不适用的了。兄弟的意思，将来中华民国的宪法是要创一种新主义，叫做“五权分立”。

那五权除刚才所说三权之外，尚有两权。一是考选权。平等自由原是国民的权利，但官吏却是国民公仆。美国官吏有由选举得来的，有由委任得来的。从前本无考试的制度，所以无论是选举、是委任，皆有狠大的流弊。就选举上说，那些略有口才的人，便去巴结国民，运动选举；那些学问思想高尚的人，反都因讷于口才，没有人去物色他。所以美国代表院中，往往有愚蠢无知的人夹杂在内，那历史实在可笑。就委任上说，凡是委任官都是跟着大统领进退。美国共和党、民主党向来是迭相兴废，遇着换了大统领，由内阁至邮政局长不下六七万人，同时俱换。所以美国政治腐败散漫，是各国所没有的。这样看来，都是考选制度不发达的原故。考选本是中国始创的，可惜那制度不好，却被外国学去，改良之后成了美制。英国首先仿行考选制度，美国也渐取法，大凡下级官吏，必要考试合格，方得委任。自从行了此制，美国政治方有起色。但是他只能用于下级官吏，并且考选之权仍然在行政部之下，虽少有补救，也是不完全的。所以将来中华民国宪法，必要设独立机关，专掌考选权。大小官吏必须考试，定了他的资格，无论那官吏是由选举的抑或由委任的，必须合格之人，方得有效。这法可以除却盲从滥举及任用私人的流弊。中国向来铨选，最重资格，这本是美意，但是在君主专制国中，黜陟人才悉凭君主一人的喜怒，所以虽讲资格，也是虚文。至于社会共和的政体，这资格的法子正是合用。因为那官吏不是君主的私人，是国民的公仆，必须十分称职，方可任用。但是这考选权如果属于行政部，那权限未免太广，流弊反多，所以必须成了独立机关才得妥当。

一为纠察权，专管监督弹劾的事。这机关是无论何国皆必有的，其理为人所易晓。但是中华民国宪法，这机关定要独立。中国从古以来，本有御史台主持风宪，然亦不过君主的奴仆，没有中用的道理。就是现在立宪各国，没有不是立法机关兼有监督的权限，那权限虽然有强有弱，总是不能独立，因此生出无数弊病。比方美国纠察权归议院掌握，往往擅用此权，挟制行政机关，使他不得不頫首总命，因此常常成为议院专制；除非有雄才大略的大总统，如林肯、麦坚尼今译麦金莱（W. Mckinley），美国第25任总统。、罗斯威今译罗斯福（T. Roosevelt），按：此指西奥多·罗斯福，美国第26任总统。等，才能达行政独立之目的。况且照正理上说，裁判人民的机关已经独立，裁判官吏的机关却仍在别的机关之下，这也是论理上说不去的，故此这机关也要独立。

合上四权，共成为五权分立。这不但是各国制度上所未有，便是学说上也不多见，可谓破天荒的政体。兄弟如今发明这基础，至于那详细的条理，完全的结构，要望大众同志尽力研究，匡所不逮，以成将来中华民国的宪法。这便是民族的国家，国民的国家，社会的国家皆得完全无缺的治理。这是我汉族四万万人最大的幸福了。想诸君必肯担任，共成此举，是兄弟所最希望的。

教育独立议

蔡元培

蔡元培（1868—1940 年），字鹤卿、孑民，号孑农，绍兴山阴人。少年时曾在绍兴古越藏书楼校书，得以博览群书。光绪十八年为进士，授翰林院庶吉士，二十年补翰林院编修。甲午战争后，开始接触西学，同情维新。二十四年九月返绍兴，任绍兴中西学堂监督，提倡新学。二十七年七月奔赴上海，出任南洋公学教习。二十八年与蒋观云等组织中国教育会，任事务长。同年夏游历日本，回国后在上海创设爱国女校及爱国学社，任总理，以《晨报》为阵地，提倡民权，宣传排满革命。三十年冬与陶成章、龚宝铨等在上海建立光复会，被推为会长，次年加入同盟会。三十年赴德意志留学。

民国元年（1912 年），蔡元培任南京临时政府教育总长，主张采用西方教育制度，废止祀孔读经，实行男女同校等改革措施，确立起我国资产阶级民主教育体制。二次革命失败后，携眷赴法，与李石曾等创办留法勤工俭学会。

民国五年，蔡元培回国任北京大学校长，支持新文化运动，提倡学术研究，主张“思想自由，兼容并包”，实行教授治校。民国十六年后担任国民政府常务委员、大学院院长、中央研究院院长等职。

民国二十九年 3 月 5 日，蔡元培在香港病逝。教育部诔词称他“当中西文化交接之际，先生应运而生，集中西文化于一身；其量足以容之！其德足以化之！其学足以当之！其才足以择之！呜呼！此先生所以成一代大师欤！”周恩来所送挽联曰：“从排满到抗日战争，先生之志在民族革命；从‘五·四’到人权同盟，先生之行在民主自由。”毛泽东特发唁电：“学界泰斗，人世楷模”。

蔡元培是 20 世纪初中国资本主义教育制度的创始者。他明确提出废止忠君、尊孔、尚公、尚武、尚实的旧时教育宗旨。倡导以军国民教育、实利主义教育为急务，以道德教育为中心，以世界观教育为终极目的，以美育为桥梁的资产阶级民主主义的教育方针，初步建立了资产阶级的新教育体制。任北京大学校长时，提出大学的性质在于研究高深学问。他提倡学术自由，科学民主。主张学与术分校，文与理通科。将

“学年制”改为“学分制”，实行“选科制”，积极改进教学方法，精简课程，力主自学，校内实行学生自治，教授治校。他的这些主张和措施，在北京大学推行之后，影响全国，以至有人称他为自由主义教育家。

这里所选《教育独立议》一文，发表于1922年，在当时乃至后来的教育界、思想界曾有过广泛的影响。而其宗旨，则如作者标题所言，是要把教育的独立（即超然于政治、政党、宗教的狭隘利益）作为发展教育的首要条件。在作者看来，只有这样，才能为教育创造必要的宽松环境、自由气氛和“兼容并包”的精神，使教育得以摆脱政治需要、党派利益、宗教偏见等等因素的影响。这是他对西方现代教育精神的合理采纳，也是他在当时政治条件下为开创现代教育所能作出的最好选择。这一做法，不仅对“五四”以来的新文化运动产生了直接、间接的有益影响，也为此后中国教育的发展奠定了一个良好的基础。

教育是帮助被教育的人，给他能发展自己的能力，完成他的人格，于人类文化上能尽一分子的责任；不是把被教育的人，造成一种特别器具，给抱有他种目的的人去应用的。所以，教育事业当完全交与教育家，保有独立的资格，毫不受各派政党或各派教会的影响。

教育是要个性与群性平均发达的。政党是要制造一种特别的群性，抹杀个性。例如，鼓励人民亲善某国，仇视某国；或用甲民族的文化，去同化乙民族。今日的政党，往往有此等政策，若参入教育，便是大害。教育是求远效的；政党的政策是求近功的。中国古书说：“一年之计树谷；十年之计树木；百年之计树人。”可见教育的成效，不是一时能达到的。政党不能常握政权，往往不出数年，便要更迭。若把教育权也交与政党，两党更迭的时候，教育方针也要跟着改变，教育就没有成效了。所以，教育事业不可不超然于各派政党以外。

教育是进步的：凡有学术，总是后胜于前，因为后人凭着前人的成绩，更加一番功夫，自然更进一步。教会是保守的：无论什么样尊重科学，一到《圣经》的成语，便绝对不许批评，便是加了一个限制。教育是公同的：英国的学生，可以读阿拉伯人所作的文学；印度的学生，可以用德国人所造的仪器，都没有什么界限。教会是差别的：基督教与回教不同；回教又与佛教不同。不但这样，基督教里面，天主教与耶稣教又不同。不但这样，耶稣教里面，又有长老会、浸礼会、美以美会……等等派别的不同。彼此谁真谁伪，永远没有定论。只好让成年的人自由选择，所以各国宪法中，都有“信仰自由”一条。若是把教育权交与教会，便恐不能绝对自由。所以，教育事业不可不超然于各派教会以外。

但是，什么样可以实行超然的教育呢？鄙人拟一个办法如下：

分全国为若干大学区，每区立一大学；凡中等以上各种专门学术，都可以设在大学里面，一区以内的中小学校教育，与学校以外的社会教育，如通信教授、演讲团、体育会、图书馆、博物院、音乐、演剧、影戏……与其他成年教育、盲哑教育等等，都由大学办理。

大学的事务，都由大学教授所组织的教育委员会主持。大学校长，也由委员会举出。

由各大学校长，组织高等教育会议，办理各大学区互相联系的事务。

教育部，专办理高等教育会议所议决事务之有关系于中央政府者，及其他全国教育统计与报告等事，不得干涉各大学区事务。教育总长必经高等教育会议承认，不受政党内阁更迭的影响。

大学中不必设神学科，但于哲学科中设宗教史、比较宗教学等。

各学校中，均不得有宣传教义的课程，不得举行祈祷式。

以传教为业的人，不必参与教育事业。

各区教育经费，都从本区中抽税充用。较为贫乏的区，经高等教育会议议决后，得由中央政府拨国家税补助。

［注］

分大学区与大学兼办中小学校的事，用法国制。

大学可包括各种专门学术，不必如法、德等国别设高等专门学校，用美国制。

大学兼任社会教育，用美国制。

大学校长，由教授公举，用德国制。

大学不设神学科，学校不得宣传教义与教士不得参与教育，均用法国制。瑞士亦已提议。

抽教育税，用美国制。

与妻书

林觉民

林觉民（1886—1911），字意洞，福建闽侯县（今福州市）人。他生处清朝末年，少年时即受到民主革命的思想影响。后到日本留学，学习文学与哲学，遂参加了民主革命的活动。1911 年广州起义前夕，由日本返抵香港，进行策划。同年三月二十九日参加广州起义，受伤被捕，英勇就义，是黄花岗七十二烈士之一。

意映卿卿如晤[①]：吾今以此书与汝永别矣！吾作此书时，尚是世中一人；汝看此书时，吾已成为阴间一鬼。吾作此书，泪珠和笔墨齐下，不能竟书而欲搁笔[②]，又恐汝不察吾衷[③]，谓吾忍舍汝而死[④]，谓吾不知汝之不欲吾死也，故遂忍悲为汝言之。

吾至爱汝，即此爱汝一念，使吾勇于就死也。吾自遇汝以来，常愿天下有情人都成眷属[⑤]；然遍地腥云，满街狼犬[⑥]，称心快意，几家能彀[⑦]？司马春衫[⑧]，吾不能学太上之忘情也[⑨]。语云[⑩]：仁者“老吾老以及人之老；幼吾幼以及人之幼[⑪]。”

吾充吾爱汝之心[⑫]，助天下人爱其所爱，所以敢先汝而死，不顾汝也。汝体吾此心[⑬]，于啼泣之余，亦以天下人为念，当亦乐牺牲吾身与汝身之福利，为天下人谋永福也。汝其勿悲！

汝忆否？四五年前某夕，吾尝语曰：“与使吾先死也，无宁汝先吾而死。”汝初闻言而怒，后经吾婉解[⑭]，虽不谓吾言为是，而亦无词相答。吾之意盖谓以汝之弱，必不能禁失吾之悲，吾先死留苦与汝，吾心不忍，故宁请汝先死，吾担悲也。嗟夫！谁知吾卒先汝而死乎[⑮]？吾真真不能忘汝也。回忆后街之屋，入门穿廊，过前后厅，又三四折，有小厅，厅旁一室，为吾与汝双栖之所[⑯]。初婚三四个月，适冬之望日前后[⑰]，窗外疏梅筛月影，依稀掩映，吾与（汝）并肩携手[⑱]，低低切切，何事不语？何情不诉？

---

① 意映：作者妻子的名字。卿卿：旧时夫妻之间的爱称。如晤：旧式书信用语，有见字如见面的意思。

② 竟：终，完成。

③ 衷：心情。

④ 忍：忍心。

⑤ 眷属：指夫妻。

⑥“遍地腥云”二句：比喻清朝血腥残酷的统治。

⑦ 彀：通“够”。

⑧ 司马春衫：应为“青衫”。唐代诗人白居易《琵琶行》有“座中泣下谁最多，江州司马青衫湿”之句，后世常用司马青衫比喻极度悲伤的心情。

⑨ 太上之忘情：太上，指境界至高的圣人。语出《世说新语·伤逝》：“圣人忘情，最下不及情，情之所钟，正在我辈。”

⑩ 语云：古语说。

⑪“老吾老”二句：语出《孟子·梁惠王上》。意谓敬爱我的长辈以及于别人的长辈，怜爱我的幼辈以及于别人的幼辈，即推己及人。

⑫ 充：扩充。

⑬ 体：体察，理解。

⑭ 婉解：婉言解释。

⑮ 卒：最终，究竟。

⑯ 双栖：指夫妻同宿共处。

⑰ 望日：农历每月十五日。

⑱“汝”字原缺，据文意补。

及今思之，空余泪痕。又回忆六七年前，吾之逃家复归也，汝泣告我：“望今后有远行，必以告妾，妾愿随君行”。吾亦既许汝矣。前十余日回家，即欲乘便以此行之事语汝，及与汝相对，又不能启口，且以汝之有身也①，更恐不胜悲，故惟日日呼酒买醉。嗟夫！当时余心之悲，盖不能以寸管形容之②。

吾诚愿与汝相守以死。第以今日事势观之③，天灾可以死，盗贼可以死，瓜分之日可以死，奸官污吏虐民可以死，吾辈处今日之中国，国中无地无时不可以死，到那时使吾眼睁睁看汝死，或使汝眼睁睁看我死，吾能之乎？抑汝能之乎④？即可不死，而离散不相见，徒使两地眼成穿而骨化石⑤，试问古来几曾见破镜能重圆⑥？则较死为苦也⑦，将奈之何？今日吾与汝幸双健。天下人不当死而死与不愿离而离者，不可数计，钟情如我辈者，能忍之乎？此吾所以敢率性就死不顾汝也。吾今死无余憾，国事成不成，自有同志者在。依新已五岁⑧，转眼成人，汝其善抚之，使之肖我⑨。汝腹中之物，吾疑其女也，女必像汝，吾心甚慰。或又是男，则亦教其以父志为志，则我死后尚有二意洞在也。甚幸，甚幸！吾家后日当甚贫，贫无所苦，清静过日而已。

吾今与汝无言矣。吾居九泉之下遥闻汝哭声⑩，当哭相和也。吾平日不信有鬼，今则又望其真有。今人又言心电感应有道⑪，吾亦望其言是实，则吾之死，吾灵尚依依旁汝也，汝不必以无侣悲。

吾平生未尝以吾所志语汝，是吾不是处；然语之，又恐汝日日为吾担忧。吾牺牲百死而不辞，而使汝担忧，的的非吾所忍⑫。吾爱汝至，所以为汝谋者惟恐未尽。汝幸而偶我，又何不幸而生今日之中国！吾幸而得汝，又何不幸而生今日之中国！卒不忍

① 有身：怀孕。

② 寸管：代，称笔。

③ 第：只。

④ 抑：还是，或者。

⑤ 传说有妻子思念外出的丈夫，天天登山眺望，盼他回来，风雨无阻，久之而化为石头，人称“望夫石”。后常以化石喻人的精诚所至。

⑥ 破镜能重圆：陈朝破没前夕，徐德言知夫妻离散不可避免，便将一面镜子打破，与妻子乐昌公主各持一半，相约正月十五日在市上出卖，以便相寻，隋灭陈后，徐德言辗转来到京城长安，果然遇见一老仆人在出卖半片镜子。他拿出自己的一半与之相对，正好吻合，便在镜面上提了一首诗。乐昌公主此时被杨素所得，见到重合的破镜和题诗，悲痛不已。杨素知道，便召徐德言来，还回他的妻子。后世就以“破镜重圆”比喻夫妻分离后重聚。

⑦ 较死为苦：比死还要痛苦。

⑧ 依新：作者的长子。

⑨ 肖：像。

⑩ 九泉之下：指地下。

⑪ 心电感应：一种说法，谓人死后心灵还有知觉，可以和生者的精神、感情相通相应。道：术，方法。

⑫ 的的：明白。

独善其身。嗟夫！巾短情长，所未尽者，尚有万千，汝可以模拟得之[1]。吾今不能见汝矣！汝不能舍吾，其时时于梦中得我乎！一恸！辛未三月廿六夜四鼓[2]，意洞手书。

家中诸母皆通文[3]，有不解处，望请其指教，当尽吾意为幸。

译文

意映爱妻，见字如面：我现在用这封信跟你永远分别了！我写这封信时，还是人世间的一个人；你看这封信时，我已经成为阴间一鬼了。我写这封信，泪珠和笔墨一齐落下，不能够写完信就想放下笔，又怕你不了解我的心思，说我忍心抛弃你去死，说我不知道你不想让我死，所以就强忍着悲痛给你说这些话。

我非常爱你，也就是爱你的这一意念，促使我勇敢地去死呀。我自从结识你以来，常希望天下的有情人都能结为夫妇；然而遍地血腥阴云，满街凶狼恶犬，有几家能称心如意呢？江州司马同情琵琶女的遭遇而泪湿青衫，我不能学习那种思想境界高的圣人而忘掉感情啊。古语说：仁爱的人“尊敬自己的老人，从而推及尊敬别人的老人；爱护自己的儿女，从而推及爱护别人的儿女”。我扩充我爱你的心情，帮助天下人爱他们所爱的人，所以我才敢在你之前死而不顾你呀。你能体谅我这种心情，在哭泣之后，也把天下的人作为自己思念的人，应该也乐意牺牲我一生和你一生的福利，替天下人谋求永久的幸福了。你不要悲伤啊！

你还记得吗？四五年前的一个晚上，我曾经对你说：“与其让我先死，不如让你先死。”你刚听这话时很生气，后来经过我委婉的解释，你虽然不说我的话是对的，但也无话可答。我的意思是说凭你的瘦弱身体，一定经受不住失去我的悲痛，我先死，把痛苦留给你，我内心不忍，所以宁愿希望你先死，让我来承担悲痛吧。唉！谁知道我终究比你先死呢？我实在是不能忘记你啊！回忆后街我们的家，进入大门，穿过走廊，经过前厅和后厅，又转三四个弯，有一个小厅，小厅旁有一间房，那是我和你共同居住的地方。刚结婚三四个月，正赶上冬月十五日前后，窗外稀疏的梅枝筛下月影遮掩映衬；我和你并肩携手，低声私语，什么事不说？什么感情不倾诉呢？到现在回想起当时的情景，只剩下泪痕。又回忆起六七年前，我背着家里人出走又回到家时，你小声哭着告诉我：“希望今后要远走，一定把这事告诉我，我愿随着你远行。”我也已经答应你了。十几天前回家，就想顺便把这次远行的事告诉你，等到跟你面对时，又开不了口了，况且因你怀孕了，更怕你不能承受悲伤，所以只天天用酒求得一醉。唉！当时我内心的悲痛，是不能用笔墨来形容的。

我确实愿意和你相依为命直到老死，但根据现在的局势来看，天灾可以使人死亡，

---

① 模拟：推想。

② 辛未：原文如此。应为辛亥，当是作者一时笔误。廿六：二十六日。

③ 诸母：指伯母、叔母等。

盗贼可以使人死亡，列强瓜分中国的时候可以使人死亡，贪官污吏虐待百姓可以使人死亡，我们这辈人生在今天的中国，国内无时无地不可以使人死亡。到那时让我眼睁睁看你死，或者让你眼睁睁看我死，是我能够这样做呢，还是你能这样做呢？即使能不死，但是夫妻离别分散不能相见，白白地使我们两地双眼望穿，尸骨化为石头，试问自古以来什么时候曾见过破镜能重圆的？那么这种离散比死要痛苦啊，这将怎么办呢？今天我和你幸好双双健在，天下的不应当死却死了和不愿意分离却分离了的人，不能用数字来计算，像我们这样爱情专一的人，能忍受这种事情吗？这是我敢于索性去死而不顾你的缘故啊！我现在死去没有什么遗憾，国家大事成功与不成功自有同志们在继续奋斗。依新已经五岁了，转眼之间就要长大成人了，希望你好好地抚养他，使他像我。你腹中的胎儿，我猜她是个女孩，是女孩一定像你，我心里非常欣慰。或许又是个男孩，你就教育他以父亲的志向为志向，那么我死后还有两个意洞在呀。太高兴了！我们家以后的生活应该会很贫困，但贫困没有什么痛苦，清清静静过日子罢了。

我现在跟你再没有什么话说了。我在九泉之下远远地听到你的哭声，应当也用哭声相应和。我平时不相信有鬼，现在却又希望它真有。现在又有人说心电感应有道，我也希望这话是真的。那么我死了，我的灵魂还能依依不舍地陪伴着你，你不必因为失去伴侣而悲伤了。

我平素不曾把我的志向告诉你，这是我不对的地方；可是告诉你，又怕你天天为我担忧。我为国牺牲，死一百次也不推辞，可是让你担忧，的确不是我能忍受的。我爱你到了极点，所以替你打算的事情只怕不周全。你有幸嫁给了我，可又如此不幸生在今天的中国！我有幸娶到你，可又如此不幸生在今天的中国！我终究不忍心只完善自己。唉！方巾短小情义深长，没有写完的心里话，还有成千上万，你可以凭方巾领会没写完的话。我现在不能见到你了，你又不能忘掉我，大概你会在梦中梦到我吧！写到这里太悲痛了！辛未年三月二十六日深夜四更，意洞亲笔写。

家中各位伯母、叔母都通晓文字，有不理解的地方，可以请她们指教。能够完全理解我的心意最好。

《国学丛刊》序

王国维

王国维（1877—1927），字静安，号观堂，浙江海宁人。近代中国著名学者，杰出的古文字学家、古器物学家、古史地学家，诗人、文艺理论学家、哲学家。

王国维少年时代心悦《汉书》等历史著作，不喜举子业和《十三经注疏》，但十八岁之前所接受的仍是传统的旧式教育。甲午战争后，“始知世尚有所谓新学者”（《静安文集·自序》）。二十二岁起，至上海《时务报》馆会书记校。利用公余，他到罗振玉办的“东文学社”学习外语，并在罗振玉资助下于1901年赴日本留学。次年因病辍学回国，读康德（王国维著作中译为“汗德”）哲学而爱之，又转而研读叔本华哲学。后觉得哲学“可爱者不可信，可信者不可爱”（《静安文集·自序》），便从哲学转向文学、史学、考古学和金石学、音韵学等方面。在此期间，曾任北京大学研究所国学门通信导师、清华研究院教授等。1922年在溥仪的紫禁城小朝廷内当五品官“南书房行走”，并得到了“食五品俸”“赐紫禁城骑马”的封赏。1927年国民革命军北上时，王国维留下“经此世变，义难再辱”的遗书，投颐和园昆明湖自尽。

王国维早年受康德、叔本华哲学的影响，在《静安文集·自序》中说：“余之研究哲学，始于辛壬之间，癸卯春始读汗德之纯理批评，苦其全不可解，读几半而辍，嗣读叔本华之书而大好之。自癸卯之夏，以至甲辰之冬，皆与叔本华为伴侣之时代也。其所尤惬心者，则叔本华之知识论，汗德之说，得因之以上窥。然于其人生哲学，观其观察之精锐，与议论之犀利，亦未尝不心怡神释也。”此后他又重读了康德的哲学、伦理学以及美学著作。1904、1905这两年间，他先后撰写了《论性》《释理》《原命》《论叔本华之哲学及其教育学说》《叔本华与尼采》等哲学论文，全面介绍叔本华与康德的宇宙观、知识论和伦理观、美学观，特别是对“性”“理”这两个中国古代哲学中长期争论不休的基本问题，做了批判分析。他用康德的理论来解释“性”，认为性超乎人的知觉之外，只有超经验的性是真性，而真性又是不可知的。他用叔本华的充足理由律给“理”下了这样的定义：广义上的理，即理由，以宋代学者陈淳的“理有确然不易底意”来作证明；狭义上的“理”，即理性，是从直观概念中制造出来的抽象概念。王国维认为，无论广义之理还是狭义之理，都“不存在于直观之世界，而惟寄生于广漠暗昧之概念中”（《静庵文集·释理》）。在“命”的问题上，他接受叔本华因果律存在于自然界和人的意志中的观点，认为没有什么自由意志，意志受动机支配，意志是不自由的。

王国维又是中国近代美学和文学批评的开创者之一。他把康德和叔本华的美学观点与中国传统美学思想结合起来，运用对中国古典小说、诗词和戏曲的研究上，取得了斐然可观的成绩。他的美学思想由“游戏说”“天才说”“古雅说”“境界说”构成，而“境界说”则是其中的精华。他在《人间词话》中提出美学理论，认为境界包括自然景物与人的思想感情以及二者的融合；词的高下以有无境界为衡量标准；能写真景物真感情者，谓之有境界，否则谓之无境界；境界可分“有我之境”，其特点是“以我观物”；“无我之境”，其特点是“以物观物”；在艺术创作方面，又有“造境”与“写境”，即“理想”与“写实”的区分，对中国近现代美学和文学理论有着重要的影响。

王国维在古文字、古器物、古史地方面的治学方法，继承了清代乾嘉学派重考据的传统，也汲取了西文实证科学的精神。首先，与前人不同，他治学善于运用比较法，熔古今中西于一炉。一取地下之实物与纸上之遗文，互相释证；二取异族之故书与吾国之旧籍，互相补正；三取外来之观念与固有之材料，互相参证（参看陈寅恪《〈王静安先生遗书〉序》）。王国维研究甲骨文、上古史，是拿地下实物与文字记载互相释证；研究边疆地理，辽、金、元史，是拿中外古籍进行互相补正；写《殷周制度论》《红楼梦评论》《宋元戏曲考》《人间词话》这些著作，则是把西方传来的观念同中国传统的思想互相参证。这比起乾嘉学派的学者来，视野确实要宽广得许多。

王国维一生著述宏富，著作达六十种之多，大部分收入《海宁王静安先生遗书》中。这里所选《〈国学丛刊〉序》，集中表达了他主张学术自由、学术独立，不受时事政治影响，不成为非学术活动之工具的主张，在当时知识界有很大影响，更被后人视为代表了中国现代学术独立意识的确立。

学之义不明于天下久矣。今之言学者，有新旧之争，有中西之争，有有用之学与无用之学之争。

余正告天下曰：学无新旧也，无中西也，无有用无用也。凡立此名者，均不学之徒。即学焉，而未尝知学者也。

学之义广矣。古人所谓学，兼知行言之。今专以知言，则学有三大类：曰科学也，史学也，文学也。凡记述事物，而求其原因，定其理法者，谓之科学；求事物变迁之迹，而明其因果者，谓之史学；至出入二者间，而兼有玩物适情之效者，谓之文学。然各科学，有各科学之沿革。而史学又有史学之科学（如刘知几《史通》之类）。若夫文学，则有文学之学（如《文心雕龙》之类）焉，有文学之史（如各史文苑传）焉。

而科学、史学之杰作，亦即文学之杰作。故三者非斠[①]然有疆界，而学术之蕃变，书籍之浩瀚，得以此三者括之焉。

凡事物必尽其真，而道理必求其是，此科学之所有事也。而欲求知识之真，与道理之是者，不可不知事物道理之所以存在之由与其变迁之故，此史学之所有事也。若夫知识、道理之不能表以议论，而但可表以情感者，与夫不能求诸实地，而但可求诸想象者，此则文学之所有事。古今东西之为学，均不能出此三者。惟一国之民，性质有所毗[②]，境遇有所限，故或长于此学而短于彼学。承学之子，资力有偏颇，岁月有涯

① 斠（jiào）：通“皎”，明显。

② 毗（bǐ）：邻接。

涘[1]，故不能不主此学而从彼学。且于一学之中，又择其一部而从事焉。此不独治一学当如是，自学问之性质言之，亦固宜然。然为一学，无不有待于一切他学，亦无不有造于一切他学。故是丹而非素，主入而奴出[2]，昔之学者或有之，今日之真知学、真为学者，可信其无是也。

夫然，故吾所谓学无新旧，无中西，无有用、无用之说，可得而详焉。何以言学无新旧也？夫天下之事物，自科学上观之与自史学上观之，其立论各不同。自科学上观之，则事物必尽其真，而道理必求其是。凡吾智之不能通而吾心之所不能安者，虽圣贤言之有所不信焉。虽圣贤行之有所不慊焉。何则？圣贤所以别真伪也，真伪非由圣贤出也。所以明是非也，是非非由圣贤立也。自史学上观之，则不独事理之真与是者，足资研究而已，即今日所视为不真之学说，不是之制度风俗，必有所以成立之由，与其所以适于一时之故。其因存于邃古，而其果及于方来，故材料之足资参考者，虽至纤悉不敢弃焉。故物理学之历史，谬说居其半焉。哲学之历史，空想居其半焉。制度、风俗之历史，弁髦[3]居其半焉。而史学家弗弃也。此二学之异也。然治科学者，必有待于史学上之材料。而治史学者，亦不可无科学上之知识。今之君子，非一切蔑古，即一切尚古。蔑古者，出于科学上之见地，而不知有史学。尚古者，出于史学上之见地，而不知有科学。即为调停之说者，亦未能知取舍之所以然，此所以有古今新旧之说也。

何以言学无中西也？世界学问，不出科学、史学、文学。故中国之学，西国类皆有之。西国之学，我国亦类皆有之。所异者，广狭疏密耳。即从俗说而姑存中学、西学之名，则夫虑西学之盛之妨中学，与虑中学之盛之妨西学者，均不根之说也。中国今日，实无学之患，而非中学、西学偏重之患。京师号学问渊薮，而通达诚笃之旧学家，屈十指以计之，不能满也。其治西学者，不过为羔雁禽犊[4]之资，其能贯串精博，终身以之如旧学家者，更难举其一二。

风会否塞，习尚荒落，非一日矣。余谓中、西二学，盛则俱盛，衰则俱衰。风气既开，互相推助。且居今日之世，讲今日之学，未有西学不兴，而中学能兴者；亦未有中学不兴，而西学能兴者。特余所谓中学，非世之君子所谓中学；所谓西学，非今日学校所授之西学而已。治《毛诗》、《尔雅》者，不能不通天文博物诸学；而治博物学者，苟质以《诗》、《骚》草木之名状而不知焉，则于此学固未为善。必如西人之推

---

① 涯、涘（sì）：本意均指水边，后引申为边际。

② 主入奴出：源于成语“入主出奴”，意思是崇信了一种学说，就必然排斥另一种学说；把前者奉为主人，把后者当作奴仆。出自韩愈《原道》：“入于彼，必出于此；入者主之，出者奴之。”

③ 弁（biàn）髦：无用的东西。弁：黑布帽。髦：童子的垂发。古代贵族子弟成年后行加冠礼，先用黑布帽把垂发束好，三次加冠后就去掉黑布帽，不再用，后世便用弁髦指无用的东西。

④ 羔雁禽犊：古代卿大夫相见时互赠的礼品。

算日食，证梁虞劇、唐一行之说，以明《竹书纪年》之非伪，由《大唐西域记》以发见释迦之支墓，斯为得矣。故一学既兴，他学自从之，此由学问之事，本无中西，彼鳃鳃焉[①]虑二者之不能并立者，真不知世间有学问事者矣！

顾新旧中西之争，世之通人率知其不然，惟有用无用之论，则比前二说为有力。余谓凡学皆无用也，皆有用也。欧洲近世农、工、商业之进步，固由于物理、化学之兴。然物理、化学高深普遍之部，与蒸气、电信有何关系乎？动植物之学，所关于树艺、畜牧者几何？天文之学，所关于航海、授时者几何？心理社会之学，其得应用于政治教育者亦甚少。以科学而犹若是，而况于史学、文学乎？

然自他面言之，则一切艺术，悉由一切学问出。古人所谓不学无术，非虚语也。夫天下之事物，非由全不足以知曲，非致曲不足以知全。虽一物之解释，一事之决断，非深知宇宙人生之真相者，不能为也。而欲知宇宙、人生者，虽宇宙中之一现象，历史上之一事实，亦未始无所贡献。故深湛幽渺之思，学者有所不避焉；迂远繁琐之讥，学者有所不辞焉。事物无大小，无远近，苟思之得其真，纪之得其实，极其会归，皆有裨于人类之生存福祉。己不竟其绪，他人当能竟之；今不获其用，后世当能用之。此非苟且玩愒[②]之徒所与知也。学问之所以为古今中西所崇敬者，实由于此。凡生民之先觉，政治教育之指导，利用厚生之渊源，胥由此出，非徒一国之名誉与光辉而已。世之君子可谓知有用之用，而不知无用之用者矣。

以上三说，其理至浅，其事至明，此在他国所不必言，而世之君子犹或疑之，不意至今日而犹使余为此哓哓也。

适同人将刊行国学杂志，敢以此言序其端。此志之刊，虽以中学为主，然不敢蹈世人之争论，此则同人所自信，而亦不能不自白于天下者也。

译文

世人不明白学术的真义已经有很长时间了。今天的人谈论学术，总是喜欢在新学旧学、中学西学、有用之学与无用之学等问题上争来争去。

我想正告这些人：学术根本没有什么新旧之分、中西之分、有用无用之分。所有在这些名词上争来争去的人，都是些不学之徒。即使稍微读过些书，也并不真正懂得学术的真谛。

学术有很广的意思。古人所说的学，包括了“知”和“行”。现在专就“知”而言，则不外乎三大类，即科学、史学、文学。凡是记述事物，求其原因，发现和确定其道理规律的，叫作科学；凡是描述事物之演变，而阐明其间的原因与结果的，叫作史学；至于出入这二者之间，而兼有玩物适情之效者，则称之为文学。科学之中，各

---

① 鳃鳃焉：形容恐惧的样子。

② 愒（kǎi）：荒废的意思。《左传昭公元年》：“玩岁而愒日。”意为荒废时日、一事无成。

门不同的科学各有自己的继承和创新；而史学又有史学的科学（如刘知几的《史通》之类）。至于文学，则有研究文学的学问（如《文心雕龙》之类），有研究文学历史的学问（如二十四史的文苑传）。

而科学、史学中的杰作，也就是文学的杰作。所以三者并没有判然分明的界限，而学术之衍变，书籍之浩瀚，都可以包括在这三者之中。

对一切事物，都非得弄清其真相；对一切道理，都必须弄清其真谛——这是科学所致力的目标。而要追求知识的“真”和道理的“是”，就不可不知道事物及其道理之所以存在的原因和之所以演变的缘故——史学所做的便是这种事情。至于知识、道理当中那些微妙的，不能用说理的方式予以阐明，而只能以情感的方式加以抒发的东西，以及那些不能求之于实证，只能求之于想象的东西，便属于文学的领域了。古今中西做学问的人，均不能出乎这三者之外。只不过就某一国家的人来说，由于他们的性格或接近于某一方面，他们的境遇或受限于某一方面，所以可能长于某种学问而短于另一种学问。那些继承前人学问的人，由于他们的天资有偏向，由于他们的岁月有止境，所以不能不擅长这一学问而不那么擅长另一学问；进一步讲，在一门学问之中，他们也专门选择研究它的某一方面。所说的这种情形，不光是研究某一学问应当如此，从学问的性质来说，也应该是这样。但是，不管你做的是哪一种学问，此学问都必然依赖于来自一切其他学问的贡献，同时也必然有贡献于一切其他学问。因此，推崇一种学问而排斥其他学问的学术态度，过去的学者即使有过，今天真正懂得学术、真正献身学术的人，是定然不会采取的。

讲明白了这层道理，就可以继续阐明我所谓学术没有新旧之分，没有中西之分，也没有有用无用之分的道理了。为什么说学无新旧呢？天下的事物，从科学和史学的角度看，其立论彼此是不同的。从科学的角度，事物必尽其真，道理必求其是。凡是知识上说不通而不能得以心安的，即使出自圣贤之口也不完全相信；即使被圣贤所奉行也不满足。为什么呢？圣贤是用来鉴别真伪的，真伪本身却并不出自圣贤；圣贤是用来明了是非的，是非本身却并不出自圣贤。从史学的角度看则不同了，此时不仅真实的事件、自然的道理可以拿来研究，而且在今天看来已经不再是真理的学说，不再是正确的制度风俗，也因其必有当时能够成立的理由，和当时能够适于需要的条件，而可以拿来研究。（历史上的事情，）原因存于古代，而结果影响到未来，所以凡是有参考价值的材料，哪怕很小很小也不敢丢弃。综观物理学的历史，有一半是错误的说法；哲学的历史，有一半是凭空的想象；制度、风俗的历史，无用的东西也有一半，而史学家却仍然珍视而不丢弃，这就是科学与史学的不同了。不过，研究科学的人，需要史学上的材料；治史学的人，也不能没有科学上的知识。今天的所谓有教养者，不是一切都蔑视古代，便是一切都崇尚古代。蔑视古代的人，出于科学上之眼界，而不知道有史学；崇尚古代的人，出于史学上之见解，而不知有科学。即使是那些试图在二者间调停的人，亦不知道该取舍些什么以及为什么要如此取舍的原因，这就是为什么今天有古今新旧之说的原因。

为什么说学无中西呢？世界上的学问，不外乎科学、史学、文学。所以中国的学术，西方国家一般也都有；西方国家的学术，中国一般也都有。所不同的不过是广狭疏密而已。即使按现在流行的说法而姑且保留中学、西学的名称，那么担心西学繁荣了会妨碍国学，以及担心国学兴盛了会妨碍西学，仍然都是没有根据的肤浅之说。中国今日，病在没有学术，而不是病在偏重了国学或西学。北京号称学问的根据地，而真正通达诚笃懂旧学的人，算起来不到十人。研究西学的人，也不过拿它来附庸风雅、聊佐谈资而已。真正能贯穿精博，像旧学家那样终身从事此学问者，更是难以举出一两个人来。风会否塞，习尚荒落，非一日矣。所以我说：中西二学，盛则俱盛，衰则俱衰。风气既开，互相推助。何况生在今天这个时代，讲论今天的学问，不可能西学不发达，而国学能独自发达；也不可能国学不兴盛，而西学能独自兴盛。但我所说的国学，并非当今有教养的人所说的国学；我所说的西学，也并非今日学校所教授的西学。研究《毛诗》《尔雅》的人，不能不通天文博物等学问；研究博物学的人，如果问他《诗经》《离骚》中的草木名称和形状而不能回答，则他对自己这门专业肯定没有学好。一定要像西方人那样通过推算日食，来证明梁朝的虞劆、唐朝的一行的学说，以弄清《竹书纪年》是正确的，或者通过《大唐西域记》来发现释迦的支墓，这才算精通了自己的学问。所以，一种学问一旦兴盛，别的学问也会跟着受益。这就是我为什么说“学问之事，本无中西”的缘故了。那些成天杞人忧天，认为国学、西学不能并立的人，真是懵然不知世间学问的人啊！

新旧中西之争，世上真正有通识的人都知道它没有道理，惟有有用、无用的说法，则比前二说更有力。而在我看来，凡是学术，都是无用的，也都是有用的。欧洲近世农、工、商业之进步，固然是由于物理、化学的发达。但物理、化学中高深普遍的部分，与蒸汽、电信有什么关系呢？动植物之学，有多少能直接有益于种植业、畜牧业呢？天文之学，与航海、授时有关的又有多少呢？心理社会之学，能够应用于政治教育的也很少。科学尚且如此，更何况史学、文学呢？

但另一方面也可以说，一切（应用）技术，都是从学问中发展出来的。古人所谓不学无术，并不是一句空话。天下的事物，不知道全体，就不可能对局部有真正的了解；不研究局部也无法知道全体。即使要做的只是去解释一个具体的事物，去判断一个具体的事件，如果研究者不深知宇宙人生之真相，在具体事情上他也是无能为力的。而要想真正了解宇宙人生，那么也需要从宇宙中之某一微观现象、历史上之某一个别事实着手。所以，深邃玄远的思考，学者不回避；即使被别人讥讽为迂远烦琐，学者也宁愿承担。事物无论大小远近，只要思考而能得其真，记述而能得其实，到最后融会贯通，都会有益于人类的生存和幸福。自己不能完成的事业，他人应该能够继续完成；今天没有实用价值，后世应该能够将其付诸实用。这绝不是一般苟且敷衍、虚度岁月的人所能明白的。学问之所以成为古今中西所崇敬的东西，实在是由于这一缘故。一切开启民智的先觉、政治教育的指导、国计民生的资源，都源自学术，而不只是给一个国家带来名誉和光辉。今天那些所谓有教养的人，他们只知道有用的东西有用，却不知无用的东西用处何在。

以上三说，道理很浅显，事情很明了，在其他国家根本是不言自明的，想不到我们这里的所谓有教养的人却困惑不明，以至于我不得不在这里多作申说。

正好有同道中人将要刊行《国学杂志》，冒昧以这篇文章作为序言。这份杂志的刊行，虽以国学为主，但不敢步世人的后尘去争论什么中学西学、新学旧学。这是我们心里很明白的，不能不以此告白于天下的人们。

文学革命论

陈独秀

陈独秀（1879—1942），字仲甫，安徽怀宁（今属安庆市）人，新文化运动的倡导者之一，中国共产党早期的主要领导人。

1917 年 2 月 1 日，陈独秀在《新青年》二卷六号上发表了《文学革命论》，明确提出“三大主义”，口号是：“推倒雕琢的阿谀的贵族文学，建设平易的抒情的国民文学；推倒陈腐的铺张的古典文学，建设新鲜的立诚的写实文学；推倒迂晦的艰涩的山林文学，建设明了的通俗的社会文学。”

《文学革命论》正式提出了文学革命口号，将矛头对准了不适应新形势的旧文学旧文化、旧思想旧道德，推动了新文学新文化、新思想新道德的传播。成为五四新文化运动时期影响最大的文章之一。文章认为：文学革命具有重大的社会意义，是开发文明、改造国民性、革新政治的利器，并指出文学革命的历史必然性——“自文艺复兴以来，政治界有革命，宗教界亦有革命，伦理道德亦有革命，文学艺术亦莫不有革命，莫不因革命而新兴而进化”，“政治革命所以于吾之社会，不生若何变化”，“乃在吾人疾视革命，不知其为开发文明之利器”，“今欲革新政治，势不得不革新盘踞于运用此政治者精神界之文学”。文章批判了“文以载道”“代圣贤立言”等传统文学观念，他说：“文学本非为载道而设，而自昌黎以迄曾国藩所谓载道之文，不过抄袭孔孟以来极肤浅、极空泛之门面语而已。”指出唐宋八家之所谓“文以载道”与八股家的“代圣贤立言”是同一鼻孔出气。要求新文学以欧洲 19 世纪资产阶级“写实主义”文学为楷模，“赤裸裸地抒情写世”，把改革文学的内容放在文学革命的首位。还表示“改良中国文学，当以白话文为正宗说，其是非甚明，必不容反对者有讨论之余地，必以吾辈所主张者为绝对之是，而不容他人匡正也。”陈独秀对新文学运动有着不可磨灭的历史功迹。

今日庄严灿烂之欧洲，何自而来乎？曰，革命之赐也。欧语所谓革命者，为革故更新之义，与中土所谓朝代鼎革，绝不相类；故自文艺复兴以来，政治界有革命，宗教界亦有革命，伦理道德亦有革命，文学艺术亦莫不有革命，莫不因革命而新兴、而进化。近代欧洲文明史，直可谓之革命史。故曰，今日庄严灿烂之欧洲，乃革命之赐也。

吾苟偷庸懦之国民，畏革命如蛇蝎，故政治界虽经三次革命，而黑暗未尝稍减。其原因之小部分，则为三次革命，皆虎头蛇尾，未能充分以鲜血洗净旧汙；其大部分，则为盘踞吾人精神界根深底固之伦理、道德、文学、艺术诸端，莫不黑幕层张，垢污深积，并此虎头蛇尾之革命而未有焉。此单独政治革命所以于吾之社会，不生若何变化，不收若何效果也。推其总因，乃在吾人疾视革命，不知其为开发文明之利器故。

孔教问题，方喧呶[①]于国中，此伦理道德革命之先声也。文学革命之气运，酝酿已非一日，其首举义旗之急先锋，则为吾友胡适。余甘冒全国学究之敌，高张“文学革命军”大旗，以为吾友之声援。旗上大书特书吾革命军三大主义：曰，推倒雕琢的、阿谀的贵族文学，建设平易的、抒情的国民文学；曰，推倒陈腐的、铺张的古典文学，建设新鲜的、立诚的写实文学；曰，推倒迂晦的、艰涩的山林文学，建设明了的、通俗的社会文学。

“国风”多里巷猥辞，“楚辞”盛用土语方物，非不斐然可观。承其流者，两汉赋家，颂声大作，雕琢阿谀，词多而意寡，此贵族之文、古典之文之始作俑也。魏、晋以下之五言，抒情写事，一变前代板滞堆砌之风，在当时可谓为文学一大革命，即文学一大进化；然希托高古，言简意晦，社会现象，非所取材，是犹贵族之风，未足以语通俗的国民文学也。齐、梁以来，风尚对偶，演至有唐，遂成律体。无韵之文，亦尚对偶。《尚书》《周易》以来，即是如此。古人行文，不但风尚对偶，且多韵语，故骈文家颇主张骈体为中国文章正宗之说。不知古书传抄不易，韵与对偶，以利传诵而已。后之作者，乌可泥此？

东晋而后，即细事陈启，亦尚骈丽。演至有唐，遂成骈体。诗之有律，文之有骈，皆发源于南北朝，大成于唐代。更进而为排律，为四六。此等雕琢的、阿谀的、铺张的、空泛的贵族古典文学，极其长技，不过如涂脂抹粉之泥塑美人，以视八股试帖之

---

① 喧呶：声音杂乱刺耳。

价值，未必能高几何，可谓为文学之末运矣！韩、柳崛起，一洗前人纤巧堆垛之习，风会所趋，乃南北朝贵族古典文学，变而为宋、元国民通俗文学之过渡时代。韩、柳、元、白，应运而出，为之中枢。俗论谓昌黎文章起八代之衰，虽非确论，然变八代之法，开宋、元之先，自是文界豪杰之士。吾人今日所不满于昌黎者二事：

一曰，文犹师古。虽非典文，然不脱贵族气派，寻其内容，远不若唐代诸小说家之丰富，其结果乃造成一新贵族文学。

二曰，误于"文以载道"之谬见。文学本非为载道而设，而自昌黎以讫曾国藩所谓载道之文，不过抄袭孔、孟以来极肤浅极空泛之门面语而已。余尝谓唐、宋八家文之所谓"文以载道"，直与八股家之所谓"代圣贤立言"，同一鼻孔出气。

以此二事推之，昌黎之变古，乃时代使然，于文学史上，其自身并无十分特色可观也。元、明剧本，明、清小说，乃近代文学之粲然可观者，惜为妖魔所厄，未及出胎，竟尔流产，以至今日中国之文学，委琐陈腐，远不能与欧洲比肩。此妖魔为何？即明之前后七子及八家文派之方、刘、姚是也。此十八妖魔辈，尊古蔑今，咬文嚼字，称霸文坛，反使盖代文豪若马东篱，若施耐庵，若曹雪芹诸人之姓名，几不为国人所识。若夫七子之诗，刻意模古，直谓之抄袭可也。归、方、刘、姚之文，或希荣誉墓①，或无病而呻，满纸之乎者也矣焉哉。每有长篇大作，摇头摆尾，说来说去，不知道说些甚么。此等文学，作者既非创造才，胸中又无物，其伎俩惟在仿古欺人，直无一字有存在之价值，虽著作等身，与其时之社会文明进化无丝毫关系。

今日吾国文学，悉承前代之敝，所谓"桐城派"者，八家与八股之混合体也；所谓"骈体文"者，思绮堂与随园之四六也；所谓"西江派"者，山谷之偶像也。求夫目无古人，赤裸裸地抒情写世，所谓代表时代之文豪者，不独全国无其人，而且举世无此想。文学之文，既不足观，应用之友，益复怪诞：碑铭墓志，极量称扬，读者决不见信，作者必照例为之；寻常启事，首尾恒有种种谀词；居丧者即华居美食，而哀启必欺人曰"苫块昏迷"②；赠医生以匾额，不曰"术迈岐黄"，即曰"著手成春"；穷乡僻壤极小之豆腐店，其春联恒作"生意兴隆通四海，财源茂盛达三江"；此等国民应用之文学之丑陋，皆阿谀的、虚伪的、铺张的贵族古典文学阶之厉耳。

际兹文学革新之时代，凡属贵族文学、古典文学、山林文学，均在排斥之列。以何理由而排斥此三种文学耶？曰，贵族文学，藻饰依他，失独立自尊之气象也；古典文学，铺张堆砌，失抒情写实之旨也；山林文学，深晦艰涩，自以为名山著述，于其群之大多数无所裨益也。其形体则陈陈相因，有肉无骨，有形无神，乃装饰品而非实

① 希荣誉墓：指爱慕虚荣吹嘘死人。

② 苫块：草垫和土块，是古代礼仪中居丧时睡的。

用品；其内容则目光不越帝王权贵、神仙鬼怪，及其个人之穷通利达[1]。所谓宇宙，所谓人生，所谓社会，举非其构思所及，此三种文学公同之缺点也。此种文学，盖与吾阿谀、夸张、虚伪、迂阔之国民性互为因果。今欲革新政治，势不得不革新盘踞于运用此政治者精神界之文学。使吾人不张目以观世界社会文学之趋势，及时代之精神，日夜埋头故纸堆中，所目注心营者，不越帝王、权贵、鬼怪、神仙，与夫个人之穷通利达，以此而求革新文学，革新政治，是缚手足而敌孟贲也。

欧洲文化，受赐于政治科学者固多，受赐于文学者亦不少。予爱卢梭、巴斯特之法兰西，予尤爱雨果、左拉之法兰西；予爱康德、黑格尔之德意志，予尤爱歌德、豪普特曼之德意志；予爱培根、达尔文之英吉利，予尤爱狄更斯、王尔德之英吉利。吾国文学界豪杰之士，有自负为中国之雨果、左拉、歌德、豪普特曼、狄更斯、王尔德者乎？有不顾迂儒之毁誉，明目张胆以与十八妖魔宣战者乎？予愿拖四十二生之大炮，为之前驱！

译文

今天庄严灿烂的欧洲，从哪里而来？答案是：革命的恩赐。欧洲说的革命，就是革除旧事物代之新事物的意思。与中国所说的朝代更替，绝对不一样。所以从文艺复兴以来，政治界有革命，宗教界也有革命，伦理道德皆有革命，文学艺术也无一没有革命，所有一切，都因为革命而新兴、而进化。近代欧洲的文明史，真可以说是革命史。所以说，今天庄严灿烂的欧洲，都是拜革命所赐。

我们苟且偷安平庸懦弱的国民，害怕革命如怕蛇蝎，所以政治界虽然经历了三次革命，而黑暗的局面却依然没有稍微减弱。其小部分原因，是三次革命，都是虎头蛇尾，没有能充分地以鲜血洗净旧社会的污浊；其大部分原因，则是占据在国人精神界的根深蒂固的伦理、道德、文学、艺术等种种，无一不是层层黑幕，积垢藏污，因此虎头蛇尾的革命便没有取得成果。这样纯粹的政治革命对于我国社会不会产生任何变化，不会收取任何效果。推究它的总原因，在于我国民众害怕革命，不知道它是开放文明的有力武器。

儒教的问题正在国内风生水起，这是伦理道德革命的先声。文学革命的气运已经酝酿了很长时间了，其中举旗冲锋的，就是我的朋友胡适。我愿意冒着成为全国学究的敌人的危险，高举“文学革命军”的旗帜，为我的朋友声援。我这面大旗上应该特别书写我们文学革命军的三大主义：推倒雕琢、阿谀的贵族文学，建立平易、抒情的国民文学；推倒陈腐、铺张的古典文学，建立新鲜、立诚的写实文学；推倒迂腐、艰涩的山林文学，建设明了、通俗的社会文学。

---

① 穷通利达：指人境遇的穷困和通达。

"国风"里多乡里僻巷的猥亵之辞，"楚辞"里多有土语风俗之物，不是没有文采灿烂可观。继承它们渊源的，乃是两汉的赋，歌功颂德，藻饰奉承，言辞很多，但是含义浅薄，这是贵族之文，古典之文的始作俑者。魏晋以后的五言诗，抒情描写，改变了前代呆板雕砌的风气，在当时可以说是文学的一次大革命，也是文学的一次大进化。但是这些五言诗，把希望寄托在上古，言辞简约而意思晦暗，不取材社会现象，还是留存着贵族之文的风气，还算不上说是通俗的国民文学。齐梁以后，崇尚对仗，演化到唐朝，便形成了律诗。没有讲究押韵的文章，也要讲究对仗。这个从《尚书》《周易》开始，便是如此了。古代人写文章，不仅讲究对仗，还多要押韵，所以骈文家很是主张把既押韵又对仗的骈文作为中国文章的正宗。但是，大家不知道的是，古代的书籍传抄流传很不容易，押韵和对仗便于流传诵读，后代作者怎么能到现在还拘泥于此呢？

东晋以后，即便是小事呈报，也喜欢用骈俪的文风。演化到唐朝，便成了骈体文。诗是律诗，文章是骈文，这都发源在南北朝，而鼎盛于唐朝，最终更进而要作排律诗，要作四六文。像这样雕砌的、阿谀的、铺张的、空泛的贵族古典文学，就算把技巧发挥到了极致，也不过是涂脂抹粉的泥塑美人，中看不中用，由此我们看那些八股取士的应试文章的价值，未必就很高，这真是文学的穷途末路了。韩愈、柳宗元在文坛崛起后，一改前人纤细柔弱、堆砌空洞的恶习，把当时风气所指向的魏晋南北朝贵族古典文学，变成了向宋、元国民通俗文学过渡的文学。韩愈、柳宗元、元缜、白居易等应时而生，成为了古文运动的中流砥柱。平常说韩愈的文章让八代以来的贵族文章都衰败了，虽然不是非常准确的定论，但是，他改变了八代以来文章成法，开了宋、元文学的先河，自然还称得上是文学界中的豪杰。我们今天的人不满意韩愈的地方有两个。

一个是，文章仍然还是效法上古。虽然不是传统的古典文，但还是没有摆脱贵族的气质，看其文章内容，还远不及唐代众多小说家来得丰富，结果只是造就了一种新的贵族文学。

另一个是，在"文以载道"这个错误见解上的失误做法。文学本来就不是为了载道而产生的。而从韩愈开始到曾国藩结束的所谓载道文章，其实和八股文作者所谓"代圣贤立言"是同一个鼻孔出气的。

从这两个方面推断，韩愈的变古乃是时代的必然，但是对于文学史，其本身并没有真正的特色可言。元明的剧本，明清的小说，乃是近代文学，文采斐然，值得一观，但是被一些妖魔所祸害，没有出生成长便已经胎死腹中。到了今天中国的文学，猥琐陈腐，远不能和欧洲相提并论。这些妖魔是什么呢？就是明朝的前后七子及八家文派的归有光、方苞、刘大櫆、姚鼐等人。这些文坛妖魔，崇尚古代，蔑视现代，咬文嚼字，称霸文坛，反而使盖世的文豪如马东篱、施耐庵、曹雪芹等人的名字，几乎不被国人所知。像那七子的诗，刻意模仿古诗，直接说是抄袭都可以。方苞、刘大櫆、姚鼐等人的文章，要么是希求荣誉、歌颂死人，要么是无病呻吟、满纸腐文，每当有长篇大作，便摇头晃脑洋洋自得，说来说去，却不知道在说些什么。这样的文学，作者既没有创新，见识也没有高于别人的地方，他们的伎俩就在于模仿古代、欺世盗名，真没有一个字有存在的价值，虽然著作很多，但是与时代社会文明进步没有一点关系。

今天我国的文学，只是完全继承了前代的弊病，叫作“桐城派”的，不过是古文八大家与八股文的混合体罢了；叫作“骈体文”的，不过是章藻功和袁枚一派的四六文罢了；叫作“西江派”的，是山林文学的偶像。要找那种目无古人，能直接地抒情描写，可以称作代表时代的文豪的人，不但全国没有，就是放在整个世上来找，也是不要想的。现在的文学，没有观赏的价值，应用的文章，又种种奇谈怪论，碑文墓志，极端地颂扬，让人看了都不能相信，但是作者还是要照惯例来写。平常的启事文章，首尾都有阿谀奉承的话，那些守丧的人明明住着华丽的房子，吃着美味的食物，但是哀悼的启事一定是骗人说他寝草枕土，伤心到昏迷；赠给医生的匾额，上面不是说“医术高超赛过神龙黄帝”，就是说“医术高超能妙手回春”；穷乡僻壤的小豆腐店，也作春联说“生意兴隆通四海，财源茂盛达三江”。这些丑陋的国民应用文，都是阿谀的、虚伪的、铺张的贵族古典文学的奴隶。

当此文学革新的时代，凡属于贵妇文学、古典文学、山林文学的，都在我们的排斥之列。因为什么理由要排斥呢？我们说，贵族文学，藻饰依附，失去了独立自尊的气象；古典文学，铺张堆砌，失去了抒情写实的本意；山林文学，艰深晦涩，自以为名山写著立书，于我们社会的大多数则没有什么帮助。而且这些文学的形式上都是相袭的过去陈旧的惯例，有肉无骨，有形无神，是装饰品而不是实用品，其内容也没有超越帝王权贵、神仙鬼怪、个人的穷困显赫。而宇宙、人生、社会都不是这些作品的思想所能达到的，这是这三种文学共同的缺点。这些文学大约也与国民阿谀、夸张、虚伪、迂腐的国民性互为因果。今天要想革新政治，势必要革新占据这些为政者精神界的文学。否则，让我国民不睁眼看清社会文学的趋势及时代精神，而整天埋头研习作古的文章，其专心经营的，不外乎帝王、权贵、鬼怪、神仙以及个人的穷困显赫，依据这样的情况而去求革新文学，革新政治，就如同绑上手脚而去和敌人战斗，注定失败。

欧洲文化，受政治科学恩赐的固然很多，受文学恩赐的也不少，我喜爱有卢梭、巴斯特的法兰西，我尤其喜爱有雨果、左拉的法兰西；我爱有康德、黑格尔的德意志，我尤其喜爱有歌德、豪普特曼的德意志；我喜爱有培根、达尔文的英吉利，我尤其喜爱有狄更斯、王尔德的英吉利。我国文学界的豪杰之士，有自觉能成为中国的雨果、左拉、歌德、豪普特曼、狄更斯、王尔德的吗？有能不顾迂腐之儒的诋毁，而明目张胆地与古文卫道士们宣战的吗？如果有，我愿意拖来四十二响的礼炮，做你们的先驱。

中国人失掉自信力了吗

鲁迅

鲁迅（1881—1936），原名周樟寿，字豫山；后改名周树人，字豫才。浙江绍兴人。中国现代伟大的文学家、思想家。五四新文化运动的重要代表人物之一。早年习医，后弃医从文，希望通过文化的启蒙来治疗国民的愚昧，使“国民性”得到改造和重建。他虽然也写过有很大影响的小说，但用以表达自己思想的有力武器却是杂文。

本篇以富于穿透性的眼光，深刻地揭露和鞭挞了一部分知识分子和社会贤达的“他信”与自欺，指出在社会意识形态的表层下，中华民族仍不乏“有确信，不自欺”的人在“前仆后继地战斗”——正是这些人铸造了民族的“筋骨和脊梁”。

鲁迅在许多文章中都批判过中国人的善于自欺（这方面阿Q是一个典型），本篇的特殊意义在于进一步指出：虽然那些“埋头苦干”“拼命硬干”的人“一面总在被摧残，被抹杀，消灭于黑暗中，不能为大家所知道”，但这样的人毕竟存在。“说中国人失掉了自信力，用以指一部分人则可，倘若加于全体，那简直是污蔑。”——这就在对黑暗所做的批判中给人展示了一线曙光。

鲁迅杂文的基本风格是冷峻，即清醒的现实主义，它往往能借随手拈来的现象，入木三分地揭露事物的本质。当然，能够对现实做如此清醒的批判，离不开作家心中的理想和希望。事实上，一个像鲁迅那样对现实有深刻认识的人，是不可能不透过文化的表层，看到“地底下”的力量与希望的。

本篇写于1934年9月25日，最初发表于1934年10月20日《太白》半月刊第一卷第三期，署名公汗。后由作者编入《且介亭杂文》集。

从公开的文字上看起来：两年以前，我们总自夸着“地大物博”，是事实；不久就不再自夸了，只希望着国联[①]，也是事实；现在是既不夸自己，也不信国联，改为一味求神拜佛[②]，怀古伤今了——却也是事实。

---

① 国联，“国际联盟”的简称，第一次世界大战后于1920年成立的国际政府间组织。它标榜以“促进国际合作，维持国际和平与安全”为宗旨，实际上是为英法等帝国主义国家侵略政策服务的工具，1946年4月正式宣告解散。“九·一八”事变后，蒋介石即在南京发表讲话，声称“暂取逆来顺受态度，以待国联公理之判决”。国民党政府也多次向国联申诉，要求制止日本帝国主义的侵略，但国联采取了袒护日本的立场。它派出的调查团到我国东北调查后，在发表的《国联调查团报告书》中，竟认为日本在中国的东北有特殊地位，说它对中国的侵略是“正当而合法”的。

② 求神拜佛：当时一些国民党官僚和“社会名流”，以祈祷“解救国难”为名，多次在一些大城市举办“时轮金刚法会”“仁王护国法会”。

于是有人慨叹曰：中国人失掉自信力了[①]。

如果单据这一点现象而论，自信其实是早就失掉了的。先前信“地”，信“物”，后来信“国联”，都没有相信过“自己”。假使这也算一种“信”，那也只能说中国人曾经有过“他信力”，自从对国联失望之后，便把这他信力都失掉了。

失掉了他信力，就会疑，一个转身，也许能够只相信了自己，倒是一条新生路，但不幸的是逐渐玄虚起来了。信“地”和“物”，还是切实的东西，国联就渺茫，不过这还可以令人不久就省悟到依赖它的不可靠。一到求神拜佛，可就玄虚之至了，有益或是有害，一时就找不出分明的结果来，它可以令人更长久地麻醉着自己[②]。

中国人现在是在发展着“自欺力”。

“自欺”也并非现在的新东西，现在只不过日见其明显，笼罩了一切罢了。然而，在这笼罩之下，我们有并不失掉自信力的中国人在。

我们从古以来就有埋头苦干的人，有拼命硬干的人，有为民请命的人，有舍身求法的人……虽是等于为帝王将相作家谱的所谓“正史”[③]，也往往掩不住他们的光耀，这就是中国的脊梁。

这一类的人们，就是现在也何尝少呢？他们有确信，不自欺；他们在前仆后继地战斗，不过一面总在被摧残，被抹杀，消灭于黑暗中，不能为大家所知道罢了。说中国人失掉了自信力，用以指一部分人则可，倘若加于全体，那简直是诬蔑。

要论中国人，必须不被搽在表面的自欺欺人的脂粉所诓骗，却看看他的筋骨和脊梁。自信力的有无，状元宰相的文章是不足为据的，要自己去看地底下。

《王静安先生遗书》序

陈寅恪

陈寅恪（1890—1969），中国现代历史学家、古典文学研究家、语言学家，中央研究院院士；江西义宁（今修水）人，生于湖南长沙。其父陈三立为著名诗人，“维新四

---

① 中国人失掉自信力了：当时舆论界有过这类论调，如1934年8月27日《大公报》社评《孔子诞辰纪念》中说：“民族的自尊心与自信力，既已荡焉无存，不待外侮之来，国家固早已濒于精神幻灭之域。”

② 作者在《且介亭杂文·附记》中说：“《中国人失掉自信力了吗》也是写给《太白》的。凡是对于求神拜佛，略有不敬之处，都被删除，可见这时我们的‘上峰’正在主张求神拜佛。现仍补足，并用黑点为记，聊以存一时之风尚耳。”

③“正史”：清高宗（乾隆）诏定从《史记》到《明史》共二十四部纪传体史书为正史，即二十四史。梁启超在《中国史界革命案》中说：“二十四史非史也，二十四姓之家谱而已。”

公子”之一，曾任三江师范学堂总教席。

陈寅恪于1902年随南京矿路学堂毕业的长兄陈衡恪东渡日本，入巢鸭弘文学院；同年入读该校的中国学生还有鲁迅、陈师曾等人。1905年因足疾辍学回国，后就读上海吴淞复旦公学。1910年考取官费留学，先后到德国柏林大学、瑞士苏黎世大学、法国巴黎高等政治学校学习。第一次世界大战爆发，1914年回国。1918年冬获得江西官费资助，再度出国深造，先在美国哈佛大学随篮曼教授学梵文和巴利文。1921年转往德国柏林大学，随路德施教授攻读东方古文字学，同时向缪勒学习中亚古文字，向黑尼士学习蒙古语。通过留学期间的学习，具备了阅读蒙、藏、满、日、梵、英、法、德和巴利、波斯、突厥、西夏、拉丁、希腊等十余种语言的能力，尤精梵文和巴利文。

1925年3月归国，此时正值吴宓主持清华国学研究院，于是应清华学校之聘，与王国维、梁启超、赵元任同为国学研究院导师（后世盛赞的“清华四导师”）。1928年清华学校改制为清华大学，应聘为中文、历史二系教授，并在北京大学兼课。在此期间主要讲授佛经翻译文学、两晋南北朝隋唐史料和蒙古史料研究等课程。1930年以后，还兼任中央研究院理事、历史语言研究所研究员及第一组（历史）主任、故宫博物院理事、清代档案编委会委员等职。抗战爆发后，任教西南联合大学，主要讲两晋南北朝史、隋唐史专题和元白诗研究等。1939年，英国牛津大学聘请他为中国史教授。次年9月，他离开昆明赴香港，准备转渡英国。因战事未能成行，旋任香港大学客座教授，后接任中国文学系主任。1941年底香港沦陷，闭门治学。1942年7月到桂林，任教广西大学。1943年12月到成都，执教燕京大学。1946年再任清华大学教授。1948年底，任教广州岭南大学。1952年院系调整，岭南大学并入中山大学，自此一直担任中山大学教授，为历史系、中文系讲授两晋南北朝史、唐史、唐代乐府等三门课程。1960年7月被聘任为中央文史研究馆副馆长。1969年10月7日在广州逝世。

陈寅恪学识渊博，在历史学、宗教学和文献学方面均有极大建树。他的主要著作如《寒柳堂集》《金明馆丛稿》《隋唐制度渊源略论稿》《唐代政治史述论稿》《元白诗笺证稿》《柳如是别传》等，历来为海内外学人推重。

《〈王静安先生遗书〉序》选自《金明馆丛稿二编》（上海古籍出版社1980年10月第1版），是陈寅恪为近代著名学者王国维遗著刊印所作的序言。此序以短短的篇幅，对王国维在近现代学术史上的地位，做了客观而公允的评价。

作者以史家独具之慧眼，认定王国维在中国近现代学术史上具有承先启后、继往开来的功绩，故开篇便拿他与昔日之“大师巨子”相比，称他对学术的贡献“不仅在能承续先哲将坠之业，为其托命之人，而尤在能开拓学术之区宇，补前修所未逮”，接着又以“其著作可以移一时之风气，而示来者以轨则”为评语，从三方面总结和概括了王国维的成就。其见解之犀利、分析之透辟、语言之凝练，足以给人留下深刻的印象。

王国维生当社会剧烈变动之际，对他的出处行止，不同的人有不同的看法。在这篇序文中，陈寅恪重申了他一贯的观点：王国维之死有其形而上的隐衷，不能以一时一地之见解为定论。在别的地方他也指出："士之读书治学，盖将以脱心志于俗谛之桎梏，真理因得以发扬。思想而不自由，毋宁死耳。斯古今仁圣所同殉之精义，夫岂庸鄙之敢望。先生以一死见其独立自由之意志，非所论于一人之恩怨、一姓之兴亡。"（《清华大学王观堂先生纪念碑铭》）这在对历史人物的诠释中，也是慧眼独具的。

王静安[①]先生既殁，罗雪堂[②]先生刊其遗书四集。后五年，先生之门人赵斐云教授，复采辑编校其前后已刊、未刊之作，共为若干卷，刊行于世。先生之弟哲安教授，命寅恪为之序。寅恪虽不足以知先生之学，亦尝读先生之书，故受命不辞。谨以所见质正于天下后世之同读先生之书者。

自昔大师巨子，其关系于民族盛衰、学术兴废者，不仅在能承续先哲将坠之业，为其托命之人，而尤在能开拓学术之区宇，补前修[③]所未逮[④]。故其著作可以移一时之风气，以示来者以轨则也。先生之学博矣，精矣，几若无涯岸之可望，辙迹之可寻。然详绎[⑤]遗书，其学术内容及治学方法，殆[⑥]可举三目以概括之者。

一曰取地下之实物与纸上之遗文互相释证。凡属于考古学及上古史之作，如《殷卜辞中所见先公先王考》及《鬼方昆夷玁狁考》[⑦] 等是也。

二曰取异族之故书与吾国之旧籍互相补正。凡属于辽金元史事及边疆地理之作，如《萌古考》[⑧] 及《元朝秘史之主因亦儿坚考》[⑨] 等是也。

三曰取外来之观念，与固有之材料互相参证。凡属于文艺批评及小说戏曲之作，如《〈红楼梦〉评论》及《宋元戏曲考》、《唐宋大曲考》等是也。

---

① 王静安：即王国维。王国维（1877—1927），字静安，号观堂，浙江海宁人。早年留学日本，研习自然科学及哲学、心理学、伦理学。归国后先后在苏州等地任教并在清廷学部任职。入民国后，一度任清华大学研究院教授。1927年在颐和园昆明湖投水自尽。主要著作有《观堂集林》二十四卷、《观堂别集》四卷、《静安文集》一卷、《人间词话》二卷。

② 罗雪堂：即罗振玉。罗振玉（1866—1940），字叔蕴，号雪堂，古文字学家，曾搜集和整理甲骨文、金文，有《殷墟书契》《三代金文存》等传世。

③ 前修：前代哲人学者。

④ 未逮：未及。

⑤ 绎（yì）：抽丝，引申为寻究、清理。

⑥ 殆：大概，恐怕。

⑦ 玁狁（xiǎn yǔn）：我国古代之部族，又名鬼方、昆夷。殷周时主要分布在今陕西、甘肃北部及内蒙西部。春秋时被人称作戎、狄。

⑧ 萌古：蒙古。

⑨ 主因：部族名。亦尔坚：蒙古语，部落、部族。

此三类之著作，其学术性质固有异同，所用方法亦不尽符会，要皆足以转移一时之风气，而示来者以轨则。吾国他日文史考据之学，范围纵广，途径纵多，恐亦无以远出三类之外。此先生之书，流布于世，世之人大抵能称道其学，独于其平生之志事，颇多不能解，因而有是非之论。寅恪以为古今中外志士仁人，往往憔悴忧伤，继之以死。其所伤之事，所死之故，不止局于一时间一地域而已。盖别有超越时间地域之理性存焉。而此超越时间地理之理性，必非其同时间地域之众人所能共喻。然则先生之志事，多为世人所不解，因而有是非之论者，又何足怪耶？尝综揽吾国三十年来，人世之剧变至异，等量而齐观之，诚庄生所谓彼亦一是非，此亦一是非者。若就彼此所是非者言之，则彼此终古末由共喻，以其互局之一时间一地域故也。

呜呼！神州之外，更有九州。今世之后，更有来世。其间傥亦有能读先生之书者乎？如果有之，则其人于先生之书，钻味既深，神理相接，不但能想见先生之人，想见先生之世，或者更能心喻先生之奇哀遗恨于一时一地，彼此是非之表欤？一千九百三十四年岁次甲戌六月三日陈寅恪谨序。

译文

王静安先生死后，罗雪堂先生（曾经）出版过他的遗著四部。五年后，王先生的学生赵斐云教授又收集此前此后发表和没有发表过的著作及文章，加起来共若干卷，一齐公开发表。王先生的弟弟哲安教授，要我为这部（后来的）文集作序。我虽然水平不够，不足以懂得王静安先生的全部学问，但既然也曾经读过他的书，便接受了这一要求，谨以自己的理解，就正于所有已经读过以及将来要读王静安先生著作的人。

从古至今的大师和伟人，只要是与民族兴亡学术盛衰有关的，都不仅仅因为他们能够继承古圣先贤行将被人遗忘的事业，成为古圣先贤的传人，而尤其在于他们自己就能开创新的学术领域，对古圣先贤没有涉及的领域有所发展和补充。正因为如此，他们的著作便能转移当时那个时代的风气，而向后人展示新的研究方法。王静安先生的学问是那样的博大精深，差不多可以说是既看不见边际，也理不出路数。但只要认真细读他的遗著，整理他的学术内容和治学方法，大致还是可以概括出三条。

第一条是用考古发现所获得的东西与古书上留下的说法互为解释、互相映证。他的文集中，凡属于与考古、与上古史研究有关的文章，如《殷卜辞中所见先公先王考》及《鬼方昆夷玁狁考》等，都属于这一类。

第二条是拿外国和其他少数民族的史书与我们过去的古籍互相补充校订。他的文集中，凡属于辽、金、元史以及与边疆地理有关的文章，如《蒙古考》《元朝秘史之主因亦儿坚考》等，都属于这一类。

第三条是拿西方的观念与我们固有的东西相互映证。他的著作中，凡属于文学批评及小说戏曲方面的文章，如《〈红楼梦〉评论》《宋元戏曲考》《唐宋大曲考》等，都属于这一类。

这三类著作，它们的学术性质虽然有同有不同，所用的方法也并不完全一样，但总的来说都足以转移一个时代的学术风气，使后来的学者们知道治学的门径和方法。我国今后的文史考据之学，无论其范围有多么广，其方法有多么多，估计也不会超出这三大类。

先生的著作既已流传于世上，人们一般都能了解并欣赏他的学问，唯独对于他平生的理想却知道得很少，于是就有了种种是非流言。而我却认为：古今中外的志士仁人，（由于其理想与现实的距离，）往往憔悴忧伤，而最终抑郁身亡。他们所忧伤的事，所为之而死的原因，通常都不限于一时一地，而是另有其广大深远的原因。这超越时间空间的原因，一定不可能被同时代的所有人都理解。既然如此，先生的不被人理解，并因此而遭到世人的种种批评，又有什么可奇怪的呢？回顾我国三十年来，（社会及其价值观）变化之大，真可以用庄子“彼亦一是非，此亦一是非者”来形容。但人们是非观念的混乱和悬殊，乃至永远也无法相互理解，追溯其原因，也只能说是由于大家都局限在自己的生活范围之内而不能跳出到这之外而已。

唉，一国之外，还有世界；今世之后，还有后世。他们中会不会还有人读先生的书呢？如果有，那么当他们对先生的著作钻研揣摩品味得已经很深的时候，彼此达到心心相映、精神互通的境界，或许便不但能想象出先生的为人，想象出先生所处的时代，而且甚至能理解先生心中巨大的伤痛和遗憾，而不再以一时一地的是非标准为标准了呢？

我们对于西洋近代文明的态度

胡适

胡适（1891—1962），原名洪马辛、嗣糜，字希疆，参加留美考试后改名适，字适之，安徽绩溪人。现代学者，历史学、文学家，哲学家。胡适早年在上海的梅溪学堂、澄衷学堂求学，初步接触了西方的思想文化，受到梁启超、严复思想的影响较大。1906年考入中国公学，1910年考中“庚子赔款”留学生，赴美后先入康奈尔大学农学院，后转文学院学哲学。1915年入哥伦比亚大学研究院，师从哲学家杜威，接受了杜威的实用主义哲学，并一生服膺。1917年回国，任北京大学教授，加入《新青年》编辑部，撰文反对封建主义，宣传个性自由、民主和科学，积极提倡“文学改良”和白话文学，成为当时新文化运动的重要人物。五四时期，与李大钊等展开“问题与主义”辩难；陪同来华讲学的杜威，任杜威的翻译两年多；与张君劢等展开“科玄论战”，是当时“科学派”丁文江的后台。从1920年至1933年，主要从事中国古典小说的研究考证，同时也参与一些政治活动，并一度担任上海公学校长。抗日战争初期出任国民党“国防参议会”参议员，1938 年被任命为中国驻美国大使。抗战胜利后，1946 年任北京大学校长，1949 年去美国，后去台湾。1954 年，任台湾“光复大陆设计委员会”副主任委员。1957 年，出任台湾“中央研究院”院长。1962 年，在台湾的一个酒会上突发心脏病去世。

胡适是一个学识渊博的学者，在文学、哲学、史学、考据学、教育学、伦理学等诸多领域均有不小的建树。就对孔子和儒学的研究而言，在 1919 年出版《中国哲学史大纲》（上卷）中，胡适首先采用了西方近代哲学的体系和方法研究中国先秦哲学，把孔子和儒学放在一定的历史条件下，用“平等的眼光”与诸子进行比较研究，破除了儒学“独尊”的地位和神秘色彩，具有开创性的影响。以后又发表长篇论文《说儒》，提出“儒是殷民族教士”，“最初的儒都是殷人，都是殷的遗民”，“靠他们的礼教知识为衣食之端，他们都是殷民族的祖先教的教士，行的是殷礼，穿的是殷衣冠”；周灭殷后，“他们负背着保存入国文化的遗风”，“儒是柔懦之人，不但指那褒衣博带的文绉绉的样子，还指亡国遗民忍辱负重的柔道和生观”；孔子是殷民族“悬记”而生的“救世主”，“他从一个亡国民族的教士阶级，变到调和三代文化的师儒”，孔子的最大贡献在于殷民族部落性的“儒”，扩大到“仁以为己任”的儒，把柔懦的“儒”改变到刚毅进取的“儒”。孔子不是“儒”的创造者，而是儒学的中兴者。孔子的学说强调个人在社会中的地位，强调教育和仁政，并以此来影响整个社会。胡适“大胆假说”的观点在当时是惊世骇俗的，他的论证不够充分，不过他假设“儒”在殷时代就有了被后来的甲骨文研究判为事实。

胡适并不盲目崇拜孔子和儒学，他认为“孔教不能适应时势需要”，“现在大多数明白事理的人已打破了孔教的迷梦”（《新思潮的意义》），辛亥革命后的中国社会进步，“不是孔夫子之赐，是大家努力革命的结果，是大家接受一个新世界的新文明的结果。只有向前走才是有希望的，开倒车是不会成功的”（《写在孔子诞辰之后》）。对儒家强调的“三纲五常”持批判态度，认为“‘三纲五论’的话，古人认为是真理，因为这种话在古时宗法社会有点用处。但现在时势变了，国体变了……古时的天经地义现在变成废话了”（《实验主义》）。

胡适著作很多，又经多次编选，比较重要的有《胡适文存》《胡适论学近著》《胡适学术文集》等。

本篇是作者著述中比较系统的论述东西文明问题的代表作，发表在《现代评论》四卷八十三期上（1926 年 7 月），如其自述的那样，在文章中，作者“很不客气地指摘我们的东方文明，很热烈地颂扬西洋的近代文明”（《胡适文存》自序）。在这篇文章中，作者首先廓清了“文明”“文化”和“再造文明”等基本概念，指出物质文明和精神文明是不可分割的。其次探讨了东西两种文明的特色，认为“东方文明的最大特色是知足。西洋近代文明的最大特色是不知足”。在综合评判了西洋近代文明之后，作者断言：“我们必须承认我们自己百事不如人”，不但物质机械不如人，就是政治制度、道德、知识、文学、音乐、艺术、身体都不如人。——这些主张（以及胡适的其他相关论说），构成了胡适“全盘西化论”的主要思想基础。由于“全盘西化论”历史上曾经产生过巨大的冲击和影响，至今仍有重要的意义，了解胡适的有关思想无疑是非常必要的。

今日最没有根据而又最有毒害的妖言是讥贬西洋文明为物质的，而尊崇东方文明为精神的。这本是很老的见解，在今日却有新兴的气象。从前东方民族受了西洋民族的压迫，往往用这种见解来解嘲，来安慰自己。近几年来，欧洲大战的影响使一部分的西洋人对于近世科学的文化起一种厌倦的反感，所以我们时时听见西洋学者有尊崇东方的精神文明的议论。这种议论，本来只是一时的病态的心理，却正投合东方民族的夸大狂；东方的旧势力就因此增加了不少的气焰。

我们不愿“开倒车”的少年人，对于这个问题不能没有一种彻底的见解，不能没有一种鲜明的表示。

现在高谈“精神文明”“物质文明”的人，往往没有共同的标准做讨论的基础，故只能做文字上或表面上的争论，而不能有根本的了解。我想提出几个基本观念来做讨论的标准。

第一，文明是一个民族应付他的环境的总成绩。

第二，文化是一种文明所形成的生活的方式。

第三，凡一种文明的造成，必有两个因子：一是物质的，包括种种自然界的势力与质料，一是精神的，包括一个民族的聪明才智、感情和理想。凡文明都是人的心思智力运用自然界的质与力的作品；没有一种文明是精神的，也没有一种文明单是物质的。

我想这三个观念是不须详细说明的，是研究这个问题的人都可以承认的。一只瓦盆和一只铁铸的大蒸汽炉，一只舢板船和一只大汽船，一部单轮小车和一辆电力街车，都是人的智慧利用自然界的质力制造出来的文明，同有物质的基础，同有人类的心思才智。这里面只有个精粗巧拙的程度上的差异，却没有根本上的不同。蒸汽炉固然不必笑瓦盆的幼稚，单轮小车上的人也更不配自夸他的精神的文明，而轻视电车上人的物质的文明。

因为一切文明都少不了物质的表现，所以“物质的文明”一个名词不应该有什么讥贬的涵义。我们说一部摩托车是一种物质的文明，不过单指他的物质的形体；其实一部摩托车所代表的人类的心思智慧决不亚于一首诗所代表的心思智慧。所以“物质的文明”不是和“精神的文明”反对的一个贬词，我们可以不讨论。

我们现在要讨论的是：（1）什么叫做“物质的文明”；（2）西洋现代文明是不是物质的文明。

崇拜所谓东方精神文明的人说，西洋近代文明偏重物质上和肉体上的享受，而略视心灵上与精神上的要求，所以是物质的文明。

我们先要指出这种议论含有灵肉冲突的成见，我们认为错误的成见。我们深信精神的文明必须建筑在物质的基础之上。提高人类物质上的享受，增加人类物质上的便利与安逸，这都是朝着解放人类的能力的方向走，使人们不至于把精力心思全抛在仅仅生存之上，使他们可以有余力去满足他们的精神上的要求。东方的哲人曾说：

衣食足而后知荣辱，仓廪实而后知礼节。

这不是什么舶来的“经济史观”；这是平恕的常识。人世的大悲剧是无数的人们终身做血汗的生活，而不能得着最低限度的人生幸福，不能避免冻与饿。人世的更大悲剧是人类的先知先觉者眼看无数人们的冻饿，不能设法增进他们的幸福，却把“乐天”“安命”“知足”“安贫”种种催眠药给他们吃，叫他们自己欺骗自己，安慰自己。西方古代有一则寓言说，狐狸想吃葡萄，葡萄太高了，他吃不着，只好说：“我本不爱吃这酸葡萄!”狐狸吃不着甜葡萄，只好说葡萄是酸的：人们享不着物质上的快乐，只好说物质上的享受是不足羡慕的，而贫贱是可以骄人的。这样自欺自慰成了懒惰的风气，又不足为奇了。于是有狂病的人又进一步，索性回过头去，戕贼身体，断臂，绝食，焚身，以求那幻想的精神的安慰。从自欺自慰以至于自残自杀，人生观变成了人死观，都是从一条路上来的，这条路就是轻蔑人类的基本的欲望。朝这条路上走，逆天而拂性，必至于养成懒惰的社会，多数人不肯努力以求人生基本欲望的满足，也就不肯进一步以求心灵上与精神上的发展了。

西洋近代文明的特色便是充分承认这个物质的享受的重要。西洋近代文明，依我的鄙见看来，是建筑在三个基本观念之上。

第一，人生的目的是求幸福。

第二，所以贫穷是一桩罪恶。

第三，所以衰病是一桩罪恶。

借用一句东方古话，这就是一种“利用厚生”的文明。因为贫穷是一桩罪恶，所以要开发富源，奖励生产，改良制造，扩张商业。因为衰病是一桩罪恶，所以要研究医药，提倡卫生，讲求体育，防止传染的疾病，改善人种的遗传。因为，人生的目的是求幸福，所以要经营安适的起居、便利的交通、洁净的城市、优美的艺术、安全的社会、清明的政治。纵观西洋近代的一切工艺、科学、法制，固然其中也不少杀人的利器与侵略掠夺的制度，我们终不能不承认那利用厚生的基本精神。

这个利用厚生的文明，当真忽略了人类心灵上与精神上的要求吗？当真是一种物质的文明吗？

我们可以大胆地宣言：西洋近代文明绝不轻视人类的精神上的要求。我们还可以大胆地进一步说：西洋近代文明能够满足人类心灵上的要求的程度，远非东洋旧文明所能梦见。在这一方面看来，西洋近代文明绝非物质的，乃是理想的，乃是精神的。

我们先从理智的方面说起。

西洋近代文明的精神方面的第一特色是科学，科学的根本精神在于求真理。人生世间，受环境的逼迫，受习惯的支配，受迷信与成见的拘束。只有真理可以使你自由，使你强有力，使你听明圣智，只有真理可以使你打破你的环境里的一切束缚，使你戡天，使你缩地，使你天不怕、地不怕，堂堂地做一个人。

求知是人类天生的一种精神上的最大要求。东方的旧文明对于这个要求，不但不想满足他，并且常想裁制他，断绝他。所以东方古圣人劝人要“无知”，要“绝圣弃智”，要“断思惟”，要“不识不知，顺帝之则。”这是畏难，这是懒惰。这种文明，还能自夸可以满足心灵上的要求吗？

东方的懒惰圣人说，“吾生也有涯，而知也无涯，以有涯，逐无涯，殆已。”所以他们要人静坐澄心，不思不虑，而物来顺应。这是欺自欺人的诳语，这是人类的夸大狂。真理是深藏在事物之中的；你不去寻求探讨，他决不会露面。科学的文明教人训练我们的官能智慧，一点一滴地去寻求真理，一丝一毫不放过，一铢一两地积起来。这是求真理的唯一法门。自然是一个最狡猾的妖魔，只有敲打可以逼她吐露真情。不思不虑的懒人只好永永做愚昧的人，永永走不进真理之门。

东方的懒人又说：“真理是无穷尽的，人的求知的欲望如何能满足呢？”诚然，真理是发现不完的。但科学决不因此而退缩。科学家明知真理无穷，知识无穷，但他们仍然有他们的满足：进一寸有一寸的愉快，进一尺有一尺的满足。二千多年前，一个希腊哲人思索一个难题，想不出道理来；有一天他跳进浴盆去洗澡，水涨起来，他忽然明白了，他高兴极了，赤裸裸地跑出门去，在街上乱嚷道，“我寻着了！我寻着了！”这是科学家的满足。牛顿、巴斯特以至于爱迪生时时有这样的愉快。一点一滴都是进步，一步一步都可以踌躇满志。这种心灵上的快乐是东方的懒圣人所梦想不到的。

这里正是东西文化的一个根本不同之点。一边是自暴自弃的不思不虑，一边是继续不断的寻求真理。

朋友们，究竟是哪一种文化能满足你们的心灵上的要求呢？

其次，我们且看看人类的情感与想像力上的要求。

文艺，美术，我们可以不谈，因为东方的人，凡是能睁开眼睛看世界的，至少还能承认西洋人并不曾轻蔑了这两个重要的方面。

我们来谈谈道德与宗教罢。

近世文明在表面上还不曾和旧宗教脱离关系：所以近世文化还不曾明白建立他的

新宗教、新道德。但我们研究历史的人不能不指出近世文明自有他的新宗教与新道德。科学的发达提高了人类的知识，使人们求知的方法更精密了，评判的能力也更进步了，所以旧宗教的迷信部分渐渐被淘汰到最低限度，渐渐地连那最低限度的信仰——上帝的存在与灵魂的不灭，也发生疑问了。所以这个新宗教的第一特色是他的理智化。近世文明仗着科学的武器开辟了许多新世界，发现了无数新真理，征服了自然界的无数势力，叫电气赶车，叫“以太”送信，真个做出种种动地掀天的大事业来。人类的能力的发展使他渐渐增加对于自己的信仰心，渐渐把向来信天安命的心理变成信任人类自己的心理。所以这个新宗教的第二特色是他的人化。智识的发达不但抬高了人的能力，并且扩大了他的眼界，使他胸襟阔大，想象力高远，同情心浓挚。同时，物质享受的增加使人有余力可以顾到别人的需要与痛苦。扩大了的同情心加上扩大了的能力，遂产生了一个空前的社会化的新道德，所以这个新宗教的第三特色就是他的社会化的道德。

古代的人因为想求得感情上的安慰，不惜牺牲理智上的要求，专靠信心，不问证据，于是信鬼，信神，信上帝，信天堂，信净土，信地狱，近世科学便不能这样专靠信心了。科学并不菲薄感情上的安慰；科学只要求一切信仰需要禁得起理智的评判，须要有充分的证据。凡没有充分证据的，只可存疑，不足信仰。赫胥黎说得最好：

如果我对于解剖学上或生理学上的一个小小困难，必须要严格的不信任一切没有充分证据的东西，方才可望有成绩，那么，我对于人生的奇秘的解决，难道就可以不用这样严格的条件吗?

这正是十分尊重我们的精神上的需求。我们买一亩田，卖二间屋，尚且要一张契据；关于人生的最高希望的根据，岂可没有证据就胡乱信仰吗?

这种“拿证据来”的态度，可以称为近世宗教的“理智化”。

从前人类受自然的支配不能探讨自然界的秘密，没有能力抵抗自然的残酷，所以对于自然当怀着畏惧之心。拜物，拜畜生，怕鬼，敬神，“小心翼翼，昭事上帝”，都是因为人类不信任自己的能力，不能不依靠一种超自然的势力。现代的人便不同了。人的智力居然征服了自然界的无数质力，上可以飞行无碍，下可以潜行海底，远可以窥算星辰，近可以观察极微。这两支手一个大脑的动物——人，已成了世界的主人翁，他不能不算重自己了。一个少年的革命诗人曾这样的歌唱：

我独自奋斗，胜败我独自承当，
我用不着谁来放我自由，
我用不着什么耶酥基督，
妄想他能替我赎罪替我死。

这是现代人化的宗教。信任天不如信任人，靠上帝不如靠自己。我们现在不妄想什么天堂天国了，我们要在这个世界上建造“人的乐国”。我们不妄想做不死的神仙了，我们要在这个世界上做个活泼健全的人。我们不妄想做什么四禅定六神通了，我们要在这个世界上做个有聪明智慧可以戡天缩地的人。我们也许不轻易信仰上帝的万能了，我们却信仰科学的方法是万能的，人的将来是不可限量的。我们也许不信灵魂的不灭了，我们却信人格是神圣的，人权是神圣的。

这是近世宗教的“人化”。

但最重要的要算近世道德宗教的“社会化”。

古代的宗教大抵注重个人的拯救；古代的道德也大抵注重个人的修养。虽然也有自命普渡众生的宗教，虽然也有自命兼济天下的道德，然而终苦于无法下手，无力实行，只好仍旧回到个人的身心上用工夫，做那向内的修养。越向内做工夫，越看不见外面的现实世界；越在那不可捉摸的心性上玩把戏，越没有能力应付外面的实际问题。即如中国八百年的理学工夫居然看不见二万万妇女缠足的惨无人道！明心见性，何补于人道的痛苦困穷！坐禅主敬，不过造成许多“四体不勤，五谷不分”的废物！

近世文明不从宗教下手，而结果自成一个新宗教，不从道德入门，而结果自成一派新道德。十五、十六世纪的欧洲国家简直都是几个海盗的国家，哥伦布、麦哲伦、德瑞克一班探险家都只是一些大海盗。他们的目的只是寻求黄金，白银，香料，象牙，黑奴。然而这班海盗和海盗带来的商人开发了无数新地，开拓了人的眼界，抬高了人的想象力，同时又增加了欧洲的富力。工业革命接着起来，生产的方法根本改变了，生产的能力更发达了。二三百年间，物质上的享受逐渐增加，人类的同情心也逐渐扩大。这种扩大的同情心便是新宗教新道德的基础。自己要争自由，同时便想到别人的自由，所以不但自由须以不侵犯他人的自由为界限，并且还进一步要要求绝大多数人的自由。自己要享受幸福，同时便想到别人的幸福，所以功利主义的哲学家便提出“最大多数的最大幸福”的标准来做人类社会的目的。这都是“社会化”的趋势。

十八世纪的新宗教信条是自由，平等，博爱。十九世纪中叶以后的新宗教信条是社会主义。这是西洋近代的精神文明，这是东方民族不会有过的精神文明。

固然东方也曾有主张博爱的宗教，也曾有公田均产的思想。但这些不过是纸上文章，不曾实地变成社会生活的重要部分，不曾变成范围人生的势力，不曾在东方文化上发生多大的影响，在西方便不然了。“自由，平等，博爱”成了十八世纪的革命口号。美国的革命，法国的革命，一八四八年全欧洲的革命运动，一八六二年的南北美战争，都是在这三大主义的旗帜之下的大革命。美国的宪法，法国的宪法，以至于南美洲诸国的宪法，都是受了这三大主义的绝大影响的。旧阶级的打倒，专制政体的推翻，法律之下人人平等的观念的普遍，“信仰，思想，言论，出版”几大自由的保障的实行，普及教育的实施，妇女的解放，女权的运动，妇女参政的实现……都是这个新宗教新道德的实际的表现，这不仅仅是三五个哲学家书本子里的空谈，这都是西洋近代社会政治制度的重要部分，这都已成了范围人生，影响实际生活的绝大势力。

十九世纪以来，个人主义的趋势的流弊渐渐暴白于世了，资本主义之下的苦痛也渐渐明瞭了。远识的人知道自由竞争的经济制度不能达到真正“自由，平等，博爱”的目的。向资本家手里要求公道的待遇，等于“与虎谋皮”。救济的方法只有两条大路：一是国家利用其权力，实行裁制资本家，保障被压迫的阶级；一是被压迫的阶级团结起来，直接抵抗资本阶级的压迫与掠夺。于是各种社会主义的理论与运动不断地发生。西洋近代文明本建筑在个人谋求幸福的基础之上，所以向来承认“财产”为神圣的人权之一。但十九世纪中叶以后，这个观念根本动摇了，有的人竟说“财产是贼赃”，有的人竟说“财产是掠夺”。现在私有财产制虽然还存在，然而，国家可以征收极重的所得税和遗产税，财产久已不许完全私有了。劳动是向来受贱视的；但资本集中的制度使劳工有大组织的可能，社会主义的宣传与阶级的自觉又使劳工觉悟团结的必要，于是几十年之中有组织的劳动阶级遂成了社会上最有势力的分子。十年以来，工党领袖可以执掌世界强国的政权，同盟总罢工可以屈服最有势力的政府，俄国的劳农阶级竟做了全国的专政阶级。这个社会主义的大运动现在还正在进行的时期，但他的成绩已很可观了。各国的“社会立法”的发达，工厂的视察，工厂卫生的改良，儿童工作与妇女工作的救济，红利分配制度的推行，缩短工作时间的实行，工人的保险，合作制之推行，最低工资的运动，失业的救济，级进制的所得税与遗产税的实行……这都是这个大运动已经做到的成绩。这也不仅仅是纸上的文章，这也都已成了近代文明的重要部分。

这是“社会化”的新宗教与新道德。

东方的旧脑筋也许要说：“这是争权夺利，算不得宗教与道德”。这里又正是东西文化的一个根本不同之点，一边是安分，安命，安贫，乐天，不争，认吃亏；一边是不安分，不安贫，不肯吃亏，努力奋斗，继续改善现成的境地。东方人见人富贵，说他是“前世修来的”，自己贫也说是“前世不曾修”，说是“命该如此”。西方人便不然；他说，“贫富的不平等，痛苦的待遇，都是制度的不良的后果，制度是可以改良的。”他们不是争权夺利，他们是争自由，争平等，争公道；他们争的不仅仅是个人的私利，他们奋斗的结果是人类绝大多数人的福利。最大多数人的最大幸福，不是袖手念佛号可以得来的，是必须奋斗力争的。

朋友们，究竟是那一种文化能满足你们的心灵上的要求呢？

我们现在可综合评判西洋近代的文明了。这一系的文明建筑在“求人生幸福”的基础之上，确然替人类增进了不少的物质上的享受；然而他也确然很能满足人类的精神上的要求。他在理智的方面，用精密的方法，继续不断地寻求真理，探索自然界无穷的秘密，他在宗教道德的方面，推翻了迷信的宗教，抛弃了那不可知的天堂净土，努力建设“人的乐国”“人世的天堂”；丢开了那自称的个人灵魂的超拔，尽量用人的新想象力和新智力去推行那充分社会化了的新宗教与新道德，努力谋人类最大多数的最大幸福。

东方的文明的最大特色是知足，而西洋的近代文明的最大特色是不知足。

知足的东方人安于简陋的生活，故不求物质享受的提高；自安于愚昧，自安于“不识不知”，故不注意真理的发见与技艺器械的发明；自安于现成的环境与命运，故不想征服自然，只求乐天安命，不想改革制度，只图安分守己，不想革命，只做顺民。

这样受物质环境的拘束与支配，不能跳出来，不能运用人的心思智力来改造环境改良现状的文明，是懒惰不长进的民族的文明，是真正物质的文明。这种文明只可以遏抑而决不能满足人类精神上的要求。

西方人大不然。他们说“不知足是神圣的”。物质上的不知足产生了今日钢铁世界，蒸汽机世界，电力世界，理智上的不知足产生了今日的科学世界。社会政治制度上的不知足产生了今日的民权世界，自由政体，男女平权的社会，劳工神圣的喊声，社会主义的运动。神圣的不知足是一切革新一切进化的动力。

这样充分运用人的聪明智慧来寻求真理以解放人的心灵，来制服天行以供人用，来改造物质的环境，来改革社会政治的制度，来谋人类最大多数的最大幸福——这样的文明应该能满足人类精神上的要求；这样的文明是精神的文明，是真正理想主义的文明，决不是物质的文明。

固然真理是无穷的，物质上的享受是无穷的，新器械的发明是无穷的，社会制度的改善是无穷的。但格一物有一物的愉快，革新一器有一器的满足，改良一种制度有一种制度的满意，今日不能成功的，明日明年可以成功，前人失败的，后人可以继续助成。尽一分力便有一分的满意；无穷的进境上，步步都可以给努力的人充分的愉快。所以大诗人邓内孙借古英雄尤利西斯的口气歌唱道：

然而人的阅历就像一座穹门，
从那里露出那不曾走过的世界，
越走越远，永永望不到他的尽头。
半路上不干了，多么沉闷啊！
明晃晃的快刀为什么甘心上锈！
难道留得一口气就算得生活了？
……
朋友们，来罢！
去寻一个更新的世界是不会太晚的。
……
用掉的精力固然不回来了，剩下的还不少呢。
现在虽然不是从前那样掀天动地的身手了，
然而我们毕竟还是我们，

光阴与命运颓唐了几分壮志！
终止不住那不老的雄心。
去努力，去探寻，去发现，
永不退让，不屈伏。

《东西文化及其哲学》选

梁漱溟

梁漱溟（1893—1988），原名焕鼎，字寿铭、萧名、漱溟，后以其字行世，祖籍广西桂林，出生于北京。著名的思想家、哲学家、教育家、社会活动家、爱国民主人士、著名学者，主要研究人生问题和社会问题，现代新儒家的早期代表人物之一，有“中国最后一位儒家”之称。1917—1924 年任北京大学印度哲学讲师。1931 年在邹平创办山东乡村建设研究院。1939 年发起组织“统一建国同志会”。1941 年该会改组为“中国民主政团同盟”，任中央常务兼同盟刊物《光明报》社长。1950 年后任全国政协常委、中国孔子研究会顾问、中国文化书院院务委员会主席等职。梁漱溟代表作有：《印度哲学概论》《中国文化要义》《东西文化及其哲学》《人心与人生》《乡村建设理论》《东方学术概观》等，今编有八卷本的《梁漱溟全集》。

梁漱溟早年研究佛学，1917 年应蔡元培之聘任教北京大学。他钟情东方传统，为求同道，还曾在北大刊出启事：“顾吾校自蔡先生并主讲诸先生皆深味乎欧化，而无味乎东方文化，由是倡为东方学者，尚未有闻。”由此开始讲东西文化及其哲学，提倡“世界文化三期重现”说，重估中国的儒学传统，给定孔子以新的价值，提出“世界未来文化就是中国文化的复兴，有似希腊文化在近代的复兴那样”。上海商务印书馆于 1921 年出版其演讲集《东西文化及其哲学》，至 1929 年就先后印行八次之多，可见其影响之深远。

这里摘选的是梁漱溟《东西文化及其哲学》第五章“世界文化三期重现说”部分。从文中不难折射出他对于国人看待中国文化应持之态度的倡导。第五章“世界文化三期重现说”之后紧接着是“我们现在应持的态度”，可另参看。

世界文化三期重现说

第五章（节选）

质而言之，世界未来文化就是中国文化的复兴，有似希腊文化在近世的复兴那样。人类生活只有三大根本态度，如我在第三章中所说：由三大根本态度演为各别不同的三大系文化，世界的三大系文化实出于此。论起来，这三态度都因人类生活中的三大项问题而各有其必要与不适用，如我前面历段所说，最妙是随问题的转移而变其态度——问题问到哪里，就持哪种态度；却人类自己在未尝试经验过时，无从看得这般清楚而警醒自己留心这个分际。于是希腊人、古中国人、古印度人，各以其种种关系因缘凑合不觉就单自走上了一路，以其聪明才力成功三大派的文明——迥然不同的三样成绩。这自其成绩论，无所谓谁家的好坏，都是对人类有很伟大的贡献。却自其态度论，则有个合宜不合宜；希腊人态度要对些，因为人类原处在第一项问题之下；中国人态度和印度人态度就嫌拿出的太早了些，因为问题还不到。不过希腊人也并非看清必要而为适当之应付，所以西洋中世纪折入第三路一千多年。到文艺复兴乃始拣择批评的重新去走第一路，把希腊人的态度又拿出来。他这一次当真来走这条路，便逼直的走下去不放手，于是人类文化上所应有的成功如征服自然、科学、德谟克拉西都由此成就出来，即所谓近世的西洋文化。西洋文化的胜利，只在其适应人类目前的问题，而中国文化印度文化在今日的失败，也非其本身有什么好坏可言，不过就在不合时宜罢了。人类文化之初，都不能不走第一路，中国人自也这样，却他不待把这条路走完，便中途拐弯到第二路上来；把以后方要走到的提前走了，成为人类文化的早熟。但是明明还处在第一问题未了之下，第一路不能不走，哪里能容你顺当去走第二路？所以就只能委委曲曲表出一种暧昧不明的文化——不如西洋文化那样鲜明；并且耽误了第一路的路程，在第一问题之下的世界现出很大的失败。不料虽然在以前为不合时宜而此刻则机运到来。盖第一路走到今日，病痛百出，今世人都想抛弃他，而走这第二路，大有往者中世纪人要抛弃他所走的路而走第一路的神情。尤其是第一路走完，第二问题移进，不合时宜的中国态度遂达其真必要之会，于是照样也拣择批评的重新把中国人态度拿出来。印度文化也是所谓人类文化的早熟；他是不待第一路第二路走完而径直拐到第三路上去的。他的行径过于奇怪，所以其文化之价值始终不能为世人所认识（无识的人之恭维不算数）；既看不出有什么好，却又不敢非薄。一种文化都没有价值，除非到了他的必要时；即有价值也不为人所认识，除非晓得了他所以必要的问题，他的问题是第三问题，前曾略说。而最近未来文化之兴，实足以引进了第三问题，所以中国化复兴之后将继之以印度化复兴。于是古文明之希腊、中国、印度三派竟于三期间次第重现一遭。我并非有意把他们弄得这般齐整好玩，无奈人类生活中的问题实有这么三层次，其文化的路径就有这么三转折，而古人又恰好把这三路都已各别走过，所以事实上没法要他重现一遭。吾自有见而为此说，今人或未必见谅，然吾亦岂求谅于今人者。

在最近未来第二态度复兴；以后顺着走下去，怎样便引进了第三问题，这还要说一两句。我们已经看清现在将以直觉的情趣解救理智的严酷，乃至处处可以见出理智与直觉的消长，都是不得不然的。这样，就从理智的计虑移入直觉的真情，未来人心理上实在比现在人逼紧了一步，如果没有问题则已，如有问题，那么，这个问题就对他压迫的非常之紧。从孔家的路子更是引到真实的心理，那么，就是紧辏。当初籍以解救痛苦的是他，后来贻人以痛苦的亦即是他；前人之于理智，后人之于直觉，都是这样。在人类是时时那里自救，也果然得救，却是皆适以自杀，第三问题是天天接触今人的眼睑而今人若无所见的，到那情感益臻真实之后，就成了满怀唯一问题。而这问题本是不得解决的，一边非要求不可，一边绝对不予满足，弄得左右无丝毫回旋余地！此其痛苦为何如？第三期的文化也就于是产生；所谓印度人的路是也。从孔子的路原是扫空一切问题的，因为一切问题总皆私欲；却是出乎真情实感的则不能，出乎这类真情实感的问题在今日也能扫空，却是在那将来则不能。像这类出乎真情实感的第三问题在今日则随感而应，过而不留，很可以不成为问题；如果执著不舍必是私欲，绝非天理之自然。在将来那时别无可成为问题的，不必你去认定一个问题而念念不忘，他早已自然而然的把这一问题摆在你的眼前，所以就没有法子扫空了。关于第三期文化的开发，可说的话还很多；但我不必多说了，就此为止。本来印度人的那种特别生活差不多是一种贵族的生活，非可遍及于平民，只能让社会上少数居优越地位，生计有安顿的人，把他心思才力用在这个上边。唯有在以后的世界大家的生计都有安顿，才得容人人来作。于自己于社会均没妨碍。这也是印度化在人类以前文化中为不自然的，而要在某文化步段以后才顺理之证。

中国哲学的精神

冯友兰

冯友兰（1895—1990），字芝生，河南省唐河县人，现代新儒家最重要的代表人物之一。1918 年毕业于北京大学哲学系，1919 年入美国哥伦比亚大学研究院哲学系当研究生，1923 年学成归国。回国后，历任中州大学、广东大学、燕京大学哲学系教授。1928 至 1952 年任清华大学哲学系教授兼系主任，1929 至 1952 年任清华大学文学院院长，1930 至 1946 年任西南联合大学哲学系教授兼文学院院长。1952 年起任北京大学哲学系教授，并任中国科学院哲学社会科学部学部委员。

20 世纪 20 年代以来，冯友兰撰写了大量哲学与哲学史著作。1926 年出版《人生哲学》，融合中国传统哲学与实用主义、新实在论之见解，提出“中道”的人生观。1930 年出版《中国哲学史》上册，1934 年出版《中国哲学史》下册（有英文、日文译本），在国内外有较大影响，当时即受到陈寅恪等人的高度评价。抗日战争时期，冯友兰先后写成《新理学》《新事论》《新世训》《新原人》《新原道》《新知言》（合称“贞元六书”），把程朱理学与西方新实在论结合，构成富于思辨性的哲学体系。1946

至1947年，在美国宾夕法尼亚大学任客座教授时，冯友兰用英文写成《中国哲学简史》，1948年在纽约出版，对西方人了解中国哲学起了不可低估的作用。由于此书很好地融合了中西方文化视野，且能深入浅出地讲述中国古代哲学的精神，作者又是当代“新儒家”最重要的代表之一，这本书对当代中国学人也产生了很大影响。此处所选“中国哲学的精神”，即出自《中国哲学简史》。

哲学在中国文化中所占的地位，历来可以与宗教在其他文化中的地位相比。在中国，哲学与知识分子人人有关。在旧时，一个人只要受教育，就是用哲学发蒙。儿童入学，首先教他们读“四书”，即《论语》《孟子》《大学》《中庸》。“四书”是新儒家哲学最重要的课本。有时候，儿童刚刚开始识字，就读一种课本，名叫《三字经》，每句三个字，偶句押韵，朗诵起来便于记忆。这本书实际上是个识字课本，就是它，开头两句也是“人之初，性本善”。这是孟子哲学的基本观念之一。

哲学在中国文化中的地位

西方人看到儒家思想渗透中国人的生活，就觉得儒家是宗教。可是实事求是地说，儒家并不比柏拉图或亚里士多德的学说更像宗教。“四书”诚然曾经是中国人的“圣经”，但是“四书”里没有创世纪，也没有讲天堂、地狱。

当然，哲学、宗教都是多义的名词。对于不同的人，哲学、宗教可能有完全不同的含义。人们谈到哲学或宗教时，心中所想的与之相关的观念，可能大不相同。至于我，我所说的哲学，就是对于人生的有系统的反思的思想。每一个人，只要他没有死，他都在人生中。但是对于人生有反思的思想的人并不多，其反思的思想有系统的人就更少。哲学家必须进行哲学化；这就是说，他必须对于人生反思地思想，然后有系统地表达他的思想。

这种思想，所以谓之反思的，因为它以人生为对象。人生论、宇宙论、知识论都是从这个类型的思想产生的。宇宙论的产生，是因为宇宙是人生的背景，是人生戏剧演出的舞台。知识论的出现，是因为思想本身就是知识。照西方某些哲学家所说，为了思想，我们必须首先明了我们能够思想什么；这就是说，在我们对人生开始思想之前，我们必须首先“思想我们的思想”。

凡此种种“论”，都是反思的思想的产物。就连人生的概念本身、宇宙的概念本身、知识的概念本身，也都是反思的思想的产物。无论我们是否思人生，是否谈人生，我们都是在人生之中。也无论我们是否思宇宙，是否谈宇宙，我们都是宇宙的一部分。不过哲学家说宇宙，物理学家也说宇宙，他们心中所指的并不相同。哲学家所说的宇宙是一切存在之全，相当于古代中国哲学家惠施所说的“大一”，其定义是“至大无

外”。所以每个人、每个事物都应当看作宇宙的部分。当一个人思想宇宙的时候，他是在反思地思想。

当我们思知识或谈知识的时候，这个思、谈的本身就是知识。用亚力士多德的话说，它是“思想思想”；思想思想的思想是反思的思想。哲学家若要坚持在我们思想之前必须首先思想我们的思想，他就在这里陷入邪恶的循环；就好像我们竟有另一种能力可以用它来思想我们的思想！实际上，我们用来思想思想的能力，也就是我们用来思想的能力，都是同一种能力。如果我们怀疑我们思想人生、宇宙的能力，我们也有同样的理由怀疑我们思想思想的能力。

宗教也和人生有关系。每种大宗教的核心都有一种哲学。事实上，每种大宗教就是一种哲学加上一定的上层建筑，包括迷信、教条、仪式和组织。这就是我所说的宗教。

这样来规定宗教一词的含义，实际上与普通的用法并无不同，若照这种含义来理解，就可以看出，不能认为儒家是宗教。人们习惯于说中国有三教：儒教、道教、佛教。我们已经看出，儒家不是宗教。至于道家，它是一个哲学的学派；而道教才是宗教，二者有其区别。道家与道教的教义不仅不同，甚至相反。道家教人顺乎自然，而道教教人反乎自然。举例来说，照老子、庄子讲，生而有死是自然过程，人应当平静地顺着这个自然过程。但是道教的主要教义则是如何避免死亡的原理和方术，显然是反乎自然而行的。道教有征服自然的科学精神。对中国科学史有兴趣的人，可以从道士的著作中找到许多资料。

作为哲学的佛学与作为宗教的佛教，也有区别。受过教育的中国人，对佛学比对佛教感兴趣得多。中国的丧祭，和尚和道士一齐参加，这是很常见的。中国人即使信奉宗教，也是有哲学意味的。

现在许多西方人都知道，与别国人相比，中国人一向是最不关心宗教的。例如，德克·布德教授（Derk Bodde）有篇文章，《中国文化形成中的主导观念》，其中说：“中国人不以宗教观念和宗教活动为生活中最重要、最迷人的部分……中国文化的精神基础是伦理（特别是儒家伦理），不是宗教（至少不是正规的、有组织的那一类宗教）。……这一切自然标志出中国文化与其他主要文化的大多数，有根本的重要的不同，后者是寺院、僧侣起主导作用的。”

在一定意义上，这个说法完全正确。但是有人会问：为什么会这样？对于超乎现世的追求，如果不是人类先天的欲望之一，为什么事实上大多数民族以宗教的观念和活动为生活中最重要、最迷人的部分？这种追求如果是人类基本欲望之一，为什么中国人竟是一个例外？若说中国文化的精神基础是伦理，不是宗教，这是否意味着中国人对于高于道德价值的价值，毫无觉解？

高于道德价值的价值，可以叫做“超道德的”价值。爱人，是道德价值；爱上帝，是超道德价值。有人会倾向于把超道德价值叫做宗教价值。但是依我看来，这种价值并不限于宗教，除非此处宗教的含义与前面所说的不同。例如，爱上帝，在基督教里是宗教价值，但是在斯宾诺莎哲学里就不是宗教价值，因为斯宾诺莎所说的上帝实际上是宇宙。严格地讲，基督教的爱上帝，实际上不是超道德的。这是因为，基督教的上帝有人格，从而人爱上帝可以与子爱父相比，后者是道德价值。所以，说基督教的爱上帝是超道德价值，是很成问题的。它是准超道德价值。而斯宾诺莎哲学里的爱上帝才是真超道德价值。

对以上的问题，我要回答说，对超乎现世的追求是人类先天的欲望之一，中国人并不是这条规律的例外。他们不大关心宗教，是因为他们极其关心哲学。他们不是宗教的，因为他们都是哲学的。他们在哲学里满足了他们对超乎现世的追求。他们也在哲学里表达了、欣赏了超道德价值，而按照哲学去生活，也就体验了这些超道德价值。

按照中国哲学的传统，它的功用不在于增加积极的知识（积极的知识，我是指关于实际的信息），而在于提高心灵的境界——达到超乎现世的境界，获得高于道德价值的价值。《老子》说："为学日益，为道日损。"（第四十八章）这种损益的不同暂且不论，《老子》这个说法我也不完全同意。现在引用它，只是要表明，中国哲学传统里有为学、为道的区别。为学的目的就是我所说的增加积极的知识，为道的目的就是我所说的提高心灵的境界。哲学属于为道的范畴。

哲学的功用，尤其是形上学的功用，不是增加积极的知识，这个看法，当代西方哲学的维也纳学派也作了发挥，不过是从不同的角度，为了不同的目的。我不同意这个学派所说的：哲学的功用只是弄清观念；形上学的性质只是概念的诗。不仅如此，从他们的辩论中还可以清楚地看出，哲学，尤其是形上学，若是试图给予实际的信息，就会变成废话。

宗教倒是给予实际的信息。不过宗教给予的信息，与科学给予的信息，不相调和。所以在西方，宗教与科学向来有冲突。科学前进一步，宗教就后退一步；在科学进展的面前，宗教的权威降低了。维护传统的人们为此事悲伤，为变得不信宗教的人们惋惜，认为他们已经堕落。如果除了宗教，别无获得更高价值的途径，的确应当惋惜他们。放弃了宗教的人，若没有代替宗教的东西，也就丧失了更高的价值。他们只好把自己限于尘世事务，而与精神事务绝缘。不过幸好除了宗教还有哲学，为人类提供了获得更高价值的途径——一条比宗教提供的途径更为直接的途径，因为在哲学里，为了熟悉更高的价值，无需采取祈祷、礼拜之类的迂回的道路。通过哲学而熟悉的更高价值，比通过宗教而获得的更高价值，甚至要纯粹得多，因为后者混杂着想象和迷信。在未来的世界，人类将要以哲学代宗教。这是与中国传统相合的。人不一定应当是宗教的，但是他一定应当是哲学的。他一旦是哲学的，他也就有了正是宗教的洪福。

中国哲学的问题和精神

以上是对哲学的性质和功用的一般性讨论。以下就专讲中国哲学。中国哲学的历史中有个主流，可以叫做中国哲学的精神。为了了解这个精神，必须首先弄清楚绝大多数中国哲学家试图解决的问题。

有各种的人。对于每一种人，都有那一种人所可能有的最高的成就。例如从事于实际政治的人，所可能有的最高成就是成为大政治家。从事于艺术的人，所可能有的最高成就是成为大艺术家。人员有各种，但各种的人都是人。专就一个人是人说，所可能有的最高成就是成为什么呢？照中国哲学家们说，那就是成为圣人，而圣人的最高成就是个人与宇宙的同一。问题就在于，人如欲得到这个同一，是不是必须离开社会，或甚至必须否定“生”？

照某些哲学家说，这是必须的。佛家就说，生就是人生的苦痛的根源。柏拉图也说，肉体是灵魂的监狱。有些道家的人“以生为附赘悬疣，以死为决疴溃痈。”这都是以为，欲得到最高的成就，必须脱离尘罗世网，必须脱离社会，甚至脱离“生”。只有这样，才可以得到最后的解脱。这种哲学，即普通所谓“出世的哲学”。

另有一种哲学，注重社会中的人伦和世务。这种哲学只讲道德价值，不会讲或不愿讲超道德价值。这种哲学，即普通所谓“入世的哲学”。从入世的哲学的观点看，出世的哲学是太理想主义的，无实用的，消极的。从出世的哲学的观点看，入世的哲学太现实主义了，太肤浅了。它也许是积极的，但是就像走错了路的人的快跑：越跑得快，越错得很。

有许多人说，中国哲学是入世的哲学。很难说这些人说的完全对了，或完全错了。从表面上看中国哲学，不能说这些人说错了，因为从表面上看中国哲学，无论哪一家思想，都是或直接或间接地讲政治，说道德。在表面上，中国哲学所注重的是社会，不是宇宙；是人伦日用，不是地狱天堂；是人的今生，不是人的来世。孔子有个学生问死的意义，孔子回答说：“未知生，焉知死？”（《论语·先进》）孟子说：“圣人，人伦之至也。”（《孟子·离娄上》）照字面讲这句话是说，圣人是社会中的道德完全的人。从表面上看，中国哲学的理想人格，也是入世的。中国哲学中所谓圣人，与佛教中所谓佛，以及耶教中所谓圣者，是不在一个范畴中的。从表面上看，儒家所谓圣人似乎尤其是如此。在古代，孔子以及儒家的人，被道家的人大加嘲笑，原因就在此。

不过这只是从表面上看而已，中国哲学不是可以如此简单地了解的。专就中国哲学中主要传统说，我们若了解它，我们不能说它是入世的，固然也不能说它是出世的。它既入世而又出世。有位哲学家讲到宋代的新儒家，这样地描写他：“不离日用常行内，直到先天未画前。”这正是小国哲学要努力做到的。有了这种精神，它就是最理想主义的，同时又是最现实主义的；它是很实用的，但是并不肤浅。

入世与出世是对立的，正如现实主义与理想主义也是对立的。中国哲学的任务，就是把这些反命题统一成一个合命题。这并不是说，这些反命题都被取消了。它们还在那里，但是已经被统一起来，成为一个合命题的整体。如何统一起来？这是中国哲学所求解决的问题。求解决这个问题，是中国哲学的精神。

中国哲学以为，一个人不仅在理论上而且在行动上完成这个统一，就是圣人。他是既入世而又出世的。中国圣人的精神成就，相当于佛教的佛、西方宗教的圣者的精神成就。但是中国的圣人不是不问世务的人。他的人格是所谓“内圣外王”的人格。内圣，是就其修养的成就说；外王，是就其在社会上的功用说。圣人不一定有机会成为实际政治的领袖。就实际的政治说，他大概一定是没有机会的。所谓“内圣外王”，只是说，有最高的精神成就的人，按道理说可以为王，而且最宜于为王。至于实际上他有机会为王与否，那是另外一回事，亦是无关宏旨的。

照中国的传统，圣人的人格既是内圣外王的人格，那么哲学的任务，就是使人有这种人格。所以哲学所讲的就是中国哲学家所谓内圣外王之道。

这个说法很像柏拉图所说的“哲学家——王”。照柏拉图所说，在理想国中，哲学家应当为王，或者王应当是哲学家；一个人为了成为哲学家，必须经过长期的哲学训练，使他的心灵能够由变化的事物世界“转”入永恒的理世界。柏拉图说的，和中国哲学家说的，都是认为哲学的任务是使人有内圣外王的人格。但是照柏拉图所说，哲学家一旦为王，这是违反他的意志的，换言之，这是被迫的，他为此作出了重大牺牲。古代道家的人也是这样说的。据说有个圣人，被某国人请求为王，他逃到一个山洞里躲起来。某国人找到这个洞，用烟把他熏出来，强迫他担任这个苦差事（见《吕氏春秋·贵生》）。这是柏拉图和古代道家的人相似的一点，也显示出道家哲学的出世品格。到了公元三世纪，新道家郭象，遵循中国哲学的主要传统，修正了这一点。

儒家认为，处理日常的人伦世务，不是圣人分外的事。处理世务，正是他的人格完全发展的实质所在。他不仅作为社会的公民，而且作为“宇宙的公民”，即孟子所说的“天民”，来执行这个任务。他一定要自觉他是宇宙的公民，否则他的行为就不会有超道德的价值。他若当真有机会为王。他也会乐于为人民服务，既作为社会的公民，又作为宇宙的公民，履行职责。

由于哲学讲的是内圣外王之道，所以哲学必定与政治思想不能分开。尽管中国哲学各家不同，各家哲学无不同时提出了它的政治思想。这不是说，各家哲学中没有形上学，没有伦理学，没有逻辑学。这只是说，所有这些哲学都以这种或那种方式与政治思想联系着，就像柏拉图的《理想国》既代表他的整个哲学，同时又是他的政治思想。

举例来说，名家以沉溺于“白马非马”之辩而闻名，似乎与政治没有什么联系。可是名家领袖公孙龙“欲推是辩以正名实而化天下焉”（《公孙龙子·迹府》）。我们常

常看到，今天世界上每个政治家都说他的国家如何希望和平，但是实际上，他讲和平的时候往往就在准备战争。在这里，也就存在着名实关系不正的问题。公孙龙以为，这种不正关系必须纠正。这确实是“化天下”的第一步。

由于哲学的主题是内圣外王之道，所以学哲学不单是要获得这种知识，而且是要养成这种人格。哲学不单是要知道它，而且是要体验它。它不单是一种智力游戏，而是比这严肃得多的东西。正如我的同事金岳霖教授在一篇未刊的手稿中指出的：“中国哲学家都是不同程度的苏格拉底。其所以如此，因为道德、政治、反思的思想、知识都统一于一个哲学家之身；知识和德行在他身上统一而不可分。他的哲学需要他生活于其中，他自己以身载道，遵守他的哲学信念而生活，这是他的哲学组成部分。他要做的事就是修养自己，连续地、一贯地保持无私无我的纯粹经验，使他能够与宇宙合一。显然这个修养过程不能中断，因为一中断就意味着自我复萌，丧失他的宇宙。因此在认识上他永远摸索着，在实践上他永远行动着，或尝试着行动。这些都不能分开，所以在他身上存在着哲学家的合命题，这正是合命题一词的本义。他像苏格拉底，他的哲学不是用于打官腔的。他更不是尘封的陈腐的哲学家，关在书房里，坐在靠椅中，处于人生之外。对于他，哲学从来就不只是为人类认识摆设的观念模式，而是内在于他的行动的箴言体系。在极端的情况下，他的哲学简直可以说是他的传记。”

中国哲学家表达自己思想的方式

初学中国哲学的西方学生经常遇到两个困难。一个当然是语言障碍；另一个是中国哲学家表达他们的思想的特殊方式。我先讲后一个困难。

人们开始读中国哲学著作时，第一个印象也许是，这些言论和文章都很简短，没有联系。打开《论语》，你会看到每章只有廖廖数语，而且上下章几乎没有任何联系。打开《老子》，你会看到全书只约有五千字，不长于杂志上的一篇文章，可是从中却能见到老子哲学的全体。习惯于精密推理和详细论证的学生，要了解这些中国哲学到底在说什么，简直感到茫然。他会倾向于认为，这些思想本身就是没有内部联系吧。如果当真如此，那还有什么中国哲学。因为没有联系的思想是不值得名为哲学的。

可以这么说：中国哲学家的言论、文章没有表面上的联系，是由于这些言论、文章都不是正式的哲学著作。照中国的传统，研究哲学不是一种职业。每个人都要学哲学，正像西方人都要进教堂。学哲学的目的，是使人作为人能够成为人，而不是成为某种人。其他的学习（不是学哲学）是使人能够成为某种人，即有一定职业的人。所以过去没有职业哲学家；非职业哲学家也就不必有正式的哲学著作。在中国，没有正式的哲学著作的哲学家，比有正式的哲学著作的哲学家多得多。若想研究这些人的哲学，只有看他们的语录或写给学生、朋友的信。这些信写于他一生的各个时期，语录也不只是一人所记。所以它们不相联系，甚至互相矛盾，这是可以预料的。

以上所说可以解释为什么有些哲学家的言论、文章没有联系，还不能解释它们为什么简短。有些哲学著作，像孟子的和荀子的，还是有系统的推理和论证。但是与西方哲学著作相比，它们还是不够明晰。这是由于中国哲学家惯于用名言隽语、比喻例证的形式表达自己的思想。《老子》全书都是名言隽语，《庄子》各篇大都充满比喻例证。这是很明显的。但是，甚至在上面提到的孟子、荀子著作，与西方哲学著作相比，还是有过多的名言隽语、比喻例证。名言隽语一定很简短，比喻例证一定无联系。

因而名言隽语、比喻例证就不够明晰。它们明晰不足而暗示有余，前者从后者得到补偿。当然，明晰与暗示是不可得兼的。一种表达，越是明晰，就越少暗示；正如一种表达，越是散文化，就越少诗意。正因为中国哲学家的言论、文章不很明晰，所以它们所暗示的几乎是无穷的。

富于暗示，而不是明晰得一览无遗，是一切中国艺术的理想，诗歌、绘画以及其他无不如此。拿诗来说，诗人想要传达的往往不是诗中直接说了的，而是诗中没有说的。照中国的传统，好诗“言有尽而意无穷”。所以聪明的读者能读出诗的言外之意，能读出书的“行间”之意。中国艺术这样的理想，也反映在中国哲学家表达自己思想的方式里。

中国艺术的理想，不是没有它的哲学背景的。《庄子》的《外物》篇说：“筌者所以在鱼，得鱼而忘筌。蹄者所以在兔，得兔而忘蹄。言者所以在意，得意而忘言。吾安得夫忘言之人而与之言哉！”与忘言之人言，是不言之言。《庄子》中谈到两位圣人相见而不言，因为“目击而道存矣”（《田子方》）。照道家说，道不可道，只可暗示。言透露道，是靠言的暗示，不是靠言的固定的外延和内涵。言一旦达到了目的，就该忘掉。既然再不需要了，何必用言来自寻烦恼呢？诗的文字和音韵是如此，画的线条和颜色也是如此。

公元三四世纪，中国最有影响的哲学是“新道家”，史称玄学。那时候有部书名叫《世说新语》，记载汉晋以来名士们的佳话和韵事。说的话大都很简短，有的只有几个字。这部书《文学》篇说，有位大官向一个哲学家（这位大官本人也是哲学家）问老、庄与孔子的异同。哲学家回答说：“将无同?”意思是：莫不是同吗？大官非常喜欢这个回答，马上任命这个哲学家为他的秘书，当时称为“掾”，由于这个回答只有三个字，世称“三语掾”。他不能说老、庄与孔子毫不相同，也不能说他们一切相同。所以他以问为答，的确是很妙的回答。《论语》、《老子》中简短的言论，都不单纯是一些结论，而推出这些结论的前提都给丢掉了。它们都是富于暗示的名言隽语。暗示才耐人寻味。你可以把你从《老子》中发现的思想全部收集起来，写成一部五万字甚至五十万字的新书。不管写得多么好，它也不过是一部新书。它可以与《老子》原书对照着读，也可以对人们理解原书大有帮助，但是它永远不能取代原书。

我已经提到过郭象，他是《庄子》的大注释家之一。他的注，本身就是道家文献的经典。他把《庄子》的比喻、隐喻变成推理和论证，把《庄子》诗的语言翻成他自己的散文语言。他的文章比庄子的文章明晰多了。但是，庄子原文的暗示，郭象注的明晰，二者之中，哪个好些？人们仍然会这样问。后来有一位禅宗和尚说："曾见郭象注庄子，识者云：却是庄子注郭象"（《大慧普觉禅师语录》卷二十二）。

《中国建筑史》选

梁思成

梁思成（1901—1972），中国近现代著名建筑历史学家、建筑教育家和建筑师，中国古建筑研究的先驱者之一，中国古建筑和文物保护工作的倡导者之一。广东省新会人，生于日本东京，其父梁启超。1923 年毕业于清华学校。1924 年赴美留学入康奈尔大学，不久转学入宾夕法尼亚大学建筑系，1927 年 2 月获学士学位，当年 6 月获硕士学位。1927 年 7 月—1928 年 2 月在美国哈佛大学研究院研究世界建筑史。1928 年 3 月与林徽因在加拿大温哥华结婚。1928 年归国创办东北大学建筑系，后参加中国营造学社研究中国建筑史。1946 年创办清华大学建筑系。1948 年获得美国普林斯顿大学荣誉博士学位。1972 年 1 月 9 日在北京逝世。

梁思成热爱中国传统文化，认为可以将中国的传统建筑形式用类似语言翻译的方法转化到西方建筑的结构体系上，形成带有中国特色的新建筑。他和夫人林徽因一起实地测绘调研中国古代建筑，并对宋《营造法式》和清《工部工程做法》进行了深入研究，为中国建筑史学奠定了基础。1931—1945 年，梁思成和他在中国营造学社的同事对 15 个省2 000多项古建筑和文物进行了调查研究，积累了大量资料。他根据这些资料，于 1944 年写成了《中国建筑史》一书，第一次对中国古建筑特征及其发展历程做出系统的论述。新中国成立后，梁思成在建筑创作理论上提倡古为今用、洋为中用，强调新建筑要对传统形式有所继承，他的这些理论观点直到今天依然对中国建筑界有很大影响。梁思成的主要作品有吉林大学礼堂和教学楼、仁立公司门面、北京大学女生宿舍、人民英雄纪念碑、鉴真和尚纪念堂等。

本文选录的是《中国建筑史》的代序《为什么研究中国建筑》。由此文，即可洞见梁思成先生一生致力于保护和弘扬中国传统古建筑的原因所在——"知己知彼，温故知新，已有科学技术的建筑师增加了本国的学识及趣味，他们的创造力量自然会在不自觉中雄厚起来。"

为什么研究中国建筑

代　序

研究中国建筑可以说是逆时代的工作。近年来中国生活在剧烈的变化中趋向西化，社会对于中国固有的建筑及其附艺多加以普遍的摧残。虽然对于新输入之西方工艺的鉴别还没有标准，对于本国的旧工艺，已怀鄙弃厌恶心理。自“西式楼房”盛行于通商大埠以来，豪富商贾及中产之家无不深爱新异，以中国原有建筑为陈腐。他们虽不是蓄意将中国建筑完全毁灭，而在事实上，国内原有很精美的建筑物多被拙劣幼稚的，所谓西式楼房，或门面，取而代之。主要城市今日已拆改逾半，芜杂可哂，充满非艺术之建筑。纯中国式之秀美或壮伟的旧市容，或破坏无遗，或仅余大略，市民毫不觉可惜。雄峙已数百年的古建筑 Historical Landmark，充沛艺术特殊趣味的街市 Local color，为一民族文化之显著表现者，亦常在“改善”的旗帜之下完全牺牲。近如去年甘肃某县为扩宽街道，“整顿”市容，本不需拆除无数刻工精美的特殊市屋门楼，而负责者竟悉数加以摧毁，便是一例。这与在战争炮火下被毁者同样令人伤心，国人多熟视无睹。盖这种破坏，三十余年来已成为习惯也。

市政上的发展，建筑物之新陈代谢本是不可免的事。但即在抗战之前，中国旧有建筑荒颓破坏之范围及速率，亦有甚于正常的趋势。这现象有三个明显的原因：一，在经济力量之凋敝，许多寺观衙署，已归官有者，地方任其自然倾圮，无力保护；二，在艺术标准之一时失掉指南，公私宅第园馆街楼自西艺浸入后忽被轻视，拆毁剧烈；三，缺乏视建筑为文物遗产之认识，官民均少爱护旧建的热心。

在此时期中，也许没有力量能及时阻挡这破坏旧建的狂潮。在新建设方面，艺术的进步也还有培养知识及技术的时间问题。一切时代趋势是历史因果，似乎含着不可免的因素。幸而同在这时代中，我国也产生了民族文化的自觉，搜集实物，考证过往，已是现代的治学精神，在传统的血流中另求新的发展，也成为今日应有的努力。中国建筑既是延续了两千余年的一种工程技术，本身已造成一个艺术系统，许多建筑物便是我们文化的表现，艺术的大宗遗产。除非我们不知尊重这古国灿烂文化，如果有复兴国家民族的决心，对我国历代文物，加以认真整理及保护时，我们便不能忽略中国建筑的研究。

以客观的学术调查与研究唤醒社会，助长保存趋势，即使破坏不能完全制止，亦可逐渐减杀。这工作即使为逆时代的力量，它却与在大火之中抢救宝器名画同样有急不容缓的性质。这是珍护我国可贵文物的一种神圣义务。

中国金石书画素得士大夫之重视。各朝代对它们的爱护欣赏并不在于文章诗词之下，实为吾国文化精神悠久不断之原因。独是建筑，数千年来，完全在技工匠师之手。其艺术表现大多数是不自觉的师承及演变之结果。这个同欧洲文艺复兴以前的建筑情

形相似。这些无名匠师，虽在实物上为世界留下许多伟大奇迹，在理论上却未为自己或其创造留下解析或夸耀。因此一个时代过去，另一时代继起，多因主观上失掉兴趣，便将前代伟创加以摧毁，或同于摧毁之改造。亦因此，我国各代素无客观鉴赏前人建筑的习惯。在隋唐建设之际，没有对秦汉旧物加以重视或保护。北宋之对唐建，明清之对宋元遗构，亦并未知爱惜。重修古建，均以本时代手法，擅易其形式内容，不为古物原来面目着想。寺观均在名义上，保留其创始时代，其中殿宇实物，则多任意改观。这倾向与书画仿古之风大不相同，实足注意。自清末以后突来西式建筑之风，不但古物寿命更无保障，连整个城市，都受打击了。

如果世界上艺术精华，没有客观价值标准来保护，恐怕十之八九均会被后人在权势易主之时，或趣味改向之时，毁损无余。在欧美，古建实物的保存是比较晚近的进步。十九世纪以前，古代艺术的破坏，也是常事。幸存的多赖偶然的命运或工料之坚固。十九世纪中，艺术考古之风大炽，对任何时代及民族的艺术才有客观价值的研讨。保存古物之觉悟即由此而生。即如此次大战，盟国前线部队多附有专家，随军担任保护沦陷区或敌国古建筑之责。我国现时尚在毁弃旧物动态中，自然还未到他们冷静回顾的阶段。保护国内建筑及其附艺，如雕刻壁画均须萌芽于社会人士客观的鉴赏，所以艺术研究是必不可少的。

今日中国保存古建之外，更重要的还有将来复兴建筑的创造问题，欣赏鉴别以往的艺术，与发展将来创造之间，关系若何，我们尤不宜忽视。

西洋各国在文艺复兴以后，对于建筑早已超出中古匠人不自觉的创造阶段。他们研究建筑历史及理论，作为建筑艺术的基础。各国创立实地调查学院，他们颁发研究建筑的旅行奖金，他们有美术馆博物院的设备，又保护历史性的建筑物任人参观；派专家负责整理修葺。所以西洋近代建筑创造，同他们其他艺术，如雕刻，绘画，音乐或文学，并无二致，都是结合理解与经验，而加以新的理想，作新的表现的。

我国今后新表现的趋势又若何呢?

艺术创造不能完全脱离以往的传统基础而独立。这在注重画学的中国应该用不着解释。能发挥新创都是受过传统熏陶的。即使突然接受一种崭新的形式，根据外来思想的影响，也仍然能表现本国精神。如南北朝的佛教雕刻，或唐宋的寺塔，都起源于印度，非中国本有的观念，但结果仍以中国风格造成成熟的中国特有艺术，驰名世界。艺术的进境是基于丰富的遗产上，今后的中国建筑自亦不能例外。

无疑的，将来中国将大量采用西洋现代建筑材料与技术。如何发扬光大我民族建筑技艺之特点，在以往都是无名匠师不自觉的贡献，今后却要成近代建筑师的责任了。如何接受新科学的材料方法而仍能表现中国特有的作风及意义，老树上发出新枝，则真是问题了。

欧美建筑以前有“古典”及“派别”的约束，现在因科学结构，又成新的姿态，

但它们都是西洋系统的嫡裔。这种种建筑同各国多数城市环境毫不抵触。大量移植到中国来，在旧式城市中本来是过分唐突，今后又是否让其喧宾夺主，使所有中国城市都不留旧观？这问题可以设法解决，亦可以逃避。到现在为止，中国城市多在无知匠人手中改观。故一向的趋势是不顾历史及艺术的价值，舍去固有风格及固有建筑，成了不中不西乃至于滑稽的局面。

一个东方老国的城市，在建筑上，如果完全失掉自己的艺术特性，在文化表现及观瞻方面都是大可痛心的。因这事实明显的代表着我们文化衰落，致于消灭的现象。四十年来，几个通商大埠，如上海、天津、广州、汉口等，曾不断地模仿欧美次等商业城市，实在是反映着外国人经济侵略时期。大部分建设本是属于租界里外国人的，中国市民只随声附和而已。这种建筑当然不含有丝毫中国复兴精神之迹象。

今后为适应科学动向，我们在建筑上虽仍同样的必需采用西洋方法，但一切为自觉的建设。由有学识、有专门技术的建筑师，担任指导，则在科学结构上有若干属于艺术范围的处置必有一种特殊的表现。为着中国精神的复兴，他们会作美感同智力参合的努力。这种创造的火炬已曾在抗战前燃起，所谓“宫殿式”新建筑就是一例。

但因为最近建筑工程的进步，在最清醒的建筑理论立场上看来，“宫殿式”的结构已不合于近代科学及艺术的理想。“宫殿式”的产生是由于欣赏中国建筑的外貌。建筑师想保留壮丽的琉璃屋瓦，更以新材料及技术将中国大殿轮廓约略模仿出来。在形式上它模仿清代宫衙，在结构及平面上它又仿西洋古典派的普通组织。在细项上窗子的比例多半属于西洋系统，大门栏杆又多模仿国粹。它是东西制度勉强的凑合，这两制度又大都属于过去的时代。它最像欧美所曾盛行的“仿古”建筑 Period Architecture。因为靡费侈大，它不常适用于中国一般经济情形，所以也不能普遍。有一些“宫殿式”的尝试，在艺术上的失败可拿文章作比喻。它们犯的是堆砌文字，抄袭章句，整篇结构不出于自然，辞藻也欠雅驯。但这种努力是中国精神的抬头，实有无穷意义。

世界建筑工程对于钢铁及化学材料之结构愈有彻底的了解，近来应用愈趋简洁。形式为部署逻辑，部署又为实际问题最美最善的答案，已为建筑艺术的抽象理想。今后我们自不能同这理想背道而驰。我们还要进一步，重新检讨过去建筑结构上的逻辑；如同致力于新文学的人还要明了文言的结构文法一样。表现中国精神的途径尚有许多，“宫殿式”只是其中之一而已。

要能提炼旧建筑中所包含的中国质素，我们需增加对旧建筑结构系统及平面部署的认识。构架的纵横承托或联络，常是有机的组织，附带着才是轮廓的钝锐，彩画雕饰，及门窗细项的分配诸点。这些工程上及美术上措施常表现着中国的智慧及美感，值得我们研究。许多平面部署，大的到一城一市，小的到一宅一园，都是我们生活思想的答案，值得我们重新剖视。我们有传统习惯和趣味：家庭组织，生活程度，工作，游息，以及烹饪，缝纫，室内的书画陈设，室外的庭院花木，都不与西人相同。这一

切表现的总表现曾是我们的建筑。现在我们不必削足就履，将生活来将就欧美的部署，或张冠李戴，颠倒欧美建筑的作用。我们要创造适合于自己的建筑。

在城市街心如能保存古老堂皇的楼宇、夹道的树荫、衙署的前庭或优美的牌坊，比较用洋灰建造卑小简陋的外国式喷水池或纪念碑，实在合乎中国的身份，壮美得多。且那些仿制的洋式点缀，同欧美大理石富于“雕刻美”的市心建置相较起来，太像东施效颦，有伤尊严。因为一切有传统的精神，欧美街心伟大石造的纪念性雕刻物是由希腊而罗马而文艺复兴延续下来的血统，魄力极为雄厚，造诣极高，不是我们一朝一夕所能望其项背的。我们的建筑师在这方面所需要的是参考我们自己艺术藏库中的遗宝。我们应该研究汉阙、南北朝的石刻、唐宋的经幢、明清的牌楼以及零星碑亭、泮池、影壁、石桥、华表的部署及雕刻，加以聪明的应用。

艺术研究可以培养美感，用此驾驭材料，不论是木材、石块、化学混合物或钢铁，都同样的可能创造有特殊富于风格趣味的建筑。世界各国在最新法结构原则下造成所谓“国际式”建筑；但每个国家民族仍有不同的表现。英、美、苏、法、荷、比、北欧或日本都曾造成他们本国特殊作风，适宜于他们个别的环境及意趣。以我国艺术背景的丰富，当然有更多可以发展的方面。新中国建筑及城市设计不但可能产生，且当有惊人的成绩。

在这样的期待中，我们所应做的准备当然是尽量搜集及整理值得参考的资料。

以测量绘图摄影各法将各种典型建筑实物作有系统秩序的纪录是必须速作的。因为古物的命运在危险中，调查同破坏力量正好像在竞赛。多多采访实例，一方面可以做学术的研究，一方面也可以促社会保护。研究中还有一步不可少的工作，便是明了传统营造技术上的法则。这好比是在欣赏一国的文学之前，先学会那一国的文字及其文法结构一样需要。所以中国现存仅有的几部术书，如宋李诫《营造法式》、清工部《工程做法则例》，乃至坊间通行的《鲁班经》，等等，都必须有人能明晰地用现代图解译释内中工程的要素及名称，给许多研究者以方便。研究实物的主要目的则是分析及比较冷静的探讨其工程艺术的价值，与历代作风手法的演变。知己知彼，温故知新，已有科学技术的建筑师增加了本国的学识及趣味，他们的创造力量自然会在不自觉中雄厚起来。这便是研究中国建筑的最大意义。

新人口论

马寅初

本文为 1957 年 7 月作者在第一届全国人民代表大会第四次会议上的书面发言，原载于《人民日报》1957 年 7 月 5 日，发表时作者曾稍作补充。

马寅初（1882—1982），字元善，浙江嵊州人，我国著名的经济学家、人口学家、教育家。1882 年 6 月 24 日生，1982 年因肺炎复发，医治无效，溘然长逝。1906 年毕业于北洋大学后留学美国，1915 年回国，1916 年在北大任教，1927 年后任上海交通大学、南京中央大学教授兼浙江省政府委员、南京政府立法委员。抗战期间任重庆大学商学院院长。全国解放后，历任中国人民政治协商会议第一届全体会议代表，政协第一届、第三届全国委员会委员，政协第二届、第四届、第五届全国委员会常务委员会委员，华东军政委员会副主席，中央人民政府财经委员会副主席，中国科学院哲学社会科学部委员，浙江大学、北京大学校长等职。马寅初先生的主要著作有：《中国经济改造》《经济学概论》《马寅初经济论文集》《马寅初演讲集》和《我的经济理论、哲学思想和政治立场》等。

1957 年 7 月 5 日，《人民日报》发表了马寅初的《新人口论》。马寅初先生的“新人口论”以及在此前后发表的关于人口方面的谈话、文章，篇幅虽然不长，但观点鲜明，论据确凿，并且一反苏联政治经济学教科书中关于把人口不断迅速增长说成是社会主义人口规律的教条，冲破“人口多就是好”的形而上学思想的束缚，因而格外引人注目，引起了学术界的一场争论。他的许多正确的意见和建议被错误地当作新马尔萨斯人口论进行批判，然而，实践是检验真理的唯一标准，也是检验人口理论和人口政策是否正确的唯一标准。20 多年的实践无可辩驳地判定：马寅初先生“新人口论”的观点是正确的，加于其上的一切诬蔑不实之词都应彻底推倒。

由于党和毛主席的英明和正确领导，人口的控制已有了办法。1957 年 10 月 26 日发表的《1956 年到 1967 年全国农业发展纲要（修正草案）》第二十九条第三项规定：“除了少数民族的地区以外，在一切人口稠密的地方，宣传和推广节制生育，提倡有计划地生育子女，使家庭避免过重的生活负担，使子女受到较好的教育，并且得到充分就业的机会。”我深信有了这一项规定，5 亿农民中多子多孙的思想，一定可以很快地扭转过来。

我国农村过去长期存在着地主和农民的阶级矛盾，这个矛盾经过了解放战争胜利和土地改革完成，已经解决了。土改之后，农村中发生了新矛盾，这就是个体农民走向资本主义还是走向社会主义的矛盾。经过了几年来的斗争和艰苦工作，1956 年在全国范围内基本上实现了农业合作化，中国农民肯定地走上了社会主义道路，从而基本解决了这个两条道路的矛盾。那么现在还有没有矛盾呢？矛盾是有的，除了毛主席所说的人民内部矛盾这一主要矛盾外，我认为人口多、资金少，也是一个很重要的矛盾。过去的矛盾是阶级矛盾，现在的矛盾主要是生产矛盾。

一、我国人口增殖太快

1953 年的普查是中国历史上第一次人口普查，普查结果表明 1953 年 6 月 30 日中国人口一共有 601 938 035 人，这是一个静态的记录，如果 1953 年以后每年都有人口统计数字，这样就成为动态的人口记录。可惜的是这些数字现在没有，今后必须建立生命统计，登记各个区域人口出生、死亡、结婚、离婚、迁入、迁出的人数，这样才有正确的人口统计。现在一般估计中国人口大概每年增加 1 200 万到 1 300 万，增殖率 20‰，如果这样估计下去，30 年后同实际的人口数字一比，就会差之毫厘而失之千里了。增殖率 20‰是怎样得来的呢？1953 年政府在 29 个大中城市、宁夏全省、其余各省每省选 10 个县进行普查，另有 35 个县只查一区、两镇、58 个乡、9 个村，共有人口 3 018 万人，出生率 37‰、死亡率 17‰，因此人口增殖率 20‰，并且说城市的增殖率高于乡村；上海一地的增殖率是 39‰，城乡平均起来每年增加 20‰。我很怀疑四年来增殖率是否仍旧是 20‰呢？普查的数字在当时是正确的，但拿 20‰来解释以后四年的情况（自 1953 年至 1957 年），恐怕有出入。由于以下七方面的考虑，我认为增殖率或超过 20‰。

（1）结婚人数增加，在解放以前青年人毕业即失业；现在毕业以后，国家分配工作，经济情况改善就具备了组成家庭的条件。社会上大家都有职业，对于父兄、亲友的接济少了，负担减轻，也促使结婚人数增加，并且政府照顾已婚夫妇，原则上分配在一个城市内工作，生育的机会也就增加了。

（2）政府对孕妇、产妇和婴儿的福利照顾，产妇产前、产后有 56 天的休假，这在解放前是没有的。随着卫生事业的发展，乡村中产婆接生已为正规接生所代替，婴儿死亡率下降，托儿机构普遍建立，可替多子女家庭进行一部分教养儿童的工作，子女入学可以享受公费待遇。

（3）老年人死亡率减少了，以往是人生七十古来稀，现在是人生七十多来兮。对孤寡老人政府有照顾，退休有养老金，真是鳏寡孤独皆有所养。

（4）以往几乎年年有内战，人民遭受兵燹、水旱灾害，流离失所，大量死亡。现在国内秩序空前安定，内战消灭，盗匪绝迹，凶杀案件减少，人民死于非命的减少。

（5）随着社会制度的改变，尼姑与和尚大半还俗结婚，将来和尚和尼姑的人数也不会多。在资本主义国家不能解决的娼妓问题，我们也彻底解决，大家都知道妓女因丈夫太多，是不能生育的。

（6）农业合作化以后，人民生活改善，老年人尚有旧思想的残余，希望多福多寿，什么“五世其昌，儿孙满堂”“不孝有三，无后为大”，种种格言，到处传播。只要经济上许可，就忙着替儿子娶媳妇，成家立业。

（7）政府对于一胎多婴的家庭，除了奖励以外，还有经济上的补助。诸如此类，都是增加出生率、减少死亡率的因素。因此，我认为近四年来人口增殖率很可能在20‰以上。

二、我国资金积累得不够快

我国最大的矛盾是人口增加得太快而资金积累得似乎太慢。周恩来总理在《关于发展国民经济的第二个五年计划的建议的报告》中说："国家建设规模的大小，主要决定于我们可能积累多少资金和如何分配资金。我们的资金积累较多，分配得当，社会扩大再生产的速度就会较快，国民经济各部门就能够按比例发展……国民收入是全国劳动人民在生产过程中新创造的物质财富。在社会主义国家里面，全部国民收入都归劳动人民自己所有。劳动人民把国民收入的一部分用来维持和改善自己的生活，另一部分用于社会扩大再生产，也就是说用做积累。在分配和再分配国民收入的时候，必须使消费部分和积累部分保持适当的比例。消费部分所占比重小了，就会妨碍人民生活的改善；积累部分所占比重小了，就会降低社会扩大再生产的速度。这两种情况都是对人民不利的。"

要改善人民的生活，一定要扩大生产和再生产；要扩大生产和再生产，一定要增加积累；要增加积累，一定要增加国民收入。我国的国民收入在1956年将近900亿元，其中消费部分约为79%，积累部分约为21%。因人口多，所以消费大，积累小，而这点积累又要分摊在这许多生产部门之中，觉得更小了。我要研究的就是如何把人口控制起来，使消费的比例降低，同时就可以把资金多积累一些。

三、我在两年前就主张控制人口

我到浙江视察三次，旧时代的浙江分成11个府，我到了10个府。令人注目的是这些地方儿童特别多，因此引起了我的注意。每到一个村，必定向社里的负责干部和老农了解近年来村里出生的人口有多少，死亡的有多少，生死相抵以后，净增加有多少。各地人口增殖的情况虽不一样，我的印象是顶少的也增殖了22‰以上；到上海视察时，感觉到增殖率更高。1955年视察返京以后，就视察所得准备好关于人口问题的发言稿，内容是控制人口与科学研究，打算在1955年的人民代表大会上提出。提出以前先在浙江小组进行讨论，小组会上除少数人外，其余的代表们好多不表示意见，好多不同意我的看法，且竟有人认为我所说的是马尔萨斯的一套，也有的认为说法虽与马尔萨斯不同，但思想体系是马尔萨斯的。虽然他们的意见我不能接受，但我认为都是出于善意，故我自动地把这篇发言稿收回，静待时机成熟再在大会上提出来。今年2月，毛主席在最高国务会议上的发言中明确地提到人口问题，我认为毛主席提出这个问题非常及时，也非常必要，我就把旧发言稿在扩大最高国务会议上简略地讲了一遍。现在就把这篇稿子加以补充，提出来请各位代表指教。

四、马尔萨斯的人口理论的错误及其破产

大家都知道马尔萨斯的“人口论”学说是反动的，马尔萨斯说人口按几何级数增加，即由1增加到2、4、8、16、32、64……，而食物是按算术级数增加如1、2、3、4、5、6、7……，过了几代，人口增加太多，粮食不够吃了，因此产生疾病、瘟疫，甚至战争，人民大批死亡，人口锐减，至此人口数量才能与粮食供应相平衡。这样世界经常处于恶性循环中，人类的前途非常黯淡。马尔萨斯的“人口论”于1798年出版，当时正值工业革命以后，社会经济发生根本性的变动，工人们大量失业，普遍贫穷，时有暴动，人民对于资产阶级政府感到很大的不满。马尔萨斯写“人口论”的本意，就在于从理论上维护资本主义制度及其政府，掩盖英国政府的错误措施。他的人口理论无异于告诉工人们说，工人们的普遍贫困，不是政府之过，主要是由于人口增加太快，而粮食增加太慢引起的。这种论调是他“人口论”的出发点，也就在这一点上他根本错误了。当时法国拿破仑在欧洲挑起了大战，人民死得很多，粮食不足的情况好转了一些，因而大家认为马尔萨斯的“人口论”很正确。但是拿破仑战争以后，他的学说应用到德国的情况上，就不符合实际了。由于当时德国科学研究的发展，粮食也按几何级数增加，比人口增长的速度还要快，他的食物按算术级数增加的理论基础就此破产。马尔萨斯没有想到以后的科学研究能够飞跃地发展，使得粮食也按几何级数增加，并且比人口增加得更快。应该了解，土地和劳动力这些自然条件，虽是农业生产最根本的条件，但它们在发展生产上是有一定限制的，而科学的发展则是无止境的。科学愈发达，人民的文化水平也愈加提高。知识增加，一方面促使劳动生产率增长，另一方面促使生殖率减低，例如社会上层分子和脑力劳动者，娱乐的方式较多，如打球、划船、骑马、打猎等多方面的活动，减低了他们的性欲。在法国，上层分子的生殖率停滞不变，他们把生儿育女看做包袱。又如约翰雷指出，夏威夷群岛的土地非常肥沃，食品有大量的增加，但人口并不跟着增加，主要是因为该处的居民并不是喜欢多子多孙的，这又有力地反驳了马尔萨斯的“人口论”，因此他的人口按几何级数增加的理论也就此破了产。

五、我的人口理论在立场上和马尔萨斯是不同的

马尔萨斯从掩盖资产阶级政府的错误措施出发，我则从提高农民的劳动生产率，从而提高农民的文化和物质生活水平出发。让我用中国的实际情形来说明这个不同之点。

苏联帮助我国建设的第一座大型机械化仓库最近正式投入生产。这座仓库高达35公尺，有24个圆仓和12个星形粮仓，能够储放7万吨粮食。粮仓的一端，有一个60公尺高的工作塔，粮食用火车运来后，卸车、运送、滤尘、筛选、计量、测温等都是用工作塔里机械操作，自动电铲只用几分钟的时间就能把一车厢粮食卸完。粮仓里设

有电阻温度计，化验工人在地下工作室就能通过自动测温仪表箱准确地测量每个粮仓的温度。发现仓里温度高，把电钮打开，在6天内就能把7万吨粮食全部进行一次通风。如果用人工翻晒这些粮食，需要300个劳动力连续晒一年半才能晒完。这座机械化仓库是为石家庄食品制造工业储藏原料建设的，对保证产品质量有很大作用（根据1957年5月10日《大公报》）。关于粮仓问题我曾与粮食部的负责人谈过，知道粮食集中在政府手中者今年约有1000亿斤左右（包括农业税和征购之数），此外尚须加上200亿斤从上年留下来的，约共1200亿斤。一亿斤等于5万吨，共等于6000万吨。若这个数量的粮食，皆用机械化仓库来储藏，共需建筑857座，每座建设费约在300万元左右，共需25.5亿元。但实际上每座粮仓的利用率不过60%～70%。因为年岁有丰歉之别，丰收时，收集的粮食可以堆满仓库，但歉收时，或只能利用60%～70%。因此我们可以建设可以容纳1亿吨粮食的仓库1 428座，共需投资42.8亿元，试问资金在哪里？有了资金，钢铁、水泥、木材在哪里？

假定每座仓库需用300个劳动力（旧式仓库的一个保管员只管50万斤），共需用42.84万人，尚且要花一年半的时间才能晒完。而现在每座只需15个技工在6天内就能把7万吨粮食进行一次通风。就是只要原来人数的1/20就可完成任务了。其余19/20的人是多余的。因为这15个技工的工作效率高，所以他们的平均工资是80元；因为工资高，所以购买力大，物质和文化生活水平可以提高，社会主义的目的可以达到。但我们要注意的，是那19/20的人的物质和文化生活，用什么方法来提高呢？在目前6.4亿人口的压力之下，要提高他们的物质和文化生活水平，我们已觉得很吃力，若每年还要生出1 300万人来，这个问题就日益严重，不知要严重到什么程度。

据上海国棉二厂负责人楼葆华先生的厂矿调查报告（载1957年10月9日《人民日报》），从1953年到1957年7月，上海国棉二厂全厂女工已生了3 049个小孩，差不多等于全厂现有的女工总数。1956年和解放前的1946年相比，生育率几乎增加3倍。女工的生育率高了，另一方面婴儿的死亡率却降低了。解放前，儿童死于麻疹、白喉、天花、痢疾、百日咳的很多，而今天，儿童死于这些疾病仅仅是个别的了。由于女职工的生育率太高，就产生了下列几种不良的现象：① 产生了或扩大了房子不够住、或生活困难的问题，至少是影响了生活的改善。仅以工人住宅的拥挤现象来说，平均每间房子都有5人左右，目前因家庭人口多而申请要房的占全部要房子的人的40%～50%；② 从1957年1月到6月，全厂因家中人口多，生活困难需要补助的职工有414人，占被补助人数的1/3左右；③ 因妇科疾病而造成的缺勤率，在1956年有6.824个工作日，在造成缺勤率的各科疾病中占第一位；④ 有些职工由于生育多，家务操作繁忙，生活不好，营养不良，影响了身体健康；⑤ 有些女工因子女多无法学习文化；⑥ 有的青年女工因生了孩子，忙于家务，降低了政治进取心。

我深信社会主义事业愈发展，机械化、自动化必然随之扩大，从前1 000个人做的

事情，机械化、自动化以后，50 个人就可以做了（假定到处都是 1/20），请问其余 950 人怎么办？因此，我就考虑到人多，就不能很快地机械化和自动化。我们现在不能搞很多的大型工业，要多搞中、小型工业，其中原因之一，就是因为中、小型工业可以安插好多人。但是我国搞社会主义，就应当多搞大工业，列宁也说过，没有大工业，就没有社会主义（《列宁文集》第 7 册第 151 页）。然而，我们过多的人口，就拖住了我们高速度工业化的后腿，使我们不能大踏步前进。有人称我为马尔萨斯主义者，我则称他们为教条主义者、反列宁主义者。

今天增加的 1300 万人，能在工业中安插的不过 100 万人（据李富春副总理的第二个五年计划说明），其余 1200 万人要在乡村中工作。但今日的农民，每人每年为国家所创造的财富，至多不过 80 多元，而工厂中的工人因有新式的技术装备，每年可以为国家创造 4000 多元的财富。二个生产率的对比如 1 与 50 之比，二者的生产率相差如此之巨，主要原因是工业生产能利用新式技术装备（有些是最新式的），而农业生产只能利用畜力为主要动力，加以近来有些省份牲畜瘦弱死亡不少，致有用人力拉犁来耕地的现象，更影响到农业生产。且要发展农业生产，必须有两个条件，一是水，二是肥，必须有水，施肥才有用。如果没有水利设备，遭到旱灾或者水灾，再多肥料也不能希望增产。北方农民缺乏积肥习惯，与水利条件太差是有关系的。我国技术工程落后，对于水旱灾害尚无控制把握，同时因工业落后，国家尚不能供应大量化肥。凡此皆是工业和农业的劳动生产率相差悬殊的主要原因。我说这些话，工人方面或可能发生一种错觉，误认为他们为国家创造的财富多，他们的功劳大，因而要求增加工资，殊不知很多工业部门的生产资料是由农业部门创造的，它们的货币积累一部分是由其他部门造成的，不过制造的最后阶段落在他们的部门之内，因而最后的结果在他们的部门内体现出来而已。

若进一步把以上所述的 100 万工人和在乡村中安插的 1200 万农民合并计算，则每人的平均劳动生产率一定低得可怜，问题是如何提高这 1200 万农民的劳动生产率。若要提高，非搞农业电气化、机械化不可，非大大地增加化学肥料不可。但资金在哪里？积累在哪里？有了积累，物资如钢材、水泥等在哪里？洪水为患自古已然，于今尤烈，1954 年的洪水可以作证。于是我想到要解除农民被洪水淹没的损失和淹死的危险，最好能在三峡兴建一个能够防御千年一遇的大洪水的水库，从此一劳永逸，可以使农民高枕无忧。明知投资数目不小，工程浩大，长江上游淹没损失也可观，但从国家和农民的长远利益出发，还是合算的。据电力工业部水电总局工程师陆钦侃先生的估计，三峡工程造价达 100 余亿元；为配合这样大的电能，还要建设相应的工厂企业来充分利用。它们的造价（投资）要达五六百亿到 1000 亿元。哪里来这许多钱？有了钱，哪里来这许多钢材和水泥？况工程浩大，20 年内恐不能完成修建。一旦完成之后，农民不知要得到多少好处。不但水利建设、电力建设会把农村全面改观，即机械、肥料、

运输、燃料以及建筑材料等等亦将大量出现于农村，为农业服务；农村将成为重工业的重要市场，不过今日尚须耐心等待一个时期。这个等待，是指像三峡这样的巨大工程而言。但在农业社会主义改造以后，生产关系变了，生产力正在猛力地向前发展着，对农业小型机械化问题，必须快快有积极的准备。目前农村中的关键问题，是忙闲不均的问题，如南方推行双季稻，在割早稻后即种晚稻的15天内，农民实在是忙不过来，所以今后农村富裕增产的关键，在于农忙忙不过来的时候有机械来帮忙。农民所最需要的机械是：① 割稻机；② 插秧机；③ 抽水机。

我在上面说过，我们的缺点是消费多、积累少。1956年我们的国民收入将近900亿元，其中消费占79%，而积累只占21%，亦即等于180多亿元，这笔资金要分摊在重工业、轻工业、农业（包括林业、畜牧业、渔业）、运输业、建筑业、商业（包括对外贸易业）这许多单位之中，每个单位分到的，为数极微，当然不能大踏步地前进。资金积累如此之慢，而人口增殖如此之速，要解决“资金少、人口多”的矛盾，不亦难矣哉？我们不屑向美国借款，我们亦不能用帝国主义剥削殖民地的方法来榨取资金，亦不能仿效日本以甲午赔款作为工业化的本钱，我们只得自力更生，依靠自身的积累。但自身的积累与消费的比例，是79%与21%之比，可否把消费减少一些，把积累增加一些呢？一看我国实际情况，这是带有危险性的。

我们的国民收入只有这一点，分为积累和消费两部分。积累多了，消费就少了，对于人民的生活，难免照顾得不够。反之，消费多了，积累就少了，就必然推迟工业化的完成，故二者之间必须求得一个平衡。至于如何平衡，要看实际情况。在苏联，消费占75%，而积累占25%，即占国民收入的1/4。在中国，由于人民生活水平较低，人口较多，消费比重当然要高一些，所以有79%与21%之比。我们不能如苏联一样把积累提高到25%，把消费压低到75%，那就等于说我们只顾工业化，不顾人民了，不免会出乱子。我们现在把每年增殖出来的1200多万余人口放在农村，虽然出生不得已，但难免发生副作用。今日的农民对于自己生产出来的粮食，总想多留一些，对于生活上的需要要向城市看齐。他们要吃油，所以今日油的紧张超过粮食；他们要穿新衣，所以布不够用。这个情况已经相当严重，但每年还要增殖出来1300万人，除在工业部门安置100万人外，要把其余1200万人安置在农村，他们的劳动生产率在短期内既不能提高，而在生活需要上又要向城市看齐，长此以往，如何得了。所以对于人口问题若不早为之图，难免农民把一切恩德变为失望与不满，不免给政府带来很多困难。因此，我主张要提高农民劳动生产率，一面要积累资金，一面要控制人口。不然的话，徒劳无功。

我说难免农民把一切恩德变为失望与不满，我所指的恩德是：在土改胜利之后，3亿无地或少地的农民得到了7亿亩的土地，并免除了每年向地主缴纳的租粮600亿斤及各种超出任务的剥削。土改后，从1950年到1956年七年中，国家对水利的基本建设拨

款共达30.7亿多元，发放救灾救济经费13.1亿余元，用于推广优良品种、新式农具、提高农业生产技术及防治病虫害的经费12.8亿余元。以上三项共56.6亿余元。此外农民在7年中得到国家80亿元的低利贷款，从此不再受高利贷的剥削。此外，今天即使最贫穷的农民亦不致卖男卖女，挨饿受冻，流落街头，沿街乞讨。他们在农业社的照顾下，都能生活下去，此外在农村中还实行了五保制，使老有所恃。我的意思是，政府对人口问题若不再设法控制，这些恩德不免一变而为失望与不满。

六、不但要积累资金而且要加速积累资金

社会主义国家实现的五年计划的次数愈多，生产率也就愈大，而所需的技术装备也就愈精。苏联第一个五年计划最后一年，一个工人配备的资金，是固定基金1万卢布，流动基金3000卢布，共计13000卢布。至第三个五年计划最后一年，每个工人配备的资金6倍于第一个五年计划最后一年所配备的资金，第五个五年计划最后一年配备的资金即达12倍。所以苏联生产能力的继续增长，是由于每年技术装备的倍数增加。中国以后的情况也应该这样，因此要提高工业的劳动生产率，就要大力积累资金，加强每个工人的技术装备，同时还要控制人口，因为如人口增殖任其自流，资金很难迅速地积累。积累资金最快的方法是提高劳动生产率。劳动生产率提高以后工人的收入也当然提高，如农民的劳动生产率不能与工人的劳动生产率比例地提高，二者收入的差别愈来愈大，就影响着工农联盟。因此控制人口，实属刻不容缓，不然的话，日后的问题益形棘手，愈难解决。

以上已说过苏联第一个五年计划最后一年，一个工人配备的资金是固定基金1万卢布，流动资金3000卢布。我国自1953年至1955年，国营、地方国营及公私合营工业每个工人装备的生产用的固定资产为1953年5273元，1954年6072元，1955年6835元，1卢布约等于人民币0.5元，中苏两国在第一个五年计划中给工人的技术装备大致相等。

七、从工业原料方面着想亦非控制人口不可

我们要积累资金，最好发展轻工业，因为轻工业的特点是投资少、建设易、获利多而且快，可以更有效地积累资金，用来更多更快地发展重工业。现在新建一个10万纱锭、3500台布机的棉纺织厂，共需投资3500万元。在正式投入生产以后，只要一年时间，就可以收回全部投资（包括工业、商业利润和税收）。印染、毛纺织厂等收回的时间还要快一些。因此轻工业的扩大，不仅不会影响重工业的建设，而且有利于重工业的发展。

但扩大轻工业的建设，必须在资金和原料足够的条件下进行，因此我们要谈一谈轻工业和农业之间的关系。轻工业的原料绝大部分来自农业，我们要建设棉纺织业，一定要向农业取得棉花；要发展丝纺织业，一定要向农业取得蚕茧；要发展制油业，一定要取得大豆、花生、芝麻、油菜籽等等；要发展制糖厂，一定要取得甘蔗和甜菜；要发展毛织业，一定要取得羊毛。今日油、糖、布的供应，远远不能满足人民的日益增长的需要；它们的紧张情况，超过粮食。要增加这些物品的供应，一定要扩大棉花、蚕桑、大豆、花生、芝麻、甘蔗、甜菜等经济作物的种植面积，这不得不缩小了生产粮食的种植面积，而粮食产量就受到了影响。所以各种经济作物与粮食互争土地，二者之间一定要求得一个适当的平衡。若人口无限增殖，这一适当平衡将被破坏。因人口增殖，粮食必须增产，经济作物的面积就要缩小，直接影响到轻工业，间接影响到重工业。因此人口的增殖，就是积累的减少，也就是工业化的推迟，故人口不能不加以控制。

现在食糖异常缺少，紧张情况，不亚于食油。若扩大种植甜菜的面积，不啻与粮食争地。吉林省境内的新中国制糖厂和范家屯糖厂的甜菜原料，主要依靠中部地区的榆树、怀德、九台、德惠等县供应。但是这些县份又是吉林省出产粮食和大豆最多的县份。如果在这里大量发展甜菜生产，就会削减粮食和大豆的播种面积。同时，因为土地少，不能进行合理轮作，反而会影响甜菜产量和质量的提高。如1953年甜菜每公顷产量为2.4万斤左右，含糖率平均占14.3%，到1955年每公顷甜菜产量就降低到1.8万斤，含糖率平均只达到11.4%。像这样发展下去，制糖工业只有退缩，不能前进。

从以上所述可以得出一个结论，重工业与轻工业间的关系，还不如重工业与农业间的关系之为密切。我国还是一个农业国，如农业不能很快地发展，难望重工业可以大踏阔步地前进。今年紧张情况的解除，其希望悬于秋季之大丰收。

我国各项建设，首先是重工业建设，所必需的成套设备和各种重要物资，好多是从国外输入的，但要进口多少重工业物资，得先看出口多少农业和轻工业物资，而轻工业物资也要用农业物资作原料。由于我国化学工业、特别是有机化学工业还不发达，轻工业的原料，大约有90%以上要依靠农业，故农业的扩大或缩小，丰收或歉收，对重工业或工业化有决定性的影响。若人口的增殖听其自流，不加以控制，工业化的进程，未有不受其影响者。

据对外贸易部叶季壮部长在人大第四次会议上的发言，1957年计划进出口贸易总额99.55亿元，比上年实绩减少8.4%，其中进口47.55亿元，比上年实绩减少10.2%；出口52亿元，比上年实绩减少6.6%。这是因为1956年某些地区农业因灾减产，出口物资供应比较困难。但主要原因是过去几年在我国出口总额中，农产品和农产品加工品约占75%，矿产和机械等工业品约占25%。由于目前农业增产的速度受着耕地面积的限制和自然灾害的影响，同时由于人民对轻工业品的需要逐步提高，若干种商品的出口势非减少不可，以适应国内市场日益增长的需要。但由于增加了矿产品、工业品、手工业品和各种小土产的出口，今年仍然保持了相当的出口额，能够适应当地进口国家建设所需要的重要设备。但无论如何，由于进出口贸易的减少，工业化的进程未有不受其影响者。

八、为促进科学研究亦非控制人口不可

20 世纪根本的社会变化和卓越的科学技术成就，不是时间上的巧合，它们之间有着内部的、必然的联系，因为物质生产的发展是它们的共同基础。航空、无线电技术和遥控技术的出现，尤其是原子能的发现，没有现代的强大工业是不可能的。不必说别的，就如不锈钢我们自己不能制造，苏联也不多，向其他国家去买也是很困难。我们在四川新建的化肥厂，还不能解决它的不锈钢问题。建设一个化肥厂，从设计、建筑、安装到开工，大体也要五六年，一般讲来，应该建筑在工业化有了基础的国家，甚至于有高度工业化基础的国家，才能大量发展肥料厂，因为技术比较高，用的材料也比较好。这个增长了的生产力，乃是深刻的科学发展的物质基础，俟科学发展之后又回过头来促进生产力的发展。理论与实际结合得好，会使我们的研究水平得到提高。从实践提高到理论，再用理论来进一步指导实践。这样一个循环的过程，是科学工作者的准绳，也是追求科学真理的唯一途径。中国科学院工作报告草案，向全国人民指出了它的较有基础部分和不足部分的状况。例如得奖的论著主要属于我国目前基础较好的学科；一些新兴的学科，特别是我国经济建设、国防建设所急需的几种学科，得奖的论著很少。这正是过去历史情况的真实反映，可以唤起科学界的注意，“正确地更多地转移力量于急需的薄弱方面”。但同时如果经济建设和国防建设继续向前推进，自然而然会促进本门内的科学研究，有重点地建立新机构并充实研究力量。以技术科学的研究工作而论，所谓技术科学的研究工作，就是对实际问题求取理论上的解答，并将这些理论应用到实践中去考验。现在有许多地方国营农场和农业生产合作社提出一大批有关农业生产技术上的问题，要求农业科学研究机关予以解答，我们必须满足他们的要求，而研究工作者在加大农业生产中不断出现的新的科学技术问题时，找到了新资料。这些新资料是新理论最丰富的源泉。脱离实际来谈技术科学研究，是不能想象的。我们要使中国的科学赶上世界水平，只有在生产发展的条件下才能达到。我们不能把科学研究分成理论和应用两部分。因为所谓理论，就是为实际问题求取理论上的解答的理论，二者是一而二、二而一的东西。过去苏联科学院曾做过这样的划分，现在知其不恰当，已把它去掉了。此外，科学研究，一定要在生产要求的压力下，才能加速推进。如我们的生产部门不能在 12 年内赶上世界先进国家的水平，而独要督促研究部门单刀匹马、长驱直入，无异缘木求鱼。周总理在 1957 年 6 月 26 日《政府工作报告》关于向科学进军一节中亦说：“新中国科学事业的特点，是科学和生产的密切结合。生产对于科学是基本的推动力量。在国民党时代，由于工农业生产的衰落，科学家们虽然也做了些研究工作，但是无法在生产上发挥作用。解放后八年来，随着生产

的发展，生产部门向科学研究部门提出了大量的要求，我们科学家在这方面就有了充分的机会来发挥他们的才能，而且已经取得了很大的成绩。”由此观之，我们必须首先推进产业部门的技术装备，从速提高劳动生产率，而后才能奠定科学研究的物质基础。现在我国科学工作的条件虽然有很大的改善，但是，由于受现有工业水平和国家财力的限制，还不能完全满足开展研究的要求。欲达到这个目的，唯有加速积累资金，一面努力控制人口，不让人口的增殖拖住科学研究前进的后腿。

此后我国的科学研究力量大部分放在科学院、227 所高等学校和许许多多产业部门，它们不仅集中了大批科学研究人材，并且它们研究的方面很多，又分布在全国各个地区，这对于促进科学事业的发展是有好处的；同时为了支援新建的工业地区和某些少数民族地区科学文化建设，也需要在这些地区建立新的高等学校和新的科学研究机构，需要一些科学家“离开原来的研究环境”到这些地方去工作。在初到新的研究环境时，研究工作暂时可能受到一些影响，但从长远看来，这对我国科学事业的发展，好处是很大的。因为每门科学的发展，不是孤立的，某门科学愈向前进，就愈需要其他有关科学的配合（近代科学的特点是各门科学的相互联系、相互影响十分密切。国家建设中的重大科学问题，也往往要由许多学科的综合研究才能解决，所以我们现在在科学的许多重要方面进行着研究工作）。例如人造卫星的制造和发射是一件很复杂的综合性的科学工作，牵涉到火箭技术、冶金、机械、天文、数学、物理、化学、气象、地球物理、大地测量、无线电电子学等方面。再以国际地球物理年为例，为什么各国科学家可以自今年（1957 年）7 月 1 日起举行国际地球物理年？其中理由之一是第二次世界大战后，科学和工程技术上的进步异常迅速，无线电物理和火箭方面科学研究工作的发展，使得人们对高空测量有了很好的工具，他们可以利用这方面的新成就对地球进行观测，从而可知没有无线电物理和火箭方面的科学研究的配合，对地球进行观测，根本是不可能的。所以我们要求所有有关生产部门都能按平衡原则向前推进。这有待于更多资金的积累和人口的严格控制。

九、就粮食而论亦非控制人口不可

关于人口与粮食的关系，因限于篇幅，不愿在这里多谈，拟另作一文专论之。在这里，我只说我国地少人多，全国6.4 亿人口，每人平均分不到3 亩地。虽有人说我国有 15 亿亩荒地，但这些荒地有的是石山，有的是没有水源的，有的是少数民族世世代代借以为生的草原地，根本不能开垦的；到底有多少荒地可以开垦，迄今无确实统计，加以工业落后，财力有限，一时尚不能大规模进行垦荒。虽然在 1953 年至 1956 年之间，每年开垦了 1400 多万亩荒地，但由于人口的增加，每人平均分到的耕地，已自 1953 年的 2.8 亩降至 1955 年的 2.7 亩。况自然灾害影响着农业生产，使农民的收入极不稳定。如江苏省在 1955 年每户农民平均收入是 306 元（这是抽查的材料，不能完全代表江苏省全部情况），假定一户4口，每口不过分到76.5元。该省1956年遭到灾害，全省农民平均收入每人下降到49.9元。农民收入之不稳定如此，要完全防止自然灾害的发生，必须多兴办像三门峡这样的大水利工程，这有待于科学技术的发展与推行，尤有待于资金的多多积累。故就粮食而论，亦非控制人口不可。

毛主席在《关于正确处理人民内部矛盾的问题》中说："我们准备在几年内，把征粮和购粮的数量大体上稳定在八百几十亿斤的水平上，使农业得到发展，使合作社得到巩固，使现在还存在的农村中的一小部分缺粮户不再缺粮。除了专门经营经济作物的某些农户以外，通通变为余粮户或者自给户，使农村中没有了贫农，使全体农民达到中农和中农以上的生活水平。"① 主席这些话是从他心中说出来的，这是全国人民之福，倘能把人口控制起来，这个崇高的愿望，不难成为事实。

十、几点建议

（1）1953年举办的第一次全国人口调查，使我们对于全国人口按性别划分、按年龄组别划分、按民族构成划分和按城镇与乡村划分，都能够明白它们的对比和真相，这是很好的；但要实施明健的人口政策和帮助科学家进行研究工作，还必须认真举办关于人口动态的统计，如出生、死亡、结婚、离婚和迁徙等都应有完整的统计公布。因此我建议在1958年至迟在1963年进行普选时，再进行一次人口普查，使我们可以知道这5年中或这10年中我国人口增长的实际情况，接着认真举办人口动态统计，在这个基础上来确定人口政策，一面把人口增长的数字订入第二个或第三个五年计划之内，使以后计划的准确性可以逐步提高。

（2）我们在上面已谈到夏威夷群岛的人口并不跟着食品的增加而增加，主要原因是因为该处的居民不是喜欢多子多孙的。但在中国情形适相反，宗嗣继承观念太深，只要生活好一些，便想娶女子，便患无后代，便畏出远门，便安土重迁。加以种种封建社会的残余思想，如"早生贵子"、"儿孙满堂"、"五世同堂"、"五世其昌"、"多福多寿多男子"等等，支配着他们的行动。所以在妇女心理中，以生子为天职，以不育为耻；在父母心理中，嫌儿媳不生育，重婚纳妾，理所当然。但要节制生育，控制人口，第一步要依靠普遍宣传，使广大农民群众都明知节育的重要性，并能实际应用节育的方法；一面大力宣传早婚的害处、迟婚的好处，大概男子25岁、女子23岁结婚是比较适当的，但暂时不考虑修改婚姻法，理由是把结婚年龄提高，在原则上是对的，但是由于节制生育的宣传教育还做得不够，农村中老少男女还没有普遍明白节制生育的理由和需要，操之过急不免发生副作用，恐农村中的青年男女怕婚姻法修改后提高结婚年龄，影响他们的结婚，不免发生争先恐后结婚的情况。俟宣传工作收到一定的

① 毛泽东：《毛泽东选集》第5卷，381页，北京，人民出版社，1991。

效果以后，再行修改婚姻法亦未为晚。如婚姻法修改之后，控制人口的力量还不够大，自应辅之以更严厉、更有效的行政力量。照目前的计算，国家在每个孩子的教育及就业装备上要支出1万元上下。一般人往往不够了解，一个孩子要求家庭的开支，还抵不上要求国家的开支大，因此国家理应有干涉生育、控制人口之权。况控制人口，为的是要提高全国人民尤其是农村的劳动生产率，借以提高他们的物质和文化生活水平，使他们能过更快乐、更美满的生活。

（3）实行计划生育是控制人口最好、最有效的办法。最重要的是普遍宣传避孕，切忌人工流产，一则因为这是杀生，孩子在母体里已经成形了，它就有生命权，除非母亲身体不好，一般不能这样做。二则会伤害妇女的健康，使之一生多病，我有几个亲戚身体本来很好，刮了子宫后不是生这样病，就生那样病。三则会冲淡避孕的意义，年轻的妇女们就会不关心避孕，把希望寄托在人工流产上。据北京几位名医谈话，有些人刚做过人工流产，很快又怀孕，又跑到医院去吵闹，主要原因是依赖人工流产，不认真避孕了；尤其是男子，对避孕不负责，不积极，只图自己一时的快乐，不顾女子长期的痛苦，实在太不公平。四则会增加医生的负担，苏联人口只有2亿，而医生有35万之多，病床有135.4万张，我国人口大于苏联的3倍以上，而能做人工手术的恐怕不到6万人，医院情况已经很紧张，若再把人工流产的任务加在他们的身上，深恐耽误其他的治疗工作。因此，我诚恳地请卫生部好好地考虑。

把计划和统计放在价值规律的基础上

孙冶方

孙冶方（1908—1983），原名薛萼果，江苏无锡人，我国著名的经济学家。1925年在苏联莫斯科中山大学学习，毕业后在莫斯科中山大学和莫斯科东方劳动者大学任政治经济学讲课翻译。1930年回国，参与组织“中国农村经济研究会”并编辑《中国农村》杂志。解放后，历任上海军事管制委员会重工业处处长、国家统计局副局长、中国科学院经济研究所所长、全国五届政协委员、党的十二大代表、中共中央顾问委员会委员、国务院学位委员会评议组成员。1983年2月22日，孙冶方逝世。由薄一波、薛暮桥等于1983年创立的孙冶方经济科学奖，作为我国自己设立的第一个研究中国经济理论和现实问题的奖项，是国内经济学界公认的最高奖，被誉为我国经济学的“诺贝尔奖”。

孙冶方的主要著作有：《社会主义经济的若干理论问题》《社会主义经济论稿》《中国社会性质的若干理论问题》《孙冶方选集》。著名论文《把计划和统计放在价值规律的基础上》《二十年翻两番不仅有政治保证而且有技术保证，兼论“基数大、速度低”不是规律》等。

1956 年，他发表了题为“把计划和统计放在价值规律基础上”的著名论文。他认为，价值规律不但在社会主义时期仍然发生作用，就是到了共产主义，只要存在社会化大生产，只要生产还按生产资料和消费资料两个部类进行，商品流通就会发生，价值规律就仍要起作用。这些后来被事实证明是正确的思想。

本文选自《经济研究》1956 年 06 期。

很久以来，就存在一种说法，认为价值规律是商品经济的范畴，它是与社会主义的计划经济相互排斥的；计划管理范围越广泛，越深入，那么价值规律的作用范围便越受约束。如果说，在社会主义社会内，价值还起着一定作用，那只是因为：在社会主义社会中，除了全民所有制的国营经济外，还存在着集体所有制和个体所有制；因而在这些所有制之间还存在着商品交换，职工工资也仍以货币形式支付的。这就是说，在将来的全民所有制的共产主义社会中，价值规律将完全消失而不起作用；而在社会主义社会中，价值规律也不是这社会中最基本的所有制（即全民所有制或国营经济）的生产过程本身所客观存在的规律，而是由于它与其他种所有制发生交换关系才产生的，是流通过程的范畴。因此至少在国营企业的生产领域中是可以不考虑价值规律的作用的。

为了说明我们的问题，我们先要说一下：到底什么是马克思的劳动价值规律，以及这规律在商品经济中是如何起作用的。我们从两方面来说明这个问题。

第一，马克思关于价值规律的学说告诉我们：在商品经济中任何商品的价值是劳动创造的，因而商品的价值量是由生产这商品所耗费的劳动量决定的，即由劳动时间决定的。然而这并不是说，工作条件愈差，技术愈落后，工作者愈不熟练，价值便愈高。因为商品价值不是由生产者的个别劳动时间决定的，而是由社会平均必要劳动时间决定的。因此，条件差、技术落后，不熟练的生产者所耗费的劳动量便高于社会平均必要劳动量。他赚钱便少，甚至要蚀本；如果长期不改变便会被淘汰。反之，如果生产者的个别劳动消耗量低于社会必要劳动量，他便能赚到额外利润，他的事业便日益发达。商品生产者为了赚大钱，为了自己的事业发达，至少是为了不蚀本，避免被淘汰，便日夜钻研，改进技术，改善自己的经营管理。这样，价值规律便通过同一行业之内的生产者之间的互相竞争，像一条无情的鞭子一样，不断督促着生产的进步。马克思在《共产党宣言》中曾说，资本主义社会像用魔术一样唤醒了沉眠在社会劳动里的巨大生产力，使得不到一百年间创造了比先前一切世代总共造成的生产力还要宏伟众多。这魔术不是别的，便是在这个竞争中自发地作用着的价值规律。这就是说，价值规律在商品经济中起着促进技术进步和生产力发展的作用。

第二，但是竞争不仅存在于同一生产部门之内的各个企业之间，而且存在于各生产部门之间。由于商品生产是盲目自发性的，因此供求永不能平衡，市场价格就环绕着价值（社会平均必要劳动量）不断涨落。在这价格的涨落中，某一生产部门中便有多少商品生产者发了财，而另一生产部门中便有多少生产者破了产。在这种价格的涨落中，能够站住脚而且发展的也是那些能够不断改进技术、改善经营的企业。但是在各个不同的生产部门之间的竞争不仅也像同一部门内的竞争一样，促进了技术的改进和生产力的发展，而且使社会资本和劳动力从一个生产部门流入了另一个生产部门。价值规律便这样自发地起着生产调节者的作用，执行了分配社会生产力的任务。

现在我们来看一看，上述内容的价值规律，在社会主义社会，特别是共产主义社会中，是否还继续起着作用。

首先，商品是历史范畴，在共产主义社会中将不再有交换，因而生产品也不再是商品；社会生产的直接目的是使用价值而不是价值——这些都是可以肯定的原则。然而叫做生产品也好，或直接叫使用价值也好，它总是劳动所创造的或者说是花了一定量的劳动消耗的代价换来的；这代价当然不是目的而是手段，然而不能改变事情的本质。花了代价就不能不计算一下代价的大小，至于你把这代价叫做“价值”呢，还是直接叫做“社会必要平均劳动量”呢，那倒是无关紧要的。

其次，在商品经济中，价值规律自身变成了一个自发的、然而是极灵敏的、计算产品的社会平均必要劳动量的自动计算机，它随时提醒落后的生产者要他努力改进工作，否则便要受到严酷的惩罚；也随时鼓励先进的生产者并给他丰厚的奖赏，要他继续前进。它是赏罚分明，毫不留情，不断督促着落后者向先进者看齐。

在社会主义社会或共产主义社会里，我们限制或消除了市场竞争所带来的消极的破坏性的一面。这是好的。但是我们不能不计算产品的社会平均必要劳动量。否定了或者是低估了价值规律在社会主义经济中的作用，事实上也便是否定了计算社会平均必要劳动量的重要性。因而现在我们的计划统计指标着重于表现物量，而忽视了价值，着重于表现生产的成果（所谓“总产值”，即毛产额）[①]，而不着重于分析这成果的内

① 总产值在英文中叫 grossproduce 或 gross output，直译应为“毛”产量，或“毛”产额，是对净产额而说的。“总产值”这一译名不能反映与“净”相对的“毛”的意思。除此以外它还有一个缺点，就是造成了一种错觉，似乎“总产值”是表现生产品的价值的。其实相反，以不变价格表现的“总产值”不是表现生产品的价值而是通过货币形式来表现的使用价值。这是本质上完全不同的两个概念。我们的计划和统计方法上有很多缺点的根源还就在于偏重了使用价值的计算，而忽视了价值的计算。关于这一点，下面要专门谈一谈，在俄、英文中“产量”“产值”都是一个词。为要表明我们在中文中用“量”“值”两个不同的汉字来表明的那个差异，就分别称为“以实物表现的毛产额”和“以货币表现的毛产额”。这当然没有“总产值”“总产量”那么顺口，可是却不会把本质上两个完全不同的概念混淆起来（这混淆在今天已给实践带来很大害处）。但在本文中为避免混乱，仍沿用现在通用的译名。

容如何（即新增产值和转移产值各占多少；也即是净产值和物质消耗各占多少），更不着重于分析如何以社会平均必要劳动量的计算来推进劳动生产率，以达到增加物质财富的最后目的。

因为虽然说我们的计划统计指标是很多的，企业管理工作者之间有所谓七大指标的说法（指总产值、商品产值、产品产量、劳动生产率、成本、利润和流动资金）；但是在目前的计划制度和管理制度之下，我们大家抓的主要指标是一个以不变价格计算的“总产值”，就是说是一个物量指标。[①] 它在整个指标体系中不是一个综合性的指标，它不能带动其他指标，甚至完成“总产值”计划往往同完成其他计划指标发生矛盾。“总产值”对于促进企业财务管理，推动劳动生产率的增加不是一个有力的杠杆，因为它不是一个价值指标。

否定或是低估了价值规律的作用，也等于是否定了根据社会平均必要劳动量的计算，来改造落后企业的必要。我们知道，在农业中，农产品价值是以生产条件最坏的土地上的劳动消耗量（即最大的消耗量，而不是社会平均必要消耗量）决定的。这是客观自然条件（土地的有限性）所造成的。这便是级差地租的来源。现在我们为了让最落后的工厂能够活下去，工业中的产品价格也是以这些落后工厂的劳动消耗来订定的。但是这样做，除了把落后固定起来以外，还有什么好处呢？（当然，由于这种价格所形成的“级差利润”是我们的积累的来源之一，但积累一定要通过这一形式吗？难道不能以其他形式，例如税收形式来完成吗？）要让落后工厂能活下去，就得帮助它改造技术，改进管理制度，经常提醒这些企业的职工，尤其是领导者：它们的劳动消耗也即成本已经比社会平均必要劳动量高出了多少；而不是用一个落后定额来安他们的心。

这一个社会平均必要劳动量的价值规律对资本家来说，是在睡梦中也忘不掉的：它有时变成了蚀本和破产的恶魔威胁着他；有时变成额外利润，繁荣发财，像一个迷人的妖精般引诱着他。不论是以什么面目出现，这规律总是推动了资本家不断地前进又前进。对资本家来说，生产而不计财务成本，简直是不可想象的。但是在我们，“不惜工本”似乎是社会主义建设的应有气魄。“价值、价值规律是商品经济的范畴!”“资本、利润——啊！这是资本主义的概念!”“资本主义概念”“资产阶级看法”，等等，也像魔法一样迷住了我们，使我们往往不敢把问题反复想一想。

---

① 物质财富的增长是使用价值的增长而不是价值的增长。在一个较短的时间内（例如一个五年计划），整个国民经济中，劳动人数的增加是不会很大的，因此，所创造的价值不会有很大增加（价值量等于劳动时间数）。经济的发展或劳动生产率的增长表现在同量的劳动创造了更多的物质财富，或创造同量的物质财富只需要较少的劳动量，也即是它的价值更少了。因此价值指标不能反映生产的发展，只有物量指标才能反映生产的发展。理论上这是很明白的，但是在使用总产值这一指标的时候，往往在认识上就模糊起来，把它当作价值指标看待了。

不错，价值规律在商品经济社会中，是一个盲目性的自发规律，因而它是与市场竞争、经济危机、失业，以至殖民地掠夺、侵略战争等一系列的消极破坏的因素联系着的。在社会主义制度下，我们把这个盲目自发的规律变成我们自觉掌握的规律，因而也就排除了它的消极破坏的一面，而保留并且发扬了它的积极建设的一面。

我们应该肯定说，通过社会平均必要劳动量的认识和计算来推进社会主义社会生产力的发展，价值规律的这个重大作用在我们社会主义经济中非但不应该受到排斥，而且应该受到更大重视。

发展生产的秘诀就在于如何降低社会平均必要劳动量，在于如何用改进技术、改善管理的办法，使少数落后的企业劳动消耗量（包括活劳动和物化劳动）向大多数中间企业看齐，使大多数的中间企业向少数先进的看齐，而少数先进的企业又如何更进一步提高。落后的、中间的和先进的企业为了降低社会平均必要劳动量水准而不断进行的竞赛，也就是生产发展、社会繁荣的大道。

资产阶级在认识上是不承认马克思的劳动价值学说的，但是资本家在实践中能很好地运用这规律。因为不论你承认不承认它，价值规律在商品经济中会通过市场竞争自发地发挥作用的（促进生产，调节生产力）。我们是信奉马克思的劳动价值论的，但是想把这学说同自由市场一起从社会主义领域中除了籍。价值规律在没有自由市场或自由市场受约束的条件下，它变得不灵敏了，可是它存在着。因此我们更应重视它，通过计算去寻找它、发现它、尊重它，并进一步而掌握它，使它为我们服务；要不然它将比惩治资本家更残酷地来惩治我们。

现在我们再来看，上述价值规律的另一个内容，即是生产调节者的作用，或是分配社会生产力的作用，在社会主义经济中是否还继续存在。过去也认为在社会主义社会中，价值规律只是在一定范围内，即是仅仅在商品流通的范围内，起着一定的调节者的作用；至于在生产领域内，价值规律便不再起调节作用，它并不能调节各个不同生产部门间的劳动分配的“比例”。至于到了共产主义社会的第二阶段，当商品流通完全消灭之后，价值规律便将作为一个历史范畴而消亡，在任何范围内也将不起调节者作用，劳动的分配将不依价值规律来调节，而是依靠社会对产品的需要量来调节。支持这样说法的有力的事实似乎就是：在社会主义国度中，用全力去发展的是那个赢利较少而且有时简直不能赢利的重工业，而不是赢利较多的轻工业。生产力的分配或投资的分配，是国家计划机构根据政策来决定的。

但是我们首先要问：为什么在社会主义国度里，重工业一定要比轻工业赢利少，以至不赢利呢？企业不能赢利不外两个原因：① 企业本身管理不善；② 价格不合理。我们不能相信，重工业的企业一般地都比轻工业企业管理得坏。因此，使重工业企业少赢利或不赢利的唯一理由便是上述第二个原因了——重工业产品价格不合理，即比之轻工业产品一般是偏低了。因此，这不是使我们否定价值规律的调节者作用的理由；

倒反而证明了这是价格政策违反了价值规律的不良后果。

其次，认为在全民所有制经济中或在共产主义社会的第二阶段，各个生产部门间的劳动分配将不依价值规律来调节，而是只依靠社会对产品的需要量来调节。这理由也是片面的。因为对产品的需要量还只是事物的一方面；而不可分割的另一方面是，如果生产某一种产品的劳动生产率增加了，那么这一生产部门所需要的劳动量，也即是投资额，也会相对地甚至绝对地减少的。

因此从上面所说的价值规律的基本内容来看，不论在共产主义社会的最高阶段或是初级阶段，这规律将始终存在着而且作用着，所不同的只是作用的方式而已，只是这规律体现自己的方式而已。在商品经济中，它是通过商品流通，通过市场竞争来起作用，来体现自己的，因而它是带着破坏性的；而在计划经济中，是应该由我们通过计算来主动地去捉摸它的。

其实这些意见并不是当代什么人的独创之见。马克思“资本论”中的下面一段话就是说的上面的意思。

“在资本主义生产方式废止以后，但社会化的生产维持下去，价值决定就仍然在这个意义上有支配作用：劳动时间的调节和社会劳动在不同各类生产间的分配，最后，和这各种事项有关的簿记，会比以前任何时候变得重要。”①

对马克思以上一段话所需要加以补充的说明是：这里所说的簿记应包括统计、会计和业务技术计算三种计算在内的广义的计算工作。

过去，理论界为什么会忽视马克思的以上这一重要原则性的启示呢？到底是因为忘记了马克思的这一段重要启示，在理论上否定或低估了价值规律在社会主义经济中的作用，才造成了现在普遍遭受批评的那些计划统计方法和无视价值的价格政策的呢？抑或是正因为有了这样的实践，才无视马克思的上述重要启示并制造出了社会主义社会中价值规律逐渐消亡的说法呢？这的确很难说了。理论与实践是互相影响的。对我们现在来说，重要的是为了我们的实践，而广泛地批评那种认为价值规律在社会主义经济中不起作用的说法。否定或低估价值规律在社会主义经济中的作用只有害处没有好处；反之承认并强调这一规律的作用，并在实践中尊重它，对我们的社会主义建设事业，却是只有好处没有坏处。

当然，在马克思和恩格斯著作中，还能够找出更多的，似乎是可以用来证明相反论点的引语。例如马克思在《哥达纲领批判》中说过：“在基于生产手段公有之上的合作的社会里，生产者并不交换他们的生产物；在这里，在生产品生产中所消耗的劳动也同样不大表现为这些产物的价值，不大表现为这些生产物所具有的物的特性；因为现在，和资本主义相反，个人劳动已不是在一个间接方式上，而是直接当作总劳动的

① 马克思：《资本论》第3卷，1116页，北京，人民出版社，1953。

一个构成部分存在着。"[①] 恩格斯在"反杜林论"一书中也说："直接的社会生产以及直接的分配，……不须生产品之转为价值。"[②]

马克思在《哥达纲领批判》中说，到了全民所有制社会中，"劳动不大表现（或不表现）为价值了。"恩格斯在《反杜林论》中也说，到那时候，"不须生产品转为价值"了。这同前面引证的，马克思在《资本论》中所说的"价值决定就仍然在这个意义上起支配作用"这句话如何协调呢？这两个论点之间有无矛盾呢？

我想，如果说这里有什么矛盾的话，那只是表面上的矛盾而已。

首先应该指出，马克思在《哥达纲领批判》和恩格斯在《反杜林论》中讲到不表现的价值，或不须转为价值的时候，他们是联系着商品交换，联系着社会劳动与私人劳动之间的矛盾，来谈到价值问题的。他们的目的是在于证明，到了公有制社会，每一个社会成员的劳动直接成为社会劳动的一部分，而不必再等到他的产品在市场上卖掉之后才算得到证实。因此，马克思在这里用了"不大表现"这种语气，而恩格斯则用了"不须……转为"这样的说法。在这里希望读者注意的倒还不是"不大"和"不"这几个字的语气上的轻重之分，而在于"表现"和"转为"这两种说法。这就是说，马克思和恩格斯在这里讲到价值的时候，与其说指的是作为实体的价值，倒不如说，是指的那个交换关系，或交换价值。而马克思在说到"价值决定就仍然在这个意义上有支配作用"和"决定价值的本质要素"的时候，他所说的"价值"或"价值决定"是指的作为实体的价值。

当然，我不敢说自己对于马克思和恩格斯的这些话，已经有了正确的体会。希望研究理论的同志对有关这问题的马克思著作作深入的本质上的研究。然而，我想有一点大概是可以肯定的，这就是：马克思和恩格斯关于政治经济学的著作，主要是研究资本主义商品经济的。他们往往是为了阐明资本主义商品经济规律，才提到前资本主义社会的经济规律；对于未来的共产主义社会的经济规律，他们讲得更少。这是科学的社会主义学说不同于乌托邦社会主义的主要特点。我们不能要求马克思和恩格斯在当时就对未来的共产主义社会经济规律作过多的预言。在他们的有关未来社会的经济规律的分析中有一个意见是完全明确肯定的，这就是：凡是与私有制和商品交换和自由竞争相联系的东西，即价值规律在商品经济中体现自己的特殊方式，它的作用方式将随商品交换的消失而不再存在。然而，在他们的著作中，从未说过，作为价值实体

---

① 马克思：《哥达纲领批判》，19 页，北京，人民出版社，1955。这一段引证中"在这里……"以下半句是本文作者根据俄文本改译的；人民出版社版原译文为："在这里，变成生产物的劳动也同样不表现为这些生产物底价值，不表现为……"来不及同德文原文校对。但是根据意思猜测，"变成生产物的劳动"不如"在生产品生产中所消耗的劳动"近乎情理。"不大表现"和"不表现"在语气上是有差别的，姑且胆敢改译如上，以后请懂得原文的人订正。

② 恩格斯：《反杜林论》，326 页，北京，人民出版社，1956。

的那个社会必要劳动量的计算，以及它的调节作用和支配作用，在共产主义社会中将失去意义。

反之，马克思在《资本论》第三卷的上述一段引证中恰恰非常肯定地指出，价值决定在劳动时间的调节和社会劳动在不同各类生产之间的分配这个意义上仍然“有支配作用”，而且“会比以前任何时候变得重要”。马克思没有说“价值规律”而只说“价值决定”；但是难道这个用字上的区别有什么决定意义吗？马克思着重注明是“这个意义上”的“价值决定”。这就是说，这已经不是商品经济意义上的那个“价值决定”了；但是“价值决定”终究还是“价值决定”呀！

很多人大概还记得三十年前，马克思主义经济学者中间关于政治经济学对象问题的论争。那时也有一些人以为马克思的政治经济学著作的内容基本上是论述商品经济，特别是资本主义商品经济，是分析那个隐藏在物（商品）的背后的人与人之间的生产关系；因此，就认为一旦私有制废止，商品经济取消，人与人的生产关系可以不必通过商品与商品的关系，而直接体现出来的时候，政治经济学这门科学也就因为没有研究对象而消失了。大家知道，这种见解后来受到了批判。正确的见解是：政治经济学不仅研究商品经济的生产关系及经济规律，而且研究一切社会的生产关系和经济规律。起先，很多人还把政治经济学分成了狭义的和广义的两种。现在干脆不这样分了。因为这样划分法，到底不大妥当。

现在对于“价值规律”的看法也同多少年前对政治经济学本身的看法有些相仿。先是企图使价值规律同资本主义经济，至多是同商品经济共存亡。现在看来，价值规律远比我们过去所设想的要长久。然而是不是也要给它加上一个“广义”和“狭义”的区别呢，或者就借用马克思的说法，分为“这个意义上的”价值规律和“那个意义上的”价值规律呢？看来也没有必要了。价值规律就是价值规律，至于这规律在不同的社会形态中如何体现自己、如何起作用，都正是政治经济学这门科学应该加以研究和阐明的。

我们既然承认价值规律在社会主义社会中甚至共产主义社会中将仍然起作用，那么我们又要进一步问：价值规律同有名的斯大林的社会主义经济的基本规律（或法则），即是同斯大林的“用在高度技术基础上使社会主义生产不断增长和不断完善的办法，来保证最大限度地满足整个社会经常增长的物质和文化的需要”[①] 这一规律如何联系的呢？同社会主义国民经济有计划按比例发展的规律又如何联系的呢？

首先来谈第一个问题。把斯大林的这条规律换一个说法便是：高度发展劳动生产率以保证最大限度地满足社会主义需要。最高限度满足社会需要是社会主义国民经济发展的任务和目的；高度发展劳动生产率就是完成这任务或达到这目的的方法。但是

① 斯大林：《苏联社会主义经济问题》，35～36页，北京，人民出版社，1953。

要高度发展劳动生产率就得掌握价值规律。

在过去，由于在理论上否定或低估了价值规律在社会主义经济中的意义，认为社会主义社会发展国民经济的直接目的是在于最高限度满足社会需要，是在于物质财富而不在乎价值；因此，在计划和统计都着重于抓物量指标而不大注意价值指标。显然，这种看法是片面的。

使用价值和价值，用同量的劳动创造更多物质财富和创造同量的物质财富耗费更少的社会平均必要劳动量是一件事或一个过程的两个方面，是不能分裂开来看的，不可偏废的。在计划和统计方法上多抓价值的一面，多注意劳动量消耗的计算，为的是促进生产力的发展。这与生产以增加物质财富为目的是完全不矛盾的。

现在我们再来说，价值规律同国民经济有计划按比例发展的规律是如何联系的。我们可以肯定说，价值规律同国民经济的计划管理不是互相排斥的，同时也不是两个各行其是的并行的规律。国民经济的有计划按比例发展必须是建立在价值规律的基础上才能实现。那些无视价值规律、光凭主观意图行事的经济政策（包括价格政策）和经济计划，到头来就是打乱了一切比例关系，妨碍了国民经济的迅速发展；主观主义的强调计划，它的结果只是使计划脱离了实际。

只有把计划放在价值规律的基础上，才能使计划成为现实的计划，才能充分发挥计划的效能。因而统计工作者也不应该把自己的任务仅仅限于国民经济计划执行情况的检查；而且应该以更多的力量来掌握价值规律，来挖掘发展国民经济的潜力。具体地说就是：统计工作应该不仅注意生产水平的统计，即物质财富的统计，而且更应该注意物质生产的价值方面的计算，即是应该比现在更多地注意成本和劳动生产率的计算和分析研究，更多地注意国民经济平衡的编制和国民收入的计算和分析研究，更多地注意国民收入同财政收入的比例关系，生产和积累、消费的比例关系的分析研究。只有这样才能使统计更充分地为计划工作和企业管理工作服务，才能更充分地发挥计划和统计的作用。

外国名篇

《圣经》选

《圣经》是基督教（包括基督新教、天主教、东正教等分支）的宗教经典，由《旧约》与《新约》两部分组成，《旧约》是犹太教经书，被基督教沿用，因而是犹太教和基督教共有的经典；《新约》则是基督教独有的经典，主要记录了耶稣基督以及使徒们的言行。

《圣经》是世界上被译成语言最多、发行量最大、影响面最广的一本书。可以说，不了解《圣经》，就不可能对西方文化有真切的了解。

《圣经》中记录和保存了上帝创世的神话、始祖（亚当）犯罪的神话、大洪水（诺亚方舟）的神话、耶稣所行种种奇迹的神话、耶稣死而复活的神话，同时，它也保存了犹太—以色列民族的早期历史，因此，除了是“神圣的宗教经典”外，它也被视为西方最重要的历史文献和文学作品。

《约翰福音》是《新约》中重要的一篇，共二十一章，主要记载了耶稣的生平、圣迹和教导。这里节选了前四章。

约翰福音

第一章

太初有道，道与上帝同在，道就是上帝。这道太初与上帝同在。万物是藉着他造的。凡被造的，没有一样不是藉着他造的。生命在他里头，这生命就是人的光。光照在黑暗里，黑暗却不接受光。有一个人，是从上帝那里差来的，名叫约翰。这人来，为要作见证，就是为光作见证，叫众人因他可以信。他不是那光，乃是要为光作见证。那光是真光，照亮一切生在世上的人。他在世界，世界也是藉着他造的，世界却不认识他。他到自己的地方来，自己的人倒不接待他。凡接待他的，就是信他名的人，他就赐他们权柄，作上帝的儿女。这等人不是从血气生的，不是从情欲生的，也不是从人意生的，乃是从上帝生的。道成了肉身，住在我们中间，充充满满的有恩典，有真理。我们也见过他的荣光，正是父独生子的荣光。约翰为他作见证，喊着说：“这就是我曾说，‘那在我以后来的，反成了在我以前的，因他本来在我以前’。”从他丰满的恩典里我们都领受了，而且恩上加恩。律法本是藉着摩西传的，恩典和真理都是由耶稣基督来的。从来没有人看见上帝，只有在父怀里的独生子将他表明出来。约翰所作的见证记在下面，犹太人从耶路撒冷差祭司和利未人到约翰那里，问他说：“你是谁?”他就明说，并不隐瞒；明说：“我不是基督。”他们又问他说：“这样，你是谁呢？是以利亚么?”他说：“我不是。”“是那先知吗?”他回答说：“不是。”于是他们说：“你到底是谁？叫我们好回覆差我们来的人。你自己说，你是谁?”他说：“我就是那在旷野有人声喊着说，‘修直主的道路’，正如以赛亚所说的。”那些人是法利赛人差来的。他们就问他说：“你既不是基督，不是以利亚，也不是那先知，为什么施洗呢?”约翰回答说：“我是用水施洗，但有一位站在你们中间，是你们不认识的，就是那在我以后来的，我给他解鞋带也不配。”这是在约旦河外伯大尼，约翰施洗的地方作的见证。次日，约翰看见耶稣来到他那里，就说：“看哪，上帝的羔羊，除去世人罪孽的。”这就是我曾说：“‘有一位在我以后来，反成了在我以前的，因他本来在我以前。’我先前不认识他，如今我用水施洗，为要叫他显明给以色列人。”约翰又作见证说：“我曾看见圣灵，彷佛鸽子从天降下，住在他的身上。我先前不认识他。只是那差我来用水施洗的，对我说，你看见圣灵降下来，住在谁的身上，谁就是用圣灵施洗的。我看见了，就证明这是上帝的儿子。”再次日，约翰同两个门徒站在那里。他见约稣行走，就说：“看哪，这是上帝的羔羊。”两个门徒听见他的话，就跟从了耶稣。耶稣转过身来，看见他们跟着，就问他们说：“你们要什么?”他们说：“拉比[1]，在哪里住?”耶稣说：“你们来看。”他们就去看他在哪里住，这一天便与他同住。那时约有申正了。听见约翰的话，跟从耶稣的那两个人，一个是西门彼得的兄弟安得烈。他先找着自己的哥哥西门，对他说：“我们遇见弥赛亚[2]了!”于是领他去见耶稣。耶稣看着他说：“你是约翰的儿子西门，你要称为矶法[3]。”又次日，耶稣想要往加利利去，遇见腓力，就对他说：“来，跟从我吧!”这腓力是伯赛大人，和安得烈、彼得同城。腓力找着拿但业，对他说：“摩西在律法上所写的，和众先知所记的那一位，我们遇见了，就是约瑟的儿子拿撒勒人耶稣。”拿但业对他说：“拿撒勒还能出什么好的么?”腓力说：“你来看。”耶稣看见拿但业来，就指着他说：“看哪，这是个真以色列人，他心里是没有诡诈的。”拿但业对耶稣说：“你从哪里知道我呢?”耶稣回答说：“腓力还没有招呼你，你在无花果树底下，我就看见你了。”拿但业说：“拉比，你是上帝的儿子，你是以色列的王!”耶稣对他说：“因为我说在无花果树底下看见你，你就信么?你将要看见比这更大的事。”又说：“我实实在在地告诉你们，你们将要看见天开了，上帝的使者上去下来在人子身上。”

第二章

第三日，在加利利的迦拿有娶亲的筵席。耶稣的母亲在那里。耶稣和他的门徒也被请去赴席。酒用尽了，耶稣的母亲对他说：“他们没有酒了。”耶稣说：“母亲，我与你有什么相干？我的时候还没有到。”他母亲对佣人说：“他告诉你们什么，你们就做

① 拉比：翻译过来，就是夫子。
② 弥赛亚：翻译过来，就是基督。
③ 矶法：翻译过来，就是彼得。

什么。”照犹太人洁净的规矩，有六口石缸摆在那里，每口可以盛两三桶水。耶稣对佣人说：“把缸倒满了水。”他们就倒满了，直到缸口。耶稣又说：“现在可以舀出来，送给管筵席的。”他们就送了去。管筵席的尝了那水变的酒，并不知道是哪里来的，只有舀水的佣人知道。管筵席的便叫新郎来，对他说：“人都是先摆上好酒，等客喝足了，才摆上次的。你倒把好酒留到如今！”这是耶稣所行的头一件神迹，是在加利利的迦拿行的，显出他的荣耀来。他的门徒就信他了。这事以后，耶稣与他的母亲、弟兄和门徒，都下迦百农去，在那里住了不多几日。犹太人的逾越节近了，耶稣就上耶路撒冷去。看见殿里有卖牛、羊、鸽子的，并有兑换银钱的人坐在那里。耶稣就拿绳子做成鞭子，把牛羊都赶出殿去，倒出兑换银钱之人的银钱，推翻他们的桌子。又对卖鸽子的说：“把这些东西拿去！不要将我父的殿当作买卖的地方。”他的门徒就想起经上记着说：“我为你的殿，心里焦急，如同火烧。”因此犹太人问他说：“你既做这些事，还显什么神迹给我们看呢？”耶稣回答说：“你们拆毁这殿，我三日内要再建立起来。”犹太人便说：“这殿是四十六年才造成的，你三日内就再建立起来么？”但耶稣这话，是以他的身体为殿。所以到他从死里复活以后，门徒就想起他说过这话，便信了圣经和耶稣所说的。当耶稣在耶路撒冷过逾越节的时候，有许多人看见他所行的神迹，就信了他的名。耶稣却不将自己交托他们，因为他知道万人；也用不着谁见证人怎样，因他知道人心里所存的。

第三章

有一个法利赛人，名叫尼哥德慕，是犹太人的官。这人夜里来见耶稣，说：“拉比，我们知道你是由上帝那里来作师傅的，因为你所行的神迹，若没有上帝同在，无人能行。”耶稣回答说：“我实实在在地告诉你，人若不重生，就不能见上帝的国。”尼哥德慕说：“人已经老了，如何能重生呢？岂能再进母腹生出来？”耶稣说：“我实实在在地告诉你，人若不是从水和圣灵生的，就不能进上帝的国。从肉身生的，就是肉身；从灵生的，就是灵。我说，‘你们必须重生’，你不要以为稀奇。风随着意思吹，你听见风的响声，却不晓得从哪里来，往哪里去。凡从圣灵生的，也是如此。”尼哥德慕问他说：“怎能有这事呢？”耶稣回答说：“你是以色列人的先生，还不明白这事吗？”我实实在在地告诉你，我们所说的，是我们知道的；我们所见证的，是我们见过的；你们却不领受我们的见证。我对你们说地上的事，你们尚且不信；若说天上的事，如何能信呢？除了从天降下仍旧在天的人子，没有人升过天。摩西在旷野怎样举蛇，人子也必照样被举起来。叫一切信他的都得永生。上帝爱世人，甚至将他的独生子赐给他们，叫一切信他的，不至灭亡，反得永生。因为上帝差他的儿子降世，不是要定世人的罪，乃是要叫世人因他得救。信他的人，不被定罪；不信的人，罪已经定了，因为他不信上帝独生子的名。光来到世间，世人因自己的行为是恶的，不爱光倒爱黑暗，定他们的罪就是在此。凡作恶的便恨光，并不来就光，恐怕他的行为受责备；但行真

理的必来就光，要显明他所行的是靠上帝而行。”这事以后，耶稣和门徒到了犹太地，在那里居住施洗。约翰在靠近撒冷的哀嫩也施洗，因为那里水多，众人都去受洗。那时约翰还没有下在监里。约翰的门徒和一个犹太人辩论洁净的礼，就来见约翰说：“拉比，从前同你在约旦河外，你所见证的那位，现在施洗，众人都往他那里去了。”约翰说：“若不是从天上赐的，人就不能得什么。我曾说，‘我不是基督，是奉差遣在他前面的’，你们自己可以给我作见证。娶新妇的，就是新郎。新郎的朋友站着听见新郎的声音就甚喜乐。故此我这喜乐满足了。他必兴旺，我必衰微。从天上来的，是在万有之上；从地上来的，是属乎地，他所说的，也是属乎地。从天上来的，是在万有之上。他将所见所闻的见证出来，只是没有人领受他的见证。那领受他见证的，就印上印，证明上帝是真的。上帝所差来的，就说上帝的话。因为上帝赐圣灵给他，是没有限量的。父爱子，已将万有交在他手里。信子的人有永生，不信子的人得不着永生，上帝的震怒常在他身上。”

第四章

主知道法利赛人听见他收门徒施洗比约翰还多，(其实不是耶稣亲自施洗，乃是他的门徒施洗）他就离了犹太，又往加利利去。必须经过撒马利亚。于是到了撒马利亚的一座城，名叫叙加，靠近雅各给他儿子约瑟的那块地。在那里有雅各井。耶稣因走路困乏，就坐在井旁。那时约有午正。有一个撒马利亚的妇人来打水。耶稣对他说：“请你给我水喝。”那时门徒进城买食物去了。撒马利亚的妇人对他说：“你既是犹太人，怎么向我一个撒马利亚妇人要水喝呢?”原来犹太人和撒马利亚人没有来往。耶稣回答说：“你若知道上帝的恩赐，和对你说‘给我水喝’的是谁，你必早求他，他也必早给了你活水。”妇人说：“先生没有打水的器具，井又深，你从那里得活水呢？我们的祖宗雅各，将这井留给我们，他自己和儿子并牲畜，也都喝这井里的水，难道你比他还大吗?”耶稣回答说：“凡喝这水的，还要再渴。人若喝我所赐的水就永远不渴。我所赐的水要在他里头成为泉源，直涌到永生。”妇人说：“先生，请把这水赐给我，叫我不渴，也不用来这么远打水。”耶稣说：“你去叫你丈夫也到这里来。”妇人说：“我没有丈夫。”耶稣说：“你说没有丈夫，是不错的。你已经有五个丈夫，你现在有的，并不是你的丈夫，你这话是真的。”妇人说：“先生，我看出你是先知。我们的祖宗在这山上礼拜，你们倒说，应当礼拜的地方是在耶路撒冷。”耶稣说：“妇人，你当信我。时候将到，你们拜父也不在这山上，也不在耶路撒冷。你们所拜的，你们不知道；我们所拜的，我们知道。因为救恩是从犹太人出来的。时候将到，如今就是了。那真正拜父的，要用心灵和诚实拜他，因为父要这样的人拜他。上帝是灵，所以拜他的，必须用心灵和诚实拜他。”妇人说：“我知道弥赛亚（就是那称为基督的）要来，他来了，必将一切的事都告诉我们。”耶稣说：“这和你说话的就是他。”当下门徒回来，就稀奇耶稣和一个妇人说话。只是没有人说：“你是要什么?”或说：“你为什么和他说话?”那妇人就留下水罐子，往城里去，对众人说：“你们来看，有一个人将我素来所行的一切事都给我说出来了，莫非这就是基督吗?”众人就出城往耶稣那里去。这其间，门徒对耶稣说：“拉比，请吃。”耶稣说：“我有食物吃，是你们不知道的。”门徒就彼此对问说：“莫非有人拿什么给他吃吗?”耶稣说：“我的食物，就是遵行差我来者的旨意，做成他的工。你们岂不说，‘到收割的时候，还有四个月’吗?我告诉你们，举目向田观看，庄稼已经熟了，可以收割了。收割的人得工价，积畜五谷到永生。叫撒种的和收割的一同快乐。俗语说，‘那人撒种，这人收割’，这话可见是真的。我差你们去收你们所没有劳苦的，别人劳苦，你们享受他们所劳苦的。”那城里有好些撒马利亚人信了耶稣，因为那妇人作见证说：“他将我素来所行的一切事都给我说出来了。”于是撒马利亚人来见耶稣，求他在他们那里住下。他便在那里住了两天。因耶稣的话，信的人就更多了。便对妇人说：“现在我们信，不是因为你的话，是我们亲自听见了，知道这真是救世主。”过了那两天，耶稣离了那地方，往加利利去。因为耶稣自己作过见证说：“先知在本地是没有人尊敬的。”到了加利利，加利利人既然看见他在耶路撒冷过节所行的一切事，就接待他，因为他们也是上去过节。耶稣又到了加利利的迦拿，就是他从前变水为酒的地方。有一个大臣，他的儿子在迦百农患病。他听见耶稣从犹太到了加利利，就来见他，求他下去医治他的儿子，因为他儿子快要死了。耶稣就对他说：“若不看见神迹奇事，你们总是不信。”那大臣说：“先生，求你趁着我的孩子还没有死，就下去。”耶稣对他说：“回去吧！你的儿子活了。”那人信耶稣所说的话，就回去了。正下去的时候，他的仆人迎见他，说他的儿子活了。他就问什么时候见好的。他们说：“昨日未时热就退了。”他便知道这正是耶稣对他说“你的儿子活了”的时候，他自己和全家就都信了。这是耶稣在加利利行的第二件神迹，是他从犹太回去以后行的。

雅典的民主

——在阵亡将士葬礼上的演讲

［古希腊］伯里克利

伯里克利（Pericles，约前495—前429年），古希腊著名民主政治家，继克利斯提尼之后，颁布一系列法令，进一步扩大了雅典公民参政的范围，如允许各级官职向广大公民开放，第三等级的公民也有担任执政官的资格（第四等级后来事实上也被允许担任此职），等等。至此，雅典全体男性公民基本上都获得了不受财产限制而通过选举、抽签和轮换的方式出任各级官职的权利与机会。伯里克利在位期间，雅典国力强盛、文化繁荣，被后世史家誉为“伯里克利时代”或古希腊的“黄金时期”。此时期文学、艺术、哲学的发展均达到前所未有的高峰，直到伯罗奔尼撒战争爆发，战争和瘟疫才大大削弱了雅典乃至整个希腊的国力，使灿烂一时的古希腊文化逐渐走向衰落。

古希腊对西方后世的影响，除了其神话、艺术、哲学、科学等方面所取得的辉煌成就之外（例如神话方面的成就，就被马克思誉为“不可企及的典范”），其在创立民主政治方面的尝试和努力，也对后世产生了深远的影响。例如这篇演讲的开篇部分，就对2200多年之后林肯的《葛底斯堡演说》产生过很大影响。读者可以试着分析两篇著名演讲精神上的同出一辙。

这篇演讲是伯里克利在伯罗奔尼撒战争初期为纪念阵亡将士而做的演讲，保存在古希腊著名历史学家休昔底德的史学名著《伯罗奔尼撒战争史》中，历来被认为是西方政治演说的经典（尤其其中的第四自然段，更是经常被人引用）。它之所以受到后人的高度重视，首先在于其文献史料方面的重要价值，借助它，我们不仅可以更深入地了解当时人们的精神面貌和社会习俗，更重要的是，还可以从中看到，早在公元前5世纪，雅典人就已经自觉地确立了自己的价值观，并对之充满自豪。他们知道，雅典在创建文明方面取得的辉煌成就，来源于它推崇的价值和它实行的制度；为了保卫自己的生活方式和政治制度，崇尚自由热爱祖国的雅典人愿意牺牲自己的生命。

过去许多在此地说过话的人，总是赞美我们在葬礼将完时发表演说的这种制度。在他们看来，对于阵亡将士发表演说似乎是对阵亡将士一种光荣的表示。这一点，我不同意。我认为，这些在行动中表现自己勇敢的人，他们的行动就充分宣布他们的光荣了，正如你们刚才从这次国葬典礼中所看见的一样。我们相信，这许多人的勇敢和英雄气概丝毫不因为一个人对他们说好或说歹而有所变更。当听众不相信发言者是发自真心的时候，发言者是很难说得恰如其分的。那个知道事实和热爱死者的人，以为这个发言还没有他自己所知道的和他所愿意听的那么多；其他那些不知道这么多的人会对死者产生嫉妒，当发言者说到他们自己的能力所不能做到的功绩时，他们认为发言者对于死者过于颂扬。颂扬他人，只有在一定的界限以内，才能使人容忍；这个界限就是一个人还相信，在他所听到的事情中，有一些他自己也可以做到。一旦超出了这个界限，人们就会嫉妒和怀疑了。但是事实上，这个制度是我们的祖先所制定和赞许的，我的义务是遵照传统，尽我的力量所及来满足你们每个人所希望和预期的。

首先我要说到我们的祖先，因为在这样的典礼上，回忆他们的作为，以表示对他们的敬意，这是适当的。在我们这块土地上，同一个民族的人世世代代住在这里，直到现在。因为他们的勇敢和美德，他们把这块土地当作一个自由国家传给我们。无疑的，他们是值得我们歌颂的。尤其是我们的父辈，更加值得我们歌颂，因为除了他们所继承的土地之外，他们还扩张成为我们现在的帝国[1]。他们把这个帝国传给我们这一代，不是没有经过流血和辛勤劳动的。今天在这里集合的人，绝大多数正当盛年，我们已经在各方面扩充了我们帝国的势力，已经组织了我们的国家，无论在平时或战时，都完全能够保护它。

我不想做一篇冗长的演说来评述一些你们都很熟悉的问题，所以我不说我们用以取得我们势力的一些军事行动，也不说我们父辈英勇地抵抗我们希腊内部和外部敌人的战役。我所要说的，首先是讨论我们曾经受到考验的精神，我们的宪法和使我们伟大的生活方式。说了这些之后，我想歌颂阵亡将士。我认为这种演说，在目前的情况下，不会是不适当的；同时，在这里集会的全体人员，包括公民和外国人在内，听了这篇演说，也是有益的。

我要说，我们的政治制度不是从我们邻国的制度中模仿得来的。我们的制度是别人的模范，而不是我们模仿任何其他人的。我们的制度之所以被称为民主政治，是因为政权掌握在全体公民手中，而不是在少数人手中。解决私人争执的时候，每个人在法律面前都是平等的；一个人在担任公职时，如果他优先于别人，那并不因为他是某一特殊阶级的成员，而是他有真正的才能。任何人，只要他能够对国家有所贡献，就绝不会因为贫穷而在政治上湮没无闻。正因为我们的政治生活是自由而公开的，我们彼此间的日常生活也是这样的。当我们邻国为所欲为的时候，我们不至于因此而生气；我们也不会因此而给他以难看的脸色，以伤他的情感，尽管这种脸色对他没有实际的损害。在我们个人生活中，我们是自由和宽恕的；但是在公家的事务中，我们遵守法律。这是因为这种法律深使我们心悦诚服。

对于那些我们放在当权地位的人，我们服从；我们服从法律本身，特别是那些保护被压迫者的法律。这些法律虽未成文，但是违反了就算是公认的耻辱。

现在还有一点。当我们的工作完毕的时候，我们可以享受各种娱乐，以提高我们的情趣。整个一年之中，我们有各种定期的赛会和祭祀；在我们的家庭中，我们有华丽而风雅的设备，每天怡娱心目，使我们忘记了我们的忧虑。我们的城邦这样伟大，它充分地给予我们世界各地一切好的东西，使我们享受外国的东西，正好像是我们本地出产的一样。

在我们对于军事安全的态度方面，我们和我们的敌人间也有很大的差别。下面就是一些例子：我们的城市对全世界的人都是开放的；我们没有定期的放逐，以防止人

---

① 此处所说之帝国，指希波战争后期，雅典与部分希腊城邦为抵抗波斯入侵而共同建立的“提洛同盟”。由于雅典在其中充当“盟主”的角色，因而该同盟带有“帝国”的色彩。也正是出于对该同盟的恐惧，斯巴达等其他城邦才组建了与之对抗的“伯罗奔尼撒同盟”。两大同盟之间最终爆发了伯罗奔尼撒战争。

们窥视或者发现我们在军事上对敌人有利的秘密。这是因为我们所依赖的不是阴谋诡计，而是自己的勇敢和忠诚。在我们的教育制度上，也有很大的差别。从孩提时代起，斯巴达人即受到最辛苦的训练，使之变勇敢。在我们的生活中，虽然没有这一切限制，但是我们和他们一样，可以随时勇敢地对付同样的危险。这一点由下面的事实可以得到证明：当斯巴达人侵入我们的领土时，他们总不是单独而来的，而是带着他们的同盟者一起来的；但是当我们进攻的时候，这项工作总是由我们自己来做；虽然我们是在异乡作战，而他们是为保护自己的家乡，但是我们常常能打败他们。事实上，我们的敌人从来没有遇到过我们的全部军力，因为我们不得不分散我们的注意力于我们的海军和在陆地上派遣军队去完成的许多任务。但是如果敌人和我们一个支队作战而胜利了的时候，他们就自吹，说他们打败了我们的全军；如果他们战败了，他们就自称我们是以全军的力量把他们打败的。

我们是自愿地以轻松的情绪来应付危险的，而不是以艰苦的训练；我们的勇敢是从我们的生活方式中自然产生的，而不是国家法律强迫的；我认为这些是我们的优点。我们不花费时间来训练自己忍受那些尚未到来的痛苦；但是当我们真的遇到痛苦的时候，我们表现得和那些经常受到严格训练的人一样的勇敢。我认为这是我们的城邦值得崇拜的一点。当然还有其他优点。

我们爱好美丽，但是没有因此而变得奢侈；我们爱好智慧，但是没有因此而变得柔弱。我们把财富当作可以适当利用的东西，而没有把它当作可以拿来炫耀的东西；至于贫穷，谁也不必以承认自己的贫穷为耻，真正的耻辱为避免贫穷不有择手段。在我们这里，每一个人所关心的，不仅是他自己的事务，而首先是国家的事务。就是那些最忙于他们自己的事务的人，对于一般政治也是很熟悉的。这是我们的特点：一个不关心政治的人，我们不说他是一个关注自己事务的人，而说他根本没有事务。我们的公民自己决定我们的政策，或者对政策进行广泛的讨论。因为我们认为言论和行动间是没有矛盾的；最坏的是没有适当地讨论其后果，就贸然开始行动。这一点又是我们和其他人不同的地方。我们能够冒险，同时又能够在进行这个冒险之前深思熟虑。他人的勇敢往往由于无知，当他们停下来思考的时候，他们就开始疑惧了。但是，真正称得上勇敢的人，是那个最了解人生的幸福和灾患，却仍然勇往直前，担当起将来会发生的事变的人。

再者，在关于一般友谊的问题上，我们和其他大多数的人也形成了鲜明的对比。我们结交朋友的方法是给他人以好处，而不是从他人那儿得到好处。这就使我们的友谊更为可靠，因为我们要继续对他们表示好感，使受惠于我们的人永远感激我们。但是受我们一些恩惠的人，在感情上缺少同样的热忱，因为他们知道，在他们报答我们的时候，这好像是偿还一笔债务一样，而不是自动地给予恩惠——在这方面，我们是独特的。当我们真的给予他人以恩惠时，不是因为估计我们的得失而这样做，而是出于我们的慷慨，所以我们事后并不后悔。因此，如果把所有这一切都联合起来考虑的话，我可以断言，我们的城邦是全希腊的学校；我可断言，我们每个公民，在生活中的许多方面，能够独立自主，并且在独立自主的时候，能够表现出特别的温文尔雅和多才多艺。为了说明这并不是在这个典礼上的空洞的自我吹嘘，而是真正的具体事实，你们只要考虑一下：正因为我在上面所提到的优良品质，我们的城邦才获得了现有的势力。我们所知道的国家中，只有雅典在遇到考验的时候，证明自己比一般人所想象的更伟大。在雅典的情况下，也只有面对雅典时，入侵的敌人才不以战败为耻辱，受它统治的属民才不因统治者的不够格而抱怨。真的，我们所遗留下来的帝国的标志和纪念物是巨大的。不但现代，而且后世也会对我们表示赞叹。我们不需要荷马的歌颂，也不需要任何他人的歌颂，因为他们的歌颂只能使我们娱乐一时，而他们对于事实的估计，却往往不足以代表真实的情况。我们以我们的冒险精神冲进了每个海洋和陆地；我们到处对我们的朋友施以恩德，对我们的敌人给予痛苦；关于这些事情，我们将遗留永久的纪念于后世。

这就是这些人为它慷慨而战、慷慨而死的一个城邦，因为他们只要想到丧失了这个城邦，就会不寒而栗。很自然地，我们生于他们之后的人，每个人都应当忍受一切痛苦，为它服务。因为这个缘故，我说了这么多话来讨论我们的城邦，因为我要很清楚地说明，我们所努力要达到的目标，比起其他那些没有我们的优点的人所要达到的目标要更加远大。因此，我想用实证来更清楚地表达我对阵亡将士们的歌颂。现在对于他们的歌颂最重要的部分，我已经说完了。我已经歌颂了我的城邦，但是使我们的城邦光明灿烂的是这些人和类似他们的人的勇敢和英雄气概。同时你们也会发现，言辞是不能够公允地称颂他们的行为的；在所有的希腊人中间，和他们这种情况一样的也是不太多的。

在我看来，他们的那种壮烈献身，向我们表现了非凡的英雄气概，不管它是初次表现的也好，或者是最后证实的也好。无疑地，他们中间有些人是有缺点的，但是我们所应当记着的，首先是他们抵抗敌人、捍卫祖国的英勇行为。他们的优点抵消了他们的缺点，他们对国家的贡献多于他们在私人生活中带来的祸害。在这些人中间，没有人因为想继续享受他们的财富而变为懦夫，也没有人为了苟且偷生而逃避这个危难的日子。他们所需要的不是这些东西，而是要挫败敌人的骄气。在他们看来，这是最光荣的冒险。他们担当了这个冒险，愿意击溃敌人，而放弃了其他一切。至于成败，他们让它留在不可预测的希望女神手中；当他们真的面临战斗的时候，他们信赖自己。在战斗中，他们认为保持自己的岗位而战死比向敌人屈服而逃生更为光荣。所以他们没有受到别人的责难，而用自己的血肉之躯抵挡了战役的冲锋；顷刻间，在他们生命的顶点，也是光荣的顶点，而不是恐惧的顶点，他们就离开我们而长逝了。

他们的行为是这样勇敢，这些人无愧于他们的城邦。我们这些尚还生存的人们可以希望不会遭遇和他们同样的命运，但是在对抗敌人的时候，我们一定要有同样的勇敢精神。这不是单纯从理论上估计优点的问题。关于击败敌人的好处，我可以说得很多（这些，你们和我一样都是知道的）。我宁愿你们每天把目光集中到雅典的伟大上。它是真正的伟大；你们应当热爱它。当你们认识到它的伟大时，然后回忆一下，使它伟大的是有冒险精神的人们，知道他们的责任的人们，深以不达到某种标准为耻辱的人们。哪怕他们在一件事情上失败了，他们也会下定决心，不让他们的城邦发现他们缺乏勇敢。他们会尽其可能把最好的东西贡献给国家。他们贡献了他们的生命给国家和我们全体，至于他们自己，他们获得了永垂不朽的赞美和光辉灿烂的坟墓——不是他们的遗体所安葬的坟墓，而是他们的光荣永远留在人心的地方；是那每到适当时机，就会激励他人的言论或行动的地方。整个地球其实都是他们的纪念物：他们的纪念物不仅铭刻在自己的祖国和自己的坟墓上，而且也铭刻在国外；他们的英名生根在人们的心灵中，而不是雕刻在有形的石碑上。你们应该努力学习他们的榜样。你们要下定决心：要自由，才能有幸福；要勇敢，才能有自由。在战争的危险面前，不要松懈。那些不怕死的人并不是没有幸福生活希望的可怜人和不幸者，他们是昌盛的人，因为他们深知他们的生活有变为完全相反的危险，他们敏锐地感觉到，如果事情变糟了的话，对于他们将有更加严重的后果。一个聪明的人感觉到，因为自己懦弱而产生的耻辱比受爱国主义精神所鼓舞而意外死于战场要更加令人难过。

因为这个原因，我不哀悼死者的父母，他们有很多是在这里的。我要努力安慰他们。他们知道他们生长在一个人生无常的世界中。但是像阵亡将士一样死得光荣的人，以及你们这些光荣地哀悼他们的人，两者都是幸福的。他们的生命将幸福和死亡安排在一起。我知道，关于这一点，我很难说服你们。当你们看见别人快乐的时候，你们也会想起过去一些常常引起你们快乐的事情来。一个人不会因为缺少了他经验中没有享受过的好事而感到悲伤：真正的悲伤只有在丧失了他惯于享受的东西时才会感觉到的。你们中间那些在适当年龄的人仍旧要支持下去，希望多生一些儿女。在你们自己的家庭中，这些新生的儿女们会使你们忘记那些死者，他们也会帮助城邦填补死者的空位和保证它的安全。因为如果一个人不是和其他每个人一样，有儿女的生命作为保证的话，他是不可能对于我们的事务提出公允而诚实的观点来的。至于你们中间那些已经太老，无法生育的人，请你们把你们享受幸福的大部分生命作为一个收获，记着你们的余年是不长了的。你们想到死者的美名时，你们心中要想开些。只有光荣感是不会受年龄的影响的；当一个人因年老而衰弱时，他最后的幸福，不是如世人所说的谋利，而是得到同胞的尊敬。

至于你们中间那些死者的儿子们或弟兄们，我能够看见，在你们面前有一个艰巨的斗争。每个人总是颂扬死者，纵或你们有了最崇高的英勇壮烈的精神，但是你们所得到的名誉，很难和他们的标准相近，更不要说和他们相等了。当人活着的时候，他总是易于嫉妒那些和他们竞争的人；但是当人去世了的时候，他是真诚地受人尊敬的。

你们中间有些妇女现在已变为寡妇了；关于她们的责任，我想说一两句话。我所能够说的只是一个短短的忠言。你们的大光荣没有逊于女性所应有的标准。妇女们的最大光荣很少为男人所谈论，不管他们是恭维你们也好，批评你们也好。现在依照法律上的要求，我已经说了我所应当说的话。我们对死者的祭献已经做了，将来他们的儿女们将由公费赡养，直到他们成年为止。这是国家给予死者和他们的儿女们的花冠和奖品，作为他们经得住考验的酬谢。凡是对于勇敢的奖赏最大的地方，你们也就可以找到人民中间最优秀的和最勇敢的精神。现在你们对于阵亡的亲属已致哀悼，你们可以散开了。

《理想国》选

［古希腊］柏拉图

《理想国》是古希腊著名哲学家柏拉图（Plato，前427—前347）重要的对话体著作之一，一般认为出于中年时期的柏拉图之口。本书分为十卷，在柏拉图的著作中，不仅篇幅最长，而且内容十分丰富，涉及其哲学的各个方面，尤其对他的政治哲学、认识论等有详细的讨论。本书中文译本可看郭斌和、张竹明译本，商务印书馆1986年版。

本书开篇就提出了这样一个十分重要的问题："什么是正义？"正义是"将他人的东西归还给他吗？"正义是"将善给予朋友，把恶给予敌人吗？"苏格拉底诘问别人提出的关于正义的定义，更是详细地批驳和讨论了特拉叙马库提出的观点，即"正义是强者的利益"。他认为，统治者有时是会犯错误的。只有当统治者具有了使他免于犯错误的知识时，他才能统治自己和他人，正义的人所关心的不只是他个人。统治是为了被统治者的利益，而不是为了统治者的利益。

为了证明正义的生活是有价值的生活，在第二卷中苏格拉底开始讨论城邦的正义，认为城邦的正义与个人的正义是一致的。在他看来，每个城邦都有管理者、守卫者和劳动者。这三个阶层都各有其责，各有其美德。当这三个阶层的人各司其职、协调一致时，这个城邦就是具有了"正义"美德的城邦。同城邦一样，每个人的灵魂都具有理性、意志和情感三种因素，与此相应，也有智慧、勇敢和节制三种美德。当这三种因素在理性的支配下协调一致时，就成为一个正义的人。

柏拉图认为，正义的城邦或理想国必须具备三个条件：第一，统治者应从有才能的人中挑选出来，可以是男人，也可以是女人；第二，统治者阶层应过公社生活；第三，国王应该是哲学家，或应该让哲学家做国王，因为只有哲学家才具备治理国家应有的知识。

在第六、第七两卷中，柏拉图提出了其理念论中的形而上学和认识论学说，用三个著名的比喻解释了他的思想。他认为每一类事物都有其共同的特性，如美的事物的共同特性是“美”，红的事物的共同特性是“红”等。这些共同的特性是事物的“共相”或“理念”，理念是完美的，是感性事物的本质和存在根据。美的事物之所以是美的，是因为其分有了美的理念；善的事物之所以是善的，是因为其分有了善的理念。理念是在感性世界之上独立存在的。理念世界和感性世界是分离的。

柏拉图强调感觉和理性的区别及其在认识过程中的不同作用。感觉只能认识外部世界及其影子，只有靠理性才能把握事物的本质，认识理念。他对人类的认识做了如下区分：对外部事物的影子的认识是“猜测”；对外部事物的认识是“信仰”，在理智阶段，人们所认识的是较低的理念的认识，如对“圆”和“三角形”的理念等的认识。理性阶段是人类精神活动的最高阶段，在此阶段，才能把握到最高的理念，获得真理性的认识。猜测和信仰不是知识，是意见。对理念的认识才是知识。柏拉图在著名的“洞穴”比喻中讲了一个人如何经历了猜测世界、信仰世界、形式世界、理念世界的过程。这个人获得了关于理念的知识后，感到有责任教导那些还在洞穴中的人们。柏拉图由此指出，在一个正义的国家里，哲学家应该成为国王，凭责任治理好国家。

与柏拉图的其他对话一样，《理想国》一书语言优美，极富文学价值。因而，阅读此书，不仅可以在提问与回答、定义与反驳的过程中锻炼哲学思维的能力，深入钻研其中重要的哲学问题，同时也能得到一种美的享受。

建议重点阅读第一、第二、第六、第七卷。

第二卷（节选）

……

苏：〔我对于格劳孔和阿得曼托斯的天赋才能向来钦佩。不过我从来没有如今天听他们讲了这些话以后这样高兴。〕贤昆仲不愧为名父之子，格劳孔的好朋友曾经写过一首诗，歌颂你们在麦加拉战役中的赫赫战功，那首诗的开头两句在我看来非常恰当。

名门之子，父名“至善”，

难兄难弟，名不虚传。

你们既然不肯相信不正义比正义好，而同时又为不正义辩护得这么头头是道。这其间必有神助。我觉得你们实在不相信自己说的那一套，我是从你们的品格上判断出来的。要是单单听你们的辩证，我是会怀疑的。但是我越相信你们，我越不知道该怎么办是好。我不晓得怎么来帮你们。老实说，我确实没有这个能力。我对色拉叙马霍斯所说的一番话，我认为已经证明正义优于不正义了①，可你们不肯接受。我真不知道怎么来拒绝给你们帮助。如果正义遭人诽谤，而我一息尚存有口能辩，却袖手旁观不上来帮助，这对我来说，恐怕是一种罪恶，是奇耻大辱。看起来，我挺身而出保卫正义才是上策。

〔格劳孔和其余的人央求我不能撒手，无论如何要帮个忙，不要放弃这个辩论。他们央求我穷根究底弄清楚二者的本质究竟是什么，二者的真正利益又是什么？于是，我就所想到的说了一番：〕我们现在进行的这个探讨非比寻常，在我看来，需要有敏锐的目光。可是既然我们并不聪明，我想最好还是进行下面这种探讨。我们假定视力不好，人家要我们读远处写着的小字，正好在这时候有人发现别处用大字写着同样的字，那我们可就交了好运了，我们就可以先读大字后读小字，再看看它们是不是一样。

阿②：说得很好，但是这跟探讨正义有什么相似之处？

苏：我来告诉你，我想我们可以说，有个人的正义，也有整个城邦的正义。

阿：当然。

苏：好！一个城邦是不是比一个人大？

阿：大得多！

苏：那么也许在大的东西里面有较多的正义，也就更容易理解。如果你愿意的话，让我们先探讨在城邦里正义是什么，然后在个别人身上考察它，这叫由大见小。

阿：这倒是个好主意。

苏：如果我们能想象一个城邦的成长，我们也就能看到那里正义和不正义的成长，是不是？

阿：可能是这样。

苏：要是做到了这点，我们就有希望轻而易举地看到我们所要追寻的东西。

阿：不错，希望很大。

苏：那么，我们要不要着手进行？我觉得这件事非同小可，你可要仔细想想。

阿：我们已经考虑过了。干吧！不要再犹豫了。

苏：那么很好。在我看来，之所以要建立一个城邦，是因为我们每一个人不能单靠自己达到自足，我们需要许多东西。你们还能想到什么别的建立城邦的理由吗？

阿：没有。

苏：因此我们每个人为了各种需要，招来各种各样的人。由于需要许多东西，我们邀集许多人住在一起，作为伙伴和助手，这个公共住宅区，我们叫它城邦。这样说对吗？

---

① 参看原书第一卷。

② 格劳孔的兄弟。

阿：当然对。

苏：那么一个人分一点东西给别的人，或者从别的人那里拿来一点东西，每个人却觉得这样有进有出对他自己有好处。

阿：是的。

苏：那就让我们从头设想，来建立一个城邦，看看一个城邦的创建人需要些什么。

阿：好的。

苏：首先，最重要的是粮食，有了它才能生存。

阿：毫无疑问。

苏：第二是住房，第三是衣服，以及其他，等等。

阿：理所当然。

苏：接着要问的是，我们的城邦怎么才能充分供应这些东西？那里要不要有一个农夫、一个瓦匠、一个纺织工人？要不要再加一个鞋匠或者别的照料身体需要的人？

阿：当然。

苏：那么最小的城邦起码要有四到五个人。

阿：显然是的。

苏：接下来怎么样呢？是不是每一个成员要把各自的工作贡献给公众——我的意思是说，农夫要为四个人准备粮食。他是花四倍的时间和劳力准备粮食来跟其他人共享呢，还是不管别人，只为他自己准备粮食——花四分之一的时间，生产自己的一份粮食，把其余四分之三的时间，一份花在造房子上，一份花在做衣服上，一份花在做鞋子上，免得同人家交换，各自为我，只顾自己的需要呢？

阿：恐怕第一种办法便当，苏格拉底。

苏：上天作证，这是一点也不奇怪的。你刚说这话，我就想到我们大家并不是生下来都一样的。各人性格不同，适合于不同的工作。你说是不是？

阿：是的。

苏：那么是一个人干几种手艺好呢，还是一个人单搞一种手艺好呢？

阿：一人单搞一种手艺好。

苏：其次，我认为有一点很清楚——一个人不论干什么事，失掉恰当的时节和有利的时机就会前功尽弃。

阿：不错，这点很清楚。

苏：我想，一件工作不是等工人有空了再慢慢去搞的，相反，是工人应该全心全意当作主要任务来抓的，是不能随随便便、马虎从事的。

阿：必须这样。

苏：这样，只要每个人在恰当的时候干适合他性格的工作，放弃其他事情，专搞一行，这样就会每种东西都生产得又多又好。

阿：对极了。

苏：那么，阿得曼托斯，我们就需要更多的公民，要超过四个人来供应我们所说的一切了。农夫似乎造不出他用的犁头——如果要的是一张好犁的话，也不能制造他的锄头和其他耕田的工具。建筑工人也是这样，他也需要许多其他的人。织布工人、鞋匠都不例外。

阿：是的。

苏：那么木匠铁匠和许多别的匠人就要成为我们小城邦的成员，小城邦就更扩大起来了。

阿：当然。

苏：但这样也不能算很大。就说我们再加上放牛的、牧羊的和养其他牲口的人吧。这样可使农夫有牛拉犁，建筑工人和农夫有牲口替他们运输东西，纺织工人和鞋匠有羊毛和皮革可用。

阿：假定这些都有了，这个城邦就不能算很小啦！

苏：还有一点，把城邦建立在不需要进口货物的地方，这在实际上是不可能的。

阿：确实不可能。

苏：那么它就还得有人到别的城邦去，进口所需要的东西呀。

阿：是的。

苏：但是有一点，如果我们派出的人空手而去，不带去人家所需要的东西换人家所能给的东西，那么，使者回来不也会两手空空吗？

阿：我看会是这样的。

苏：那么他们就必须不仅为本城邦生产足够的东西，还得生产在质量、数量方面，能满足为他们提供东西的外邦人需要的东西。

阿：应当如此。

苏：所以我们的城邦需要更多的农夫和更多其他的技工了。

阿：是的。

苏：我想，还需要别种助手做进出口的买卖，这就是商人。是不是？

阿：是的。

苏：因此，我们还需要商人。

阿：当然。

苏：如果这个生意要到海外进行，那就还得需要另外许多懂得海外贸易的人。

阿：确实还需要许多别的人。

苏：在城邦内部，我们是如何彼此交换各人所制造的东西呢？须知这种交换产品正是我们合作建立城邦的本来目的呀。

阿：交换显然是用买和卖的办法。

苏：于是我们就会有市场，有货币作为货物交换的媒介。

阿：当然。

苏：如果一个农夫或者随便哪个匠人拿着他的产品上市场去，可是想换取他产品的人还没到，那么他不是就得闲坐在农场上耽误他自己的工作吗？

阿：不会的。市场那里有人看到这种情况，就会出来专门为他服务的。在管理有方的城邦里，这是些身体最弱不能干其他工作的人干的。他们就等在市场上，拿钱来跟愿意卖的人换货，再拿货来跟愿意买的人换钱。

苏：在我们的城邦里，这种需要产生了一批店老板。那些常住在市场上做买卖的人，我们叫他店老板，或者小商人。那些往来于城邦之间做买卖的人，我们称之为大商人。是不是？

阿：是的。

苏：此外我认为还有别的为我们服务的人，这种人有足够的力气可以干体力劳动，但在智力方面就没有什么长处值得当我们的伙伴。这些人按一定的价格出卖劳力，这个价格就叫工资。因此毫无疑问，他们是靠工资为生的人。不知你意下如何？

阿：我同意。

苏：那么靠工资为生的人，似乎也补充到我们城邦里来了。

阿：是的。

苏：阿得曼托斯，那么我们的城邦已经成长完备了吗？

阿：也许。

苏：那么在我们城邦里，何处可以找到正义和不正义呢？在我们上面所列述的那些人里，正义和不正义是被哪些人带进城邦来的呢？

阿：我可说不清，苏格拉底！要么那是因为各种人彼此都有某种需要。

苏：也许你的提法很对。我们必须考虑这个问题，不能退缩。首先，让我们考虑一下在做好上面种种安排以后，人们的生活方式将会是什么样子。他们不要烧饭、酿酒、缝衣、制鞋吗？他们还要造屋，一般说，夏天干活赤膊光脚，冬天穿很多衣服，着很厚的鞋子。他们用大麦片、小麦粉当粮食，煮粥，做成糕点，烙成薄饼，放在苇叶或者干净的叶子上。他们斜躺在铺着紫杉和桃金娘叶子的小床上，跟儿女们欢宴畅饮，头戴花冠，高唱颂神的赞美诗。满门团聚，其乐融融，一家数口儿女不多，免受贫困与战争。

〔这时候格劳孔插嘴说：〕

格：不要别的东西了吗？好像宴会上连一点调味品也不要了。

苏：真的，我把这点给忘了。他们会有调味品的，当然要有盐、橄榄、乳酪，还有乡间常煮吃的洋葱、蔬菜。我们还会给他们甜食——无花果、鹰嘴豆、豌豆，还会让他们在火上烤爱神木果、橡子吃，适可而止地喝上一点酒，就这样让他们身体健康，太太平平度过一生，然后无病而终，并把这种同样的生活再传给他们的下一代。

格：如果你是在建立一个猪的城邦，除了上面这些东西而外，你还给点什么别的饲料吗？

苏：格劳孔，你还想要什么？

格：还要一些能使生活稍微舒服一点的东西。我想，他们要有让人斜靠的睡椅，免得太累，还要有几张餐桌、几个碟子和甜食，等等。就像现在大家都有的那些。

苏：哦，我明白了。看来我们正在考虑的不单是一个城邦的成长，而且是一个繁华城邦的成长。这倒不见得是个坏主意。我们观察这种城邦，也许就可以看到在一个国家里，正义和不正义是怎么成长起来的。我认为真正的国家，乃是我们前面所讲述的那样——可以叫作健康的国家。如果你想研究一个发高烧的城邦也未为不可。不少人看来对刚才这个菜单或者这个生活方式并不满意。睡椅毕竟是要添置的，还要桌子和其他家具，还要有调味品、香料、香水、歌妓、蜜饯、糕饼——诸如此类的东西。我们开头所讲的那些必需的东西——房屋、衣服、鞋子是不够了；我们还得花时间去绘画、刺绣，想方设法寻找金子、象牙以及种种诸如此类的装饰品，是不是？

格：是的。

苏：那么我们需要不需要再扩大这个城邦呢？因为那个健康的城邦还是不够，我们势必要使它再扩大一点，加进许多必要的人和物，例如各种猎人，模仿形象与色彩的艺术家，一大群搞音乐的，诗人和一大群助手——朗诵者、演员、合唱队、舞蹈队、管理员以及制造各种家具和用品的人，特别是做妇女装饰品的那些人，我们需要更多的佣人。你以为我们不需要家庭教师、奶妈、保姆、理发师、厨师吗？我们还需要牧猪奴。在我们早期的城邦里，这些人一概没有，因为用不着他们。不过，在目前这个城邦里，就有这个需要了。我们还需要大量别的牲畜作为肉食品。你说对不对？

格：对！

苏：在这样的生活方式里，我们不是比以前更需要医生吗？

格：是更需要。

苏：说起土地上的农产品来，它们以前足够供应那时所有的居民，现在不够了，太少了。你说对不对？

格：对！

苏：如果我们想要有足够大的耕地和牧场，我们势必要从邻居那儿抢一块来；而邻居如果不以所得为满足，也无限制地追求财富的话，他们势必也要夺一块我们的土地。

格：必然如此，苏格拉底。

苏：格劳孔呀！下一步，我们就要走向战争了，否则你说怎么办？

格：就是这样，要战争了。

苏：我们且不说战争造成好的或坏的结果，只说现在我们已经找到了战争的起源。战争使城邦在公私两方面遭到极大的灾难。

格：当然。

苏：那么我们需要一个更大的城邦，不是稍微大一点，而是要加上全部军队那么大，才可以抵抗和驱逐入侵之敌，保卫我们所列举的那些人民的生命和我们所有的一切财产。

格：为什么？难道为了自己，那么些人还不够吗？

苏：不够。想必你还记得，在创造城邦的时候，我们曾经一致说过，一个人不可能擅长许多种技艺的。

格：不错。

苏：那么好，军队打仗不是一种技艺吗？

格：肯定是一种技艺。

苏：那么我们应该注意做鞋的技艺，而不应该注意打仗的技艺吗？

格：不，不！

苏：为了把大家的鞋子做好，我们不让鞋匠去当农夫，或织工，或瓦工。同样，我们选拔其他的人，按其天赋安排职业，弃其所短，用其所长，让他们集中毕生精力专搞一门，精益求精，不失时机。那么，对于军事能不重视吗？还是说，军事太容易了，连农夫鞋匠和干任何别的行当的人都可以带兵打仗？就说是下棋掷骰子吧，如果只当作消遣，不从小就练习的话，也是断不能精于此道的。难道，在重武装战争或者其他类型的战争中，你拿起盾牌，或者其他兵器一天之内就能成为胜任作战的战士吗？须知，没有一种工具是拿到手就能使人成为有技术的工人或者斗士的，如果他不懂得怎么用工具，没有认真练习过的话。

格：这话不错，不然工具本身就成了无价之宝了。

苏：那么，如果说护卫者的工作是最重大的，他就需要有比别种人更多的空闲，需要有最多的知识和最多的训练。

格：我也这么想。

苏：不是还需要有适合干这一行的天赋吗？

格：当然。

苏：看来，尽可能地挑选那些有这种天赋的人来守护这个城邦乃是我们的责任。

格：那的确是我们的责任。

苏：天啊！这个担子可不轻，我们要尽心尽力而为之，不可退缩。

格：对，决不可退缩。

苏：你觉得一条养得好的警犬和一个养得好的卫士，从保卫工作来说，两者的天赋才能有什么区别吗？

格：你究竟指的什么意思？

苏：我的意思是说，两者都应该感觉敏锐，对觉察到的敌人要追得快，如果需要一决雌雄的话，要能斗得凶。

格：是的，这些品质他们都需要。

苏：如果要打得赢的话，还必须勇敢。

格：当然。

苏：不论是马，是狗，或其他动物，要不是生气勃勃，它们能变得勇敢吗？你有没有注意到，昂扬的精神意气，是何等不可抗拒、不可战胜吗？只要有了它，就可以无所畏惧，所向无敌吗？

格：是的，我注意到了。

苏：那么，护卫者在身体方面应该有什么品质，这是很清楚的。

格：是的。

苏：在心灵上他们应该意气奋发，这也是很明白清楚的。

格：也是的。

苏：格劳孔呀！如果他们的天赋品质是这样的，那他们怎么能避免彼此之间发生冲突，或者跟其他公民发生冲突呢？

格：天啊！的确不容易避免。

苏：他们还应该对自己人温和，对敌人凶狠。否则，用不着敌人来消灭，他们自己就先消灭自己了。

格：真的。

苏：那我们该怎么办？我们上哪里去找一种既温和又刚烈的人？这两种性格是相反的呀。

格：显然是相反的。

苏：但要是两者缺一，他就永远成不了一个好的护卫者了。看来，二者不能得兼，因此，一个好的护卫者也是不可能有的了。

格：看来是不可能。

苏：我给闹糊涂了。不过把刚才说的重新考虑一下，我觉得我们的糊涂是咎有应得，因为我们把自己所树立的相反典型给忘掉了。

格：怎么回事？

苏：我们没有注意到，我们原先认为不能同时具有相反的两种禀赋，现在看来毕竟还是有的。

格：有？在哪儿？

苏：可以在别的动物身上找到，特别是在我们拿来跟护卫者比拟的那种动物身上可以找到。我想你总知道喂得好的狗吧。它的脾气总是对熟人非常温和，对陌生人却恰恰相反。

格：是的，我知道。

苏：那么，事情是可能的了。我们找这样一种护卫者并不违反事物的天性。

格：看来并不违反。

苏：你是不是认为我们的护卫者，除了秉性刚烈之外，他的性格中还需要有对智慧的爱好，才能成其为护卫者？

格：怎么需要这个的？我不明白你的意思。

苏：在狗身上你也能看到这个。兽类能这样，真值得惊奇。

格：“这个”是什么？

苏：狗一看见陌生人就怒吠——虽然这个人并没打它；当它看见熟人，就摇尾欢迎——虽然这个人并没对它表示什么好意。这种事情，你看了从来没有觉得奇怪吗？

格：过去我从来没注意这种事情。不过，狗的行动确实是这样的，这是一目了然的。

苏：但那的确是它天性中的一种精细之处，是一种对智慧有真正爱好的表现。

格：请问你是根据什么这样想的？

苏：我这样想的根据是：狗完全凭认识与否区别敌友——不认识的是敌，认识的是友。一个动物能以知和不知辨别敌友同异，你怎么能说它不爱学习呢？

格：当然不能。

苏：你承认，爱学习和爱智慧是一回事吗？

格：是一回事。

苏：那么，我们人类也可以有把握地这样说：如果他对自己人温和，他一定是一个天性爱学习和爱智慧的人。不是吗？

格：让我们假定如此吧。

苏：那么，我们可以在一个真正善的城邦护卫者的天性里把爱好智慧和刚烈、敏捷、有力这些品质结合起来了。

格：毫无疑问可以这样。

苏：那么，护卫者的天性基础大概就是这样了。但是，我们的护卫者该怎样接受训练、接受教育呢？我们研讨这个问题是不是可以帮助我们弄清楚整个探讨的目标呢——正义和不正义在城邦中是怎样产生的？我们要使我们的讨论既充分又不拖得太长，令人生厌。

阿：是的。我希望这个探讨有助于我们一步步接近我们的目标。

苏：那么，亲爱的阿得曼托斯，我们一定不要放弃这个讨论，就是长了一点，也要耐心。

阿：对！一定不放弃。

苏：那么，让我们来讨论怎么教育这些护卫者的问题吧。我们不妨像讲故事那样从容不迫地来谈。

阿：我们是该这样做。

苏：那么，这个教育究竟是什么呢？似乎确实很难找到比我们早已发现的那种教育更好的了。这种教育就是用体操来训练身体，用音乐来陶冶心灵。

阿：是的。

苏：我们开始教育，要不要先教音乐，后教体操？

阿：是的。

苏：你把故事包含在音乐里，对吗？

阿：对。

苏：故事有两种，一种是真的，一种是假的，是吧？

阿：是的。

苏：我们在教育中应该两种都用，先用假的，是吗？

阿：我不理解你的意思。

苏：你不懂吗？我们对儿童先讲故事，故事从整体看是假的，但是其中也有真实。在教体操之前，我们先用故事教育孩子们。

阿：这是真的。

苏：这就是我所说的，在教体操之前先教音乐的意思。

阿：非常正确。

苏：你知道，凡事开头最重要。特别是生物，在幼小柔嫩的阶段，最容易接受陶冶，你要把它塑成什么形式，就能塑成什么形式。

阿：一点不错。

苏：那么，我们应不应该放任地让儿童听不相干的人讲不相干的故事，让他们的心灵接受许多我们认为他们在成年之后不应该有的那些见解呢？

阿：绝对不应该。

苏：那么看来，我们首先要审查故事的编者，接受他们编得好的故事，而拒绝那些编得坏的故事。我们鼓励母亲和保姆给孩子们讲那些已经审定的故事，用这些故事铸造他们的心灵，比用手去塑造他们的身体还要仔细。他们现在所讲的故事大多数我们必须抛弃。

阿：你指的哪一类故事？

苏：故事也能大中见小，因为我想，故事不论大小，类型总是一样的，影响也总是一样的，你看是不是？

阿：是的，但是我不知道所谓大的故事指的是哪些。

苏：指赫西俄德和荷马以及其他诗人所讲的那些故事。须知，我们曾经听讲过，现在还在听讲着他们所编的那些假故事。

阿：你指的是哪一类故事？这里面你发现了什么毛病？

苏：首先必须痛加谴责的，是丑恶的假故事。

阿：这指什么？

苏：一个人没有能用言词描绘出诸神与英雄的真正本性来，就等于一个画家没有画出他所要画的对象来一样。

阿：这些是应该谴责的。但是，有什么例子可以拿出来说明问题的？

苏：首先，最荒唐莫过于把最伟大的神描写得丑恶不堪。如赫西俄德描述的乌拉诺斯的行为，以及克罗诺斯对他的报复行为，还有描述克罗诺斯的所作所为和他的儿子对他的行为，这些故事都属此类。即使这些事是真的，我认为也不应该随便讲给天真单纯的年轻人听。这些故事最好闭口不谈。如果非讲不可的话，也只能许可极少数人听，并须秘密宣誓，先行献牲，然后听讲，而且献的牲还不是一只猪，而是一种难以弄到的庞然大物。为的是使能听到这种故事的人尽可能的少。

阿：啊！这种故事真是难说。

苏：阿得曼托斯呀！在我们城邦里不应该多讲这类故事。一个年轻人不应该听了故事得到这样一种想法：对一个大逆不道，甚至想尽方法来严惩犯了错误的父亲的人也不要大惊小怪，因为他不过是仿效了最伟大的头号天神的做法而已。

阿：天哪！我个人认为这种事情是不应该讲的。

苏：决不该让年轻人听到诸神之间明争暗斗的事情，因为这不是真的。如果我们希望将来的保卫者把彼此钩心斗角、要弄阴谋诡计当作奇耻大辱的话。我们更不应该把诸神或巨人之间的争斗，把诸神与英雄们对亲友的种种怨仇作为故事和刺绣的题材。如果我们能使年轻人相信城邦的公民之间从来没有任何争执，如果有的话，便是犯罪，老爷爷、老奶奶应该对孩子们从小就这样说，等他们长大一点还这样说，我们还必须强迫诗人按照这个意思去写作。关于赫拉如何被儿子绑了起来以及赫淮斯托斯见母亲挨打，他去援救的时候，如何被他的父亲从天上摔到地下的话，还有荷马所描述的诸神间的战争，等等，作为寓言来讲也罢，不作为寓言来讲也罢，无论如何不该让它们混进我们城邦里来。因为年轻人分辨不出什么是寓言，什么不是寓言。先入为主，早年接受的见解总是根深蒂固、不容易更改的。因此我们要特别注意，为了培养美德，儿童们最初听到的应该是最优美、高尚的故事。

阿：是的，很有道理。但是如果人家要我们明确说出这些故事指的是哪些，我们该举出哪些来呢？

苏：我亲爱的阿得曼托斯啊！你我都不是作为诗人而是作为城邦的缔造者在这里发言的。缔造者应当知道，诗人应该按照什么路子写作他们的故事，不许他写出不合规范的东西，但不要求自己动手写作。

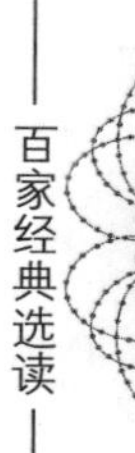

阿：很对。但，就是这个东西——故事里描写诸神的正确的路子或标准应该是什么样的呢？

苏：大致是这样的，应该写出神之所以为神，即神的本质来。无论在史诗、抒情诗或悲剧诗里，都应该这样描写。

阿：是的，应该这样描写。

苏：神不肯定是实在善的吗？故事不应该永远把他们描写成善的吗？

阿：当然应该。

苏：其次，没有任何善的东西是有害的，是吧？

阿：我想是的。

苏：无害的东西会干什么坏事吗？

阿：啊，不会的。

苏：不干坏事的东西会作恶吗？

阿：绝对不会。

苏：不作恶的东西会成为任何恶的原因吗？

阿：那怎么会呢？

苏：好，那么善的东西是有益的？

阿：是的。

苏：因此是好事的原因吗？

阿：是的。

苏：因此，善者并不是一切事物的原因，只是好的事物的原因，不是坏的事物的原因。

阿：完全是这样。

苏：因此，神既然是善者，它也就不会是一切事物的原因——像许多人所说的那样。对人类来说，神只是少数几种事物的原因，而不是多数事物的原因。我们人世上好的事物比坏的事物少得多，而好事物的原因只能是神。至于坏事物的原因，我们必须到别处去找，不能在神那儿找。

阿：你说的话，在我看来再正确不过了。

苏：那么我们就不能接受荷马或其他诗人关于诸神的那种错误说法了。例如荷马在下面的诗里说：

宙斯大堂上，并立两铜壶。

壶中盛命运，吉凶各悬殊。

宙斯混吉凶，随意赐凡夫。

当宙斯把混合的命运赐给一个人，那个人就时而遭灾难，时而得幸福。

当宙斯不把吉凶相混，单赐坏运给一个人时，就饥饿逼其人，飘泊无尽路。

我们也不要去相信那种宙斯支配命运的说法：祸福变万端，宙斯实主之。

如果有人说，潘德罗斯违背誓言，破坏停战，是由于雅典娜和宙斯的怂恿，我决不能同意。我们也不能同意诸神之间的争执和分裂是由于宙斯和泰米斯作弄的说法。我们也不能让年轻人听到如埃斯库洛斯所说的：

天欲毁巨室，降灾群氓间。

如果诗人们描写尼俄珀的悲痛——埃斯库洛斯曾用抑扬格诗描写过，或者描写佩洛匹达的故事、特洛伊战争的事迹，以及别的传说，我们一定要禁止他们把这些痛苦说成是神的意旨。如果要这么说，一定要他们举出这样说的理由，像我们正在努力寻找的一样,他们应该宣称神做了一件合乎正义的好事，使那些人从惩罚中得到益处。我们无论如何不能让诗人把被惩罚者的生活形容得悲惨，说是神要他们这样的。但是我们可以让诗人这样说：坏人日子难过，因为他们该受惩罚。神是为了要他们好，才惩罚他们的。假使有人说，神虽然本身是善的，可是却产生了恶。对于这种谎言，必须迎头痛击。假使这个城邦要统治得好的话，更不应该让任何人（不论他是老是少）听到这种故事（不论故事是有韵的还是没有韵的）。讲这种话是渎神的，对我们是有害的，并且理论上是自相矛盾的。

阿：我跟你一道投票赞成这条法律。我很喜欢它。

苏：很好。这将成为我们关于诸神的法律之一，若干标准之一。故事要在这个标准下说，诗要在这个标准下写——神是善的原因，而不是一切事物之因。

阿：这样说算是说到家了。

苏：那么，其次，你认为神是一个魔术师吗？他能按自己的意图在不同的时间显示出不同的形象来吗？他能有时变换外貌，乔装打扮惑世欺人吗？还是说，神是单一的，始终不失他本相的呢？

阿：我一下子答不上来。

苏：那么好好想想吧。任何事物一离开它的本相，它不就要或被自己或被其他事物改变吗？

阿：这是必然的。

苏：事物处于最好的状况下，最不容易被别的事物所改变或影响，例如，身体之受饮食、劳累的影响，植物之受阳光、风、雨等的影响，最健康、最强壮者、最不容易被改变。不是吗？

阿：怎么不是呢？

苏：心灵不也是这样的吗？最勇敢、最智慧的心灵最不容易被任何外界的影响所干扰或改变。

阿：是的。

苏：以此类推，那些制成的东西也肯定是这样的了——家具、房屋、衣服，如果做得很好很牢，也最不容易受时间或其他因素的影响。

阿：的确是这样。

苏：那么万事万物都是这样的了。——任何事物处于最好状况之下，不管是天然的状况最好，还是人为的状况最好，或者两种状况都最好，是最不容易被别的东西所改变的。

阿：看来是这样。

苏：神和一切属于神的事物，无论如何都肯定是处于不能再好的状态下。

阿：当然。

苏：因此看来，神是绝对不能有许多形象的。

阿：确实不可能的。

苏：但是，神能变形，即自己改变自己吗？

阿：如果他能被改变，显然是能自己改变自己的。

苏：那么他把自己变美变好呢，还是变丑变坏呢？

阿：如果变，他一定是变坏。因为我们定然不能说神在美和善方面是有欠缺的。

苏：你说得对极了。如果这样尽善尽美，阿得曼托斯，你想想看，无论是哪一个神或哪一个人，他会自愿把自己变坏一点点吗？

阿：不可能的。

苏：那么，一个神想要改变他自己，看来是连这样一种愿望也不可能有的了。看来还是：神和人都尽善尽美，永远停留在自己单一的既定形式之中。

阿：我认为这是一个必然的结论。

苏：那么，我的高明的朋友啊！不许任何诗人这样对我们说：

诸神乔装来异乡，

变形幻影访城邦。

也不许任何人讲关于普罗图斯和塞蒂斯的谎话，也不许在任何悲剧和诗篇里，把赫拉带来，扮作尼姑，为阿尔戈斯的伊纳霍斯河的赐予生命的孩子们挨门募捐，我们不需要诸如此类的谎言。做母亲的也不要被这些谎言所欺骗，对孩子们讲那些荒唐故事，说什么诸神在夜里游荡，假装成远方来的异客。我们不让她们亵渎神明，还把孩子吓得胆战心惊，变成懦夫。

阿：决不许这样。

苏：既然诸神是不能改变的，难道他们能给我们幻象，让我们看到他们在光怪陆离的形式之中吗？

阿：也许如此。

苏：什么？难道神明会愿意说谎欺骗，在言行上对我们玩弄玄虚吗？

阿：我不知道。

苏：你难道不懂，真的谎言（如果这话能成立）是所有的神和人都憎恶的吗？

阿：你说的是什么意思？

苏：我的意思是说，谎言乃是一种不论谁在自身最重要的部分（在最重要的利害关系上）都最不愿意接受的东西，是不论谁都最害怕它存在在那里的。

阿：我还是不懂。

苏：这是因为你以为我的话有什么重要含意。其实，我的意思只是：上当受骗，对真相一无所知，在自己心灵上一直保留着假象，这是任何人都最不愿意、最深恶痛绝的。

阿：确实如此。

苏：但是，受骗者把心灵上的无知说成是非常真的谎言，如我刚才所做的肯定是完全正确的。因为嘴上讲的谎言只不过是心灵状态的一个摹本，是派生的，仅仅是形象而不是欺骗本身和真的谎言。对吗？

阿：很对。

苏：那么，真的谎言是不论神还是人，都是深恶痛绝的。

阿：我也这么认为了。

苏：不过，语言上的谎言怎么样？什么时候可以用，对谁可用，所以人家对它才不讨厌的？对敌人不是可用吗？在我们称之为朋友的那些人中间，当他们有人得了疯病，或者胡闹，要做坏事，谎言作为一种药物不也变得有用了，可以用来防止他们作恶吗？在我们刚才的讨论中所提到的故事里，我们尽量以假乱真，是由于我们不知道古代事情的真相，要利用假的传说达到训导的目的。

阿：当然要这样。

苏：那么在什么情况下，谎言能对神有用？会不会因为他们也不知道古代的事情，因此要把假的弄得像真的一样呢？

阿：啊，真是一个荒唐的想法。

苏：那么，神之中没有一个说假话的诗人吧？

阿：我想不会有。

苏：那么他会因为害怕敌人而说假话吗？

阿：绝对不会。

苏：会因为朋友的疯狂和胡闹而说假话吗？

阿：不会，神是没有疯狂和胡闹的朋友的。

苏：那么，神不存在说谎的动机。

阿：不存在。

苏：因此，有一切理由说，心灵和神性都和虚伪无缘。

阿：毫无疑问。

苏：因此，神在言行方面都是单一的、真实的，他是不会改变自己，也不会白日送兆，夜间入梦，玩这些把戏来欺骗世人的。

阿：听你讲了以后，我自己也这样认为。

苏：那么你同意不同意这第二个标准：讲故事、写诗歌谈到神的时候，应当不把他们描写成随时都会变形的魔术师，在言行方面，他们不是那种用谎言引导我们走上歧途的角色?

阿：我同意。

苏：那么，在荷马的作品里，虽然许多东西值得我们赞美，可是有一件事是我们不能称赞的，这就是宙斯托梦给阿加门农的说法；我们也不能赞美埃斯库洛斯的一段诗，他说，塞蒂斯告诉大家，在伊结婚时，阿波罗曾唱过如下的歌：

多福多寿，子孙昌盛，
敬畏命运，大亨以正。
当众宣告，胜利功成。

她曾对大家说：

出于阿波罗之神口，预言谆谆。
不欺不诈，信以为真。
孰知杀吾儿者，竟是此神。
神而若此，天道宁论。

任何诗人说这种话诽谤诸神，我们都将生气，不让他们组织歌舞队演出，也不让学校教师用他们的诗来教育年轻人，如果要使未来的城邦护卫者在人性许可的范围内，成为敬畏神明的人的话。

阿：无论如何要这样。我同意你这两个标准，我愿意把它们当作法律。

《尼各马可伦理学》选

［古希腊］亚里士多德

亚里士多德（前384—前322)，古希腊著名哲学家、科学家、教育家。柏拉图的学生，亚历山大的老师。公元前335年，他在雅典举办了一所名叫吕克昂的学校，在那里招收学生，讲授学问。他讲学有自己独特的风格，喜欢和学生一边散步一边说话，后人因此把他的学派称为“逍遥学派”。

亚里士多德一生勤奋治学，从事的学术研究涉及哲学、伦理学、政治学、逻辑学、修辞学、物理学、生物学、教育学、心理学、美学等许多领域（在这诸多领域他都留下了堪称经典的著作)。他是古代世界一位百科全书式的人物，但知识的广泛并未影响他思想的深邃，在许多问题上，他的思想都对后世（无论中世纪还是近现代）产生了极大影响。

《尼各马可伦理学》是亚里士多德伦理学方面最重要的一部著作，也是西方第一部伦理学著作。相传此书由亚里士多德之子尼各马可整理而成。全书讨论的问题包括至善与幸福、德行、理论智慧和实践智慧等。在这部著作影响下，西方后来的伦理学著作大多以探讨“什么是幸福”作为自己的首要任务，并且把伦理学与政治学联系起来，让法律政治体系成为人们实现其幸福和德行追求的制度保障。

这里节选的是该书中讨论“幸福”的部分，以及他由德行与幸福的讨论过渡到其政治学理论的一个引导。

幸　福

幸福与实现活动

在谈过德行、友爱和快乐之后，我们接下来要扼要地谈谈幸福。因为，我们把幸福看作人的目的。如果我们从前面谈到过的地方说起，我们的讨论就可以简短些。我们说过，幸福不是品质。因为如果它是，一个一生都在睡觉、过着植物般的生活的人，或那些遭遇不幸的人们，也可以算是幸福的了。如果我们不能同意这种说法，并且更愿意像前面所说过的那样把它看作是一种实现活动，如果有些实现活动是必要的，是因某种其他事物而值得欲求，有些实现活动自身就值得欲求，那么，幸福就应当算作因其自身而不是因某种其他事物而值得欲求的实现活动。因为，幸福是不缺乏任何东西的、自足的。而那些除自身之外别无他求的实现活动是值得欲求的活动。合德行的实践似乎就具有这种性质。因为高尚（高贵）的、好的行为自身就值得欲求。但是令人愉悦的消遣也是这样。因为，它们之值得欲求不是因别的事物之故。实际上，它们的弊大于利：它们使人忽视自己的健康与财产。而且，被多数人视为享受着幸福的那些人都喜欢在消遣中消磨时光。正因为如此，那些精于此道的人才总能得到僭主们的欢心。他们投其所好，而僭主们也正需要这样的人。由于有权势的人都在消遣中度日，消遣就似乎被看作具有幸福的性质。但是第一，这样一些人的喜好也许不足以作为证据。德行与努斯是好的实现活动的源泉，而这两者并不取决于是否占有权势。如果这些人没有对纯净的、自由的快乐的喜好，而只是一味沉溺于肉体快乐，我们就不应当把这种快乐看作是最值得欲求的。因为，儿童也总是把他们看重的东西看作是最好的。正如儿童和成年人以不同的东西为荣耀，坏人和公道的人对于值得欲求的东西也有不同的标准。所以，如已多次谈到的，对好人显得荣耀的、愉悦的事物才真正是荣耀和愉悦的。对每个人来说，适合他的品质的那种实现活动最值得欲求。所以，对好人而言，合德行的实现活动最值得欲求。所以，幸福不在于消遣。第二，如果说我们的目

的就是消遣，我们一生操劳就是为了使自己消遣，这也非常荒唐。因为，我们选择每种事物都是为着某种别的东西，只有幸福除外，因为它就是那个目的。把消遣说成是严肃工作的目的是愚蠢的、幼稚的。阿那卡西斯说，消遣是为了严肃地做事情。这似乎是正确的。因为消遣是一种休息，而我们需要休息是因为我们不可能不停地工作。所以休息不是目的，因为我们是为着实现活动而追求它。第三，幸福的生活似乎就是合德行的生活，而合德行的生活在于严肃的工作，而不在于消遣。第四，我们说，严肃的工作比有趣的和伴随着消遣的事物更好；较好的能力和较好的人，其实现活动也总是更为严肃。所以，较好的能力或较好的人的实现活动总是更优越，更具有幸福的性质。而且，肉体的快乐任何一个人都能享受，奴隶在这方面并不比最好的人差。但是没有人同意让一个奴隶分享幸福，正如没有人同意让他分享一种生活。所以，幸福不在于这类消遣，而如已说过的，在于合德行的实现活动。

幸福与沉思

如果幸福在于合德行的活动，我们就可以说它合于最好的德行，即我们的最好部分的德行。我们身上的这个天然的主宰者，这个能思想高尚（高贵）的、神性的事物的部分，不论它是努斯还是别的什么，也不论它自身也是神性的还是在我们身上是最具神性的东西，正是它的合于它自身的德行的实现活动构成了完善的幸福。而这种实现活动，如已说过的，也就是沉思。这个结论与前面所说的是一致的，并且符合真实。因为行一，沉思是最高等的一种实现活动（因为努斯是我们身上最高等的部分，努斯的对象是最好的知识对象）。第二，它最为连续。沉思比任何其他活动都更为持久。第三，我们认为幸福中必定包含快乐，而合于智慧的活动就是所有合德行的实现活动中最令人愉悦的。爱智慧的活动似乎具有惊人的快乐，因这种快乐既纯净又持久。我们可以认为，那些获得了智慧的人比在追求它的人享有更大的快乐。第四，沉思中含有最多的我们所说的自足。智慧的人当然也像公正的人以及其他人一样依赖必需品而生活。但是在充分得到这些之后，公正的人还需要其他某个人接受或帮助他做出公正行为，节制的人、勇敢的人和其他的人也是同样。而智慧的人靠他自己就能够沉思，并且他越能够这样，他就越有智慧。有别人一道沉思当然更加好，但即便如此，他也比具有其他德行的人更为自足。第五，沉思似乎是唯一因其自身原故而被人们喜爱的活动。因为，它除了所沉思的问题外不产生任何东西。而在实践的活动中，我们或多或少总要从行为中寻求得到某种东西。第六，幸福还似乎包含着闲暇。因为我们忙碌是为着获得闲暇，战斗是为着得到和平。虽然在政治与战争的实现活动中可以运用德行，但这两种实践都似乎是没有闲暇的。战争不可能有闲暇。（因为，没有人是为着战争而进行或挑起战争。只有嗜血成性的人才会为战争和屠杀而对一个友好邻邦宣布战争）。政治也不可能有闲暇。政治总是追求着政治之外的某种东西，即职司与荣誉。即便政

治家也追求自身或同邦人的幸福，这种幸福与政治也不是一回事（对幸福的追求也显然被认为与政治不是一回事）。尽管政治与战争在实践的活动中最为高尚（高贵）和伟大，但是他们都没有闲暇，都指向某种其他的目的，并且都不是因其自身之故而被欲求。而努斯的实现活动，即沉思，则既严肃又除自身之外没有其他目的，并且有其本身的快乐（这种快乐使这种活动得到加强）。所以，如果人可以获得的自足、闲暇、无劳顿以及享福祉的人的其他特性都可在沉思之中找到，那么人的完善的幸福（就人可以享得一生而言，因为幸福之中不存在不完善的东西）就在于这种活动。但是，这是一种比人的生活更好的生活。因为，一个人不是以他的人的东西，而是以他自身中的神性的东西，而过这种生活的。他身上的这种品质在多大程度上优越于他的混合的品质，他的这种实现活动就在多大程度上优越于他的其他德行的实现活动。如果努斯是与人的东西不同的神性的东西，这种生活就是与人的生活不同的神性的生活。不要理会有人说，人就要想人的事，有死的存在就要想有死的存在的事。应当努力追求不朽的东西，过一种与我们身上最好的部分相适应的生活。因为这个部分虽然很小，它的能力与荣耀却远超过身体的其他部分。最后，这个部分也似乎就是人自身。因为它是人身上主宰的、较好的部分。所以，如果一个人不去过他自身的生活，而是去过别的某种生活，就是很荒唐的事。前面说过的那句话放在这里也适用：属于一种存在的自身的东西对于它就是最好、最愉悦的。同样，合于努斯的生活对于人是最好、最愉悦的，因为努斯最属于人。所以说，这种生活也是最幸福的。

沉思与其他德行的实现活动

另一方面，合于其他德行的生活只是第二好的。因为，这些德行的实现活动都是人的实现活动。公正的、勇敢的以及其他德行的行为，都是在与他人的相互关系中做出的，都是在遵守交易与需要方面的适合每一种场合的实践与感情，而所有这些都是人的事务。有些实践与感情产生于肉体，道德德行在许多方面都与感情相关。而且，明智似乎离不开道德德行，道德德行也似乎离不开明智。因为，道德德行是明智的始点，明智则使得道德德行正确。由于它们都涉及感情，它们必定都与混合的本性相关。而混合本性的德行完全是属人的。所以，合于这种德行的生活与幸福也完全是属于人的。努斯的德行则是分离的。关于这一点我们就谈到这里。因为详细地讨论它不是我们现在的目的。其次，它似乎只需要很少的，比道德德行所需要的更少的外在的东西。我们先假定这两者都在同等程度上需要存在的手段（尽管政治的生活对身体等的需要更多些）。因为它们在这方面的差别比较小。然而它们在实现活动上的差别却非常大。慷慨的人要做慷慨的事就要有财产，公正的人需要用钱对他人进行回报（因为希望是看不见的，不公正的人也会装作想做公正的事）；勇敢的人需要勇气，节制的人需要能力，如果他们要表现出他们的德行的话。否则，他们，或具有其他德行的人，怎么能表明他是有德行的？这里还有个关于选择与实践到底哪个对德行更重要的争论，因为德行似乎依赖于这两者。德行的完善显然包含这两者。但是德行的实践需要许多外在的东西，而且越高尚（高贵）、越完美的实践需要的外在东西就越多。但是一个在沉思的人，就他的这种实现活动而言，则不需要外在的东西。而且，这些东西反倒会妨碍他的沉思。然而作为一个人并且与许多人一起生活，他也要选择德行的行为，也需要那些外在的东西来过人的生活。第三，从另一个方面来考虑，也同样可以得出完善的幸福是某种沉思的结论。神最被我们看作是享得福祉的和幸福的。但是，我们可以把哪种行为归于他们呢？公正的行为？但是，说众神也相互交易、还钱，等等，岂不荒唐？勇敢的——为高尚（高贵）经受恐惧与危险的行为？慷慨的行为？那么是对谁慷慨呢？而且，设想他们真的有货币等东西就太可笑了。他们节制的行为又是什么样呢？称赞神没有坏的欲望岂不是多此一举？如果我们一条一条地看，就可以看到用哪一种行为来说神都失之琐细、不值一提。可是我们一般都觉得他们活着并积极地活动着。我们不认为他们像恩底弥翁那样一直睡觉。而如果一种存在活着，这些行为又都不属于他，而他的创造力又最大，那么他的活动除了沉思还能是什么呢？所以，神的实现活动，那最为优越的福祉，就是沉思。因此，人的与神的沉思最为近似的那种活动，也就是最幸福的。第四，另一个证明是，低等动物不能享有幸福，因为它们完全没有这种实现活动。神的生活全部是福祉的。人的生活因他的与神相似的那部分实现活动而享有幸福。动物则完全不能够有幸福，因为它不能沉思。所以，幸福与沉思同在。越能够沉思的存在就越是幸福，不是因偶性，而是因沉思本身的性质。因为沉思本身就是荣耀的。所以，幸福就在于某种沉思。

但是，人的幸福还需要外在的东西。因为，我们的本性对于沉思是不够自足的。我们还需要有健康的身体、得到事物和其他的照料。但尽管幸福也需要外在的东西，我们不应当认为幸福需要很多或大量的东西。因为，自足与实践不存在于最为丰富的外在善和过度之中。做高尚（高贵）的事无需一定要成为大地或海洋的主宰。只要有中等的财产就可以做合乎德行的事（人人都看得到，普通人做的公道的事并不比那些有权势的人少，甚至还更多）。有中等的财产就足够了。因为，幸福的生活就在于德行的实现活动。梭伦也对幸福作过很好的描述。他说，那些具有中等程度的外在善，做了自己认为是高尚（高贵）的事，并节制地生活了的人们是幸福的。因为，有中等程度的外在善就可以做高尚（高贵）的事。阿那克萨格拉斯也似乎认为富有的人和有权势的人并不就幸福。因为他说过，如果他所说的幸福的人在多数人看来是怪人，他不会感到惊奇。因为，多数人是从外在的东西来判断，因为这就是他们所感觉的全部东西。所以，那些有智慧的人的意见与这里所说的是一致的。但是虽然这些话里都有某种可信的东西，这种实践事务上的真实性却要从事实和生活中得到验证。因为，事实与生活是最后的主宰者。所以，我们所提出的东西必须交给事实和生活来验证。如果它们与事实一致，我们就接受。如果与事实不合，它们就只是一些说法而已。努力于努斯的实现活动、关照它、使它处于最好状态的人，似乎是神所最爱的。因为，如果神像人们所认为的那样对人有所关照，它们似乎会喜爱那些最好的、与它们自身（即努斯）最相似的人们。它们似乎会赐福于最崇拜努斯并且最使之荣耀的人们。因为，这些人所关照的是神所爱的东西，并且，他们在做着正确和高尚（高贵）的事情。所有这些都在智慧的人那里最多，这毋庸置疑。所以，智慧的人是神所最爱的。而这样的人可能就是最幸福的。这便表明了，智慧的人是最幸福的。

对立法学的需要：政治学引论

我们已经详细地讨论了幸福和德行、友爱与快乐的主要之点。我们应当认为这个题目已经完成了，还是像所说的那样，在实践事务上，沉思和知道还不算完成，实践沉思所得的和所知的东西才算是完成呢？如果说仅仅知道德行是什么还不够，我们就要努力地获得它、运用它，或以某种方式成为好人。如果仅仅逻各斯就能使人们变得公道，那么讲授它的人就可以公正地，如塞奥哥尼斯所说，“获得大笔丰厚的报偿”了。而且，他们也应当讲授这种课。但是事实上，逻各斯虽然似乎能够影响和鼓励心胸开阔的青年，使那些生性道德优越、热爱正确行为的青年获得一种对于德行的意识，它却无力使多数人去追求高尚（高贵）和善。因为，多数人都只知恐惧而不顾及荣誉，他们不去做坏事不是出于羞耻，而是因为惧怕惩罚。因为，他们凭感情生活，追求他们自己的快乐和产生这些快乐的东西，躲避与之相反的痛苦。他们甚至不知道高尚（高贵）和真正的快乐，因为他们从来没有经历过这类快乐。那么，何种逻各斯能够改变这些人的本性？用逻各斯来改变长期习惯所形成的东西是不可能的，至少是困难的。因此，当具备了做一个公道的人的那些条件时，如果我们能够有一部分德行，我们就应当感到满足。有些人认为一个人好是天生的，有些人认为是通过习惯，另一些人认为是通过学习，而成为好人的。本性使然的东西显然非人力所及，是由神赋予那些真正幸运的人的。逻各斯与教育也似乎不是对所有人都同样有效。学习者必须先通过习惯培养灵魂，使之有高尚（高贵）的爱与恨，正如土地需要先耕耘再播种。因为，那些凭感情生活的人听不进说服他改变的话。处于那样一种状态，怎么可能让他改变呢？而且，一般地说，感情是不听从逻各斯的，除非不得不听从。所以，我们必须首先有一种亲近德行的道德，一种爱高尚（高贵）的事物和恨卑贱的事物的道德。但是，如果一个人不是在健全的法律下成长的，就很难使他接受正确的德行。因为多数人，尤其青年人，都觉得过节制的、忍耐的生活不快乐。所以，青年人的哺育与教育要在法律指导下进行。这种生活一经成为习惯，便不再是痛苦的。但是，只在青年时期受到正确的哺育和训练还不够，人在成年后还要继续这种学习并养成习惯。所以，我们也需要这方面的，有关人的整个一生的法律。因为，多数人服从的是法律而不是逻各斯，接受的是惩罚而不是高尚（高贵）的事物。所以有些人认为，一个立法者必须鼓励趋向德行、追求高尚（高贵）的人，期望那些受过良好教育的公道的人们会接受这种鼓励；惩罚、管束那些不服从者和没有受到良好教育的人；并完全驱逐那些不可救药的人。因为，公道的人会听从逻各斯，因为他们的生活朝向高尚（高贵）；坏人总是追求快乐，应当用痛苦来惩罚，就像给牲畜加上重负一样。所以他们说，所施加的痛苦必须是最相反于那些人所喜爱的快乐的。但是，如果想成为好人就必须——如所说过的——预先得到高尚（高贵）的哺育并养成良好的习惯，并且将继续学习过公道的生活，而不去出于意愿或违反意愿地做坏事；如果只要具有努斯，生活在正确的制度下，并且这个制度有力量，一个人就能够过这样的生活，那么父亲的——总起来说任何一个男子——要求就不带有强制性，除非他是一位君王。然而，作为表达着某种明智与努斯的逻各斯，法律具有强制的力量。而且，如果一个人反对人们的口味，即使他是对的，他也会引起反感。但法律要求公道的行为却不会引起反感。斯巴达似乎是立法者关心公民的哺育与训练的唯一城邦。在大多数其他城邦，它们受到忽略。每个人想怎么生活就怎么生活，像库克洛普斯那样，每个人“给自己的孩子与妻子立法”。所以，最好是有一个共同的制度来正确地关心公民的成长。如果这种共同的制度受到忽略，每个人就似乎应当关心提高他自己的孩子与朋友的德行。他应当能做到这一点，或至少应当选择这样去做。从上面谈到的可以看出，如果他懂得立法学，他就更能做到这一点。共同的关心总要通过法律来建立制度，好的法律才能产生好的制度。法律不论是成文的还是不成文的，是对于个别教育的还是针对多数人的教育的，都没有什么不同，就像音乐教育、体育和其他行业教育的情形一样。正像在城邦生活中法律与习惯具有约束作用一样，在家庭中父亲的话与习惯也有约束作用。由于有亲缘关系，由于父亲对子女的善举，这种约束作用比法律更大。因为，家庭成员自然地对他有感情并愿意服从他。其次，个别教育优于共同教育，这与医疗中的情形一样。虽然一般地说休息与空腹都对治疗发烧有帮助，但对一个特定的病人却可能无效。一个教授拳击的人也不可能让所有的学生都学一种打法。所以，个别情况个别对待效果更好。因为这样，一个人更能够得到适合他的对待。不过，一个医生、教练或其他指导者，如果懂得了总体的情形或某个其他的同类情形，他就能最好地提供个别关照。因为，科学从它的名称以及从实际看，都是关乎于共同的情况的。当然，一个不懂科学的人也能把一个特定的人照料得很好，因为他从经验中了解如何能满足那个人的需要。这正如有些人仿佛就是他自己最好的医生，尽管他对别人的病可能一筹莫展。但是，那些希望掌握技艺或希望去沉思的人似乎就应当走向总体，并尽可能地懂得总体。因为科学，如刚刚说过的，是关乎于总体的。所以，假如有人希望通过他的关照使其他人（许多人或少数几个人）变得更好，他就应当努力懂得立法学。因为，法律可以使人变

好。不是每个人都能把所有的或所接触到的人的品性变好，只有懂得科学的人（如果有这样的人的话）才能做到这一点。这正如在医疗或其他要运用关心与明智的活动中的情形一样。接下来，我们是否应当讨论，一个人从哪里以及如何获得立法学的知识？是从政治家那里，就像所有从专家那里获得知识的例子一样？因为我们已经看到，立法学是政治学的一个部分。或者，政治学与别的科学和能力的情形有所不同？因为，在别的科学和能力方面，传授能力者，如医师和画师，同时也是实践者。但是在政治学方面，声称教授政治学的智者们从来不实践。从事实践的是政治家们，但他们所依赖的是经验而不是理智。因为，我们从来看不到他们写或者讲政治学的问题［尽管这种活动比写法庭辩词和公民大会演说词更高尚（高贵）］。我们也看不到他们让自己的儿子或某个朋友成为政治家。如果他们能够的话，他们倒是最好能这样做。因为，除了政治能力之外，他们既没有更好的东西留给城邦，也不能为自己及朋友们带来什么好的东西。不过经验在从事政治方面的作用却相当不小。否则，和政治打交道的人也就成不了政治家了。所以，想懂得政治学的人还要具备政治的经验。另一方面，那些声称自己教授政治学的智者，却远不是在教授政治学。因为，他们根本不知道政治学是什么以及关于什么。否则，他们就不会把政治学看作修辞学或比它更低，也不会认为立法就像把以往的名声好的法律汇编在一起那么容易。他们觉得他们能挑选最好的法律，好像挑选本身不需要融会贯通，好像正确的判断（好像在音乐上那样）不是首要的事情。其实，在每种技艺上，只有有经验的人才能正确地判断作品，才能理解完成一件作品的手段和方法，才能懂得什么与什么相配。没有经验的人则最多能看出一件作品，比如一幅绘画，完成得是好还是糟糕。法律似乎可以说是政治活动的产品。法律汇编怎么能够使一个人懂得立法学或者判断哪些法律最好呢？从未见过有人靠阅读手册就成为医生。医生们不仅要说明治疗过程，而且要根据不同的体质，说明对每种病人的治疗方法和处置方案。而他们所说的东西对于有经验的人都有帮助，尽管对无知的人没有用处。同样，那些法律与政制的汇编对于有能力沉思、能判断孰优孰劣、懂得什么与什么相配的人有帮助。那些没有这种品质的人阅读这些汇编也不能做出正确的判断，除非这种判断自动地出现在脑子里，尽管这种阅读可以使人更善于理解这些事务。由于以前的思想家们没有谈到过立法学的问题，我们最好自己把它与政制问题放在一起来考察，从而尽可能地完成对人的智慧之爱的研究。首先，我们将对前人的努力做一番回顾。然后，我们将根据所搜集的政制汇编，考察哪些因素保存或毁灭城邦，哪些因素保存或毁灭每种具体的政体；什么原因使有些城邦治理良好，使另一些城邦治理糟糕。因为在研究了这些之后，我们才能较好地理解何种政体是最好的，每种政体在各种政体的优劣排序中的位置，以及它有着何种法律与风俗。我们就从头说起。

《忏悔录》选

[古罗马] 奥古斯丁

《忏悔录》是古罗马帝国晚期著名教父哲学家奥古斯丁（Saint Augustine，354—430）的一部宗教性自传体著作，写于397年。中文译本可参看周士良的译本，商务印书馆1982年版。

《忏悔录》全书共13卷，卷1至卷9叙述了他33岁以前的经历。卷10至卷13主要是奥古斯丁在皈依基督教后对一些严肃的理论问题的思考。

在改信基督教之前，奥古斯丁经历了长期的精神上和理智上的彷徨。本书的前9卷详细叙述了一个不安宁的灵魂是怎样最终皈依基督教的。在奥古斯丁看来，皈依基督教，改变信仰是一个具有最终决定意义的事件。从此，他有了一个绝对不可怀疑的立场和原则，即基督教的立场和原则。他正是在这种立场上，满怀激情地赞扬了上帝的善良和仁慈。他也是从这一立场出发来审视他以前的历史的。

首先，奥古斯丁严肃地、甚至是严厉地反省了他早年生活的各个方面，包括他童年的恶行和少年时的偷梨行为。他讲了他青年时期是如何荒唐地放纵情欲，沉湎于情妇的怀抱，并有一个私生子。他试图以此说明人类是罪孽深重的。

其次，奥古斯丁反思了他皈依基督教以前理智的探索过程。这种理智的探索主要是从他19岁开始的，一直到33岁最终信仰基督教时为止。一方面，他叙述了自己是如何学习古希腊和当时罗马的哲学，深受新柏拉图主义的影响。一方面，他又剖析了如何从哲学上理解人类存在的意义，哲学的探索如何只能给他以暂时的满足，并不能从根本上解决问题。他常常体验到哲学探索的失败，这使他感到从哲学上找不到他所渴望的确信。他曾一度倾向于怀疑论思想。

奥古斯丁也曾在摩尼教里寻找理智的解答。摩尼教徒认为可以得到关于神的知识，但仍然不能解开他心中的疑惑。他这个不安宁的灵魂最终是在基督教中得到净化的，他在米兰聆听了圣·安布罗斯的布道，接受了他的洗礼，在基督教中找到了他的确信。

在卷10至卷13中，奥古斯丁主要探讨了恶、时间、记忆等问题。恶的起源和本质曾长期令奥古斯丁困惑不解。他否认摩尼教的善恶二元论，认为恶不能是真实的实体。如果恶是真实的，那么上帝作为万物的创造者也必然包含着恶。但是，从永恒的善良、仁慈的上帝中怎么产生真实的恶呢？经过反复的思考，他提出了“恶是善的缺乏”这个著名的观点，认为世界上根本就没有真实的恶，恶只是善的丧失或缺乏，它不是真实的东西。

奥古斯丁肯定上帝是从“无”中创造世界的。怀疑论者问：“上帝创世之前在干什么?”为了回答这个问题，他对时间进行了比较详细的讨论。他认为，上帝是永恒的、超时间的存在，上帝是永恒的现在，既没有过去，也没有将来。

从宗教神学的立场出发，在信仰和理性的关系问题上，奥古斯丁认为信仰高于理性，“只有信仰了，你才能理解”。但他并未完全否认哲学和理性的地位和作用，他说，人类理性可以在上帝之光的照耀、启示下认识上帝，认识真理。在他身上也一直保有哲学家的探索精神。

奥古斯丁的《忏悔录》是西方第一部得到广泛传阅的传记文学，在西方思想史上有较大的影响，值得我们进行深入的研究。建议重点阅读第10至13卷。

第10卷（节选）

……

主，你洞烛人心的底蕴，即使我不肯向你忏悔，在你鉴临之下，我身上能包蕴任何秘密吗？因为非但不能把我隐藏起来，使你看不见，反而把你在我眼前隐藏起来。现在我的呻吟证明我厌恶自己，你照耀我，抚慰我，教我爱你，向往你，使我自惭形秽，唾弃我自己而选择你，只求通过你而使我称心，使你满意。

主，不论我怎样，我完全呈露在你的面前。我已经说过我所以忏悔的目的。这忏悔不用肉体的言语声息，而用你听得出的心灵的言语、思想的声音。如果我是坏的，那么我就忏悔我对自身的厌恶；如果我是好的，那么我只归功于你，不归功于自己，因为，主，你祝福义人，是先“使罪人成为义人”。为此，我的天主，我在你面前的忏悔，既是无声，又非无声。我的口舌缄默，我的心在呼喊。我对别人说的任何正确的话，都是你先听到的，而你所听我说的，也都是你先对我说的。

我和别人有什么关系？为何我要人们听我的忏悔，好像他们能治愈我的一切疾病似的？人们都喜欢探听别人的生活，却不想改善自己的生活。他们不愿听你揭露他们的本来面目，为何反要听我自述我的为人。他们听我谈我自己，怎能知道我所说的真假？因为除了本人的内心外，谁也不能知道另一人的事。相反，如果他们听你谈论有关他们自身的事，那么决不能说：“天主在撒谎。”因为听你谈论他们自身的事，不就是认识自己吗？一人如果不说谎，那么认识自己后，敢说：“这是假的”吗？但“爱则无所不信”，至少对于因爱而团结一致的人们是如此。因此，主啊！我要向你如此忏悔，使人们听到。虽则我无法证明我所言的真假，但因爱而倾听我的人一定相信我。

我内心的良医，请你向我清楚说明我撰写此书有何益处。忏悔我已往的罪过——你已加以赦免而掩盖，并用信仰和“圣事”变化我的灵魂，使我在你里面获得幸福——能激励读者和听者的心，使他们不再酣睡于失望之中，而叹息说：“没有办法”；能促使他们在你的慈爱和你甘饴的恩宠中苏醒过来，这恩宠将使弱者意识到自己的懦弱而转弱为强。对于心地良好的人们，听一个改过自新者自述过去的罪恶是一件乐事，他们的喜乐不是由于这人的罪恶，而是因为这人能改过而迁善。

我的天主，我的良心每天向你忏悔，我更信赖你的慈爱，过于依靠我的纯洁。但现在我在你面前，用这些文字向人们忏悔现在的我，而不是忏悔过去的我，请问这有什么用处？忏悔以往的好处，我已经看到，已经提出。但许多人想知道现在的我，想知道写这本《忏悔录》的时候我是怎样一个人。有些人认识我，有些人不认识我，有些人听过我的谈话，或听别人谈到我，但他们的双耳并没有准对我的心，而这方寸之心才是真正的我。为此他们愿意听我的忏悔，要知道耳目思想所不能接触的我的内心究竟如何；他们会相信我，因为不如此，他们不可能认识我。好人的所以为好人在乎爱，爱告诉他们我所忏悔的一切并非诳语，爱也使我信任他们。

……

我的天主，记忆的力量真伟大，太伟大了！真是一所广大无边的庭宇！谁曾进入堂奥？但这不过是我与生俱来的精神能力之一，而对于整个的我更无从捉摸了。那么，我心灵的居处是否太狭隘呢？不能收容的部分将安插到哪里去？是否不容于身内，便安插在身外？身内为何不能容纳？关于这方面的问题，真使我望洋兴叹，使我惊愕！

人们赞赏山岳的崇高、海水的汹涌、河流的浩荡、海岸的逶迤、星辰的运行，却把自身置于脑后；我能谈论我并未亲见的东西，而我目睹的山岳、波涛、河流、星辰和仅仅得自传闻的大洋，如果在我记忆中不具有广大无比的天地和身外看到的一样，我也无从谈论，人们对此却绝不惊奇。而且我双目看到的东西，并不被我收纳在我身内；在我身内的，不是这些东西本身，而是它们的影像，对于每一个影像我都知道是由哪一种器官得来的。

但记忆的寥廓天地不仅容纳上述那些影像。那里还有未曾遗忘的学术方面的知识，这些知识好像藏在更深邃的府库中，其实并非什么府库；而且收藏的不是影像，而是知识本身。无论文学、论辩学以及各种问题，凡我所知道的，都藏在记忆之中。这不是将事物本身留在身外仅取得其影像，也不是转瞬即逝的声音，仅通过双耳而留遗影像，回忆时即使声息全无，仍似余韵在耳；也不像随风消失的香气，刺激嗅觉，在记忆中留下影像，回忆时如闻香泽；也不比腹中食物，已经不辨滋味，但回忆时仍有余味；也不以肉体所接触的其他东西，即使已和我们隔离，但回忆时似乎尚可捉摸。这一类事物，并不纳入记忆，仅仅以奇妙的速度摄取了它们的形影，似被分储在奇妙的仓库中，回忆时又奇妙地提取出来。

有人提出，对每一事物有三类问题，即：是否存在？是什么？是怎样？当我听到这一连串声音时，虽则这些声音已在空气中消散，但我已记取了它们的影像。至于这些声音所表达的意义，并非肉体的官感所能体会，除了我的心灵外，别处都看不到。我记忆所收藏的，不是意义的影像，而是意义本身。

这些思想怎样进入我身的呢？如果它们能说话，请它们答复。我敲遍了肉体的每一门户，没有找到它们的入口处。因为眼睛说："如果它们有颜色的话，我自会报告的。"耳朵说："如果它们有声音，我们自会指示的。"鼻子说："如果有香气，必然通过我。"味觉说："如果没有滋味，不必问我。"触觉说："如果不是物体，我无法捉摸，捉摸不到，便无法指点。"

那么它们来自何处，怎样进入我的身内呢？我不清楚。我的获知，不来自别人传授，而系得之于自身，我对此深信不疑，我嘱咐我自身妥为保管，以便随意取用。但在我未知之前，它们在哪里？它们尚未进入我记忆之中，那么它们究竟在哪里？我何以听人一说，会肯定地说："的确如此，果然如此。"可见我记忆的领域中原已有它们存在着，不过藏匿于邃密的洞穴，假使无人提醒，可能我绝不会想起它们。

于此可见，这一类的概念，不是凭借感觉而摄取的虚影，而是不通过印象，即在我们身内得见概念的真面目；这些概念的获致，是把记忆所收藏的零乱混杂的部分，通过思考加以收集，再用注意力好似把概念引置于记忆的手头，这样原来因分散、因疏略而躲藏着的，已和我们的思想相稔，很容易呈现在我们思想之中。

我们已经获致的，上文所谓在我们手头的概念，我们的记忆中不知藏有多少，人们名之为学问、知识。这些概念，如果霎时不想它们，便立即引退，好像潜隐到最幽远的地方，必须重新想到它们时，再把它们从那里（因为它们并无其他藏身之处）抽调出来，重新加以集合，才会认识。

记忆还容纳着数字、衡量的关系与无数法则。这都不是感觉所镌刻在我们心中的，因为都是无色、无声、无臭、无味、无从捉摸的。人们谈论这些关系法则时，我听到代表数字、衡量的声音，但字音与意义是两回事。字音方面有希腊语、拉丁语，意义却没有希腊、拉丁或其他语言的差别。我看见工人画一条细如蜘丝的线，但线的概念并非我肉眼所见的线的形象。任何人知道何谓"直线"，即使不联系到任何物质，也知道直线是什么。通过肉体的每一官能，我感觉到一、二、三、四的数字，但计数的数字，却又是一回事，并非前者的印象，而是绝对存在的。由于肉眼看不到，可能有人讪笑我的话，我对他们的讪笑只能表示惋惜。

以上种种，我用记忆牢记着，我还记得我是怎样得来的。我又听到反对者的许多谬论，我也牢记着，尽管是谬论，而我的牢记不忘却并不虚假。我又记得我怎样分别是非，我现在更看出分别是非是一回事，回想过去怎样经过熟思而分别是非又是一回事。这样，我记得屡次理解过，而对于目前的理解分析我又铭刻在记忆之中，以便今后能记起我现在理解过。因此我现在记得我从前曾经记忆过，而将来能想起我现在的记忆。这完全凭借记忆的力量。

记忆又拥有我内心的情感，但方式是依照记忆的性质，和心灵受情感冲动时迥乎不同。

我现在并不快乐，却能回想过去的快乐；我现在并不忧愁，却能回想过去的忧愁；现在无所恐惧，无所觊觎。而能回想过去的恐惧、过去的愿望。有时甚至能高兴地回想过去的忧患、或忧伤地回想以往的快乐。

对于肉体的感觉，不足为奇，因为肉体是肉体，灵魂是灵魂。譬如我愉快地回想肉体过去的疼痛，这是很寻常的。奇怪的是记忆就是心灵本身。因为我们命一人记住某事时，对他说："留心些，记在心里"；如果我们忘掉某事，便说"心里想不起来了"，或说"从心里丢掉了"，称记忆为"心"。

既然如此，那么当我愉快地回想过去的忧愁时，怎会心灵感到愉快而记忆缅怀忧愁？我心灵愉快，因为快乐存在心中，但为何忧愁在记忆之中，而记忆不感到忧愁？那么记忆是否不属于心灵了？这谁也不敢如此说的。

那么记忆好似心灵之腹，快乐或忧愁一如甜的或苦的食物，记忆记住一事，犹如食物进入腹中，存放腹中，感觉不到食物的滋味了。

设想这个比喻，当然很可笑，但二者并非绝无相似之处。

又如我根据记忆，说心灵的感情分愿望、快乐、恐惧、忧愁四种，我对每一种再分门类，加上定义；所有论列，都得之于记忆，取之于记忆，但我回想这些情感时，内心绝不感受情绪的冲动。这些情感，在我回忆之前，已经在我心中，因此我能凭借回忆而取出应用。

可能影像是通过回忆，从记忆中提出来，犹如食物的反刍，自胃返回口中。但为何谈论者或回忆者在思想的口腔中感觉不到快乐的甜味或忧愁的苦味？是否二者并不完全相仿，这一点正是二者的差别？如果一提忧愁或恐惧，就会感到忧惧，那么谁再肯谈论这些事呢？另一方面，如果在记忆中除了符合感觉所留影像的字音外，找不到情感的概念，我们也不可能谈论。这些概念，并不从肉体的门户进入我心，而是心灵本身体验这些情感后，交给记忆，或由记忆自动记录下来。……

《君主论》选

[意] 马基雅维里

从十四世纪下半叶起，以意大利为发源地，欧洲进入了文艺复兴时期。正如恩格斯曾经指出的，这是一次人类从来没有经历过的伟大的变革，是一个需要巨人而且产生了巨人的时代，这些巨人"在思维能力、热情和性格方面，在多才多艺和学识渊博方面"，都给后人留下了深刻的印象和影响。马基雅维里（Machiavelli，1469—1527）就正是这个伟大时代的巨人之一。

马基雅维里是意大利佛罗伦萨的政治家、外交家；同时又是一位著名的政治思想

家。在西方思想史上，他是第一个使政治学独立，同伦理学彻底分家的人，他因此而有“资产阶级政治学奠基人”之称。此外，从文化史的角度看，他也是著名的历史家、军事著作者、诗人和剧作家。在所有这些方面，他都留传世之作，如《佛罗伦萨史》《兵法》（直译：《战争的艺术》）《论李维》《曼陀罗华》（喜剧）等。

在作者的几部学术名著中，《君主论》是最小的一册，但是最有名。作为一部至今仍受到重视的西方名著，它使马基雅维里身后获得了巨大的名声（无论是美名还是恶名），与此同时，“马基雅维里主义”“马基雅维里式的人物”等词汇也早已进入词典。甚至，直到20世纪80年代，《君主论》一书还被西方国家舆论界列为当代最有影响的世界十大名著之一。从这一角度看，读一点马基雅维里，对这部名著的内容多少有一些了解，可能仍然是有意义的。至于书中思想，有些当然是需要读者去进行批判的。

第十七章　论残酷与仁慈，被人爱戴是否比被人畏惧来得好些

现在谈谈前面列举的另一种品质。我认为，每一位君主都一定希望被人认为仁慈而不是被人认为残酷。可是他必须提防不要滥用这种仁慈。切萨雷·博尔贾是被人认为残酷的。尽管如此，他的残酷却给罗马带来了秩序，把它统一起来，并且恢复了和平与忠诚。如果我们好好地考虑到这一点，就会认识到博尔贾比佛罗伦萨的人们仁慈多了，因为后者为着避免残酷之名反而让皮斯托亚[①]被毁灭了。所以君主为着使自己的臣民团结一致和同心同德，对于残酷这个恶名就不应有所介意，因为除了极少数的事例之外，他比起那些由于过分仁慈、坐视发生混乱、凶杀、劫掠随之而起的人说来，是仁慈得多了，因为后者总是使整个社会受到损害，而君主执行刑罚不过损害个别人罢了。在所有的君主当中，新的君主由于新的国家充满着危险，要避免残酷之名是不可能的。维吉尔借迪多（Dido）的口说道：

严峻的形势、崭新的邦家，
命我森严壁垒，警戒着海角天涯。[②]

但是，君主对于信任他人或者采取行动则务须慎重；不过，也不要杯弓蛇影，妄自惊慌。他应当慎思明辨，人道为怀，有节制地行事，以免由于过分自信而使自己流于轻率鲁莽，或者由于过分猜疑而使自己偏狭不能容人。

关于这一点，还有这样一个争论：究竟是被人爱戴好一些，还是被人畏惧好？我回答说：最好是两者兼备；但是，两者合在一起是难乎其难的。如果一个人对两者必

---

① 皮斯托亚（Pistoia）：1501—1502年间，由于坎切列里（C. Cancellieri）和潘恰蒂基（Panciatichi）两派之争，佛罗伦萨的统治者采取容忍态度，最后酿成流血、掠夺与破坏的悲惨状态。

② 维吉尔（Virgilio，前70—前19）：罗马诗人。此句引自被称为罗马国民史诗的《伊尼特》。

须有所取舍，那么，被人畏惧比受人爱戴要安全得多。因为关于人类，一般可以这样说：他们是忘恩负义、容易变心的；是伪装者、冒牌货；是逃避危难、追逐利益的。当你对他们有好处的时候，他们是整个属于你的。正如我在前面谈到的，当需要还很遥远的时候，他们表示愿意为你流血，奉献自己的财产、性命和自己的子女，可是到了这种需要即将来临的时候，他们就背弃你了。因此，君主如果完全信赖人们说的话而缺乏其他准备的话，他就要灭亡。因为用金钱而不是依靠伟大与崇高的精神取得的友谊，是不牢靠的。在需要的时刻，它是不能够倚靠的。而且人们冒犯一个自己爱戴的人比冒犯一个自己畏惧的人的顾忌要来得少，因为爱戴是靠恩义这条纽带维系的；然而由于人性是恶劣的，在任何时候，只要对自己有利，人们便把这条纽带一刀两断了。可是畏惧，则由于害怕受到绝不会放弃的惩罚而保持着。

但是，君主使人们畏惧自己的时候，应当这样做：即使自己不能赢得人们的爱戴，也要避免自己为人们所憎恨；因为一个人被人畏惧同时又不为人们所憎恨，这是可以很好地结合起来的。只要他不侵占自己的公民和自己的属民的财产，不染指他们的妻女，就可以实现。而当他需要剥夺任何人的生命的时候，他必须有适当的辩解和明显的理由才这样做。但是头一件是，他务必不要碰他人的财产，因为人们忘记父亲之死比忘记遗产的丧失还来得快些[①]。再说，夺取他人财产的借口是永远好找的；一个人一旦开始以掠夺为生，他就常常找到侵占他人财产的借口。但是，与此相反，夺取他人生命的理由却更加难找了，而且很快就消失了。

可是，当君主和军队在一起并且指挥庞大的队伍的时候，他完全有必要置残酷之名于度外；因为如果没有这个残酷之名，他就绝不能够使自己的军队保持团结和踊跃执行任何任务。下面这件事情可以列为汉尼拔的惊人的行动之一。他率领一支由无数民族混合组成的大军，在外国的土地上作战，无论在厄运或者在好运的时候，也无论在军队当中或者对待君主，都不曾发生任何龃龉。这并不是由于别的原因，而只是由于他的残酷无情，同时他具有无限的能力，这就使他的士兵感到既可敬又可畏。但是假使他不是残酷无情的话，光靠他的其他能力是不能够产生这样的效果的。然而对此事缺乏深思熟虑的史学家们，一方面赞赏汉尼拔[②]取得这样的成果，而另一方面却非难他取得这种成果的主要原因。

假如汉尼拔只有其他的能力，那确是不够的，关于这一点可以从西奇比奥的事例中看到。西奇比奥不仅在他那个时代而且在全部史纪上都是一位罕有的人物；可是他的军队在西班牙背叛他，其原因不是别的，而只是由于他太仁慈了。他让自己的军队

① 这是东西方学者经常摘引，用以指责马基雅维里的一句话。

② 汉尼拔（Annibale，前247—前183）：迦太基军队统帅，曾越过阿尔卑斯山入侵意大利，后失败逃亡（前196年），联合叙利亚国王对罗马人作战，失败后自杀。

享有同军纪不相容的更大的自由。为此，他在元老院受到法比奥·马西莫的弹劾，被称作罗马军队的败坏者。

洛克伦斯居民曾经遭受西奇比奥①的一名使者的摧残，可是西奇比奥既没有为他们报仇雪耻，对于使者的横行霸道也没有加以惩罚。这完全是由于西奇比奥性情和易使然。因此，在元老院里想替他辩解的人就说，许多人懂得怎样不犯错误，比懂得怎样矫正别人的错误来得清楚。如果西奇比奥这样继续保持他的统帅地位，这种性情早晚要把他的名声和荣誉葬送掉。但是，由于他是在元老院的监督之下，他这种有害的品行不仅被遮盖起来，而且还使他获得荣誉。

现在我们回到关于被人畏惧或者被人爱戴这个问题上来。我的结论是：人们爱戴君主，是基于他们自己的意志，而感到畏惧则是基于君主的意志，因此一位明智的君主应当立足在自己的意志之上，而不是立足在他人的意志之上。他只是必须努力避免招仇惹恨，有如前述。

第十八章　论君主应当怎样守信

任何人都认为，君主守信，立身行事，不使用诡计，而是一本正直，这是多么值得赞美啊！然而我们这个时代的经验表明：那些曾经建立丰功伟绩的君主们却不重视守信，而是懂得怎样运用诡计，使人们晕头转向，并且终于把那些一本信义的人们征服了。

因此，你必须懂得，世界上有两种斗争方法：一种方法是运用法律，另一种方法是运用武力。第一种方法是属于人类特有的，而第二种方法则是属于野兽的。但是，因为前者常常有所不足，所以必须诉诸后者。因此，君主必须懂得怎样善于使用野兽和人类所特有的斗争方法。关于这一点，古代的作家们早已诡秘地教给君主了。他们描写阿基里斯②和古代许多其他君主怎样被交给半人半马的怪物基罗尼喂养，并且在它的训练下长大成人。这不外乎说，君主既然以半人半兽的怪物为师，他就必须知道，怎样运用人性和兽性，并且必须知道，如果只具有一种性质而缺乏另一种性质，不论哪一种性质都是不经用的。

君主既然必须懂得善于运用野兽的方法，他就应当同时效法狐狸与狮子。由于狮子不能够防止自己落入陷阱，而狐狸则不能够抵御豺狼，因此，君主必须是一头狐狸以便认识陷阱，同时又必须是一头狮子，以便使豺狼惊骇。然而那些单纯依靠狮子的人们却不理解这点。所以，当遵守信义反而对自己不利的时候，或者原来使自己作出诺言的理由现在不复存在的时候，一位英明的统治者绝不能够，也不应当遵守信义。假如人们全都是善良的话，这条箴言就不合适了。但是因为人们是恶劣的，而且对你

---

① 西奇比奥（P. cornelius Scipione，前234—前183）：罗马军队统帅，曾在西班牙战胜汉尼拔。

② 阿基里斯（Achille或Achilles）：传说中的希腊英雄，从小就由半人半马的基罗尼教养，学会了狩猎和作战的本领。

并不是守信不渝的，因此你也同样地无须对他们守信。一位君主总是不乏正当的理由为其背信弃义涂脂抹粉。关于这一点，我能够提出近代无数的实例为证，它们表明：许多和约和许多诺言由于君主们没有信义而作废和无效；而深知怎样做狐狸的人却获得最大的成功。但是君主必须深知怎样掩饰这种兽性，并且必须做一个伟大的伪装者和假好人。人们是那样单纯，并且那样受着当前的需要所支配，因此要进行欺骗的人总可以找到某些上当受骗的人们。

在新近的那些事例当中有一件事，我不想保持沉默：亚历山大六世除了欺骗人们之外，既不曾作过任何其他事情，也从来不曾梦想过任何其他事情，但是他总能找到上当受骗的货色。因为世界上从来不曾有一个人比他更加有力地作出保证，比他更加信誓旦旦地肯定某一件事情，而同时没有一个人比他更加随便地食言而肥的了。可是，他的欺骗总是称心如意地获得成功，因为他深刻地认识到人世的这一方面。

因此，对于一位君主来说，事实上没有必要具备我在上面列举的全部品质，但是却很有必要显得具备这一切品质。我甚至敢说：如果具备这一切品质并且常常本着这些品质行事，那是有害的；可是如果显得具备这一切品质，那却是有益的。你要显得慈悲为怀、笃守信义、合乎人道、清廉正直、虔诚信神，并且还要这样去做，但是你同时要有精神准备做好安排：当你需要改弦易辙的时候，你要能够并且懂得怎样做一百八十度的转变。必须理解：一位君主，尤其是一位新的君主，不能够实践那些被认为是好人应做的所有事情，因为他要保持国家，常常不得不背信弃义，不讲仁慈，悖乎人道，违反神道。因此，一位君主必须有一种思想准备，随时顺应命运的风向和事物的变幻情况而转变。然而，正如我前面说过的，如果可能的话，他还是不要背离善良之道，但是如果必须的话，他就要懂得怎样走上为非作歹之途。

因此，一位君主应当十分注意，千万不要从自己的口中溜出一言半语不是洋溢着上述五种美德的说话，并且注意使那些看见君主和听到君主谈话的人都觉得君主是位非常慈悲为怀、笃守信义、讲究人道、虔诚信神的人。君主显得具有上述最后一种品质，尤其必要。人们进行判断时，一般依靠双眼更甚于依靠双手，因为每一个人都能够看到你，但是很少人能够接触到你；每一个人都看到你的外表是怎样的，但很少人摸透你是怎样一个人，而且这些少数人是不敢反对多数人的意见的，因为后者受到国家最高权威的保护。对于不能够向法院提出控诉的一切人的行动，特别是君主的行动，人们就注意其结果。所以，一位君主如果能够征服并且保持那个国家的话，他所采取的手段总是被人们认为是光荣的，并且将受到每一个人的赞扬。因为群氓总是被外表和事物的结果所吸引，而这个世界里尽是群氓。当多数人能够站得住脚的时候，少数人是没有活动的余地的。当代的某一位君主（我现在不便点名）除了和平与信义之外，从来不宣扬其他事情，但是他对这两者的任何一者都是极端仇视的。然而假使他曾经遵守其中任何一者，那么，他的名望或者他的权力就不免三番五次被人攫取了。

《蒙田随笔》选

［法］蒙田

蒙田（1533—1592）是法国文艺复兴运动的代表人物之一，著名的散文家和人文主义者。在西方，他被视为“随笔”这种文体的创始人。他的随笔主要是哲学随笔，以富于睿智而享有盛誉。《蒙田随笔》是他的主要著作，先后写了近十年。在书中，蒙田以一个智者的眼光，观察和思考大千世界的纷纭人事，并给以自己独到的评说。他的行文旁征博引，对人类许多共有的思想感情有深邃而不失亲切的见解。与有专门的方法、行文论说均经过精心组织的专门著作不同，随笔这种文体往往给人以东拉西扯、漫不经心的印象，但细细品位，却又是一件饶有兴致的事情。下面所选的一篇，很好地反映了这位随笔大师的风格。

论盖世英雄

如果有人要我选择我心目中的英雄人物，我觉得有三位驾凌于其他人之上。

一位是荷马。这并不是说亚里士多德或瓦罗（举例而已）可能不及他那么博学多才，也不是说维吉尔在诗情上跟他无法相比——这点我让熟悉这两位诗人的行家自己去评论。而我，因为只了解其中一位[①]，按照我的水平来议论，即使是缪斯我也不相信会超过这位罗马人：

> 他弹起抑扬有致的里拉琴，唱出美丽的诗篇，不亚于阿波罗生动的歌声。
>
> ——普鲁佩斯

然而，作出这样的评论时，还是不应该忘记，维吉尔的才情主要还是得到了荷马的启发。荷马是他的引路人和导师，《伊利亚特》中的一个章节为这部博大神圣的《埃涅阿斯记》提供了主题和素材。这不是我要说的话，我要衡量许多其他因素，这些因素使我认为：荷马的出类拔萃几乎超出了人的极限。

事实上，我经常觉得奇怪：为什么他以自己的权威给世界创造了那么多受人崇敬的神，而自己却没有得到神的地位。他是个贫穷的盲人，在各门学科还没有一定的规则和看法时，他却门门精通，以致后来制定法规的、参与战争的、创建宗教的、研究不论什么学派的哲学的，提倡艺术的，都把他看作是无事不知、无物不精的祖师爷，

① 指维吉尔——编者注。

把他的书也看作是包罗万象的知识宝库：

至于什么是诚实，什么是耻辱，什么是有益，什么是无用，他比克里西波斯和克朗道尔还说得清楚。

——贺拉斯

或者像另一个人说的：

诗人读了他的著作，就像嘴唇上尝到了永不枯竭的甘泉。

——奥维德

还有一位说：

在缪斯的伴侣中，唯有荷马可与日月同辉。

——卢克莱修

还有一位说：

丰富的源泉，后世人从中为他们的作品汲取灵感；一位诗人的天才形成的大江，可分流成几千条小河。

——马尼利乌斯

荷马创造出这类空前绝后的杰作，简直违反了自然规律，因为事物初生时总是不完美的，随后才茁壮成长。诗歌，如同其他许多学科，还处于童年时代，他却能使它成熟、完美，臻于大成。出于这个原因，根据他的传世佳作，可以把荷马称为诗人中第一人和最后一人，在他以前，他无人可以摹仿；在他以后，也无人可以模仿他。据亚里士多德的说法，荷马的语言是唯一有动感和情节的语言，都是言之有物的词句。亚历山大大帝在大流士的遗物中发现了一只富丽堂皇的宝箱，他下令留下这只箱子，用来存放荷马的书籍，并说这是他在行军中最优秀、最忠诚的顾问。阿纳克桑德里德斯的儿子克莱奥梅尼，出于同样的原因认为荷马是斯巴达人的诗人，因为他是军事学的好教官。此外，普鲁塔克对荷马也极其赞扬，说他是天下唯一的作家，从不使人陶醉，也不使人厌烦，对读者总是常见常新，永葆青春。亚西比德曾向一位从事文艺的人要一本荷马的书，那人没有，亚西比德就掴了他一记耳光，好像发现我们的教士没有经文似的。有一天，斯诺芬尼向锡腊库斯暴君希伦奥诉苦，说他很穷，无法养活两个仆人。暴君回答：“什么？荷马要比你穷得多，尽管他死了，还是可以养活成千上万的人。”当珀尼西厄斯称柏拉图是哲学上的荷马时，我们还能说些什么别的话呢？

除此以外，什么样的荣耀可以与他的荣耀相提并论呢？没有东西像他的名字和作品那样得到千古传诵；也没有东西像特洛伊、海伦和她的战争那样家喻户晓——虽然这些战争可能从来没有发生过。我们的孩子还是取他在三千多年前创造的名字。谁不知道赫克托耳和阿喀琉斯。不但那些有关的民族，就是大多数国家，都要在他创造的作品中去推本溯源。土耳其皇帝穆罕默德二世写信给我们的教皇派厄斯二世：“我奇怪为什么意大利人结盟反对我们，我们和他们有共同的祖先特洛伊人，我跟他们都要为赫克托耳的死向希腊人报仇，而意大利人却笼络希腊人来反对我。”国王、政治家、皇帝，这些人多少世纪以来都在扮演他们的角色，而这个世界只是他们的一座大舞台，这不是一场贵人的闹剧吗？

希腊七座城市都争说是荷马的诞生地，即使他的身世不明也给他带来许多光荣……

另一位是亚历山大大帝。他很早就开始他的事业，用那么少的手段完成那么辉煌的意图。当他还是一名少年，已在追随他在全世界作战的名将中间树立了威信；命运对他的特殊眷顾，使他完成了许多偶然的甚至是轻举妄动的功勋：

他把阻挡雄心的障碍统统推翻，耀武扬威地在废墟中走出一条路来。

——卢卡努

他的伟大还在于：仅仅 33 岁，他已在有人生活的大地上所向无敌；才过了半辈子，便做成了人应该做的一切。以致你无法想象，他若有常人的寿命，在他合法行使权力的时期，他的武功文治会如何昌盛繁荣；你无法想像这个人会做出什么来。他提拔他的军人当上了继承者，在他死后由四位继承者分治帝国，这些继承者都是他的军队中的普通将官，他们的后裔统治这块庞大的土地也维持了很久；他一身集中那么多的美德：正义、节制、豁达、守信、笃爱、对被征服者讲究人道（他的道德品质好似也无可挑剔，虽然他有一些个别的、不多的、特殊的个人行为是可以谴责的。但是不可能处处按照正义的规则来施展鸿图。对于这样的人物应该以他们行为的主流来做出判断。底比斯的毁灭，米南路和埃弗辛医生的谋害，对大量波斯战俘的屠杀，对印度军队背信弃义的处决，对包括儿童在内的科赛人的诛戮，都是不可原谅和过分的做法。但是对待克利图斯一事上，他对自己的赎罪过分郑重其事，这件事和其他事一样说明了他复杂性格中宽厚的一面。他的性格中主要还是善良的成分为多，所以有一句话说得很妙：他的美德来自天性，他的罪恶来自命运。至于他有点好吹嘘，听到坏话欠耐心，把马槽、武器、马嚼子扔得印度到处都是，这些事在我看来都是他少年得志而引起的）；考虑到他除了在军事上的雄才大略以外，还有勤奋、远见、耐性、守纪、敏锐、高尚、决心、幸福和其他，即使汉尼拔没有向我们指出，他也是天下第一人；还有他身材面貌世上罕见，简直是一位天人——眉清目秀、神采奕奕，全身气宇轩昂。

他沉浸在大洋之神的波涛中，如同明亮之星熠熠发光，他向天空抬起他的神圣的脸，把天空乌云全部驱散。

——维吉尔

他的才学出众，能力高强；他的荣耀不沾瑕疵，持久而不会消失。在他逝世后很多年，仍然流传着一种宗教般的信仰，认为他颁发的奖章会给佩戴的人带来幸福，撰写他的功绩的历史学家，要比撰写其他任何帝王功绩的要多得多。即使今天伊斯兰教徒瞧不起其他人的历史，唯对亚历山大的历史情有独钟。谁考虑到这一切，谁就会认为我舍恺撒而取亚历山大是有道理的——也唯有恺撒还可以叫我对自己的选择表示犹豫。不可否认的是恺撒创造丰功伟绩更多靠的是恺撒之力，而亚历山大创造的丰功伟绩更多靠的是命运之力。他们有许多事不分轩轾，在某些方面还是恺撒略胜一筹。

他们是两场燎原大火或两条江河巨流，掠过大地，千秋震荡。

如同干枯的密林中燃起了大火，到处是树枝噼噼啪啪的断裂声；如同高山上滚下了江河，汹涌咆哮，横扫一切后投入海洋。

——维吉尔

恺撒的野心本身有更大的节制，但是造成的后果则是毁灭性的，国家灭亡，全世界陷入一片混乱，因而从全盘来观察，从各方面来衡量，我不能不倾向于亚历山大。

第三位最杰出的人物，依我来看，是伊巴密浓达。

论光荣，他远远不及其他两位（光荣也是事物实质的一部分）；论果断和勇敢，那也不是受野心驱使的人的那种果断和勇敢，而是受智慧和理性指导的人的那种果断和勇敢。他思想有条有理，到了随心所欲的境界。以他的美德来说，我的意见是绝不输于亚历山大和恺撒。因为，虽然他在战场上不是百战百胜，战绩也不是那么辉煌，但是从战功本身和结合一切环境因素来考虑，也不可以等闲视之，他在军事上的胆略与计谋并不亚于他们。希腊人众口一词，称颂他是国内第一人；既然是希腊第一人，也就很容易成为世界第一人。至于他的学识，早有这样的定论流传至今：从来没有人知道得像他那么多，对自己又说得像他那么少。因为他是毕达哥拉斯派，凡是他说的东西，无人比他说得更好。他是个杰出的演说家，很会打动人心。

他的道德和觉悟，远远超过所有管理国家大事的人。因为国家大事是头等重要的大事，只有这些事才真正表明了我们是些什么人。我也把国家大事看得比其他事的总和还重要，伊巴密浓达在这方面不输于任何哲学家，包括苏格拉底在内。

在伊巴密浓达身上，清白是他固有的本质，始终如一，不可动摇。相比之下，亚历山大在这方面显得不完整、不坚定、不纯、软弱和有偶然性。

古代人对所有其他的大将军进行详尽的研究后，都可发现使某个人超群出众的某种特长。然而只有伊巴密浓达，时时处处洋溢着德操和学问；在人生的任何阶段从不做有损于人格的事；不论公务还是私生活，和平时期还是战争岁月，不论是生还是死，做人都讲究光明磊落。我还不知哪个人的外貌和命运，叫我见了会引起那么多的敬爱。

说真的，他的好朋友描述他执意要过贫困的生活，我觉得不免有点过分。这种行为很高尚也非常值得称道，但我认为太苦涩，即使有心也是模仿不来的。

唯有西庇阿·伊米利埃纳斯，他的结局也那么自豪壮烈，学问也那么博大精深，使我对自己的选择表示怀疑。这两位人物在普鲁塔克的书中，是最高贵的一对，一位是希腊第一人，一位是罗马第一人，这是举世公认的，这些生命到了时候都会被时光带走，是多么令人扫兴的事！这就是人生！这就是伟人！

作为非宗教圣徒，作为大家所谓的雅士，过着跟普通人同样的世俗生活，表现出适度的优越感，一生瑰丽雄奇，是在世的人中间最丰富多彩的，据我知道那是阿尔西拜厄迪兹的一生。

我还想再提到伊巴密浓达的几件事，说明他的宽仁善良。

他自称他一生中最大的满足，是让父母享受卢克特勒的胜利，这是一场辉煌的胜利，他觉得让他们享受比让自己享受，会得到更多的乐趣。

他认为，即使为了祖国的自由，也不能滥杀无辜一人；所以当他的袍泽皮洛皮德斯发动战争解放底比斯时，他表示非常冷漠。他还觉得，在战场应该回避和宽恕在对方阵营里的朋友。

他对敌人讲究人道，引起比奥舍同盟对他的怀疑。斯巴达人驻守科林斯附近的莫莱关隘，他神奇地迫使他们放弃；他让他的部队穿过他们阵地中央时也不穷追不舍，他因此被免去了统帅之职：他觉得为此而被撤职非常光荣；然而对比奥舍人却是一桩耻辱，因为不久以后他们又不得不让他官复原职，承认他们的光荣与贡献多多少少有他的功劳，他到哪里，胜利就像影子似的跟到哪里。他的祖国随他一起昌盛，也随他一起衰亡。

《新工具》选

［英］培根

《新工具》是英国近代经验论哲学家弗兰西斯·培根（Francis Bacon，1561—1626）的主要哲学著作之一，首次发表于1620年。培根本计划写一部大书，名为《伟大的复兴》，分为六个部分，《新工具》是其中的第二部，但未能完成，故《新工具》单独成书。本书的中文译本可看许宝揆译本，商务印书馆1984年版。

西方近代哲学一开始就特别重视人的理性认识能力以及认识的对象，即自然界，在这一点上，英国的经验论哲学和欧洲大陆的理性论哲学是一致的。为了开辟人类认识自然的道路，这两派哲学还都很重视方法论的研究。《新工具》就是关于科学方法论的重要著作。本书的书名是针对古希腊哲学家亚里士多德的著作《工具论》而起的。

培根批判了亚里士多德的逻辑学说和三段论方法，认为《新工具》是对《工具论》的修正，是促进科学研究的正确的方法。《新工具》一书的主要思想是：认识自然界不能靠演绎法，而应靠归纳法。演绎法一开始就从极抽象的原理出发，不论它的演绎过程是多么的精巧，都不能帮助人们理解自然，它是一种不结果实的方法。归纳法则教导我们：一开始要从感官和特殊的东西出发，从中引出一些中间的、普遍的原理。归纳法是认识自然的科学的方法。

《新工具》一书分为两卷，第一卷主要讨论制定归纳法的原理。第二卷主要讨论收集事实的方法。在第一卷中，培根提出了他的"四假相"论。他认为阻碍我们认识自然、认识真理的情形有四种，将它们称为"四假相"：第一是"族类假相"，说的是人类由于自身本性的局限，常受一些习惯性的观念所蒙蔽；第二是"洞穴假相"，指由具体的个人的局限而产生的一些错误观念；第三是"市场假相"，指由于语言的含糊不清或意义不明使人们在交流中产生的一些错误观念。第四是"剧场假相"，指由于盲目崇拜权威和迷信教条而产生的错误。

培根批判了传统的自然哲学，认为其最大的特点是崇尚争论，流于空谈。认为这是科学长时期停滞不前的一个原因。

从方法论的角度出发，培根讨论了三种理解自然的方法，即蚂蚁式的、蜘蛛式的和蜜蜂式的方法。他认为实验家像蚂蚁，只会采集和使用材料；推论家像蜘蛛只凭自身的材料织网；上述这两种方法都把实验和理性分开来了，是不可取的方法。真正的哲学应该把二者结合起来；像蜜蜂那样从花朵上采集花粉，又以自身的能力将其消化。

在第二卷中，培根提出了著名的"三表说"。他以对热的讨论为例，详细地讨论了收集整理经验事实，并从中得出一般原理的方法。他说我们应该把收集到的事实安排成三个表，第一个表是"本质和具有表"，收集一些肯定的实例，如具有"热"的性质的实例，像日光、火焰等；第二个表是"差异表"或"接近中的缺乏表"，如一些与热的实例相似、但不具有热的实例，如月光等；第三个表是"程度表"或"比较表"。他认为，在这三个表的基础上，通过积极的理性的工作，我们就可以得出关于"热"的性质的一般原理，即"热"是通过摩擦产生的。

培根的哲学方法论思想比较突出地反映了西方近代哲学的精神，对西方近代哲学的发展产生了比较大的影响。限于篇幅，我们这里只选了该书序言和第一卷的部分文字。

序　言

有些人自认为可以把自然界的法则作为已被搜寻出来和已被了解明白的东西加以规定。这样认为，无论是出于简单化的保证的口吻，或者是出于职业化的矫饰，都会给哲学以及各门学科带来很大的损害。因为，他们这样做固然能够成功地使得人们相信，却也同样有效地压熄和停止了人们的探讨；而破坏和截断他人努力这一点的害处是多于他们自己努力所获得的好处的。另一方面，也有些人采取了相反的途径，断言绝对没有任何事物是可了解的（无论他们得到这种见解是由于对古代诡辩家的憎恨，或者是由于心灵的游移无准，甚至是由于对学问的专心），他们这样无疑是推进了理性对知识的要求，而这正是不可鄙薄之处；但是他们却既非从真的原则出发，也没有归到正确的结论，热情和矫气又把他们带领得过远了。较古的希腊人（他们的著作已轶）则本着较好的判断在这两个极端（一个极端是对一切事物都擅敢论断，另一个极端是对任何事物都不敢希望了解）之间采取了折中的立场。他们虽然经常痛苦地抱怨着探讨之不易、事物之难知，有如不耐性的马匹用力咬其衔铁，可是他们仍毫不放松地尾追他们的对象，竭力与自然相搏；他们认为事物究竟是否可解这个问题不是辩论所能解决的，只有靠试验才能解决。可是他们，由于一味信赖自己理解的力量，也不曾应用什么规矩绳墨，而是把一切事物都诉诸艰苦的思维，诉诸心灵的不断动作和运用。

至于我的方法，做起来虽然困难，说明却很容易。它是这样的：我提议建立一列通向准确性的循序渐进的阶梯。感官的验证，在某种校正过程的帮助和防护之下，我是要保留使用的。至于那继感官活动而起的心灵动作，大部分我都加以排斥；我要直接以简单的感官知觉为起点，另外开拓一条新的准确的通路，让心灵循以行进。这一点的必要性显然早被那些重视逻辑的人们所想到；他们重视逻辑就表明他们是在为理解力寻求帮助，就表明他们对于心灵的那种自然的和自发的过程没有信心。但是，当心灵经过日常生活中的交接和行事已被一些不健全的学说所占据，已被一些虚妄的想象所围困的时候，这个药方就嫌来得太迟，不能有所补救了。因此，逻辑一术，既是如我所说补救已晚，已经无法把事情改正，也没有发现真理的效果，反而把一些错误固定起来。现在我们要想恢复一种健全和健康的情况，只剩一条途径，这就是，把理解力的全部动作另做一番开始，对心灵本身从一起始就不任其自流，而要步步加以引导。……

希望大家记住，无论对于现在盛行的那种哲学，或者对于从前已经提出或今后可能提出的更为正确和更为完备的哲学，我都绝不愿有所干涉。因为我并不反对使用这种已被公认的哲学或其他类似的哲学来作为争论的题材、谈话的装饰、教授讲学之用，以至作为生活职业之用。不仅如此，我还进一步公开宣布，我所要提出的哲学是无甚可用于那些用途的。它不是摆在途中的，它不是能够在过路时猝然拾起的，它不求合于先入的概念，以谄媚人们的理解。除了它的效用和效果可以共见外，它也不会降低到适于一般俗人的了解。

因此，就让知识中有双流两派吧，这对二者都有好处；同样，也让哲学家中有两族或两支吧，二者不是敌对或相反的，而是借相互服务而结合在一起的。简言之，有一种培养知识的方法，另有一种发明知识的方法，我们就听其并存吧。

谁认为前一种知识比较可取，不论是由于他们心情急躁，或者是由于他们萦心业务，或者是由于他们缺乏智力来收蓄另一种知识，我都希望他们能够满其所欲，得其所求。但是如果另外有人不满足于停留在和仅仅使用那已经发现的知识，而渴求进一步有所钻掘；渴求不是在辩论中征服论敌而是在行动中征服自然；渴求不是那美妙的、或然的揣测，而是准确的、可以论证的知识；那么，我就要邀请他们全体都作为知识的真正的儿子来和我联合起来。……

此外，我还有一项请求。在我自己这方面，我已决定要小心和努力，不仅要使我所提出的东西是真实的，而且要把它们表达得在不论具有怎样奇怪成见和奇怪障碍的人心之前都不粗硬，都不难受。但对另一方面，我也不能说没有理由（特别是在这样一个伟大的学术和知识的复兴工作当中）要求人们给我一种优遇作为报答，这就是：假如有人要对我的那些思考形成一种意见和判断，不论是出于他们自己的观察，或者是出于一大堆的权威，又或者是出于一些论证的形式（这些形式现在已经取得了像法律一样的强制力），我总请他不要顺路来做这事，要把事情彻底考察一番；请他把我所描写、所规划的道路亲身小试一下；请他让自己的思想对经验所见证的自然的精微熟习起来；还请他要以适度的耐心和应有的迟缓把自己心上根深蒂固的腐坏习惯加以改正。当这一切都已做到而他开始成为他自己的主人时，那就请他使用他自己的判断吧。

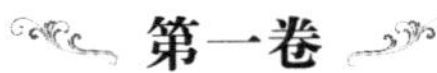

第一卷

◇一

人作为自然界的臣仆和解释者，他所能做、所能懂的只是如他在事实中或思想中对自然进程所已观察到的那样多。也仅仅那样多。在此以外，他是既无所知，亦不能有所作为。

◇六

期望能够做出从来未曾做出过的事而不用从来未曾试用过的办法，这是不健全的空想，是自相矛盾的。

◇一九

钻求和发现真理，只有亦只能有两条道路。一条道路是从感官和特殊的东西飞越到最普遍的原理，其真理性即被视为已定而不可动摇，而由这些原则进而去判断，进而去发现一些中级的公理。这是现在流行的方法。另一条道路是从感官和特殊的东西引出一些原理，经由逐步而无间断的上升，直至最后才达到最普遍的原理。这是正确的方法，但迄今还未试行过。

◇二〇

理解力如任其自流，就会自然采取与逻辑秩序正相吻合的那一进程。因为心灵总是渴望跳到具有较高普遍性的地位，以便在那里停歇下来；而且这样之后不久就倦于试验。但这个毛病确又为逻辑所加重，因为逻辑的论辩有其秩序性和严正性。

◇二二

上述两条道路都是从感官和特殊的东西出发，都是止息于最高普通性的东西；但二者之间却有着无限的不同。前者对于经验和特殊的东西只是瞥眼而过，而后者则是适当地和按序地贯注于它们。还有，前者是开始时就一下子建立起某些抽象的、无用的、普遍的东西，而后者则是逐渐循级上升到自然秩序中先在的而为人们知道得较明白的东西。

◇二四

由论辩而建立起来的原理，不会对新事物的发现有什么效用，这是因为自然的精微远较论辩的精微高出多少倍。但由特殊的东西适当地和循序地形成起来的原理，则会很容易地发现通到新的特殊的东西的道路，并从而使各门科学活跃起来。

◇三九

围困人们心灵的假象共有四类。为区分明晰起见，我各给以定名：第一类叫作族类的假象，第二类叫作洞穴的假象，第三类叫作市场的假象，第四类叫作剧场的假象。

◇四〇

以真正的归纳法来形成概念和原理，这无疑是排除和肃清假象的对症良药。而首先指出这些假象，亦有很大的效用；因为论述“假象”的学说之对于“解释自然”和驳斥“诡辩”的学说之对于“普通逻辑”是一样的。

◇四一

族类假象植基于人性本身中，也即植基于人这一族或这一类中。若断言人的感官是事物的量尺，这是一句错误的话。正相反，不论感官或者心灵的一切觉知总是依个人的量尺而不是依宇宙的量尺；而人类理解力则正如一面凹凸镜，它接受光线不规则，于是就因在反映事物时掺入了它自己的性质而使得事物的性质变形和褪色。

◇四二

洞穴假象是各个人的假象。因为每一个人，除普遍人性所共有的错误外，都各有其自己的洞穴，使自然之光曲折和变色。这个洞穴的形成，或是由于这人自己固有的独特的本性；或是由于他所受的教育和与别人的交往；或是由于他阅读一些书籍而对其权威性产生崇敬和赞美；又或者是由于各种感印，这些感印又是依人心之不同（如有的人是“心怀成见”和“胸有成竹”，有的人则是“漠然无所动于中”）而作用各异的；以及类此，等等。人们之追求科学总是求诸他们自己的小天地，而不是求诸公共的大天地。

◇四三

另有一类假象是由人们相互间的交接和联系所形成，我称之为市场的假象，取人们在市场中有往来交接之意。人们是靠谈话来联系的；而所利用的文字则是依照一般俗人的了解。因此，选用文字之失当就惊人地阻碍着理解力。有学问的人们在某些事物中习惯用以防护自己的定义或注解也丝毫不能把事情纠正。而文字仍公然强制和统辖着理解力，弄得一切混乱，并把人们岔引到无数空洞的争论和无谓的幻想上去。

◇四四

最后，还有一类假象是从哲学的各种各样的教条以及一些错误的论证法则移植到人们心中的。我称这些为剧场的假象。因为在我看来，一切公认的学说体系只不过是许多舞台戏剧，表现着人们自己依照虚构的布景的式样而创造出来的一些世界。我所说的还不仅限于现在时兴的一些体系，亦不限于古代的各种哲学和宗派；有见于许多大不相同的错误却往往出于大部分相同的原因，我看以后还会有更多的同类的剧本编制出来并以同样人工造作的方式排演出来。我所指的又还不限于那些完整的体系，科学当中许多由于传统、轻信和疏忽而被公认的原则和原理也是一样的。

◇五五

涉及哲学和科学方面，不同的人心之间有着一个主要的也可说是根本的区别，这就是：有的心较强于和较适于察见事物的相异之点，有的心则较强于和较适于察见事物的相似之点。大凡沉稳的和锐利的心能够固定其思辨而贯注和紧盯在一些最精微的区别上面；而高昂的和散远的心则擅能见到最精纯的和最普通的相似之点，并把它们合拢在一起。但这两种心都容易因过度而发生错误：一则求异而急切间误攫等差，一则求似而急切间徒捉空影。

求知论

［英］培根

培根（1561—1652），17世纪英国著名的政治家、哲学家、科学家、史学家。出身于伦敦一个高级官员家庭。12岁入剑桥大学三一学院学习。3年后作为英国驻法大使旅居巴黎。1579年回国后任女王的法律顾问。曾任司法部次长、法务部长、掌玺大臣、大法官等职。1621年被控受贿免职。主要著作有《论人生》《学术的促进》《新大西洋》等。

求知可以作为消遣，可以作为装饰，也可以增长才干。

但你孤独寂寞时，阅读可以消遣。当你高谈阔论时，知识可以装饰。当你处世行事时，正确运用知识意味着力量。懂得事物因果的人是幸福的。有实际经验的人虽能够办理个别性事物，但若要综观整体，运筹全局，却唯有掌握知识方能办到。

求知太慢会弛惰，为装潢而求知的是自欺欺人，完全照书本条框办事会变成偏执的书呆子。

求知可以改进人的天性，而实验可以改进知识本身。人的天性犹如野生的花草，求知学习好比修剪移栽。实习尝试则可检验修正知识本身的真伪。

狡辩者轻鄙学问，愚鲁者羡慕学问，唯聪明者善于运用学问。知识本身并没有告诉人怎样运用它，运用的方法乃在书本之外。这是一门技艺，不经实验就不能学到。不可专为挑剔辩驳去读书，但也不可轻易相信书本。求知的目的不是为了吹嘘，而应该是为了寻找真理，启迪智慧。

有的知识只须浅尝，有的知识只要粗知。只有少数专门知识需要深入钻研，仔细揣摩。所以，有的书只要读其中一部分，有的书只须知其中梗概即可，而对于少数好书，则要精读，细读，反复地读。有的书可以请人代读，然后看他的笔记摘要就行了。但这只限于质量粗劣的书。否则一本好书将像已蒸馏过的水，变得淡然而无味了！

读书使人的头脑充实，讨论使人明辨是非，做笔记则能使知识精确。

因此，如果一个人不愿做笔记，他的记忆力就必须强而可靠。如果一个人只愿孤独探索，他的头脑就必须格外锐利。如果有人不读书又想冒充博学多知，他就必须很狡黠，才能掩饰他的无知。

读史使人明智，读诗使人聪慧，演算使人精密，哲理使人深刻，伦理学使人有修养，逻辑修辞使人善辩。总之，“知识能塑造人的性格”。

不仅如此，精神上的各种缺陷，都可以通过求知来改善——正如身体上的缺陷，可以通过运动来改善。例如打球有利于腰肾，射箭可扩胸利肺，散步则有助于消化，骑术使人反应敏捷，等等。同样，一个思维不集中的人，他可以研习数学，因为数学稍不仔细就会出错。缺乏分析判断力的人，他可以研习经院哲学，因为这门学问最讲究烦琐辩证。不善于推理的人，可以研习法律学，如此等等。这种种头脑上的缺陷，都可以通过求知来疗治。

《第一哲学沉思集》选

[法] 笛卡尔

笛卡尔（1596—1650）是近代哲学之父，他的哲学散发着一股柏拉图以来，到他那个时代任何哲学家所没有的清新气息。他把理性的批判精神和怀疑精神带进近现代西方哲学，对后来的哲学家产生了很大影响。

笛卡尔在《方法论》中说：因为天气寒冷，他一早就钻进一个火炉子，整天待在里面思考；当他出来的时候，他的哲学已经差不多完成了一半。据说苏格拉底习惯在雪地里沉思，而笛卡尔的头脑却似乎只有在他身体暖和的时候才起作用。

笛卡尔最重要的著作是《方法论》和《第一哲学沉思集》（又译《方法谈》和《沉思录》）。他决心通过怀疑，为哲学找到一个不容质疑的基础。他从各种感觉的怀疑入手，问自己：我能不能怀疑自己正穿着衣服坐在火炉边？——回答是：能。因为有可能我其实正赤身睡在床上，可是却梦见自己坐在这里。精神病人往往有幻觉，我也可能受幻觉的欺骗。这说明感觉常常不可信。

那么，能不能从任何常识出发，来为哲学找到不容质疑的基础呢？——回答是：不能。因为我们所谓的常识，常常不过是谬误，甚至是魔鬼对我们的捉弄。例如天文学的常识就充满各种谬误。与各种具体的常识相比，数学因为讨论的不是个别事物，因此比较确实。但人在运算的时候仍然经常出错。因此，从哲学的角度看，平常的信念也是不可信的。

但即使我对一切都表示怀疑，我却不能怀疑我正在怀疑这一事实。用笛卡尔的话说就是："当我把一切事物都想成虚假的时候，这个正在思维的'我'必然非得是某种东西不可；我因此认识到'我思故我在'这条真理十分牢靠、十分确定，怀疑论者的所有最狂妄的假定都无法把它推翻，于是我断定我可以毫不犹豫地承认它是我所探求的哲学的第一原理。"

下面是《第一哲学沉思集》的一段文字，是对该书六个沉思的总的提示。

六个沉思的提示

在第一个沉思里，我提出了只要我们在科学里除了直到现在已有的那些根据以外，还找不出别的根据，那么我们就有理由普遍怀疑一切，特别是物质性的东西。尽管普遍怀疑的好处在开始时还不显著，不过，由于它可以让我们排除各种各样的成见，给我们准备好一条非常容易遵循的道路，让我们的精神逐渐习惯脱离感官，并且最后让我们对后来发现是真的东西绝不可能再有什么怀疑，因此它的好处还是非常大的。在第二个沉思里，精神用它本身的自由，对一切事物的存在只要有一点点怀疑，就假定它们都不存在，不过绝不能认为它自己不存在。这也是一个非常大的好处，特别是精神用这个办法很容易把属于它的东西，也就是说属于理智性的东西，和属于物体性的东西区分开来。但是，有些人可能会等待我在这里拿出一些理由来证明灵魂的不灭，因此我认为现在应该告诉他们，对于凡是我没有非常准确论证过的东西都不准备写进这本书里，那么我看我不得不遵循和几何学家所使用的同样次序先提出求证的命题的全部根据，然后再下结论。

在认识灵魂不灭之前，要求的第一个和主要的东西是给予灵魂一个清楚、明白的概念，这个概念要完全有别于对物体所能有的一切概念：这在这里已经做到了。除此以外，还要求知道我们所清楚、分明领会的一切东西，本来就是按照我们所领会的那样都是真实的。这在第四个沉思以前还没有能够论证。还有，什么叫物体性，还必须有一个清楚的概念，这个概念一部分见于第二个沉思里，一部分见于第五个和第六个沉思里。最后，应该从这一切里得出一个结论：凡是清楚、分明地领会为不同实体性的东西，就像领会精神不同于物体那样，实际上都是分属于不同实体的，它们之间是实在有别的：这是在第六个沉思里做出来的结论。在这个沉思里还证实了这一点：我们把一切物体都领会为是可分的，而精神或人的灵魂只能被领会为是不可分的，因为，事实上我们绝不能领会半个灵魂，而我们却能够领会哪怕是最小的物体中的半个物体，因此物体和精神在性质上不仅不同，甚至在某种情况下相反。不过我没有必要在这本书里更进一步谈这个问题，一方面因为这已经足够清楚地说明，从肉体的腐烂得不出来灵魂的死亡，同样也足够给人们在死后有一个第二次生命的希望；同时也因为我们可以由之而推论出灵魂不灭的那些前提取决于整个物理学的解释。这首先是为了知道：一般来说，一切实体，也就是说，要不是被上帝所创造就不能存在的一切东西，从它们的本性来说是不可毁灭的，并且要不是这同一的上帝愿意撤回他平时的支持而把它们消灭掉的话，它们就永远不能停止存在。其次是为了说明：在一般的意义下，物体是一种实体，因此它也是不死灭的；但是人的肉体就其有别于其他物体这一点来说，它不过是由一些肢体和其他类似的一些偶性组合成的；而人的灵魂就不是这样，它是一种单纯的实体，决不是由什么偶性组合起来的。

因为，即使它的一切偶性都改变了，例如它领会某些东西，它希求另外一些东西，它感觉一些东西，等等，不过它却永远是同一的灵魂；而人的肉体，仅仅由于它的某些部分的形状改变，它就不再是同一的肉体了。由此可见人的肉体很容易死灭，但是精神或人的灵魂（我认为这二者是没有区别的），从它的本性来说是不灭的。

在第三个沉思里，我觉得我已经把用来证明上帝存在的主要论据都相当详尽地解释了。不过我没有想在这里、在物体性的东西里边进行比较，来尽量地让读者的精神从感官摆脱出来，因而也许还剩很多模糊不清的地方，这些模糊不清的地方，我希望在我对迄今给我提出来的反驳将做的答辩中完全得到澄清。比如，在我们心里的一个至上完满的存在体的观念怎么会包含那么多的客观实在性，也就是说，从表象里分享了那么大程度的存在性和完满性，以致它必然应当来自一个至上完满的原因，这是相当难以理解的。不过，在答辩里，我用了一个十分精巧的机器作为比较来阐明，这个机器的观念是存在于某一个工匠的心里。这个观念在客观技巧上一定有一个原因，比如说，工匠的学识，或者这个概念是他从别人那里学来的，因此同样道理，在我们心里的上帝的观念也不可能没有它的原因，这个原因就是上帝自己。

在第四个沉思里证明了凡是被我们领会得非常清楚、非常分明的东西，都是真的；同时也解释了错误和虚假的理由在于什么地方；这是必须知道的，一方面是为了证实以前的那些真理，一方面也是为了更好地理解以后的那些真理。但是，需要指出的是：我在这个地方绝不论述罪恶，也就是说在追求善与恶中所犯的错误，而仅仅论述在判断和分辨真与假时所产生的错误；我不打算在这里谈属于信仰的东西，或生活中的行为的东西，而只谈有关思辨的真理和只有借助于自然的光明才能认识的真理。

在第五个沉思里，除解释一般意义下的物体性以外，还用新的理由来论证了上帝的存在，在这些理由中虽然会遇到某些困难，但是这些困难我将在对给我提出的反驳所做的答辩里去解决。还有，在那里也看到，几何学论证的正确性本身取决于对上帝的认识这一点怎么是真的。

最后，在第六个沉思里，我把理智活动和想象活动分别开来；我在那里描述了这种分别的标志。在那里我指出人的灵魂实在有别于肉体，然而又和肉体紧密结合得就像一个东西似的。由感官产生的一些错误以及避免错误的办法都在那里阐明了。最后，我在那里指出了各种理由来说明物质的存在，这并不是因为我断定这些理由对于它们所证明的东西是有好处的，例如有一个世界，人有肉体，以及诸如此类的事情，这些都是任何一个正常人从来没有怀疑过的；而是因为仔细观察起来，人们看出它们不如导致我们对上帝和我们的灵魂的认识的那些理由那样明显、有力，因而导致我们在精神上对上帝和我们的灵魂的认识的理由是最可靠、最明显。这就是我计划要在这六个沉思里证明的全部东西。我在这里省略了其他很多问题，关于那些问题，我在这本书里也在适当的机会讲到了。

《利维坦》选

［英］霍布斯

霍布斯（Thomas Hobbes，1588—1679）活了91岁，终生未婚。他生于英国威尔特郡韦斯特波特，是贫穷牧师的儿子。15岁到牛津大学马格德伦学院求学，用大部分时间阅读游记，研究地图和海图。1608年毕业后给卡文迪什（后来的德文郡伯爵）当私人教师。1610年与卡文迪什一道去法国和意大利旅行，归来后翻译了古希腊著名史学家修昔底德的著作。他对古典文学有特殊的兴趣，直到80多岁的高龄，仍孜孜不倦地翻译荷马的史诗。

1629 年，霍布斯陪同克利夫顿爵士之子再次出国旅行。1630 年从巴黎归来后重任卡文迪什的教师。有一次参加学者的聚会，一个人问："什么是感觉?"没有人能回答。这时霍布斯想：如果世间万事万物始终处于静止状态或始终做同样的运动，那就不会有变化，不会有区别，从而也就不会有感觉。此后他努力通过几何学研究运动的原理，最终发表了他的第一部哲学著作《第一原理简述》。

在陪同卡文迪什做第三次出国旅行期间，由于同欧洲新思想的主要代表人物接触，霍布斯对科学和哲学产生了更大的兴趣。在巴黎期间，他同大数学家梅尔森及其周围的一批学者以及后来的伽利略、讨论过他关于运动的想法。此后他计划写一个哲学三部曲：《论物体》从运动来解释物质现象；《论人》阐述在人的认识和欲望活动中包含哪些特殊的肉体运动；《论公民》由上述观念推论人类的社会组织。这三部著作后来都相继出版。

1637 年霍布斯从巴黎归来后，在《法律、自然和政治的原理》一书中表示拥护君主政体，但又提出社会契约的学说。1640 年霍布斯逃亡巴黎，再次进入梅尔森的学术圈子。1642 年《论公民》问世后，又整整四年时间一直在研究光学和写作《论物体》。

不过，虽然有大量与古典文学和自然科学相关的活动，霍布斯最伟大的传世之作却是《利维坦》(1651)。

利维坦（Leviathan）是《圣经》中提到的一种力大无比的巨兽。霍布斯以此名书，意在比喻一个强大的国家。此书包括"论人""论国家""论基督教国家"和"论黑暗王国"四部分。第一部分写宇宙乃物质之微粒构成，物体是独立的客观存在，物质永恒，既非人所创造，也非人能够消灭，一切物质都处于运动状态；人的生命意味着四肢的运动；作为自然之生物，人的本性首先是寻求生存和自保，从而是自私自利、恐惧贪婪、残暴无情的；人对人互相敌对、互相防范，彼此之间争斗不已，像狼一样处于可怕的自然状态。第二部分是全书的主体，写自然状态下人们基于其生而平等的自然权利，又都渴望和平与安全，于是相互间基于理性而订立契约，放弃各自的自然权利，把它托付给某一个人或由多人组成的集体（如议会），这个人或集体能够把大家的意志化成一个意志，大家则服从它的意志。这样一个人或集体就是主权者，由此而产生了国家。"这就是伟大的利维坦的诞生——用更尊敬的话说，这就是活的上帝的诞生。"（该书第十七章）在这一部分，霍布斯还论述了主权者的权力——至高无上；国家制度的最佳形式——君主制；人民的义务——绝对服从；主权者或国家的职责，即对外抵抗敌人的侵略，保障国家安全，二是对内维护社会的和平与安全，三是保障人民通过合法的劳动致富。第三部分旨在否认自成一统的教会，抨击教皇掌有超越世俗政权的大权。第四部分针对罗马教会，大量揭露了其制度的腐败黑暗、教士的贪婪无耻等丑行。他甚至呼吁教会势力撤出大学，使大学得以摆脱其控制和影响；他也反对结婚时举行的宗教仪式。

论国家的成因、产生和定义

我们看见天生爱好自由和统治他人的人类生活在国家之中，使自己受到束缚，他们的终极动机、目的或企图是预想要通过这样的方式保全自己并因此而得到更为满意的生活；也就是说，要使自己脱离战争的悲惨状况。正像第八章中所说明的，没有有形的力量使人们畏服、并以刑法之威约束他们履行信约和遵守第十四、十五章两章中所列举的自然法时，这种战争状况便是人类自然激情的必然结果。

因为各种自然法本身（诸如正义、公道、谦谨、慈爱，以及“己所欲，施于人”），如果没有某种权威使人们遵从，便跟那些驱使我们走向偏私、自傲、复仇等的自然激情互相冲突。没有武力，信约便只是一纸空文，完全没有力量使人们得到安全保障。这样说来，虽然有自然法（每一个人都只在有遵守的意愿并在遵守后可保安全时才会遵守），要是没有建立一个权力或权力不足，以保障我们的安全的话，每一个人就会而且也可以合法地依靠自己的力量和计策来戒备所有其他的人。在人们以小氏族方式生活的一切地方，互相抢劫都是一种正当职业，绝没有当成是违反自然法的事情，以致抢得赃物愈多的人就愈光荣。在这种行径中，人们除开荣誉律以外就不遵守其他法律；这种法律就是禁残忍，不夺人之生，不夺人农具。现在的城邦和王国不过是大型的氏族而已。当初小氏族所做的一切，它们现在也如法炮制。在危机、畏惧入侵、恐怕有人可能帮助入侵者等的借口下，为了自己的安全而扩张领土，他们尽自己的可能，力图以公开的武力或秘密的阴谋征服或削弱邻邦；由于缺乏其他保障，这样做便是正义的，同时还因此而为后世所称道。

少数人联合也不能使人们得到这种安全保障。因为在少数人中，某一边人数稍微有所增加就可以使力量的优势大到足以决定胜负的程度，因而就会鼓励人们进行侵略。使人确信能充分保障安全的群体大小不决定于任何一定的人数，而只决定于与我们所恐惧的敌人的对比。只有当敌人超过我方的优势不是显著到足以决定战争的结局、并推动其冒险尝试时，才可以说是充分了。

群体纵使再大，如果大家的行动都根据各人的判断和各人的欲望来指导，那就不能期待这种群体能对外抵御共同的敌人和对内制止人们之间的侵害。因为关于力量怎样运用最好的意见发生分歧时，彼此就无法互相协助，反而会互相妨碍，并且会由于互相反对而使力量化为乌有。这样一来，他们就不但会易被同心协力的极少数人征服，而且在没有共同敌人的时候，也易于为了各人自己的利益而相互为战。因为我们如果可以假定大群体无须有共同的权力使大家畏服，就能同意遵守信义和其他自然法，那么我们便大可以假定在全体人类中也能出现同样的情形；这时就根本既不会有、也无须有任何世俗政府或国家了，因为这时会无须服从就能取得和平。

人们希望安全保障能终生保持，对于这种保障说来，如果他们只在一次战役或一次战争等有限的时期内受某一种判断意见的指挥和统辖那是不够的。因为这时他们虽然能因为一致赴敌而取得胜利，但事后当他们没有共同敌人的时候，或是一部分人认为是敌人的人，另一部分人认为是朋友的时候，就必然又会由于利益的分歧而解体和重新陷入互相为战的状态。

诚然，某些动物如蜜蜂、蚂蚁等，能群处相安地生活，因而被亚里士多德列为政治动物。然而它们却只受各自的欲望和判断指挥，同时也没有语言可以向他方表达自己认为怎样才对公共利益有利。因此，有人也许会想知道人类为什么不能这样。关于这一点，我的答复是这样。

第一，人类不断竞求荣誉和地位，而这些动物则不然。因此，人类之中便会由于这一原因而产生嫉妒和仇恨，最后发生战争，但这些动物却没有这种情形。

第二，这些动物之中，共同利益和个体利益没有分歧；它们根据天性会为自己的个体利益打算，这样也就有助于公共利益。但人类的快乐却在于把自己和别人做比较，感到得意只是出人头地的事情。

第三，这些动物不像人类一样能运用理智，它们见不到，同时也不认为自己能见到公共事务管理中的任何缺点。但在人类之中则有许多人认为自己比旁人聪明能干，可以更好地管理公众；于是便有些人力图朝某一个方向改革，另一些人又力图朝另一方向改革，因而使群体陷入纷乱和内战之中。

第四，这些动物虽然也能用一些声音来相互表示自己的欲望和其他感情，但它们没有某些人类的那种语辞技巧，可以向别人把善说成恶，把恶说成善，并夸大或缩小明显的善恶程度，任意惑乱人心，捣乱和平。

第五，没有理智的动物不能区别无形的侵害和有形的损失，所以当它们安闲时，就不会感受到同伴的冒犯；而人类在最安闲时则是最麻烦的时候；因为在这种时候他们最喜欢显示自己的聪明，并且爱管国家当局者的行为。

最后，这些动物的协同一致是自然的，而人类的协议则只是根据信约而来，信约是人为的。因之，如果在信约之外还需要某种其他东西来使他们的协议巩固而持久便不足为奇了，这种东西便是使大家畏服并指导其行动以谋求共同利益的共同权力。

如果要建立这样一种能抵御外来侵略和制止相互侵害的共同权力，以便保障大家能通过自己的辛劳和土地的丰产为生并生活得很满意，那就只有一条道路：把大家所有的权力和力量付托给某一个人或一个能通过多数的意见把大家的意志化为一个意志的多人组成的集体。这就等于说，指定一个人或一个由多人组成的集体来代表他们的人格，每一个人都承认授权于如此承当本身人格的人在有关公共和平或安全方面所采取的任何行为或命令他人做出的行为，在这种行为中，大家都把自己的意志服从于他的意志，把自己的判断服从于他的判断。这就不仅是同意或协调，而是全体真正统一于唯一人格之中；这一人格是大家人人相互订立信约而形成的，其方式就好像是人人都向每一个其他的人说：我承认这个人或这个集体，并放弃我管理自己的权利，把它授予这人或这个集体，但条件是你也把自己的权利拿出来授予他，并以同样的方式承认他的一切行为。这一点办到之后，像这样统一在一个人格之中的一群人就称为国家，在拉丁文中称为城邦。这就是伟大的利维坦（Leviathan）的诞生，用更尊敬的方式来说，这就是活的上帝的诞生；我们在永生不朽的上帝之下所获得的和平和安全保障就是从它那里得来的。因为根据国家中每一个人授权，他就能运用付托给他的权力与力量，通过其威慑组织大家的意志，对内谋求和平，对外互相帮助抗御外敌。国家的本质就存在于他身上。用一个定义来说，这就是一大群人相互订立信约、每人都对它的行为授权，以便使它能按其认为有利于大家的和平与共同防卫的方式运用全体的力量和手段的一个人格。

承当这一人格的人就称为主权者，并被说成是具有主权，其余的每一个人都是他的臣民。

取得这种主权的方式有两种：一种方式是通过自然之力获得的，例如一个人使其子孙服从他的统治就是这样，因为他们要是拒绝的话，他就可以予以处死；这一方式下还有一种情形是通过战争使敌人服从他的意志，并以此为条件赦免他们的生命。另一种方式则是人们相互达成协议，自愿地服从一个人或一个集体，相信他可以保护自己来抵抗所有其他的人。后者可以称为政治的国家，或按约建立的国家；前者则称为以力取得的国家。首先要讨论的是按约建立的国家。

《政府论》选

［英］洛克

洛克（John Locke，1632—1704）是英国历史上最伟大的思想家之一。他在西方思想史上的主要贡献是：① 清晰有力地描述了产生于17世纪英国动乱年代的社会和政治原则；② 其对于人类认识的阐述，包括对当时的“新科学”的研究。他的主要著作中，《政府论》代表了第一个方面的贡献，《人类理解论》代表了第二个方面的贡献。

洛克曾就读于威斯敏斯特学校和牛津大学，学习期间对传统课程不感兴趣，而被经验科学和医学所吸引。1663—1664 年曾撰写《自然法则论文集》（未曾出版），研究了道德、社会和政治生活的根本原则，但他最感兴趣的还是经验科学。早在1668 年洛克便加入了皇家学会，因而了解科学的进展。他同牛顿是好朋友，与政治家沙夫兹伯利关系密切，曾做过他的私人顾问和家庭教师。他坚定地主张立宪君主制、公民自由、宗教宽容、国会裁决和英国的经济扩张，从而成为辉格党的思想领袖。

洛克的主要著作包括：《论宽容的信札》（1689）、《政府论》（1690）、《人类理解论》（1690）、《教育漫话》（1693）、《基督教的合理性》（1695）等。

《人类理解论》主要是为了检验一下人类的理智能力，看它适合处理什么对象，不适合处理什么对象。洛克认为人的知识有两个来源：① 通过感觉获得的外部世界的经验；② 通过反省达到的内部世界的经验。出自这些源泉的经验知识是不确实的，只能提供或然性的东西；而知识的观念是确实的；通过推理，可以从以经验为根据的命题推知关于物质和精神世界的更为一般的结论；依据理智的直观，可以得到具有普遍必然性的知识，但其范围有限；大多数知识只是或然的。洛克在《人类理解论》中制定了现代科学的认识论基本原则。

《政府论》思考真正的政治原则，认为政府是一种信托，其目的是保证公民人身和财产的安全；当统治者未能很好履行其职责时，国民有权撤消对他的信任；政府和政权是必要的，公民自由也是必要的；君主立宪制国家就是人民在其中仍享有自由的一种政府类型。此书由两篇论文组成：上篇主要批驳君权神授的理论；下篇主要论述政治权力的起源、职能和限度。他的这些理论不仅代表了17世纪英国资产阶级革命时期的政治主张，而且对18世纪法国启蒙思想家孟德斯鸠、伏尔泰、卢梭等人均产生了深刻的影响。

第九章　论政治社会和政府的目的

如果人在自然状态中是如前面所说的那样自由，如果他是他自身和财产的绝对主人，同最尊贵的人平等，而不受任何人的支配。为什么他愿意放弃他的自由呢？为什么他愿意丢弃这个王国，让自己受制于其他任何权力的统辖和控制呢？对于这两个问题，显然可以这样回答：虽然他在自然状态中享有那种权利，但这种享有是很不稳定的，有不断受别人侵犯的威胁。既然人们都像他一样有王者的气派，人人同他都是平等的，而大部分人又并不严格遵守公道和正义，他在这种状态中对财产的享有就很不安全、很不稳妥。这就使他愿意放弃一种尽管自由却是充满着恐惧和经常危险的状况；因而他并非毫无理由地设法和甘愿同已经或有意联合起来的其他人们一起加入社会，以互相保护他们的生命、特权和地产，即我根据一般的名称称之为财产的东西。

因此，人们联合成为国家和置身于政府之下的重大的和主要的目的，是保护他们的财产；在这方面，自然状态有着许多缺陷。

第一，在自然状态中，缺少一种确定的、规定了的、众所周知的法律，为共同同意接受和承认的是非标准和裁判他们之间一切纠纷的共同尺度。因为，虽然自然法在一切有理性的动物看来，是既明显而又可以理解的，但是有些人由于利害关系而心存偏见，也由于对自然法缺乏研究而茫然无知，不容易承认它是对他们有拘束力的法律，可以应用于他们各自的情况。

第二，在自然状态中，缺少一个有权依照既定的法律来裁判一切争执的知名的和公正的裁判者。因为，既然在自然状态中的每一个人都是自然法的裁判者和执行者，而人们又是偏袒自己的，因此情感和报复之心很容易使他们超越范围，对于自己的事件过分热心，同时，疏忽和漠不关心的态度又会使他们对于别人的情况过分冷淡。

第三，在自然状态中，往往缺少权力来支持正确的判决，使它得到应有的执行。凡是因不公平而受到损害的人，只要他们有能力，总会用强力来纠正他们所受到的损害；这种反抗往往会使惩罚行为发生危险，而且时常使那些企图执行惩罚的人遭受损害。

这样，人类尽管在自然状态中享有种种权利，但是留在其中的情况很不良好，他们很快就被迫加入社会。所以，我们很少看到有多少人能长期在这种状态中共同生活。在这种状态中，由于人人有惩罚别人的侵权行为的权力，而这种权力的行使既不正常又不可靠，会使他们遭受不利，这就促使他们托庇于政府的既定的法律之下，希望他们的财产由此得到保障。正是这种情形使他们甘愿各自放弃他们单独行使的惩罚权力，交由他们中间被指定的人来专门加以行使，而且要按照社会所一致同意的或他们为此目的而授权的代表所一致同意的规定来行使。这就是立法和行政权力的原始权利和这两者之所以产生的缘由，政府和社会本身的起源也在于此。

因为，在自然状态中，个人除了有享受天真乐趣的自由之外，有两种权利。

第一种就是在自然法的许可范围内，为了保护自己和别人，可以做他认为合适的任何事情；基于这个对全体都适用的自然法，他和其余的人类同属一体，构成一个社会，不同于其他一切生物。如果不是由于有些堕落的人的腐化和罪恶，人们本来无须再组成任何社会，没有必要从这个庞大而自然的社会中分离出来，以明文协议去结成较小的、分立的组合。

一个人处在自然状态中所具有的另一种权利，是处罚违反自然法的罪行的权利。当他加入一个私人的（如果我可以这样称它的话）或特定的政治社会，结成与其余人类相区分的任何国家的时候，他便把这两种权力都放弃了。

第一种权利，即为了保护自己和其余人类而做他认为合适的任何事情的权利，他放弃给社会，由它所制定的法律就保护他自己和该社会其余的人所需要的程度加以限制。社会的这些法律在许多场合限制着他基于自然法所享有的权利。

第二，他把处罚的权利完全放弃了，并且按社会的法律所需要的程度，应用他的自然力量（以前，他可以基于他独享的权威，于认为适当时应用它来执行自然法）来协助社会行使执行权。因为他这时既然处在新的状态中，可以从同一社会的其他人的劳动、帮助和交往中享受到许多便利，又可以享受社会的整个力量的保护，因此他为了自保起见，也应该根据社会的幸福、繁荣和安全的需要，尽量放弃他的自然权利。这不仅是必要的，而且是公道的，因为社会的其他成员也同样是这样做的。

但是，虽然人们在参加社会时放弃他们在自然状态中所享有的平等、自由和执行权，而把它们交给社会，由立法机关按社会的利益所要求的程度加以处理，但是这只是出于各人为了更好地保护自己、他的自由和财产的动机（因为不能设想任何理性的动物会抱着每况愈下的目的来改变他的现状），社会或由他们组成的立法机关的权力绝不容许扩张到超出公众福利的需要之外，而是必须保障每一个人的财产，以防止上述三种使自然状态很不安全、很不方便的缺点。所以，谁握有国家的立法权或最高权力，谁就应该以既定的、向全国人民公布周知的、经常有效的法律，而不是以临时的命令来实行统治；应该由公正无私的法官根据这些法律来裁判纠纷；并且只是对内为了执行这些法律，对外为了防止或索偿外国所造成的损害，以及为了保障社会不受入侵和侵略，才得使用社会的力量。而这一切都没有别的目的，只是为了人民的和平、安全和公众福利。

《论法的精神》选

［法］孟德斯鸠

《论法的精神》是法国18世纪启蒙思想家孟德斯鸠（Charles Louis Montesquieu，1689—1755）的重要法学著作，出版于1748年。1734年，孟德斯鸠出版了《罗马盛衰原因论》一书，首次论述了他的政治法思想，可说是《论法的精神》的前篇，二者在思想上有密切的联系。孟德斯鸠出身于法国波尔多的一个大贵族世家。他年轻时期专攻法律，1708年获法学学士学位。担任过律师、议员。1716年继承伯父的波尔多议会议长职位。后来，他卖掉官职，游历欧洲。认真考察了英国的政治制度，经过长期的辛勤研究，终于写出了《论法的精神》这部法学经典著作。本书中文译本可参读张雁深译的《论法的精神》上、下册，商务印书馆1963年版。

《论法的精神》共六卷三十一章，体系完整，包含了孟德斯鸠多方面的丰富思想。除法律与政治外，还涉及哲学、历史、地理、宗教等方面的问题。其主要内容大致可以分为以下几个方面。

一、对法律定义的探讨。孟德斯鸠把近代思想中的理性主义精神运用到法律的研究中，探讨了法的精神。他认为，广义的法“是由事物的本性派生出来的必然的关系”，法律与地理、土壤、气候、人种、风俗、习惯、宗教信仰、人口和商业等都有着密切的关系。法的精神就是这些关系的综合。上帝有上帝的法，人有人的法，世界万事万物莫不遵循一定的法。

二、探讨了政体、政治自由和分权问题，提出了著名的“三权分立”的学说。孟德斯鸠把政体分为共和、君主和专制三种。在专制政体中无法律，统治者靠的是个人的意志和反复无常的性情，在君主政体和共和政体中都是有法可依的。他认为只有在法制的国家里，自由是做法律所许可的事，他还指出，为了保障政治自由的实现，必须实行立法、行政、司法三权分立，进一步发展了17世纪英国哲学家、思想家洛克提出的三权划分的理论。他赞扬英国的君主立宪制，主张由资产阶级掌握立法权并监督行政权，行政权由君主掌握；君主有权否决立法，但无权立法，只能按法律办事；司法权由独立的专门机构来行使。这样，三权分立，并相互制约，就可以保障公民的政治自由。

三、在《论法的精神》中，孟德斯鸠特别地探讨并强调了政治、法律同地理环境的关系。他认为地理环境对政治法律制度的形成有极大的作用，法律的制定要受到地理环境、尤其是气侯、土壤等的决定影响，他的这种观点被称为“地理环境决定论”的观点。

孟德斯鸠还探讨了工商业、人口、宗教等问题，探讨了罗马法、法律的变革等问题。

《论法的精神》一书出版后，轰动一时，不到两年就印了22版，并有许多外文译本。尤其是书中的“三权分立”的理论载入了法国的《人权宣言》和美国的《独立宣言》，产生了重大的影响。本书的中文译本最早由何礼之（日本人）、程炳熙和张相文合作翻译出版；1913年，商务印书馆又出版了严复的译本《法意》，对我国的资产阶级革命运动也产生了一定的影响。

建议重点阅读本书的第十一、十四、十九章。

第十一章　规定政治自由的法律和政制的关系

第十六节　罗马共和国的立法权

在十大官治下，没有可以争执的权利；但是当自由恢复时，人们看到嫉妒又产生了，只要贵族还剩有什么特权，平民就加以剥夺。

如果平民只满足于剥夺贵族的特权而不侵害贵族的公民资格本身的话，害处还可以少一些。当人民按照族区或百人团召集会议时，元老院议员、贵族和平民都参加了。在争执中，平民争得了一点，就是不需要贵族和元老院，平民可以单独制定法律，即所谓“平民制定法”；制定这种法律的人民会称为部落人民会。因此在某些场合，贵族完全不能参与立法，而服从国家另外的一个团体的立法权，这是自由的狂热。人民为了要建立民主政治，反而破坏了民主政治的原则本身。这样过分的一种权力看来必将毁灭元老院的权力。但是罗马有一些令人赞美的制度，尤其是其中的两种制度：一种调整了人民的立法权，另一种限制了人民的立法权。

监察官和他们以前的执政官可以说是每五年把人民的整个机构重新组织改建一次；他们对具有立法权力的机关本身也进行立法。西塞罗说："监察官提贝留斯·格拉古不用雄辩的力量，而是说一句话，做个手势，就把脱离奴籍的人放进这个城市的部落中去了；如果他没有这样做，那么我们今天勉强维持着的这样一个共和国早就不存在了。"

另一方面，元老院有权力设立一个独裁官，而把共和国从人民手中剥夺了去；在独裁者面前主权者低头，最平民化的法律也哑然无声了。

第十七节　罗马共和国的行政权

人民对自己的立法权，是那样多疑善防，但对自己的行政权却不那么在意。他们把行政权几乎完全交给元老院和执政官们；他们几乎只保留了选举官吏以及批准元老院和将军们的行为的权利。

罗马的欲望是发号施令，罗马的野心是征服一切。它过去强取豪夺，这时仍然是强取豪夺。它不断有大的事情发生：不是它的敌人阴谋反对它，就是它阴谋反对它的敌人。

罗马在行动上一方面要有英雄的勇敢，一方面要有极度的智慧，依据情势，国事不能不由元老院管理了。人民在立法权的各方面都和元老院抗争，因为人民生怕失掉自由。在行政权的各方面他们和元老院没有任何争议，因为人民生怕失掉光荣。

元老院握有极大部分行政权，所以波利比乌斯说，外国人都以为罗马是一个贵族政治的国家。元老院处理国家的财政，并且招人承揽租税的征收；它是同盟国间争执的仲裁者；它决定战争与和平，并在这一方面领导执政官们；它规定罗马军队和盟国军队的数目，把领地和军队分配给执政官或统辖军队的执政官们，并在统辖期满时任命继任者；它决定凯旋的荣典，接受和派遣使节；它册立各盟国的君王，对他们进行奖惩和审判，授予或剥夺他们作为罗马人民同盟者的称号。

执政官们募集他们应率领作战的军队，他们统率陆军或海军，支配各盟国；他们在各领地握有共和国的全部权力；他们允许战败的人民来议和，强迫被征服者接受条件，或把事情提交元老院处理。

在早期，当人民在某种程度上参预媾和与战争的时候，他们所行使的与其说是立法权，不如说是行政权。他们几乎只是批准国王们和国王制以后的执政官或元老院所做的事情。他们远非战争的决定者，我们看到执政官或元老院往往不顾护民官的反对而进行战争。但是，当人民为繁荣所陶醉时，人民便扩大自己的行政权力。于是，人民自己委派军团将校，这些将校以前是由将军们任命的；在第一次布匿战争的前夕，人民规定只有他们自己有权宣战。

第十八节　罗马政府中的司法权

司法权曾经被赋予人民、元老院、官吏和某一些法官。我们应该看一看这种权力是如何分配的。我从民事案件说起。

国王被逐后，执政官们掌理司法，继执政官之后，由裁判官们掌理司法。塞尔维乌斯·图里乌斯放弃了民事案件的审判权，而执政官们除了极少的案件而外，也不审理民事案件，由于这个缘故，人们称这类极少的案件为“非常案件”，执政官们满足于仅仅任命法官和组织掌理审判的法庭。从《狄欧尼西乌斯·哈利卡尔拿苏斯全集》中所载阿比乌斯·格老狄乌斯的演说去看，好像从罗马259年起，这已被罗马人视为既定的习惯；人们把它回溯到塞尔维乌斯·图里乌斯时代，它并不太古。

每年大裁判官造一份名单或表册，提出他所选定在他任职年内担任法官职务的人员。每一个案件，人们就从这个名单或表册中选派相当名额的法官审理。这和今天英国的做法差不多一样。这对于自由是很有利的，因为大裁判官所选定的法官是经过当事人们同意的。今天在英国诉讼，人们在极多的场合可以申请法官回避，这和罗马这个习惯差不多一样。

这些法官只裁决事实问题，例如某一笔款是否已还清，人们是否曾经做过某一行为这类问题。但是关于法律问题，因为它们要求一定的裁判能力，所以由“十人裁判所”审理。

国王们保留对刑事案件的审判。执政官们继承了这种职务。执政官布鲁图斯就是根据这种权力把他的子女和塔尔克维纽斯派的阴谋者们处死。这项权力是过分的。执政官们已经有军事的权力，他们就把这种权力施展到民政上去；他们的审判并没有司法的形式，与其说是裁判，毋宁说是暴力行为。

于是便产生了瓦烈利法。这项法律许可把执政官们危害公民生命的一切命令提请人民公断。执政官们除了依据民意而外，再也不能对一个罗马公民宣告死刑了。

在塔尔克维纽斯派第一次阴谋复辟的时候，人们看到执政官布鲁图斯审判了罪犯。在第二次阴谋的时候，便召集元老院和人民会进行审判。

被称为神圣的那些法律，给平民设立了护民官。护民官们组成了一个机构，这个机构开头曾有无限的要求。平民提出要求时的放纵粗暴，元老院许与时的宽松轻易，二者不相上下。过去瓦烈利法曾准许提请人民公断，该法所谓人民便包括着元老院议员、贵族和平民。到这时，平民则规定，请求公断要向他们提出。不久，平民能否审判贵族的问题便发生了，成为一个争论的题目。这个争论由科利奥兰奴斯案产生，并随着该案而结束。护民官在人民面前控告科利奥兰奴斯。科利奥兰奴斯违背瓦烈利法的精神，主张说他是贵族只能由执政官们审判。平民违背同一法律的精神，主张科利奥兰奴斯只能由平民审判。

十二铜表法改变了这个情况。该法规定，凡涉及一个公民的生死问题时，只能在人民大会上作出决定。因此，平民团体或是和它同性质的、按照部落的划分而召开的人民会，将只能审判仅仅科处罚金的犯罪。判处死刑需要的是“法律”，科处罚金，则只需要“平民制定法”。

十二铜表法的这个规定是非常明智的，它在平民机构和元老院之间建立了一种美好的协调。因为二者的管辖范围既取决于处罚的重轻和犯罪的性质，那么彼此就必须共同协商了。

瓦烈利法清除了罗马政府中一切和希腊英雄时代的君王们的政府有关联的制度的残余。执政官们已不再具有惩罚犯罪的权力了。虽然一切犯罪都是“公”的性质，但是必须把那些对公民彼此间的利害关系较大的犯罪和那些在国家与公民的关系上对国家利害关系较大的犯罪区别开来。前一种犯罪叫做“私罪”，后一种犯罪叫做“公罪”。公罪由人民亲自审判；如果是私罪，则人民对每一个案件特别任命一个检察官，进行追诉。人民经常从官吏中选派这个检察官，但有时也选派平民来担任。这种检察官即所谓公罪检察官。十二铜表法提到过这种检察官。

检察官任命所谓主任法官，主任法官则依抽签方式选定其他各法官，组织法庭，主持审判。

在这里最好也指出元老院如何参加检察官的任命事项，这样，人们可以看见在这件事情上各方权力如何得到平衡。有时候元老院任命一个独裁官，执行检察官的职务；有时候元老院命令由护民官召集人民开会任命检察官；有时候人民委派一个官吏向元老院作关于某一罪行的报告，并要求元老院任命一个检察官，这在狄特·李维的著作中路西乌斯·斯基比欧的审判案里可以看到。

罗马604年，上述各种临时性的任命一部分变成永久性的任命。人们逐渐地把所有刑事的事件分为不同的部类，即分为不同的“永久性的问题”。又设立了不同的大裁判官，每人分掌一类问题。大裁判官在一年期间有权力审判和这类问题有关的犯罪。任满后，他们便出任领地的长官。

在迦太基，百人元老院是由终身任职的法官们所组成的。但在罗马，大裁判官的任期是一年；其他法官的任期甚至还不到一年，因为他们是有案子才选派的。在本章第六节人们已经看到，在某些政府中，这项规定对于自由是如何有利。

在格拉古兄弟当政之前，法官们是从元老院议员中选任的。提贝留斯·格拉古则命令规定从骑士即第二等公民中选任法官。这是一个很大的变化，所以该护民官自夸说，他单只提出一个法律案就斩断了元老院议员们的神经。

应该指出，三权可以依据同政制的自由的关系分配得很好，但在同公民的自由的关系上就不能分配得那么好。在罗马，人民握有最大部分的立法权力，又握有行政权力的一部分和司法权力的一部分。这是一个巨大的权力，需要有另一种权力来和它相抗衡。元老院虽握有相当大的一部分行政权力和立法权力的某一方面，但这不足以和人民相抗衡。元老院必须参与司法权。当法官们由元老院议员选任时，它是有一部分司法权的。当格拉古兄弟剥夺了元老院议员的司法权力时，元老院就不能再抵抗人民了。他们侵害了政制的自由，为的是要维护公民的自由；但是公民的自由却和政制的自由一起消亡了。

结果便产生了无数的弊害。当内乱方酣，几乎没有政制存在的时候，人们把政制改变了。骑士们已不再是联系人民与元老院的中间阶级；政制的链条被打断了。

那时甚至有一些特殊的理由阻碍着审判工作转入骑士们之手。罗马政制的基础原则是：要当兵就要有相当的财产，以便在行为上向共和国负责。骑士们作为最有钱的人，组成了罗马的“军团”的骑兵。当他们的威望增高的时候，他们就不愿再在这种部队中服务了，因此就不能不募集另一种骑兵了。马利乌斯就把无论什么人都征募入“军团”当兵，而共和国也很快灭亡了。

此外，骑士是共和国的租税包收人。他们是贪得无厌的；他们在灾难中播种灾难；他们在社会贫困中制造社会贫困。绝不应给这种人司法的权力；反之，他们应不断受到法官们的监视。我们应当谈这点来夸扬法兰西的古代法律；它们对于事务人员的不信任就和对敌人的不信任一样。当罗马的租税包收人掌理审判的时候，道德、民政、法律、官职和官吏，这一切就全都完了。

关于这点，狄奥都露斯·西库露斯和狄欧著作的一些断篇中有十分率真的描述。狄奥都露斯说：“穆蒂乌斯·斯开沃拉想要恢复古代的风俗并依靠自己的财产过俭省而正直的生活。因为他的前任诸人和当时在罗马掌理审判的租税包收人勾结在一起，所以他的前任诸人使各领地充满了各种犯罪。但是斯开沃拉恰如其分地对待这些租税包收人，把那些投他人入狱的人投进了监狱。”

狄欧告诉我们，他的副官普布里乌斯·路蒂利乌斯同样为骑士们所厌恶；所以当他回国时，骑士们便控告他曾接受贿赂，因而被判处罚金。他立即变卖了他的财产。人们发现他的财产比人们控告他盗窃的财产要少得多，这时他的清白无罪已很明显；他提出了他的财产的各项所有权证书。他不愿再留在这个城里，和这类人在一起。

狄奥都露斯又说，“意大利人在西西里买了大批奴隶来耕种他们的田地，并照管他们的牲畜；却不给他们食物。这些可怜的人被迫以长矛和棍棒武装自己，穿着兽皮，四周有狗随同，到大路上去抢劫，整个领地都受到蹂躏。当地的人除了在城郭内的东西外，不能说有属于自己的东西。没有总督也没有大裁判官能够或愿意反对这种混乱，或敢于惩罚这些奴隶，因为这些奴隶是罗马掌理审判的骑士们的奴隶。”但这正是奴隶战争的原因之一。我只要说一句话，就是：骑士这一行业的人，唯利是图，经常向别人提出要求，而别人却不能向他们要求任何东西。他们冷酷无情，使富人穷困，穷人更穷；这行业的人不应当在罗马掌理审判权。

《社会契约论》选

［法］卢梭

《社会契约论》是18世纪法国启蒙思想家卢梭（Jean Jacques Rousseau，1712—1778）的最重要的政治理论著作，1762年4月出版于阿姆斯特丹，被译成多种文字。卢梭在说明了人类社会不平等的起源和基础之后，在此书中探讨了如何在社会状态下实现社会平等问题，提出民主共和国的社会理想，试图创立一种真正合法的社会契约来取代历史上以牺牲人的自由和平等为代价的社会契约。

《社会契约论》一书分为四卷：第一卷论述人类自然状态到政治状态的过渡以及社会契约的根本条件；第二卷论述立法；第三卷论述政府形式；第四卷除继续上卷论题外，论述巩固国家体制的方法。商务印书馆于1985年出版了何兆武的中译本。

卢梭认为，人生而自由平等，任何人都没有强迫他人服从的天然权威。社会秩序或制度并非源于自然或强力，而是建立在人民自由意志所订立的社会契约之上的。人从自然状态进入社会状态是不可避免的。自然状态发展到一定程度就会使每个个人如果不集合起来就将面临毁灭，因而人类必须寻找一种结合的形式，使它既能以全体的力量来保证个人的人身安全和财富安全，又能够使每个结合者不丧失自由和平等。因此社会契约的要旨是在订立契约时，人人无保留地将自身及其全部与政治结合体有重要关系的权利转让给集体，并同意接受"公意"的指导，目的是保障自己的自由、财产和人身的安全，条件是人人无例外地遵守契约。由于结合者并非把自己奉献给任何个人，所以在订约后他仍然是自由的。这样就产生了一个道德的和集体的共同体，亦即"共和国"。只有在这样的社会契约下，人从自然状态进入社会状态，才不致于丧失平等和自由。

卢梭认为，建立在社会契约上的国家，其主权即最高权力属于全体人民。在民主主权的国家里，每个人都具有双重身份，对个人来说他是主权者的一员，而对主权者来说他是国家的一员，因而统治与被统治只有相对意义。主权至高无上，不可分割，是行政权的根据。政府决不是主权的体现者，而是主权的受托者。"公意"是国家的灵魂，它以公共利益为依归，从而永远是公正的。在具体的政治实践中，"公意"体现为法律。法律是作为立法者的全体人民所做的规定，结合了意志的普遍性和对象的普遍性，因此它不仅保障公民的权利和平等，而且是自由的基石。因为人们唯有服从为自己制定的法律才是自由的。任何人都不能凌驾于法律之上；人民不仅有定期决定政府形式和执政者的权利，而且有通过起义推翻违反契约和法律、实行暴虐统治的君主的权利。卢梭承认宗教的社会作用。他认为，人们进入政治社会后需要由宗教来维持相互之间的关系。在他看来，由于基督教有害于国家，因此有必要建立一种“公民宗教”，它并非严格地作为宗教教条，而只是维系人们关系的社会性的感情。

卢梭的社会政治学说代表了18世纪法国启蒙运动中激进的民主思想。他的《社会契约论》一书为资产阶级革命提供了理论纲领，对18世纪法国革命和正处在资产阶级革命中的国家都起过积极作用，美国的《独立宣言》和法国的《人权宣言》以及两国的宪法都在很大程度上体现了卢梭的民主主义思想。

第一编　　第一章　第一编的题旨

人是生而自由的，而却无不在枷锁中。自认为是其他一切的主人的人，反而比其他一切更是奴隶。这种变化是怎样形成的？我不清楚。是什么才使这种变化成为合法的？我自信能够解答这个问题。

如果我仅仅考虑强力以及由强力所得出的效果，我就要说：“当人民被迫服从而服从时，他们做得对；但是，一旦人民可以打破自己身上的桎梏而打破它时，他们做得更对。因为人民正是根据别人剥夺他们的自由时所根据的同样的权利，来恢复自己的自由的，所以人民有理由重新获得自由；否则别人当初夺去他们的自由就是毫无理由的了。”社会秩序乃是为其他一切权利提供了基础的一项神圣权利。但这项权利不是出于自然，而是建立在约定之上的。问题在于懂得这些约定是什么。但是在谈到这一点之前，我应该先确定自己所要提出的东西。

第一编　　第六章　论社会公约

笔者设想，人类曾到达过那样一种境地，在自然状态中不利于人类生存的种种障碍，阻力上已超过了每个人在那种状态中为了生存所能用的力量。于是，原始状态便不能继续维持；而且人类如果不改变生存方式，就会灭亡。

然而，人类既不能产生新的力量，只能结合并运用已有的力量；所以人类便没有别的办法可以生存，除非是合起来形成一种力量的总和才能够克服阻力，由一个唯一的动力把它们发动起来，共同协作。

这种力量的总和，由很多人的汇合才能产生；既然每个人的自由和力量是他生存的重要手段，他又怎样能致身于力量的总和，同时既不妨害自己，又不致忽略对于自己所应有的关怀呢？这一困难，就我的主题而言，可以表达为下列词句：

“要找出一种结合形式，让它能以全部共同的力量来保障和维护每个结合者的财富和人身，并且由于结合而使每一个和全体相联合的个人服从自己本人，而且依然像以前一样自由。”这是社会契约要解决的根本问题。

这一契约的条款是这样由订约的性质所决定的，甚至就连最微小的修改也会使它们变成空洞无效；尽管这些条款也许从来就未正式被人宣告过，然而它们在普天之下都是同样的，在普天之下都是为人所公认或者默认的。这个社会公约一旦遭到破坏，每个人就立刻恢复其原有的权利，并在丧失约定的自由时，又重新得到了他为了约定的自由而放弃的自己天然的自由。

这些条款无疑可以全部归纳为一句话：每个结合者及其自身的所有权利全部都转让给整个集体，因为，每个人都把自己全部奉献出来，所以对所有人来说，条件都是同等的，而条件对于所有人也都是同等的，没有人要使它成为别人的负担。

转让既是毫无保留的，那么联合体也就会尽可能地完美，而每个结合者也就不会再另有要求了。因为，假如个人保留了某些权利的话，即使公众与个人之间不能再由任何共同的上级来裁决，而每个人在某些事情上又是自己的裁判者，那么他很快就会要求事事都如此；于是自然状态会继续下去，而结合就会变为空话或者是暴政。

每个人既然是向全体献出自己，并没有向任何人献出自己；而且既然从任何一个结合者那里，人们都可以得到自己本身所渡让给他的同样的权利，那么人们就得到了自己所丧失的所有东西的等价物以及更大的力量来保全自己的所有。

因而，如果我们撇开社会公约中所有非本质的东西，我们会发现社会公约可能简化为如下词句：我们每个人都以其自身及其全部的力量共同置于公意的最高指导之下，并且我们在共同体中接纳每一个成员作为全体中不可分割的一部分。

只是一瞬间，这一结合行为产生了一个集体的与道德的共同体，以替代每个订约者的个人；组成共同体的成员数目就等于大会中所有的票数，而共同体以这同一个行为得到了它的统一性、它的公共的大我、它的意志和它的生命。这一由全体个人的结合所构成的公共人格，以前称为城邦，现在称为政治体或共和国；当它是被动时，它的成员称它为国家；当它是主动时，称它为主权者；而用它和它的同类相比较时，称它为政权。结合者，他们集体地称为人民；个别地，作为主权权威的参与者，叫作公民，作为国家法律的服从者，叫作臣民。这些名词往往彼此通用，互相混淆；我们要在以其完全的精确性使用它们时，加以区别。

第一编　　第八章　论社会状态

由自然状态进入社会状态，人类便产生了一场最堪注目的变化；在他们的行为中正义就替代了本能，而他们的行动就被赋予了前所未有的道德行。只有当义务的呼声替代了生理的冲动，权利替代了嗜欲的时候，此前只知关怀一己的人类才发现自己得按照另外的原则行事，并且在听从自己的欲望前，要先请教自己的理性。虽然在这种状态中，他被剥夺了所得之于自然的很多便利，然而他却从这里面重新得到了巨大的收获；他的能力得到了发展和锻炼，他的思想开阔了，感情高尚了，他的灵魂整个提高了，以致如果不是对新处境的滥用使他堕落得比原来的出发点更糟的话，对于从此使得他永远脱离自然状态，使他从一个局限的、愚昧的动物变为有智慧的生物，变为一个人的幸福时刻，他一定感激不尽。

现在让我们把整个收支平衡表简化为易于比较的项目：人类由于社会契约而丧失的是他的天然的自由以及对他所企图的和所能得到的所有东西的那种无限权利；而他所得到的，是社会的自由以及对于他所享有的所有东西的所有权，为了权衡得失时不致发生错误，我们必须很好地区别仅以个人的力量为其界限的自然的自由，与被公意所约束着的社会的自由；区别仅仅是由于最先占有权或者是强权的结果而形成的享有权，与只能是根据正式的权利而奠定的所有权。

除上述以外，我们还应在社会状态的收益栏内加上道德的自由，只有道德的自由才能使人类真正成为自己的主人；因为仅有嗜欲的冲动是奴隶状态，而只有服从人们自己为自己所规定的法律，才是自由。然而关于这一点，笔者已谈论得太多了，而且自由一词的哲学意义，在这里也不属于主题之内。

……

第二编　　第一章　论主权是不可转让的

以上确立的原则之首先的又最重要的结果是，只有公意能够按照国家创制的目的，即公共幸福，来指导国家的各种力量。如果说个别利益的对立使得社会的建立成为必要，那么，正是这些个别利益的一致使得社会的建立成为可能。正是这些不同利益的共同点，形成了社会的联系；如果所有这些利益彼此不具有一致点的话，那么就没有任何社会可以存在。因此，应当完全根据这种共同的利益治理社会。

因此笔者要说：主权是公意的运用，永远不能转让；主权者是一个集体的生命，只能由他自己来代表自己；权力可以转移，但意志不可以转移。

事实上，使公意与个别意志在某些点上互相一致是可能的，然而这种一致如果要经常而持久却是不可能的，因为个别意志由于它的本性就是倾向于偏私，而公意是倾向于平等。人们要想保证这种一致，那是不可能的，即使它总该是存在着的，那不是人为的结果，而是机遇的结果。主权者可以说，“我的意图的确是某某人的意图，至少也是他自称自己所意图的东西”；但主权者不能说，“我的意图是这个人明天的意图”。意志使自身受未来束缚，这是荒谬的，也因为不能由任何别的意志来许诺任何违背原意图者本身幸福的事情。如果人民单纯诺诺地服从，那么，人民本身就会由于这一行为而解体，会丧失其人民的品质；只要一旦出现主人，就马上不会有主权者了，而且政治体也从此就告毁灭。

……

第二编　　第六章　论法律

由于社会公约，我们赋予了政治体以生命和生存；现在需要由立法来赋予它以意志和行动。因为使政治体得以形成与结合的这一原始行为，并不就能决定它为了保存自己还应该做些什么事情。

事物之所以美好且符合秩序，是由于事物的本性与人类的约定无关。一切正义来自上帝，只有上帝才是正义的根源；如果我们能从这种高度来接受正义的话，我们就既不需要政府，也不需要法律了。毫无疑问，存在着一种完全来自理性的普遍正义；要使这种正义为我们公认，它必须是相互的。从人世来考察事物，缺少了自然的制裁，正义的法则在人间是虚幻的；当正直的人对所有人都遵守正义的法则，却没有人对他遵守时，正义的法则就造成了正直的人的不幸和坏人的幸福。因此，需要有法律和约定来把义务与权利结合在一起，使正义能符合它的目的。在自然状态中，全部都是公共的，如果笔者不曾对一个人做过任何允诺，笔者对他就没有任何义务；笔者认为是属于别人的，是那些对笔者没有用处的东西。在社会状态中，所有权利都被法律固定下来。

法律究竟是什么呢？只要人们仅仅满足于把形而上学的观念附着在这个名词之上时，人们就会始终百思不得其解；而且，纵使人们能说出自然法是什么，人们也不会因此能更好地了解国家法是什么。

笔者已说过，个别的对象是不会有公意的。事实上，这种个别的对象不是在国家内，而是在国家外。如果它是在国家外，那么这一外在的意志就其对国家的关系来说，是公意；如果这一个别对象是在国家内，便是国家的一部分：这时，全体和它的这一部分之间以两个分别的存在形成了一种对比关系，其中之一就是这一部分，另一个是减掉这一部分后的全体。但是全体减掉一部分后，就不是全体；于是只要这种关系继续存在，就不再有全体而只有不相等的两个部分。由此可见，一方的意志比起另一方来，不会是公意。

但是当全体人民对全体人民作出规定时，他们只是考虑他们自己；如果这时形成了某种对比关系，那也只是某种观点下的整个对象对于另一种观点下的整个对象间的关系，而全体没有任何分裂，这时人们所规定的事情是公共的，正像做出规定的意志是公意一样。正是这种行为，笔者称之为法律。

笔者说法律的对象永远是普遍性的，意思是指法律只考虑臣民的共同体以及抽象的行为，不考虑个别的人以及个别的行为。法律可以规定各种特权，但是它不能点名把特权赋予某个人；法律可以把公民划分为若干等级，甚至规定取得各该等级的权利的各种资格，但它不能点名把某人列入某个等级中；它可以确立一种世袭的继承制和一种王朝政府，但是它不能选定一个国王，也不能指定一家王室。总之，所有关于个别对象的职能丝毫不属于立法权力。

根据这一观念，我们马上能看出，我们不用再问应该由谁来制定法律，因为法律是公意的行为；我们不用问君主是不是超乎法律之上，因为君主也是国家的一员；也不用问法律是不是会不公正，因为没有人会对自己本人不公正；更不用问为什么人们

既是自由的又要服从法律，因为法律只不过是我们自己意志的记录。

我们可以看出，法律结合了对象的普遍性与意志的普遍性，所以一个人，无论他是谁，擅自发号施令不能成为法律；即使是主权者对于某个个别对象所发出的号令，也不能成为一条法律，只是一道命令；那不是主权的行为，只是行政的行为。

因此，凡是实行法治的国家（无论它的行政形式怎样），笔者都称之为共和国。因为只有在这里才是公共利益在统治着，公共事物是作数的。所有合法的政府都是共和制的，笔者随后就将阐明是什么政府。

确切说来，法律是社会结合的条件。服从法律的人民当是法律的创作者；规定社会条件的，只是那些组成社会的人们。这些人该怎样来规定社会的条件呢？是由于突然灵机一动而达成一致的吗？政治体具备一个能表达自己意志的机构吗？谁给政治体以必要的预见力来事先想出这些行为并加以公布呢？或者，在必要时又怎样来宣布这些行为的呢？不知道自己应该要些什么东西的盲目的群众（因为什么东西对于自己好，他们知道得非常少了），又怎能亲自去执行像立法体系这样既重大而又困难的事业呢？人民永远是希望自己幸福的，但是人民自己并不能永远看出什么是幸福。公意永远是正确的，那指导着公意的判断却并不都是明智的。所以就必须使它能看到对象的真相，有时还得看到对象所应呈现的假象；必须为它指出一条它所寻求的美好道路，保障它不受个别意志的诱惑，让它能看清地点与时间，并以将来的隐患去平衡当前切身利益的引诱。个人看到幸福却又不要它，公众在希望着幸福却又看不见，两者都同等地需要指导。所以就必须让前者能用自己的意志顺从理性；又必须让后者学会认识自己所希望的事物，公共智慧的结果便形成意志与理智在社会体中的结合，由此才有各个部分的密切合作，以及最后才有全体的最大力量。因此，要有一个立法者。

什么是启蒙

［德］康德

康德（Immanuel Kant，1724—1804）德国哲学家，西方哲学史上最重要的人物之一；他在哲学认识论上的建树被他自己认为是哲学领域里的“哥白尼革命”；其三大“批判”（《纯粹理性批判》《实践理性批判》《判断力批判》）虽以艰深著称，却是公认的名著，当时和今天都受到普遍关注。“批判”中的许多思想对18世纪末、19世纪初的欧洲浪漫主义运动产生了很大影响。

康德生于东普鲁士的柯尼斯堡，父亲是一个马鞍匠，家庭信奉路德宗的虔信派，康德从小在教会办的学校受教育，1740年进入柯尼斯堡大学神学院，1745年毕业后当

了九年的家庭教师。从1755年开始，康德一直在柯尼斯堡大学任教，当了多年的编外讲师，1770年才晋升为教授。

康德一生几乎没有离开柯尼斯堡，每天生活极有规律：阅读、讲课、写作、散步、用餐、睡觉。他每天下午都要在一条街道（它后来被命名为“康德小道”）上散步。他是如此的准时，以至于当地居民按照他散步的时间校正手表。但是，他那刻板和平静的表面生活与他的丰富多彩而又充满着革命思想的内心世界形成了强烈反差。他在普鲁士这个边远小城，注视着世界的最新发展，讨论着时代的前沿问题。他在创造了深刻反映启蒙精神的批判哲学之后，又明确地提出了“什么是启蒙运动”这一至今还吸引着哲学家的问题。虽然几乎从未离开过自己的小城，但他像一个阅历丰富的旅行家那样，在人类学著作中对各国风土人情做了详细而生动的描写。他是一个虔诚的教徒，但他的理性宗教观却被普鲁士政府指责为“歪曲蔑视《圣经》和基督教的基本学说”。康德是卢梭的崇拜者，他与卢梭一样，是一个平民哲学家。他说：“我生性是个探求者，我渴望知识，急切地要知道更多的东西，有所发明才觉得快乐。我曾经相信这才能给予人的生活以尊严，并蔑视无知的普通民众。卢梭纠正了我，我想象中的优越感消失了，我学会了尊重人，除非我的哲学恢复一切人的公共权利，我并不认为自己比普通劳动者更有用。”

《纯粹理性批判》发表之后，康德成了青年学生向往的导师，政府也不断向他咨询各种问题，但为了捍卫思想自由，他不顾政府的禁令，在退休之后发表了《学院之争》(1798)，继续讨论宗教问题。

康德的著作以1770年为界，分前批判时期和批判时期，批判时期的著作又分理论哲学和实践哲学的著作。理论哲学的著作有《纯粹理性批判》(1781，1787）和它的简写本《未来形而上学导论》 (1783)；实践哲学的著作有《道德的形而上学基础》(1785)、《实践理性批判》(1788)、《完全在理性范围内的宗教》(1793) 和《道德形而上学》(1797) 等。他的《判断力批判》是一部内容特殊的著作，其中关于审美判断和目的性判断的论述可以解释为联系理论理性与实践理性的媒介，也可解释为前两部批判的补充。

与“三大批判”的艰深形成对比，这里所选的《什么是启蒙》一文，其表述却非常浅显。但浅显不等于肤浅，事实上，这篇短文在所论及的问题上已经成为经典，今天人们探讨启蒙运动的精神，康德仍不断受到引用。

启蒙就是人类脱离自己所加之于自己的不成熟状态。不成熟状态就是不经别人的引导，就对运用自己的理智无能为力。当其原因不在于缺乏理智，而在于不经别人的引导就缺乏勇气与决心去加以运用时，那么这种不成熟状态就是自己所加之于自己的了。“要敢于认识!”[1]“要有勇气运用你自己的理智!”就是启蒙运动的口号。

懒惰和怯懦乃是何以有如此大量的人，当大自然早已把他们从外界的引导之下释放出来以后，却仍然愿意终身处于不成熟状态之中，以及别人何以那么轻而易举地就俨然以他们的保护人自居的原因所在。处于不成熟状态是那么安逸。如果我有一部书能替我有理解，有一位牧师能替我有良心，有一位医生能替我规定食谱，等等，那么我自己就用不着操心了。只要能对我合算，我就无须去思想；自有别人会替我去做这类伤脑筋的事。

绝大部分的人（其中包括全部的女性）都把步入成熟状态认为除了是非常之艰辛以外还是非常危险的，这一点早就被每一个好心监护他们的保护人关注到了。保护人首先是使他们的牲口愚蠢，并且小心提防着这些温驯的畜牲不要冒险从锁着他们的摇车里面迈出一步；然后就向他们指出他们企图单独行走时会威胁他们的那种危险，尽管这种危险实际上并不那么大，因为他们跌过几跤之后，最终都能学会走路；然而只要有过一次这类事例，就会使人心惊胆战并且吓得完全不敢再去尝试了。

任何一个人要从几乎已经成为自己天性的那种不成熟状态之中奋斗出来，都是很艰难的。他甚至已经爱好它了，并且确实暂时还不能运用他自己的理智，因为人们从来都不允许他去做这种尝试。条例和公式这类他那天分的合理运用或者不如说误用的机械产物，就是对终古长存的不成熟状态的一副脚梏。谁要是抛开它，也就不过是在极狭窄的沟渠上做了一次不可靠的跳跃而已，因为他不太习惯于这类自由的运动。因此就只有很少数的人才能通过自己精神的奋斗而摆脱不成熟的状态，并且从而迈出切实的步伐来。

然而公众要启蒙自己，却是很可能的。只要允许他们自由，这确实几乎是无可避免的。因为哪怕是在为广大人群所设立的保护者们中间，也总会发见一些有独立思想的人；他们自己在抛却了不成熟状态的羁绊之后，就会传播合理地估计自己的价值以及每个人的本分就在于思想其自身的那种精神。这里面特别值得注意的是：公众本来是被他们套上了这种羁绊的，但当他们的保护者（其本身是不可能有任何启蒙的）中竟有一些人鼓动他们的时候，此后却强迫保护者们自身也处于其中了；种下偏见是那么有害，因为他们终于报复了本来是他们的教唆者或者是他们教唆者的先行者的那些人。因而公众只能是很缓慢地获得启蒙。通过一场革命或许很可以实现推翻个人专制以及贪婪心和权势欲的压迫，但绝不能实现思想方式的真正改革，而新的偏见也正如旧的一样，将会成为驾驭缺少思想的广大人群的圈套。

然而，这一启蒙运动除了自由之外并不需要任何别的东西，而且还确乎是一切可

① 语出罗马诗人贺拉斯（Horace，前 65—前 8），德国启蒙运动的重要组织之一“真理之友社”于 1736 年采用这句话作为该社的口号。

以称之为自由的东西之中最无害的东西，那就是在一切事情上都有公开运用自己理性的自由。可是我却听到从四面八方都发出这样的叫喊：不许争辩！军官说：不许争辩，只许操练！税吏说：不许争辩，只许纳税。神甫说：不许争辩，只许信仰。举世只有一位君主（指普鲁士腓特烈大帝）说：可以争辩，随便争多少，随便争什么，但是要听话！到处都有对自由的限制。

然而，哪些限制是有碍启蒙的，哪些不是，反而是足以促进它的呢？我回答说：必须永远有公开运用自己理性的自由，并且唯有它才能带来人类的启蒙。私下运用自己的理性往往会被限制得很狭隘，虽则不致因此而特别妨碍启蒙运动的进步。而我所理解的对自己理性的公开运用，则是指任何人作为学者在全部听众面前所能做的那种运用。一个人在其所受任的一定公职岗位或者职务上所能运用的自己的理性，我就称之为私下的运用。

就涉及共同体利益的许多事物而言，我们必须有一定的机器，共同体的一些成员必须靠它来保持纯粹的消极态度，以便他们由于一种人为的一致性而由政府引向公共的目的，或者至少也是防止破坏这一目的。在这上面确实是不容许有争辩的，人们必须服从。但是就该机器的这一部分同时也作为整个共同体的乃至于作为世界公民社会的成员而论，也就是以一个学者的资格通过写作面向严格意义上的公众时，他是绝对可以争辩的，而不致因此就有损于他作为一个消极的成员所从事的那种事业。因此，一个服役的军官在接受他的上级下达的某项命令时，竟抗声争辩这项命令的合目的性或者有用性，那就会坏事，他必须服从。但是他作为学者而对军事业务上的错误进行评论并把它提交给公众来作判断时，就不能公开地加以禁止了。公民不能拒绝缴纳规定的税额；对所加给他的这类赋税惹事生非地擅行责难，甚至可以当作诽谤（这可能引起普遍的反抗）而加以惩处。然而这同一个人作为一个学者公开发表自己的见解，抗议这种课税的不适宜与不正当不一样，他的行动并没有违背公民的义务。同样的，一个牧师也有义务按照他所服务的那个教会的教义向他的教义问答班上的学生们和他的会众们做报告，因为他是根据这一条件才被批准的。但是作为一个学者，他却有充分自由甚至有责任把他经过深思熟虑的、有关那种教义的缺点的全部善意的意见以及关于更好地组织宗教团体和教会团体的建议传达给公众。这里面并没有任何给他的良心增添负担的东西。因为他把作为一个教会工作者由于自己职务的关系而讲授的东西，当作是某种他自己并没有自由的权利、可以按照自己的心意进行讲授的东西；他是受命根据别人的指示并以别人的名义进行讲述的。他说：我们的教会教导这些或那些，这就是他们所引用的论据。于是，他就从他自己不会以完全的信服而赞同、虽则他很可以使自己负责进行宣讲的那些条文中——因为并非是完全不可能其中也隐藏着真理，而且无论如何至少其中不会发现有任何与内心宗教相违背的东西——为他的听众引绎出全部的实用价值来。因为如果他相信其中可以发现任何与内心宗教相违背的东西，那么他就不能根据良心而尽自己的职务了，他就必须辞职。一个就任的宣教师只向他的会众运用自己的理性，纯粹是一种私下的运用；因为那往往只是一种家庭式的聚会，不管是多大的聚会；而在这方面他作为一个牧师是不自由的，而且也不能是自由的，因为他是在传达别人的委托。反之，作为一个学者通过自己的著作而向真正的公众亦即向全世界讲话时，便享有无限的自由可以使用他自己的理性，并以他自己本人的名义发言。因为人民（在精神事务上）的保护者其本身也不成熟，那便可以归结为一种荒谬性，一种永世长存的荒谬性了。

然则一种牧师团体、一种教会会议或者一种可敬的教门法院（就像他们在荷兰人中间所自称的那样），是不是有权宣誓他们自己之间对某种不变的教义负有义务，以便对其每一个成员并且由此也就是对全体人民进行永不中辍的监护，甚至于使之永恒化呢？我要说：这是完全不可能的。这样一项向人类永远封锁住了任何进一步启蒙的契约乃是绝对无效的，哪怕它被最高权力、被国会和最庄严的和平条约所确认。一个时代绝不能使自己负有义务并发誓要把后来的时代置于一种绝没有可能扩大自己的（尤其是十分迫切的）认识、清除错误以及一般的在启蒙中继续进步的状态之中。这会是一种违反人性的犯罪行为，人性本来的天职恰好就在于这种进步，因此后世就完全有权拒绝这种以毫无根据而且是犯罪的方式所采取的规定。

凡是一个民族可以总结为法律的任何东西，其试金石都在于这样一个问题：一个民族是不是可以把这样一种法律加之于其自身？它可能在一个有限的短时期之内就好像是在期待着另一种更好的似的，为的是实行一种制度，使得每一个公民尤其是牧师都能自由地以学者的身份公开地（也就是通过著作）对现行组织的缺点发表自己的言论。这种新实行的制度将要一直延续下去，直到对这类事情性质的洞见已经公开并且得到了证实，以致于通过他们联合（即使是并不一致）的呼声而可以向王位提出建议，以便对这一依据他们更好的洞见的概念而结合成另一种已经改变了的宗教组织加以保护，而又不致于妨碍那些仍愿保留在旧组织之中的人们。但是统一成一个固定不变的、没有人能够（哪怕在一个人的整个一生中）公开加以怀疑的宗教体制，从而也就犹如消灭了人类朝着改善前进的整整一个时代那样，并由此给后代造成损害，使得他们毫无收获，这是绝不容许的。一个人确实可以为了他本人并且也只是在一段时间之内推迟对自己有义务加以认识的事物的启蒙，然而如果放弃它，那就无论是对他本人，还是对其后代，都可以说是违反而且践踏人类的神圣权利了。

而人民对于他们本身都不能规定的事，一个君主就更加不可以对他的人民规定了，因为他的立法威望全靠他把全体人民的意志结合为他自己的意志。只要他注意使一切真正的或号称的改善都与公民秩序结合在一起，那么此外他就可以把他的臣民发觉对自己灵魂得救所必须做的事情留给他们自己去做；虽然这与他无关，但他必须防范任何人以强力妨碍别人根据自己的全部才能去做出这种决定并促进这种得救。如果他干预这种事，则要以政府的监督来评判他的臣民借以亮明他们自己的见识的那些作品；以及如果他凭自己的最高观点来这样做，而使自己受到“恺撒并不高于文法学家”的这种责难，那就会有损于他的威严。如果他把自己的最高权力降低到竟然去支持自己国内的一些暴君对他其余的臣民实行精神专制主义，那就更加每况愈下了。

如果现在有人问：“我们目前是不是生活在一个启蒙了的时代?”那么回答就是：“并不是，但确实是在一个启蒙运动的时代”。目前的情形是，要说人类总的说来已经处于，或者是仅仅说已经被置于，一种不需别人引导就能够在宗教的事情上确切地而又很好地使用自己的理智的状态了，则那里面还缺乏许多东西。可是现在领域已经对他们开放了，他们可以自由地在这上面工作了，而且对普遍启蒙的、或者说对摆脱自己所加给自己的不成熟状态的障碍也逐渐地减少了，关于这些我们都有着明确的信号。就这方面考虑，这个时代乃是启蒙的时代，或者说乃是腓德烈的世纪。

一个不以如下说法为与自己不相称的国君：他认为自己的义务就是要在宗教事务方面决不对人们加以任何规定，而是让他们有充分的自由，但他又甚至谢绝宽容这个高傲的名称。这位国君本人就是启蒙了的，并且配得上被天下后世满怀感激之忱而尊之为率先使得人类（至少从政权方面而言），脱离了不成熟状态，并使每个人在任何有关良心的事务上都能自由地运用自身所固有的理性。在他的统治下，可敬的牧师们可以以学者的身份自由地并且公开地把自己在这里或那里偏离了既定教义的各种判断和见解都提供给全世界来检验，而又无损于自己的职责。至于另外那些不受任何职责约束的人，就更加是如此了。这种自由精神也要向外扩展，甚至于扩展到必然会和误解了其自身的那种政权这一外部阻碍发生冲突的地步。因为它对这种政权树立了一个范例，即自由并不是一点也不关怀公共的安宁和共同体的团结一致的。只有当人们不再有意地想方设法要把人类保持在野蛮状态的时候，人类才会由于自己的努力而使自己从其中慢慢地走出来。

我把启蒙运动的重点，亦即人类摆脱他们所加之于其自身的不成熟状态，主要是放在宗教事务方面，因为我们的统治者在艺术和科学方面并没有向他们的臣民尽监护之责的兴趣。何况这一不成熟状态既是一切之中最有害的而又是最可耻的一种。但是，一个庇护艺术与科学的国家首领，他的思想方式就要更进一步了，他洞察到：即使是在他的立法方面，容许他的臣民公开运用他们自身的理性，公开向世上提出他们对于更好地编纂法律、甚至是直言无讳地批评现行法律的各种见解，那也不会是有危险的。在这方面，我们有着一个光辉的典范，我们所尊敬的这位君主就是别的君主不能够超越的。

但是只有那位其本身是启蒙了的、不怕幽灵的而同时手中又掌握着训练精良的大量军队可以保障公共安宁的君主，才能够说出一个自由国家所不敢说的这种话：可以争辩，随便争多少，随便争什么，但是必须听话。这就标志着人间事务的一种可惊异的、不能意料的进程。正犹如当我们对它从整体上加以观察时，几乎其中的一切都是悖论。程度更大的公民自由仿佛是有利于人民精神的自由似的，然而它却设下了不可僭越的限度；反之，程度较小的公民自由却为每个人发挥自己的才能开辟了余地。因为当大自然在这种坚硬的外壳之下打开了为她所极为精心照料着的幼芽时，也就是要求思想自由的倾向与任务时，她也就要逐步地反作用于人民的心灵面貌（从而他们慢慢地就能掌握自由），并且终于还会反作用于政权原则，使之发现按照人的尊严（人并不仅仅是机器而已）去看待人，也是有利于政权本身的。

《罗马帝国衰亡史》选

［英］爱德华·吉本

爱德华·吉本（Edward Gibbon，1737—1794），英国著名历史学家，出生在伦敦附近的普特尼，父亲是国会议员。他是家中独子，10 岁丧母，由姑母抚养，年少时多病，喜欢读书，在《我的作品和生活回忆录》中提到自己很早就发现历史是“特有的粮食”。14 岁时被父亲送往牛津，不到 15 岁就进入玛格达伦学院学习。由于他一度对天主教感兴趣，而当时在英国，天主教徒往往被上流社会排挤，他父亲最后决定把他送到瑞士洛桑，交给一位信基督教新教的导师指导。在洛桑期间，吉本参加过伏尔泰的聚会，学会了法语，开始用法语写作其第一部作品《论文学研究》。此后吉本回到英国，作了两年军官，同时博览群书，因而成为他那个时代最博学的人之一。1763 年，他前往欧洲大陆旅游，在巴黎结识了狄德罗。1764 年游览古罗马废墟时，开始萌生写作罗马帝国史的念头。1770 年父亲去世后，吉本开始经商并定居伦敦。两年后，他开始写作《罗马帝国衰亡史》。1776 年，《罗马帝国衰亡史》第一卷出版，立即取得成功。此后吉本继续搜集材料撰写《罗马帝国衰亡史》第二、三卷。1782 年他定居洛桑，直到 1787 年写完该书最后一章才回到英国。1788 年所有手稿全部出版，受到广泛而热烈的赞扬。此后吉本回到洛桑写自己的回忆录，直到 1793 年才回国，回国不久即在伦敦家中去世。吉本终生未婚，可以说他的整个生命都献给了这部巨著。

《罗马帝国衰亡史》是一部巨著，同时也是迄今为止西方所有历史著作中最被人广泛阅读的书籍之一。此书以渊博的史料、启蒙的思想和纵横捭阖、妙语横生的笔调叙述了从奥古斯都到 1453 年君士坦丁堡陷落这一段罗马和拜占廷帝国（又叫东罗马帝国）的历史。尽管吉本的一些观点（如认为基督教的出现是罗马帝国走向衰亡的重要原因之一）不被当时和今天的一些历史学家认可，但即使是他的反对者，也仍然承认这是西方史学最重要、影响也最大的著作之一。这里选编的一段文字站在 18 世纪启蒙思想家的高度，对奥古斯都和他之后的两百年间罗马帝国的政治体制作了自己的评述，比较典型地代表了吉本的历史观。

帝国体系概况

这里打算用几句话简单讲一讲帝国结构的概况：这一套组织系统是由奥古斯都建立的，后来的那些深知自己的利益所在，也知道人民利益何在的君主也都一样奉行。整个这一套，我们完全可以称之为在共和国形式掩盖下的君主政体。罗马世界的主子们把自己的王座安置在一片黑暗之中，让谁也看不见他们那无可匹敌的力量，谦恭地自称是元老院负责的执事，他们决定，同时也服从元老院制定的最高法令。

法庭的外貌和行政机构的形式是互相适应的。如果除掉那些由于一时愚蠢不惜破坏一切自然和社会法则的暴君、皇帝们，对于那些可能惹怒国民，而又无助于增大他们的实权的空排场是十分厌恶的。在一切日常生活活动中，他们都伪装着和他们的臣民不分彼此。保持平等的互相拜访和宴请的关系。他们的生活习惯、他们的宫殿、他们的餐桌也都不过和一些十分富有的元老大致相同。他们的家庭，不论人数如何众多或多么豪华，全不过由家养的奴隶和被释放的男奴组成。奥古斯都或图拉真奥古斯都之后的罗马皇帝。因不得不雇用一些最下流的罗马人承担那类奴仆工作，可能会不免感到脸红，在现代英国的一位有限专制的君王的家庭和卧室中，这类工作却全是最体面的贵族们全都求之不得的。

让人把皇帝神化是他们的行为中唯一脱离惯常的谦虚谨慎态度的一个例证。这种下流的、亵渎神灵的献媚方式的始创者是希腊人，而第一批被神化的对象则是亚历山大的继承人。这种做法是很容易从帝王转移到总督们身上的；罗马的行政官便常通过一连串的建坛、建庙、举行庆典、供奉牺牲的闹剧而被尊为地方神灵。那些君主们是不会拒绝前执政官们已经接受过的荣誉的；不论是前者还是后者，从各省获得的这种神化的荣誉所表现的，倒不完全是罗马人的奴性，而更是政府的专制，但那些征服者很快便开始对被征服民族的谄媚手法进行模仿了。恺撒目空一切的气质表现为他轻易便同意了，在他活着的时候，让他在保护神中占据一个席位。他的较为温驯的继承者拒绝了这一十分危险的狂妄作为，而且其后除了疯狂的卡利古拉和图密善①之外，再也没有人恢复那一做法。奥古斯都也确曾允许某些省城为他建庙，但条件是对君王的崇拜必须和对罗马的崇拜联系在一起；他允许人们进行以他为对象的迷信活动；但他感到仅由元老院和人民把他作为一个人来崇拜也就足够了，明智地把是否应公开将他神

① 两人均为奥古斯都之后的罗马皇帝。

化的问题留给他的继承者去考虑。任何一个生前死后不曾被视为暴君的帝王死去之后，元老院一定会严肃地宣告他已跻身神灵之列，这早已成为一种惯例了；被尊为神的仪式总是和葬礼同时进行。这种合法的，但似乎应该是不明智的渎神活动，与我们较为严厉的生活原则难以相容，只是天性驯良的多神论者虽略感不满但却仍表示接受；不过这却被看作出于策略上的需要，而并非正规的宗教活动。我们如果拿两安东尼的美德和赫尔枯勒斯或朱庇特[①]的恶行相比，那自然是对那些美德的玷污，甚至恺撒或奥古斯都的性格也远远超过了民间祀奉的那些神明。前面的这些人生活在那么一个开朗的时代，只能说是他们的不幸，因为他们的一切行为都已被如实地记录下来，使之不可能像热情的普通平民所希望的那样，随意掺进一些神化成分和神秘色彩了。一旦他们的神的地位被法律所肯定，这件事也便立即被人遗忘，可说既无助于提高他们的声望，也无助于增加后代帝王的荣誉。

在谈到帝国政府的时候，我们常常用那个众所周知的头衔奥古斯都来称谓它的机智的创始人，而其实这个头衔是在帝国政府已经几乎建成之后才加在他头上的。渥大维这个鲜为人知的名字来源于名为阿里西亚的一个小镇上的一个卑贱的家庭。这名字沾满了流放者的血迹；如果可能，他是极希望完全抹掉他过去的生活经历的。那个闻名于世的恺撒名号是在他成了那位独裁者的养子之后加上的；但他完全知道，他绝不希望能和那位出类拔萃的人物相提并论，或和他一较高低。元老院有人提议对他们的这位负责人加一新称号；在经过一番严肃的讨论之后，在众多名字中选定了奥古斯都，并认为这个名字最能代表他酷爱和平和力求圣洁的性格。于是奥古斯都变成了个人的，而恺撒却成为一个家庭的荣名。前一名号自然在受此荣名的皇帝死去之后便不再使用；至于后者，不论通过收养或女性姻戚关系如何被许多人滥用，却只有尼禄是最后一位有幸确实能称得上和尤利乌斯有血缘关系的帝王。但在他故去的时候，近一百年的习惯已使那些名号和皇帝的威严紧密相连、难以分割，因而这种做法，从共和国毁败直到现今，始终由一代代皇帝[②]保留下来。但不久其间也出现了差异。奥古斯都这个神圣的名字后来仅只有君王本人可以采用，而恺撒这个名号却可以比较自由地用在他的亲属们身上。而且，至少自从哈德良继位之后，这个名字只有国家的第二号人物——被视为王位继承人的人才可以采用。

奥古斯都何以对他所破坏的自由宪法又怀有由衷的崇敬之心，这只能从这位思想细密的暴君的勤于思考的性格来理解。冷静的头脑、冷漠的感情和怯懦的天性使得他在19岁时便戴上了伪善的假面具，而且其后终生如此。他用同一只手，也许还是用同

① 两安东尼：奥古斯都之后的两位罗马皇帝，后文有提及。赫尔枯勒斯、朱庇特：罗马神话中的英雄和大神。

② 其中有罗马人、希腊人、法兰克人和日耳曼人

一种心情，签署了对西塞罗的放逐令和对秦纳[①]的赦免令。他的善良，甚至连他的邪恶，完全是一种伪装，也正是由于自身的不同利害关系的驱使，才使他始而是罗马世界的敌人，继而又成了它的慈父。在他制定保证皇帝权限的那套巧妙的体系的时候，他的温和态度完全是出于恐惧，他希望创造出一个政治自由的假象来欺骗人民，并用一个文官政府的假象来欺骗军队。

恺撒被杀时的情景一直呈现在他的眼前。他对他的亲信一直不惜以重金和各种荣誉头衔予以犒赏，管他明明看到阴谋反对他养父的正就是他最得宠的朋友们。军队的忠心也许可以在有人公开谋反时保卫他的权势；但他们无论如何警惕也无法保证他不会被一个抱定决心的共和派用一把匕首刺死；而那些至今还怀念布鲁图斯[②]的罗马人，对于一个肯模仿他的行为的人一定会大加赞赏。恺撒之所以会遭到如此下场，既由于他过分显示自己的权势，也由于他拥有的实权本身。执政官或保民官的称号完全可以让他平静地统治下去的，而皇帝的称号却使得罗马人民武装起来置他于死地。奥古斯都深深体会到人类完全是靠名号统治着；他也根本不相信，如果慎重其事地让元老和罗马人民相信，他们现在仍然享有古老的自由权利，他们便可能会甘愿让人奴役。一个无能的元老院和软弱的人民会很高兴接受这种可以聊以自慰的假象，只要奥古斯都的继承人们出于善心，或甚至出于谨慎，尽力维持着那一假象。真正促使那些谋反者起来反对卡拉古拉、尼禄和图密善[③]的动机是自我保存，而非争取自由。他们攻击的目标是暴君本身，而并非要推翻皇权。

的确，也有一次发生的情况是令人难忘的。元老院在不下 70 年的忍耐之后，忽然企图恢复那些早已被遗忘的权力。在卡拉古拉被刺、皇位虚悬的时候，执政官们在朱庇特庙召开了一次会议，会上谴责了已死的恺撒，向少数几个三心二意站到他们的旗帜之下的军团提出了争取自由的口号，并在 84 小时中充当了自由共和国的独立的最高领导。但在他们正进行精心安排的时候，禁卫军却做出了决定。格尔马尼库斯的兄弟、愚蠢的克劳狄乌斯这时已在他们的营地之中，穿上了皇帝的紫袍，决定用武力来支持自己竞选，自由的梦从此结束。元老们一觉醒来，所面临的却是无可逃避的可怕的苦役。这个被人民所抛弃，并受到武力威胁的软弱无力的会议立即被迫听从禁卫军卫士的决定，只得欣然接受了克劳狄乌斯出于谨慎而向它发布并出于慷慨始终未曾收回的赦免状。

军队的傲慢无礼使得奥古斯都产生了一种更为不安的恐惧。市民的绝望，在任何时候，至多也不过使他们试图做一些士兵随时都可能做的事。他自己既已引导广大的

① 西塞罗、秦纳：两人均为共和国末期著名的政治家。
② 布鲁图斯：刺杀恺撒的共和派将领。
③ 卡拉古拉、尼禄和图密善：均为奥古斯都之后的罗马皇帝。

人民去破坏自己的一切社会职责，那他对他们的权威又如何能够作准？他听到过他们造反时的呼喊声，现在他看到他们静下来进行思考更感到十分可怕。一次革命是花费巨额酬金买来的，而如果再来第二次革命，那所要支付的酬金便可能加倍。军队表明自己对恺撒家族无限忠诚，但这种群众性的忠诚是变化莫测、难以持久的。奥古斯都把充满罗马人偏见的可怕头脑中的一切剩余力量全都动员起来，为自己所用；依靠法律制裁来增强严格的纪律性；同时，把元老院的权威置于皇帝和军队之间，公然要求他们对这个共和国的最高行政长官效忠。

从这一巧妙制度的建立到康茂德①死后这漫长的220年间，一个军事政府必然带来的危险在很大程度上，始终被拖延了下来。十分侥幸的是，军队很少意识到自身的强大和文职政府的软弱无能，而这一点，不论在以前还是以后，一直都是产生这类灾难的根源。卡拉古拉和图密善都是在皇宫之内被他们自己的家臣刺杀的，前者的死在罗马引起的骚乱始终只限于罗马城的四门之内；而尼禄的败亡却使整个帝国都卷了进去。在短短的18个月中有四位皇帝倒在短剑之下；各部队之间争强斗胜的疯狂行径震撼了整个罗马世界。除了这一尽管十分激烈、但为时短暂的军事骚乱之外，自奥古斯都至康茂德的这两个世纪却平安过去，既未曾沾染上内战的血迹，也未受到革命的骚扰。皇帝的选举活动由元老院主持，并得到士兵们的同意。各军团谨守自己的效忠誓言。后人必须通过对罗马年鉴的仔细审阅才有可能发现三次关系不大的叛乱，这些叛乱全都在几个月中被平息下去，甚至都没有形成内战的威胁。

在选定君主时，皇位的暂时虚悬常常是一个危机四伏的时期。罗马皇帝们，为了免除军团因大局暂时未定而感到的忧虑，也为了消除在选举中进行不正常活动的诱惑，总赋予他们预定的继承人以极大的临时权力，使他能够在他们死后，立即行使继承权，以使帝国人民不会十分注意到君主的更换。就这样，奥古斯都在几位继承人过早死亡切断了他们的大有希望的前程之后，把他的最后希望寄托在提比略身上，他为他的这个养子同时获得了检察官和保民官的权力，并颁布了一条法令，使得那未来的君主对各省份和部队来说都具有和他同等的权力。就这样，韦伯芗大力压下了他的长子的慷慨胸怀。备受东部军团推崇的提图斯不久前曾指挥这部分军队征服了犹太。他已是威震四方，但由于他的善良心性被他年少气盛的行径所掩盖，他的意图总不免遭到怀疑。这位谨慎的君王对那些无稽的风言风语根本不予理睬，他依然使提图斯获得了与一位帝王的地位相等的全部权力；而这位感恩的儿子也便始终甘心作为一个娇惯的父亲的忠心的管家。

明智的韦伯芗不遗余力地采取一切办法以保证完成眼前这次成败未卜的提升。军队的誓言、士兵的效忠，一百年来已经成为一种习惯——永远以恺撒家族和姓氏为其

---

① 康茂德：奥古斯都之后的罗马皇帝。

对象，尽管这个家族一直完全靠收养的形式才得以延续下来，罗马人却仍然把尼禄看作格尔马尼库斯的孙子和奥古斯都的家族继承人，而对他无比崇敬。要说服禁卫军卫士心甘情愿放弃为暴君的事业效力可不是一件容易的事。伽尔巴、奥托和维特利乌斯的迅速倒台使军队开始懂得罗马皇帝实际是他们的意志的产物，同时是使他们可以自由行动的工具。韦伯芗的出身是很低微的，他的祖父是一个普通士兵，父亲是一个很小的税务官，他完全靠自身的才能，在年事已高的时候，使自己升到了统领整个帝国的地位；但他的才能虽有实用，却并不能使他名声显赫，而他的美德又因为他过于简朴，甚至有些寒酸，而大为减色。这样一位亲王考虑到自己的真正利益在于有一位儿子，他的更有光彩的和善的性格可能会使公众只想到弗拉维家族未来的光荣，而不再注意到他的低微贫贱的出身。在提图斯温和的治理下，整个罗马世界度过了一段短暂的幸福时光，而且他的令人爱戴的名声，在不止 15 年的时间中，保卫了他的弟弟图密善的恶行。

涅尔瓦在图密善被刺杀后几乎还没有穿上紫袍，便已发现他自己衰老的身躯已无力遏止在他前任的暴政下已急速加剧的公开叛乱的浪潮。善良的人都十分尊崇他温和的性格；但日趋堕落的罗马人却需要有一个更为坚强的人物，能以其公正的态度使罪犯们有所畏惧。尽管他有好几个亲属，他却选定了一个与他毫无姻亲关系的人。他收养了当时已 40 岁，在日耳曼指挥着一支强大兵力的图拉真；而且很快，通过一次元老院的文件宣称图拉真是他的共事者并是他的王位继承人。这实在是一件令人十分感伤的事，在我们为尼禄的罪恶和愚行的令人作呕的叙述弄得疲惫不堪的时候，我们却只能从一些含义不清的片段或意图难以捉摸的颂词中去探索图拉真的实际行为。在图拉真死去 250 多年之后，元老院在按照惯例宣告一位新皇帝继位的文告中，还表示希望亲任皇帝在造福人民方面能超过奥古斯都，而在善良方面能超过图拉真。

我们可能很容易相信他的国家曾一再犹豫应不应该把统治国家的大权交托给他的亲属哈德良这样一个性格多变、真伪难分的人。在他临终前，机警的皇后普洛提娜或者打消了图拉真的犹豫，或者大胆设法使得收养成为了现实，这一点大概是不容怀疑的。于是哈德良也就平平安安地被公认为他的合法继承人了。上面曾说过，在他的统治之下，帝国一直处在和平安宁、繁荣昌盛之中。他鼓励发展艺术，改革法律，加强军事训练，并亲自到各省去视察。他的博大而活跃的才智既能照顾到国家全局，又能对各种行政方面的问题洞察入微。但是他的心灵的主导情调却是好奇和虚荣。由于这种情绪总是占据上风，也由于它们常被不同的目标所吸引，这便使得哈德良，一时成为一位了不起的皇帝，一时成为一个可笑的舌辩之士，一时又成为一个充满妒嫉心的暴君。其行为的总的趋向是公正和温和，这是完全值得赞扬的。可是，他在刚继位的最初几天便处死了四个他一向仇恨的执政元老，而他们全都一直被认为是帝国的功臣；而一种长时间不愈的痛苦不堪的疾病最后又使他变得喜怒无常、性情残暴。元老院拿不定主意究竟该称他是暴君，还是该尊他为神；最后加之于他的称号是应虔诚的安托尼努斯的请求决定的。

哈德良反复无常的性格影响了他对继承人的选定。在权衡了好几个他既尊重又痛恨的才智出众的人物之后，他收养了一个轻浮、淫荡的贵族埃利乌斯·维鲁斯，他以他出色的美貌曾得到安提努斯的情人的青睐。但是当哈德良正为自己获得的掌声和靠一大笔捐赠才买得其同意的士兵们的欢呼声所陶醉的时候，夭折的命运却把这位新恺撒从他的怀抱中夺走。他仅留下一个儿子。哈德良把这孩子交托给安东尼家请他们照看。皮乌斯收养了他，而且，马尔库斯在继位的时候，还让他和自己具有同等的统治权力。这位年轻的维鲁斯虽然满身恶习，却也有一种美德——他十分尊重那位更为明智的共事者，自愿把令人操心的国家大事全让他去管。那位博学的皇帝尽量掩盖住他的愚蠢，为他的早死悲悼，并竭力使他在死后也留下一个美名。

等到哈德良心绪一平定下来，既不感到高兴，也不十分失望的时候，为使自己流芳百世，他决心要选择一位具有最高品德的人来继承罗马的皇座。他的慧眼毫不费力地发现了一个一生言行无可指责的50来岁的元老和一个大约17岁的青年，他的老成的态度使人一望而知将来必具有极高品德。他于是宣称那年岁大的将成为他的儿子和王位继承人，不过他也必须同时收养那个年轻人作为儿子。这两位安东尼（因为我们这里讲的正是他俩）就这样在42年的时间中始终坚持不变，以这种明智和仁德的精神统治着罗马世界。尽管皮乌斯也有两个儿子，但他首先考虑的是国家的富强，而不是家庭的利益，他把女儿福斯丁娜嫁给了年轻的马尔库斯，从元老院获得了保民官和前执政的权力，以高尚的不屑情绪，或者更是不知何为妒嫉的心理，参与了各种繁忙的政务。而在马尔库斯方面，他也十分尊重他的这位恩人的为人，的确爱之如父，尊之如君王；而且，在他去世后，他也完全以他前任的原则和做法为范本来治理国家。他们两人的共同治理，可能是在整个人类历史中唯一一个始终以大多数人民的幸福作为唯一奋斗目标的政府。

提图斯·安东尼·皮乌斯一直被公正地称为第二努马①。这两位皇帝最突出的特点同样都是热爱宗教、正义和和平。而后一位的处境则使他的这些美德具有更广阔的用武之地。努马只不过是制止一些邻近村庄的村民互相抢夺成熟的庄稼；而安东尼却给整个地球的大部分地区带来了和平与安宁，他的统治的一个奇特的特点是给历史提供了极少史料。因为，说穿了，历史往往不过是人类的罪行、愚蠢和不幸遭遇的记录而已。在私生活中，他为人善良而和蔼可亲，天性的纯朴使他从来也没有虚荣和伪装的表现。他绝不因为自己的富有而追求过度的享受，反倒是十分喜爱纯正的令人开心的社交生活；在他的欢快、开朗的行为中充分显露出他善良的灵魂。

---

① 努马：公元前8世纪罗马王政时期的一位贤明的国王。

马尔库斯·奥雷利乌斯·安东尼[1]的美德则显得更为严厉和复杂得多。那是通过许多次有学识渊博的人参加的会议，许多次耐心的演说和无数个午夜的辛劳，好不容易得来的成果。在刚刚20岁的时候，他便接受了斯多葛派[2]严格的思想体系，它教导他要做到身体听命于心灵，感情服从于理智，要把高尚品质视为唯一的善，道德败坏视为唯一的恶，一切身外之物全都无足轻重。他在一个忙乱不堪的军营中所写的《沉思录》至今尚存；他甚至屈尊在相当公开的场合做过哲学报告，这是哲人的谦恭或皇帝的威严都难以容许的。但他的一生却可说是对芝培的教导的最高尚的体现。他对自己严厉，对别人的缺点却十分宽厚，对全人类公正而仁慈。阿维狄乌斯·卡西乌斯在叙利亚发起一场叛乱，后来自杀了，竟然使他感到非常失望，因为这样便使他失去了一个因为能使一个仇敌成为朋友而感到欣慰的机会；后来他更用事实证明了他这种想法绝非虚妄，因为在元老院情绪激昂、要求重惩那个叛徒的追随者的时候，他却采取了十分宽容的态度。他对战争十分厌恶，认为它是对人的天性的屈辱和摧毁，但在必须进行正当防卫的时候，他却无所畏惧地接连八个冬天在冰封的多瑙河岸边亲冒被矢石击中的危险进行战斗，一直到在那严酷的气候中他的虚弱的身体终于不支而倒下。他死后一直受到对他感恩戴德的后代的无比崇敬，而且在他去世100多年之后，还有许多人在家中的神龛中供奉着马尔库斯·安东尼的雕像。

大宪章

（1215年）

《大宪章》（也称《自由大宪章》）是1215年英国国王与反叛的贵族签订的协议，明文规定“没有人能凌驾于法律之上”，被公认为是宪政历史上最重要的文件之一，对后世的民主体制和人权思想产生了重大影响。大宪章全文共63条，其主要内容是限制国王的权力，保障教会与世俗贵族的经济、政治和司法特权不受侵犯。

大宪章的整个精神是限制王权，置王权于封建法律的约束之下，所以在后来英国资产阶级乃至全体民众向王权争取自由的斗争中，它一直是一个有力的精神鼓舞和历史依据。17世纪英国资产阶级革命期间，新兴的资产阶级和新贵族把大宪章作为限制王权的法律依据重新提了出来，并赋以新的解释，从而使大宪章的原则在新的历史条件下，得到了有利于资产阶级的引申、贯彻和发展，使这个原来被封建贵族用来限制王权的封建法律文件，成为资产阶级限制和反对王权的有力武器，同时也成为英国资

① 也译为马可·奥勒留，古罗马的哲学家、皇帝。

② 斯多葛派：罗马人信奉的一种有禁欲色彩的哲学，其最早的创始人是希腊的芝诺。

产阶级革命胜利后确立君主立宪政体的宪法性文件之一。正是因为这个缘故，大宪章才被称为“自由大宪章”“英国自由的奠基石”，并且直到今天仍作为英国宪法的重要组成部分而受到普遍重视。另一方面，大宪章中限制王权的思想，经由后来洛克等人的人权思想和英国革命的影响，最终也扩展到英国之外而对法国革命和美国革命产生了影响。顺着这一思路可以说，大宪章对整个世界的影响是不可低估的。

受命于天的英格兰国王兼领爱尔兰宗主，诺曼底与阿奎丹公爵、安茹伯爵约翰，谨向大主教、主教、住持、伯爵、男爵、法官、森林官、执行吏、典狱官、差人及其管家吏与忠顺的人民致候。

由于可敬的神父们、坎特伯里大主教、英格兰大教长兼圣罗马教会红衣主教斯提芬，杜伯林大主教亨利……暨培姆布卢克大司仪伯爵威廉，索斯伯利伯爵威廉……等贵族，及其他忠顺臣民谏议，使余等知道，为了余等自身以及余等之先人与后代灵魂的安全，同时也为了圣教会的昌盛和王国的兴隆，上帝的意旨使余等承认下列诸端，并昭告全国。

（1）首先，余等及余等之后嗣坚决应许上帝，根据本宪章，英国教会当享有自由，其权利将不受干扰，其自由将不受侵犯。关于英格兰教会所视为最重要与最必需之自由选举，在余等与诸男爵发生不睦之前曾自动地或按照己意用特许状所颁赐者（同时经余等请得教王英诺森三世所同意者），余等及余等之世代子孙当永以善意遵守。此外，余等及余等之子孙后代，同时亦以下面附列之各项自由给予余等王国内一切自由人民，并允许严行遵守，永矢勿渝。

（2）任何伯爵或男爵，或因军役而自余等直接领有采地之人身故时，如有已达成年之继承者，于按照旧时数额缴纳继承税后，即可享有其遗产。计伯爵继承人于缴纳一百镑后，即可享受伯爵全部遗产；男爵继承人于缴纳一百镑后，即可享受男爵全部遗产；武士继承人于最多缴纳一百先令后，即可享受全部武士封地。其他均应按照采地旧有习惯，应少交者须少交。

（3）上述诸人之继承人如未达成年，须受监护者，应于成年后以其遗产交付之，不得收取任何继承税或产业转移税。

（4）凡经管前款所述未达成年之继承人之土地者，除自该项土地上收取适当数量之产品，及按照习惯应行征取之赋税与力役外，不得多有需索以免耗费人力与物力。如余等以该项土地之监护权委托执行吏或其他人等，俾对其收益向余等负责，而其人使所保管之财产遭受浪费与损毁时，余等将处此人以罚金，并将该项土地转交该采地中合法与端正之人士二人，俾对该项收益能向余等或余等所指定之人负责。如余等将该项土地之监护权赐予或售予任何人，而其人使土地遭受浪费与损毁时，即须丧失监护权，并将此项土地交由该采地中之合法与端正人士二人，按照前述条件向余等负责。

（5）此外，监护人在经管土地期间，应自该项土地之收益中拨出专款为房屋、园地、鱼塘、池沼、磨坊及其他附属物修缮费用，俾能井井有条。继承人达成年时，即应按照耕耘时之需要，就该项土地收益所许可之范围内置备犁、锄与其他农具，附于其全部土地内归还之。

（6）继承人得在不贬抑其身分之条件下结婚，但在订婚前应向其本人之血属亲族通告。

（7）寡妇于其夫身故后，应不受任何留难而立即获得其嫁资与遗产。寡妇之嫁奁、嫁资及其应得之遗产与其夫逝世前为二人共同保有之物品，俱不付任何代价。（自愿改嫁）之寡妇得于其夫身故后，居留夫宅四十日，在此期间其嫁奁应交还之。

（8）寡妇之自愿孀居者，不得强迫其改嫁，但寡妇本人，如执有余等之土地时，应提供保证，未得余等同意前不改嫁。执有其他领主之土地者，亦应获得其他领主同意。

（9）凡债务人之动产足以抵偿其债务时，无论余等或余等之执行吏，均不得强取收入以抵偿债务。如负债人之财产足以抵偿其债务，即不得使该项债务之担保人受扣押动产之处分。但如债务人不能偿还债务，或无力偿还债务时，担保人应即负责清偿。担保人如愿意时，可扣押债务人之土地与收入，甚至后者偿还其前所代偿之债务时为止。惟该债务人能证明其所清偿已超过保人担保之额著，不在此限。

（10）任何向犹太人借债者，不论其数额多少，如在未清偿前身故，此项债款在负责清偿之继承人未达成年之前不得负有利息，如此项债务落入余等之手，则余等除契据上载明之动产以外，不得收取任何其他物品。

（11）欠付犹太人债务者亡故时，其妻仍应获得其嫁资，不负偿债之责。亡故者如有未成年之子女时，应按亡者遗产之性质，留备彼等之教养费，剩余数额，除扣还领主应得之报效外，始可作为清偿债务之用。关于犹太人以外之债务，同样依此规定处理。

（12）除下列三项税金外，设无全国公意许可，将不征收任何免役税与贡金：即①赎回余等身体时之赎金（指被俘时）；②策封余等之长子为武士时之费用；③余等之长女出嫁时之费用（但以一次为限）。且为此三项目的征收之贡金亦务求适当。关于伦敦城之贡金，按同样规定办理。

（13）伦敦城，无论水上或陆上，俱应享有其旧有之自由与自由习惯。其他城市、州、市镇、港口，余等亦承认或赐予彼等以保有自由与自由习惯之权。

（14）凡在上述征收范围之外，余等如欲征收贡金与免役税，应用加盖印信之诏书致送各大主教、主教、住持、伯爵与男爵指明时间与地点召集会议，以期获得全国公意。此项诏书之送达，至少应在开会以前四十日，此外，余等仍应通过执行吏与管家

吏普遍召集凡直接领有余等之土地者。召集之缘由应于诏书内载明。召集之后，前项事件应在指定日期依出席者之公意进行，不以缺席人数阻延之。

（15）自此以往，除为赎还其本人之身体，策封其长子为武士，与一度出嫁其长女以外。余等不得准许任何人向其自由人征取贡金。而为上述目的所征收之贡金数额亦务求合乎情理。

（16）不得强迫执有武士采地，或其他自由保有地之人，服额外之役。

（17）一般诉讼应在一定地方审问，无须追随国王法庭请求处理。

（18）凡关于强占土地，收回遗产及最后控诉等案件，应不在该案件所发生之州以外地区审理。其方法如下：由余等自己，或余等不在国内时，由余等之大法官，指定法官二人，每年四次分赴各州郡，会同该州郡所推选之武士四人，在指定之日期，于该州郡法庭所在地审理之。

（19）州郡法庭开庭之日，如上述案件未能审理，则应就当日出庭之武士与自由佃农中酌留适当人数，俾能按照事件性质之轻重做出合宜裁决。

（20）自由人犯轻罪者，应按犯罪之程度科以罚金；犯重罪者应按其犯罪之大小没收其土地，与居室以外之财产；对于商人适用同样规定，但不得没收其货物。凡余等所辖之农奴犯罪时，亦应同样科以罚金，但不得没收其农具。上述罚金，须凭邻居正直之人宣誓证明，始得科罚。

（21）伯爵与男爵，非经其同级贵族陪审，并按照罪行程度外不得科以罚金。

（22）教士犯罪时，仅能按照处罚上述诸人之方法，就其在俗之财产科以罚金；不得按照其教士采地之收益为标准科处罚金。

（23）不得强迫任何市镇与个人修造渡河桥梁，唯向未负有修桥之责者不在此限。

（24）余等之执行吏、巡察吏，检验吏与管家等，均不得受理向余等提出之诉讼。

（25）一切州郡、百人村、小镇市、小区（余等自己之汤沐邑在外）均应按照旧章征收赋税，不得有任何增加。

（26）凡领受余等之采地者亡故时，执有余等向该亡故者索欠之特许证状之执行吏或管家应即依公正人士数人之意见，按照债务数额，将该亡故者之动产加以登记与扣押，使在偿清余等债务之前不得移动。偿清后之剩余，应即交由死者之遗嘱执行人处理。如死者不欠余等之债，则除为其妻子酌留相当部分外，其余一切动产概依亡者所指定之用途处理。

（27）任何未立遗嘱之自由人亡故时，其所遗动产应依教会之意见，经由其戚友之手分配之，但偿还死者债务之部分应予留出。

（28）余等之巡察吏或管家吏，除立即支付价款外，不得自任何人之处擅取谷物或其他动产，但依出售者之意志允予延期付款者不在此限。

（29）武士如愿亲自执行守卫勤务，或因正当理由不能亲自执行，而委托合适之人代为执行时，巡察吏即不得向之强索财物。武士被率领或被派遣出征时，应在军役期内免除其守卫勤务。

（30）任何执行吏或管家吏，不得擅取自由人之车与马作为运输之用，但依照该自由人之意志为之者，不在此限。

（31）无论余等或余等之管家吏俱不得强取他人木材，以供建筑城堡或其他私用，但依木材所有人之意志为之者不在此限。

（32）余等留用重罪既决犯之土地不得超过一年零一日，逾期后即应交还该项土地之原主。

（33）自此以后，除海岸线以外，其他在泰晤士河、美得威河及全英格兰各地一切河流上之堰坝与鱼梁概须拆除。

（34）自此以后，不得再行颁布强制转移土地争执案件至国王法庭审讯之敕令，以免自由人丧失其司法权。

（35）全国应有统一之度量衡。酒类、烈性麦酒与谷物之量器，以伦敦夸尔为标准；染色布、土布、锁子甲布之宽度应以织边下之两码为标准；其他衡器亦如量器之规定。

（36）自此以后发给检验状（验尸或验伤）时不得索取或给予任何陋规，请求发给时，亦不得拒绝。

（37）任何人以货币租地法，劳役租地法，或特许享有法保有余等之土地，但同时亦保有其他领主之兵役采地者，余等即不得借口上述诸关系强迫取得其继承人（未成年人）及其所保有他人土地之监护权。除该项货币租地，劳役租地与特许享有租地负有军役义务外，余等皆不得主张其监护权。任何人以献纳刀、剑、弓、箭等而得为余等之小军曹者，余等亦不得对其继承人及其所保有之他人土地主张监护权。

（38）自此以后，凡不能提供忠实可靠之证人与证物时，管家吏不得单凭己意使任何人经受神判法（水火法）。

（39）任何自由人，如未经其同级贵族之依法裁判，或经国法判决，皆不得被逮捕、监禁、没收财产、剥夺法律保护权、流放或加以任何其他损害。

（40）余等不得向任何人出售、拒绝或延搁其应享之权利与公正裁判。

（41）除战时与余等敌对之国家之人民外，一切商人，倘能遵照旧时之公正习惯，皆可免除苛捐杂税，安全经由水道与旱道，出入英格兰，或在英格兰全境逗留或耽搁以经营商业。战时，敌国商人在我国者，在余等或余等之大法官获知我国商人在敌国所受之待遇前，应先行扣留，但不得损害彼等之身体与货物。如我国商人之在敌国者安全无恙，敌国商人在我国者亦将安全无恙。

（42）自此以后，任何对余等效忠之人民，除在战时为国家与公共幸福得暂加限制外，皆可由水道或旱道安全出国或入国。但监犯与被褫夺法律保护权之人为例外，关

于敌国人民与商人，依前述方法处理。

（43）领有归属土地（诸如自窝林福德、诺定昂、波罗因、兰开斯忒诸勋爵领有者，或其他归属于余等之男爵领地）之附庸亡故时，其继承人不另缴承继税。余等亦不得令其提供较男爵生前更多之役务，一切应依该采地在男爵手中时为标准。

（44）自此以后，不得以普通传票召唤森林区以外之居民赴森林区法庭审讯。但为森林区案件之被告人，或为森林区案件被告之保人者，不在此限。

（45）除熟习本国法律而又志愿遵守者外，余等将不任命任何人为法官、巡察吏、执行吏或管家吏。

（46）一切自英国历朝国王获得特许状创立寺院或握有寺产保管权之男爵（贵族），应悉仍旧例，在该项寺院无人主持时，负保管之责。

（47）凡在余等即位后所划出之森林区，及建为防御工事之河岸，皆应立即撤除。

（48）有关每一州郡之森林、园圃，森林官、园圃守护人、管家吏及其仆役、河岸及其守护人等之一切陋规恶习，应由各该州郡推选武士十二人，于宣誓后立即驰赴各地详加调查，并于调查后四十日内予以全部彻底革除，务使永不再起。调查情形应先奏知余等，若余等不在国内时则先禀知大法官。

（49）凡英国臣民为表示和好和忠诚所交予余等之人质或其他担保品，概须立即退还。

（50）余等应解除热拉尔之戚及下列诸人（名略）及随从彼等来英任执行吏者之职务，并使彼等自此以后，不再在英国担任此项职务。

（51）君臣复归于好后，余等应将携带马匹与武器来英格兰并危害英国之外国士兵、弩手、仆役及佣兵等立即遣送出境。

（52）任何人凡未经其同级贵族之合法裁决而被余等夺去其土地、城堡、自由或合法权利者，余等应立即归还之。倘有关于此项事件之任何争执发生，应依后列负责保障和平之男爵二十五人之意见裁决之。其有在余等之父亨利王或余等之兄理查王时代，未经其同级贵族之合法判决而被夺去之上述各项，现为余等所有，或为他人所有而应由余等负责者，当较照参加十字军者获得展缓债务权利之一般规定办理。但当余等参谒圣地归来后，或因故中止余等之东征时，余等应即公平处理之。唯在余等誓师东征前正在进行诉讼，或由余等之敕令正在审理中者，不在此限。

（53）关于下列事件亦应依照前条规定处理或暂缓处理之：

① 余等之父亨利王，兄理查王时代所划出之森林，何者应撤除，何者应保留；

② 余等在他人采地中之监护权（此项监护权系因某人曾自余等领受军役采地，因而使余等享有者）；

③ 余等在他人采地中所建立之寺院（该采地之领主声称有管辖权者）。

当余等参谒圣地归来后，或因故中止余等之东征时，余等应立即对上述诸项予以公正处理。

（54）凡妇女指控之杀人案件，如死者并非其夫，即不得逮捕或监禁任何人。

（55）凡余等所科之一切不正当与不合法之罚金与处罚，须一概免除或纠正之，或依照后列保障和平之男爵二十五人之意见，或大多数男爵连同前述之坎特伯里大主教斯提芬，及其所愿与共同商讨此事件者之意见处理之。遇大教主不能出席时，事件应照常进行。但如上述二十五男爵中有一人或数人与同一事件有关（《大宪章重订译本》作“为同一事件之原告”），则应于处理此一事件时回避，而代之以其余男爵中所遴选之人。

（56）如余等曾在英格兰或威尔士，未依其同级贵族之合法裁判，而夺去任何威尔士贵族之土地，自由或其他物品，应立即归还之。遇有关于此类事件之争执发生时，应交由“边区”贵族处理，凡属英格兰人之产业，按照英格兰法律办理，威尔士人产业，按照威尔士法律办理，边区产业则依边区法律办理。威尔士人对余等及余等之人民应同样行之。

（57）至关于威尔士人在余等之父亨利，或余等之兄理查时代未经其同级贵族之合法判决而被夺去之物，现在余等手中，或虽不在余等手中而应由余等负责者，余等将按照参加十字军者可展缓债务之一般规定处理。但当余等参谒圣地归来后，或因故中止余等之东征时，余等应即予以公平处理。唯在余等誓师东征前正在进行诉讼，或由余等之敕令正在审理中者，不在此限。

（58）余等应立即归还刘埃霖之子及威尔士人一切人质以及作为和平担保之一切信物与契据。

（59）关于苏格兰王亚历山大，余等将归还其姊妹、质物、自由与合法权利，一如余等对英格兰诸男爵之所为，但属于其父威廉王敕令中所载，而为余等所保有者，不在此限。此一切当依照在英国宫廷中之苏格兰贵族之意见处理。

（60）余等在上述敕令中所公布之一切习惯与自由，就属于余等之范围而言，应为全国臣民，无论僧俗，一律遵守，就属于诸男爵（一切贵族）之范围而言，应为彼等之附庸共同遵守。

（61）余等之所以作前述诸让步，在欲归荣于上帝，致国家于富强，但尤在泯除余等与诸男爵间之意见，使彼等永享太平之福，因此，余等愿再以下列保证赐予之。

诸男爵得任意从国中推选男爵二十五人，此二十五人应尽力遵守，维护，同时亦使其余人等共同遵守余等所颁赐彼等，并以本宪章所赐予之和平与特权。其方法如下：如余等或余等之法官，管家吏或任何其他臣仆，在任何方面干犯任何人之权利，或破坏任何和平条款而为上述二十五男爵中之四人发觉时，此四人可即至余等之前（如余等不在国内时，则至余等之三官前）指出余等之错误，要求余等立即设法改正。自错误指出之四十日内，如余等或余等不在国内时，余等之法官不顾改正此项错误，则该

四人应将此事取决于其余男爵，而此二十三男爵即可联合全国人民，共同使用其权力，以一切方法向余等施以抑制与压力，诸如夺取余等之城堡、土地与财产，等等，务使此项错误终能依照彼等之意见改正而后已。但对余等及余等二王后与子女之人身不得加以侵犯。错误一经改正，彼等即应与余等复为君臣如初。国内任何人如欲按上述方法实行，应宣誓服从前述男爵二十五人之命令，并尽其全力与彼等共同向余等施以压力。余等兹特公开允许任何人皆可作上述宣誓，并允许永不阻止任何人宣誓。国内所有人民，纵其依自己之意志，不愿对该二十五男爵宣誓以共同向余等施用压力者，余等亦应以命令令之宣誓。如上述二十五男爵中有任何人死亡、离国或因故不能执行上述职务时，其余男爵应依己意自其他男爵中推选另外之人代之，其宣誓方法与上述诸人同。此外，上述二十五男爵于受托执行任务时，倘在出席讨论中关于某些事件发生争端，或有某些男爵被召请后，不愿或不能出席时，则出席男爵过半数之决定，或宣布之方案，应被视为合法且具有约束力，一如二十五人全体出席所议决者同。上述二十五男爵应宣誓对前列各项竭诚遵守，并尽力使其余人遵守之，而余等亦不得由自己或通过他人自任何人取得任何物品致使上列诸权利与自由废止或削减。如有此项取得之物，应视同无效与非法，余等自己不得加以利用，亦不得通过别人加以利用。

（62）自斗争开始以来，余等之僧俗臣民与余等之间所发生之一切敌意，愤怒与仇恨，余等已予宽恕并赦宥之，此外，自本朝第十六年复活节起，至和平重建之日止，一切僧俗人民所犯之一切罪过，余等亦已加以宽恕并赦宥之。关于上述各项让步与诺言，余等兹任命坎特伯里大主教斯提芬勋爵、杜伯林大主教亨利勋爵及前述诸主教与班达尔夫君共同草拟敕令以昭信守。

（63）余等即以此敕令欣然而坚决昭告全国：英国教会应享自由，英国臣民及其子孙后代，将如前述，自余等及余等之后嗣在任何事件与任何时期中，永远适当而和平，自由而安静，充分而全然享受上述各项自由，权剂与让与，余等与诸男爵惧已宣誓，将以忠信与善意遵守上述各条款。上列诸人及其他多人当可为证。

独立宣言

（1776年7月4日通过）

英国与其美洲殖民地之间的战争开始于1775年4月。随着战争的延续，和解的希望逐渐消失，完全独立已成为殖民地的目标。1776年6月7日，在大陆会议的一次集会中，维吉尼亚的理查德·亨利·李提出一个议案宣布："这些殖民地是自由和独立的国家，并且按其权利必须是自由和独立的国家。"6月10日，大陆会议指定一个委员会草拟独立宣言。实际的起草工作则由托马斯·杰斐逊负责。7月4日，《独立宣言》获得通过，并分送十三州的议会签署及批准。

《独立宣言》的起草者托马斯·杰斐逊（1743—1836）出生在弗吉尼亚一个富裕的家庭。曾为律师，后被选为弗吉尼亚下院议员，接着又代表弗吉尼亚州出席大陆会议。此后，他两度当选弗吉尼亚州州长，一度担任驻法大使。1800 年担任第三任美国总统。

《独立宣言》包括三个部分：第一部分阐明政治哲学——民主与自由的哲学，内容深刻动人；第二部分列举若干具体的不平事例，以证明乔治三世破坏了美国的自由；第三部分郑重宣布独立，并宣誓支持该项宣言。

在有关人类事务的发展过程中，当一个民族必须解除其和另一个民族之间的政治联系，并在世界各国之间依照自然法则和上帝的意旨，接受独立和平等的地位时，出于对人类舆论的尊重，必须把他们不得不独立的原因予以宣布。

我们认为下面这些真理是不言而喻的：人人生而平等，造物者赋予他们若干不可剥夺的权利，其中包括生命权、自由权和追求幸福的权利。为了保障这些权利，人类才在他们之间建立政府，而政府之正当权力，是经被治理者的同意而产生的。当任何形式的政府对这些目标具破坏作用时，人民便有权利改变或废除它，以建立一个新的政府；其赖以奠基的原则，其组织权力的方式，务使人民认为唯有这样才最可能获得他们的安全和幸福。为了慎重起见，成立多年的政府，是不应当由于轻微和短暂的原因而予以变更的。过去的一切经验也都说明，任何苦难，只要是尚能忍受，人类都宁愿容忍，而无意为了本身的权益便废除他们久已习惯了的政府。但是，当追逐同一目标的一连串滥用职权和强取豪夺发生，证明政府企图把人民置于专制统治之下时，那么人民就有权利，也有义务推翻这个政府，并为他们未来的安全建立新的保障——这就是这些殖民地过去逆来顺受的情况，也是它们现在不得不改变以前政府制度的原因。当今大不列颠国王的历史，是接连不断的伤天害理和强取豪夺的历史，这些暴行的唯一目标，就是想在这些州建立专制的暴政。为了证明所言属实，现把下列事实向公正的世界宣布。

他拒绝批准对公众利益最有益、最必要的法律。

他禁止他的总督们批准迫切而极为必要的法律，要不就把这些法律搁置起来暂不生效，等待他的同意；而一旦这些法律被搁置起来，他对它们就完全置之不理。

他拒绝批准便利广大地区人民的其他法律，除非那些人民情愿放弃自己在立法机关中的代表权；但这种权利对他们有无法估量的价值，而且只有暴君才畏惧这种权利。

他把各州立法团体召集到异乎寻常的、极为不便的、远离它们档案库的地方去开会，唯一的目的是使他们疲于奔命，不得不顺从他的意旨。

他一再解散各州的议会，因为它们以无畏的坚毅态度反对他侵犯人民的权利。

他在解散各州议会之后，又长期拒绝另选新议会；但立法权是无法取消的，因此这项权力仍由一般人民来行使。其实各州仍然处于危险的境地，既有外来侵略之患，又有发生内乱之忧。

他竭力抑制我们各州增加人口；为此目的，他阻挠外国人入籍法的通过，拒绝批准其他鼓励外国人移居各州的法律，并提高分配新土地的条件。

他拒绝批准建立司法权力的法律，藉以阻挠司法工作的推行。

他把法官的任期、薪金数额和支付，完全置于他个人意志的支配之下。

他滥设新官署，派遣大批官员，骚扰人民，并耗尽人民必要的生活资料。

他在和平时期，未经我们的立法机关同意，就在我们中间维持常备军。

他力图使军队独立于民政之外，并凌驾于民政之上。

他同某些人勾结起来把我们置于一种不适合我们的体制且不为我们的法律所承认的管辖之下。他还批准那些人炮制的各种伪法案来达到以下目的：

① 在我们中间驻扎大批武装部队；

② 用假审讯来包庇他们，使他们杀害我们各州居民而仍然逍遥法外；

③ 切断我们同世界各地的贸易；

④ 未经我们同意便向我们强行征税；

⑤ 在许多案件中剥夺我们享有陪审制的权益；

⑥ 罗织罪名押送我们到海外去受审；

⑦ 在一个邻省废除英国的自由法制，在那里建立专制政府，并扩大该省的疆界，企图把该省变成既是一个样板又是一个得心应手的工具，以便进而向这里的各殖民地推行同样的极权统治；

⑧ 取消我们的宪章，废除我们最宝贵的法律，并且根本上改变我们各州政府的形式；

⑨ 中止我们自己的立法机关行使权力，宣称他们自己有权就一切事宜为我们制定法律。

他宣布我们已不属他保护之列，并对我们作战，从而放弃了在这里的政务。

他在我们的海域大肆掠夺，蹂躏我们沿海地区，焚烧我们的城镇，残害我们人民的生命。

他此时正在运送大批外国佣兵来完成屠杀、破坏和肆虐的勾当，这种勾当早就开始，其残酷卑劣甚至在最野蛮的时代都难以找到先例。他完全不配作为一个文明国家的元首。

他在公海上俘虏我们的同胞，强迫他们拿起武器来反对自己的国家，成为残杀自己亲人和朋友的刽子手，或是死于自己的亲人和朋友的手下。

他在我们中间煽动内乱，并且竭力挑唆那些残酷无情、没有开化的印第安人来杀掠我们边疆的居民；而众所周知，印第安人的作战规律是不分男女老幼，一律格杀勿论的。

在这些压迫的每一阶段中，我们都是用最谦卑的言辞请求改善；但屡次请求所得到的答复是屡次遭受损害。一个君主，当他的品格已打上了暴君行为的烙印时，是不配做自由人民的统治者的。

我们不是没有顾念我们英国的弟兄。我们时常提醒他们，他们的立法机关企图把无理的管辖权横加到我们的头上。我们也曾把我们移民来这里和在这里定居的情形告诉他们。我们曾经向他们天生的正义感和雅量呼吁，我们恳求他们念在同种同宗的份上，弃绝这些掠夺行为，以免影响彼此的关系和往来。但是他们对于这种正义和血缘的呼声，也同样充耳不闻。因此，我们实在不得不宣布和他们脱离，并且以对待世界上其他民族一样的态度对待他们：和我们作战，就是敌人；和我们和好，就是朋友。

因此，我们，在大陆会议下集会的美利坚合众国代表，以各殖民地善良人民的名义，非经他们授权，向全世界最崇高的正义呼吁，说明我们的严正意向，同时郑重宣布；这些联合一致的殖民地从此是自由和独立的国家，并且按其权利也必须是自由和独立的国家；它们取消一切对英国王室效忠的义务，它们和大不列颠国家之间的一切政治关系从此全部断绝，而且必须断绝；作为自由独立的国家，它们完全有权宣战、缔和、结盟、通商和采取独立国家有权采取的一切行动。

为了支持这篇宣言，我们坚决信赖上帝的庇佑，以我们的生命、我们的财产和我们神圣的名誉，彼此宣誓。

人权与公民权宣言

（法国国民议会，1789 年 8 月 26 日；起草：穆尼埃）

《人权与公民权宣言》，简称《人权宣言》，是法国大革命中的重要文献。全文除前言外共 17 条，扼要列举了资产阶级的政治纲领和宪法原则，1789 年 8 月 20—26 日由国民议会通过，后经局部修改作为序言冠于 1791 年颁布的宪法之首，实际上是制定宪法的基本原则。《人权宣言》受到 17 世纪英国革命时期平等派的《人民公约》和 18 世纪美国的独立宣言的启示，其哲学基础是洛克和卢梭等启蒙学者的“自然法”和“社会契约”思想。改变法国封建制度和社会不平等状况是资产阶级制定《人权宣言》的主要目的。

《人权宣言》认为：“无视、遗忘或蔑视人权是公众不幸与政府腐败的唯一原因”（前言）；“人们生来而且始终是自由的，在权利上是平等的”（第 1 条）；“这些权利就是自由、财产、安全和反抗压迫”(第 2 条);“一切主权的本原主要寄于国民,任何团体、任何个人均不得行使未由国民明确授予的权利”(第 3 条);“所有公民都有权亲自或经过代表参与制定法律……在法律面前人人平等”;“未经法律规定,不按法律手续,不得控告、逮捕或拘留任何人”(第 7 条);“一切公民都有言论、著作、出版的自由”(第 11 条);“凡权利无保障、分权未规定的社会,等于没有宪法”(第 16 条);“财产是神圣不可侵犯的权利”(第 17 条)。所有这些内容,都起了为现代政治秩序奠定基础的作用。

《人权宣言》的颁布对法国大革命起了极大的推动作用,它的传播在欧洲引起了强烈震动。随着革命的深入,1793 年 6 月 24 日国民公会通过的宪法,对《人权宣言》做了部分修改,规定“社会的目的是求得共同幸福”(第 1 条);人民享有劳动权、救济权、教育权(第 2、11、22 条);承认人民有起义权(第 23 条)。但是这部宪法后来并未实施。

共和三年(1795),宪法虽仍冠以《人权宣言》,但对内容做了重大修改:第 1 条被删去,既不提“共同幸福”,也不提思想、言论自由,并在权利之外增加“义务”条款。《人权宣言》改称为《人权、公民权与义务宣言》。共和八年(1799),宪法则根本取消了《人权宣言》。直到 1946 年通过的第四共和国宪法才以“前言”形式再次明确规定人民的各种权利,并补充关于保障妇女、儿童权利等条款。1958 年的第五共和国宪法重申遵守《人权宣言》,并确认 1946 年宪法对人权内容的补充。

组成国民议会之法国人代表认为,无视、遗忘或蔑视人权是公众不幸和政府腐败的唯一原因,所以决定把自然的、不可剥夺的和神圣的人权阐明于庄严的宣言之中,以便本宣言可以经常呈现在社会各个成员之前,使他们不断地想到他们的权利和义务;以便立法权的决议和行政权的决定能随时和整个政治机构的目标两相比较,从而能更加受到他们的尊重;以便公民们今后以简单而无可争辩的原则为根据的那些要求能确保宪法与全体幸福之维护。

因此,国民议会在上帝面前并在他的庇护之下确认并宣布下述的人与公民的权利。

第一条

在权利方面,人们生来是而且始终是自由平等的。除了依据公共利益而出现的社会差别外,其他社会差别,一概不能成立。

第二条

任何政治结合的目的都在于保护人的自然的和不可动摇的权利。这些权利即自由、财产、安全及反抗压迫。

第三条

整个主权的本原，主要是寄托于国民。任何团体、任何个人都不得行使主权所未明白授予的权力。

第四条

自由就是指有权从事一切无害于他人的行为。因此，各人的自然权利的行使，只以保证社会其他成员能享有同样权利为限制。此等限制仅得由法律规定之。

第五条

法律仅有权禁止有害于社会的行为。凡未经法律禁止的行为即不得受到妨碍，而且任何人都不得被迫从事法律所未规定的行为。

第六条

法律是公共意识的表现。全国公民都有权亲身或经由其代表去参与法律的制定。法律对于所有的人，无论是施行保护或处罚都是一样的。在法律面前，所有的公民都是平等的，故他们都能平等地按其能力担任一切官职、公共职位和职务，除德行和才能上的差别外不得有其他差别。

第七条

除非在法律所规定的情况下并按照法律所指示的手续，不得控告、逮捕或拘留任何人。凡动议、发布、执行或令人执行专断命令者应受处罚；但根据法律而被传唤或被扣押的公民应当立即服从；抗拒则构成犯罪。

第八条

法律只应规定确实需要和显然不可少的刑罚，而且除非根据在犯法前已经制定和公布的且系依法施行的法律以外，不得处罚任何人。

第九条

任何人在其未被宣告为犯罪以前应被推定为无罪，即使认为必须予以逮捕，但为扣留其人身所不需要的各种残酷行为都应受到法律的严厉制裁。

第十条

意见的发表只要不扰乱法律所规定的公共秩序，任何人都不得因其意见，甚至信教的意见而遭受干涉。

第十一条

自由传达思想和意见是人类最宝贵的权利之一；因此，各个公民都有言论、著述和出版的自由，但在法律所规定的情况下，应对滥用此项自由负担责任。

第十二条

人权的保障需要有武装的力量；因此，这种力量是为了全体的利益而不是为了此种力量的受任人的个人利益而设立的。

第十三条

为了武装力量的维持和行政管理的支出，公共赋税就成为必不可少的；赋税应在全体公民之间按其能力做平等的分摊。

第十四条

所有公民都有权亲身或由其代表来确定赋税的必要性，自由地加以认可，注意其用途，决定税额、税率、客体、征收方式和时期。

第十五条

社会有权要求机关公务人员报告其工作。

第十六条

凡个人权利无切实保障和分权未确立的社会，就没有宪法。

第十七条

私人财产神圣不可侵犯，除非当合法认定的公共需要所显然必需时，且在公平而预先赔偿的条件下，任何人的财产不得受到剥夺。

论公民的不服从

［美］梭罗

亨利·戴维·梭罗（1817—1862），美国著名作家与思想家，美国文化启蒙运动的重要代表，杂文家、诗人、自然主义者、改革家和哲学家。出生在马萨诸塞州的康科德，毕业于哈佛大学。在担任了数年小学校长之后，他决定以作诗和论述自然作为他终生的事业。他是拉尔夫·沃尔多·爱默森的信徒，是先验主义运动的一位领袖。与浪漫主义和改革结合在一起的先验主义推崇感觉和直觉胜过理智，宣扬个人主义和内在的心声——完整和自然的声音。

梭罗零打碎敲的以文谋生的努力几乎从未给他带来什么稿酬。他发表的作品销路不佳，便不时在家中的小铅笔厂里工作。1845 年，时年 28 岁的他，下决心撇开金钱的羁绊，在征得爱默森的同意后，在爱默森拥有的离康科德两英里的沃顿塘上建了一座小屋。1846 年 7 月，梭罗居住在沃顿塘时，当地的警官找他，叫他支付投票税，尽管他已经数年未行使这项权利。梭罗拒绝支付税款，当夜，警官把他关进了康科德的监狱。第二天，一位未透露身份的人士（可能是梭罗的姨母）支付了税款，他便获释了。不过，他表明了他的观点：他不能向一个容许奴隶制并且对墨西哥发动帝国主义战争的政府交税。他准备了一份解释自己行动的演说稿，并于1849年发表了这篇演说稿。当时，这篇文章没有引起什么反响。但是到了19世纪末，这篇文章却成了经典之作，在国际上出现了一批追随者。列夫·托尔斯泰在1900年读到这篇文章，对它崇拜不已。圣雄甘地在南非当律师时，宣读这篇文章为触犯了种族歧视法规的印度人辩护。甘地深受梭罗的影响，成了一位终生非暴力反抗和消极抵制非正义权势的典范。通过甘地，梭罗的主张变成了政治活动的工具。后来在20世纪，年轻的马丁·路德·金也深受甘地的影响。梭罗的主张在美国民权运动的思想基础中得到了新生。全世界为争取民权而坐牢的人都以他的名言鼓舞自己——“在一个监禁正义之士的政府统治之下，正义之士的真正栖身之地也就是监狱”。

我由衷地同意这个警句——“最好的政府是管得最少的政府”。我希望看到这个警句迅速而且系统地得到实施。我相信，实施后，其最终结果将是——“最好的政府是根本不进行治理的政府”。当人们做好准备之后，这样的政府就是他们愿意接受的政府，政府充其量不过是一种权宜之计，而大部分政府，有时所有的政府却都是不得计的。对设置常备军的反对意见很多、很强烈，而且理应占主导地位，它们最终可能转变成反对常设政府。常备军队不过是常设政府的一支胳膊。政府本身也只不过是人民选择来行使他们意志的形式，在人民还来不及通过它来运作之前，它同样也很容易被滥用或误用，看看当前的墨西哥战争，它是少数几个人将常设政府当作工具的结果，因为，从一开始，人民本来就不同意采取这种做法。

目前这个美国政府——它不过是一种传统，尽管其历史还不久，但却竭力使自己原封不动地届届相传，可是每届却都丧失掉一些自身的诚实和正直。它的活力和气力还顶不上一个活人，因为一个人就能随心所欲地摆布它。对于人民来说，政府是一支木头枪。倘若人们真要使用它互相厮杀，它就注定要开裂。不过，尽管如此，它却仍然是必不可少的，因为人们需要某种复杂机器之类的玩意儿，需要听它发出的噪声，藉此满足他们对于政府之理念的要求。于是，政府的存在表明了，为了人民的利益，可以如何成功地利用、欺骗人民，甚至可以使人民利用、欺骗自己。我们大家都必须承认，这真了不起。不过，这种政府从未主动地促进过任何事业，它只是欣然地超脱其外，它未捍卫国家的自由，它未解决西部问题，它未从事教育。迄今，所有的成就全都是由美国人民的传统性格完成的，而且，假如政府不曾从中作梗的话，本来还会取得更大的成就。因为政府是一种权宜之计，通过它人们可以欣然彼此不来往；而且，如上所述，最便利的政府也就是最不搭理被治理的人民的政府，商业贸易假如不是用印度橡胶制成的话，绝无可能跃过议员们没完没了地设置下的路障；倘若完全以议员们行动的效果，而不是以他们行动的意图来评价的话，那么他们就理所当然地应当被视作如同在铁路上设路障捣蛋的人，并受到相应的惩罚。

但是，现实地以一个公民的身份来说，我不像那些自称是无政府主义的人，我要求的不是立即取消政府，而是立即要有个好一些的政府。让每一个人都表明能赢得他尊敬的是什么样的政府，这样，也就为赢得这种政府迈出了一步。到头来，当权力掌握在人民手中的时候，多数派将有权统治，而且继续长期统治，其实际原因不是因为他们极可能是正义的，也不是因为这在少数派看来是最公正的，而是因为他们在物质上是最强大的。但是，一个由多数派做出所有决定的政府，是不可能建立在正义之上的，即使在人们对其所了解的意义上都办不到。在一个政府中，如果对公正与谬误真正做出决定的不是多数派而是良知，如果多数派仅仅针对那些可以运用便利法则解决的问题做出决定，难道是不可能的吗？公民必须，哪怕是暂时地或最低限度地把自己的良知托付给议员吗？那么，为什么每个人还都有良知呢？我认为，我们首先必须做人，其后才是臣民。培养人们像尊重正义一样尊重法律是不可取的。我有权承担的唯一义务是不论何时都从事我认为是正义的事。……

那么一个人应当怎样对待当今的美国政府呢？我的回答是，与其交往有辱人格。我绝对不能承认作为奴隶制政府的一个政治机构是我的政府。

人人都承认革命的权利，即当政府是暴政或政府过于无能令人无法忍受的时候，有权拒绝为其效忠，并抵制它的权利。但是，几乎所有人都说，现在的情况并非如此。他们认为，1775 年的情况才是如此。如果有人对我说，这个政府很糟糕，它对运抵口岸的某些外国货课税。我极有可能会无动于衷，因为没有这些外国货，我照样能过日子。所有的机器都免不了产生摩擦，但是这也许却具有抵消弊端的好处。不管怎么说，为此兴师动众是大错特错的。可是，如果摩擦控制了整个机器，并进行有组织的欺压与掠夺，那么，就让我们扔掉这部机器吧。换句话说，如果在一个被认为是自由的庇护所的国家里，人口的六分之一是奴隶，如果整个国家任由一个外国军队蹂躏、征服，并被置于军管之下，那么，我认为，诚实的人都应立刻奋起反抗、革命。使这个责任变得更加迫切的是，这个被如此蹂躏的国家不是我国，恰恰相反，我们的军队却正是入侵的军队。……

事实上，反对马萨诸塞州改革的人不是南方的万把政客，而是这儿的千千万万商人和农场主，他们更感兴趣的是他们的商业和农业，而不是他们属于人类这个事实。不论花费什么代价，他们都不打算公平对待奴隶和墨西哥。我要与之争论的敌人，不是远在天涯，而是那些就在我们周围的敌人。他们与远方的敌人合作，按照他们的旨意办事。要不是这些人的话，远方的敌人不会为害。我们习惯于说，群众还未做好准备。可是情况的改善是缓慢的，因为这些少数人实质上并不比多数人高明多少或好多少。在某处树立某种绝对的善，比起让许多人都像你这么好更重要，因为绝对的善将像酵母一样影响整体。成千上万人具有反对奴隶制、反对战争的观点，但实际上却未做任何事情来结束奴隶制和战争。他们自以为是华盛顿和富兰克林的子孙，却是两手插在裤兜里，坐在那儿，借口不知道该做些什么，无所事事，他们甚至优先考虑自由贸易问题，而不是事关自由的问题。饭后，他们安然地同时间读时价表和来自墨西哥的消息，也许，读着读着便睡着了。……美国人已经蜕变成奇怪的家伙——以爱交际的器官发达而著称，同时又显示出智力低下的沾沾自喜。在世界上，他最最关心的是确保救济院情况良好；他还未披上合法的外衣，便四下募捐以扶助孤寡，尽管这些孤寡眼下还不是孤寡。总之，他冒险光靠互助保险公司的资助过日子，而该公司已经答应为他体面地安葬。……

不公正的法律仍然存在：“我们必须心甘情愿地服从这些法律，还是努力去修正它们、服从它们直至我们取得成功，或是立刻粉碎它们呢？在当前这种政府统治下，人们普遍认为应等待，直到说服大多数人去改变它们。人们认为，如果他们抵制的话，这样修正的结果将比原来的谬误更糟。不过，如果修正的结果真比原来的谬误更糟的话，那是政府的过错，是政府使其变得更糟的。为什么政府不善于预见改革并为其提供机会呢？为什么政府不珍惜少数派的智慧呢？为什么政府不见棺材不落泪呢？为什么政府不鼓励老百姓提高警惕，为政府指出错误而避免犯错误呢？为什么政府总是把基督钉在十字架上，把哥白尼和路德逐出教会，并指责华盛顿和富兰克林是叛乱分子呢？”……

如果不公正是政府机器必然产生的摩擦的一部分，那么就让它去吧，让它去吧：也许它会磨合好的。——不过，毫无疑义，机器终将被彻底磨损掉的。如果不公正的那部分有其独自的弹簧滑轮、绳索或者曲柄，那么你可能会考虑修正的结果会不会比原来的谬误更糟；但是，如果不公正的那部分的本质要求你以其人之道还治其人之身时，那我说就别管这法规了。以你的生命作为反摩擦的机制来制止这部机器吧。我不得不做的是，无论如何都要确保我不为我所唾弃的谬误效劳。

至于采纳州政府业已提出的修正谬误的方法，我听都没听过。那些方法太费时日，不等它们奏效，已经命赴黄泉了。我还有别的事要干。我到这世上来主要不是为了把这世界变成个过日子的好地方。而是到这世上来过日子，不管它是好日子还是坏日子。一个人办不了每一件事，但是可以做些事。正因为他不必样样事情都要做，所以他也不一定非做出什么错事来。州长和议员们用不着向我请愿，我也犯不着向他们请愿。如果他们不听从我的请愿，那么我该怎么办呢？如果事到如此，州政府也就自绝其路了，其宪法本身也就是谬误的了。这似乎显得粗暴、顽固和毫无调和之意。但是，最温和、最体贴的做法，只适用于能够欣赏它，并能够配得上它的人；一切能使情况好转的变迁都是如此，正如震撼整个人体的生与死一样。

我毫无反顾地认为，凡是自称废奴主义者的人都必须立刻撤回对马萨诸塞州政府的人力和财力的支持，不必等到废奴主义者在政府中形成多数，不必等到他们让正义通过他们占了上风才动手。我认为，如果有上帝站在他们一边的话，就足够了，不必再等另一个了。况且，任何人只要比周围的人更正义一些，也就构成了一人的多数。……

在一个监禁正义之士的政府统治之下，正义之士的真正栖身之地也就是监狱。当今马萨诸塞州为自由和奋发图强之士提供的唯一妥当的处所，是监狱。在狱中，他们为州政府的行径而烦恼，被禁锢在政治生活之外，因为他们的原则已经给他们带来麻烦了。逃亡的奴隶，被假释的墨西哥囚犯和申诉白人犯下的罪孽的印第安人可以在监狱里找到他们，在那个与世隔绝，但却更自由、更尊严的地方找到他们。那是州政府安置不顺其道的叛逆者的地方，是蓄奴制州里一个自由人唯一能够骄傲地居住的地方。如果有人以为他们的影响会消失在监狱里，他们的呼声不再能传到政府的耳朵里，他们无法在囹圄四壁之内与政府为敌，那么他们就弄错了。真理比谬误强大得多，一位对非正义有了一点亲身体验的人在与非正义斗争时会雄辩有力得多。投下你的一票，那不仅仅是一张纸条，而是你的全部影响。当少数与多数保持一致时，少数是无足轻重的，它甚至算不上是少数；但是当少数以自身的重量凝聚在一起时，便不可抗拒。要么把所有正直的人都投入监狱，要么放弃战争与奴隶制，如果要在这二者之间做出选择的话，州政府会毫不犹豫地做出选择。如果今年有一千人不交税，那不是暴烈、血腥的举动，但是若交税则不然。那是使政府得以施展暴行，让无辜的人流血。事实上，这正是和平革命的定义，如果和平革命是可能的话。如果税务官或其他政府官员问我，正如有位官员问我的那样，“那么，我怎么办呢?”我的回答是，“如果你真希望做什么的话，那你就辞职。”如果臣民拒绝效忠，官员辞职，那么革命就成功了。即使假定这会导致流血的话，难道当良心受伤害的时候就不流血吗，从良心的创伤里流出的是人的气概和永生，将使他永世沉沦于死亡之中。此时此刻，我就看到这种流血。……

我已经六年未交投票税了。我还一度为此进过监狱，关了一夜。当我站在牢房里，打量着牢固的石壁，那石壁足有二三尺厚，铁木结构的门有一尺厚，还有那滤光的铁栅栏。我不由地对当局的愚昧颇有感触。他们对待我，就好像我不过是可以禁锢起来的血肉之躯。我想，当局最终应当得出这么一个结论：监禁是它处置我的最好办法，而且我从未想到我还能对它有什么用处。我知道，如果说我与乡亲之间挡着一堵石墙的话，那么他们若想要获得我这种自由的话，他们还得爬过或打破一堵比这石墙更难对付的墙才行。我一刻也不觉得自己是被囚禁着。这墙看来是浪费了太多的石头和灰泥了。我觉得，似乎所有公民中，只有我付清了税款。他们显然不知道该怎样对付我，他们的举止就像些没教养的人，他们的威胁恭维，样样都显得荒唐可笑。他们以为我

惦记的是挪到这堵墙的另一边。我不禁觉得好笑，我在沉思时，他们却煞有介事地锁起牢门，全然不知我的思绪就跟在他们身后出了牢房，丝毫不受任何阻碍，而他们自己才真正是危险的。他们既然奈何不了我，便打定主意惩罚我的身躯，就像一群顽童，无法惩罚他们憎恨的人，就冲他的狗撒野。我看，州政府是个傻子，如同一位揣着银匙的孤女，怯生生的，连自己的朋友和敌人都分不出来。我已经对它失去了所有的敬意，我可怜它。

州政府从未打算正视一个人的智慧或道德观念，而仅仅着眼于他的躯体和感官。它不是以优越的智慧或坦诚，而是以优越的体力来武装自己。我不是生来让人支使的。我要按照我自己的方式来生活。让我们来看看谁是最强者。什么力量能产生效果？他们只能强迫却无法使我顺从。因为我只听命于优越于我的法则。他们要迫使我成为像他们那样的人。我还不曾听说过，有人被众人逼迫着这样生活或那样生活。那会是什么样的生活呢？当我遇到的政府对我说："把你的钱给我，不然就要你的命！"我为什么要忙着给它钱呢？那政府可能处境窘迫不堪，而且不知所措。我不能帮它的忙。它必须像我一样，自己想办法。不值得为这样的政府哭哭啼啼。我的职责不是让社会机器运转良好。我不是工程师的儿子。我认为，当橡果和栗子并排从树上掉下来时，它们不是毫无生气地彼此谦让，而是彼此遵循各自的法则，发芽、生长，尽可能长得茂盛。也许直到有一天，其中的一棵超过另一棵，并且毁了它。如果植物不能按自己的本性生长，那么它就将死亡，人也一样。……

我不想同任何人或国家争吵。我不想钻牛角尖或自我标榜比旁人强。我倒倾向于认为，我寻求的是遵守我国的法则的理由。我是太容易遵守这些法则了。我完全有理由怀疑我有这毛病。每年，当税务官造访时，我总是忙着回顾国家与州政府的法令和主张，回顾人民的态度，以便找到个遵命的理由。我相信州政府很快就能免除我的这类操劳，那么我简直就同其他国民一样爱国了。从较低层次的角度看，宪法尽管有缺点，但还是非常好的。法律和法庭是非常令人尊敬的，甚至这个州政府和这个美国政府在许多方面也是非常令人敬佩、非常难能可贵、令人感激的，对此人们已经大加描述过了。但是，如果从稍高层次的角度看，它们就不过是我所描绘的那个样子。如果从更高或最高层次的角度看，那么有谁会说它们是什么玩意儿，或者会认为它们还配让人瞧上一眼，或者值得让人考虑考虑呢？

不过，政府同我没多大关系，我尽可能不考虑它。我不常生活在政府之下，我甚至不常生活在这个世界上。如果一个人思想自由，幻想自由，想象自由，那么不自由的东西在他看来就绝不会长期存在。愚蠢的统治或改良者们不可能彻底妨碍他。……

政府的权威，即使是我愿意服从的权威（因为我乐于服从那些比我渊博、比我能干的人，并且在许多事情上，我甚至乐于服从那些不是那么渊博，也不是那么能干的人），这种权威也还是不纯正的权威：从严格、正义的意义上讲，权威必须获得被治理

者的认可或赞成才行。除非我同意，否则它无权对我的身心和财产行使权力。从极权君主制到限权君主制，从限权君主制到民主制的进步是朝着真正尊重个人的方向的进步。民主，如同我们所知道的民主，就是政府进步的尽头了吗？不可能进一步承认和组织人的权利了吗？除非国家承认个人是更高的、独立的权力，而且国家的权力和权威是来自于个人的权力，并且在对待个人方面采取相应的措施；否则就绝对不会有真正自由开明的国家。我乐于想象国家的最终形式，它将公正地对待所有的人，尊重个人就像尊重邻居一样。如果有人履行了邻居和同胞的职责，却退避三舍，冷眼旁观，不为其所容纳的话，它就寝食不安。如果，一个国家能够结出这样的果实，并且听其尽快果熟蒂落的话，那么它就为建成更加完美、更加辉煌的国家铺平了道路。那是我想象到，却在任何地方都不曾看到的国家。

热血、辛劳、眼泪和汗水

［英］丘吉尔

温斯顿·伦纳德·斯宾塞·丘吉尔爵士（Sir Winston Leonard Spencer Churchill，1874—1965），是著名的政治家、演说家及作家，曾于1940—1945年及1951—1955年期间两度任英国首相，被认为是20世纪最重要的政治领袖之一，在第二次世界大战期间，带领英国人民取得反法西斯战争伟大胜利的民族英雄，是与斯大林、罗斯福并立的“三巨头”之一。他同时也是1953年诺贝尔文学奖得主，他在一生中多次经历议员竞选，在议会的辩论中，尤其是在第二次世界大战中的重要时刻，发表了许多富于技巧而且打动人心的演讲，给人们留下了极深的印象。瑞典文学院在授予他诺贝尔文学奖的颁奖词中说：“丘吉尔成熟的演说，目的敏捷准确，内容壮观动人，犹如一股铸造历史环节的力。……丘吉尔在自由和人性尊重的关键时刻的滔滔不绝的演说，却另有一番动人心魄的魔力。也许他自己正是以这伟大的演说，建立了永垂不朽的丰碑。”

1940年5月10日下午6时，张伯伦向英王乔治六世递交了“引咎辞职”的辞呈。半个小时后，66岁高龄、已经10多年没有在政府部门任职的丘吉尔被召见入宫。当晚10点，丘吉尔就把五人内阁的名单呈交给国王。这样，丘吉尔在大敌当前的严重关头，临危受命，以他为首的战时内阁便宣告成立。5月13日，新首相在下院发表了施政演讲，宣布了新政府的政策，即是下面这篇《热血、辛劳、眼泪和汗水》。

星期五晚上，我接受了英王陛下的委托，组织新政府。这次组阁，应包括所有的政党，既有支持上届政府的政党，也有上届政府的反对党，显而易见，这是议会和国

家的希望与意愿。我已完成了此项任务中最重要的部分。战时内阁业已成立，由五位成员组成，其中包括反对党的自由主义者，代表了举国一致的团结。三党领袖已经同意加入战时内阁，或者担任国家高级行政职务。三军指挥机构已加以充实。由于事态发展的极端紧迫感和严重性，仅仅用一天时间完成此项任务，是完全必要的。其他许多重要职位已在昨天任命。我将在今天晚上向英王陛下呈递补充名单，并希望于明日一天完成对政府主要大臣的任命。其他一些大臣的任命，虽然通常需要更多一点的时间，但是，我相信再次开会时，我的这项任务将告完成，而且本届政府在各方面都将是完整无缺的。

我认为，向下院建议在今天开会是符合公众利益的。议长先生同意这个建议，并根据下院决议所授予他的权力，采取了必要的步骤。今天议程结束时，建议下院休会到5月21日星期二。当然，还要附加规定，如果需要的话，可以提前复会。下周会议所要考虑的议题，将尽早通知全体议员。现在，我请求下院，根据以我的名义提出的决议案，批准已采取的各项步骤，将它记录在案，并宣布对新政府的信任。

组成一届具有这种规模和复杂性的政府，本身就是一项严肃的任务。但是大家一定要记住，我们正处在历史上一次最伟大的战争的初期阶段，我们正在挪威和荷兰的许多地方进行战斗，我们必须在地中海地区做好准备，空战仍在继续，众多的战备工作必须在国内完成。在这危急存亡之际，如果我今天没有向下院做长篇演说，我希望能够得到你们的宽恕。我还希望，因为这次政府改组而受到影响的任何朋友和同事，或者以前的同事，会对礼节上的不周之处予以充分谅解，这种礼节上的欠缺，到目前为止是在所难免的。正如我曾对参加本届政府的成员所说的那样，我要向下院说："我没什么可以奉献，有的，只是热血、辛劳、眼泪和汗水。"

摆在我们面前的，是一场极为痛苦的严峻的考验。在我们面前，有许多许多漫长的斗争和苦难的岁月。你们问：我们的政策是什么？我要说，我们的政策就是用我们全部能力，用上帝所给予我们的全部力量，在海上、陆地和空中展开战争，同一个在人类黑暗悲惨的罪恶史上所从未有过的穷凶极恶的暴政进行斗争。这就是我们的政策。你们问：我们的目标是什么？我可以用一个词来回答：胜利——不惜一切代价，去赢得胜利；无论多么可怕，也要赢得胜利；无论道路多么遥远和艰难，也要赢得胜利。因为没有胜利，就不能生存。大家必须认识到这一点：没有胜利，就没有英帝国的存在，就没有英帝国所代表的一切，就没有促使人类朝着自己目标奋勇前进这一世代响应的强烈欲望和动力。但是当我挑起这个担子的时候，我是心情愉快、满怀希望的。我深信，人们不会听任我们的事业遭受失败。此时此刻，我觉得我有权利要求大家的支持，我要说："来吧，让我们同心协力，一道前进。"

因为我不是犹太人

［德］马丁·尼莫勒（Martin Niemoller）

起初他们追杀共产主义者
我不是共产主义者 我不说话
接着他们追杀犹太人
我不是犹太人 我不说话
后来他们追杀工会会员
我不是工会会员 我不说话
此后他们追杀天主教徒
我是新教徒 我不说话
最后 他们奔我而来
再也没有人站起来为我说话了

——原文见美国波士顿犹太人屠杀纪念碑碑文

英文版：

They came first for the Communists,
and I didn't speak up because I wasn't a Communist.
Then they came for the Jews,
and I didn't speak up because I wasn't a Jew.
Then they came for the trade unionists,
and I didn't speak up because I wasn't a trade unionist.
Then they came for the Catholics,
and I didn't speak up because I was a Protestant.
Then they came for me——
and by that time no one was left to speak up.

德文版：

Als die Nazis die Kommunisten holten,
habe ich geschwiegen: ich war ja kein Kommunist.
Als sie die Sozialdemokraten einsperrten,
habe ich geschwiegen; denn ich war ja kein Sozialdemokrat.
Als sie die Gewerkschafter holten,

habe ich geschwiegen; ich war ja kein Gewerkschafter.
Als sie mich holten,
gab es keinen mehr, der protestieren konnte.

我的世界观

[美] 阿尔伯特·爱因斯坦

阿尔伯特·爱因斯坦（Albert Einstein，1879—1955），1879年出生在德国。他一生科研成果卓著，其中最卓著的是他用实验证实了原子的存在，创立了相对论，并发展了普朗克提出的量子假说。

在爱因斯坦之前，人们一直认为，虽然物质在时间和空间中存在，它们的运动受时间和空间的制约，但时间和空间却不受物质的分布及其运动影响。天才的物理学家牛顿也相信这一看法，并据此提出绝对时间、绝对空间和绝对运动观念。爱因斯坦不同意牛顿的绝对时空观和绝对运动观。他从光速有限出发，提出宇宙间的时间同时性都是相对的，是相对于某一参照系来说的，如月球上事件发生的时间是相对于地球这个参照系来说的。在同时性是相对的基础上，他否定了牛顿的绝对时间、绝对空间和绝对运动概念。因为时间的同时性都是相对于某一参照系来说的，所以都是相对的；而运动又是与时间紧密相连的，所以运动也都是相对的，孤立地看地球，它的运动是不存在的；空间和时间是紧密相连的，所以绝对空间也是不存在的。这样，爱因斯坦把看起来似乎是彼此无关的时间和空间联系在了起来，使它们成了相互密切联系的对立统一体，并于1905年创立了狭义相对论。

1916年，爱因斯坦经过10年探索后，又进一步完成了广义相对论的创立工作。广义相对论是一种没有引力的新引力理论，是适用于所有参照系的物理定律。它与狭义相对论不同：狭义相对论仅仅适用于不存在引力的物理过程，研究的是直线、匀速相对运动的参照系；而广义相对论研究的是做任何运动的参照系，既适应直线、匀速运动的参照系，又适应加速运动和旋转运动的参照系，因而它是相对论大厦的第二层楼房。广义相对论进一步表明，时间和空间并不是孤立的，物质的分布和运动也反过来决定时间和空间的结构。它们之间也相互影响，是对立统一体。爱因斯坦的相对论，是近代科学技术在20世纪取得的最重大的成果，它导致了古老物理学的彻底革命，完成了物理学第三次理论大综合，进一步奠定了现代物理学发展的基石。

同时，爱因斯坦又是一位关注世界命运和人类前途的思想家。在下面这篇短文中，爱因斯坦就当代世界许多问题发表了自己的看法，集中表达了他的社会观、伦理观。从中我们可以看到他认为个人在现代世界中应该具有什么样的信念与品格。

我们这些总有一死的人的命运多么奇特！我们每个人在这个世界上都只做一个短暂的逗留；目的何在，却无从知道，尽管有时自以为对此若有所感。但是，不必深思，只要从日常生活就可以明白：人是为别人而生存的——首先是为那样一些人，我们的幸福全部依赖于他们的喜悦和健康；其次是为许多我们所不认识的人，他们的命运通过同情的纽带同我们密切结合在一起。我每天上百次地提醒自己：我的精神生活和物质生活都是以别人（包括生者和死者）的劳动为基础的，我必须尽力以同样的分量来报偿我所领受了的和至今还在领受着的东西。我强烈地向往着俭朴的生活。并且时常发觉自己占用了同胞的过多劳动而难以忍受。我认为阶级的区分是不合理的，它最后所凭借的是以暴力为根据。我也相信，简单淳朴的生活，无论在身体上还是在精神上，对每个人都是有益的。

我完全不相信人类会有那种在哲学意义上的自由。每一个人的行为不仅受着外界的强制，而且要适应内在的必然。叔本华说：“人虽然能够做他所想做的，但不能要他所想要的。”这句格言从我青年时代起就给了我真正的启示，在我自己和别人的生活面临困难的时候，它总是使我们得到安慰，并且是宽容的持续不断的源泉。这种体会可以宽大为怀地减轻那种容易使人气馁的责任感，也可以防止我们过于严肃地对待自己和别人；它导致一种特别给幽默以应有地位的人生观。

要追究一个人自己或一切生物生存的意义或目的，从客观的观点看来，我总觉得是愚蠢可笑的。可是每个人都有一些理想，这些理想决定着他的努力和判断的方向。就在这个意义上，我从来不把安逸和享乐看作生活目的本身——我把这种伦理基础叫作猪栏的理想。照亮我的道路，是善、美和真。要是没有志同道合者之间的亲切感情，要不是全神贯注于客观世界——那个在艺术和科学工作领域里永远达不到的对象，那么在我看来，生活就会是空虚的。我总觉得，人们所努力追求的庸俗目标（财产、虚荣、奢侈的生活）都是可鄙的。

我有强烈的社会正义感和社会责任感，但我又明显地缺乏与别人和社会直接接触的要求，这两者总是形成古怪的对照。我实在是一个“孤独的旅客”，我未曾全心全意地属于我的国家、我的家庭、我的朋友，甚至我最为接近的亲人；在所有这些关系面前，我总是感觉到一定距离而且需要保持孤独——而这种感受正与年俱增。人们会清楚地发觉，同别人的相互了解和协调一致是有限度的，但这不值得惋惜。无疑，这样的人在某种程度上会失去他的天真无邪和无忧无虑的心境；但另一方面，他却能够在很大程度上不为别人的意见、习惯和判断所左右，并且能够避免那种把他的内心平衡建立在这样一些不可靠的基础之上的诱惑。

我的政治理想是民主政体。让每一个人都作为个人而受到尊重，而不让任何人成为被崇拜的偶像。我自己一直受到同代人的过分的赞扬和尊敬，这不是由于我自己的过错，也不是由于我自己的功劳，而实在是一种命运的嘲弄。其原因大概在于人们有一种愿望，想理解我以自己微薄的绵力，通过不断的斗争所获得的少数几个观念，而这种愿望有很多人却未能实现。我完全明白，一个组织要实现它的目的，就必须有一个人去思考、去指挥，并且全面担负起责任来。但是被领导的人不应当受到强迫，他们必须能够选择自己的领袖。在我看来，强迫的专制制度很快就会腐化堕落。因为暴力所招引来的总是一些品德低劣的人，而且我相信，天才的暴君总是由无赖来继承的，这是一条千古不易的规律。就是由于这个缘故，我总强烈地反对今天在意大利和俄国所见到的那种制度。像欧洲今天所存在的情况，已使得民主形式受到怀疑，这不能归咎于民主原则本身，而是由于政府的不稳定和选举制度中与个人无关的特征。我相信美国在这方面已经找到了正确的道路。他们选出了一个任期足够长的总统，他有充分的权力来真正履行他的职责。另一方面，在德国政治制度中，为我所看重的是它为救济患病或贫困的人做出了可贵的广泛的规定。在人生的丰富多彩的表演中，我觉得真正可贵的，不是政治上的国家，而是有创造性的、有感情的个人，是人格；只有个人才能创造出高尚的和卓越的东西，而群众本身在思想上总是迟钝的，在感觉上也总是迟钝的。

讲到这里，我想起了群众生活中最坏的一种表现，那就是使我厌恶的军事制度。一个人能够洋洋得意地随着军乐队在四列纵队里行进，单凭这一点就足以使我对他鄙夷不屑。他所以长了一个大脑，只是出于误会；光是骨髓就可满足他的全部需要了。文明的这种罪恶的渊薮，应当尽快加以消灭。任人支配的英雄主义、冷酷无情的暴行以及在爱国主义名义下的一切可恶的胡闹，所有这些都使我深恶痛绝！在我看来，战争是多么卑鄙、下流！我宁愿被千刀万剐，也不愿参与这种可憎的勾当。尽管如此，我对人类的评价还是十分高的，我相信，要是人民的健康感情没有遭到那些通过学校和报纸而起作用的商业利益和政治利益的蓄意败坏，那么战争这个妖魔早就该绝迹了。

我们所能有的最美好的经验是奥秘的经验。它是坚守在真正艺术和真正科学发源地上的基本感情。谁要体验不到它，谁要是不再有好奇心，也不再有惊讶的感觉，谁就无异于行尸走肉，他的眼睛便是模糊不清的。就是这样奥秘的经验（虽然掺杂着恐惧）产生了宗教。我们认识到有某种为我们所不能洞察的东西存在，感觉到那种只能以其最原始的形式接近我们心灵的最深奥的理性和最灿烂的美——正是这种认识和这种情感构成了真正的宗教感情；在这个意义上，而且也只是在这个意义上，我才是一个具有深挚的宗教感情的人。我无法想象存在这样一个上帝，它会对自己的创造物加以赏罚，会具有我们在自己身上所体验到的那种意志。我不能也不愿去想象一个人在肉体死亡以后还会继续活着；让那些脆弱的灵魂，由于恐惧或者由于可笑的唯我论，去拿这种思想当宝贝吧！我自己只求满足于生命永恒的奥秘，满足于觉察现存世界的神奇结构，窥见它的一鳞半爪，并且以诚挚的努力去领悟在自然界中显示出来的那个理性的一部分，倘若真能如此，即使只领悟其极小的一部分，我也就心满意足了。

我有一个梦想

［美］马丁·路德·金

20 世纪60 年代，美国的有识之士逐渐认识到，南北战争致力的解放黑奴运动，并没有获得预期的效果：美国黑人虽然摆脱了奴隶地位，却并未成为与白人完全平等的公民。19 世纪后期，美国黑人的公民权利受到州和地方法规的层层制约而大打折扣；种族歧视在日常生活各个方面都屡见不鲜：黑人常常被隔离开来，不能与白人同在一个学校上学，不能与白人乘坐同一公共交通工具，不能与白人同在一个地方居住……受各种法律法规的限制，黑人不能充分参与社会生活，甚至在一百年后仍然和奴隶一样被剥夺许多基本权利。此外，他们生活水准的提高，也与国家经济的发展完全不相称。凡此种种，使美国黑人的人权问题再次成为一个严重的社会问题。

在这种情形下，黑人志愿团体、教会以及其他阶层关心此事的社会贤达，同心合力掀起了一场争取民权的运动。他们敦促国会通过强有力的法律，清除美国社会种族隔离和种族歧视的最后残余。

1963 年 8 月 28 日在华盛顿林肯纪念堂举行的“为工作自由进军”，在美国历史上成为民权运动的重要里程碑。那天，最激动人心的便是马丁·路德·金牧师代表南方基督教领导会议所作的讲演。一位新闻记者事后指出，马丁·路德·金的演讲“充满林肯和甘地精神的象征和圣经的韵律”。他既义正词严又有分寸节制，既有明确而坚定的目标，又始终强调非暴力的改革途径。这篇演讲侃侃陈词，雄辩有力，其巨大影响迅速在全美国扩散。最终，它的目的达到了：美国国会、总统取缔了金氏在讲演中提到的各种限制黑人权利的法律法规。黑人民权运动取得了胜利。金氏的这篇演讲也被永久地载入了史册。

我很高兴今天和你们一起，我们这次集会必将成为美国历史上为争取自由而举行的最伟大集会。

一百年前，一位伟大的美国人签署了《黑人奴隶解放宣言》，今天，我们就是在他的雕像前集会。这一庄严宣言犹如灯塔的光芒，给千百万在那摧残生命的不义之火中受煎熬的黑奴带来了希望。它的到来犹如欢乐的黎明，结束了束缚黑人的漫漫长夜。

然而一百年后的今天，我们必须正视黑人还没有得到自由这一悲惨的事实。一百年后的今天，在种族隔离的镣铐和种族歧视的枷锁下，黑人的生活备受压榨。一百年后的今天，黑人仍生活在物质充裕的海洋中一个穷困的孤岛上。一百年后的今天，黑人仍然萎缩在美国社会的角落里，并且意识到自己是故土家园中的流亡者。今天我们在这里集会，就是要把这种骇人听闻的情况公诸于众。

就某种意义而言，今天我们是为了要求兑现诺言而汇集到我们国家的首都来的。我们共和国的缔造者草拟宪法和独立宣言的气壮山河的词句时，曾向每一个美国人许下了诺言。他们承诺给予所有的人以生存、自由和追求幸福的不可剥夺的权利。

就有色公民而论，美国显然没有实践她的诺言。美国没有履行这项神圣的义务，只是给黑人开了一张空头支票，支票上盖着“资金不足”的戳子后便退了回来。但是我们不相信正义的银行已经破产。我们不相信，在这个国家巨大的机会之库里已没有足够的储备。因此今天我们要求将支票兑现——这张支票将给予我们宝贵的自由和正义的保障。

我们来到这个圣地也是为了提醒美国，现在是非常急迫的时刻。现在绝非侈谈冷静下来或服用渐进主义的镇静剂的时候。现在是实现民主的诺言的时候。现在是从种族隔离的荒凉阴暗的深谷攀登种族平等的光明大道的时候。现在是向上帝所有的儿女开放机会之门的时候。现在是把我们的国家从种族不平等的流沙中拯救出来，置于兄弟情谊的磐石上的时候。

如果美国忽视时间的迫切性和低估黑人的决心，那么，这对美国来说，将是致命伤。自由和平等的爽朗秋天如不到来，黑人义愤填膺的酷暑就不会过去。1963 年并不意味着斗争的结束，而是开始。有人希望，黑人只要消消气就会满足；如果国家安之若素，毫无反应，这些人必会大失所望的。黑人得不到公民的权利，美国就不可能有安宁或平静。正义的光明一天不到来，叛乱的旋风就将继续动摇这个国家的基础。

但是对于等候在正义之宫门口的心急如焚的人们，有些话我是必须说的。在争取合法地位的过程中，我们不要采取错误的做法。我们不要为了满足对自由的渴望而抱着敌对和仇恨之杯痛饮。我们斗争时必须求远，举止得体，纪律严明。我们不能容许我们的具有崭新内容的抗议蜕变为暴力行动。我们要不断地升华到以精神力量对付物质力量的崇高境界中去。

现在黑人社会充满着了不起的新的战斗精神，但是我们却不能因此而不信任所有的白人。因为我们的许多白人兄弟已经认识到，他们的命运与我们的命运是紧密相连的，他们今天参加游行集会就是明证。他们的自由与我们的自由是息息相关的。我们不能单独行动。

当我们行动时，我们必须保证向前进。我们不能倒退。现在有人问热心民权运动的人：“你们什么时候才能满足？”

只要黑人仍然遭受警察难以形容的野蛮迫害，我们就决不会满足。

只要我们在外奔波而疲乏的身躯不能在公路旁的汽车旅馆和城里的旅馆找到住宿之所，我们就决不会满足。

只要黑人的基本活动范围只是从少数民族聚居的小贫民区转移到大贫民区，我们就决不会满足。

只要密西西比仍然有一个黑人不能参加选举，只要纽约有一个黑人认为他投票无济于事，我们就决不会满足。

不！我们现在并不满足，我们将来也不满足，除非正义和公正犹如江海之波涛，汹涌澎湃，滚滚而来。

我并非没有注意到，参加今天集会的人中，有些受尽苦难和折磨，有些刚刚走出窄小的牢房，有些由于寻求自由，曾在居住地惨遭疯狂迫害的打击，并在警察暴行的旋风中摇摇欲坠。你们是人为痛苦的长期受难者。坚持下去吧，要坚决相信，忍受不应得的痛苦是一种赎罪。

让我们回到密西西比去，回到亚拉巴马去，回到南卡罗来纳去，回到乔治亚去，回到路易斯安娜去，回到我们北方城市中的贫民区和少数民族居住区去，要心中有数，这种状况是能够也必将改变的。我们不要陷入绝望而不可自拔。

朋友们，今天我对你们说，在此时此刻，我们虽然遭受种种困难和挫折，我仍然有一个梦想。这个梦想是深深扎根于美国的梦想中的。

我梦想有一天，这个国家会站立起来，真正实现其信条的真谛："我们认为这些真理是不言而喻的——人人生而平等。"

我梦想有一天，在乔治亚的红山上，昔日奴隶的儿子将能够和昔日奴隶主的儿子坐在一起，共叙兄弟情谊。

我梦想有一天，甚至连密西西比州这个正义匿迹、压迫成风、如同沙漠般的地方，也将变成自由和正义的绿洲。

我梦想有一天，我的四个孩子将在一个不是以他们的肤色，而是以他们的品格优劣来评价他们的国度里生活。

我今天有一个梦想。

我梦想有一天，亚拉巴马州能够有所转变，尽管该州州长现在仍然满口异议，反对联邦法令，但有朝一日，那里的黑人男孩和女孩将能与白人男孩和女孩情同骨肉，携手并进。

我今天有一个梦想。

我梦想有一天，幽谷上升，高山下降，坎坷曲折之路成坦途，圣光披露，满照人间。

这就是我们的希望。我怀着这种信念回到南方。有了这个信念，我们将能从绝望之嶙劈出一块希望之石。有了这个信念，我们将能把这个国家刺耳争吵的声音，改变成为一支洋溢手足之情的优美交响曲。

有了这个信念，我们将能一起工作，一起祈祷，一起斗争，一起坐牢，一起维护自由；因为我们知道，终有一天，我们是会自由的。

在自由到来的那一天，上帝的所有儿女们将以新的含义高唱这支歌："我的祖国，美丽的自由之乡，我为您歌唱。您是父辈逝去的地方，您是最初移民的骄傲，让自由之声响彻每个山岗。"

如果美国要成为一个伟大的国家，这个梦想必须实现。让自由之声从新罕布什尔州的巍峨峰巅响起来！让自由之声从纽约州的崇山峻岭响起来！让自由之声从宾夕法尼亚州阿勒格尼山的顶峰响起来！

让自由之声从科罗拉多州冰雪覆盖的落基山响起来！让自由之声从加利福尼亚州蜿蜒的群峰响起来！不仅如此，还要让自由之声从乔治亚州的石嶙响起来！让自由之声从田纳西州的瞭望山响起来！

让自由之声从密西西比的每一座丘陵响起来！让自由之声从每一片山坡响起来！

当我们让自由之声响起来，让自由之声从每一个大小村庄、每一个州和每一个城市响起来时，我们将能够加速这一天的到来，那时，上帝的所有儿女，黑人和白人，犹太教徒和非犹太教徒，耶稣教徒和天主教徒，都将手携手，合唱一首古老的黑人灵歌："终于自由啦！终于自由啦！感谢全能的上帝，我们终于自由啦！"

哲学史讲演录·导言

［德］黑格尔

《哲学史讲演录·导言》是19世纪德国哲学家黑格尔（Georg Wilhem Friedrich Hegel，1770—1831）的主要哲学著作之一。在黑格尔逝世之后，由米勒根据黑格尔的讲稿和学生笔记整理而成，并被编入1833年出版的《黑格尔全集》。商务印书馆1981年出版了贺麟、王太庆翻译的四卷本的中译本。

这部著作的开首，黑格尔写了一个长达100多页的导言，阐述了他的哲学史观和方法论。导言分三个部分：哲学史的概念；哲学与其他和知识部门的关系；哲学史的分期、史料来源、论述方法。黑格尔把辩证法应用于哲学史的研究，深刻地揭示了哲学史的基本规律。

黑格尔认为，哲学史所昭示给我们的，是理性思维和自由思想的生成发展史，是"绝对精神"自身回复、自我认识的历史。他批判了那种以哲学史为错误意见罗列的看法，提出历史上各种哲学体系的不断变化发展过程，不过是"绝对精神"自我认识的不同阶段，它们不是彼此孤立的，互不相干的，而是处于深刻的相互联系之中，每个哲学体系都是“绝对精神”整个发展过程的一个特殊发展阶段或环节，晚出的哲学体系是从先前的哲学体系发展而来的，它否定了前者，但不是简单的抛弃而是提高。各种哲学体系相互更替正表现着“绝对精神”自我认识的逐步深化。

黑格尔在这篇导言里提出了历史的东西和逻辑的东西一致的思想，他把逻辑与历史的一致作为构筑体系和哲学研究的重要方法原则，黑格尔认为，以往的每个哲学体系作为“绝对精神”自我认识的一个阶段，相当于《逻辑学》体系中的一个范畴，而整个哲学史的基本内容就是从一个范畴向另一个范畴的推进，哲学史发展的基本线索也就是一种逻辑必然性。他说：“历史上的那些哲学系统的次序，与理念里的那些概念规定的逻辑推演的次序是相同的。”由此他反对那种把哲学看作各种体系的机械组合和偶然堆积的观点。但是黑格尔是唯心主义者，他不是把范畴的逻辑体看作现实历史过程规律性的抽象理论反映，而是相反，把历史过程看作逻辑范畴的体现。

黑格尔认为，哲学史本身就是哲学，是关于真理的客观科学。因此哲学史也就是真理的发展史。哲学史上相继出现的哲学体系是真理发展过程的一个必然阶段，真理的发展是通过历史不同哲学体系的更替来实现的，但是每一个特殊阶段都是体现真理的一个片面、一个局部，“每一个哲学都是它的时代的哲学，它是精神发展的锁链里的一环，因此它只能满足那适合于它的时代的要求和兴趣”，因而，都不是对绝对精神的完全体现，都可能达到绝对真理。黑格尔认为，真理发展是一个从低级到高级、从抽象到具体、从相对到绝对的过程；最早的哲学体系是最抽象、最贫乏的。在这时真理的发展尚处在低级阶段；越在后的哲学越深刻、越具体地表现出真理的内容。黑格尔把哲学史上各个哲学的这种前进运动比喻成圆圈，他说哲学思想的历史“乃是一系列的发展，并非像一条直线抽象地向着无穷发展，必须认作像一个圆圈那样，乃是回复到自身的发展，这个圆圈又是由许多圆圈所构成，而那整体乃是许多自己回复到自己的发展过程所构成的”。这里黑格尔用辩证法的观点阐述了人类的认识史，说明对真理的认识不是一蹴而就、一次完成的，不是直线式的运动，而是螺旋式的、曲线式的前进发展过程。

黑格尔的这篇导言，是《哲学史讲演录》全书的灵魂，也是黑格尔哲学观点的精要阐述，是我们了解黑格尔哲学的入门读物。此外，黑格尔在《哲学史讲演录》中对中国哲学的评价有失偏颇。本文摘录的是导言中关于“哲学史的概念”的内容。

哲学史的概念

一提到哲学史，我们首先就会想到，这个对象本身就包含着一个内在的矛盾。因为哲学的目的在于认识那不变的、永恒的、自在自为的。它的目的是真理。但是历史

所讲述的，乃是在一个时代存在，而到另一时代就消逝了，就为别的东西所代替了的事物。如果我们以“真理是永恒的”为出发点，则真理就不会落到变化无常的范围，也就不会有历史。但是如果哲学有一个历史，而且这历史只是一系列过去了的知识形态的陈述，那么在这历史里就不能够发现真理，因为真理并不是消逝了的东西。

我们可以说：“这种一般的论证，将不仅适用于别的科学，也同样适用于基督教”，同时也会发现一个与此相矛盾的说法，认为“基督教史和别的科学的历史是应该有的，但进一步去研究这种论证却是多余的，因为这种论证业已被这些历史的存在直接推翻了”。为了对这种矛盾的意义加以较细密的考察，我们必须区分一种宗教或一门科学的外在命运的历史与这种对象自身的历史。所以我们必须考虑到：哲学史由于它的题材的特殊性质，是与别种科学的历史不同的。我们立刻就可以明白看到，刚才所提到的这种矛盾，不能涉及外在的历史，而只能涉及内在的亦即内容自身的历史。譬如基督教便有它的传播史或它的信徒之命运的历史；因为它曾经把它的存在建筑在教会上面，而教会本身便是这一类的外在存在，这种外在存在与多样的时间性的事物相接触，有了多样不同的命运，所以本质上具有一个历史。即就基督教教义本身而论，它诚然还是具有它的历史，但是它必然地不久便送到它的充分发展，而获得它的确定的解释。这种旧的信条，曾经被每个时代承认为权威，而且现在仍然将会被承认为不变的真理（虽说这种承认只是虚假的），这些信条的文字只是口头上的虚有的公式。但是，基督教教义的历史，就广义来说，只包含着两方面：一方面是对于那原来的固定真理的多样性的附加和歪曲，另一方面是对于这些错误的斗争，和把所遗留下来的原则从附加的成分中净化出来，并回复到原来的单纯信条。

像宗教所有的这种外在历史，别的科学，包括哲学在内，也是有的。哲学有它的起源、传布、成熟、衰落、复兴的历史，它的教师、推进者和反对者的历史——这历史常常又与宗教，有时又与政治有外在关系。哲学这一方面的历史，同时引起了一些很有趣味的问题。譬如，有人问：哲学既是关于绝对真理的学说，为什么大体上它只是启示给少数的个人，给特殊的民族，并且只限于特殊的时代呢？同样，就基督教看来，真理比它在哲学的形式内表现得更为普遍。我们曾遇着一个困难问题：这个宗教在时间上出现得这样晚，并且那样久甚至到现在还仍然只限于一些特殊的民族里，这里面是不是包含一种矛盾呢？但这一类的问题是属于更特殊的细节的问题，且不仅仅属于刚才所提到的那个较一般的冲突。只有等到我们进一步讨论哲学知识的特有性质时，我们才可以更进而讨论关于哲学的外在存在和外在历史这一方面的问题。

但是我们试把宗教史和哲学史的内在内容比较一下，便可以知道，在哲学里并不像在宗教里那样，自始就承认一个固定的基本的真理作为内容，这真理由于是不变的，因而就是独立于历史之外的。基督教的内容就是真理，它本身是保持不变的，因此它就没有或者等于没有历史。[①] 因此在宗教里面，由于基督教的基本性质，刚才所提到的那种冲突是没有的。后人的附加和错误，并没有引起什么困难。因为它们是变化无常的，而且性质完全是历史性的。

别的科学，依内容而论，诚然也有历史。这历史诚然也有一部分是关于内容的改变和前此所公认为有效准的原则的放弃，但另一部分，也许是它的内容的较大部分，则是关于有永久性的成分；而新兴的成分并不是从前所赢得的原则的改变，而只是对于固有的原则的增加或补充。这些科学通过一种增补过程而进步。诚然，植物学、矿物学之类的进步有许多地方是基于校正前的成就，但绝大部分是保持原状的，这些科学只是由于新材料的增加而丰富其自身，却没有引起内在的变化。像数学这种科学，它的历史在内容方面大体上只是一种记载或列举新贡献的愉快工作而已。例如初等几何学自欧几里得创立以来，可以说是没有历史。

相反的，哲学的历史所昭示的，既不是毫无增加的简单内容的停滞不前，也不只是新的珍宝平静地增加到已有的基础上的过程；因而有人会以为哲学史所提供给我们的，颇像是一些不断地全部更新和变化的戏剧，而这些变化最后又不复有一个单纯的目的作为共同的联系。在这样的哲学史里，抽象对象本身、理性知识既然消失不见了，那么这个科学的建筑最后必成为空的架子，徒然分享着哲学的虚名和伪号罢了。

一、关于哲学史的普通观念

说到这里，立刻就会发生关于哲学史的普通肤浅的观念，必须提出来谈一谈并予以纠正。关于这些很流行的看法，诸位无疑是很熟知的，因为事实上这些看法乃是当人们最初对于哲学史加以粗率的思想时，就会浮现在头脑里的最直接的想法。我将要简单地说明那些需要说明的，而对于哲学派别之分歧的说明，将会更进一步引导我们进入哲学的实质本身。

（一）哲学史作为分歧意见之堆积

历史初看起来似乎只应该叙述各个时代、民族和个人的偶然事件，一部分是就时间的次序来说，而一部分是就它们的内容来说。关于时间次序的偶然性，将在以后讨论。现在我们首先要讨论的乃是关于内容的偶然性的观念，亦即关于偶然的行为的观念。但是，哲学所有的内容不是行为，也不是外在的快乐和悲痛的事情，而是思想。偶然的思想不是别的，只是意见，而哲学意见也就是关于较为特殊的内容和哲学特有的对象的意见，关于上帝、自然和精神的意见。

所以我们就常碰到对于哲学史的很普通的看法，认为它应当是对于一大堆在时间中产生和表现出来的哲学意见的罗列和陈述。像这类材料，我们客气一点可以称之为

---

① 参看马海内克：《基督教的信仰和生活》，第 123 ~ 134 节，1823 年柏林版。

意见；而在那些自信可以下比较彻底的判断的人，也许会干脆叫这种哲学史为无意识的东西的展览，或者至少是单纯沉溺在思想和概念中的人们所犯的许多错误的展览。这种说法我们不只是在那些自己承认不懂哲学的人那里可以听到（他们自己承认不懂哲学，因为在一般人看来对于哲学的无知并不妨碍他们对哲学随便下判断；正相反，他们每个人都自信能够对哲学的价值和性质下判断，虽说他们对于哲学毫无所知）；而且从那些自己在写哲学史和曾经写过哲学史的人那里也同样可以听到。哲学史照这样说来，既是各式各样的意见的罗列，那么，它将变成一个无聊的好奇的东西，或者我们也可以说只是一种博学的兴趣。因为所谓博学，主要地只是知道一大堆无用的东西，这就是说，除了对那些无用的东西具有一些知识之外，本身没有任何别的内在意义和价值。

然而有人却以为像这样学习别人的不同意见和思想也是有用的，可以刺激思维能力、引发许多好的思想，这就是说，可以产生另一些意见，于是哲学史这门学问的功用，就在于从一些意见产生另一些意见。

如果哲学史只是一些意见的展览（即使是关于上帝或关于自然事物和精神事物的本质的意见），则它将是一种多余的无聊的学问，无论我们从这类的博学和思想活动里能够得到多少益处。还有什么东西能够比学习一系列的单纯意见更为无用吗？还有什么东西比这更为无聊吗？有许多著作就是这样意义下的哲学史，它们把哲学的理念只是当作意见一样来罗列、来处理，对于这些东西我们只须随便翻阅一下，就可以发现其中的一切是如何空疏无聊，缺乏兴味。

一个意见是一个主观的观念、一个任意的思想，一个想像，我可以这样想，别人可以那样想；一个意见，是我私有的，它本身不是一个有普遍性的自在自为地存在着的思想。但哲学是不包含意见的，所谓哲学的意见是没有的。一个人即使他本人是个哲学史的作家，当他说哲学的意见时，我们立刻就可以看得出，他缺乏对于哲学的基本修养。哲学是关于真理的客观科学，是对于真理之必然性的科学，是概念式的认识；它不是意见，也不是意见的产物。

对于哲学史的这种看法，还有一个特有的意义，即我们所知道的只是一些意见。着重点是在意见上面。与意见相反的是真理。在真理面前，一切意见都褪色了。但是，只在哲学史里面去寻求意见或以为在哲学史里面只能发现意见的人们，对于真理这个词是会掉头不顾的。哲学在这里曾经受到从两方面来的反对。一方面，如所熟知，注重虔诚信仰的人会公开宣称，理性或思维不能够认识真理；相反，理性只会引导到怀疑的深渊，于是我们必须放弃理性和独立思想，必须使理性和思想屈服于盲目信仰的权威之下，才能得到真理。关于哲学和哲学史与宗教间的关系，下面还要讨论。另一方面，也是人所熟知的，所谓理性又只图坚持其自身的效准，否认信仰的权威，努力使基督教合理化；所以它认为要承认任何东西，只有完全信赖个人自己的见解和个人的信念。但这种对于理性的权利的肯定，却得出这样令人惊异的结果：理性不能认识真理。这种所谓理性，一方面用思维理性的名义和力量向宗教信仰斗争，而同时它也同样转而反对理性，是理性的敌人。它坚持本能和情感以反对理性，因而就把主观的东西当作真理的标准，像每个人纯从主观出发任意独断所形成的个人信念那样。这类个人信念不是别的，而只是一种意见，不过这种意见却被当作人们的至高无上的标准罢了。

如果我们从首先碰到的观念开始，则不得不提一下对于哲学史的这种见解。这种见解浸透了一般文化生活的信念，同时也是我们时代的成见，是人们藉以彼此互相了解、互相认识的基本原则，是一个被认为确定无疑的，作为一切其他科学研究的基础的前提。这一基本原则也就是时代的真正的标志。在神学里，教会的教条并不怎么代表基督教的教义，而是每一个人依照自己的信念，或多或少地有自己的基督教教义，而另一个人则依照另一个信念，也有另一种基督教教义。我们常常看见，在历史上，神学被迫使去寻求各种不同的意见，以便引起对于神学的兴趣。而最初的结果之一，就是尊崇所有一切信念，把它们认作只是每一个人必须自己解决的问题，它的目的当然不在认识真理。

个人的信念，事实上就是理性或理性的哲学从主观性出发在知识方面所要求的最后的、绝对本质的东西。但是，我们必须区别开：什么是基于感情、愿望和直观等主观的根据，一般地说，即基于主体之特殊性的信念，与什么是基于思想的信念，即由于洞见事物的概念和性质而产生的思想的信念。前一种形态的信念，只是意见。

意见与真理的对立，像这里所明确划分的，即在苏格拉底和柏拉图时代（希腊生活之堕落的时代）的文化生活里，我们已经可以看到，柏拉图曾经把意见和知识对立起来。同样的对立，我们在奥古斯都和其后的罗马社会政治生活衰落的时代里也可以看到。在这时，伊壁鸠鲁学派以传播一种无所谓的态度来反对哲学。当基督说："我是来到世间为真理作见证的。"彼拉多以蔑视真理的态度答道："真理是什么东西?"[①] 这话是说得很高傲的，意思是说："真理这个观念已经是一个口头禅，我们已经对它很厌烦了。我们已经看穿了它是什么东西，现在已经说不上认识真理了。我们已经超出它了。"谁说这样的话，才真可算是"超出真理"——被摒于真理之外了。

如果一个人从这种观点出发来研究哲学史，则它的全部意义只在于知道别人的特殊意见，而每一个意见又不同于另一意见。但这些个别的特殊的意见，对于我是生疏外在的，在这里，我的思维理性是不自由的，也是没有活动于其中的，它们对于我只是一堆外在的僵死的历史材料，一堆本身空疏的内容。只有自己主观空疏的人，才会满足于这些空疏的东西。

① 见《新约》"约翰福音"，第十八章，第37~38节。

对于天真纯朴的人，真理永远是一个伟大的名词，可以激动他的心灵。对于认为真理不可知的说法，我们在哲学史里适当的地方还要加以详细的考察，现在只消提一句：如果我们承认真理不可知这个前提，像邓尼曼那样，那真是无法了解，为什么我们还要耗费精神来研究哲学。因为每一个意见都错误地自诩为具有真理。这就立即令我回忆起一个旧的信念：真理是在知识里，但我们只有在反省时，不是在走来走去时，才能认识真理；真理既不能在直接的知觉、直观里，亦不能在外在的感觉直观或理智的直观里（因为每一个直观，就是感性的）被认识，而只能通过思维的劳作才能被认识。

（二）通过哲学史本身去证实哲学知识的无用

上面这种对于哲学史的看法，从另一方面看来也可以有另一种结果，这结果，如果我们愿意，也可以把它看作或者有害，或者有利。我们看见如此分歧的意见和如此繁多的哲学系统，于是就感觉到一种困惑，不知道应该接受哪一个。我们知道，许多伟大的人物都曾对于那些足以令人向往（而哲学也声言要将关于它们的知识给予人们）的伟大事物犯过错误，因而他们都曾遭受过别人的反对。“既然这样伟大的人物都曾走错了路，像我这样一个小人物，如何能够去下决定性的判断呢？”从哲学系统之分歧里面推出来的这个结论，就是我们认为有害的一方面，但同时也有一种主观的用处。因为这种分歧普通常被许多人用作遁辞，这些人装出很内行的样子，表示他们对于哲学很有兴趣，来掩饰他们对于哲学的忽视，即他们虽然好像是抱着一番善意，并且也承认有努力研究这门学问的必要，但事实上他们却完全忽视了这门学问。然而哲学系统的分歧，却远不只是一种被这些人用作忽视哲学的借口，它还更可以被当作一种严肃的真实的论据，用来反对从事哲学研究所需的热忱，用来作为忽略哲学的理由，并作为一个无可辩驳的例证，以表明努力达到对于真理的哲学认识，是徒劳无益之事。但假如我们承认，哲学应当是一种真正的科学，而且真的哲学只有一个，于是就发生了这个问题：哪一个哲学是真的哲学？我们如何可以认识这个真的哲学？既然每一个哲学自认为是真的哲学，既然每一个哲学各自提出一些不同的标志和标准，作为认识真理的指针，那么，一个头脑清醒的人在下判断时必会徘徊迟疑。

这一点，据说就是哲学史可以提供的进一步的意义。西塞罗（“论神的性质”第一章第十节以下）曾经杂乱地列举出关于上帝的许多哲学思想的历史。他假借一个伊壁鸠鲁派的学者的口气来说话，但他自认他不知道有比那更好的说法，所以那就代表他自己的见解。那个伊壁鸠鲁派的学者说，我们尚没有达到确定的认知。对于哲学努力之为无用的证明，可以直接从这种对于哲学史通常的肤浅看法引申出来，即认为哲学史的结果所昭示的，不过只是分歧的思想、多样的哲学的发生过程，这些思想和哲学彼此互相反对、互相矛盾、互相推翻。这个不可否认的事实，似乎包含着可以把耶稣基督下面的一句话应用到哲学上面来的理由和必要：“让那死了的人去埋葬他们的死人；跟着我来[①]”。全部哲学史这样就成了一个战场，堆满了死人的骨骼。它是一个死人的王国，这王国不仅充满着肉体死亡了的个人，而且充满着已经推翻了的和精神上死亡了的系统，在这里面，一个杀死了另一个，并且埋葬了另一个。这里不是“跟着我走”，按照这里的意思倒必须说，“跟着自己走”。这就是说，坚持你自己的信念，不要改变你自己的意见。何必采纳别人的意见呢？

这样的情形当然就发生了：一种新的哲学出现了。这哲学断言所有别的哲学都是毫无价值的。诚然，每一个哲学出现时，都自诩为：有了它，前此的一切哲学不仅是被驳倒了，而且它们的缺点也被补救了，正确的哲学最后被发现了。但根据以前的许多经验，倒足以表明新约里的另一些话同样地可以用来说这样的哲学，使徒彼得对安那尼亚说：“看吧！将要抬你出去的人的脚，已经站在门口。”[②] 且看那要驳倒你并且代替你的哲学也不会很久不来，正如它对于其他哲学也并不会很久不去一样。

（三）关于哲学之分歧的解释

无疑地，现在有着并且曾经有过许多不同的哲学，乃是一个有充分根据的事实。但真理只有一个，这乃是理性的本能所具有的根深蒂固的直觉和信念。于是有人便因此推论说：“只能有一个哲学是真的，但由于有如此之多不同的哲学，所以其余的哲学都只能是错误的。但每一种哲学都确信、保证并证明它自身是那唯一的真的哲学。”这是通常的形式推论，而且从冷静思想看来，好像也是正确的见解。至于谈到思想之冷静——这个好听的名词，从日常的经验我们就可以知道冷静这个名词的意义，即当我们是冷静或空乏时，我们立刻或不久就会感觉饥饿。[③] 但冷静的思想却有一种本领和技巧，可以不让自己由于冷静或空乏而变成饥饿和渴求，而能使自己感到满足并安于满足。因此，用这种字眼所表示的这种思想，就是那僵死的抽象理智；因为只有僵死的东西才是冷静的，并且同时才是满足的，安于满足的。但无论物质生活或精神生活皆不会停留在满足于冷静或空疏中，而是一种冲力，它是饥渴地追求真理，追求对真理的知识，迫切要求对这种求真和求知的冲力的满足，它决不会对这样的抽象思想加以饱餐并感到满足的。

但是，对于上面这种思想，有一点尚须更确切地说明一下，即无论哲学派别有何种分歧，却至少有一个共同点，即它们同是哲学。所以，如果任何人研究过或熟悉过任何一种哲学（只要它在任何意义下是一种哲学），则它就可以说是具有“哲学”。那些提出抽象的论证或借口、一味坚持哲学的分歧性的人，由于他厌恶或害怕特殊性，

① 见《新约》“路加福音”，第九章，第59、60节。

② 见《新约》“使徒行传”，第五章，第9节。

③ 译者按：“冷静的”，德文原作nüchtern，该词有饥渴时腹中枵然或空乏之意，复有冷静、空疏、抽象、枯燥的意思。黑格尔此处兼用这两层意义。

不知道特殊性也包含普遍性在内，他是不愿意理解或承认这普遍性的。[①] 我曾经把他比作一个患病的学究，医生劝他吃水果，于是有人把樱桃或杏子或葡萄放在他前面，但他由于抽象理智的学究气，却不伸手去拿，因为摆在他面前的，只是一个一个的樱桃、杏子或葡萄，而不是水果。

但重要的是对于哲学系统之分歧性的意义，去进一步获得一个更深刻的见解。对于真理和哲学的性质，加以哲学的理解，这样我们就可以认识到，这种哲学系统的分歧绝不意味着真理与错误是抽象地对立着的。说明这点，就会使我们明了全部哲学史的意义。

我们必须讲明白：哲学系统的分歧和多样性，不仅对哲学本身或哲学的可能性没有妨碍，而且对于哲学这门科学的存在，在过去和现在都是绝对必要的，并且是本质的。

由于这番讨论，就可以帮助我们认识，哲学的目的即在于用思维和概念去把握真理，并不是去发现没有东西可以被认识，也不是去发现我们不能认识真正的真理，而只能认识暂时的、有限的真理（这就是说，一种真理同时又是不真的真理）。此外还可以帮助我们认识，在哲学史里我们所研究的就是哲学本身。

我们可以在这里把重点单用“发展”这一概念来加以概括。如果我们明白了发展的意义，则所有其余部分都自会产生并引伸出来。哲学史的事实并不是一些冒险的行为，一如世界的历史并不只是一些浪漫的活动，换言之，它们并不只是一些偶然的事实，例如迷途骑士漫游事迹之聚集：这些骑士各自为战，做无目的的挣扎，在他们的一切努力里，看不出任何效果。哲学史同样也不是在这里异想天开地想出一个东西，在那里又主观任性地想出另一个东西，而是在思维精神的运动里有本质上的联系。精神的进展是合乎理性的。我们必须本着对于世界精神这样的信心去从事历史，特别是哲学史的研究。

《作为意志与表象的世界》选

［德］叔本华

叔本华（Arthur Schopenhauer，1788—1860），德国唯意志主义哲学家、美学家。生于但泽（今波兰格但斯克）一个银行家家庭。1809 年起在哥廷根大学学医，后改学哲学。1814 年获哲学博士学位。1822 年被聘为柏林大学哲学副教授，后因激烈抨击黑格尔哲学败北而辞职。其主要著作有《作为意志与表象的世界》（1819）、《论自然意

①《哲学全书》，第十三节附释（三联书店版中译本《小逻辑》，第 67 页）

志》(1836)、《伦理学的两个根本问题》(1841)等。

《作为意志与表象的世界》是叔本华阐明其意志主义哲学的最主要的著作。叔本华认为:世界的一切都为着主体而存在,世界与人的关系是表象和表象者的关系。而表象的世界是"现象"的世界,在它之外还有一个世界,即被作为"自在之物"的意志。意志的客体化就是理念,而理念的显现就是现象。人的认识是生而为意志服务的,但人也可以作为纯粹认识主体摆脱认识为意志服务的桎梏,而进入无我(失去了意志)的审美境界。作者还认为:人生是痛苦而悲惨的。为了免于空虚和无聊而达到解脱,最好自行绝食而死,或实行严格禁欲,彻底否定意志。叔本华哲学是从德国古典理性主义向现代非理性主义过渡的最后一环,也是现代西方人本主义哲学的开端。全书分四部分,共51万字。中译本由石冲白翻译,商务印书馆出版。

世界是我的表象,这是一个真理

世界是我的表象,这是一个真理,是对于任何生活着和认识着的生物都有效的真理。人不认识什么太阳、什么地球,而永远只是眼睛,是眼睛看见太阳;永远只是手,是手感触着地球。他周围的世界只是作为表象而存在着的;也就是说这世界的存在完全只是就它对一个其他事物的,一个进行"表象着"的关系来说的。这个进行表象者就是人自己。掌握这一事实,乃是迈向哲学智慧的第一步。贝克莱是断然把这一真理说出来的第一人。

世界上的一切,都具有以主体为条件,并为着主体而存在的性质。那认识一切而不为任何的事物所认识的,就是主体。因此主体就是这世界的支柱,是一切现象、一切客体一贯的、经常作为前提的条件;原来凡是存在着的,就只是对于主体的存在。因此,作为表象的世界,有着本质的、必然的、不可分的两部分:一半是客体,另一半是主体。客体的形式空间与时间、因果性,是先验地在我们意识中的。这是康德的主要功绩,我现在进一步主张,根据律就是我们先天意识着的,客体所具一切形式的共同表述;因此我们纯粹先天知道的一切并不是别的,而正是这一定律的内容。由此产生的结果是:我们所有一切先天明确的"认识"实际上都已在这一定律中说尽了。根据律是解释一切的原则,解释一个事物意味着把它的存在或关系归因于某种形态的根据律。根据律可分四种形态:① 存在的根据律;② 变化的根据律;③ 行为的根据律;④ 认识的根据律。外在和内在的感性,即空间和时间形式中的感知属于第一根据律;知性和因果属于第二根据律;自我意识与动机属于第三根据律;理性认识的根据与逻辑属于第四根据律。

在根据律的支配之下,作为表象的世界恰如印度上古智者的话所描述的那样:"这是摩耶,是欺骗(之神)的纱幔,蒙蔽着凡人的眼睛而使他们看见这样一个世界,既不能说它存在，也不能说它不存在；因为它像梦一样”。我们都在做梦，难道我们整个人生不也是一个梦吗？或更确切地说：在梦与真实之间，在幻象与实在客体之间是否有一可靠的区分的标准？莎士比亚说：我们渺小的一生，睡一大觉就圆满了。而我认为人生与梦都是同一本书的页子，依次联贯阅读就叫作现实生活。或者干脆地说：人生是一场大梦。

那种认为有一种离开表象的实在，即所谓的“自在之物”，这是梦呓中的怪物；而承认这种怪物就会是哲学里引人误入迷途的鬼火。假定一种自在的客体，不依赖于主体，那是一种完全不可想象的东西，因为客体在作为客体时，就已经是以主体为前提了，因而总是主体的表象。所以整个客体的世界是表象，不可移易的是表象，所以它自始自终永远以主体为条件。只有那由于理性的误钻牛角尖以致怪癖成性的心灵，才会想到要为它的实在性而争论。

世界之作为意志，意志的客体化

“世界是我的表象”只是半个真理，完整的真理是世界还是意志。表象的世界是“现象”的世界，在它之外还有一个世界，即作为“自在之物”的意志。意志是这世界的内在本质。意志是无处不在的：人有意志，动物有意志，植物也有意志。而意志的可见性，其表现（客体化）就是人的身体的活动，就是事物的运动。例如，人的牙齿、食道、肠的蠕动就是客体化的饥饿，生殖器就是客体化的性欲；植物的成长、结晶体的形成、磁针指北、石头落地、地球被太阳吸引，也是意志的表现，或者说是意志的客体化。

万物皆有意志，而意志在万物中则始终是完整的，不能说石头里面是意志的一小部分，人里面是意志的大部分。但意志的可见性，意志客体化的程度则有高低大小之分，可以分为无数级别，这些级别有如最微的晨曦或薄暮和最强烈的日光之间的无限级别，有如最高声音和最微弱的尾声之间的无限级别。

意志客体化的这些级别不是别的，正是柏拉图的那些理念。理念只是自在之物的直接的、恰如其分的客体性。康德与柏拉图是西方两位最伟大的哲人，而自在之物与理念是他们的两个晦涩的思想结晶。它们两者的相通之处就是把可见闻的世界认作一种现象，认为该现象本身是虚无的，只是由于把自己表现于现象中的东西（一方是自在之物，另一方是理念）时有意义和假借而来的实在性。因此显然而无须多加证明的是康德和柏拉图这两种学说的内在旨趣是完全一样的。但理念与自在之物并不干脆就是同一个东西。康德把自在之物规定为是独立于一切认识形式的，但他并没有把对于主体是客体这样一个一切现象（表象）的“首要的和最普遍的形式”包括在这一切认识形式之中，这样康德就陷入明显的矛盾中。而柏拉图的理念却必然是客体，是一个被认识了的东西，是一个表象；正是由于这一点，理念才有所不同于自在之物。因此，理念只是摆脱了，更正确些说，只是尚未进入现象的那些次要形式，也就是未进入我们把它全包括在根据律中的那些形式；但仍保留了那一首要和最普遍的形式，亦即表象的根本形式，保留了对于主体是客体这形式。

但理念也可以进入那些次要形式（根据律的那些形式）。当理念落入作为个体的主体的认识中时，它就进入这形式中了。于是，个别的、按根据律而显现的事物就只是自在之物（那就是意志）的一种间接的客体化，在事物和自在之物中间还有理念在。个别的、按根据律呈现的事物，就是理念的开展。理念则在根据律诸形态中被分散为各种各样的现象，它们对于理念来说是非本质的，只存在于个体的认识方式中，只对个体来说是实在的。只有意志客体化所有那些级别的本质上的东西才构成理念；所以人类的历史，事态的层出不穷，时代的变迁，在不同国度、不同世纪中人类生活的复杂形式，这一切一切都仅仅是理念的显现的偶然形式，都不属于理念自身，而只属于现象。

认识为意志服务，直观是一切证据的最高源泉

认识作用本身根本是属于较高级别上的意志的客体化的，而感性、神经、脑髓，也只是和有机生物的其他部位一样，都是意志在它客体性的这一级别上的表现；因此通过这些东西而产生的表象也正是注定要为意志服务的，是达到它那些现在已经复杂起来的目的的手段（机械工具），是保存一个有着多种需要的生物的手段。所以认识自始以来，并且在其本质上就彻底是可以为意志服务的。认识照例总是服服帖帖为意志服务的，认识也是为这种服务而产生的；认识是为意志长出来的，有如头都是为躯干而长出来的一样。

没有一种科学是彻头彻尾都可以证明的，好比一座建筑物不可能悬空吊起一样，科学的一切证明必须还原到一个直观的，也就是不能再证明的事物，原来反省思维所有的整个世界都是基于、并且是立根于这直观世界的。直观是一切证据的最高源泉，只有直接或间接地以直观为依据才有绝对的真理；并且确信最近的途径也就是最可靠的途径，因为一有概念介于其间，就难免不为迷误所乘。

摆脱意志的纯粹认识主体：审美观与自失的怡悦

认识虽可以为意志服务，但在从低等动物经高等动物发展到人以后，有时可以成为例外，认识可以从为意志服务中摆脱出来，这时就从认识个别事物过渡到认识理念了。主体已不再仅仅是个体的，而已是认识的纯粹而不带意志的主体了。

这种主体已不再按根据律来推敲那些关系，而是栖息、浸沉于眼前对象的亲切观审中，超然于该对象和任何其他对象的关系之外。如果人们由于精神之力而被提高了，放弃了对事物的习惯看法，即是说人们在事物上考虑的已不再是“何处”、“何时”、

"何以"、"何用"，而仅仅只是个"什么"，也不是让抽象的思维、理性的概念盘踞着意识，而代替这一切的却是把人的全副精神能力献给直观，沉浸于直观，并使全部意识为宁静地观审恰在眼前的自然对象所充满，不管这对象是风景、是树林、是岩石，还是建筑物或其他什么。人在这时，按一句有意味的德国成语来说，就是人们自失于对象之中了。也就是说人们忘记了他的个体，忘记了他的意志；他已仅仅只是作为纯粹主体，作为客体的镜子而存在；好象仅仅只有对象的存在而没有觉知这对象的人了。所以人们也不能再把直观者其人和直观本身分开来了，而是两者已经合而为一了；这同时即是整个意识完全为一个单一的直观景象所充满、所占据。所以，客体如果是以这种方式走出了它对自身以外任何事物的一切关系，主体也摆脱了对意志的一切关系，那么，这所认识的就不再是如此这般的个别事物，而是理念、是永恒的形式，是意志在这一级别上的直接客体性。并且正是由于这一点，置身于这一直观中的同时也不再是个体的人了，因为个体的人已自失于这种直观之中了。他已是认识的主体，纯粹的、无意志的、无痛苦的、无时间的主体。达到如上的观审与自失的审美快感有主观条件与客观条件之分。审美此快感的直观条件也就是认识从意志的奴役之下解放出来，忘记作为个体人的自我和意识也上升为纯粹的、不带意志的、超乎时间的、在一切相对关系之外的认识之主体。而在外来因素或内在情调突然把我们从欲求的无尽之流中托出来时，在认识甩掉了为意志服务的枷锁时，在注意力不再集中于欲求的动机，而是离开事物对意志的关系而把握事物时，所以也即是不关利害、没有主观性、纯粹客观地观察事物时，只就它们是赤裸裸的表象而不是就它们是动机来看而完全委心于它们时，那么，在欲求的那一条道路上永远寻求而永远不可得的安宁就会在转眼之间自动地光临，而我们也就得到十足的怡悦了。在这种审美心境中，人们或是从狱室中，或是从王宫中观看日落，就没有什么区别了。

审美快感的主观方面，即内在情调、认识对欲求的优势，都能够在任何环境之下唤起这种心境，如荷兰的静物写生，从中获得的审美快感主要来自画家那种宁静的、沉默的、脱去意志的胸襟，即主观方面的成分。但是这种纯粹客观的情调还可以由于惬意的对象，由于自然美歆动人去鉴赏，自然的丰富多采，在它每次一下子就展现于我们眼前时，为时虽只在几瞬间，然而几乎总是成功地使我们摆脱了主观性，摆脱了为意志服务的奴役而转入纯粹认识的状况。所以一个为情欲或是为贫困和忧虑所折磨的人，只要放怀一览大自然，也会这样突然地重新获得力量，又鼓舞起来而挺直了脊梁，这时的审美快感主要来自客观的方面，在此种境界中我们只是作为那一世界眼而存在。

当对象迎合着纯粹直观的时候，这种美是"优美"，而当对象和人的意志处于对立的状态时，人就必须有意识地回避这种对立关系，超然物外，置之度外，使自己只是作为认识的纯粹的无意志的主体，静静地观赏着这些对于意志来说是敌对的对象，只把握着对象中与任何关系都无关的理念，超脱欲求超脱自己，这就是“壮美”（崇高）；相反的，如果对象是激动着观赏主体的意志，使其不再是认识的纯粹主体，而成为有所欲求的主体，那就是“媚美”了，如肉感的裸体画。

当一个认识着的个体已升为认识的纯粹主体，而被考察的客体也正因此而升为理念了，这时作为表象的世界才能完美而纯粹地出现，才圆满地实现了意志的客体化，因为唯有理念才是意志恰如其分的客体性。而考察理念，也就是考察意志恰如其分的客体性的唯一好的方式就是艺术，这是天才的任务。艺术复制着由纯粹观审而掌握的永恒理念，复制着世界一切现象中本质的和常住的东西。艺术的唯一源泉就是对理念的认识，它唯一的目标就是传达这一认识。它比科学高尚得多，科学只考察个别的事物，只考察现象，它好比是无来由、无目的的大风暴，而艺术则是穿透这风暴的宁静的阳光；科学好比瀑布中永不停息的水点，而艺术则是照耀着它的安谧的长虹。而悲剧艺术暗示着宇宙和人生的本来性质，是文艺的最高峰。

生命的悲剧意识及由禁欲而来的永恒的解脱

艺术的审美观审只能达到暂时的解脱，因为只要被观赏的对象对于我们的意志，对于我们人的任何一种关系重又进入我们的意识，这美好的怡悦的时光就结束了。意志的欲求和挣扎是人的全部本质，完全可以和不能解除的口渴相比。但是一切欲求的基地却是需要、缺陷，也就是痛苦；所以，人从来就是痛苦的，由于他的本质就是落在痛苦的手心里的。如果相反，人因为他易于获得的满足随即消除了他的可欲之物而缺少了欲求的对象，那么，可怕的空虚和无聊就会袭击他，即是说人的存在和生存本身就会成为他不可忍受的重负。所以人生是在痛苦和无聊之间像钟摆一样来回摆动着；事实上痛苦和无聊两者也就是人生的两种最后成分。下面这一事实很奇特地、也必然地道破这一点：在人们把一切痛苦和折磨都认为是地狱之后，给天堂留下来的除了闲着无聊之外就再也没有什么了。

一切满足或人们一般所谓幸福都只有消极的性质，满足其中欲望来解除痛苦，就像投残肴给乞丐，维持了他今天的生命，好叫他明天再受苦难。任何个别人的生活，如果是整体地、一般地去看，并且只注重一些最重要的轮廓，那当然总是一个悲剧；但是细察个别情况则又有喜剧性质。虽然这样，但是人们老是哀伤、老是怨诉，却不自振作，不上进于清心寡欲；这就把天上人间一同都丧失了，而留下来的就只是淡而无味的多愁善感。而痛苦，从自在进入了纯粹认识的形式。而这认识作为意志的“清静剂”又带来真正的清心寡欲时，才是达到解脱的途径，才是值得敬重的。

因此要走上禁欲之路，只有认识意志的本质，使这种认识成为意志的“清静剂”之后才有可能。禁欲行动是这种认识的表现，在认识一经出现时，情欲就引退了。禁欲分为三种：自愿放弃性欲、甘于痛苦和死亡。性冲动作为坚决的最强烈的生命之肯

定有一个证据，即说在自然人和动物，这种冲动都是生命的最后目的和最高目标，它是生命意志的真正焦点。因此自愿的，完全不基于动机而放弃性冲动的满足已经就是生命意志的否定了，是生命意志在既已产生而起着清静剂的作用的认识上自愿地取消它自己。禁欲主义还表现为自愿地能以无限的耐心和柔顺来承受羞辱和痛苦，他毫无矫情地以德报怨。他既不让愤怒之火，也不让贪欲之火重新再燃烧起来。禁欲这个词的意思就是这样摧毁意志，故意地摧毁意志，以摒弃好受的和寻找不好受的来摧毁意志；是自己选定的，用以经常压制意志的那种忏悔生活和痛苦。而最高度的禁欲自愿选择是绝食而死。自杀只是自杀者对临到他头上的那些条件不满，企求无阻碍的生存而采取的一种行动，因此这种做法无异是对于身体的肯定，是对生命意志的肯定。绝食而死才是一个真正清心寡欲的禁欲主义者值得称道的德行，因为他是在完全中断欲求否定生命意志后才采取这种行动的。

总之，我们既然认为世界的本质自身是意志，既然在世界的一切现象中只看到意志的客体性，又从各种无知的自然力不带认识的冲动起直到人类最富于意识的行为为止，追溯了这客体性，那么我们也决不规避这样一些后果，即是说：随着自愿的否定、意志的放弃，则所有那些现象，在客体性一切级别上无目标无休止的，这世界由之而存在并存在于其中的那种不停的熙熙攘攘和蝇营狗苟都取消了；一级又一级的形式多样性都取消了；末了，这些现象的普遍形式时间与空间，最后的基本形式主体与客体也都取消了。没有意志，没有表象，没有世界。于是留在我们跟前的，怎么说也只是那个无了。我们所看到的就不是无休止的冲动和营求，不是不断地从愿望过渡到恐惧，从欢愉过渡到痛苦，不是永未满足、永不死心的希望，那构成贪得无厌的人生平大梦的希望不是那高于一切理性的心境平和，那古井无波的情绪，而是那深深的宁静，不可动摇的自得与怡悦。我们坦率地承认：在彻底取消意志之后所剩下来的，对于那些通身还是意志的人们来说当然就是无。不过反过来看，对于那些意志已倒戈而否定了自己的人们，则我们这个如此非常真实的世界，包括所有的恒星与银河系在内，也就是——无。

《实证哲学教程》选

［法］孔德

孔德（Auguste Comte，1798—1857），法国实证主义哲学家、社会学家。1798 年 1 月 19 日生于蒙彼利埃城，1857 年 9 月 5 日卒于巴黎。16 岁进入巴黎综合技术学校学习。1817 年成为空想社会主义者圣西门的秘书和合作者。后因观点相左，两人分道扬镳。1826 年设馆讲授实证哲学。

孔德从秩序、进步的原则出发提出他的社会学构想。他反对一切空想的、批判的学说，把重整法国革命后社会动荡的希望寄托在工业社会自身的秩序上，最终以建立一种普遍人性的新宗教作为他的社会学任务。孔德认为，在整个世界发展中，群体、社会、科学甚至个人思想都经历了神学、形而上学、实证科学三个阶段。他所处的时代，神学思想已属过去，支配现代人的将是科学思想；封建君主制度也正在消亡，取而代之的是以科学思想为指引的工业社会；人类理智的性质和发展阶段决定着社会秩序的组成和社会进步的类型；与人类理智发展的神学、形而上学和实证科学三阶段相对立的社会组织形式，分别为神权政体、王权政体和共和政体。这样孔德就把人类社会历史完全归结为人类的理智发展史，因而与理智发展最高阶段相匹配的社会组织形式——工业社会就具有了普遍的、全人类的品格。孔德认为，为了获得实证知识，要采用四种方法，即观察法、实验法、比较法和历史法。贯穿在这些具体方法中的基本原则就是坚持统一的科学观，即认为社会同自然并无本质的不同，没有必要在自然科学和社会科学之间做出划分。这一思想，为后来的实证主义社会学奠定了方法论基础，也成为长期争议的问题。

孔德按物理学的分类方法，把社会学分为社会动力学和社会静力学。认为社会动力学是从社会变迁的连续阶段和相互关系的过程来研究社会发展和进步的规律；社会静力学旨在研究社会各个不同部分的结构关系，以及彼此间持久不断的相互作用和反作用，也就是研究个人生活、家庭生活和社会生活几个不同层次的结构和相互关系的各个方面。孔德主张把社会静力学和社会动力学看作是密切联系、相互补充的科学。认为进步如果不与秩序结合在一起，进步就不能持久；秩序如果不与进步共存，真正的秩序也无法建立。

孔德开启了社会学实证主义传统的先河，他的一些思想为 E. 迪尔凯姆等人从不同方面加以继承和发展，成为 100 多年来西方社会学发展中的主流。由于阶级和历史的局限性，他的思想中有许多不切实际的成分。但是他的实证科学理想激发了后来几代人为把社会学变成一门科学而辛勤努力，使这门相对较晚出现的学科成为当代社会科学知识体系中不可缺少的部分。也正因为如此，人们把他尊为社会学的创始人、奠基人，至少是社会学的命名人，著有《实证哲学教程》《实证政治体系》《主观的综合》等书。这里所选“人类精神发展的三个阶段”出自其《实证哲学教程》。

人类精神发展的三个阶段

第一课的宗旨，是明白地提出本教程的目的，也就是确切地规定：将以什么样的精神来考察我在提纲中指出的那些自然哲学的基本部门。

为了恰当地说明实证哲学的实质和特性，必须首先看一看人类精神发展的进程，作一个总的俯视；因为任何一种观点，都只有通过它的历史发展，才能把它认识清楚。

于是我研究人类智力在各个不同的活动范围内的整个发展，从最早的及其简单的发端开始，直到现代为止，自己认为已经发现了一条伟大的根本规律，为人类智力的发展永远必然遵守，我觉得可以或者根据认识我们自己的机体组织时所获得的合理证据，或者根据详细考察已往的经过时所得到的历史印证，把它切实地定下来。这条规律就是：我们的每一种主要观点、每一个知识部门，都先后经过三个不同的理论阶段：神学阶段，又名虚构阶段；形而上学阶段，又名抽象阶段；科学阶段，又名实证阶段。换句话说，人类的精神受本性的支配，在它的每项探讨中，都相继地使用了三种性质基本上不同、甚至根本相反的哲学方法。首先是神学方法，其次是形而上学方法，最后是实证方法。由此便产生了彼此互相排斥的三类哲学，或三类说明一切现象的总的思想体系。第一种是人类智力的必然出发点；第三种是它的最后阶段；第二种只是为过渡而设的。

在神学阶段，人类精神探索的目标主要是万物的内在本性，是一切引人注意的现象的根本原因、最后原因，总之，是绝对的知识。各种现象被看成是为数或多或少的超自然的主体直接地、连续地活动的结果，这些超自然主体的任意干涉，被用来说明宇宙间一切貌似反常的现象。

形而上学阶段其实只不过是前一阶段的略为改头换面，在这个阶段，人们把那些超自然的主体换成了一些抽象的力量，一些蕴藏在世界万物之中的真正实体（人格化的抽象物），认为它们能够凭自身产生人们观察的一切现象，因此要说明这些现象，就只消为它们分别指定一个相应的实体。

最后在实证阶段，人类的精神承认不可能得到绝对的概念，于是不再探索宇宙的起源和目的，不再求知各种现象的内在原因，而是把推理和观察密切结合起来，从而发现现象的实际规律，也就是发现它们不变的先后关系和相似关系。因此对事实的解释被限制在现实的范围之内，只不过是把各种特殊现象与某些一般的事实联系起来，这些一般事实的数目随着科学的进步将会越来越少。

神学体系达到它所能达到的最完善的地步时，曾经以一个唯一的神的天意代替了原始时期所想象的多数独立神祉的变化无常的播弄。同样的，形而上学体系在最后阶段也是放弃了各种不同的特殊实体，设想出一个唯一的总的实体，即自然，把它看成一切现象的唯一来源。实证体系里却不断地臻于完善，虽然它很可能永远达不到完善的地步；要是达到了这个地步，它也同样地会有可能把一切可以观察到的不同现象看成一个唯一的总事实（例如重力）的一些特殊情况。

此外，人类精神的这种总的变革，在今天也很容易得到证明，证明的方式固然是间接的，但是非常清楚，这就是考察个人的智力发展。既然个人教育和人类教育的起点必然相同，个人教育的各个主要阶段也就应当可以代表人类教育的时期。我们每一个人追忆自己的历史时，岂不是记得自己在主要的看法方面，曾经相继地经过三个阶段，在童年时期是神学家，在青年时期是形而上学家，在壮年时期是物理学家吗？今天任何一个跟得上时代水平的人都不难证实这一点。

但是，除了一般或个别的直接观察可以证明这条规律确切可靠以外，我特别应当在这个简略的概述中举出几种可以说明其必然性的理论观点。

这些观点中间最重要的一个，是从这个问题的本质中引申出来的，就是认为每一个时代都需要某种理论来联系各种事实，而在人类精神发展之初是显然不可能根据观察制定理论的。

从培根以来的所有优秀的思想家都一再地指出，除了以观察到的事实为依据的知识以外，没有任何真实的知识。这条基本准则如果恰当地应用到人类智力的成熟阶段上，显然是无可非议的。但是从人类认识的形成过程来考虑，也可以同样确定地说，人类精神在原始阶段时是既不可能也不应当有这样的思想的。因为，如果从一方面说，任何实证的理论都一定要建立在一些观察上面，那么另外一方面也同样很明显：人类精神必须要有某种理论才能进行观察。如果我们在思考各种现象的时候不立刻把它们联系到某些原则上去，我们就不但不可能把这些孤立的观察结合起来从而得出某种结论，甚至于根本无法把它们记住；而且，最常见的情形是面对着事实视而不见。

因此，人类精神在初生的时候左右为难，既必须从事观察，以便建立一些切实的理论，又迫切地需要创造出某些理论，以便进行连续的观察，因而陷入一种恶性循环，无法打破僵局，幸亏神学观点的自发发展打开了一条自然的出路，为人类精神的各个方面设法提供了一个集结点，为它的活动供给了养料。这是一个基本关键，它并不借重那些与此相联系的高级社会观点，独立地证明了原始哲学之所以带有纯粹神学性质的逻辑必然性，此刻我还不必去提那些社会观点。

注意到神学的哲学与人类精神童年时期集中全部力量进行的那些探索性的特性完全适合，对这种必然性就看得更加明白。事实上非常清楚，我们的能力根本无法加以把握的那些问题，如万物的内在本性，一切现象的起源和目的之类，恰恰是人类智力在这个原始阶段迫切要求解决的首要问题，而一切真正可以解决的问题则几乎被认定为不值得认真思考。其所以如此，道理很容易明白：因为只有经验才能提供衡量我们的力量的标准；如果在一开始的时候人们对自己的力量没有做出偏高的估计，这些力量是决不能得到它们可以得到的发展的。我们的机体组织有这样的要求。不管怎样，我们最好还是把这种情况设想得非常普遍、非常确定，我们最好问一问自己，实证哲学假如在这样一个时代已经形成，会得到什么待遇？它的最大的雄心是发现各种现象的规律，它的根本特点正是认为人的理性必然不能说明一切高不可攀的玄妙奇迹，然而相反的，神学的哲学却轻而易举地把它们的任何细微末节都解释了。

从实践的观点去考察原始时代占据人心的那些探索的性质，也是一样。在实践方面，这些探索使人坚决地要求无限地控制外界，认为它是注定完全听我们驱使的，它的一切现象都与我们的存在有种种割不断的密切关系。这些虚幻的希望，这些夸大人在宇宙中的重要性看法，即是神学的哲学所造成的，实证哲学一发生影响，就把它们永远彻底消灭了；然而在原始时代，这些东西是一种不可缺少的动力，没有这种动力的刺激，是根本不能设想人类精神在原始的时候为什么下定决心去从事种种艰巨的工作的。

我们今天距离这些原始的情况已经非常遥远，至少在大多数现象方面是如此。因此很难确切地设想这样一些观点的力量和必要性。人类的理性现在已经相当成熟，所以我们能够从事各种辛勤的科学研究，不再像占星术士或炼金士们那样，抱着那种可以强烈地刺激想象力的奇怪目标。发现现象的规律的纯粹期望，肯定或否定一种理论的单纯要求，已经足够刺激我们的智力活动。但是在人类精神的童年时期，情形却不能是这样的。比方说，要是没有占星术的那些诱惑人心的妄想，没有炼金术的那些言之凿凿的欺骗，试问我们从何获得必要的恒心和毅力，去收集大量的观察和经验，作为后来为这两个现象建立初步实证理论的基础呢?

我们智力发展的这个条件，刻卜勒早就在天文学上清楚地看到了，今天贝多雷也在化学上正确地估计到了。

由这一切考察可以看出，如果实证哲学是人的智力所达到的真正的最后阶段，是它今天力求逐步接近的状态，那么它在最初的时候，以及在数千年间，也同样必须把神学的哲学当作暂时性的方法或学说使用；这种哲学是自发性的，正因为如此，原始时候唯一可能的哲学，也是唯一能够使新生的人类精神充分感到兴趣的哲学。现在很容易看出，为了使这种临时的哲学过渡到最后的哲学，人类精神当然必须采纳各种形而上学的方法和学说作为过渡的哲学。要补足我所提出的伟大规律的一般要领，不能不看到上述的这种情况。

所以不难理解，我们的理智既然只能逐步地、几乎不知不觉地前进，是不能突然地、不经过中介就从神学的哲学过渡到实证哲学的。神学与物理学极端不相容。它们的观点具有根本对立的性质，因此在抛弃前者、完全采用后者之前，人类的智力势必使用一些中间的、具有揉合性质的、适于逐步实行过渡的观点。这就是形而上学观点的天然使命，此外别无任何实际用途。人们在研究现象时放弃了超自然的指挥，代之以一个相应的、分离的实体（虽然最初只是把后者看成来自前者），于是渐渐习惯于只是考察事实本身，因为这些形而上学主题的概念被弄得越来越烦琐，以至在任何心理正常的人看来都只不过是现象的抽象名称。我们无法想象，人类理智还能以什么别的步骤从地道的超自然观点过渡到纯粹的自然观点，从神学领域转入实证领域。

以上已经尽我的能力所及，把我所理解的人类精神发展的一般规律陈述了出来，而并没有开始做此刻不宜进行的专门的讨论；这样做了以后，我们现在就很容易明确地规定实证哲学的特性了，这是本讲的主要对象。

综上所述可以看出，实证哲学的基本性质就是把一切的现象看成服从一些不变的自然规律，精确地发现这些规律，并把它们的数目压缩到最低限度，是我们一切努力的目标，因为我们认为探索那些始因和目的因，对于我们来说，是绝对办不到的，也是毫无意义的。这一个原则凡是稍稍深入研究过、观察过科学的人现在都已知晓，自然不必再三申述。谁都知道，在我们那些实证的说明中，甚至在那些最完备的说明中，我们都是完全无意于陈述那些造成各种现象的动因的，因为那样只会把困难往后推；我们的目的只是精确地分析产生现象的环境，用一些合乎常规的先后关系和相似关系把它们互相联系起来。

我们可以举出一个很好的例子：各种一般的宇宙现象，都由牛顿的万有引力定律尽可能地说明了，因为一方面，这个精美的理论告诉我们，千变万化的天文事实只不过是从各种不同的观点去看的同一件事实，一切分子彼此之间的固有引力与它们的质量成正比，与它们的距离的平方成反比；而另一方面，它又告诉我们这个一般的事实只不过是我们十分熟悉、认为已经完全认识的一种现象的推广，这种现象就是地面上各种物体的重力。至于确定这种引力和这种重力本身是什么，它们的原因是什么，这些问题我们一律认为无法解决，也不属于实证哲学的范围，我们很有理由地把他们让渡给神学家们去想象，或者交付给形而上学家们去做烦琐的论证。有一个明显的证据说明我们不可能得到这样的解决，这就是：每当人们试图对这个问题说出一点真正合理的话时，那些最伟大的思想家们总是只能用这两个原则的一个给另一个下定义，说引力就是一种普遍的重力，重力就是地球的引力，这样的一些解释；当人们要求认识万物的内在本性和各种现象的产生方式时，是引人发笑的，然而却是我们所能获得的最满意的解释，因为它们向我们指出，这两类向来被看成彼此毫无关系的现象乃是相同的。今天已经没有一个心理正常的人再想走得更远了。

这样的例子我们不难举出更多的来，在本文中它们将到处成批地出现，因为现在只有这样的精神在指导各种伟大的学术工作。如果此刻要在当代的研究工作中举出一项来，我将挑选傅立叶先生在热学理论方面的一系列杰出的研究。这些研究非常明显地证实了上述的一般要点。这一研究工作的哲学性质是极其实证的，其中揭示了各种最重要的规律和最精确的热学现象，而作者一次也没有去搜寻热的内在本性，除了指出空洞无聊以外，并没有提到热素论者与以太振动生热论者之间的激烈争论。尽管如此，这项工作中却讨论了各种最高深的问题，其中有一些甚至从来没人提出过，这就清楚地证明了：人类精神如果不钻进一些无法解决的问题，而仅限于在一个完全实证的范围内进行研究，是仍然可以在其中为自己最深入的活动找到取之不尽的养料的。

我已经在这篇概述所容许的范围内尽可能确切地描述了实证哲学的精神，这是全文要加以发挥的；现在我应当来考察一下：实证哲学今天已经达到它的形成过程中的哪个阶段？要把它全部建成，还有哪些事要做？

为了这个目的，首先必须考虑到，我们的各个不同的实证部门是不必以同样的速度经历上述的三大发展阶段的，因此也不必同时达到实证阶段。在发展方面，有一个不变的、必然的顺序存在着，事实上为我们各个不同种类的观点进展所遵守，也必须为他们所遵守；确切地考察这个顺序，是对于上述根本规律的必不可少的补充。现在我们只要知道它符合着各种现象的不同本性，为它们的普遍性、单纯性和互不依赖性的程度所决定，也就够了；这三个方面虽然不同，却是殊途同归。所以，已经纳入实证理论的首先是天文现象，因为它们最普遍、最单纯、最不依赖其他一切现象，依据同样理由，接着是狭义的地面物理现象、化学现象，最后是生物现象。

《英雄与英雄崇拜》选

［英］托马斯·卡莱尔

托马斯·卡莱尔（Thomas Carlyle，1795—1881），苏格兰散文家、历史学家，英国19世纪文化名人，其不朽名作《英雄与英雄崇拜》《法国革命》《过去与现在》等，在所有英语国家中一直享有盛誉。

作为文人，卡莱尔对具有英雄气质的诗人和作家情有独钟。在他列出的人类漫长岁月中曾经有过的众多诗人、作家中，除了有限的几个公认的哲学家之外，诗人占据了绝大多数。他非常崇拜英雄所代表的人类精神，在谈起这些英雄的时候充满了恋爱般炽热的情感，这种情感虔诚得如同面对他最挚爱的上帝。在他看来，人类历史长河中，已经产生并且仍在产生各种各样的英雄：诗人英雄、先知英雄、文人英雄、教士英雄、君王英雄，甚至神话中的大神（如北欧神话中的沃丁）也被他视为英雄。

尽管卡莱尔以对现代文明困惑不安的批评而闻名，人们也经常提起他那本大名鼎鼎的《文明的忧思》，他还是热情地讴歌了文明的进步。在他看来，“进步是人类的法则”，“进步和文明可能是在人民不知不觉的情形下向前发展的”。而创造历史，带领人民走向进步的则是英雄和伟人，他们值得崇敬。对他们的崇敬可以唤起我们身上伟大和高贵的素质。对英雄和伟人的崇敬甚至可以用来代替对上帝的崇敬，更何况，英雄崇拜，本来就是一种宗教，或者说，可以用来建立一种更具普遍意义的宗教。整个世界历史的灵魂，在卡莱尔看来，其实也就是英雄和伟人的历史。这些思想，在19世纪的欧洲，尤其在浪漫主义思想的影响下，曾经有相当广泛的影响。例如和卡莱尔差不多同时的孔德，就曾经希望用对伟人的崇敬来代替宗教，对一般青年起道德教育、意志教育和情感教育的作用。

……在我看来，世界的历史，人类在这个世界上已完成的历史，归根结底是世界上耕耘过的伟人们的历史。他们是人类的领袖，是传奇式的人物，是芸芸众生踵武前贤、竭力仿效的典范和楷模。甚至不妨说，他们是创世主。我们在世界上耳闻目睹的这一切实现了的东西，不过是上天派给这个世界的伟人们的思想的外部物质结果、现实的表现和体现。可以公正地说，整个世界历史的灵魂就是这些伟人的历史。……

令人欣慰的是，不管我们怎样看待伟人，伟人都是有益的伙伴。如果我们从一个伟人身上得不到什么东西，我们便不可能敬仰他，哪怕是不完全的敬仰。伟人是自身有生命力的光源，我们能靠近他便是幸福和快乐。这光源灿烂夺目，照亮了黑暗的世界。他不是一支被点燃的蜡烛，而是上天恩赐给我们的天然阳光。这就是我所说的质朴的真知灼见、人类和英雄的崇高性的熠熠光源。沐浴在这光辉中，所有灵魂都会感到畅快。总之，如果你有这样的邻居，你甚至一刻也不愿离开他。……

一个人的宗教信仰如何，是有关他的主要事实，不论在何种意义上说，这话都不为错。一个人的宗教信仰如此，一个民族的宗教亦如此。……我所说的宗教，是一个人实际上在内心所信仰的东西，而且在一般情况下，他根本用不着自己对自己断定这种信仰，更无须向别人断言它，即一个人实际上记在心里并明确知道的关于他同神秘的宇宙的切身关系以及他的义务和来世命运的事情。在任何情况下这都是他首要的事情，并决定着其余一切事情。这就是他的宗教，或者是他的纯粹怀疑论和非宗教。……我认为，人们的宗教是关于人们的伟大的事实。在我们现在进行的这些论述中，把我们考察的主要方向确定在宗教事情方面，这是很好的。一旦弄清了这一点，也就明白了一切。……我们下面考察一下神灵英雄——英雄主义的最古老的原始形式。

可以肯定，这种异教看起来是一种非常奇怪的东西，在我们今天看来，几乎是不可思议的。它简直是一团囊括整个生活领域的令人困惑而难以解开的幻觉、混沌、虚构和谬论，是一件使我非常惊奇，而且非常值得怀疑的事情。确实不能理解，神志正常的人怎么能够眼睁睁地、平心静气地信仰这套学说，并靠此生活！人们一定曾把他们的一个同类当作一个神来崇拜，不仅是他们的同类，还有木头和石头以及所有动物和非动物的对象；他们凭他们的宇宙论为自己塑造出一种迷惑人的幻觉的混沌。所有这一切看起来就像一种不可信的童话。然而，他们的确这样做了，这是显而易见的事实。对于这样一种骇人听闻的难以理解的错误崇拜、错误信仰，过去的人们像现在的我们一样，实际上是信奉的，并且舒服自在地生活着。这是奇怪的。如果我们为人类已达到的更纯洁的幻想的高度而欣喜的话，我们可以不再对人们中间存在的这种黑暗的深度感到悲痛和沉默。这些东西过去和现在都存在于人身上，存在于所有人身上。

有些思索者对异教的解释有一条捷径。他们说，异教纯粹是骗术、僧侣的权术和欺诈，任何神志正常的人都不相信它，只有那些称不上神志正常的人才会信服它。这种关于人们的行为和历史的说法是不可取的，反对这种说法通常是我们的义务。这里我一开始就批驳这种说法，因为它涉及异教主义，涉及长期以来推动人们在这个世界上的事业的所有其他主义。人们都曾笃信这些主义，要么人们就不会接受它们。骗术和欺诈确实比比皆是。在宗教中，特别是在更高级的宗教的衰败阶段上，它们可怕地到处泛滥。但在这些事物中，骗术绝不是最初的影响；它不是这些事物的健康和生命，而是它们的疾病，是它们将要死亡的可靠先兆！我们绝不能忘记这一点。在我看来，最令人沮丧的说法是：早在野蛮人那里，信仰就是由骗术产生的。骗术不能给任何东西以生命，它带给一切事物的只是死亡。如果我们只看到某种事物的骗术，以为我们反对的骗术只是纯粹的疾病和腐败的话，我们就看不到事物的真正本质。……下面我们探询，异教在过去是什么呢？

还有一种多少更值得敬重的理论，把异教归因于寓言。这些理论家说，它是诗人头脑里的把戏，是在寓言童话中以拟人化和可见的形式而渐显出来的这些诗人头脑里的关于这个世界已知的和被感觉到的东西的幻影。他们还说，它符合现在在每一地方仍可看到在起作用的（尽管是在不怎么重要的事物中）原始的人性的规律。一个人强烈感觉到的东西，他努力把它说出来，看到它以可见的形状呈现在他面前，仿佛它之中有一种生命和历史的实在性。无疑有这样的规律，而且是人性中一种最深刻的规律，我们不必怀疑它在这件事上确定起了根本作用。这种把异教完全或大部归因于这种力量的假说，我认为有点值得敬重，但我不能把它叫作真实的假说。……

因此，我发现，尽管这些寓言理论家在这件事情上也趋向真理，但他们从不曾达到真理。异教的确是一种寓言，是人们关于宇宙所感觉到和认识到的东西的一个象征；而且所有宗教都是这种东西的象征，总是随着它的改变而改变。在我看来，把作为结果和目的的东西当作起源和运动原因，这是十足的反常，甚至是倒置。获得漂亮的寓言、完美的诗的象征，不是人们的需要。需要的是知道他们对这个宇宙应信仰什么，他们在这个世界上应沿着什么道路前进，在他们神秘的一生中应希望什么和畏惧什么，做什么和避免做什么。……

让我们把骗子论和寓言论这两种说法撇在一边，以强烈的注意力倾听那种至少不能像现在这么确定的遥远而混乱的异教时代的传说，看一看它们的核心中是否有一种事实。它们不是凭空捏造的和迷惑人心的，而是以它们粗劣的方式而显示的真实的和正常的！

……

尽管我们认为，我们所看到的任何事物都是至高无上的上帝向我们显示的象征，但我还要补充说，比起这些东西来，更主要的象征是人。你们都曾听到过圣·克莱索斯托姆[1]在谈到希伯来人中神之显现[2]或《圣经》里的约柜、上帝的可见的启示时说：“这真正的神灵显现就是人！”是的，的确如此；这不是空话，确实如此。我们存在之本质，我们身上称为“我”的神秘性（我们能用什么词来表达这些东西呢?）是一种上天的气息；至高无上的存在物在人身上显示了自身。我们的这个躯体、这些官能、这个生命，难道不是这个不可称呼者的外衣吗？……我们是谜中之谜，是上帝的非常不可思议的神秘之物。我们不能理解它，我们不知道如何表达它。但如果我们愿意的话，我们能够感觉到并认识到它确定如此。

是的，这些真理在过去比在现在更容易理解。这个世界最初的一代人，他们身上有着稚童的新鲜感，然而也有着诚挚人的深刻性，并不认为他们已经仅靠提供科学名称而认识了天上和地上的一切事物，而是敬畏和惊奇地直接凝视它们。他们更好地感觉到了人和自然中神圣的东西。他们用不着疯狂便会崇拜自然，而且崇拜人胜于崇拜自然中的其他东西。如上所述，崇拜就是不加限制的尊敬，即尽力充分运用他们的官能，以心灵的所有诚意来尊敬。我把英雄崇拜当作古代思想体系中巨大的制约性因素。我们可以说，我所说的错综复杂的异教有许多根源，对星星或自然客体的每一种尊敬和敬畏都是一个根源或须根，但英雄崇拜是所有根源中最深刻的根源，是一条主根，在很大程度上所有其余的根源都从它那里获取营养并成长起来。

既然连对星星的崇拜都有某种意义，那么对英雄的崇拜的意义就大得多！对一个英雄的崇拜就是对一个伟人的超然的敬慕。我认为伟人现在仍然是值得敬慕的，而任何别的归根结底都不是可敬慕的。除了这种对一个比他更高尚的人的敬慕外，一个人的胸中没有别的比这更高贵的感情。在这个时刻，在所有时刻，它都活跃地影响着人的整个一生。我们发现宗教是建在它之上的。不仅异教如此，而且更高级、更真实的宗教，所有迄今为止已知的宗教都是如此。英雄崇拜，对一个最高贵的神似的人发自内心的炽热而无限的敬慕和服从，难道不是基督教的胚芽吗？所有英雄中最伟大的是这一个，我们姑且在这里不说出其名字！用神圣的静默来沉思这神圣的问题吧，你将发现这是在地球上人类整个历史中始终存在的一个原则的最终完善。

……

我们思索一下便会发现，任何时代只要能找到一个非常伟大的人，一个非常智慧和善良的人，它就不会走向毁灭。这个人有真实地察觉时代需要的智慧，有领导它走

---

① 圣·克莱索斯托姆（347—407），早期希腊教的布道演说家。从 398 年开始任君士坦丁堡的大主教。

② 神灵在犹太人的约柜上空以云或光的形式而显现的象征。见《圣经》的《出埃及记》第 25 章 10 条以下，《民数记》第 7 章 89 条，第 9 章 15 条以下。

上正确道路的勇气，从而使时代得到拯救。另外，我也把那些一般的慢慢吞吞的时代，即无信仰、苦恼、困惑的时代，具有倦怠的怀疑特点和混乱环境、无力地陷入最终灭亡的灾难之中的时代，比作一堆干柴，等待着来自天堂的火光点燃它。具有直接来自上帝之手的自由力量的伟人，就是这火光。他的话是所有人都能相信的济世良言。一旦他触动这时代，一切都围绕着他燃烧起像他一样的火。这破碎的干柴曾经召唤过他。它们的确非常需要他，但只是召唤而已！我认为，只有目光短浅的批评家才会叫喊："看，不是木柴燃起火吗？"一个自身渺小的人提出的最糟糕的证据莫过于不相信伟人。一代人最糟糕的征兆莫过于对这一精神火光的普遍无视，只信仰那堆贫乏的干柴。这是无信仰的最后结果。在世界历史的任何时代，我们发现伟人是他的时代的必不可少的拯救者，是离开了它干柴就燃烧不起来的火光。我已经说过，世界的历史就是伟人们的传记。

……值得注意的是，在任何时代他们都不能从活着的人们的心中完全清除掉对伟人的某种特殊的崇敬，真正的尊敬、忠诚和崇拜，不管这崇拜多么模糊不清和违反常情。只要有人存在，英雄崇拜就会永远存在。博斯韦尔崇拜他的约翰逊，甚至在18世纪也是如此。无信仰的法国人信仰他们的伏尔泰[①]；围绕着他燃烧成非常奇怪的英雄崇拜，他生平的最后一幕是他们"把他窒息在玫瑰花中"。在我看来，这个伏尔泰总是很古怪的。的确，如果基督教是英雄崇拜的最高例子，那么我们在伏尔泰主义中可以发现一个最低例子！他的一生是反基督教者的一生，的确在这一方面显示了一个奇怪的对照。任何民族都不像伏尔泰等法国人那样如此不容易赞扬别人。挖苦是他们整个精神的特点，崇敬在他们那里没有任何地位。然而，我们看到，当伏尔泰这位已经84岁的老态龙钟的老叟从费尔奈[②]来到巴黎时，他们却认为他是一个英雄。他的一生都是在反对谬误和不公平，解救卡拉[③]们，揭穿占据高位的伪君子的假面具中度过的。简言之，尽管他是以一种奇怪的方式，但他毕竟像一个战士那样进行了战斗。这些法国人感到，如果挖苦是件大事，那么从不会有他这样的善于挖苦的人。他是他们每个人的实现了的理想、他们一心向往的人物、所有法国人中最法国式的人。他正是他们的神，是他们认为合适的人。所以，从安托瓦内特王后到圣但尼的海关官员，所有人都崇拜他。地位高的人把自己装扮成酒馆的侍者。驿站的总管用激烈的咒骂命令他的车夫："快走，你难道在跟着伏尔泰先生吗！"在巴黎，伏尔泰的马车是"彗星的星核，这些彗星似的车辆挤满了整个大街"。女士们从伏尔泰的皮毛大衣上拔下一两根毛，当作圣

① 伏尔泰（1694—1778）：法国的讽刺作家、诗人和戏剧作家，同是也是兴趣广泛的散文作家。卡莱尔专门写过《论伏尔泰》一书。

② 费尔奈：地处法国东部，靠近瑞士的日内瓦。1758年后伏尔泰长居此地。

③ 卡拉：宗教仇视的一个牺牲品，因谋杀罪的嫌疑而被不公正地处死（1762年）。他的遗孀逃到瑞士，赢得了伏尔泰的同情。伏尔泰为这个家庭的名誉作了辩护。

物来保存。在整个法国，没有任何最高、最美、最高贵的人物不感到伏尔泰这个人更高大、更优美、更高贵。

是的，从北欧古代的沃丁到英国的塞缪尔·约翰逊，从基督教的神圣奠基人到百科全书派形同槁木的大祭司[①]，在一切时代和地方，英雄都受到了崇拜。将来亦然如此。我们都爱戴伟人，爱他们，敬仰他们，在他们面前屈服。难道我们还能向别的东西诚心诚意地屈服吗？每一个人难道不因崇敬实际上高于他的人而感到自身更高一些吗？在人的心中，这是最高尚和最神圣的感情。我非常高兴地看到，在任何时代，任何怀疑的逻辑或一般琐事、不虔诚和枯燥无味的东西及其影响都摧毁不了人心中的这种高尚的天生的忠诚和崇拜。无信仰的时代很快就会变成革命的时代，在这样的时代，许多衰败、可悲的腐朽和毁灭迹象对每一个人都是明显可见的。我认为，在这些日子里我们可以在英雄崇拜的不可毁灭性中看到某种持续着的坚硬东西，它比混乱的革命事物的残骸更牢固。在这些革命岁月里我们周围发生的瓦解乃至崩溃和倒塌的混乱灾变，将会停息下来，绝不会走得更远。英雄崇拜是一个永恒的基石，由此时代可以重新确立起来。人在这种或那种意义上都崇拜英雄，我们都崇敬而且应该崇拜伟人。对我来说，在一切倒塌的东西中间这是唯一有生命力的基石。这是近代革命史上的一个固定点，否则历史就会无根无基，不着边际。

《悲剧的诞生》选

［德］尼采

《悲剧的诞生》是德国现代哲学家尼采（Friedrich Nietzsche，1844—1900）第一部较为系统的美学和哲学著作，写于1870—1871年间。从书名来看，本书是对作为文学形式之一的悲剧的探讨，但实际上包含着比较丰富的内容，阐述了作者的许多哲学思想，因而可说是他的哲学的诞生地，是一本值得重视的著作。本书的中文译本可看周国平译本，三联书店1986年版。

尼采出生于东普鲁士的萨克森省，他的家庭比较重视宗教教育。其父是一位牧师，母亲是一位虔诚的教徒，由于其父早逝，他的母亲对他有较大的影响。尼采自幼聪颖好学，但性格孤僻、敏感。他先后到波恩大学和莱比锡大学学习神学和古典文献学。在莱比锡大学获哲学博士学位后，年仅26岁，便应聘到巴塞尔大学任客座教授。他的主要著作有《查拉图斯脱拉如是说》《强力意志》等。

《悲剧的诞生》一书的主要目的，不在于对悲剧进行纯理论的探讨，而是从人生哲

① 伏尔泰曾为狄德罗等人的《百科全书》撰稿，《百科全书》传播了激进的唯物主义哲学。

学的角度探讨了悲剧与人生的关系，提倡一种审美的人生态度，建立起一种悲剧人生观。全书共25节，第1节至第15节讨论了古希腊艺术的起源和发展、悲剧的诞生、悲剧的主要特征、悲剧的灭亡等问题。第16节至第25节的主要内容是结合近代文学艺术和文化的发展，尤其是结合近代德国艺术与社会的现实，讨论悲剧与音乐艺术形式的关系、悲剧的再生，以及在悲剧的再生中德意志民族所起的作用等问题。

贯穿于此书的两个基本概念是日神和酒神。日神阿波罗是光明之神，在其光辉中，万物显示出美的外观；酒神则象征情欲的放纵，是一种痛苦与狂欢交织着的癫狂状态。尼采以日神和酒神象征说明古希腊艺术的起源和发展及人生的意义。由日神产生了造型艺术，如诗歌和雕塑，由酒神冲动产生了音乐艺术。人生处于痛苦与悲惨的状态中，日神艺术将这种状态遮掩起来，使其呈现出美的外观，使人能活得下去，希腊神话就是这样产生的。酒神冲动则把人生悲惨的现实真实地揭示出来，揭示出日神艺术的根基，使个体在痛苦与消亡中回归世界的本体。

尼采认为，古希腊艺术产生于日神冲动和酒神冲动。悲剧产生于二者的结合。悲剧是不断地走向日神形象世界的酒神歌队。在悲剧中，一方面是酒神的合唱抒情，另一方面是日神的舞台梦境，但酒神是悲剧的根据和基础。当古希腊悲剧作家欧里庇得斯试图将悲剧安放在日神的基础上时，悲剧就走向了灭亡。

尼采的悲剧世界观强调，只有在酒神状态中，人们才能认识到个体生命的毁灭和整体生命的坚不可摧，由此才产生出一种快感，一种形而上的慰藉。在悲剧中所体现出的人生态度是一种非科学的、非功利的人生态度。尼采对西方自苏格拉底以来的理性主义的、科学主义的和功利主义的人生观进行了猛烈的批判。认为它们是一种浅薄的乐观主义。它们只能使人类丧失其生存的基础，人类只有在悲剧的再生中才能实现自我拯救。

尼采对西方近代文化的批判有一定的积极意义。但总的来说，从人的本能出发，视酒神状态为人生的基础，这是其反理性主义的根据，也是其强力意志学说的根据，在阅读时，应对其进行批判性的思考。

一

……

梦境的美丽的假象……是一切造型艺术的先决条件，不仅如此，甚至是诗的主要成分……

古希腊人把这种梦中经验的愉快的必然体现在阿波罗神的身上，因为阿波罗是一切造型能力之神，同时也是预言之神。阿波罗，就字源来说，意即“灿烂的神”，乃是光明之神，掌管我们内心幻象世界的美丽假象。这是更高的真理，是与不可捉摸的日常生活截然不同的美满境界，是对自然在睡梦中治病救人的作用的深刻认识，同时也就是预言能力乃至一切艺术的象征，由于这点，生活才有意义，才值得留恋。……

……

在酒神的魔力下，不但人与人之间的团结再次得以巩固，甚至那被疏远、被敌视、被屈服的大自然也再次庆贺她与她的浪子（人类）言归于好。大地慷慨地献出礼贡，猛兽从危崖荒漠走来，酒神的战车装饰着百卉花环，虎豹在他的轭下驱驰。你试把贝多芬的《欢乐颂》绘成图画，你试用想象力去凝想那些惊惶失措伏地膜拜的芸芸众生，你便能体会到酒神的魔力了。此时，奴隶也是自由人；此时，专横的礼教和可耻的习俗在人与人之间树立的顽强敌对的藩篱，蓦然被推倒；此时，在世界大同的福音中，人不但感到自己与邻人团结了、和解了、融洽了，而且是万众一心；仿佛“幻相”的幛幔刹时间被撕破，不过在神秘的“太一”面前还是残叶似地飘零。人在载歌载舞中，感到自己是更高社团的一员；他陶然忘步，混然忘言；他行将翩跹起舞，凌空飞去！他的姿态就传出一种魅力。正如现在走兽也能作人语，正如现在大地流出乳液与蜜浆，同样从他心灵深处发出了超自然的声音。他觉得自己是神灵，他陶然神往，飘然踯躅，宛若他在梦中所见的独往独来的神物。他已经不是一个艺术家，而俨然是一件艺术品；在陶醉的战栗下，一切自然的艺术才能都显露出来，达到了“太一”的最高度狂欢的酣畅。人，这种最高尚的尘土，最贵重的白石，就在这一刹间被捏制、被雕琢；应和着这位宇宙艺术家酒神的斧凿声，人们发出厄琉息斯（Eleusis）秘仪的呐喊：“苍生啊，你们颓然拜倒了吗？世界啊，你能洞察你的创造者吗？”

……

七

……

深思熟虑的希腊人就以这种歌队来安慰自己。这种人的特性是多愁善感、悲天悯人，独能以慧眼洞观所谓世界历史的可怕的浩劫，默察大自然的残酷的暴力，而动不动渴望效法佛陀之绝欲弃志。艺术救济他们，生活也通过艺术救济他们而获得自救。

在醉境的狂欢中，日常生活的清规戒律一旦打破，这期间就有一种恍惚迷离的意境，它淹没了一切个人的过去经验。正是这个忘忧的鸿沟，分隔开日常生活的世界与醉境的现实。然而，我们一旦再度意识到日常世界之时，我们就不禁作呕，觉得这尘世可厌，于是一种遁世绝欲的心情便由此产生。在这一意义上，醉境中的人就颇像哈姆雷特，这两种人终有一朝洞察世事的真谛，他们恍然大悟了，便厌弃一切行为；因为他们的行为绝不能改变永恒的世界真相；在他们看来，时运不济，世风日下，如果期望他们移风易俗，那是可笑而可耻的。真知灼见毒杀了行为，行为需要幻象的蒙蔽，这就是哈姆雷特给我们的教训，而绝不是患得患失，无所适从，终于一事无成的醉生

梦死之徒的假聪明。这绝不是患得患失，不，这是真知灼见，是洞观惨淡的真实，是熟思一切引起行为的动机，哈姆雷特是如此，在醉境中的人也是如此。此时此刻，一切慰藉都无补于事。他的憧憬业已超过了死后的来世，也超过了冥冥中的神灵，早已把生存，乃至神灵、永生、彼岸所反映的光辉生活，弃若敝屣。一旦觉悟了所见的真理，哈姆雷特举目回顾，便见生存之恐怖或荒唐，他恍然大悟奥菲里亚的命运的象征意义；现在他能了解山灵西勒诺斯的智慧了，他满怀厌世的情绪。

然而，正当意志陷于巨大危险的关头，艺术就到来做救苦救难的仙子，只有她能够把生存之恐怖与荒唐所引起的厌世思想化为表象，使人赖此能够生活下去。这些表象就是崇高与滑稽，崇高是以艺术来克服恐怖，滑稽是以艺术来解脱可厌的荒唐。酒神祭曲的萨提儿歌队，是希腊艺术治病救人的功绩；在酒神祭的缓冲世界中，上述的激情暴发得以尽量宣泄。

《新教伦理与资本主义精神》选

［德］马克斯·韦伯

马克斯·韦伯（Max Weber，1846—1920），德国著名社会学家，20 世纪西方最有影响的社会科学家之一，现代文化比较研究的先驱人物。他一生致力于考察“世界各宗教的经济伦理”，亦即试图从比较的角度，去探讨世界各主要民族的精神文化气质与该民族的社会经济发展之间的内在关系。1920 年正式出版的《新教伦理与资本主义精神》是韦伯最负盛名的代表作，三联书店 1987 年出版了于晓等人的中译本。

在《新教伦理与资本主义精神》一书中，韦伯主要考察了 16 世纪宗教改革以后的基督教新教的宗教伦理与现代资本主义的亲缘关系。在韦伯看来，“资本主义”不仅仅是一个经济学和政治学的范畴，而且还是一个社会学和文化学的范畴。他把“资本主义”当作一种整体性的文明来理解，认为它是 18 世纪以来在欧洲科学、技术、政治、经济、法律、艺术、宗教中占主导地位的理性主义精神发展的结果，是现代西方文明的本质体现。在这样一种文明中，依靠勤勉、刻苦，利用健全的会计制度和精心盘算，把资本投入生产和流通过程，从而获取预期的利润，所有这一切构成了一个经济的合理性观念。这种合理性观念还表现在社会的其他领域，形成一种带有普遍性的社会精神气质或社会心态，弥漫于近代欧洲，这就是韦伯所说的“资本主义精神”。它作为近代欧洲所独具的价值体系，驱动着人们按照合理化原则进行社会行动，最终导致了资本主义的产生。

在韦伯看来，资本主义精神的产生是与新教伦理分不开的。新教加尔文教派所信奉的“预定论”认为，上帝所要救赎的并非全部世人，而只是其中的“选民”。谁将要成为“选民”而得到救赎或谁将被弃绝，都是上帝预先确定了的，个人的行为对于解救自己无能为力。从表面上看，“预定论”的逻辑结果必然导致宿命论。但在韦伯看来，“预定论”认为个人对于改变自己的命运无能为力，这就在新教徒的内心深处产生了强烈的紧张和焦虑，教徒只能以世俗职业上的成就来确定上帝对自己的恩宠并以此证明上帝的存在。于是努力工作创造财富就成了一种神圣的天职。世俗经济行为的成功不是为了创造可供于享受和挥霍的财富，而是为了证实上帝对自己的恩宠。从而，“预定论”的宗教伦理就导致了勤勉刻苦，把创造财富视为一桩严肃事业的资本主义精神。这就是韦伯在本书中的主要论点。

韦伯这种以精神、思想的因素来解释历史进程的方法，固然视角新颖而富于启发性，但在根本上是他的唯心史观的反映。建议重点阅读本书的上篇。

导论

一个在近代的欧洲文明中成长起来的人，在研究任何有关世界历史的问题时，都不免会反躬自问：在西方文明中而且仅仅在西方文明中才显现出来的那些文化现象［这些现象（正如我们常爱认为的那样）存在于一系列具有普遍意义和普遍价值的发展中］究竟应归结为哪些事件的合成作用呢？

唯有在西方，科学才处于这样一个发展阶段：人们今日一致公认它是合法有效的。经验的知识、对宇宙及生命问题的沉思以及高深莫测的那类哲学与神学的洞见，都不在科学的范围之内（虽然一种成系统的神学之充分发展说到底仍须归到受希腊文化影响的基督教之名下，因为在伊斯兰教和几个印度教派中仅只有不成系统的神学）。简单地说，具有高度精确性的知识与观测在其他地方也都存在，尤其是在印度、中国、巴比伦和埃及；但是，在埃及以及其他地方，天文学缺乏古希腊人最早获得的那种数学基础（这当然使得这些地方天文学的发达更为令人赞叹）；印度的几何学则根本没有推理的（rational）证明，而这恰是希腊才智的另一产物，也是力学和物理学之母；印度的自然科学尽管在观察方面非常发达，却缺乏实验的方法，而这种实验方法，若撇开其远古的起始不谈，那就像近代的实验室一样，基本上是文艺复兴时期的产物；因此医学（尤其是在印度）尽管在经验的技术方面高度发达，却没有生物学特别是生化学的基础。一种理性的（rational）化学，除了在西方以外，在其他任何文化地域都一直付诸阙如。

在中国，有高度发达的史学，却不曾有过修昔底德的方法；在印度，固然有马基雅维里的前驱，但所有的印度政治思想都缺乏一种可与亚里士多德的方法相比拟的系统的方法，并且不具有各种理性的概念。不管是在印度（弥曼差派）的所有预言中，还是在以近东最为突出的大规模法典编纂中，或是在印度和其他国家的法律书中，都

不具有系统严密的思想形式，而这种系统严密的形式对于罗马法以及受其影响的西方法律这样一种理性的法学来说，却恰是必不可少的。像教会法规这样一种系统结构只有在西方才听说过。

艺术方面也同样如此。其他民族的音乐听觉或许要比我们更为敏锐，至少也不会比我们更弱。各种复调音乐在世界各地都一直存在；多种乐器的合奏与多声部的合唱在其他地方也都一直就有；我们所有的那些理性的音程，早就为人所知并且还被计算过；但是，理性的和谐的音乐（不管是多声部音乐还是和声），是以三个三度迭置的三和弦为基础的全音程构成的；我们的半音和等音（不是在空间意义上的，而是在自文艺复兴以来的和声的意义上的）、我们以弦乐四重奏为核心的管弦乐队以及管乐合奏组织、我们的低音伴奏、我们的记谱系统（它使谱写及演奏现代音乐作品成为可能，并由此使这些作品得以留存）、我们的奏鸣曲、交响曲、歌剧以及作为所有这些之表现手段的我们的基本乐器如风琴、钢琴、小提琴等，所有这一切，都只有在西方才听说过，尽管标题音乐、音诗、全音和半音的变化，在不同的音乐传统中早已作为表现的手段而存在着。

在建筑方面，尖顶拱门在其他地方也都一直被用作一种装饰手段，在古代、在亚洲，都是如此；尖顶拱门和对角拱形的拱顶相结合，这在东方大概也不会不知道。但是，合乎理性的使用哥特式拱顶作为分散压力和覆盖所有结构空间的手段，并且突出地把它作为建构雄伟建筑物的原则、作为扩展到诸如我们中世纪所创造的那些雕塑和绘画中去的一种风格的基础，这却是其他地方都没有的。我们的建筑学的技术基础确实来自东方。但是东方却没有解决圆顶问题，而且也缺乏那种对于一切艺术都具有经典意义的理性化（rationalization）类型（在绘画中就是合理地利用线条和空间透视）——这是文艺复兴为我们创造的。印刷术是中国早就有的；但是，只是为了付印而且只有通过付印才称其为作品的那种印刷品（尤其是报纸和期刊），却只是在西方才得以问世。一切可能类型的高等教育机构在中国和伊斯兰世界一直都有，其中的某些机构甚至在表面上与我们的大学（或至少学院）颇为相似；但是，一种理性的、系统的、专门化的科学职业，以及训练有素的专业人员，却只有在西方才存在，而且只有在西方才达到了它今日在我们的文化中所占据的主导地位。这首先适用于训练有素的行政人员——他们成了现代国家和西方经济生活的支柱。行政人员形成了一种类型，这种类型从前只是被人偶然地设想过，却远远不会想到这类人现在对于社会秩序所具有的重要性。当然，行政人员，即使是专业化的行政人员，乃是绝大多数不同的社会中久已有之的一个组成部分；但是，任何国家、任何时代都不曾像近代西方这样深切地体会到，国家生活的整个生存，它的政治、技术和经济的状况绝对地、完全地依赖于一个经过特殊训练的组织系统。社会日常生活的那些最重要功能已经逐渐掌握在那些在技术上、商业上以及更重要的在法律上受过训练的政府行政人员手中。

封建阶级的政治集团和社会集团的组织系统自来都是相同的。但是，西方意义上的朕即国家（rex et regnum）式的封建等级国家甚至也只是在我们的文化中才有。由定期选举的议员组成的议会，以及由民众领袖和政党领袖充任向议会负责的部长而组成的政府更是我们特有的，尽管从操纵权势、控制政治权力这种意义上讲，类似于政党这样的组织当然在世界各地都一直就有。事实上，国家本身，如果指的是一个拥有理性的成文宪法和理性制定的法律，并具有一个受理性的规章法律所约束、由训练有素的行政人员所管理的政府这样一种政治联合体而言，那么具备所有这些基本性质的国家就只是在西方才有，尽管用所有其他方式也可以组成国家。

获利的欲望、对赢利、金钱（并且是最大可能数额的金钱）的追求，这本身与资本主义并不相干。这样的欲望存在于并且一直存在于所有的人身上，侍者、车夫、艺术家、妓女、贪官、士兵、贵族、十字军战士、赌徒、乞丐均不例外。可以说，尘世中一切国家、一切时代的所有人，不管其实现这种欲望的客观可能性如何，全都具有这种欲望。在学习文化史的入门课中就应当告诉人们，对资本主义的这种素朴看法必须扔得一干二净。对财富的贪欲，根本就不等同于资本主义，更不是资本主义的精神。倒不如说，资本主义更多的是对这种非理性（irrational）欲望的一种抑制或至少是一种理性的缓解。不过，资本主义确实等同于靠持续的、理性的、资本主义方式的企业活动来追求利润并且是不断再生的利润。因为资本主义必须如此：在一个完全资本主义式的社会秩序中，任何一个个别的资本主义企业若不利用各种机会去获取利润，那就注定要失败。

让我们给我们的术语下一个比通常的泛泛而言更加精当些的界说吧。我们可以给资本主义的经济行为下这样一个定义：资本主义的经济行为是依赖于利用交换机会来谋取利润的行为，亦即是依赖于（在形式上）和平的获利机会的行为。至于（在形式上和实际上）靠暴力来获利，则有它自己的特殊规律，尽管几乎所有的人都不免会把它与上述那种归根结底是通过交换来谋求利润的行为相提并论，但这其实是很不适宜的。只要资本主义的获利活动是按照理性来追求的，相应的行为就总要根据资本核算来调节。这就意味着，这种行为要适合于以这样一种方式来有条不紊地利用商品或人员劳务作为获利手段：在一个商业周期结束时，企业在货币资产上的收付差额（或者在一连续营业的企业中，资产的定期估算货币价值）要超过资本，亦即要超过用于在交换中获利的物质生产资料的估算价值。不管它是原封不动地交付给旅行商人的一定量的商品（其过程也可能是通过贸易原封不动地获得其他商品），还是其资产是由厂房、机械、现金、原料以及可用于抵偿的制成品和半成品组成的制造业企业，这都没有什么区别。在任何时候都具有重要意义的事实是，要以货币形式进行资本核算，无论是用现代的簿记方式，还是用其他不管多么原始和粗野的方式。总之，做任何事情都必须考虑收支问题：在一项事业开始时，要有起始收支；在做出任何决定之前，要有一番计算，以弄清是否有利可图；在该企业结束时，要有最后的收支估价，以确定获得了多少利润。例如，一项克门达（commenda）交易的起始收支将决定投入该交易的资产的商定货币价值（就资产尚未以货币形式存在而言），而最后的收支将形成一项估价，在最后进行利润和亏损分配的时候要以这项估价为基础。只要这种交易是理性的，交易的合伙人每采取一步行动都要进行核算。真正精确的核算或估价或许并不存在，整个交易过程以纯粹想当然的方式进行，或只是沿袭原有的、便当的方式进行——这一切即使在今天，也仍然发生在所有形式的以资本主义方式经营的企业中。但是，所有这一切所影响的只不过是资本主义获利方式的理智性（rationality）的程度而已。

我们之所以要界定这一术语，就是要说明经济行为在实际上要适合于把货币收入与货币支出做比较，至于比较的方式多么原始都没有关系。这样，就这种意义而言，资本主义以及资本主义企业（即使是具有相当理性化的资本主义核算的），在经济文献允许我们做判断的所有文明国家中都是早已存在的。在中国、印度、巴比伦、埃及，在古代地中海地区，在中世纪以及在近代，都一直存在着。这些都并非只是孤立的冒险事业，而是完全依赖于资本主义事业的不断更新，而且甚至是连续运转的经济企业。然而，在相当长的一段时间内，别的姑且不谈，贸易就没有像我们今天这样以持续的方式进行，而基本上是一系列单独的事业。大商人的行动只是逐渐地取得了某种内在的凝聚（如通过部门组织等）。总之，资本主义性质的企业和资本主义性质的企业家（不只是偶尔从商的企业家，而是固定从事实业的企业家），乃是古已有之，并且遍布世界各地的。

然而，西方却发展了资本主义，不仅数量上颇为可观，而且随着数量上的增长还发展出了在其他各地从未出现过的类型、形式和方向，在世界上的所有地方，一直就有着各种商人，如批发商和零售商，地域性商人和国际性贸易商人；各种各样的贷款一直在发放，具备各种职能的银行一直存在着（至少与我们16世纪的银行相比，可以说各种职能均已具备）；航海借贷、克门达、交易以及类似有限、无限两合公司的联合体一直广泛存在，甚至成为持续性商业活动；无论什么时候，只要公众团体的金钱财源一直存在，就一直会有贷款人出现，如在巴比伦、希腊、印度、中国、罗马等地。从来都是这些贷款人一直在为战争和海上劫掠提供资金，为各种合同和开创活动提供资金；从来都是他们一直作为殖民企业家，作为使用奴隶或使用直接或间接的强迫劳动的种植园主在制定对外政策时发挥着作用，占有着承租给他人的领地、行政机构，而且更重要的是，占有着税利；从来都是他们一直在为政党领袖参加竞选提供资金，为雇佣军参加内战提供资金；最后，从来都是他们一直在参与各种攫取金钱的投机活动，从不放过任何投机机会。这种企业家，这些具有资本主义性质的冒险家在各地都一直存在着。除去买卖、信贷、银行交易之外，他们的活动在过去主要具有一种非理性的和投机的性质，或趋向于凭借武力以获利，尤其是获取劫掠品，无论这些劫掠品是直接通过战争还是以剥削附属国、长期劫掠其财政收入的形式而取得的。

企业发家者、大规模投机商、特许权猎取者，这些人的资本主义，以及更为近代的、甚至和平时期的金融资本主义（当然首先是特别热衷于发战争财的那种资本主义），即使是在现代西方各国，也还带有这种非理性的痕迹；大规模国际贸易的某些方面（但仅仅是某些方面）直到今天也仍然像以往一样，总是与这种非理性成分密切相关。

但是，除此以外，西方在近代还发展了一种极其不同的资本主义形式，这种资本主义在其他地方还从未出现过，这就是：（在形式上的）自由劳动之理性的资本主义组织方式。这种组织方式在其他地方仅只略有迹象而已。不自由的劳动组织方式甚至也曾达到过相当程度的理智性，但只是在种植园内以及在非常有限的程度上存在于古代奴隶工场中。在封建贵族的采邑内，在采邑工场和使用农奴劳动的庄园家庭工业中，这种理智性差不多没怎么发展过。可以确证的是，使用自由劳动的真正家庭工业在西方以外的其他地方只是极为个别地存在过。只有在很少的情况下，一般是在国家垄断企业（但也完全不同于现代工业组织）中，频繁地使用日间劳动者才导致过生产组织的产生，但也从未产生过我们在中世纪就已有过的那种理性的手工业学徒组织。

理性的工业组织只与固定的市场相协调，而不是和政治的或非理性的投资赢利活动相适应；这种理性的工业组织并非西方资本主义的唯一特点。资本主义企业的现代理性组织在其发展过程中如若没有其他两个重要因素就是不可能的，这两个因素就是：把事务与家庭分离开来，以及与之密切相关的合乎理性的簿记方式；前一个因素绝对地支配着现代经济生活。劳动地点和居住地点在空间上的分离，在其他地方也存在着，如东方的巴扎集市和其他文化的奴隶工场。具有资本主义性质的联合体的发展及其账簿的使用在远东、近东和古代都有发现，但是，与现代商业企业的独立性相比，它们只不过是小小的开端而已。其原因就在于，这种独立性的不可或缺的前提，即我们的理性的商业簿记方式以及我们的公有财产与私有财产在法律上的分离，在那里是全然不曾有过的，或者说，仅仅才开始发展。在其他各地曾有的趋向只是想使赢利企业成为皇室或具有家政性质的采邑家业的一部分，而这种趋向，如同罗德布特所察觉到的，尽管与西方的情况有表面上的相似，但在根本上却是不同的，甚至是相反的发展过程。

然而，所有这些西方资本主义的特点之所以获得了重要意义，归根结底，是因为它们与资本主义的劳动组织方式联系着。即使通常所谓的商业化、可转让证券的发展、投机的理性化、交换等也是与之联系着的。因为，没有这种理性的资本主义劳动组织方式，所有这一切，即便有可能，也绝对不会具有同等的意义，尤其不会有与之相联系而产生的现代西方社会结构及其全部特殊问题。精确的核算与筹划（这是其他一切事情的基础）只是在自由劳动的基础上才是可能的。

正如（或者不如说因为）在现代西方之外，世人从不知道理性的劳动组织方式，所以他们也根本不知道理性的社会主义。当然，城市经济、市民食物供给政策、君主的重商主义和福利政策、定额配给、经济生活管理、保护主义以及自由放任理论都是一直就有的（如在中国）。世人也还知道各种各样社会主义的和共产主义的试验：家庭的、宗教的、抑或军事的共产主义，国家社会主义（在埃及），垄断卡特尔，以及消费者组织。然而，尽管各个地方都一直有着市民的市场特权、公司、行会以及各种各样的城乡法律差异，但是，公民这一概念在西方之外却从未存在过，资产阶级这一概念在现代西方之外也从未存在过。同样，无产阶级作为阶级也不可能存在过，因为不曾有过在固定纪律约束下的理性劳动组织方式。债权人阶级和负债人阶级之间，地主和无地者、农奴或佃农之间，贸易团伙和消费者或土地贵族之间的阶级斗争，在各个地方，以各种不同的组合方式一直存在着；但是，西方远在中世纪就业已有过的雇佣者与其工人之间的斗争在其他地方到现在也只是个开端而已。大工业企业家与自由一工资劳动者之间的现代冲突在那些地方则全然不曾有过，因此也就根本不可能存在诸如社会主义这样一类问题。

因而，在一部世界文化史中，即便是从纯经济的角度看，我们的中心问题，归根到底，也不是资本主义活动发展本身（这种发展在不同的文化中只在形式上有所不同：要么是冒险家类型，要么是贸易、战争和政治的资本主义，要么是作为获利手段的经营）；中心的问题是：以其自由劳动的理性组织方式为特征的这种有节制的资产阶级的资本主义的起源问题。或从文化史的角度来说就是：西方资产阶级的起源及其特点的问题；这个问题与资本主义劳动组织方式的起源问题肯定有着密切的关系，但又不完全是一回事。因为，资产阶级作为一个阶级在资本主义的独特的近代形态发展以前就已经存在了，虽然它只不过是在西半球存在着。

初看上去，资本主义的独特的近代西方形态一直受到各种技术可能性的发展的强烈影响，其理智性在今天从根本上依赖于最为重要的技术因素的可靠性。然而，这在根本上意味着它依赖于现代科学，特别是以数学和精确的理性实验为基础的自然科学的特点。另一方面，这些科学的和以这些科学为基础的技术的发展又在其实际经济应用中从资本主义利益那里获得重要的刺激。西方科学的起源确实不能归结于这些利益。计算，甚至十进位制的计算以及代数在印度一直被使用着（十进位制就是在印度发明的）。但是，只有西方资本主义在其发展中利用了它，而在印度，它却没有导致现代算术和簿记法。数学和机械学的起源也不是取决于资本主义利益的。但是，对人民大众生活条件至关重要的科学知识的技术应用，确实曾经受到经济考虑的鼓励，这些考虑在西方曾对科学知识的技术应用甚为有利。但是，这一鼓励是从西方的社会结构的特性中衍生出来的。那么，我们也就必须发问：既然这种社会结构中的所有方面并非都具有同等的重要性，这一鼓励又来自于哪些方面呢？

在这些方面中具有毋庸置疑的重要性的是法律和行政机关的理性结构。因为，近代的理性资本主义不仅需要生产的技术手段，而且需要一个可靠的法律制度和按照规章办事的行政机关。没有它，可以有冒险性的和投机性的资本主义以及各种受政治制约的资本主义，但是，绝不可能有个人创办的、具有固定资本和确定核算的理性企业。这样一种法律制度和这样的行政机关只有在西方才处于一种相对来说合法的和形式上完善的状态，从而一直有利于经济活动。因此，我们必须发问，这种法律从何而来？如在其他情况下一样，资本主义利益毫无疑问也曾反过来有助于为一个在理性的法律方面受过专门训练的司法阶级在法律和行政机关中取得统治地位铺平道路，但是，资本主义利益绝非独自地促成了这一点，甚至在其中也没起主要作用。因为这些利益本身并没有创造出那种法律，各种全然不同的力量在这一发展过程中都曾发挥过作用。那么，为什么资本主义利益没有在印度、中国也做出同样的事情呢？为什么科学的、艺术的、政治的或经济的发展没有在印度、中国也走上西方现今所特有的这条理性化道路呢？

在以上所有情况中所涉及的实际上是一个关于西方文化特有的理性主义的问题。现在，诸多截然不同的东西皆可借助这一术语来加以理解，下面的讨论将会反复地表明这两点。譬如，神秘的冥想（contemplation）从其他生活范围来看是一种特别非理性的心态，然而在我们这里却有理性化的神秘冥想，正如有理性化的经济生活、理性化的技术、理性化的科学研究、理性化的军事训练、理性化的法律和行政机关一样。此外，所有这些领域均可按照完全不同的终极价值和目的来加以理性化，因而，从某一观点来看是理性的东西，换一种观点来看完全有可能是非理性的。因而，各式各样的理性化早已存在于生活的各个部门和文化的各个领域了。要想从文化历史的观点来说明其差异的特征，就必须明了哪些部门被理性化了，以及是朝着哪个方向理性化的。因此，我们的当务之急就是要寻找并从发生学上说明西方理性主义的独特性，并在这个基础上寻找并说明近代西方形态的独特性。在试图做出这种说明时必须首先考虑经济状况，因为我们承认经济因素具有根本的重要性。但是与此同时，与此相反的关联作用也不可不加考虑。因为，虽然经济理性主义的发展部分地依赖理性的技术和理性的法律，但与此同时，采取某些类型的实际的理性行为却要取决于人的能力和气质。如果这些理性行为的类型受到精神障碍的妨害，那么，理性的经济行为的发展势必会遭到严重的、内在的阻滞。各种神秘的和宗教的力量以及以它们为基础的关于责任的伦理观念，在以往一直都对行为发生着至关重要的和决定性的影响。

某些宗教观念对于一种经济精神的发展所产生的影响，或者说一种经济制度的社会精神气质（ethos），一般来说是一个最难把握的问题。本书开头的两篇旧文，即力求从一个重要之点出发探求这个问题的一个侧面。在那里，我们讨论的是近代经济生活的精神与惩忿禁欲的新教之理性伦理观念之间的关系问题。因此我们在这里所论述的还仅仅只是因果链条上的一个环节。后面几篇关于世界诸宗教的经济伦理观（economic ethics）的研究论文，则试图对几种最重要的宗教与经济生活的关系，以及与它们各自所处环境的社会阶层之间的关系进行一番略览，以在必要的范围内对这两种因果关系进行彻底的探究，从而找出与西方的发展进行比较的要点。因为只有这样，在试图对西方诸宗教的经济伦理观念中那些将西方宗教与其他宗教区别开来的因素进行因果评价时，才有希望达到应有的相符程度。因此，这些研究论文尽管简明扼要，却不想自诩对各种文化做了面面俱到的分析。相反，在每一种文化中，我们的研究论文都着意强调该文化区别于西方文明的那些因素。因而，这些论文被限定于只关心那些从这一观点来看对理解西方文化似乎颇具重要性的问题。从我们的目标上来考虑，任何其他步骤似乎都不可能。但是为了避免误解，我们在这里必须特别强调我们的目的的限制。

另一方面，我们至少必须告诫那些迄今未得门径的读者不要夸大我们这些考察的重要性。汉学家、印度学家、闪米特学家或者埃及学家当然会发现他们完全了解这些事实。我们只希望他们在核心论点上找不出根本性错误。我不是这方面的行家里手，只能竭尽所能靠近这一理想，但到底有多大可能，笔者就不得而知了。显而易见，假使一个人被迫只能依赖翻译文献，并且必须利用和估价各种碑铭、文献或著作，那么他就不得不使自己依赖一部常常引起纷争的专著，却又无法对这部专著的优劣做出准确无误的评判。这样一位著者必须对他的著作采取谦逊的态度，况且目前能够到手的第一手资料（碑铭和文献）的译文，与现存的、重要的资料相比还少得可怜，用于研究中国的资料更是奇缺，在这种情况下，当然就更应该谦逊地估量自己著作的价值了。上述这些原因使得我们的研究无疑具有一种暂时的性质，那些论述亚洲的部分尤其如此。只有专家才有资格做出最后的评判。但是，迄今为止，还没有人抱着这一特定的目的，从这一特殊的观点从事过专门的研究，正因为如此，我们才写出了现在这些专论。这些研究，即使没有上面这些原因，也是注定要被更替的，因为一切科学研究都是要被更替的。但是在比较研究中，越俎代庖，侵入其他专门领域是不可避免的，不管这样做会招致多么大的非议。不过我们必须对此承担后果，这就是，我们到底取得了几分成功，只好听凭他人去大加怀疑了。

文人学士的风尚与热忱力图使我们相信，专家在今天可被认为是无用的了，或者可以降为预言家的附庸。几乎所有科学所取得的成就，而且往往是一些颇有价值的观点，都有业余爱好者的一份功劳。但是，把浅薄的涉猎当成一种第一位的原则却会将科学引向绝路。渴望猎奇的人应该去电影院，虽然在目前的研究领域内，这一类文学形式的东西在各种著述中也触目皆是。这样一种态度距离这些十分严肃的研究的意图何啻千里。我还想再说一句，想听布道的人应该去参加宗教集会。关于这里所比较的各种文化的相对价值这个问题，我们将一字不谈。人类命运的道路，确实会使一个概览其某一片断的人不能不惊讶无比，但他最好将他那些个人的微不足道的意见隐藏不露，就像一个人在目睹汪洋大海或崇山峻岭时所做的那样，除非他认为自己有责任、有天赋将自己的意见用艺术的或预言的形式表达出来。但在大多数情况下，连篇累牍地谈论直觉体知只不过掩饰了自己对对象的毫无洞见，同时也就掩饰了自己对人本身的毫无洞见。

人种学的资料在这里一直未被充分利用，这种资料所具有的价值，在任何真正彻底的考察中，特别是对亚洲宗教的考察中自然都是需要的。对此有必要做一些辩护。造成这一局限的原因，并不仅仅在于人的工作能力有限。我们在这里所讨论的，是作为各自国家的文化承担者的各阶层的宗教伦理观念，我们所关心的是它们的行为一直发生的影响，因而这一缺陷似乎还是可以容许的。诚然，只有当人种学和民俗学所提供的事实与这种行为进行比较的时候，它所产生的影响的全部细节才能彻底知悉。因此，我们必须明确地承认并强调，这是人种学家完全有理由提出异议的一个空白。我希望在对宗教社会学的一个系统研究中来对弥补这一空白做些贡献。但是，这样一种工作将会超出具有严格限定目的的考察的范围。因此我们现在必须满足于只是尽可能完善地阐明与我们西方宗教进行比较的要点。

最后，这个问题所牵涉的人类学方面还值得一提。我们不止一次地发现，在西方，并且仅仅在西方，某种类型的理性化甚至在显然互不依赖的生活范围中也获得了发展。因而揣测其根本原因在于遗传差异本是自然而然的事情。笔者承认自己倾向于认为生物遗传具有很大的重要性。但是，尽管人类学研究已经取得了有目共睹的成就，而我至今还看不到有什么办法可以精确地或大致地测定出它对我们在此所考察的发展究竟产生了多大的影响，以及是以什么方式产生了影响的。对于各种影响和因果关系，可以依照它们对环境条件的反作用做出满意的解释，而分析这些影响和因果关系正是社会学考察和历史学考察的任务之一。只有达到这一点，只有当种族神经病学和心理学发展到超越了其目前的、在许多方面都是前景可观的开端的时候，我们才有指望对这一问题做出令人满意的解释。但在我看来，这种状况目前并不存在，因此侈谈遗传问题就等于过早地放弃了目前有可能达到的认识，而把问题转移到了那些目前我们尚一无所知的因素上面了。

《精神分析引论》选

［奥］弗洛伊德

《精神分析引论》是现代精神分析心理学派的创始人弗洛伊德（Sigmund Freud，1856—1939）的主要著作之一。它比较系统地、深入浅出地介绍了精神分析的一般理论。弗洛伊德的传记作者欧内斯特·琼斯认为它是研究精神分析的一本好书。本书中文译本可看高觉敷译本，商务印书馆1984年版。

弗洛伊德生于摩拉维亚（现属捷克），4岁时随父母移居维也纳。他上中学时就对达尔文的科学理论很感兴趣，1873年入维也纳大学学医，1881年获医学博士学位。由他创立的精神分析心理学理论在当代心理学和思想文化界有很大的影响。1938年，法西斯德国占领了奥地利，弗洛伊德因是犹太人而被迫离开维也纳，前往英国避难，1939年在英国去世。

本书是弗洛伊德1915—1917年两个冬季在维也纳大学讲授精神分析理论的三部分讲稿。全书分为过失心理学、梦和神经病通论三编。在前两部分，他假定听者没有精神分析学的知识，因而从入门讲起。第三部分讨论了比较复杂的问题，即神经病的精神分析和治疗。

在第一编第一讲中，弗洛伊德就指出，精神分析不同于别的医药方法，它是治疗神经错乱的一种方法，主要靠谈话。对自我的分析和研究是精神分析的入门。他提出了精神分析的两个基本命题。第一，心理过程主要是潜意识的，意识的心理过程是整个心灵的分离部分，他由此否定了传统的观点："心理的即意识的"。第二，性的冲动，无论是广义的，还是狭义的，都是神经病和精神病的重要起因，并且性的冲动对人类最高的文化的、艺术的和社会的成就做出了最大的贡献。

弗洛伊德认为，过失常常被当作微不足道的心理现象，它的起因是由于机体的或心理的原因而引起的注意的扰乱。其实，过失如舌误、笔误等是有意义的，在它的背后隐藏着某种"意向"或"倾向"。过失是由两种倾向同时引起的的结果：一种是干涉的倾向，另一种是被干涉的倾向。如在把"开会"说成"散会"这个舌误中，"要开会"是被干涉的倾向，"散会"是干涉的倾向。干涉的倾向是由于某种原因被藏在心底不愿说出的，不易被认出的倾向。对干涉的倾向的压制是造成舌误的不可缺少的条件。当然，并非所有过失都有意义，但对过失的意义的研究可以使人们深入到对潜意识的心理活动的认识。

弗洛伊德认为，与过失一样，梦也是健康人所具有的、被忽视的心理现象。梦也是有意义的，梦的研究不但是研究神经病的最好的准备，而且，梦本身也是一种神经病的症候。梦有显义和隐义两种：记得的、可以说出来的梦是梦的显义，被伪装了的、由释梦的工作所揭示出来的是梦的隐义。记得的梦并不是真的，只是一个化了装的代替物，我们顺着这个代替物所引起的观念，就可以知道梦者原来的思想，将隐藏在梦内的潜意识内容带入意识中。梦的隐义常常是被压抑的，它通过种种伪装才能在梦中表现出来。儿童的梦未经化装，其显义和隐义一致。由此看来，梦是欲望的满足。

本书第三部分讨论神经病。弗洛伊德指出，神经病的症候背后都有意向，症候是有意义的，与病人的内心生活有密切的关系。他讨论了神经病症候的意义，症候和潜意识欲望的关系；讨论了心理历程中潜意识、前意识和意识问题；讨论了精神分析学对性的认识，性的冲动与精神病、文化的关系；讨论了性本能和自我本能的关系，它们各自的特点；讨论了神经病治疗中的一些技术问题，等等。

在本书中，弗洛伊德用浅显的语言和丰富的事例说明了精神分析的一般理论和方法，使比较复杂的内容容易理解，这是一个优点。

精神分析学派的创立和发展是人类科学史上的大事。在本书所讲的内容中有许多合理的引人入胜之处，当然，也有不少局限和错误之处，有些在精神分析的发展中逐渐得到克服，有些是引起争论的问题，如在精神分析学内部，像阿德勒、荣格等人对弗洛伊德的性本能说有尖锐的批评。在弗洛伊德用以性本能说明宗教、道德和文化的起源和发展的学说中，很多观点失之偏颇。对此，在阅读时特别要加以具体分析。

建议重点阅读第一编和第二编。

第一讲　绪论

我不知道诸位从阅读或传闻中已经获得了有关精神分析的哪些知识。不过我的讲题是“精神分析引论”，顾名思义，我不得不假定诸位对于本题一无所知，要我来从头讲起。

至少，有一件事，我可以假定诸位是知道的，那就是：精神分析是神经错乱症的一种治疗法。这个方法和其他医药的方法不仅不同，而且常常相反。通常要使病人受一种新法的治疗时，医生往往夸张这种方法的轻便，好使病人相信它的效力。在我看来，这个办法很对，我们可以因此增加疗效。但是要用精神分析法治疗神经病患者的时候，我们的手续可就不同了。我们要告诉他这个方法如何困难，如何需要长久的时间，如何需要他本人的努力和牺牲；至于疗效如何，我们告诉他不敢预定，一切成功都靠他自己的努力、了解、适应和忍耐。我们之所以要采用这种似乎反常的态度，当然有其充分的理由，这种理由诸位以后自然会了解的。

请原谅我在讲演一开始，就像对待神经病患者那样来对待诸位，我要劝诸位下一次不要再来听讲了。我要告诉诸位，我只能给你们以关于精神分析的一点不完全的知识，而且你们也很不容易对于精神分析形成一种独立的判断。因为你们的教育、你们的思想习惯，迫使你们反对精神分析，你们必须先在心里费很大的劲，才可克服这种本能的抵抗力。我的演讲究竟能使你们对精神分析有多少了解，那自然不能预言；但是我至少要告诉你们，你们在听讲之后，不可能学会如何进行精神分析的研究，也不可能实施精神分析的治疗。并且，你们如果有人不以肤浅的了解为满足，却要和精神分析法建立永久的关系，则我不仅不加以鼓励，而且实际上要予以警告。因为就现在来说，如果选择了这个职业，那么他在学术上成功的机会将被剥夺，而且当他正式开业时，会发现全社会都不能了解他的目的和意向，对他敌视，让一切隐藏的罪恶冲动都向他发泄出来。你从目前欧洲战争的流毒，也许可以推知他要应付的麻烦问题一定是无法计算的。

然而，一种新知识常常足以使有些人受到吸引，而不顾一切。你们如果有人虽然受到警告，而第二次仍来听讲，那当然不胜欢迎。但是你们都有权利知道我所要指出的精神分析的内在的困难。

第一是精神分析的教学和说明的问题。如你们做医学研究时，惯于用眼睛去看解剖的标本、化学反应的沉淀物、神经受刺激后所有肌肉的收缩。后来，你们和病人接触了，你们使用感官去了解病人的症状，观察病理作用的结果，有时还可以分析致病的原因。就外科方面说，你们可亲眼看见治病的手术，而且自己也可尝试。甚至就精神病疗法而言，病人的症象，异常的表现、语言和行为提供了一系列的现象，在你们心里留有深刻的印象。所以医学教授大半是做说明和指导工作，好像引导你们游览博物馆，而你们则因此可以和所观察的对象发生直接的关系，从自己的亲身经历，可以确信新事实的存在。

但是精神分析就不同了，在精神分析的治疗时，除医生同病人谈话之外，别无其他。病人说出他的以往的经验、目前的印象，诉苦，并表示他的愿望和情绪。医生则只有静听，设法引导病人的思路，迫使他注意某些方面，给他一些解释，观察他因此而引起的赞许或否认的反应。病人的亲戚朋友只相信他们所看见的、接触的，或如在电影中所看到的那种动作，现在听说“谈话可以治病”便无不表示怀疑了。他们的理由当然是矛盾的、不合逻辑的。因为他们同时也相信神经病患者的病痛纯粹是由想象而来的。说话和巫术最初本来是同一码事，在今天，我们用话语可使人快乐，也可使人失望。教员用话语向学生传授知识，演说者用话语感动听众，左右他们的判断。话语可以引起情绪，我们常用作互相感应的工具，所以我们不要看轻心理治疗的谈话。你们如果听到精神分析者和病人的通话，也应当感到满足了。但是听到通话也难办到；因为分析时的对话是不许旁听的；它的进程也不能公之于众。

当然，我们在讲精神病学时，可以向学生介绍神经衰弱的或癔病的患者，但病人只会叙述自己的病情和症状，而不会涉及其他。只有在对医生有特别感情的情况下，才肯畅谈，借以满足分析的需要。假若有一个与他无关的第三者在场，他就又沉默无言了。因为分析时所要说的，都是他们的秘密思想和情感，非但不愿告人，连对他自己也是要设法隐藏的。所以精神分析的治疗，你们就不能参观了，你们如果要学精神分析，就只好凭借传闻。这种间接的知识使你们对于精神分析这个问题要形成自己的判断极感困难。因此，你们要基本上相信报告人的可靠。

现在暂且假定你们正在听讲历史，而不是在听讲精神病学，又假定讲师是在讲亚历山大大帝的传略和成功。他所告诉你们的，你们有什么理由信以为真呢？就情形讲，其事迹之不可靠似乎更甚于精神病学，因为历史教授和你们一样，也未曾参加过亚历

山大的战事；至于精神分析者至少可以告诉你们他自己所曾参与过的事实。但是历史学家究竟有什么证据做基础呢？他可以叫你们参考迪奥多罗斯、普鲁塔克、阿利安等人的记载，他们都和亚历山大同时，或比他稍后。他又可请你们在庞贝看他所保存的亚历山大的石像和钱币，展示伊索斯战争的嵌画的照片。但是严格地说，这些证物仅足证明古人已相信亚历山大的存在和他的战功的真确。你们的批判可能又开始了。你们也许觉得关于亚历山大的记载不尽可信，有些细节是没有充分证据的。但是当你们离开教室的时候，我敢说你们绝不至于对亚历山大的存在有所怀疑。为什么呢？第一，教师绝不至于硬要你们相信他所怀疑的史实，因为这对于他是没有好处的；第二，古来史学家对于这些史实的记载，很少有抵触矛盾的地方。你们万一要怀疑他们的记载，你们便可用两种测验：第一，看他们是否有可能作伪的动机；第二，看他们的记载是否一致。这种测验的结果，便可知道亚历山大确是无可怀疑的，至于摩西和尼罗特则可能差一点。到后来，你们便可知道精神分析究竟有什么可以怀疑之处了。

你们现在有权利提出下面的问题：如果精神分析既没有客观的证据，又没有公开参观的可能，那么如何去研究它，并相信它的真实呢？研究精神分析当然不是一件容易的工作，现在对它有深入研究的人也寥寥可数；但是要学也仍是有门路可走的。自我的人格的研究，可以成为精神分析的入门。所谓“自我研究”，并不完全就是内省，不过因为没有较好的名词，才这样来描述它的。如果你们已经有了一些自我分析的知识，便有许多普通的心理现象可用来作为这种自我分析的材料。这样你们便可以相信精神分析所描写的决不是欺人之谈，虽然这方面的进步也不无限制；如果你们想要学得更好，可以让自己亲自来接受精于此道者的分析，可以利用机会去观察分析者技艺的微妙之处。这个学习法虽然很好，但只能用于个人，而不能用于全班。

关于精神分析的第二种困难，并不是它本身固有的，而是你们受了医学研究的影响以后才有的。你们因受过医学训练而养成的一种心理态度，和精神分析的态度大不相同。你们常将机体的机能和失调建立在解剖学的基础之上，用物理化学来加以说明，用生物学的观点做进一层的解释，而从来不注意精神方面的生活，不知道精神生活是复杂的有机体最后发展的结晶。因此，你们对精神分析的观点是生疏的，你们常怀疑它，否认它有科学的价值，而把它留给诗人、哲学家、玄学家和一般人。你们的这种缺陷使你们不能成为良好的医生；因为治疗病人，最先接触到的就是病人的精神生活，你们本来轻视那些江湖术士和巫师，是因为你们忽略了精神生活，所以才让术士巫师们收到了一部分治疗之效。

你们以往教育的这一缺陷，我知道是情有可原的。你们在学校里没有一种附属的哲学科目可以做医学的帮助。无论是思辨哲学或叙述性的心理学，或是和感官生理学连带研究的所谓实验心理学，都不能帮助你们懂得心身的关系，或了解精神生活的失调。医学上固然有一种精神病学专讲各种精神失调，汇集为种种临床图书，但就是连精神病学者本人也怀疑他们的这些纯粹的描述性的公式是否能够称为科学。这些图画所表现的症状究竟如何发生，如何组成，如何联系，都是个未知数：它们或者是与脑子里的变动联系不上，或者虽能联系，却无法解释。只是当这些精神失常已被断定为机体疾病的间接结果之后，才有治疗的可能。这个缺陷就是精神分析所要补填的。精神分析法要供给精神病学以心理的基础，要求得到一种共同的理由来解释身体和精神的病扰。要达到这个目的，便不得不放弃种种成见，无论它们是解剖方面的、化学的或是生理的，而彻底应用纯粹的心理学的概念。这在你们看来，开始时是会感到奇怪的。

其次还有一种困难，并不是由于你们的教育或你们的心理态度而引起的。精神分析有两个信条最足以触怒全人类：其一是它和他们的理性的成见相反；其二则是和他们的道德的或美育的成见相冲突。这些成见是不可轻视的，它们都是人类进化所应有的副产物，是极有势力的，它们有情绪的力量做基础，所以要打破它们，确是难事。

精神分析的第一个令人不快的命题是：心理过程主要是潜意识的，至于意识的心理过程则仅仅是整个心灵的分离的部分和动作。我们要记得我们从前常以为心理的就是意识的。意识好像正是心理生活的特征，而心理学则被认为是研究意识内容的科学。这种看法是如此明显，任何反对都会被认为是胡闹。然而精神分析却不得不和这个成见相抵触，不得不否认“心理的即意识的”说法。精神分析以为心灵包含感情、思想、欲望等作用，而思想和欲望都可以是潜意识的。但是精神分析因为有了这个主张，一开始便失去了那些清醒的、有科学头脑者的同情，而被怀疑为荒谬捣鬼的巫术。我为什么指“心理的即意识的”之说为偏见呢？你们当然不易了解，如果潜意识真正存在，人类进化过程究竟要到哪一个时期才能否认它，或者这种否认究竟有什么好处，那也是你们所不能揣测的。于是心理生活是否和意识同范围或超出意识的范围之外，这种争辩也就像是文字之争而无关实际了。但是我要告诉你们，对于潜意识的心理过程的承认，乃是对人类和科学别开生面的新观点的一个决定性的步骤。

现在我要叙述精神分析的第二个命题了，你很难猜想第一个命题和第二个命题之间的关系是如何密切。第二个命题也是精神分析的创见之一，认为性的冲动，无论是广义的和狭义的，都是神经病和精神病的重要起因，这是前人所没有意识到的。更有甚者，我们认为这些性的冲动，对人类心灵最高文化的、艺术的和社会的成就做出了最大的贡献。

由我看来，精神分析法之所以引起大家的敌视，这个结论是主要的原因。你们一定是想要知道这个结论的理由的。我们相信人类在生存竞争的压力之下，曾经竭力放弃原始冲动的满足，将文化创造起来，而文化之所以不断地改造，也由于历代加入社会生活的各个人，继续地为公共利益而牺牲其本能的享乐。而其所利用的本能冲动，尤以性的本能为最重要。因此，性的精力被升华了，就是说，它舍却性的目标，而转向其他较为高尚的社会的目标。但是由此而造成的组织是不大稳固的，因为性的冲动不易控制；而参与文化事业的各个人都不免有受性力反抗的危险。性力如果一旦放肆，回复到它原始的目标，社会文化就将遭受到最大的危机。所以社会不愿有人指出性和社会发展的关系，更不愿承认性本能的势力，或讨论各人性生活的重要。为了训练克制，关于性的问题，就完全避而不谈了。因此，精神分析的理论是要受到非难的，是要被视为丑恶的、不道德的或是危险的。但是这种驳斥并不容易生效，因为精神分析的结论实可称为科学研究的客观结果，所以要驳斥得有力，就不得不有相当的理由。人类的本性喜欢把不合意的事实看作虚妄，然后毫无困难地找些理由来反对它。因此，社会宣布它所不能接受的东西为不真实的，用来源于感情冲动的一些逻辑的、具体的理由来诋毁精神分析的结果，并坚持偏见，借以抵抗我们强有力的反驳。

然而我们决不因此对这种反面的理论趋势表示退让。我们只是要承认我们苦心研究所得到的事实。我们认定在科学研究的范围之内，不必照顾到各人实际上的成见，不论它们是否有理。

这些是你们开始对精神分析感到兴趣时所面临的一些困难。这对初学者来说也许讲得太多了。如果你们不因此失望，我们便继续讲下去。

《形而上学引论》选

［法］柏格森

亨利·柏格森（Henri Bergson，1859—1941），法国著名哲学家，生于巴黎。父亲是犹太裔的波兰人，音乐家；母亲是爱尔兰籍犹太人。柏格森自小便接受典型的法国式教育，对哲学、数学、心理学、生物学有深厚兴趣，尤其酷爱文学。1878 年进巴黎高等师范学校，1881 年获哲学学士学位，1889 年获哲学博士学位。1897 年任高等师范大学讲师，1900 年任法兰西学院教授，1901 年当选为伦理政治科学院的研究员，1914 年当选为该科学院主席，并被选为法兰西科学院院士。第一次世界大战期间，他以学者身份步入政界，历任驻西班牙和美国大使。1919 年任法国政府文教最高会议委员，1922 年担任国际联盟文化合作委员会第一任主席。

柏格森倡导的生命哲学是对现代理性主义、科学主义文化思潮的反拨。他提倡直觉，贬低理性，认为科学和理性只能把握世界的表皮，不能深入到真实的有生命的实在中去；只有通过直觉，才能体验和把握到生命存在的“绵延”——那唯一真正本体性的存在。“它使人置身于实在之内，而不是从外部的观点来观察实在，它借助于直觉，而非进行分析。”（《形而上学引论》）这种体认、领悟实在的方法，在哲学史上叫作直觉主义。在《创造的进化》一书中，他还提出和论证了生命的冲动。“生命冲动”

既是主观的非理性的心理体验，又是创造万物的宇宙意志。“生命冲动”是本能的向上喷发，产生精神性的事物，如人的自由意志、灵魂等；而“生命冲动”的向下坠落则产生无机界、惰性的物理的事物。柏格森的生命哲学具有强烈的唯心主义和神秘主义色彩，但它对种种理性主义认识形式的批判和冲击，对于人类的精神解放确有重要意义，因而不仅成为现代派文学艺术的重要哲学基础，而且对现代科学和哲学也有很大影响。同时代的哲学家詹姆斯·怀特海、文学家普鲁斯特、画家莫奈、音乐家德彪西等都对柏格森的学说非常称赏。

柏格森的主要著作有《时间与自由意志》（1889）、《物质与记忆：身心关系论》（1896）、《笑的研究》（1900）、《形而上学引论》（1903）、《创造的进化》（1907）、《生命与意识》（1911）、《道德与宗教的两个起源》（1932）等。他的著作富有诗人的想象力，充满了色彩和比喻，辞藻华丽，文体优美，他也因此在1927年被授予诺贝尔文学奖。授予他该奖项的瑞典皇家学院高度评价了柏格森生命哲学在批判传统哲学的理性主义、机械论和决定论方面，在解放人类思想方面的巨大意义，称他的著作是“一篇震憾人心的雄伟诗篇，一个蕴涵不竭之力与驰骋天际之灵感的宇宙论”，“他亲身穿过理性主义的华盖，开辟了一条通路。由此通路，柏格森打开了大门，解放了具有无比效力的创造推进力……向理想主义敞开了广阔无边的空间领域”（《颁奖辞》）。下面节选的《形而上学引论》虽然文字上不那么富于诗意（这里无疑也有翻译及文化方面的原因），在西方哲学史却仍然以思想的富于诗意著称。

只要比较一下人们给形而上学所下的各种定义，或者对绝对所持的各种见解，我们就会发现，哲学家们尽管彼此之间有种种显著的分歧，却一致同意把认识对象的方式分成根本不同的两种。第一种的前提是围绕着对象转，第二种的前提则是钻进对象。第一种要依靠所采取的立足点以及用来表达的符号；第二种则不从任何“观点”出发，也不依靠任何符号。第一种认识可以说是停留在相对的东西上，第二种认识（在可能获得的场合）则可以说是达到了绝对。

以空间中一件东西的运动为例。我采取不同的立足点（例如活动的或固定的立足点）去观察这一运动，我就以不同的方式感觉到它。我把它联系到不同轴或不同原点的坐标体系上，就是说，以不同的符号来转述它，我就以不同的方式表达了它。由于这两点理由，我把它称为相对的运动，因为不管在这一种或那一种情况之下，我都是站在对象本身以外。相反的，当我说到一种绝对的运动时，这就意味着我把一种内在的东西或精神状态归给了运动的对象，同时也意味着我体会到这种状态，我通过一种想象活动努力把自己放进了这种状态。这样，我就会按照对象是动的或不动的、按照它采取这种或那种运动而得到不同的感觉了；我所感觉到的东西，就不会依我对于对象所能采取的观点为转移了，因为我是在对象本身之中的；它也不会依我所能用来转述对象的符号为转移了，因为我已经根本放弃转述，直接掌握原物。总之，我不会从外面（以某种方式从我出发）去理解运动，而是从里面、在运动本身中去理解它；因此，我得到了一种绝对。

再以一部小说中的某一人物为例。我从小说里读到了他的种种经历。小说家可以堆砌种种性格特点，可以尽量让他的主人公说话和行动。但是这一切根本不能与我在一刹那间与这个人物打成一片时所得到的那种直截了当、不可分割的感受相提并论。有了这种感受，我就会看到那些行为举止和言语非常自然地从本源中奔流而出。它们就不再是一种附加在我对这个人物所形成的观点上面、不断地充实这个观念、却永远不能达到完满地步的东西。我就一下子得到了这个人物的全貌。那些显示这一观念的成千上万的枝节，在我眼里就不是补充和丰富这个观念的东西，而恰恰相反的是从这个观念脱胎而出的，然而并没有穷尽它的本质，或者对它的本质有所发挥。向我说出多少件关于这一人物的事情，也就是向我提供多少个对于他的观点。为我描述出多少个这一个人物的特点，只不过是让我通过多少个与我已经熟悉的人和物的比较，从而对他有所认识。这些特点乃是一些符号，是用来或多或少带着象征性地表达这个人物的。所以，这些符号和观点是把我放在这个人物以外的；它们向我提供的，只是他与别人共有的、并非专属于他的东西。但是那个是他自身的东西，那个构成他的本质的东西，由于按照定义就是内在的，我们是无法从外面感觉到它的，由于它与任何别的东西都不能通约，我们也是无法用符号来表达它的。在这里，描述、历史和分析让我留在相对的东西里面。唯有与人物本身打成一片，才会使我得到绝对。

在这个意义之下，也只有在这个意义之下，绝对与完满是同义的。从一切可能采取的观点来看，给一个城市摄下的那些照片尽管可以无限地互相补充，却永远不会与它们所摹写的那个原物、与人们身临其境的那个城市本身相等。用一切可能采用的语言给一首诗做出的那些翻译，尽管可以不断地添加新的辞藻，彼此相互订正，创造出一个越来越逼真的小巷，却永远不会再现原诗最内在的意境。一个从一定的观点取得的表象，一个以一定的符号做出的翻译，与采取这个观点去观察的或者企图用这些表象去表达的那个对象比起来，永远是不完满的。然而绝对却是完满的，因为它不折不扣的就是它自己。

人们之所以常常把绝对与无限等同起来，毫无疑问就是由于这个道理。当我要想把荷马的一行诗所给我的简单印象告诉某个不懂希腊文的人的时候，我会把这行诗翻译出来，然后对我的翻译进行解释，然后再进一步发挥我的解释，我会通过一步一步的说明逐渐接近我要想表达的那个意思，但是尽管如此，我却永远不会完全达到这个目的。当一个人抬起胳膊的时候，他完成了一个动作，他对这个动作是在内心中有单纯的知觉的。但是对于在外面观察这只胳膊的我来说，它是通过一点、然后又通过另一点动着，而这两者之间又会有另外一些点，因此我要是动手去数它们的话，是永远数不完的。所以，从内部着眼，绝对就是单纯的东西；而从外部去看，它与那些表达它的符号相比，就成了一块金币，其价值是无法用分币偿清的。所以说，那个既接受一种不可分割的理解，同时也接受一种无法穷尽的枚举的东西，按照定义乃是一个无限的东西。

由此可见，绝对是只能在一种直觉里给予我们的，其余的一切则落入分析的范围。所谓直觉就是指那种理智的体验，它使我们置身于对象的内部，以便与对象中那个独一无二、不可言传的东西相契合。相反地，分析的做法，则是把对象归结成一些已经熟知的、为这个对象与其他对象所共有的要素。因此进行分析就是把一件东西用某种不是它本身的东西表达出来。所以，任何一项分析都是一种转述，一种是用符号的阐述，另一种是由于采取一连串观点而获得的表述；从多少个观点出发，就是指出所研究的对象与其他被认为已经知道的对象之间有多少种联系。分析永远不知满足地要求掌握它围绕着的那个对象，它无穷无尽地增加观点的数目，以便使那个总是不完全的表象完全起来，它也无休无止地变换着各式各样的符号，以便使那个永远不完满的转述完满起来。而直觉（如果它是可能的）则是一个单纯的进程。

有了这个前提，我们立刻就可以看出，实证科学所固有的活动就是分析。因此他首先是用符号来进行研究的。连那种最为具体的自然科学、生物科学，也只是研究生物的可见形态、器官和解剖成分的。它对各种形态进行比较，把比较复杂的归结成比较简单的，总之是以那种可以说是可见符号的东西去研究各种生命机能。如果另外还有一种方法，不是相对地去认识实在，而是绝对地去把握实在，不是采取一些观点去对待实在，而是置身于实在之中，不是对实在做出分析，而是对实在取得直觉，总之，是不用任何词句、任何转述或象征性的表述直接掌握实在，这就是形而上学。因此形而上学乃是要求不用符号的科学。

……

《西方哲学史》选

［英］罗素

《西方哲学史》是英国现代哲学家罗素（Bertrand Russell，1872—1970）的一本讲述西方哲学史的主要著作，出版于1945年。本书和黑格尔的《哲学史讲演录》这两本名著对我国的西方哲学史研究产生了很大影响。中文译本可参看何兆武、李约瑟、马元德等的译本，商务印书馆1982年版。

罗素是现代西方分析哲学的创始人之一。但与大多数分析哲学家不同。他学识渊博，视野开阔，对哲学和各门自然科学和社会科学都有广泛的兴趣，并在许多方面有比较深入的研究。他还非常关心人类的现状和前途，在他的多方面的理论和现实的探讨中表现出一个大智者的哲学智慧。我们从本书也可以看出这一点。论述西方哲学史的名著有许多种，各有其优点。相比之下，罗素的《西方哲学史》的特点在于，它是在哲学与社会生活的相互作用和密切联系中讲述西方哲学发展的历史，而不是单纯地讲西方哲学自身的发展，也不是讲纯哲学概念或哲学问题的发展。罗素认为，哲学是社会政治生活的一部分，哲学家的学说不是个人孤立思考的结果；社会环境和已往各种哲学学说对一种哲学学说的产生都有很大的影响；一方面，哲学家们是时代的社会环境和政治制度的结果；另一方面，他们又是后来的社会政治制度形成的原因之一。因而，他在本书中，总是试图把每一个哲学家看作是时代的产物，同时考察他们对时代的影响。例如，为了使读者更好地理解斯多葛派和伊壁鸠鲁派的哲学，这本书比较详细地介绍了希腊化时代的社会历史情况；为了使读者更好地理解经院哲学的产生和发展，本书介绍了从5—15世纪基督教发展的知识。

这本书的特点之二是，从时代的社会生活与哲学的关系出发，对本书中所要论述的哲学家的选择与一般的哲学史有所区别。他不是完全以哲学本身的优越性为选择标准，而是更加看重哲学家的学说对时代社会生活影响的大小。有些政治家和诗人，由于他们对哲学发展有比较大的影响，因此在本书中也占有一席地位。

本书的第三个特点是，罗素是个著名的哲学家，他对哲学和社会生活有独特的认识，对哲学发展史有独到的理解，本书由他一个人独自写出，可以很清楚地看出他对西方哲学史发展的线索及哲学史发展过程中的统一性的认识。

与国内的大多数西方哲学史教材相比，本书的系统性和条理性不是那么强，但这也可以算是本书的一个优点，它没有把哲学纳入一些条条框框中，而是揭示出哲学的活生生的发展，显示出哲学的活力。

当然，本书也有不足之处。罗素在本书的美国版和英国版序言中也指出了一些局限。除此而外，最明显的局限是，由于其哲学立场所决定，罗素对思辨哲学所抱有的偏见和轻视态度使他不能比较客观地理解和评价德国的思辨哲学。尤其在对黑格尔的哲学上更是如此。

建议重点阅读上卷的绪论和卷一的第二、三篇。

绪 论

我们所说的“哲学的”人生观与世界观乃是两种因素的产物：一种是传统的宗教与伦理观念，另一种是可以称之为“科学的”那种研究，这是就科学这个词的最广泛的意义而言的。至于这两种因素在哲学家的体系中所占的比例如何，则各个哲学家大不相同；但是唯有这两者在某种程度上同时存在，才能构成哲学的特征。

哲学这个词曾经被人以各种方式使用过，有的比较广泛，有的则比较狭隘。我是在一种很广泛的意义上使用这个词的，现在就把这一点解释一下。

哲学，就我对这个词的理解来说，乃是某种介乎神学与科学之间的东西。它和神学一样，包含着人类对于那些迄今仍为确切的知识所不能肯定的事物的思考；但是它又像科学一样是诉之于人类的理性而不是诉之于权威的，不管是传统的权威还是启示的权威。一切确切的知识（我是这样主张的）都属于科学；一切涉及超乎确切知识之外的教条都属于神学。但是介乎神学与科学之间还有一片受到双方攻击的无人之域，这片无人之域就是哲学。思辩的心灵所最感兴趣的一切问题，几乎都是科学所不能回答的问题；而神学家们的信心百倍的答案，也已不再像它们在过去的世纪里那么令人信服了。世界是分为心和物吗？如果是这样，那么心是什么？物又是什么？心是从属于物的吗？还是它具有独立的能力呢？宇宙有没有任何的统一性或者目的性呢？它是不是朝着某一个目标演进的呢？究竟有没有自然律呢？还是我们信仰自然律仅仅是出于我们爱好秩序的天性呢？人是不是天文学家所看到的那种样子，是由不纯粹的碳和水化合成的一块微小的东西，无能地在一个渺小而又不重要的行星上爬行着呢？还是他是哈姆雷特所看到的那种样子呢？也许他同时是两者吗？有没有一种生活方式是高贵的，而另一种是卑贱的呢？还是一切的生活方式全属虚幻无谓呢？假如有一种生活方式是高贵的，它所包含的内容又是什么？我们又如何能够实现它呢？善，为了能够值得受人尊重，就必须是永恒的吗？或者说，哪怕宇宙是坚定不移地趋向于死亡，它也还是值得加以追求的吗？究竟有没有智慧这样一种东西，还是看来仿佛是智慧的东西，仅仅是极精炼的愚蠢呢？对于这些问题，在实验室里是找不到答案的。各派神学都曾宣称能够做出极其确切的答案，但正是他们的这种确切性才使近代人满腹狐疑地去观察他们。对于这些问题的研究（如果不是对于它们的解答的话）就是哲学的业务了。

你也许会问，那么为什么要在这些不能解决的问题上浪费时间呢？对于这个问题，我们可以以一个历史学家的身份来回答，也可以以一个面临着宇宙孤寂的恐怖感的个人的身份来回答。

历史学家所做的答案，在我力所能及的范围内，将在本书内提出来。自从人类能够自由思考以来，他们的行动在许多重要方面都有赖于他们对于世界与人生的各种理论，关于什么是善、什么是恶的理论。这一点在今天正像在已往任何时候都是同样正确。要了解一个时代或一个民族，我们必须了解它的哲学；要了解它的哲学，我们必须在某种程度上自己就是哲学家。这里就有一种互为因果的关系，人们生活的环境在决定他们的哲学上起着很大的作用，然而反过来他们的哲学又在决定他们的环境上起着很大的作用。这种贯穿着许多世纪的交互作用就是本书的主题。

然而，也还有一种比较个人的答案。科学告诉我们的是我们所能够知道的事物，但我们所能够知道的是很少的；而我们如果忘记了我们所不能知道的是何等之多，那么我们就会对许多极重要的事物变得麻木不仁。另一方面，神学带来了一种武断的信念，说我们对于事实上我们是无知的事物具有认知，这样一来就对于宇宙产生了一种狂妄的傲慢。在鲜明的希望与恐惧之前而不能确定，是会使人痛苦的；可是如果在没有令人慰藉的神话故事的支持下，我们仍希望活下去的话，那么我们就必须忍受这种不确定。无论是想把哲学所提出的这些问题忘却，还是自称我们已经找到了这些问题的确凿无疑的答案，都是无益的事。教导人们在不能确定时怎样生活下去而又不致为犹疑所困扰，也许这就是哲学在我们的时代仍然能为学哲学的人所做出的主要事情了。

与神学相区别的哲学，开始于公元前 6 世纪的希腊。在它经过了古代的历程之后，随着基督教的兴起与罗马的灭亡，它就又浸没于神学之中。哲学的第二个伟大的时期自 11 世纪起至 14 世纪为止，除了像皇帝弗里德里希二世（1195—1250）那样极少数的伟大的叛逆者而外，是完全受天主教会支配着的。这一时期以种种混乱而告结束，宗教改革就是这些混乱的最后结果。第三个时期，自 17 世纪至今天，比起前两个时期的任何一个更受着科学的支配；传统的宗教信仰仍占重要地位，却感到有给自己做辩护的必要了；而每当科学似乎是使改造成为必要的时候，宗教信仰总是会被改造的。这一时期很少有哲学家在天主教立场上是正统派，而且在他们的思想里世俗的国家要比教会重要得多。

社会团结与个人自由也像科学与宗教一样，在所有时期里始终是处于一种冲突状态或不安的妥协状态。在希腊，社会团结是靠着对城邦的忠诚而得到保证的；即使是亚里士多德（虽则在他那时候亚力山大正在使得城邦成为过时的陈迹），也看不出任何其他体制能有更多的优点。个人自由因个人对城邦的责任而被缩减的程度，是大有不同的。在斯巴达，个人所享有的自由要和在现在的德国或俄国一样少；在雅典，除了有时候有迫害以外，公民在最好的时代里曾享有过不受国家所限制的极大的自由。希腊思想直到亚里士多德的时代为止，一直为希腊人对城邦的宗教热诚与爱国热诚所支配；它的伦理体系是适应于公民们的生活的，并且有着很大的政治成分在内。当希腊人最初臣服于马其顿人，而后又臣服于罗马人的时候，与他们独立的岁月相适应的那些概念就不能再适用了。一方面，由于与传统断绝而丧失了蓬勃的生气；而另一方面，又产生了一种更为个人化的、更缺少社会性的伦理。斯多葛派认为有德的生活乃是一种灵魂对上帝的关系，而不是公民对国家的关系。这样他们便为基督教准备了道路，因为基督教和斯多葛主义一样，起初也是非政治性的，在它最初的 3 个世纪里，它的信徒们都是对政府毫无影响的。从亚力山大到君士坦丁的六个半世纪里，社会团结既不是靠哲学，也不是靠古代的忠诚，而是靠强力，最初是靠军队的强力，尔后则是靠行政机构的强力，才获得保障的。罗马军队、罗马道路、罗马法与罗马官吏首先创立了，随后又维系了一个强大的中央集权国家。没有什么是可以归功于罗马哲学的，因为根本就没有什么罗马哲学。

在这个漫长的时期里，从自由的时代所继承下来的希腊观念经历了一番逐渐转化的过程。某些古老的观念，尤其是那些我们认为最富于宗教色彩的观念，获得了相对的重要性；而另外那些更富理性主义色彩的观念则因为它们不再符合时代的精神，就被人们抛弃了。后来的异教徒们就是以这种方式整理了希腊的传统，使它终于能够被吸收到基督教的教义里来。

基督教把一个早已为斯多葛派学说所包含了的、然而对古代的一般精神却是陌生的重要见解给普及化了。我指的就是认为一个人对上帝的责任要比他对国家的责任更为必要的那种见解。像苏格拉底和使徒们所说的“我们应该服从神更甚于服从人”的这种见解，在君士坦丁皈依基督教以后一直维持了下来，因为早期基督徒的皇帝们都是阿利乌斯教派倾向于阿利乌斯主义。当皇帝变成了正统的教徒以后，这种见解就中断了。在拜占廷帝国它却仍然潜存着，正如后来它在俄罗斯帝国一样，俄罗斯帝国的基督教本是从君士坦丁堡传来的。但是在西方，天主教的皇帝们几乎是除了高卢的某几部分外立即就被异教徒的蛮人征服者所取而代之，于是宗教忠贞应优越于政治忠贞的思想就保存了下来，而且在某种程度上迄今依然保存着。

野蛮人的入侵中断了西欧文明达6个世纪之久。但它在爱尔兰却不绝如缕，直到9世纪时丹麦人才摧毁了它；在它灭亡之前，在那里还产生过一位出色的人物，即司各脱·厄里根纳。在东罗马帝国，希腊文明以一种枯朽的形式继续残存了下来，好像在一所博物馆里面一样，一直到1453年君士坦丁堡的陷落为止。然而除了一种艺术上的传统以及查士丁尼的罗马法典而外，世界上并没有什么重要的东西是出自君士坦丁堡的。

在黑暗时代，自5世纪末叶至11世纪中叶，西罗马世界经历了一些非常有趣的变化。基督教所带来的对上帝的责任与对国家的责任两者之间的冲突，采取了教会与国王之间的冲突的形式。教皇的教权伸展到意大利、法国、西班牙、大不列颠与爱尔兰、德国、斯堪的那维亚与波兰。起初，除了在意大利和法国南部以外，教皇对于主教们和修道院长们的控制力量本是很薄弱的；但自从格雷高里第七的时代（11世纪末）以来，教皇对他们就有了实际而有效的控制力量。从那时候起，教士在整个西欧就形成一个受罗马指挥的单一组织，巧妙地而又无情地追逐着权势；一直到1300年以后，他们在与世俗统治者的斗争之中通常总是胜利的。教会与国家之间的冲突不仅是一场教士与俗人的冲突，同时也是一场地中海世界与北方蛮族之间的冲突的重演。教会的统一就是罗马帝国统一的反响；它的祷文是拉丁文，它的首脑人物主要是意大利人、西班牙人和南部法国人。他们的教育（当教育恢复起来之后）也是古典的，他们的法律观念和政府观念在马尔库斯·奥勒留皇帝看来恐怕要比近代的君主们看来更容易理解。

教会同时既代表着对过去的继续，又代表着当时最文明的东西。

反之，世俗权力则掌握在条顿血统的王侯们手中，他们企图尽力保持他们从日耳曼森林里所带出来的种种制度。绝对的权力与这些制度是格格不入的；对于这些生气勃勃的征服者们来说那些法律制度显得既沉闷而又毫无生气，事实上的确如此。国王必须和封建贵族分享自己的权力，但是大家都希望不时地可以采取战争、谋杀、掠夺或者奸淫的形式以发泄激情。君主们也可以忏悔，因为他们内心也是虔敬的，而且忏悔本身毕竟也是激情的一种形式。可是教会却永远也不能使他们有近代雇主所要求的，而且通常可以获得于他的雇工们的那种循规蹈矩的良好品行。当精神激动的时候，如果他们不能喝酒、杀人、恋爱，那么征服全世界又有什么用呢？而且他们有勇敢的骑士队伍，为什么要听命于发誓独身而又没有兵权的书呆子呢？尽管教会不同意，他们仍然保存着决斗和比武的审判方法，而且他们还发展了马上比武和献殷勤的恋爱。有时候，他们甚至一阵狂暴发作还会杀死显赫的教士。

所有的武装力量都在国王这方面，然而教会还是胜利的。教会获得胜利，一部分是因为它几乎享有教育的独占权，一部分是因为国王们彼此经常互相作战；但是除了极少数的例外，主要却是因为统治者和人民都深深地相信教会掌握着升天堂的钥匙的权力。教会可以决定一个国王是否应该永恒地升天堂还是下地狱；教会可以解除臣民们效忠的责任，从而就可以鼓动反叛。此外，教会还代表着足以代替无政府状态的秩序，因而就获得了新兴的商人阶级的支持。尤其在意大利，这最后的一点是有决定意义的。

条顿人至少要保持教会一部分的独立性的企图，不仅表现在政治上，也表现在艺术、传奇、骑士道和战争上。但这一点却很少表现在知识界，因为教育差不多是完全限于教士阶级的。中古时代所公开表现出来的哲学并不就是一面精确的时代镜子，而仅是一党一派的思想镜子。然而，就在教士里面（尤其是弗兰西斯教团的修道士们）却有相当数目的人，为了各种原因，是和教皇有分歧的。此外，在意大利，文化传播到俗人方面来要比在阿尔卑斯以北早上好几个世纪。弗里德里希第二曾试图建立一种新宗教，这代表着反教廷文化的极端；而托马斯·阿奎那诞生于弗莱德利克第二具有无上权威的那不勒斯王国，却直到今天始终是教廷哲学的典型阐扬者。大约50年之后，但丁成就了一套综合，并且给整个的中古观念世界做出了唯一的一套均衡的发挥。

但丁以后，由于政治上、理智上的种种原因，中古哲学的综合便破灭了。当中古哲学存在的时候，它具有一种整齐而又玲珑完整的性质，这个体系所论述到的任何一点都是和它那极其有限的宇宙中的其他内容摆在一个非常精确的关系之上的。但是宗教大分裂、宗教大会运动以及文艺复兴的教廷终于导向宗教改革，宗教改革便摧毁了基督教世界的统一性以及经院学者以教皇为中心的政府理论。在文艺复兴时代，新的知识，无论是关于古代的或是关于地球表面的，都使人厌倦于理论体系；人们感到理论体系是座心灵的监狱。哥白尼天文学赋予地球的地位与人类的地位，远比他们在托勒密的理论中所享有的地位要卑微得多。在知识分子中间，对新事物的乐趣代替了对于推理、分析、体系化的乐趣；虽然在艺术方面文艺复兴仍然崇尚整齐有序，但是在思想方面它却喜欢大量而繁复的混乱无章。在这方面，蒙台涅是这一时代最典型的代表人物。

在政治理论方面，正像除了艺术而外的任何其他事物一样，也发生了秩序的崩溃。中世纪，虽然事实上是动荡不宁的，但在思想上却被一种要求合法性的热情、被一种非常严谨的政权理论所支配着。一切权力总归是出自上帝；上帝把神圣事物的权力交给了教皇，把俗世事情的权力交给了皇帝。但在15世纪，教皇和皇帝同样地都丧失了自己的重要性。教皇变成了仅仅是意大利诸侯的一员，他在意大利的强权政治里面从事种种令人难以置信的复杂而又无耻的勾当。在法国、西班牙和英国，新的君主专制的民族国家在他们自己的领土上享有的权力，是无论教皇或者皇帝都无力加以干涉的。民族国家，主要是由于有了火药的缘故，对人们的思想和感情获得了一种前所未有的影响，并且渐次摧毁了罗马所遗留下来的对于文明统一性的信念。

这种政治上的混乱情形在马基雅维里的《君主论》一书中得到了表现。政治已没有任何指导的原则，而变成赤裸裸的权力争夺了；至于怎样才能把这种赌博玩得很成功，《君主论》一书也提出了很精明的意见。在希腊的伟大时代里出现过的事，再一次出现于文艺复兴的意大利：传统的道德束缚消失了，因为它们被人认为是与迷信结合在一起的；从羁绊中获得的解放，使得个人精力旺盛而富于创造力，从而产生了极其罕见的天才的奔放；但是由于道德败坏而不可避免地造成的无政府状态与阴谋诡诈，却使得意大利人在集体方面成为无能的了，于是他们也像希腊人一样，倒在了别的远不如他们文明、但不像他们那样缺乏社会团结力的民族的统治之下了。然而结局并不象在希腊那么惨重，因为许多新的强而有力的民族也表现出像意大利人以往那样能够有伟大的成就，只有西班牙例外。

从16世纪以后，欧洲思想史便以宗教改革占主导地位。宗教改革是一场复杂的多方面的运动，它的成功也要归功于多种多样的原因。大体上，它是北方民族对于罗马东山再起的统治的一种反抗。宗教曾经是征服了欧洲北部的力量，但是宗教在意大利已经衰颓了：教廷作为一种体制还存在着，并且从德国和英国吸取大量的贡赋，但是这些仍然虔诚的民族却对于波尔嘉家族和梅狄奇家族不怀敬意，这些家族借口要从炼狱里拯救人类的灵魂，结果却收敛钱财大肆挥霍在奢侈和不道德上。民族的动机、经济的动机和道德的动机都结合在一起，就格外加强了对罗马的反叛。此外，君王们不久就看出来，如果他们自己领土上的教会完全变成本民族的，他们便可以控制教会；这样，他们在本土上就要比以往和教皇分享统治权的时候更加强而有力。因此，路德的神学改革在北欧的大部分地区既受统治者欢迎，也受人民欢迎。

天主教教会有三个来源：它的圣教历史是犹太的，它的神学是希腊的，它的政府和教会法至少间接地是罗马的。宗教改革摒除了罗马的成分，冲淡了希腊的成分，但是大大地加强了犹太的成分。它就这样和民族主义的力量展开了合作。这些民族主义的力量正在摧毁着最初由罗马帝国而后又被罗马教会所形成的那种社会团结的成果。在天主教的学说里，神圣的启示并不因为有圣书而结束，而是一代一代地通过教会的媒介传承下来的；因此，个人的意见服从于教会，就成为每个人的责任。反之，新教徒则否认教会是传达启示的媒介；真理只能求之于圣经，每一个人都可以自己解释圣经。如果人们的解释有了分歧，那么也并没有任何一个由神明所指定的权威可以解决这种分歧。实际上国家已经要求着曾经是属于教会的权利了，但这是一种篡夺。在新教的理论里，灵魂与上帝之间是不该有任何尘世的居间人的。

这一变化所起的作用是极其重大的。真理不再需要请权威来肯定了，真理只需要内心的思想来肯定。于是很快地就发展起来了一种趋势，在政治方面趋向于无政府主义，而在宗教方面则趋向于神秘主义。这和天主教的正统体系始终是难于适应的。这时出现的并不只是一种新教而是许多的教派。不是一种与经院派相对立的哲学而是有多少位哲学家就有多少种哲学；不是像在 13 世纪那样，有一个皇帝与教皇相对立，而是有许许多多的异端的国王。结果无论在思想上还是在文学上，都有着一种不断加深的主观主义；起初这是作为一种从精神奴役下要求全盘解放的活动，但它却朝着一种不利于社会健康的个人孤立倾向而稳步前进了。

近代哲学始于笛卡尔，基本上他所认为可靠的就是他自己和他的思想的存在，外在世界是由此而推出来的。这只是通过贝克莱、康德直到费希特的总的发展过程的第一个阶段。到了费希特则认为万物都只是自我的流溢，这是不健康的。从此之后，哲学一直在企图从这种极端逃到日常生活的常识世界里去。

政治上的无政府主义和哲学上的主观主义携手并进。早在路德在世的时候，就有些不受欢迎又不被承认的弟子们已经发展了再洗礼的学说了，这种学说有一个时期统治了闵斯特城。再洗礼派摒弃一切的法律，因为他们认为好人是无时无刻不被圣灵所引导的，而圣灵又是不可能受任何公式的束缚的。从这个前提出发，他们就达到了共产主义与两性杂交的结论。因此，他们在经过一段英勇抗抵之后终于被人消灭了。但是他们的学说却采取了更柔和的形式而流传到荷兰、英国和美国。这就是历史上贵格会的起源。在 19 世纪又产生了另一种形式更激烈的、已经和宗教不再有联系的无政府主义。在俄国、西班牙以及意大利，它都有过相当的成功；并且直到今天，它在美国移民当局的眼里还是个可怕的怪物。这种近代的形式虽然是反宗教的，但是仍然具有很多早期新教的精神；它的不同点主要就在于把路德针对教皇的那种仇恨转过来针对世俗的政府。

主观主义一旦脱缰之后，就只能一泻到底而不能再被束缚于任何的界限之内。新教徒在道德上强调个人的良心，本质上乃是无政府主义。但习惯与风俗却是如此之有力，以至于除了像闵斯特那样暂时的爆发以外，个人主义的信徒们在伦理方面仍然是按照传统所认为的道德方式来行动，但这是一种不稳定的平衡。18 世纪的“感性”崇拜开始破坏了这种平衡：一种行为受到赞美并不是因为它有好结果或者因为它与一种道德教条相符合，而是因为它有那种把它激发起来的情操。在这种态度之下就发展出了像卡莱尔和尼采所表现的那种英雄崇拜以及拜伦式的对于任何激情的崇拜。

浪漫主义运动在艺术上、在文学上以及在政治上都是和这种对人采取主观主义的判断方式相联系着的，亦即不把人作为集体的一个成员而是作为一种美感上的愉悦的观照对象。猛虎比绵羊更美丽，但是我们宁愿把它关在笼子里。典型的浪漫派却要把笼子打开，欣赏猛虎消灭绵羊时那幕壮丽的纵身一跃。他鼓励人们想象他们自己是猛虎，可是如果他成功的话，结果并不会是完全愉快的。

针对着近代主观主义的比较不健康的形式，曾经出现过各种不同的反应。首先是一种折中妥协的哲学，即自由主义的学说，它企图给政府和个人指定其各自的领域。这种学说的近代形式是从洛克开始的，洛克对于“热情主义”（即再洗礼派的个人主义）、绝对的权威以及传统的盲目服从，是同样反对的。另一种更彻底的反抗则导致了国家崇拜的理论，这种理论把天主教所给予教会，甚至有时候是给予上帝的那种地位给了国家。霍布斯、卢梭和黑格尔代表了这种理论的各个不同方面，而他们的学说在实践上就体现为克伦威尔、拿破仑和近代的德国。共产主义在理论上是和这些哲学距离得非常遥远的，但是在实践上也趋向于一种与国家崇拜的结果极其相似的社会形态。

自从公元前 600 年直到今天这一漫长的发展史上，哲学家可以分为希望加强社会约束与希望放松社会约束两大类。与这种区别相联系着的还有其他区别。纪律主义分子宣扬着某种或新或旧的教条体系，并且因此在或多或少的程度上就不得不仇视科学，因为他们的教条并不能从经验上加以证明。他们几乎总是教训人说，幸福并不就是善，而唯有“崇高”或者“英雄主义”才是值得追求的。他们对于人性中的非理性的部分有着一种同情，因为他们感到理性是不利于社会团结的。另外一方面，则自由主义分子除了极端的无政府主义者以外，都倾向于科学、功利与理性而反对激情，并且是一切较深刻形式的宗教的敌人。这种冲突早在我们所认为的哲学兴起之前就在希腊存在着了，并且在早期的希腊思想中已经十分显著。它变成各种形式，一直持续到今天，并且无疑地将会持续到未来的时代。

很显然，在这一争论中，就像所有经历了漫长时期而存留下来的争论一样，每一方都是部分正确的而又是部分错误的。社会团结是必要的，但人类迄今还不曾有过单凭说理的论辩就能加强团结的事。每一个社会都受着两种相对立的危险的威胁：一方面是由于过分讲纪律与尊敬传统而产生的僵化，另一方面是由于个人主义与个人独立性的增长而使得合作成为不可能，因而造成解体或者是对外来征服者的屈服。一般说来，重要的文明都是从一种严格和迷信的体系出发，逐渐地松弛下来，在一定的阶段就达到了一个辉煌的时期；这时，旧传统中的好东西继续保存着，而在其解体之中所包含着的那些坏东西则还没有来得及发展。但是随着坏东西的发展，它就走向无政府主义，从而不可避免地走向一种新的暴政，同时产生出来一种受到新的教条体系所保证的新的综合。自由主义的学说就是想要避免这种无休止的反复的企图。自由主义的本质就是企图不根据非理性的教条而获得一种社会秩序，并且除了为保存社会所必需的束缚以外，不再以更多的束缚来保证社会的安定。这种企图是否可以成功，只有未来才能够断定。

《自由秩序原理》选

［奥］哈耶克

弗里德里克·A. 哈耶克（F. A. Hayek，1899—1992）可能是20世纪最伟大的古典自由主义学者。虽然他1974年获得过诺贝尔经济学奖，但他的学术贡献却远远超出经济学范畴。他毕生发表了130篇文章和25本专著，涵盖的范围从纯粹的经济学到理论心理学，从政治哲学到法律人类学，从科学哲学到思想史。在所有这些领域中，哈耶克都不是浅尝辄止，而是见解卓著。尤其是他对西方自由理想的重新申说，使他在20世纪成为这一“古老理想”的最大代表之一。

哈耶克出生在维也纳一个知识分子家庭，在维也纳大学获得博士学位。他最初的兴趣在经济学方面。20世纪初由门格尔《经济学原理》开创的奥地利经济学派已经由波姆、威塞尔及米塞斯等人发扬光大。

哈耶克的经济思想与他的社会政治思想紧密相关。自由是哈耶克不变的理想。他继承了18世纪启蒙思想家的思想，从个人出发，强调维护个人的自由。这种自由包括政治自由、思想自由和经济自由。其中，经济自由是自由的基础。实现经济自由的途径是实行市场经济，让市场机制充分发挥调节作用，让人们在市场上进行自由竞争。因此，市场经济就是一种由个人主义出发而形成的，能保证人的自由的“自然秩序”。按照哈耶克的说法，这是一种最符合人性的经济制度。

《自由秩序原理》是哈耶克最重要的著作之一，也是20世纪自由主义思潮最重要的经典性代表之一。在书中，作者重申自由的价值，探讨了自由同社会伦理的多维关系，有说服力地论证了自由在社会实践当中的意义。该书篇幅较长，这里只节选了“导言”的部分文字。在这部分文字中，作者一方面强调了自由对西方世界的政治、经济、社会、法律等多方面的重要意义，另一方面也对该书三大部分的基本内容做了一番描述，因此可以成为该书的导读，或至少可以借此对该书有所了解。

导　论

自由理想激发了现代西方文明的发展，而且这一理想的部分实现，亦使得现代西方文明取得了当下的成就；但是对这个自由理想所做的有效的重述，却是发生在很早以前的事情了。事实上，差不多一个世纪以来，现代西方文明赖以为基础的那些基本原则，已日渐为人们所忽略和遗忘。在这段时间中，人们所做的努力，主要在于寻求各种替代现行社会秩序的方案，而不是力图改善或增进他们对构成西方文明基础的原则的理解或运用。只是在我们开始面临一种完全不同于我们先前的制度的时候，我们这才发现，我们已丢失了对我们自己的目标的清醒认识，我们也不再拥有任何强硬的原则，去对抗我们的对手所持有的那种教条式的意识形态。

在争取世界各国人民的道德支持的斗争中，西方世界因缺乏坚定的信念而致使其自身处于特别不利的境地。长期以来，西方知识界领袖所表现出来的特征乃是：不再相信西方文明诸原则，蔑视西方文明已达致的种种成就，而只沉醉于创建种种“更佳世界”（better worlds）的方案。显而易见，我们不可能期望这种状态会赢得追随者。如果我们想在这场伟大的思想斗争中获取胜利，那么我们就必须首先搞清楚我们究竟相信什么。如果我们不想人云亦云，毫无原则地摇摆不定，那么我们也必须搞清楚我们想保有什么。在我们同其他民族的交往关系中，我们也同样有必要对我们的理念加以明确的陈述。如今的外交政策，在很大程度上已变成了哪一方的政治哲学会胜利的问题；而西方世界的存续问题，也可能恰恰仰赖于我们是否有能力将世界上足够强大的各民族联合起来，结盟于一个共同的理想之下。

我们所处的境况虽说非常不利，但我们仍需要为此尽最大的努力。正当西方对其自身丧失信心的时候，正当西方在很大程度上对那个使其获致如今之成就的传统丧失信心的时候，世界上的绝大多数人士却正在借鉴西方文明并采纳西方的理想。亦正是在这个时候，西方知识分子在很大程度上放弃了自由信念，然而在西方的历史上，恰恰是这种对自由的信奉，使西方世界得以完全充分地利用了那些能够导致文明之发展的力量，并使西方文明获得了史无前例的迅速发展。因此，那些来自较不发达国家的、承担着向其人民传播理念之使命的人士，在接受西方训练的过程中所习得的并不是西方早先建构文明的方式，而主要是那些由西方的成功所引发的各种替代性方案的梦想。

此一发展趋向，甚为不幸，因为这些西方信徒行事所依据的信念，虽说会使他们各自的国家较快地模仿并获致西方的若干成就，但是它们亦将阻碍这些国家做出它们各自的独特贡献；更有甚者，并不是西方历史发展的所有成就都能够或都应当被移植

于其他文化基础之上的；更进一步看，如果人们容许那些受西方影响的地区所生发出来的文明自由生长，而非自上而下地迫使其生长，那么它们就可能以一种更为快捷的方式获致适当的发展形式。如果缺乏自由进化的必要条件（个人主动创新的精神），那么不争的是，没有这种精神支援，就绝不可能生成发展出任何有生命的文明。当然，对于个人主动创新的精神是否是自由进化的必要条件，仍存有争议，有人甚至反对这种观点。但是无论如何，如果一个社会真的缺失个人主动创新的精神，那么，首要的任务则当在催醒或开启这种精神；然而要做到这一点，只有自由政权能够有所作为，而实非那种严酷统治体制所能及。

在当下的西方，人们肯定还对某些基本价值存有着广泛的共识。但是，对这些基本价值的同意已不再是不言自明的了；如果期望这些基本价值重新获得力量，那么对它们做出综合性的重述及重新证明的工作，便是刻不容缓的急务。然而不无遗憾的是，迄今为止，似乎还没有一部论著对首尾一贯的自由观念所能依据的全部哲学给出充分的说明，当然也不存在一部可供那些希望理解西方各种理想的人士所能研读的论著。关于“西方政治传统”（“the political traditions of the west”）如何演化发展的问题，历史上已有不少论著对此做出了极为精彩的解释。这些论著指出，“大多数西方思想家的目标始终在于建构这样一种社会，在这种社会中，每个人在最少依赖于其统治者的自由裁量权的情况下，可以在一先定的权利义务框架内享有决定自己行动的权利和承担由此产生的责任”，但是值得我们注意的是，据我所知，此类论著未能对下述两个问题给出解释：一是当西方思想家所追求的这种目标适用于我们这个时代的具体问题时，它究竟意味着什么；二是证明此一理念为正当的终极依据究竟是什么。

长期以来，人们在理解自由社会中那些与经济政策相关的原则方面，一直存在着许多重大的混淆。近些年来，人们为厘清并阐明这些问题已经做出了各种大智大勇的努力。我当然无意低估人们在这方面业已获得的成就，然而需要强调指出的是，尽管我仍把自己主要视为一个经济学家，但我日益深切地体认到，对我们这个时代诸多迫切的社会问题的回答，最终须取决于对一些基本原则的认识，而这些原则实超出了专门的经济学或任何其他专门学科的范围。尽管我最初所关注的乃是一些经济政策方面的问题，但我渐渐被导向去承担一项雄心勃勃但也可能极为贸然的使命，即通过对自由哲学之基本原则的综合性重述来解决这些问题。

虽然这项工作远远超出了我本人所把握的专门知识的范围，但我仍不会有任何愧怯，这是因为，如果我们欲对我们的诸目标重新获得明确一致的认识，那么就很可能需要有更多的人士不断地做出与我相类似的努力。事实上，本书的研究告诉我们，我们的自由之所以在许多领域都遭到了威胁，实乃因为我们太易依赖专家的决定或毫无批判地接受专家对某一问题的看法，然而，专家对这个问题所熟知的实际上亦仅是其间很微小的一个方面。但是值得我们注意的是，由于经济学家与其他专家之间一直存在分歧的问题也会在本书的论述中频繁出现，所以我要在这里明确指出，经济学家亦无力宣称拥有一种可以使他具有某种资格去协调所有其他专家的各种努力的特殊知识。经济学家所能宣称的只是他对于诸目标上普遍存在的分歧或冲突所做的经济学探究，使他比其他专家能够更真切地意识到这样一个事实，即任何人都不可能把握指导社会行动的全部知识，从而也就需要一种并不依赖于个别人士的判断的，能够协调种种个别努力的非人格机制（the impersonal mechanism）。经济学家所关注的，便是这种非人格的社会进程（impersonal processes of society）。在这种进程中，得到运用的知识要远远多于任何一个个人或有组织的群体所能拥有的知识；而正是这样一种关注，致使经济学家得以持之一贯地反对其他一些因认为其特殊知识未得到足够重视而欲求控制权力的专家的抱负。

从某个方面来看，本书的抱负既可能超出读者所期望的范围，同时亦可能无力满足读者的期望。本书主要关注的并不是任何特定国家或特定时间中所存在的问题，而是（至少在最初几章是如此）那些宣称具有普遍效力的原则。本书的撰写规划以及其中观念的确定，萌发于我对以下事实的认识：一些实际上完全相同的知识思潮，却藉着各种不同的称谓或伪装，在世界各地摧毁着人们对自由的信仰的基础。如果我们想有效地抵抗这些思潮，那么我们就必须明了这样一个事实，即这些知识倾向的表达形式虽然各异，却是以某些共同的要素为支撑的；因此，洞见和把握它们的共同要素便是关键。我们还必须牢记，自由的传统绝非任何一国的独创，而且就是在今天，也没有任何一个国家能宣称独占了此中奥秘。我的主要关注点，并不在于美国或大不列颠的特殊制度或政策，而在于这些国家根据古希腊人、早期文艺复兴的意大利人和荷兰人所逐渐形成的基础（当然法国人和日尔曼人对此基础也都做出了各自的重要贡献）而发展起来的若干原则。此外，我的目标亦不在于提供一项详尽的政策纲领，而在于陈述一些评价标准：一些具体措施若要为自由政权所用，就必须根据这些标准先加以评判。如果我以为自己有能力设计出一项综合性的政策纲领，那么这种自负就会与本书的整个精神相违背，因为此类纲领只有在将某一共同的哲学适用于解决当时的各种问题的过程中，才能逐渐形成。

的确，要充分描述一个理想而不将它与其他理想做比照，似无可能；尽管如此，本书的目标也不在于对其他理想进行批判。我的意图乃在于打开门户以供未来发展，而不在于一边打开这些门户而一边又关闭其他门户，或者说，本书的意图在于防止任何这类门户被关闭，然而当国家对某些发展做垄断控制时，这种关闭门户的现象就势在难免。我的侧重点是建设性的，即旨在改进和完善当下的各种制度；如果说我仅是指出了可能的发展方向，那么我亦能坦然地说，我的确是将更多的关注点放在了应予开放的道路方面，而没有分心去关注那些应予清除的杂草丛林。

作为对一般性原则的陈述，本书应当主要探究政治哲学的基本问题，但随着研究的推进，本书亦将论及一些较为具体的问题。本书分为三个部分，第一部分力图表明我们为何需要自由以及自由的作用何在。这就需要我们对那些决定各种文明发展的因素进行某种考察。因此，这一部分的讨论主要是理论的，而且如果“哲学的”这一术语能够恰当地意指政治理论、伦理学及人类学相融通的领域，那么它主要也是哲学的。本书的第二部分探究西方人为了保障个人自由而逐渐形成的各种制度。我们由此进入了法理学领域的探讨，但我们将从历史的角度去关注其间的问题。然而需要强调指出的是，我们对保障个人自由的各种制度的进化过程所持的认识，主要依凭的既非法律家的观点，亦非历史家的观点。我们所关注的乃是一种理想的发展，然而必须指出的是，在过去的历史长河中（除个别时期以外），人们只是模糊地认识到了这一理想或者说不尽完善地实现了这一理想。因此，如果要使这一理想成为解决当下问题的指导，就必须对其做出进一步的厘定和阐明。本书的第三部分将通过把上述原则适用于当下若干重大的经济和社会问题而对这些原则进行验证。我所选择的问题拟限于这样一些领域，即在这些领域中，就我们需要解决的问题而言，我们面临着多种可能的解决方案，然而对这些方案的错误选择极可能给自由造成危害。对于这些论题的讨论，意在阐明以不同的方法追求相同的目标，在什么情况下会增进自由，或在什么情形下会摧毁自由。因此，在很大程度上讲，仅靠经济学一门知识是无力向我们提供足够的指导以制定解决这些问题的政策的，而与此同时，这也意味着只有在一个更为宽泛的知识框架内才能对这些问题做出确当的处理。但是需要指出的是，每一论题所涉及的或引发出的极为复杂的其他问题，当然不是本书此一部分所能详尽讨论的。换言之，对它们的讨论主要是为了阐明本书的一个主要目标，亦即我们必须把关于自由的哲学、法理学和经济学综合交融为一体，或者说为了增进我们对自由的洞见，我们必须把哲学、法理学和经济学综合起来对自由进行探究。

本书意在增进理解，而不在煽动激情。尽管在讨论自由的问题时，诉诸情绪常常是难免之事，但我亦努力于平实的心态中进行此讨论。虽说诸如“人的尊严”（dignity of man）及“自由之美”（beauty of liberty）等术语中所表达的情操既高尚且可嘉，但在力图理性论辩时，则不应有此情绪。当然，我也知道，用这样一种几近冷血的、纯知识的方法去处理一个为大众视为崇高情操、为大众全力捍卫且不被他们视为知识问题的理想，会有某种风险。而且我也的确认为，自由伟业之弘扬需要以我们的热情为支援。然而我们必须加以明辨的是，尽管追求自由的斗争之所以始终得以维持，在很大程度上是因为它得到了人们热望自由这一不可或缺的强烈本能倾向的支援，但是，这些本能倾向既不是一种安全的指导，亦不是某种防止错误的措施。此外，我们还应当承认，一些人在践履某些极不正当的目标时，也始终是凭借动员与上述相同的高贵情绪为支援的。更为重要的是，那些摧毁自由之基础的论点，主要源自于知识领域，因而我们就必须在此领域中对其做出反驳。

一些读者可能会在阅读本书后产生这样一种印象，即我并没有视个人自由的价值为一个不容置辩的伦理预设，从而在力图阐明其价值时，我很可能只是将支持自由的论证作为一种权宜之策而已。这当是一种误解，但是真切的是，如果我们想使那些尚未赞同我们的道德假定的人信服，我们自己就首先不能视这些假定为当然。我们必须指出，自由不仅是一种特殊价值，而且还是大多数道德价值的渊源和条件。一个自由社会所提供给个人的，远远多于他仅作为一个自由者所能做的。因此，在我们尚不了解作为一个整体的由自由人构成的社会与不自由的社会的差异时，我们是无力充分评估自由的价值的。

我还须告诫读者，此一问题的讨论永远不可能停留在高远的理想或精神的价值层面。实际上，自由往往依凭于平凡的事项，而且那些热望保有自由的人士，也必须通过其关注公共生活中的俗世事务以及通过随时努力去理解那些常常被唯心主义者倾向于视为一般甚至低级的问题来证明他们对自由的真诚。在争取自由的运动中，知识界领袖太过经常地把其关注力局限于那些与他们的所思所虑有最密切关联的自由面相，而很少去理解和探讨对自由的诸多限制的后果及其严重性，其原因只是这些限制对他们并未产生直接的影响。

如果欲使本书的主要讨论尽可能地切合事实且非情绪化，那么我们的出发点就更需平实。我们在本书的讨论中，所必须使用的若干术语的含义，已变得极为空泛，因此极为紧要的是，我们在一开始就应当对它们的意义予以界定。“freedom”与“liberty”这两个术语的含义便属最为含混之列。长期以来，这两个术语一直为人们所滥用，其意义亦一直为人们所歪曲，难怪有人会认为，自由（liberty）一词已无意义，除非赋予其以具体内容；而且它所载的信息也几乎无存，其内容也只因人所好而定。因此，我们必须在本书的开篇就对我们所关注的自由的含义做出解释。为了精当地界定自由，我们还必须考察其他同样空泛、却是讨论自由问题时所不可或缺的术语，如“强制”（coercion）、“专断”（arbitrariness）和“法律”。然而，为了避免本书第一部分的术语厘定工作太过冗重繁复，也同样是为了能够顺利地进入对一些较为实质的问题的讨论，我将在本书第二部分的开篇对此类概念进行分析。

人类共同生活的哲学，在两千多年的历史中逐渐得到了发展；我将努力对此哲学作出重述，而此努力的勇气则来自于我对下述事实的体认，即此哲学经常因为遭到贬抑反而不断生发出新的力量。在过去数代人的实践中，此哲学又经历了一次衰败。如果对一些人，尤其是对欧洲人来讲，本书似乎是对一种不复存在的制度之基本原则的探究，那么我的回答则是：如果欲使我们的文明不衰败，我们就必须复苏此项制度。当构成该制度之基础的哲学处于最有影响之际，亦是其处于停滞之时；而当它处于遭否弃而需加以捍卫之际，亦常常是其进展之时。近百年以来，此哲学显然没什么进步，而当下，它已处于需要人们起而捍卫的时候了。当然，我们也应当承认，对此哲学的种种抨击也向我们表明了此哲学的传统形式本身所具有的缺陷。所幸的是，当下的人士无须较往昔之伟大思想家更聪慧，便能更好地理解个人自由的基本条件，因为百年来的经验所赋予我们的远非一个麦迪逊（Madison）、一个穆勒（Mill）、一个托克维尔（Tocqueville）或一个洪堡（Humboldt）所能识见。

复苏此传统的时机是否达致，将不仅取决于我们是否能够成功地改善此传统，而且取决于我们这一代人的取向。如果人们因认为那种传统只是一种素朴甚至平常的信念（其所基于的乃是对人类智慧和能力的较低级的认识），而不承认人之抱负的任何限度，如果人们认为，在我们所能计划的范围内，即使是最好的社会也无法满足我们所有的欲望，那么我们就可以说，在上述取向的支配下，复苏自由传统的努力定会遭受挫折。此外，我们需要强调的是，复苏此传统的工作，不仅与至善论（perfectionism）的奢望相去遥远，而且与情绪化的改革者所持的“一步到位”及“根本解决”的取向相距甚远，从而是这类改革者力所不及的，因为他们对一些特殊的弊端或恶行的愤慨，往往会使他们对其本身计划的实现可能产生的弊端及不公正现象视而不见。上述那种抱负、“一步到位”和“根本解决”的取向，对于个人常常是可羡的，但是当人们用它们来指导强制性权力时，又当自由传统的完善工作需依赖于那些以为其权力之中便存有着最高智慧从而有权将其信念强加于他人的掌权者时，它们就极具危害性了。我谨希望我们这一代人能够习知：正是形形色色的至善论不时摧毁着各种社会业已获致的各种程度的成就。如果我们多设定一些有限定的目标、多一份耐心、多一点谦恭，那么我们事实上便能够进步得更快，且事半功倍；如果我们“自以为是地坚信我们这一代人具有超越一切的智慧及洞察力，并以此为傲”，那么我们就会反其道而行之，事倍功半。

《开放社会及其敌人》选

［英］卡尔·波普尔

卡尔·波普尔（Karl Raimund Popper，1902—1994），当代西方杰出的科学哲学家和社会哲学家，他的《历史决定论的贫困》（*The Poverty of Historicism*）和《开放社会及其敌人》（*The open Society and its Enemies*）被认为是当代西方思想中的经典。波普尔也因为这两部书而获得英国女皇颁授的爵位。

在这两部书中，波普尔对历史决定论做了精细的分析和强烈的批判。什么是历史决定论呢？按照波普尔的定义，“历史决定论是一种涉及社会科学各学科的理论，这种理论把对历史做出预言作为它的基本目标，认为通过发现历史中潜在的节奏、模式、规律或趋向，便能够实现这个目标，便能预言历史事件的进程。凡具有这种观点的各种社会哲学，统称为历史决定论”。

波普尔反对历史决定论。他的根据建立在一个简单而根本的逻辑推理上，即社会的发展受到众多因素的影响，而其中有些重要的因素，比如意识形态、科技发展、社会风尚等，是无法预测的，因此历史是不可能预测的。波普尔不仅从逻辑上证明人类不可能预测历史规律，他还从根本上否认历史规律的存在。在他看来，所谓历史规律，只是人们按照某种论点，在历史史实中抽取事实来加以证实的结果。人们不难把人类的历史写成一部阶级斗争史，也不难写成一部种族斗争史，所有这些史书，都有一定的意义，给人们某种启示，但这些都是人为赋予的，而历史本身，只是一个事件接着一个事件发生，而并非一部已被策划、幕数明确、结局注定的戏剧。预测长远未来的方法是不可靠的，理由也是既简单、又根本的，即未来并不完全蕴含在过去和现在之中。

既然社会学不应以预言长远的未来为己任，那么，社会学的使命是什么呢？波普尔认为是对“渐进社会工程”的研究，这是与马克思主义式的历史决定论所倡导的“乌托邦主义”相对立的。乌托邦主义主张总体的、完美的社会蓝图；而渐进社会工程则致力于局部的、不断尝试和不断修正改错的社会改革，它的目标是创建合理的制度和机构，如改进健康保险和失业保险制度、立法反托拉斯、修改立法程序，等等。“即使它们做错了，损失也不会很大，而且要再调整也不难。相反，整体性的改革看来目标宏伟、坚定不移，实际上却常常导致粗陋、混乱和倒退”。由此出发，波普尔反对暴力革命，主张和平改良。他认为和平改良的社会阻力小，可能导致的损失也小，符合理性；而暴力革命的社会阻力大，可能导致的损失也大，容易丧失理性。

马克思的预言

第18章　社会主义的来临

经济历史决定论（economic historicism）是马克思用来分析我们的社会所面临的变化的方法。马克思认为，每一个特殊的社会体系都会自我摧毁。原因很简单，每一个社会体系都会衍生出造就下一个历史时期的力量。对在工业革命前不久所经历的封建制度做深入细致的分析，就能发现将要摧毁封建制度的力量，就能预言下一个历史时期即资本主义的最重要的特征。

同理，分析资本主义的发展，可以发现使资本主义崩溃的力量，预言在我们前面的新的历史时期的最重要特征。毫无理由相信资本主义制度会有别于所有别的制度而万古长存。情况正相反，生产的物质条件以及随之变更的人类生活方式，从未像在资本主义制度下那样一日千里地变化着。资本主义通过这种方式改变了它自身的基础，也就势必改变它自身，并在人类的历史中产生一个新的时代。

按照马克思的方法，即如前所述的那些原则，我们必须在生产的物质手段的进化过程中寻找那些将要破坏或者改变资本主义的基本的或本质的力量。一旦发现了这些基本力量，就可以追溯它们对阶级间的社会关系的影响，以及对法律和政治体制的影响。

马克思在他生平的巨著《资本论》中，分析了基本经济力量以及被他称作“资本主义”时期的自杀性的历史倾向。他所处理的历史时期和经济体制，属于18世纪中叶到1867年（《资本论》初版那年）的西欧，特别是英国。

马克思在序言里解释道，“这部著作的最终目的是揭示现代社会运动的经济规律”，从而预言它的命数；次要的目的是反驳资本主义的卫道者。一些经济学者把资本主义生产方式的规则说得像自然法则那样不可避免，就像伯克（Burke）宣称的那样：“商业的法则是自然的法则，因此也就是上帝的法则。”马克思认为社会唯一不可回避的法则就是发展的法则，他把这条法则与那些所谓的不可抗拒的法则相对照，并力图表明，那些被经济学者宣称是恒久不变的法则，其实纯粹是暂时的格局，它注定要随着资本主义的毁灭而毁灭。

马克思的历史预言可以看作是一套严密编织的论证。但《资本论》仅仅细述了这套论证的第一步，即对资本主义基本经济力量的分析及其对阶级关系的影响。对于第二步，即推断社会革命不可阻档，以及第三步，即预言无阶级的社会主义社会即将来临，他只是做了简要叙述。在这一章里，首先要更清楚地解释什么是我所划分的马克思主义论证的三步曲，然后详细地讨论其中的第三步。

在接下来的章节里，将讨论第二步和第一步。把讨论的顺序倒过来，最有利于详细而严谨地讨论；因为这可以更易于不加偏见地断定推论中每一步的前提都是正确的，从而完全专注于质疑该步所得到的结论是否由它的前提必然导出。马克思论证的三步曲如下。

第一步，马克思分析资本主义的生产方式。他发现存在劳动生产力提高的趋势，这种趋势既与技术进步有关，也与他所说的加速的生产资料积累（the increasing accumulation of the means of production）有关。

由此，他推导出一个结论，认为凡存在阶级间社会关系的地方，这种趋势必然导致财富积聚在越来越少的人手里；也就是说，存在着财富和苦难同时增长的倾向（an increase of wealth and misery），财富落到统治阶级即资本家手中，而苦难则落到被统治阶级即工人身上。[①]

把第一步的结论视为当然成立，第二步就能论证到两个结论：第一，除了小型的统治阶级（资本家）和庞大的被剥削阶级（工人）以外，别的所有阶级都要消失或者

① 这第一步将放到第20章“资本主义及其命数”中讨论。

变得微不足道；第二，这两个阶级日益紧张的关系将会导致一场社会革命。[1] 第三步：把第二步所得的结论视为当然成立，就得出最后结论，工人战胜了资本家以后，将出现一个只有一个阶级的社会，从而也是一个无阶级的社会，一个无剥削的社会，那就是社会主义。

第三步预言社会主义最终要到来，我现在开始对它做批判。

这一步的主要前提，要在下一章进行批判，但在这里暂时视为当然正确。这个前提是：资本主义的发展使得所有阶级简化为两个，即一个小型的资产阶级和一个庞大的工人阶级；而日益深重的苦难会迫使后者起而反抗其剥削者。结论是：首先，工人必定赢得这场斗争；其次，通过消灭资产阶级，工人必定建立一个无阶级的社会，因为剩下的只有一个阶级了。

现在我打算承认第一个结论是由前提（当然要再加上一些不容质疑但不那么重要的前提）必然导出的。这不仅仅是因为资本家为数很少，而且因为他们的物质存在、他们的"新陈代谢"全赖工人阶级。剥削者如同公蜂，失去了被剥削者就要饿死；在任何情况下，他要是损害了被剥削者，他就得像公蜂一样同时了结了他自己的前程。因此他不能打赢；他顶多只能鏖战不息。另一方面，工人无须依靠剥削者获得物质供给；一旦工人造反，一旦他决定对现存制度提出挑战，剥削者就大命将乏。工人不伤元气就可以击溃他们的阶级敌人。因此，只有一种可能性，资产阶级要消失。

但这就能推出第二个结论了吗？工人胜利了，就必然导致一个无阶级的社会了吗？我以为不然。两个阶级转变到只剩一个阶级，并非意味着就会出现一个无阶级的社会。阶级可不像个人，即使我们承认在两个阶级相互斗争的时候他们行动起来像个人。

按照马克思自己的分析，阶级的统一或者团结，是他们的阶级觉悟的一部分，而阶级觉悟又在很大程度上是阶级斗争的产物。一旦不再同仇敌忾，没有理由相信，组成工人阶级的个人依旧万众一心。任何潜在的利益冲突都很可能分化以前团结的工人阶级，并发展为新的阶级斗争。（辩证法原理暗示一个新的反题，即一个新的阶级对立必定会迅速形成。但是辩证法是肤浅而模棱两可的，它可以用来解释一切，因而无阶级的社会也可以说成是有阶级的社会的对立统一）当然，很有可能，那些在胜利时刻掌握实权的人，那些经过权力斗争和形形色色清洗后幸存下来的人及其部属，会形成一个新的阶级，新社会中的新统治阶级，一种新的贵族阶层或者官僚阶层，而且这些人很有可能还想掩盖这一事实。

要这样做，最方便的就莫过于尽其所能保存革命的意识形态，并从这种情绪中捞到好处，而用不着花时费力清除这种情绪（他们完全有可能充分利用这种革命的意识形态，同时又从害怕反革命势力卷土重来的情绪中渔利）。利用这种方法，革命的意识

---

① 这一步将在第19章"社会革命"中分析。

形态达到了他们欺骗的目的，它既用来为他们谋取权力，又为他们巩固权力；一句话，用作一种新的“麻醉人民的鸦片”。

按照我们暂时假定成立的马克思的前提，这样一类事情是完全可能发生的，当然，我并不打算在此做出历史预言（或者串讲历史上的诸多革命事件）。我仅仅要说明，马克思的结论，即无阶级社会的来临，并不能从前提必然推出。马克思论证过程的第三步不足为信。

此外，我并不想更多断言。就事论事，我看既不能预言社会主义不会到来，也不能说从论证的前提出发很难看到社会主义要到来。譬如，连绵的战火和胜利的喜悦可能有助于大家非常团结，一直持续到建立了禁止剥削和滥用权力的法律为止。（建立对统治者实行民主控制的体制是消灭剥削的唯一保证）。

我认为，要建立这样的社会，很大程度要靠工人对社会主义思想和自由的热爱，而不是靠对他们本阶级眼前利益的追逐。所有这些都是难以预料的，能够确定的只是阶级斗争并不能总是在被压迫者中维系团结。诚然不乏献身公益事业的例子，但也不乏例子表明，有的工人只顾追求团伙利益，罔顾其他工人的利益冲突，违背被压迫者要团结一致的主张。剥削未必随着资本家的消灭而消灭，完全可能有一些工人攫取特权，对那些时乖命蹇的工人进行剥削。

可见，无产阶级胜利之后，有着一大堆的历史可能性。历史预言的方法无法胜任这么多的可能性。而实际上应该强调，如果因为我们不喜欢某些可能情况，就忽视它们，是最不科学的做法。固然，杂着主观愿望的思想是难免的，但科学思想却不能这样。况且我们应该认识到，所谓的科学的历史预言，对许多人来说提供了一种逃避的方式。它提供了借口，让我们把今天的责任推给未来的天国，它一方极力渲染个人所面临的恶魔般的经济力量，它横扫一切，个人孤立无助，另一方面又投其所好，大谈乐土的神话。

假如我们稍为更仔细地考查这些力量，考查我们现行的经济体制，我们可以看到我们理论上的批判靠的是经验。但我们要小心不要受马克思的影响曲解了我们的经验，不要偏颇地以为“社会主义”或是“共产主义”是承接“资本主义”的唯一替代方案。

社会主义，即无阶级的社会，就是一个“每个人的自由发展是一切人的自由发展的条件的联合体”；无论是马克思还是别的什么人，都不曾表明这样的社会是代替那种无情剥削的经济体制，即他在一个多世纪以前（1845 年）描述的，被他叫做“资本主义”的社会的唯一方案。

事实上，要是有人企图证明承接放纵的资本主义的唯一可能制度是社会主义的话，我们只需要用历史史实来驳斥他。自由放任（laissez－faire）的资本主义已经在地球表面消声匿迹，但它不是由马克思认识的那种社会主义体制或共产主义体制所代替的。

只有在占地球六分之一土地的苏联，我们才看到这样的经济体制，在那里，依照马克思的预言，生产资料收归国家所有，但与马克思的预言相悖，政治强权并没有消失的势头。

纵观全球，有组织的政治权力已经深远地影响着经济的运作。放纵的资本主义已经让位给新的历史时期，让位给我们的政治干预主义（interventionism）的时代、国家干预经济的时代。

干预有各种各样的形式，有俄国式的，有法西斯独裁式的，也有美国和英国式的民主干预，也有以瑞典为首的“较小型民主”（smaller democracies）干预，在那里，民主干预的技术空前发达。干预史始于马克思的年代，起源于英国的工厂立法。先是引入了48小时工作周，稍后又引入了失业保险金以及其他各种社会保险，标志着干预史的新里程。

一眼就能看出，用马克思给资本主义下的定义来定义现代民主的经济体制是多么荒谬，更不用说再对照一下他的共产主义革命的10点计划了。

假如我们删去这份计划中不那么有意义的项目（像“4. 没收一切流亡分子和叛乱分子的财产”），我们则可以说大部分项目在我们的民主社会已经得到了实现，要么是完全实现，要么是某种程度上实现；除此以外，在迈向社会安全（social security）的进程中，已经实现了许多更为重要的进展，而这些进展是马克思想都没想过的。让我在他的计划中信手拣来几点看看：2. 征收高额累进税（实现了）。3. 废除继承权（通过高额遗产税很大程度上实现了，仍可商榷该税是否得课得更重）。6. 把全部运输业集中在国家手里。因为军事上的原因在1914年战争以前在欧洲中部实现了，效益不大。大部分小型民主国家也实现了。7. 增加国营工厂和生产工具，按照总的计划开垦荒地和改良土壤（在小型民主国家实现了，仍旧值得怀疑这是否很有效益）。10. 对一切儿童实行公共的和免费的教育。取消现在这种形式的儿童工厂劳动（在小型民主国家已经完全实现了第一点，世界各地或多或少实现了第一点；第二点已经实现了）。

马克思计划中有几点（例如：“1. 剥夺地产，把地租用于国家支出”）没有在民主国家实现。这就是为什么马克思主义者合理地声称这些国家还没有建立“社会主义”。但假如他们由此推断这些国家还是马克思所说的“资本主义”，那么他们只是在论证万物不变的教条罢了。被先入为主的理论照得目眩脑昏是多么容易啊！马克思主义不仅是未来拙劣的向导，它还会使得它的追随者无法看清眼前发生了什么，他们自己的历史时期发生了什么，有时甚至连他们的合作者也是如此。

但是，可能有人问这种批评是否适用于所有类似的大规模历史预言呢。我们为什么不可以在理论上把前提加得足够强以致可以达到一些有用的结论呢？

我们当然可以这样做。只要我们把前提加得足够强，我们总可以达到任何我们想要达到的结论。但问题在于，要做出这样的大规模历史预言，我们总要考虑到涉及诸如马克思所称的“意识形态”之类的因素，像道德因素等等，而这些因素是不能归结为经济因素的。但马克思一定会坚决认为这个起点很不科学。他的全部预言建筑在这样一个假定上：意识形态的影响不应该被当作独立的且不可预言的因素，它们既依赖于、又可归结为有形的经济条件，因而它们是可以预测的。

有时某些马克思主义的异教徒也承认，社会主义不单纯是历史发展进程的问题；马克思说过：“我们可以缩短和减轻分娩社会主义的痛苦”，这句话是笼统的，因为一个错误的政策可以把社会主义的降临推迟几个世纪，而一个适当的政策则可以把发展的时间缩到最小。

根据这种解释，马克思主义者也会承认，社会主义是否会在革命之后到来，很大程度上取决于我们自己，也就是说，取决于我们的理想、我们的献身精神、我们的智慧，换言之，即我们的意识形态因素。他们补充说，马克思主义预言的本身就是很大的精神激励的源泉，它可以促进社会主义的发展。马克思是要表明，有两种可能性，要么让可恶的世界永远延续下去，要么最终产生一个更为美好的世界；我们对第一种可能性毋用考虑。所以马克思的预言是完全正确的。因为人们越是意识到他们有能力达到第二种可能性，他们就越会迈出从资本主义到社会主义飞跃的一步；但更为详细的预言就做不出来了。

这样一种观点，实际上承认了难以归结为物质经济条件的道德和意识形态因素对历史进程的影响，从而也就否认了马克思的方法的适用性。至于那种企图为马克思主义辩护的论点，我们应该重申，从来没有人表明过只有“资本主义”和“社会主义”两种可能。

因此，我很同意我们用不着苦苦思索那些永恒不变的丑恶世界，但也用不着去思索那些预言要降临的极乐世界，也用不着靠宣传或者别的非理性的手段甚至是暴力手段帮助它的诞生。比方说可以靠技术的发展来改善目前的环境，也可以靠渐进工程和民主干预的方法（piecemeal engineering and democratic intervention）改善我们生活的世界。

马克思当然会说，这种干预是不可能的，因为史册并非由改良世界的理性计划所谱写的。但他的论点会导致一个很古怪的结论，如果事物靠理性的方法都不能解决，而非理性的历史力量本身倒可以产生一个更美好更理性的世界，这可真是一个历史上和政治上的奇迹了。

我们再次回到了这个论点，即道德和其他意识形态因素不可能成为历史预言的对象，而它们却对历史的进程产生着深远的影响。

在经济方面，社会技术和政治干预的影响，就属于这些不可预测的因素。社会技术工作者和渐进工程师可以设计新的机构（institutions），改进旧的组织；他们甚至可以设计能够自动产生这些结果的方式和手段；但他们这样做并不能使历史变得更加容易预测。因为他们并不为整个社会设计，他们也不知道他们的计划能否实现；实际上，这些计划不经多番修改，几乎不可能实现，一方面是因为我们的经验是在建设的实践中积累的，另一方面是因为我们不得不学会妥协。马克思说得对，史实可不是计划出来的。但社会机构（institutions）是可以设计的，而且它们正在不断地被设计。

只有靠创建机构，循序渐进，我们才可以达到一个更为美好的世界。只有靠创建机构，才能保卫自由，尤其是免于被剥削的自由。

为了表明马克思的历史决定论对政治现实的影响，我打算在以下三章，在讨论他的预言的同时，约略讲一讲它们对当今欧洲历史的影响，透过两大马克思主义政党，即共产党和社会民主党的作用，这些影响是巨大的。

这两个政党都没有做好改变社会的准备。俄国共产党，走在最前头，最早夺取了政权，他们全然没有意识到当前的严峻问题和广泛的牺牲，也没有意识到前面潜在的苦难。社会民主党的机遇来得较晚，多年来没有覆行共产党所覆行的责任。他们的怀疑或许正确，即除了最受沙皇残酷压迫的俄国人民以外，别的人民可能不会起来，承受内战以及未见成效之时所必须付出的痛苦和做出的牺牲。

况且，在1918年到1926年的严峻年代，他们看到俄国的实验结果并不明朗。而且，实在没有揣测其前景的根据。可以说，中欧的共产党和社会民主党的差别，正是对马克思主义的理论非理性的忠诚，和对之抱怀疑态度更具理性这两者的差别。我是用马克思主义自己的标准来区分“较为理性”和“非理性”的。根据马克思主义原理，无产阶级革命应该是工业革命的最后结果，而不是倒过来。所以革命应该首先在高度工业化的国家发生，而要过很久才轮到俄国。

我这么说，并非为社会民主党的领袖们开脱，他们无论制定什么政策，总是完全依据马克思主义的预言，总是念念不忘社会主义一定会到来。

但这种信仰，又常常伴随着对现状的绝望，对他们工作效果的绝望，对眼前前景的绝望。他们从马克思那里学会了如何组织工人，如何用解放全人类的美妙信仰激扬士气，但他们无力准备实现他们的诺言。他们吃透了他们的教科书，他们晓畅“科学社会主义”的理论，他们懂得未雨绸缪是科学的乌托邦主义。

马克思本人不是奚落过一个孔德（Comte）的信徒吗？这个信徒在《实证主义者评论》中批评马克思忽视了实际的计划。马克思轻蔑地说：“《实证主义者评论》竟指责我，用形而上学的方法处理经济学，进而只限于批判地分析既成的事实，而没有为未来的食堂开出调味单（孔德主义的吗？）。”

故此，马克思主义领导人更懂得不在技术问题上浪费时间。“全世界的工人团结起来！”抵得上他们的实际规划。当他们国家的工人都团结起来后，当有机会履行他们的责任，为美好的未来建立基础的时候，当他们的时机来到的时候，他们却让工人陷入困境。领导们并不知道该干什么。他们在等待，资本主义说好了要自杀的，当不可抗拒的资本主义崩溃开始，万事一塌糊涂，不可收拾的时候，当他们言而无信，恬不知耻的危险都消失之后，他们便希望自己成为人类的救世主。（事实上，我们应该记住，俄国共产党的成功，无疑部分要归功于他们上台以前一塌糊涂的局势）他们原先欢迎大萧条，因为预言里说好这是崩溃的开始，可当雨过天晴，否极泰来，他们便开始意识到工人渐渐厌倦灌输，厌倦历史解释了。

按照颠扑不破的马克思的科学社会主义原理，法西斯主义是资本主义面临崩溃的最后一步，但仅仅教育工人这一点是不够的。受苦受难的大众需要更多的东西。渐渐地，领导们觉察到等候政治奇迹所带来的可怕后果。但太晚了，时不我待，机不再来。

这些评论是很扼要的，但它们表明了马克思的社会主义来临的预言带来的一些政治后果。

《文明的冲突与世界秩序的重建》选

［美］塞缪尔·亨廷顿

塞缪尔·亨廷顿（Samuel P. Huntington，1927—2008），美国当代著名政治学家，现实主义政治理论家、哈佛大学教授，哈佛奥林战略研究所所长。早年就读于耶鲁大学，后在芝加哥大学与哈佛大学获硕士与博士学位。历任哈佛大学政府学讲座教授、国际事务中心主任、政府学系主任，曾参与创办《外交政策》杂志，担任过美国国防部等部门的顾问，1977—1978年任美国国家安全委员会安全计划小组的负责人。1987年因在比较政治学领域中的贡献当选为美国政治学会主席。

亨廷顿运用比较历史的研究方法，全面深入地分析了发展中国家的政治现代化与政治发展的过程，从而奠定了他的政治发展理论的基础。他认为：国与国之间最重要的政治差异，不在于政府统治形式的不同，而在于政府统治程度的高低。政治发展是“现代化的政治性后果”，这种后果可以是积极的，也可以是消极的，它既可能有助于社会经济文化的现代化，也可能导致政治的衰败。政治现代化取得成功的关键，在于政治的制度化。强有力的政党制度的形成是提高制度化水平的核心。只有大力提高政治制度化的程度，才可能缓解现代化中的国家在社会经济现代化过程中必然出现的大众政治参与压力，从而确保现代化进程中的政治稳定，最终实现社会的现代化。一个政治体系的组织与程序的适应性、复杂性、自立性和凝聚性，是界定其制度化程度的四个主要变量。亨廷顿的政治发展理论的基本特征之一，是强调在政治现代化进程中的政治稳定与政治秩序。他认为，“人类可以无自由而有秩序，但不能无秩序而有自由”，“权威的确立先于对权威的限制”。这实际上赋予了政治稳定同政治民主同等的价值地位。

亨廷顿的理论对政治发展演进路线的阐述，对政治参与影响政治发展的分析，对政党发展与政治制度化之间关系的探究，有助于人们认识现代化中国家的政治现象，具有一定的理论价值。他的主要著作有《变化社会中的政治秩序》《现代社会中的专制政治》《难以抉择》和《文明的冲突与世界秩序的重建》。

《文明的冲突与世界秩序的重建》发表于1996年，此书系统地提出了他的“文明冲突论”，认为冷战之后，世界格局的决定因素表现为七大或八大文明，即中华文明、日本文明、印度文明、伊斯兰文明、西方文明、东正教文明、拉美文明以及可能存在的非洲文明相互之间的关系。冷战后的世界，冲突的基本根源不再是意识形态，而是文明（文化）方面的差异；主宰全球的已不再是共产主义、西方自由民主主义等意识形态方面的冲突，而是不同文化圈之间的“文明冲突”。

中文版序言

中国文明是世界上最古老的文明，中国人对其文明的独特性和成就亦有非常清楚的意识。中国学者因此十分自然地从文明的角度来思考问题，并且把世界看作一个具有各种不同文明的、而且有时是相互竞争的文明的世界。因此，据我所知，中国学者对我1993年的文章《文明的冲突》所做的评论总的来说精深而富有洞见，虽然他们有时也误解了我论证中的政策含义，并对之持相当批评的态度。为此，我的完整著作现在尤其应与中国读者见面，这样他们便可以了解我对世界政治所做的分析的更全面、更精确和更详尽的版本，而不仅仅是从一篇30页的文章中可能了解的东西。

为什么我的文章在世界上引起了这么大的兴趣并刺激了这么多的讨论？为什么我的著作至今已被翻译成22种不同的文字，并具有一定的影响？我认为，答案是，人们正在寻求并迫切地需要一个关于世界政治的思维框架。冷战期间，人们很容易把全球政治理解为包含了美国及其盟国、苏联及其盟国以及在其中发生了大量冷战斗争的不结盟国家组成的第三世界。这些集团之间的差别在很大程度上是根据政治意识形态和经济意识形态来界定的。随着冷战的结束，意识形态不再重要，各国开始发展新的对抗和协调模式。为此，人们需要一个新的框架来理解世界政治，而“文明的冲突”模式似乎满足了这一需要。这一模式强调文化在塑造全球政治中的主要作用，它唤起了人们对文化因素的注意，而它长期以来曾一直为西方的国际关系学者所忽视；同时在全世界，人们正在根据文化来重新界定自己的认同。文明的分析框架因此提供了一个对正在呈现的现实的洞见。它也提出了一个全世界许多人们认为似乎可能和合意的论点，即在未来的岁月里，世界上将不会出现一个单一的普世文化，而将有许多不同的文化和文明相互并存。那些最大的文明也拥有世界上的主要权力。它们的领导国家或是核心国家——美国、欧洲联盟、中国、俄罗斯、日本和印度，将来可能还有巴西和南非，或许再加上某个伊斯兰国家，将是世界舞台的主要活动者。在人类历史上，全球政治首次成了多极的和多文化的。

在这样一个多元化的世界上，任何国家之间的关系都没有中国和美国之间的关系那样至关重要。如果中国经济在未来的10年或20年中仍以现在的速度发展，那么中国将有能力重建其1842年以前在东亚的霸权地位。另一方面，美国一贯反对由另一个强国来主宰欧洲或东亚，为了防止这样的情况发生，美国在本世纪参加了两次世界大战和一次冷战。因此，未来的世界和平在相当大的程度上依赖于中国和美国的领导人协调两国各自的利益的能力，及避免紧张状态和对抗升级为更为激烈的冲突甚至暴力冲突的能力，而这些紧张状态和对抗将不可避免地存在。

我于1993年发表的文章在中国和其他地方被批评为可能提出了一个自我实现的预言，即文明的冲突由于我预测其可能发生而增加了发生的可能性。然而，任何预测都不是自我实现的或非自我实现的。预测能否实现依赖于人们如何做出反应。20世纪50年代和60年代，许多严肃的和信息灵通的人士认为苏美之间的核战争实际上不可避免。但是这场核战争并未发生，因为人们意识到了它的可能性，并推动了武器控制和其他安排来确保它不发生。我所期望的是，我唤起人们对文明冲突的危险性的注意，将有助于促进整个世界性的“文明的对话”。欧洲和亚洲国家最主要的政治家已经在谈论需要抑制文明的冲突和参与这样的对话。我所主持的哈佛国际和亚洲研究会正在积极地提倡这一努力。我相信，我的著作在中国的出版将鼓励中国领导人和学者做同样的事情。

第一章　世界政治的新时代

引论：旗帜与文化认同

1992年1月3日，俄罗斯和美国学者在莫斯科政府大楼的演讲厅中举行了一个会议。两个星期以前，苏联不复存在，俄罗斯联邦成为一个独立的国家。结果，从前装饰在演讲台上的列宁塑像消失了，取而代之的是挂在前墙上的俄罗斯联邦的国旗。一个美国人注意到，唯一的问题是那面国旗挂反了。当美国人向俄罗斯东道主指出这个问题后，他们在第一次休会期间迅速悄悄地纠正了这个错误。

冷战结束后的几年中，人们的认同和那些认同的标志开始发生急剧的变化。全球政治开始沿着文化线被重构。被反挂的国旗是变化的一个迹象，但是越来越多的国旗正在被正确地高高挂起，俄罗斯人和其他民族正在他们新的文化认同的这样和那样的标志背后动员和前进。

1994年4月18日，2 000人聚集在萨拉热窝市挥舞着沙特阿拉伯和土耳其的国旗。这些萨拉热窝人通过挥舞这些旗帜而不是联合国、北约或美国的旗帜，认同于他们的穆斯林伙伴，并告诉世界谁是他们真正的朋友，谁不是。

1994 年 10 月 16 日，洛杉矶的 7 000 民众在“墨西哥国旗的旗海”下游行抗议 187 法案，该法案是一个通过公民投票决定的措施，它否定国家给予非法移民及其子女的多项福利。一些观察者提出这样的问题：为什么他们“举着墨西哥国旗游行，同时又要求这个国家给予他们免费教育？他们应当挥舞美国国旗”。两个星期以后，更多的抗议者确实举着美国国旗在街上行进，但却是倒举着。这些旗帜显示 187 法案获得了有保障的胜利，它得到了加利福尼亚州 59% 的选民的赞同。

在冷战后的世界，旗帜有其考虑的价值，其他文化认同的标志也是如此，包括十字架、新月形，甚至头盖，因为文化有其考虑的价值，文化认同对于大多数人来说是最有意义的东西。人们正在发现新的但常常是旧的认同，在新的但常常是旧的旗帜下行进，这导致了同新的但常常是旧的敌人的战争。

迈克尔·迪布丁的小说《死亡环礁湖》中的威尼斯民族主义煽动者，用一个不祥的世界观为这一新时期做了很好的表述：“如果没有真正的敌人，也就没有真正的朋友。除非我们憎恨非我族类，我们便不可能爱我族类。这些是我们在一个世纪之后正在痛苦地重新发现的古老真理和更加充满情感的奢谈。那些否定它们的人也否定他们的家庭、他们的遗产、他们的文化、他们的出生权以及他们本身！他们不能轻易地得到原谅。”政治家和学者们不能忽视蕴含在这些古老真理中的不幸的真理。对于那些正在寻求认同和重新创造种族性的人们来说，敌人是必不可少的，而潜在的最危险的敌人会出现在世界主要文明的断层线上。

本书的主题是文化和文化认同（它在最广泛的层面上是文明认同）形成了冷战后世界上的结合、分裂和冲突模式。本书的五个组成部分详细阐述了这一主要命题的推论。

第一部分：历史上，全球政治第一次成为多极的和多文明的；现代化有别于西方化，它既未产生任何有意义的普世文明，也未产生非西方社会的西方化。

第二部分：文明之间的均势正在发生变化，西方的影响在相对下降；亚洲文明正在扩张其经济、军事和政治权力；伊斯兰世界正在出现人口爆炸，这造成了伊斯兰国家及其邻国的不稳定；大多数非西方文明正在重新肯定自己的文化价值。

第三部分：以文明为基础的世界秩序正在出现，文化类同的社会彼此合作；从一个文明转变为另一个文明的努力没有获得成功；各国围绕着它们文明的领导国家或核心国家来划分自己的归属。

第四部分：西方国家的普世主义日益把它引向同其他文明的冲突，最严重的是同伊斯兰国家和中国的冲突；在区域层面的断层线上的战争，很大程度上是穆斯林同非穆斯林的战争，产生了“亲缘国家的集结”和更广泛的逐步升级的威胁，并因此引起核心国家努力地制止这些战争。

第五章：西方的生存依赖于美国人重新肯定他们对西方的认同，以及西方人把自己的文明看作独特的而不是普遍的，并且团结起来更新和保护自己的文化，使它免受来自非西方社会的挑战。避免全球的文明战争要靠世界领导人愿意维持全球政治的多文明特征，并为此进行合作。

一个多极和多文化的世界

在冷战后的世界中，全球政治在历史上第一次成为多极的和多文化的。在人类生存的大部分时期，文明之间的交往是间断的或根本不存在。然后，随着现代时期的起始，大约在公元1500年，全球政治呈现出两个方面。在400多年里，西方的民族国家——英国、法国、西班牙、奥地利、普鲁士、德国和美国以及其他国家在西方文明内构成了一个多极的国际体系，并且彼此相互影响、竞争和开战。同时，西方民族也扩张、征服、殖民，或决定性地影响所有其他文明。冷战时期，全球政治两极化，世界被分裂为三个部分。一个由美国领导的最富裕的和民主的社会集团，同一个与苏联联合受它领导的略贫穷一些的集团展开了竞争，这是一个无所不在的意识形态的、政治的、经济的，有时是军事的竞争。许多这样的冲突发生在这两个阵营以外的由下述国家组成的第三世界里：它们常常是贫穷的，缺少政治稳定性的，新近独立的，宣称是不结盟的。

20世纪80年代末，随着共产主义世界的崩溃，冷战的国际体系成为历史。在后冷战的世界中，人民之间最重要的区别不是意识形态的、政治的或经济的，而是文化的区别。人民和民族正试图回答人类可能面对的最基本的问题：我们是谁？他们用人类曾经用来回答这个问题的传统方式来回答它，即提到对于他们来说最有意义的事物。人们用祖先、宗教、语言、历史、价值、习俗和体制来界定自己。他们认同部落、种族集团、宗教社团、民族，以及在最广泛的层面上认同文明。人们不仅使用政治来促进他们的利益，而且还用它来界定自己的认同。我们只有在了解我们不是谁，并常常只有在了解我们反对谁时，才了解我们是谁。民族国家仍然是世界事务中的主要因素，它们的行为像过去一样受对权力和财富的追求的影响，但也受文化偏好、文化共性和文化差异的影响。对国家最重要的分类不再是冷战中的三个集团，而是世界上的七八个主要文明。非西方社会，特别是东亚社会，正在发展自己的经济财富，创造提高军事力量和政治影响力的基础。随着权力和自信心的增长，非西方社会越来越伸张自己的文化价值，并拒绝那些由西方“强加”给它们的文化价值。亨利·基辛格曾注意到：“21世纪的国际体系……将至少包括六个主要的强大力量——美国、欧洲、中国、日本、俄国，也许还有印度以及大量中等国家和小国。”基辛格提到的六个主要强大力量属于五个十分不同的文明，此外，还存在着一些重要的伊斯兰国家，它们的战略位置、庞大的人口和（或）石油资源，使得它们在世界事务中具有一定的影响力。在这个新世界中，区域政治是种族的政治，全球政治是文明的政治。文明的冲突取代了超级大国的竞争。

在这个新的世界里，最普遍的、重要的和危险的冲突不是社会阶级之间、富人和穷人之间，或其他以经济来划分的集团之间的冲突，而是属于不同文化实体的人民之间的冲突。部落战争和种族冲突将发生在文明之内。然而，当来自不同文明的其他国家和集团集结起来支持它们的“亲缘国家”时，这些不同文明的国家和集团之间的暴力就带有逐步升级的潜力。索马里部族的流血冲突没有造成更广泛的冲突威胁。卢旺达部落的流血冲突波及了乌干达、扎伊尔、布隆迪，但是没有广泛地蔓延。波黑、高加索、中亚，或克什米尔境内的文明之间的流血冲突，可能演化为更大的战争。在南斯拉夫的冲突中，俄罗斯向塞尔维亚人提供外交支持，而沙特阿拉伯、土耳其、伊朗和利比亚向波斯尼亚人提供资金和武器，但它们这样做不是由于意识形态，或者权力政治或经济利益的缘故，而是由于文化亲缘关系。瓦茨拉夫·哈韦尔注意到“文化的冲突正在增长，而且如今比以往历史上任何时候都更危险”，雅克·德洛尔也认为“未来的冲突将由文化因素而不是经济或意识形态所引起”。而最危险的文化冲突是沿着文明的断层线发生的那些冲突。

在冷战后的世界，文化既是分裂的力量，又是统一的力量。人民被意识形态所分离，却又被文化统一在一起，如“两个德国”所经历的那样，也如“两个朝鲜”和“几个中国”正开始经历的那样。社会被意识形态或历史环境统一在一起，却又被文明所分裂，它们或者像苏联、南斯拉夫和波斯尼亚那样分裂开来，或者像乌克兰、尼日利亚、苏丹、印度、斯里兰卡和许多其他国家的情况那样，陷于激烈的紧张状态。具有文化亲缘关系的国家在经济上和政治上相互合作，建立在具有文化共同性的国家基础之上的国际组织，如欧洲联盟，远比那些试图超越文化的国际组织成功。在45年里，“铁幕”是欧洲的主要分裂线。这条线已东移了几百英里。现在，它是一条一方面把西方基督教民族分离于穆斯林，另一方面把它分离于东正教的界线。

哲学假定、基本价值、社会关系、习俗以及全面的生活在现在各文明之间有重大的差异。遍及世界大部分地区的宗教复兴正在加强这些文化差异。文化可以改变，它们的性质对政治和经济的影响可能随时期的不同而不同。但是，文明之间在政治和经济发展方面的重大差异显然植根于它们不同的文化之中。东亚经济的成功有其东亚文化的根源，正如在取得稳定的民主政治制度方面东亚社会所遇到的困难有其文化根源一样。伊斯兰文化在很大程度上解释了为什么民主未能在大部分伊斯兰世界出现。后共产主义的东欧社会和前苏联的发展受到了其文明认同的影响。那些具有西方基督教遗产的国家正在取得经济发展和民主政治的进步；东正教国家的经济和政治发展前景尚不明朗；而各伊斯兰共和国的前景则很暗淡。

西方是而且在未来的若干年里仍将是最强大的文明。然而，它的权力相对于其他文明正在下降。当西方试图伸张它的价值并保护它的利益时，非西方社会正面临着一

个选择。其中一些试图竭力仿效和加入西方，或者“搭车”。其他儒教社会和伊斯兰社会则试图扩大自己的经济和军事力量以抵制和“用均势来平衡”西方。因此，后冷战时代世界政治的一个主轴是西方的力量和文化与非西方的力量和文化的相互作用。

总而言之，冷战后时代的世界是一个包含了七个或八个文明的世界。文化的共性和差异影响了国家的利益、对抗和联合。世界上最重要的国家绝大多数来自不同的文明。最可能逐步升级为更大规模的战争的地区冲突是那些来自不同文明的集团和国家之间的冲突。政治和经济发展的主导模式因文明的不同而不同。国际议题中的关键争论问题包含文明之间的差异。权力正在从长期以来占支配地位的西方向非西方的各文明转移。全球政治已变成多极的和多文明的。

……

《物种起源》选

［英］达尔文

查尔斯·达尔文（Charles Darwin，1809—1882）是英国著名生物学家。达尔文出生于英国一个医生世家，他的家人希望他秉承家族的传统，从事医学事业。18 世纪 20 年代，达尔文在爱丁堡大学的医学院学习，但由于他对自然历史产生了浓厚的兴趣，并因此而退学。19 岁，达尔文的家人把他送到剑桥大学去学习神学，希望他成为一个乡村牧师，这样，他可以继续他对博物学的爱好而又不至于使家族蒙羞，但是达尔文对自然历史的兴趣变得越加浓厚，完全放弃了对神学的学习。在剑桥大学期间，达尔文结识了当时著名的植物学家亨斯洛和著名地质学家塞奇威克，并接受了植物学和地质学研究的科学训练。

1831 年夏天，达尔文在亨斯洛的推荐下，以一名不拿任何报酬的博物学家的身份随英国海军探测船“贝格尔”号参加了历时 5 年的环球考察，所见所闻对其生物进化思想、自然选择学说的形成产生了重要的影响。1859 年，达尔文发表了《物种起源》一书，用大量的事实证明了生物变异的普遍性、变异与遗传的关系，提出了生存竞争和自然选择学说，系统地论述了物种形成的机制。该书的发表标志着现代生物进化理论的形成，引发了近代最重要的一次科学革命，因而达尔文被称为生物进化论的奠基人。

这里选录的是北京大学出版社 2005 年 10 月出版的《物种起源》第三章和第四章的部分内容。第三章的生存斗争理论是达尔文自然选择学说的关键。没有生存斗争就没有自然选择。达尔文的生存斗争学说受马尔萨斯《人口论》的启发，但又与后者有别。达尔文强调生存斗争并不一定都是血淋淋的，它只是广义的、喻意的，包括生物与环境的依存关系，强调生命体系的维持，还强调成功的传衍。第四章是达尔文进化论的核心和灵魂。它着重论证在各种各样生存斗争中表现出来的适者生存，即生活环境对有利变异的选择作用及选择的结果。

第三章　生存斗争

生存斗争与自然选择的关系

在论述本章主题之前，我得先谈谈生存斗争对自然选择学说的意义。在上一章，我们已经证明生物在自然状态下会发生某种变异。诚然，我原不知关于这一点还发生过争论。对我们来说，许多可疑类型，究竟应称为物种还是亚种（或变种）并不重要，就像英国植物中有二三百个可疑类型，它们究竟应列为哪一类型并不重要一样，只要承认显著变种的存在就行了。但是，仅靠作为本书基础的个体变异和显著变种的存在，还是不能使我们理解自然界中的物种是如何产生的。各部分生物之间的相互适应，它们对生活环境的适应，以及单个生物与生物之间的巧妙适应关系。首先是啄木鸟和槲寄生的关系，其次是依附于兽毛或鸟羽中的低等寄生虫，潜水甲虫的构造及靠微风吹送的带茸毛的种子的关系，等等。总之巧妙的适应关系存在于生物界的一切方面。

此外我们还要问，那些被称为初期物种的变种，是如何最终发展成为明确的物种的呢？显然大多数物种间的差异，比同种内各变种间的差异要明显得多，而构成不同属的物种间的差异，又大于同属内物种间的差异，而这些种类又是如何产生的呢？可以说，所有这一切都是生存斗争的结果，在下一章里，我将详细地讨论这个问题。由于生存斗争的存在，不论多么微小的，或由什么原因引起的变异，只要对一个物种的个体有利，这一变异就能使这些个体，在与其他生物斗争和与自然环境斗争的复杂关系中保存下去，而且这些变异一般都能遗传。由于任何物种定期产生的众多个体中，只有少数能够存活下去，所以那些遗传了有利变异的后代，就会有较多的生存机会。我把这种每一微小有利的变异能得以保存的原理称为自然选择，以示与人工选择的不同。但是斯宾塞先生常用的“适者生存”的说法，使用起来同样方便而且更为准确。我们知道，利用人工选择，人类能获得巨大效益，即通过积累“自然”赋予的微小变异使生物适合于人类的需要。但是，我们将要论及的自然选择是永无止境的，其作用效果之大远远超出人力所及，两者相比，犹如人工艺术与大自然的杰作之比，其间存在着天壤之别。

现在集中谈谈生存斗争的问题，但更详细的论述还将见诸于以后的著作。老德康多尔和莱伊尔两位先生，曾富有哲理地详尽说明了一切生物都卷入到激烈的竞争之中。曼彻斯特区的赫巴特（W. Herbert）教长以植物为例对这一问题所做的极为精彩的论述得益于他颇深的园艺学造诣。口头上承认普遍存在着生存斗争这一真理并不难，难得

的是时时把这一真理记在心中。在我看来，只有对生存斗争有深刻的认识，一个人才能对整个自然界的各种现象，包括生物的分布、稀少、繁多、绝灭及变异等事实，不致感到迷惘或误解。例如，当我们看到极为丰富的食物时，我们常欣喜地看到自然界光明的一面，而没有看到或者忘记了那些自由歌唱的鸟儿，在取食昆虫或植物种子时，却在不断地毁灭另一类生命；可能我们还忘记了，这些“歌唱家”们的卵或雏鸟是如何大量地被其他食肉鸟或兽所毁灭的。我们也不应该忘记，尽管目前食物丰富，但并不是年年季季都如此。

广义的生存斗争

应先说明的是，作为广义和比喻使用的生存斗争不但包括生物间的相互依存，而且更重要的是还包括生物个体的生存及成功繁殖后代的意义。在食物缺乏时，为了生存，两只狗在争夺食物，可以说它们真的是在为生存而斗争。可是生长在沙漠边缘的植物，与其说是为了生存而与干旱做斗争，不如说它们是依靠水分而生存。一株年产1 000粒种子的植物，平均只有一粒种子可以开花结籽。确切地说，它在和已经遍地生长的同类和异类植物相斗争。槲寄生依附于苹果树和其他几种树木生活，说它们是在和寄主做斗争，也可勉强说得过去。因为如果同一颗树上槲寄生太多，树木就会枯萎死去。如果同一树枝上密密缠绕着数株槲寄生幼苗，说这些幼苗在相互斗争倒更贴切。因为槲寄生靠鸟类传播种子而生存，各类种子植物都得引诱鸟类前来吞食和传播它的种子。用比喻的说法，各种子植物之间也在进行生存斗争。以上几种含义彼此相通，为了方便起见，我就使用了一个概括性的术语——生存斗争。

……

第四章　自然选择即适者生存

……

自然选择，即适者生存作用的实例

让我举一两个假想的例子，来说明自然选择是如何起作用的吧。以狼为例，在捕食各种动物时，狼有时用技巧，有时用力量，有时则用速度。假设一个地区由于某种变化，狼所捕食的动物中，跑得最快的鹿数量增加或其他动物数量减少，这是狼捕食最困难的时期，在这种情况下，当然只有跑动最敏捷、体型最灵巧的狼才能获得充分的生存机会，从而被选择和保存，当然它们还必须在各个时期总能保存足够的力量去征服和捕食其他动物。人类为了保存最优良的个体（并非为了改变品种），在进行仔细有计划的或无意识的选择时，能提高长嘴猎狗的敏捷性。毫无疑问，自然选择也会产生如此效果。顺便提一下，根据皮尔斯先生（Mr. Pierce）所说，在美国的卡茨基尔山脉（Catskil Mountains）栖息着两种狼的变种，一种形状略似长嘴猎狗，逐鹿为食，另一种躯干较粗腿较短，常常袭击牧人的羊群。

请注意，在上述例子中，我说的是那些体型最灵巧的狼能被保存下来，并不是说任何单个的显著变异都被保存下来。在这本书的前几版中，有时我曾说过单个显著变异的保存是常常发生的。因为过去我认为个体差异非常重要，并因此详细谈论人类无意识选择的结果，这种选择是靠保存一切或多或少有价值的个体及除去不良个体而进行的。以前我也曾观察到，在自然状态下，任何偶然发生的构造差异，都是很难被保存下来的。比如一个大而丑的畸形，即便在最初阶段被保存下来，而其后由于持续地与正常个体杂交，其特性一般都会消失。但是，直到我读了刊登在《北英评论》（*North British Review*，1867）上的一篇很有价值、很有说服力的文章后，我才明白了单独的变异，不论是细微的还是显著的，都难以长久保存下去。这位作者以一对动物为例，说明虽然这对动物一生可产 200 个仔，但由于种种原因造成的死亡，平均仅有两个仔可以存活下来并繁殖后代。对于大多数高等动物来说，这是一种极端情况的估计，但对于许多低等动物来说情况绝非如此。此作者指出，如果一个新出生的幼体因某方面的变异可获得优于其他个体两倍的存活机会，但因死亡率太高，其结果存活下去仍是困难重重。假设它能生存并繁殖，并且有半数的后代遗传了这种有利变异，文章指出，其后代也只是具有稍强一点的生存和繁殖的机会，而这种机会在以后历代还会减少下去。我想这些论点无疑是正确的。如果一种鸟因长有弯钩的喙而容易获得食物，假使这种鸟里有一只生来就有极为弯钩的喙，并因此免于毁灭而繁殖。尽管这样，这只鸟要排除普通类型而永久独自繁殖下去的机会还是很少的。根据在家养动物中所观察到的情况，可以肯定地说，如果把大量的、多少有点弯钩喙的个体一代又一代地保存下来，把直喙的个体大量地除去，然后才能达到此项目的。

不应忽视的是，由于相似的组织结构受到类似的作用，一些显著的变异会屡次出现，这些变异不应仅仅被视为个体差异，从家养生物中可以找到很多此类证据。在这种情况下，即使变异的个体，起初没有把新获得的性状传给后代，只要生存条件保持不变，无疑它将会把同样方式的更强变异遗传给后代。毫无疑问，这种依同样方式变异的倾向，往往非常强烈，可使同一物种的所有个体，可以不经任何选择作用便产生相似的变异；或者是一个物种的 1/3、1/5 或 1/10 的个体受到这样的影响。关于这种情况，可以举出若干实例。例如，格拉巴（Graba）估计在发罗群岛（Faroe Islands）约有 1/5 的海鸠（quillemot）属于一个显著的变种，这个变种以前被列为一个独立的物种而被称为 Uria Lacrymans。在这种情况下，如果变异是有利的，根据适者生存的原理，原有的类型很快就会被变异了的类型所取代。

以后我还要谈到，杂交有消除各种变异的作用。在此要说明的是，大多数动物和植物都固守本土，一般不做不必要的流动，甚至迁徙的鸟类，也常常返回到它们的原住地。因此每一个新形成的变种，起初一般都生活在原产地区，这似乎是自然状态下变种的普遍规律。这样，许多发生相似变异的个体很快就会聚成小的群体，共同生活、共同繁殖。如果新变种在生存斗争中获胜，它便会从中心区域慢慢扩散，在不断扩大的区域边缘和那些没有改变的个体进行斗争并征服它们。

再举一个较复杂的例子来说明自然选择的作用吧。有些植物分泌甜汁，这显然是为了排除体液内的有害物质。例如某些豆科植物（leguminosae）从托叶基部的腺体排出分泌物，普通月桂树（laurel）从叶背分泌液体。这种甜汁量虽少，却被昆虫贪婪地寻求着，然而这些昆虫的来访，对植物本身并无任何益处。假如甜汁是从一种植物的若干植株的花里分泌出来的，寻找这种甜汁（花蜜）的昆虫会沾上花粉，并把花粉从一朵花传到另一朵花上去，这样同种的两个不同个体，就可以进行杂交，从而产生强壮的幼苗，并使幼苗得到更好的生存和繁殖机会，这些情况都可以得到充分证明。那些花蜜腺体最大的植株分泌的花蜜最多，最常受到昆虫的光顾，获得的杂交的机会也就最多。长此以往，它们就会占有优势并形成一个地方变种。有些花的雄蕊和雌蕊所处的位置能适合前来采蜜昆虫的大小和习性，这在一定程度上有利于昆虫传授花粉，这样的花同样也会受益。如果一只来往于花间的昆虫并不采蜜而专采花粉，这种对花粉的破坏显然是植物的一种损失，因为花粉是专为受精用的。可是如果因这一昆虫的媒介作用，少量的花粉由一朵花传到另一朵花，最初可能出于偶然，尔后就可能形成习惯，这种情况促进植物的杂交，即使9/10的花粉损失掉了，对于花粉被盗的植物来说，结果仍然是非常有利的。因而，那些产花粉较多的、粉囊较大的个体将被选择出来。

如果上述过程长期继续下去，植物就将变得很能吸引昆虫，昆虫也就不自觉地在花间规律而有效地传递花粉。这方面突出的例子很多，现举一例，这个例子同时还能说明植物雌雄分株的步骤。有些冬青树（holly－tree）只生雄花，每花有含少量花粉的四枚雄蕊和一枚不发育的雌蕊；另一雌冬青树只生雌花，每花有一枚发育完全的雌蕊和四个粉囊萎缩的雄蕊，且雄蕊上无一粒花粉。在距一株雄冬青树60码的地方，我找到一株雌冬青树并从不同枝干上采下20朵花，当我把雌花柱头放在显微镜下观察时，发现所有柱头上毫无例外地都沾有几粒花粉，有的还相当多。那几天风是从雌树的方向吹往雄树，所以这些花粉不是由风力传送的；虽然天气很冷并有暴风雨（这对蜂类不利），但是我检查的所有雌花都因在花间寻找花蜜的蜂而有效地受精了。现在再回过头来谈一下我们想象的情况：一旦植物变得很能吸引昆虫，以至昆虫在花间规则地传递花粉，另一个步骤可能就开始了。博物学者们都不怀疑所谓“生理分工“的益处，因此我们相信，一树或一花只生雄蕊而另一树或另一花只生雌蕊对植物是有利的。栽培的植物和被置于新的生活环境的植物雄性器官，有时是雌性器官的功能会有所减退，假定在自然状态下，这种情况也会发生，即使程度极其轻微。既然花粉已经能在花间有规律地传递，既然”生理分工“的原理显示，更完全的性别分离对植物更为有利，那么雌雄分离的倾向越显明的个体，将会不断受益并被选择，直到雌雄两体最终完全分离。许多植物的雌雄分离显然正在进行之中。如果要说明植物如何通过二形性和其他手段来达到雌雄分离的不同步骤，那是要占很大篇幅的。这里我只补充一点，即根据阿沙·格雷的研究，在北美有几种冬青树确实处于一种中间状态，正如他所说的，是一种或多或少的“异株杂性”。

现在谈谈吃花蜜的昆虫。假如一种普通的植物因连续的选择作用而使花蜜逐渐增加，而某种昆虫是以这种花蜜为食的。我能举出多种例子说明蜂是如何急于采蜜而设法节省时间的。例如，一些蜂习惯于在花的基部咬一口来吸食花蜜，而本来它们稍费点劲就能从花的开口部位钻到花里去。想到这些情况，我们就会相信，那些容易被忽视的微小个体差异，如口吻的长度、弯曲度等，在一定条件下，对于蜂和其他昆虫是有利的。因此有些个体能比其他个体更快地获得食物，它们所属的群体能够繁盛，而从它们分出去的许多蜂群也都继承了同样的性状。普通红三叶草和肉色三叶草（T. incarnatum）的管形花冠，粗看上去长度并无差异，但蜜蜂可以轻易地吸取肉色三叶草的花蜜却不能吸到红三叶草的花蜜，能采红三叶草花蜜的只有野蜂。蜜蜂不能享受遍布田野的红三叶草花蜜，但它们肯定是喜好这种花蜜的，因为我曾多次观察到，只有在秋季，众多蜜蜂才能通过野蜂在红三叶草基部咬破的孔道吸取花蜜。这两种三叶草花冠的长度决定着蜜蜂能否采蜜，但其差异一定十分微小，因为有人肯定地说，红三叶草在收割后第二季作物开花要小一点，而那时蜜蜂就来采蜜了。不知此说是否准确，也不知另外一篇发表的文章是否可信。那篇文章说，意大利种的蜜蜂可以吸取红三叶草的花蜜，而这种蜂一般被认为是普通蜂的变种，而且与普通蜂可以自由交配。可以说，在长满红三叶草的地方，具有略长或不同形状吻的蜂能够获得好处。从另一方面来说，由于红三叶草完全靠能来采花蜜的蜂受精，如果一个地区的野蜂少了，则花冠较短或分裂较深的植株，将会得到好处，而蜜蜂也就可以采这种红三叶草的花蜜了。现在，我们理解了蜂与花是如何通过不断保存构造上互相有利的微小差异，同时或先后发生变异以达到完美的相互适应了。

我知道，用上述想象的例子来说明自然选择的原理，是会遭到反对的，正如莱伊尔爵士最初“用地球近代的变迁来解释地质学”时遇到反对一样。不过现在再运用仍然活跃的一些地质作用来解释深谷和内陆崖壁的形成时，很少再有人说是微不足道或毫无意义了。自然选择的作用，仅在于把每个有益的微小遗传变异保存和积累起来。近代地质学已经抛弃了那种一次大洪水就能凿出一个大山谷来的观点，同样的，自然选择学说也将排除那种以为新生物类型能连续被创生，或者生物的构造能够突然发生大变异的观点。

……

《科学史》选

[英] 丹皮尔

《科学史》是英国当代科学史家丹皮尔（William Cecil Dampier，1867—1952）的主要著作。该书1929年由剑桥大学出版社出版，1949年出版了第四次修订本，是影响比较大的科学史名著。1946年，商务印书馆出版过依据该书第一版翻译的中文译本，名为《科学与科学思想发展史》，译者是任鸿隽、李衍、吴学周。阅读时可看依据该书第四版翻译的新的中文译本《科学史及其与哲学和宗教的关系》，李衍译，商务印书馆1975年版。

该书最大的特点是：它不局限于自然科学的范围内讲其发展史，也不只是讲科学的发展和科学知识的积累，而是将自然科学的发展放在影响其发展的思想文化的大背景中去考察，尤其重视它与哲学和宗教的密切联系。这样写的科学史就把握住了科学发展的精神和灵魂。本书也因此不仅吸引了专业的自然科学研究者的兴趣，而且吸引了哲学和人文社会科学研究者的兴趣。它不仅可以使人了解自然科学的发展，也可以开阔人的眼界，受到思维上的训练，有益于创造性思维的培养。

丹皮尔在本书第一版序中简要地论述了科学与哲学、宗教在历史上的密切关系。在绪论中又概述了在科学发展的每一阶段上哲学或宗教的状况。古代科学的起源与巫术、占星术和宗教有密切的关系。在古希腊，哲学和科学是一种东西，哲学将各门科学包含在自身之中。古希腊的自然哲学和形而上学对科学的发展有重要的作用。中世纪，宗教神学、经院哲学占统治地位，科学的发展受到严重的阻碍，几乎停步不前。不过，丹皮尔说，经院哲学对理性比较重视，维持了理性的崇高地位，断言人可以把握上帝和宇宙，这对于近代自然科学的发展也有积极的作用。近代哲学家如弗兰西斯·培根和笛卡尔都批判了经院哲学的教条，很重视方法论的研究，这些都为自然科学的迅速发展开辟了道路。随着近代科学的发展，哲学的发展进入了两条道路，一条是机械论的道路，另一条是德国唯心论的道路，它根源于古希腊的柏拉图哲学。19世纪以来，哲学和科学在分离了一段时期后又重新携起手来，如进化论的哲学、现代数学和物理学对哲学的发展都有比较大的影响。现代数学和逻辑学原理的研究就影响了新实在论的产生。

在本书绪论的末尾，丹皮尔指出，如果各门科学只是局限于自身中也会产生种种不足。各门自然科学，不论其发展多么迅速，取得多么辉煌的成就，也永远不能反映存在整体。要想关照生命，要想看到生命的整体，就不但需要科学，而且需要伦理学、艺术、哲学和宗教。

本书共包括12章，在论述每一时代科学的发展时，作者都以相当大的篇幅论述了哲学或宗教的状况及其与科学的关系，常常有精辟的见解。

丹皮尔认为科学史的研究有重要的意义，应该成为历史学研究的一个很重要的分支。在本书第一版出版时，他还感叹与现代科学的辉煌成就相比，人们对科学的起源、发展和成就的了解相当少。但到他写第三版序时，已经看到在1930—1940年期间，不仅在科学研究中有惊人的发现，而且科学史研究也取得了很大的成就，令他甚感欣慰。

《科学史》一书思路明晰，叙述生动活泼，可读性强。丹皮尔在本书第二版序中说，他坚信科学是历史的适当题材，也是文学的基础，如果他能把这个信念落实到人们心中，就心满意足了。应该说，他的愿望现在是基本满足了。读者在阅读本书时，相信会既惊奇于科学发展道路的艰辛与辉煌，又能领略到哲学的追求智慧的力量。

科学的起源

在本章内我们终于看到近代科学的真正起源。在文艺复兴时，自然科学还是哲学的一个分支；但在我们刚才讲过的时期中，它已经找到了自己的观察与实验的方法，在可以应用这些方法的地方还得到数学分析的帮助。哥白尼与刻卜勒虽然仍在数学的和谐中寻找最后因，并且在牛顿的时代以后很久，这个思路还是存在着，往往以为在每个现象可以用数学方式从量上加以表示以后，这个现象就算既得到了科学上的解释，也得到了哲学上的解释了。可是这个倾向对于实验科学家并没有什么妨碍，他们丢掉了理性的全面的综合这条镀金锁链（不管它是亚里士多德的还是柏拉图的），因而可以自由而谦卑地接受事实，即使这些事实不能嵌合到一个普遍的知识体系里去。但事实也开始在这里或那里凑合起来，像加七巧板的零块一样，使得图案的某些部分赫然出现。在下一时期内，这个动向在牛顿关于重力定律的表述中表现出来，那是科学上的第一次大综合，但在18世纪法国百科全书派的夸大的机械哲学中，这个动向也许就摆动得太远了。

1660年的科学状况

我们现在来到现代科学早期发展的最重要时期。因为靠了牛顿的卓越成就，伽利略和刻卜勒的研究成果已经和牛顿自己的研究成果融合在一起，成为物理学上的首次大综合。前几章所叙述的改变给欧洲带来的科学与哲学的状况，可以大概描述如下。

经院哲学的无所不包的知识大厦，虽然在唯理论的训练方面仍然有用，但早已不够用了。邓斯·司各脱与奥卡姆把唯名论复活过来，新柏拉图运动兴起，构成哥白尼和刻卜勒的工作的哲学基础，最后由于伽利略、吉尔伯特与其门徒用数学方法及实验方法取得很多成果，这座大厦已经动摇了。吉尔伯特与哈维表明怎样用经验的方法来进行实验，伽利略证明哥白尼与刻卜勒认为在天体现象中有根本意义的数学简单性也可以在地面上的运动中发现。经院哲学用“本质”“原因”来不精确地描述运动，以说明物体为什么运动，现在这些已经为时间、空间、物质及力等概念所代替。这些概念第一次有了明晰的定义，而且人们还利用这些概念，运用数学的方法，发现了物体怎样运动，并测定了运动物体的实际速度与加速度。

伽利略更用实验证明了要使物体继续运动，并不需要继续施力。一经开动之后，物体依靠与重量有关的某种内在性质会继续前进。在这里，伽利略已经接触到质量和惯性的概念了；虽然他还没有明白地给这个概念下一个定义，他对落体的观察，如果了解得正确的话，已经足以表明这个概念与重量的确切关系。经院哲学家赋予亚里斯多德的本质与性质的无上地位，肯定地让给物质与运动了。哥白尼与刻卜勒赋予数学和谐的神秘意义，正在转变成另一种观念：在一个变化可以以数学公式用物质和运动来表达的时候，这个变化也就可以从机械上来解释，要么用伽利略的力来解释，要么用笛卡尔所想象的涡漩那样的接触来解释。在1661年，波义耳仍然可以反驳经院哲学的观念在化学中的重要性；在物理学中，它们已经死了，但还没有埋葬，从牛顿与其同代人的著作中，还可以听到旧日争论的回声。新的数学方法在动力学中的威力，到1673年惠更斯（Huygens）发表了他对重力、摆、离心力和振动中心的研究结果时，就更加明显了。

原子说的一般观念被伽利略采纳了，而伊壁鸠鲁的旧说则由伽桑狄更充分地加以修正与发挥。人们最初是从动力学和天文学的大规模现象中形成这样的概念的：自然界从根本上来说是由运动中的物质组成的。现在，这种概念也参加到人们对于物体内部结构的看法中来。原子论并不是伽利略的动力学所必需的，但和根据伽利略的研究成果形成的一般科学观点却也能融合无间。

行星间的以太观念是在17世纪的思想中开始起作用的另外一个希腊观念。刻卜勒用这个观念来说明太阳怎样使行星运行不息；笛卡尔给它披上了不可捉摸的流质或本原物质的伪装形成他的天体机器的涡漩，并且提供了从纯粹广延性中推导不出来的重量与其他性质；吉尔伯特用它去解释磁力的吸引，而哈维则认为以太是把太阳热力传给生物的心脏与血液的媒介。

以太观念那时还和神秘学派用来解释存在的本性的盖伦的灵气或灵性混淆不分。我们要记住现代人对物质与精神所做的区别那时还不明确。“灵魂”“动物元气”一类观念，在当时仍然看做是“发射气”“蒸发气”，可是在我们看来，“发射气”和“蒸发气”却是物质的。物质与精神的一致，就这样维持着。只有笛卡尔是例外，他首先明白地看出在空间中延展的物质和思想着的心灵有根本差别。在当时大部分人看来，这个分界线似乎存在于一边是固体与液体，另一边是气、火、以太与精神之间。所以用“以太”来解释现象，就是为直接的神灵干预留下余地。

吉尔伯特对当时流行的观念表达得很清楚。他以为磁力是把物体吸引到磁石这边来的所谓“磁素”造成的。重力与磁力有同样的性质，每个物体都有一个“灵魂”，它能放射到空间中去并吸引一切物体。

最后我们不要忘记，17 世纪中叶所有合格的科学家与差不多所有的哲学家，都从基督教的观点去观察世界。宗教与科学互相敌对的观念是后来才有的。伽桑狄在重新提出原子论的时候，小心避免同古人给与原子论的无神论沾了边。虽然笛卡尔的反对者指摘他设计了一个十分有效的宇宙机器，没有给上帝的控制留下余地，可是笛卡尔仍然认为自然界的数学定律是上帝所建立的，通过思想世界也可以接近上帝。霍布斯的确把哲学局限于自然科学所取得的实证知识，对神学加以抨击，并且把宗教叫作公认的迷信。可是他却同意国家应该建立和实行以圣经为根据的宗教。不过，他的态度是一个例外。一般说来，一切学者都接受了有神论的根本假定，这并不是为了护教的缘故，而是由于他们认为这个假定是普遍接受的资料，任何宇宙学说都必须同它相符合。

中世纪的许多思想方法当时还残存着；波义耳需要反驳经院哲学家的化学观念，不亚于需要反驳炼金家的化学观念。哥白尼的理论虽为数学家和天文学家所承认，但是一般教科书所讲授的仍然是托勒密的体系，占星术仍为人所重视。由于内战的缘故，世事变化不定，机遇无常，因此占星家的每一个预言差不多都肯定有机会应验。就是牛顿，在少年时代也觉得占星术是值得研究的。1660 年，他初入剑桥大学，在别人问他要学什么的时候，据说他回答道：“数学，因为我打算去检验人事占星术。”这个事例，说明牛顿一生中心理观点的转变，这转变主要是由他自己的工作造成的。占星术的著作，特别是历书之类，虽在牛顿之后很长时期里仍继续出版，但到 17 世纪末年，就只有未受过教育的人才对它们感兴趣了。

牛顿与引力

我们已经简要地叙述过牛顿开始工作时科学知识和哲学见解的概况。爱萨克·牛顿（1642—1727）是一个有 120 英亩土地的小地主所有者的遗腹独生子。牛顿出生于林肯郡伍耳索普，自幼身体纤弱，在格兰瑟姆文法学校受过教育。1661 年，他进了剑桥大学的三一学院，在那里他听过巴罗的数学讲演。1664 年，他被选为三一学院的研究生，次年被选为校委。1665 至 1666 年，剑桥瘟疫流行，他返回伍耳索普，开始考虑行星的问题。伽利略的研究表明，要使行星和卫星在轨道上运行，而不循直线向空间飞去，必定有一个原因。伽利略把这原因看作力，但这个力是否存在仍有待于证明。

据伏尔泰说，牛顿在他的果园中看见苹果坠地时找到了解决这个问题的线索。这个现象引起他猜度物体坠落的原因，并且使他很想知道地球的吸力能够达到多远；既然在最深的矿井中和最高的山上一样感觉得到这种吸引力，它是否可以达到月球，成为物体不循直线飞去，而不断地向地球坠落的原因。看来，牛顿的头脑中已经有了力随着距离平方的增加而减少的想法，事实上，别人当时似乎也有这样的想法。在牛顿的同母异父的妹妹汉娜·巴顿的后裔朴次茅斯勋爵 1872 年赠给剑桥大学的牛顿手稿中，有一份备忘录，对于这些早期的研究有如下的叙述：

“就在这一年，我开始想到把重力延伸到月球的轨道上，并且在弄清怎样估计圆形物在球体中旋转时压于球面的力量之后，我就从刻卜勒关于行星公转的周期与其轨道半径的二分之三方成比例的定律中推出，推动行星在轨道上运行的力量必定与它们到旋转中心的距离的平方成反比例，于是我把推动月球在轨道上运行的力与地面上的重力加以比较，发现它们差不多密合。这一切都是 1665 与 1666 两个瘟疫年份的事，因为在那些日子里，我发现旺盛的年代对于数学和哲学，比以后任何年代都更加关心。惠更斯先生后来发表了关于离心力的研究成果，我想这些研究成果的取得应当在我以前。”

读者当会看出，这里牛顿没有谈到他的朋友彭伯顿所说的故事：牛顿所使用的地球大小的数值不精确，所得出的推动月球在轨道上运行的力与重力不合，因此，他就把他的计算搁置起来。相反的，牛顿却说他发现“它们差不多密合”。卡焦里（Cajori）教授也指出这一点，并且提出证据，说明那时已经有几个关于地球大小的相当精确的估计值，牛顿在 1666 年很可能是知道的。其中之一是冈特的估计值，即纬度 1 度等于 66 又 2/3 法定英里，而据彭伯顿说，牛顿所用的数值是 60 英里。卡焦里说：

既然牛顿买过“冈特尔的书”，那么，很可能，也可直说是无疑地，他知道冈特尔的估计值，即 1 度 =66 又 2/3 法定英里，这与斯内耳（Snell）的数值是近似的。如果牛顿用了 66 又 2/3，他所算出的物体由静止坠落第一秒钟所走的距离就是 15. 53 尺，正确的距离是 16. 1 尺，误差只有 3. 5%。也许正是由于取得这样的结果，牛顿才说“它们差不多密合”。

亚当斯与格累夏在 1887 年指出的牛顿所以迟迟不发表他的计算的原因，比较近乎情理。引力理论里有一大困难，无论如何牛顿是了解的。太阳和行星的大小与它们之间的距离比较是那样的小，在考虑它们之间的关系时，每一星体的全部质量可以看作集中在一点，至少是近似地这样的。可是月球与地球之间的距离相对地来说并没有那样大，要把月球或地球当作一个质点看，便有问题了。在计算地球与苹果之间的相互引力的时候，我们须记住和苹果的大小或它对地球的距离相比，地球是很庞大的。第一次计算地球各部分对于它的表面附近的一个小物体的引力总和显然有很大的困难。这大概就是 1666 年牛顿把他的工作搁置起来的主要原因。卡焦里说牛顿也明白重力随纬度而有变化，同时，地球自转所造成的离心力也有影响；他觉得重力的说明“比他原来所想的更困难”。1671 年，牛顿又好像回到这个问题，但他仍没有打算发表。也许是同样的考虑阻止了他。当时他的光学实验引起的争论也使他感觉十分不快。他说："我在过去几年中一直在努力离开哲学而从事其他研究。"事实上，他对化学好像比对天文学更感兴趣，对神学好像比对自然科学更感兴趣。他在晚年就很不愿把他在造币厂的公务时间使用到"哲学"上去。

惠更斯（1629—1695）是荷兰外交家和诗人的儿子，1673 年发表了他的动力学著作《摆钟论》。惠更斯以动力系统中活力（现时叫作"动能"）守恒的原则为前提，创立了振动中心的理论，并发明了一个可以应用于许多力学与物理学问题的新方法。他测定了摆长与摆动时间的关系，发明了表内的弹簧摆，而且创立了渐屈线的理论，包括摆线的性质在内。

但就我们的直接研究目的而论，他的最重要的研究成果是这部著作最后所谈到的关于圆运动的研究成果，虽然如上所说，牛顿在 1666 年一定也得到了同样的结论。我们可以用比较简单、比较现代的方式把这一成果叙述如下。设有一质量为 m 的物体，以速度 u 在半径为 r 的圆上运动，像拴在一条线上的石头旋转时那样，则照伽利略的原则，必有一个力向中心施作用。惠更斯证明这个力所生的加速度 a 必等于 u^2/r。

到 1684 年，总的引力问题就已经在大家的纷纷议论之中。胡克、哈雷，惠更斯、雷恩似乎都独立地指出过：如果把本来是椭圆的行星轨道当作是圆形的，则平方反比必为力的定律。这一点可以立即从两个前提中推出。一个前提是惠更斯的证明：半径为 r 的向心加速度 a 是 u^2/r；另一个前提是刻卜勒的第三定律：周期的平方，即 r^2/u^2 随 r^3 而变化。这后一结果说明 u^2 随 $1/r$ 变化。因而，加速度 u^2/r，也就是力随 $1/r^2$ 而变化。

几位对这个问题进行进一步研究的皇家学会会员，特别讨论到如果一个行星像刻卜勒第三定律所指出的那样按平方反比的关系在吸引力下运行的话，它是否又能按照他的第一定律在椭圆轨道上运行。哈雷由于觉得没有希望从别的来源求得数学解决，就到剑桥三一学院去访问牛顿。他发现牛顿在两年前已经解决了这个问题，虽然他的手稿已经遗失。但牛顿重新写出一遍，并和"许多旁的材料"送给住在伦敦的哈雷。在哈雷的推动之下，牛顿又回到这个问题。1685 年，他克服了计算上的困难，证明一个由具有引力的物质组成的球吸引它外边的物体时就好像所有的质量都集中在它的中心一样。有了这个有成效的证明，把太阳、行星、地球、月球都当作一个质点看待的简化方法就显得很合理了，从而就把从前粗略近似的计算提高到极其精密的证明。格累夏博士在阐释这个证明的重要性时说："从牛顿自己的话中，我们知道他在没有用数学证明这个定理以前，从来没有料到有这样美妙的结果，但这个精妙的定理一经证明以后，宇宙的全部机制便立刻展开在他眼前。……把数学分析绝对准确地应用于实际的天文问题，现在已经完全在他能力之内了。"

这一成就为牛顿的独创的研究扫除了障碍，于是他努力把天体的力和地球吸引物体坠落的力联系起来。他利用皮卡尔测量地球所得的新值，再回到重力与月球的旧问题去。地球的引力现在可以看作有一个中心了，而且就在地球的中心，验证他的假设也是很简单的事。月球的距离约为地球半径的60倍，而地球的半径是4 000英里。由此算出月球离开直线路径，而向地球坠落的速度，约为每秒0.004 4英尺。如果平方反比律是正确的，这个力量在地球表面应该比在月球强602倍或3 600倍，所以在地面物体坠落的速度为3 600×0.004 4，或每秒约16英尺。这与当代观测的事实相合，于是这个证明完全成立了。于是牛顿就证明了平常向地面坠落的苹果或石头，与在天空中循轨道庄严运行的月球，同为一个未知的原因所支配。

他证明了重力必然要使行星轨道成为椭圆，也就意味着对刻卜勒定律给予合理的解释，并且把他在月球方面所得的结果推广到行星的运动上去。于是整个太阳系的错综复杂的运动就可以从一个假设中推出来。这个假定就是：每一质点对于另一质点的引力，与两点的质量的乘积成正比并与其间的距离的平方成反比。这样推导出来的运动和观测结果精密符合，达两个世纪之久。彗星的运动一向认为是无规则而不能计算的，现在也就范了；1695年，哈雷说，他在1682年所看见的彗星，从它的轨道来看，实在为重力所控制；它周期地回来，事实上与贝叶毛毡上所绣的、在1066年被人当作萨克逊人的灾祸预兆的那颗彗星，实在是同一颗彗星。

亚里士多德以为天体是神圣而不腐坏的，和我们有缺陷的世界是不同类的，而今人们却这样把天体纳入研究范围之内，并且证明天体也按照伽利略和牛顿根据地面上的实验和归纳所得到的力学原理，处在这个巨大的数学和谐之内。1687年牛顿的《自然哲学的数学原理》的出版，可以说是科学史上的最大事件，至少在近些年以前是这样的。

《时间简史》选

［英］霍金

斯蒂芬·威廉·霍金，1942年1月8日出生，曾先后毕业于牛津大学和剑桥大学三一学院，并获剑桥大学哲学博士学位。他于1965年进入剑桥大学冈维尔和凯厄斯学院任研究员。这个时期，他在研究宇宙起源问题上，创立了宇宙之始是“无限密度的一点”的著名理论。从1969年起，霍金成为冈维尔和凯厄斯学院科学杰出成就研究员。1972—1975年，他先后在剑桥大学天文研究所、应用数学和理论物理学部进行研究工作，1975—1977年任重力物理学高级讲师，1977—1979年任教授，1979年起任卢卡斯讲座数学教授。其间，1974年当选为皇家学会最年轻的会员。1974—1975年为美国加利福尼亚理工学院费尔柴尔德讲座功勋学者。1978年获世界理论物理研究的最高奖爱因斯坦奖。

霍金的成名始于对黑洞的研究成果。他在爱因斯坦之后融合了20世纪另一个伟大理论——量子理论。他认为，宇宙是有限的，但无法找到边际，这如同地球表面有限但无法找到边际一样；时间也是有开始的，大约始于150亿到200亿年前。他的这一研究成果获得了沃尔夫物理学奖。

史蒂芬·霍金教授是当代享有盛誉的伟人之一，被誉为在世的最伟大的科学家，当今的爱因斯坦。他在统一20世纪物理学的两大基础理论——爱因斯坦的相对论和普朗克的量子论方面走出了重要一步。1989年获得英国爵士荣誉称号，他是英国皇家学会会员和美国科学院外籍院士。

霍金1942年1月8日出生于英国牛津，这一天正好是伽利略诞辰300周年。可能因为他出生在第二次世界大战时期，所以小时候对模型特别着迷。他10岁时不但喜欢做模型飞机和轮船，还和学友制作了很多不同种类的战争游戏，反映出他研究和操控事物的渴望。这种渴望驱使他攻读博士学位，并在黑洞和宇宙论的研究上获得重大成就。霍金十三四岁时已下定决心要从事物理学和天文学的研究。17岁那年，他考取了自然科学的奖学金，顺利入读牛津大学。大学毕后他转到剑桥大学攻读博士，研究宇宙学。1963年，21岁的霍金被诊断出“肌肉萎缩性脊髓侧索硬化症”（运动神经元疾病），从此半身不遂。但他克服身患残疾的种种困难，继续在科学探索的崎岖小路上前行。1965年，他终于获得理论物理学博士学位。70年代，他与彭罗斯一道证明了著名的奇性定理，为此他们共同获得了1988年的沃尔夫物理奖。他因此被誉为“继爱因斯坦之后世界上最著名的科学思想家和最杰出的理论物理学家”。他还证明了黑洞的面积定理。1974年3月1日，他在《自然》上发表论文，阐述了自己的新发现——黑洞是有辐射的（所指的辐射被称为霍金辐射）。他的新发现，被认为是多年来理论物理学最重要的进展。该论文被称为“物理学史上最深刻的论文之一”。同年，他成为英国皇家学会会员。1975—1976年间，获得伦敦皇家天文学会的埃丁顿勋章、梵蒂冈教皇科学学会十一世勋章、霍普金斯奖、美国丹尼欧海涅曼奖、马克斯韦奖和英国皇家学会的休斯勋章等6项大奖。1978年他获得物理界最有威望的大奖——阿尔伯特·爱因斯坦奖。1979年，他被任命为剑桥大学有史以来最为崇高的教授职务——牛顿和狄拉克担任过的卢卡逊数学教授。1979年出版了《广义相对论评述：纪念爱因斯坦百年诞辰》。1988年，霍金的惊世之著《时间简史：从大爆炸到黑洞》（*A Brief History of Time: from the Big Bang to Black Holes*）发行。从研究黑洞出发，探索了宇宙的起源和归宿，解答了人类有史以来一直探索的问题：时间有没有开端，空间有没有边界。这是人类科学史上里程碑式的佳作。该书被译成40余种文字，出版了1 000余万册。

霍金的魅力不仅在于他是一个充满传奇色彩的物理天才，也因为他是一个令人折服的生活强者。他不断求索的科学精神和勇敢顽强的人格力量深深地吸引了每一个知道他故事的人。1985 年，霍金丧失语言能力，表达思想唯一的工具是一台电脑声音合成器。他用仅能活动的几个手指操纵一个特制的鼠标器在电脑屏幕上选择字母、单词来造句，然后通过电脑播放声音，通常制造一个句子要五六分钟，为了合成 1 小时的录音演讲要准备 10 天。但这些困难并没有中断他的科学研究和科普演讲。

这里节选的《时间简史》，可以让我们借一斑窥全豹地了解这位科学巨擘是怎样将经典的思想与普及性的文字很好地结合在一起的。

第二章　空间和时间

我们现在关于物体运动的观念来自于伽利略和牛顿。在他们之前，人们相信亚里士多德，他说物体的自然状态是静止的，并且只在受到力或冲击作用时才运动。这样，重的物体比轻的物体下落得更快，因为它受到更大的力将其拉向地球。

亚里士多德的传统观点还以为，人们用纯粹思维可以找出制约宇宙的定律，不必要用观测去检验它。所以，伽利略是第一个想看看不同重量的物体是否确实以不同速度下落的人。据说，伽利略从比萨斜塔上将重物落下，从而证明了亚里士多德的信念是错的。这故事几乎不可能是真的，但是伽利略的确做了一些等同的事——将不同质量的球从光滑的斜面上滚下。这情况类似于重物的垂直下落，只是因为速度小而更容易观察而已。伽利略的测量指出，不管物体的质量是多少，其速度增加的速率是一样的。例如，在一个沿水平方向每走 10 米即下降 1 米的斜面上，你释放一个球，则 1 秒钟后球的速度为每秒 1 米，2 秒钟后为每秒 2 米等，而不管这个球有多重。当然，一个铅锤比一片羽毛下落得更快，那是因为空气对羽毛的阻力引起的。如果一个人释放两个不遭受任何空气阻力的物体，例如两个不同的铅锤，它们则以同样速度下降。

伽利略的测量被牛顿用来作为他的运动定律的基础。在伽利略的实验中，当物体从斜坡上滚下时，它一直受到不变的外力（它的重量），其效应是它被恒定地加速。这表明，力的真正效应总是改变物体的速度，而不是像原先想象的那样，仅仅使之运动。同时，它还意味着，只要一个物体没有受到外力，它就会以同样的速度保持直线运动。这个思想是第一次被牛顿在 1687 年出版的《数学原理》一书中明白地叙述出来，并被称为牛顿第一定律。物体受力时发生的现象则由牛顿第二定律所给出：物体被加速或改变其速度时，其改变率与所受外力成正比（例如，如果力加倍，则加速度也将加倍）；物体的质量（或物质的量）越大，则加速度越小（以同样的力作用于具有两倍质量的物体则只产生一半的加速度），小汽车可提供一个熟知的例子，发动机的功率越大，则加速度越大，但是小汽车越重，则对同样的发动机加速度越小。

除了他的运动定律，牛顿还发现了描述引力的定律：任何两个物体都相互吸引，其引力大小与每个物体的质量成正比。这样，如果其中一个物体（例如 A）的质量加

倍，则两个物体之间的引力加倍。这是你能预料得到的，因为新的物体 A 可看成两个具有原先质量的物体，每一个用原先的力来吸引物体 B，所以 A 和 B 之间的总力加倍。其中一个物体质量大到原先的 2 倍，另一物体大到 3 倍，则引力就大到 6 倍。现在人们可以看到，何以落体总以同样的速率下降：具有 2 倍重量的物体受到将其拉下的 2 倍的引力，但它的质量也大到两倍。按照牛顿第二定律，这两个效应刚好互相抵消，所以在所有情形下加速度是同样的。

牛顿引力定律还告诉我们，物体之间的距离越远，则引力越小。牛顿引力定律讲，一个恒星的引力只是一个类似恒星在距离小一半时的引力的 1/4。这个定律极其精确地预言了地球、月亮和其他行星的轨道。如果这定律变为恒星的万有引力降低得更快或随距离减小得比这还快，则行星轨道不再是椭圆的，它们就会以螺旋线的形状盘旋到太阳上去或从太阳逃逸。如果引力减小得更慢，则远处恒星的引力将会超过地球的引力。

亚里士多德和伽利略与牛顿观念的巨大差别在于，亚里士多德相信存在一个优越的静止状态。任何没有受到外力和冲击的物体都采取这种状态，特别是他以为地球是静止的。但是从牛顿定律引出，并不存在一个静止的唯一标准。人们可以讲，物体 A 静止而物体 B 以不变的速度相对于物体 A 运动，或物体 B 静止而物体 A 运动，这两种讲法是等价的。例如，我们暂时将地球的自转和它绕太阳的公转置之一旁，则可以讲地球是静止的，一列火车以每小时 90 英里的速度向北前进，或火车是静止的，而地球以每小时 90 英里的速度向南运动。如果一个人在火车上以运动的物体做实验，所有牛顿定律都成立。例如，在火车上打乓乒球，将会发现，正如在铁轨边上一张台桌上一样，乓乒球服从牛顿定律，所以无法得知是火车还是地球在运动。

缺乏静止的绝对的标准表明，人们不能决定在不同时间发生的两个事件是否发生在空间的同一位置。例如，假定在火车上我们的乓乒球直上直下地弹跳，在一秒钟前后两次撞到桌面上的同一处。在铁轨上的人来看，这两次弹跳发生在大约相距 40 米的不同的位置，因为在这两回弹跳的间隔时间里，火车已在铁轨上走了这么远。这样，绝对静止的不存在意味着，不能像亚里士多德相信的那样，给事件指定一个绝对的空间的位置。事件的位置以及它们之间的距离对于在火车上和铁轨上的人来讲是不同的，所以没有理由以为一个人的处境比他人更优越。

牛顿对绝对位置或被称为绝对空间的不存在感到非常忧虑，因为这和他的绝对上帝的观念不一致。事实上，即使绝对空间的不存在被隐含在他的定律中，他也拒绝接受。因为这个非理性的信仰，他受到许多人的严厉批评，最有名的是贝克莱主教，他是一个相信所有的物质实体、空间和时间都是虚妄的哲学家。当人们将贝克莱的见解告诉著名的约翰逊博士时，他用脚尖踢到一块大石头上，并大声地说：“我要这样驳斥它！”

亚里士多德和牛顿都相信绝对时间。也就是说，他们相信人们可以毫不含糊地测量两个事件之间的时间间隔，只要用好的钟，不管谁去测量，这个时间都是一样的。时间相对于空间是完全分开并独立的。这就是大部分人当作常识的观点。然而，我们必须改变这种关于空间和时间的观念。虽然这种显而易见的常识可以很好地对付运动甚慢的诸如苹果、行星的问题，但在处理以光速或接近光速运动的物体时却根本无效。

光以有限但非常高的速度传播的这一事实，由丹麦的天文学家欧尔·克里斯琴森·罗麦于1676年第一次发现。他观察到，木星的月亮不是以等时间间隔从木星背后出来，并不是假设月亮以不变速度绕木星运动时人们所预料的那样。当地球和木星都绕着太阳公转时，它们之间的距离在变化着。罗麦注意到我们离木星越远则木星的月食出现得越晚。他的论点是，因为当我们离开更远时，光从木星的月亮那里要花更长的时间才能达到我们这里。然而，他测量到的木星到地球的距离变化不是非常准确，所以他的光速的数值为每秒140 000英里，而现在的值为每秒186 000英里。尽管如此，罗麦不仅证明了光以有限速度运动，并且测量了光速，他的成就是卓越的。要知道，这一切都是在牛顿发表《数学原理》之前11年进行的。

直到1865年，当英国的物理学家詹姆士·马克斯韦成功地将当时用以描述电力和磁力的部分理论统一起来以后，才有了光传播的真正的理论。马克斯韦方程预言，在合并的电磁场中可以存在波动的微扰，它们以固定的速度，正如池塘水面上的涟漪那样运动。如果这些波的波长（两个波峰之间的距离）为1米或更长一些，这就是我们所谓的无线电波。更短波长的波被称作微波（几厘米）或红外线（长于万分之一厘米）。可见光的波长在百万分之四十到百万分之八十厘米之间。更短的波长被称为紫外线、X射线和伽马射线。

马克斯韦理论预言，无线电波或光波应以某一固定的速度运动。但是牛顿理论已经摆脱了绝对静止的观念，所以如果假定光是以固定的速度传播，人们必须说清这固定的速度是相对于何物来测量的。这样人们提出，甚至在“真空”中也存在着一种无所不在的称为“以太”的物体。正如声波在空气中一样，光波应该通过这以太传播，所以光速应是相对于以太而言。相对于以太运动的不同观察者，应看到光以不同的速度冲他们而来，但是光对以太的速度是不变的。特别是当地球穿过以太绕太阳公转时，在地球通过以太运动的方向测量的光速（当我们对光源运动时）应该大于在与运动垂直方向测量的光速（当我们不对光源运动时）。1887年，阿尔贝特·麦克尔逊（后来成为美国第一个物理诺贝尔奖获得者）和爱德华·莫雷在克里夫兰的卡思应用科学学校进行了非常仔细的实验。他们将在地球运动方向以及垂直于此方向的光速进行比较，使他们大为惊奇的是，他们发现这两个光速完全一样！

在1887年到1905年之间，人们曾经好几次企图去解释麦克尔逊—莫雷实验。最著名者为荷兰物理学家亨得利克·罗洛兹，他是依据相对于以太运动的物体的收缩和钟变慢的机制。然而，一位迄至当时还不知名的瑞士专利局的职员阿尔伯特·爱因斯坦，在1905年的一篇著名的论文中指出，只要人们愿意抛弃绝对时间的观念的话，整个以太的观念则是多余的。几个星期之后，一位法国最重要的数学家亨利·彭加勒也提出类似的观点。爱因斯坦的论证比彭加勒的论证更接近物理，因为后者将此考虑为数学问题。通常这个新理论是归功于爱因斯坦，但彭加勒的名字在其中起了重要的作用。

这个被称之为相对论的基本假设是，不管观察者以任何速度做自由运动，相对于他们而言，科学定律都应该是一样的。这对牛顿的运动定律当然是对的，但是现在这个观念被扩展到包括马克斯韦理论和光速：不管观察者运动多快，他们应测量到一样的光速。这简单的观念有一些非凡的结论。可能最著名者莫过于质量和能量的等价，这可用爱因斯坦著名的方程 $E=mc^2$ 来表达（E 是能量，m 是质量，c 是光速），以及没有任何东西能运动得比光还快的定律。由于能量和质量的等价，物体由于它的运动所得到的能量应该加到它的质量上面去。换言之，要加速它将变得更为困难。这个效应只有当物体以接近于光速的速度运动时才有实际的意义。例如，以10%光速运动的物体的质量只比原先增加了0.5%，而以90%光速运动的物体，其质量变得比正常质量的2倍还多。当一个物体接近光速时，它的质量上升得越来越快，它需要越来越多的能量才能进一步加速上去。实际上它永远不可能达到光速，因为那时质量会变成无限大，而由质量能量等价原理，这就需要无限大的能量才能做到。由于这个原因，相对论限制任何正常的物体永远以低于光速的速度运动。只有光或其他没有内禀质量的波才能以光速运动。

相对论的一个同等卓越的成果是，它变革了我们对空间和时间的观念。在牛顿理论中，如果有一光脉冲从一处发到另一处，（由于时间是绝对的）不同的观测者对这个过程所花的时间不会有异议，但是他们不会在光走过的距离这一点上取得一致的意见（因为空间不是绝对的）。由于光速等于这距离除以所花的时间，不同的观察者就测量到不同的光速。另一方面，在相对论中，所有的观察者必须在光是以多快的速度运动上取得一致意见。然而，他们在光走过多远的距离上不能取得一致意见。所以现在他们对光要花多少时间上也不会取得一致意见。（无论如何，光所花的时间正是用光速，这一点所有的观察者都是一致的；去除光所走的距离，这一点对他们来说是不一致的）总之，相对论终结了绝对时间的观念。这样，每个观察者都有以自己所携带的钟测量的时间，而不同观察者携带的同样的钟的读数不必要一致。

……

另一广义相对论的预言是，在像地球这样的大质量的物体附近，时间显得流逝得更慢一些。这是因为光能量和它的频率（每秒钟里光振动的次数）有一种关系：能量越大，频率越高。当光从地球的引力场往上走，它失去能量，因而其频率下降（这表明两个波峰之间的时间间隔变大）。从在上面的某个人来看，下面发生的每一件事情都显得需要更长的时间。利用一对安装在一个水塔的顶上和底下的非常准确的钟，这个

预言在1962年被验证到。发现底下的那只更接近地球的钟走得更慢些，这和广义相对论完全一致。地球上的不同高度的钟的速度不同，这在目前具有相当的实用上的重要性，这是因为人们要用卫星发出的信号来作非常精确的导航。如果人们对广义相对论的预言无知，所计算的位置将会错几英里。

牛顿运动定律使空间中绝对位置的观念告终，而相对论摆脱了绝对时间。考虑一对双生子，假定其中一个孩子去山顶上生活，而另一个留在海平面，第一个将比第二个老得快。这样，如果他们再次相会，一个会比另一个更老。在这种情形下，年纪的差别非常小。但是，如果有一个孩子在以近于光速运动的空间飞船中作长途旅行，这种差别就会大得多。当他回来时，他会比留在地球上另一个人年轻得多。这即是被称为双生子的佯谬。但是，只是对于头脑中仍有绝对时间观念的人而言，这才是佯谬。在相对论中并没有一个唯一的绝对时间，相反的，每个人都有他自己的时间测度，这依赖于他在何处并如何运动。

1915年之前，空间和时间被认为是事件在其中发生的固定舞台，而它们不受在其中发生的事件的影响。即便在狭义相对论中，这也是对的。物体运动，力相互吸引并排斥，但时间和空间则完全不受影响地延伸着。空间和时间很自然地被认为无限地向前延伸。

然而在广义相对论中，情况则相当不同。这时，空间和时间变为动力量：当一个物体运动时，或一个力起作用时，它影响了空间和时间的曲率；反过来，空间—时间的结构影响了物体运动和力作用的方式。空间和时间不仅去影响、而且被发生在宇宙中的每一件事所影响。正如一个人不用空间和时间的概念不能谈宇宙的事件一样，同样在广义相对论中，在宇宙界限之外讲空间和时间是没有意义的。

在以后的几十年中，对空间和时间的新的理解是对我们的宇宙观的变革。古老的关于基本上不变的、已经存在并将继续存在无限久的宇宙的观念，已为运动的、膨胀的并且看来是从一个有限的过去开始并将在有限的将来终结的宇宙的观念所取代。这个变革正是下一章的内容。几年之后又正是我研究理论物理的起始点。罗杰·彭罗斯和我指出，从爱因斯坦广义相对论可推断出，宇宙必须有个开端，并可能有个终结。

……

《战争论》选

[德] 卡尔·冯·克劳塞维茨

卡尔·冯·克劳塞维茨（1780—1831），德国军事理论家，生于小贵族家庭，12岁加入步兵团充任士官生，1793年普法战争中，曾参加围攻美因茨城等战斗并升任少尉。

1801 年，克劳塞维茨被送进柏林军官学校深造，因成绩优异得到校长香霍斯特赏识。毕业后，任奥古斯特亲王的副官，公务之余，他潜心研究军事、哲学、历史和文学。1806 年，克劳塞维茨随亲王参加奥尔斯塔特会战，后被俘，释放归国后力主改革普鲁士军事制度，进入总参谋部，升为少校，担任柏林军官学校教官的同时，为王太子（即后来的威廉四世）讲授军事课，同年与布吕尔伯爵之女结婚，他的妻子是威廉王后的女侍从长。

1812 年普鲁士国王威廉三世与拿破仑结成同盟，克劳塞维茨反对这次结盟，于是辞去普鲁士军职，赴俄国参加反拿破仑的战争，任职于俄参谋部。军旅生活中，他积极总结与拿破仑作战的经验，开始战争理论的研究工作。1818 年，克劳塞维茨任柏林军官学校校长，升为将军，于此时开始《战争论》的撰写工作。离开柏林军官学校之后，克劳塞维茨分别在普鲁士军队不同的部门任职，曾担任第二炮兵监察部总监。1831 年，克劳塞维茨因染霍乱逝世。在他死后，他的妻子整理了他的著作和大量手稿，题为《卡尔·冯·克劳塞维茨将军遗著》。

《战争论》写于 1818—1830 年。克劳塞维茨总结了自己亲身经历的普法战争和法俄战争的丰富经验，研究了 130 多个典型战例，写下了这部内容丰富的著作。但这部名著只是一些手稿，现在流行的《战争论》是经他妻子整理编定过的。

《战争论》论述了战争的方方面面。无论战争有多么不同，其目的都是一样的，认识了战争的目的，就认清了战争的本质。因此，克劳塞维茨给战争做了这样的界定："战争无非是国家政治通过另一种手段的继续"，"战争是迫使敌人服从我们意志的一种暴力行为"。

除了对战争本质的揭示外，《战争论》还精心研究了战争中的一切因素，它的一些主要观点及其精辟分析，仍然能够对今天的战争理论和战争实践研究有巨大的借鉴作用。从这个意义上讲，《战争论》可以说是为当代人撰写的一部深刻著作。

本文节选了《战争论》第一篇第一章的部分内容。

第一篇　论战争的性质

第一章　什么是战争

……

十一　战争的政治目的

前面我们曾提到战争的政治目的，现在需要进一步加以研究了。前述趋向极端的法则，使对方丧失抵抗能力，并且彻底打败对方的目标，一直掩盖着战争的政治目的。现在，当趋向极端的法则作用逐渐消弱，战争的政治目的就显露出来。既然这里思考的是如何按照具体人和具体条件进行概括性的估算，那么作为战争最初动机的政治目

的也就必然在估算中成为十分重要的因素。首先要求对方付出的牺牲越小，可能遭到对方的反抗就越弱。敌方的反抗越弱，需要动用的兵力就越小；其次，政治目的越小，对其重视程度就越小，就越容易放弃它，所以，需要投入力量也就越小。

这样，作为战争最初动机的政治目的，既成为衡量战争行为应达到某种目标的标准，又成为衡量应投入多少力量的尺度。然而政治目的不是孤立地存在的，它一定要同交战双方的国情联系起来，才能成为这种尺度，所以我们研究的是客观实际，不是纯粹的概念。统一政治目的在不同的民族中，甚至在同一民族的不同时期，可以产生完全不同的作用。因此，只有当我们认为政治目的能够对其受影响的群众发生作用时，我们才能把它作为一种衡量尺度，这就是为什么要考虑群众情况的原因。同一政治目的起作用的结果也许是完全不一样的，这要看群众对战争是拥护还是反对，这一点不难理解。在两个民族或两个国家之间也许存在很紧张的局面，聚积着很强烈的敌对情绪，导致战争的政治动机本身虽然很小，却产生了远远超过其本来应起的作用，从而引起战争的爆发。

上述这点不仅是对政治目的在双方国家中可以争取到多少力量而言，同时也是对政治目的应该为战争行为规定何种目标而言的。有时政治目的本身就是战争行为的目标，比如占领某一地区；相反，有些时候政治目的本身不适于直接作为战争行为的目标，这时就需要另外寻找一个目标作为政治目的的对等物，并在媾和时替代政治目的。就是在这种情况下，也始终要首先考虑相关国家的特点。有时，当政治目的有必要通过对等物来实现时，这个对等物就要比政治目的大得多。群众的情绪越冷漠，国内的气氛和两国的关系越平静，政治目的作为尺度的作用也就越明显，有时甚至起着决定性作用。在某些场合，差不多只根据政治目的决定问题。

假如战争行为的目标是政治目的的对等物，那么战争行为往往趋向缓和，同时政治目的作为尺度的作用也越显著，事实就是如此。为什么从歼灭战到单纯的武装监视之间，存在着各种激烈程度不同的各种战争，这里面并没有任何矛盾。然而，这里又产生了另一个问题，需要我们加以解释和说明。

……

二十四　战争是政治通过另一种手段的继续

战争不仅是一种政治行为，更是一种真正的政治工具，是政治交往的继续，是政治交往通过另一种手段的实现。如果说战争有特殊的地方，那就是它的手段特殊。军事艺术往往在大的前提下要求政治方针和政治意图不同战争这一手段发生冲突，统帅在其他具体场合也是这样要求的，并且这样的要求是十分必要的。当然，无论这样的要求在某种情况下对政治意图能产生多大的影响，我们只能把它看作对政治意图的修改或补充而已。由于政治意图是目的，战争只是手段，没有目的的手段是难以想象的。

……

二十六　一切战争都可看作是政治行为

现在我们再回来谈一谈主要问题。倘若政治真的在某种战争中似乎消失得无影无踪，而在另一种战争中却表现得很突出，我们仍然可以毫不犹豫地说，前一种战争和后一种战争同样都是政治的。假如一个国家的政治可以比作一个人的大脑，那么，发生前一种战争的各种条件肯定包括在政治要考虑的范畴之内。只有不把政治理解为全面的智慧，而是按习惯的概念将其理解为是一种避免使用暴力的、审慎的、狡猾的甚至阴险的计谋，才能够说后一种战争较之前一种战争更为政治化。

……

《国富论》选

［英］亚当·斯密

亚当·斯密（Adam Smith，1723—1790）是经济学的主要创立者。他于1723年出生在苏格兰，1745年毕业于牛津大学，几年后任格拉斯哥大学道德哲学教授，先后讲授逻辑学、道德哲学，于1790年去世。1759年出版了他的第一部著作《道德情操论》，确立了他在知识界的威望。但是他的不朽名声主要在于他在1776年发表的伟大著作《国民财富的性质和原因的研究》（简称《国富论》）。该书一举成功，使他在余生中享受着荣誉和爱戴。亚当·斯密并不是经济学说的最早开拓者，他最著名的思想中也有许多并非新颖独特，但是他首次提出了全面系统的经济学说，为该领域的发展打下了良好的基础。因此完全可以说《国富论》是现代政治经济学研究的起点。

亚当·斯密所著的《国富论》出版于1776年。在资本主义社会的发展方面，《国富论》起了重大的促进作用。《国富论》的编者马克斯·勒纳评论说："这是一本将经济学、哲学、历史、政治理论和实践计划奇怪地混合在一起的书，一本由有着高深学问和明敏见识的人所写的书。"该书的伟大成就之一是摒弃了许多过去的错误概念。斯密驳斥了旧的重商学说。这种学说片面强调国家贮备大量金币的重要性。他否决了重农主义者的土地是价值的主要来源的观点，提出了劳动的基本重要性。斯密重点强调劳动分工会引起生产的大量增长，抨击了阻碍工业发展的一整套腐朽的、武断的政治限制。《国富论》的主要思想是：自由市场有自身调节职能，能够自动地转向生产社会所欢迎的某个品种和某种数量的商品。

本文节选自郭大力、王亚南译的《国富论》（商务印书馆，1972年）。

论分工

劳动生产力上最大的增进，以及运用劳动时所表现的更大的熟练、技巧和判断力，似乎都是分工的结果。

为使读者易于理解社会一般业务分工所产生的结果，我现在来讨论个别制造业分工状况。一般人认为，分工最完全的制造业，乃是一些极不重要的制造业。不重要制造业的分工，实际上并不比重要制造业的分工更为周密。但是，目的在于供给少数人小量需要的不重要制造业，所雇用的劳动者人数，必然不多，而从事各部门工作的工人，往往可集合在同一工厂内，使观察者能一览无遗。反之，那些大制造业，要供给大多数人的大量需要，所以，各工作部门都雇有许许多多劳动者，要把这许许多多劳动者集合在一个厂内，不可能。我们要同时看见一个部门以上的工人，也不可能。像这种大制造业的工作，尽管实际上比小制造业分成多得多的部分，但因为这种划分不能像小制造业的划分那么明显，所以很少人注意到。

扣针制造业是极微小的了，但它的分工往往能唤起人们的注意。所以，我把它引来作为例子。一个劳动者，如果对于这职业（分工的结果，使扣针的制造成为一种专门职业）没有受过相当训练，又不知怎样使用这职业上的机械（使这种机械有发明的可能的，恐怕也是分工的结果），那么纵使竭力工作，也许一天也制造不出一枚扣针，要做二十枚，当然是绝不可能了。但按照现在经营的方法，不但这种作业全部已经成为专门职业，而且这种职业分成若干部门，其中有大多数也同样成为专门职业。一个人抽铁线，一个人拉直，一个人切截，一个人削尖线的一端，一个人磨另一端，以便装上圆头。要做圆头，就需要有二三种不同的操作。装圆头，涂白色，乃至包装，都是专门的职业。这样，扣针的制造分为十八种操作。有些工厂，这十八种操作，分由十八个专门工人担任。固然，有时一人也兼任二三门。我见过一个这种小工厂，只雇用十个工人，因此在这一个工厂中，有几个工人担任二三种操作。像这样一个小工厂的工人，虽很穷困；他们的必要机械设备，虽很简陋，但他们如果勤勉努力，一日也能成针十二磅。从每磅中等针有四千枚计，这十个工人每日就可成针四万八千枚，即一人一日可成针四千八百枚。如果他们各自独立工作，不专习一种特殊业务，那么，他们不论是谁，绝对不能一日制造二十枚针，说不定一天连一枚针也制造不出来。他们不但不能制出今日由适当分工合作而制成的数量的二百四十分之一，就连这数量的四千八百分之一，恐怕也制造不出来。

就其他各种工艺及制造业来说，虽有许多不能作这样细密的分工，操作也不能变得这样简单，但分工的效果总是一样的。凡能采用分工制的工艺，一经采用分工制，便相应地增进劳动的生产力。各种行业之所以各各分立，似乎也是由于分工有这种好处。一个国家的产业与劳动生产力的增进程度如果是极高的，则其各种行业的分工一

般也都达到极高的程度。未开化社会中一人独任的工作，在进步的社会中，一般都成为几个人分任的工作。在进步的社会中，农民一般只是农民，制造者只是制造者。而且，生产一种完全制造品所必要的劳动，也往往分由许多劳动者担任。试以麻织业和毛织业为例，从亚麻及羊毛的生产到麻布的漂白和烫平或呢绒的染色和最后一道加工，各部门所使用的不同技艺是那么多。农业由于它的性质，不能有像制造业那样细密的分工，各种工作，不能像制造业那样判然分立。木匠的职业与铁匠的职业，通常是截然分开的，但畜牧者的业务与种稻者的业务，不能像前者那样完全分开。纺工和织工，几乎都是各别的两个人，但锄耕、耙掘、播种和收割，却常由一人兼任。农业上的种种劳动，随季节推移而巡回，要指定一个人只从事一种劳动，事实上绝不可能。所以，农业上劳动生产力的增进，总跟不上制造业上劳动生产力的增进的主要原因，也许就是农业不能采用完全的分工制度。现在最富裕的国家，固然在农业和制造业上都优于邻国，但制造业方面的优越程度，必定大于农业方面的优越程度。富国的土地，一般都耕耘得较好，投在土地上的劳动与费用也比较多，生产出来的产品按照土地面积与肥沃的比例来说也较多；但是，这样较大的生产量，很少在比例上大大超过所花的较大劳动量和费用。在农业方面，富国劳动生产力未必都比贫国劳动生产力大得多，至少不像制造业方面一般情况那样大得多。所以，如果品质同样优良，富国小麦在市场上的售价未必都比贫国低廉。就富裕和进步的程度说，法国远胜于波兰，但波兰小麦的价格与品质同样优良的法国小麦同样低廉。与英格兰比较，论富裕，论进步，法国可能要逊一筹，但法国产麦省出产的小麦，其品质之优良完全和英格兰小麦相同，而且在大多数年头，两者的价格也大致相同。可是，英格兰的麦田耕种得比法国好，而法国的麦田，据说耕种得比波兰好得多。贫国的耕作，尽管不及富国，但贫国生产的小麦，在品质优良及售价低廉方面，却能在相当程度上与富国竞争。但是，贫国在制造业上不能和富国竞争；至少在富国土壤气候位置适宜于这类制造业的场合，贫国不能和富国竞争。法国绸所以比英国绸又好又便宜，就是因为织绸业，至少在今日原丝进口税很高的条件下，更适合于法国气候，而不适合于英国气候。但英国的铁器和粗毛织物却远胜于法国，而且品质同样优良的英国货品，在价格上比法国低廉得多。据说，波兰除了少数立国所需的粗糙家庭制造业外，几乎没有什么制造业。

有了分工，同数劳动者就能完成比过去多得多的工作量，其原因有三：第一，劳动者的技巧因专业而日进；第二，由一种工作转到另一种工作，通常须损失不少时间，有了分工，就可以免除这种损失；第三，许多简化劳动和缩减劳动的机械的发明，使一个人能够做许多人的工作。

第一，劳动者熟练程度的增进，势必增加他所能完成的工作量。分工实施的结果，各劳动者的业务，既然终生局限于一种单纯操作，当然能够大大增进自己的熟练程度。惯于使用铁锤而不曾练习制铁钉的普通铁匠，一旦因特殊事故，必须制钉时，我敢说，他一天至多只能做出二三百枚针来，而且质量还拙劣不堪。即使惯于制钉，但若不以制钉为主业或专业，就是竭力工作，也不会一天制造出八百枚或一千枚以上。我看见过几个专以制钉为业的不满二十岁的年轻人，在尽力工作时，每人每日能制造二千三百多枚。可是，制钉绝不是最简单的操作。同一劳动者，要鼓炉、调整火力，要烧铁挥锤打制，在打制钉头时还得调换工具。比较起来，制扣针和制金属纽扣所需的各项操作要简单得多，而以此为终生业务的人，其熟练程度通常也高得多。所以，在此等制造业中，有几种操作的迅速程度简直令人难以想象，如果你不曾亲眼见过，你决不会相信人的手能有这样大的本领。

第二，由一种工作转到另一种工作，常要损失一些时间，因节省这种时间而得到的利益，比我们骤看到时所想象的大得多。从一种工作不可能很快地转到使用完全不相同工具而且在不同地方进行的另一种工作。耕作小农地的乡村织工，由织机转到耕地，又由耕地转到织机，一定要虚费许多时间。诚然，这两种技艺，如果能在同一厂坊内进行，那么时间上的损失，无疑要少得多，但即使如此，损失还是很大。人由一种工作转到另一种工作时，通常要闲逛一会儿。在开始新工作之初，势难立即全神贯注地积极工作，总不免心不在焉。而且在相当时间内，与其说他是在工作，倒不如说他是在开玩笑。闲荡、偷懒、随便这种种习惯，对于每半小时要换一次工作和工具，而且一生中几乎每天必须从事二十项不同工作的农村劳动者，可说是自然会养成的，甚而可说必然会养成的。这种种习惯，使农村劳动者常流于迟缓懒惰，即在非常吃紧的时候，也不会精神勃勃地干。所以，纵使没有技巧方面的缺陷，仅仅这些习惯也一定会大大减少他所能完成的工作量。

第三，利用适当的机械能在什么程度上简化劳动和节省劳动，这必定是大家都知道的，无须举例。我在这里所要说的只是：简化劳动和节省劳动的那些机械的发明，看来也是起因于分工。人类把注意力集中在单一事物上，比把注意力分散在许多种事物上，更能发现达到目标的更简易、更便利的方法。分工的结果，各个人的全部注意力自然会倾注在一种简单事物上。所以只要工作性质上还有改良的余地，各个劳动部门所雇的劳动者中，不久自会有人发现一些比较容易而便利的方法，来完成他们各自的工作。唯其如此，用在今日分工最细密的各种制造业上的机械，有很大部分原是普通工人的发明。他们从事于最单纯的操作，当然会发明比较便易的操作方法。不论是谁，只要他常去观察制造厂，他一定会看到极像样的机械，这些机械是普通工人为了要使他们担当的那部分工作容易迅速地完成而发明出来的。最初的蒸汽机，原需雇用一个人，按活塞的升降，不断开闭汽锅与汽筒间的通路。有一次担任这项工作的某人，因为爱和朋友游玩，他用一条绳把开闭通路的舌门的把手，系在机械的另一部分，舌门就可不需人力自行开闭。原为贪玩想出来的方法，就这样成为蒸汽机大改良之一。

可是，一切机械的改良，绝不是只由机械使用者发明。有许多改良，是出自专门

机械制造师的智巧；还有一些改良，是出自哲学家或思想家的智能。哲学家或思想家的任务，不在于制造任何实物，而在于观察一切事物，所以他们常常能够结合利用各种完全没有关系而且极不类似的物力。随着社会的进步，哲学或推想也像其他各种职业那样，成为某一特定阶级人民的主要业务和专门工作。此外，这种业务或工作，也像其他职业那样，分成了许多部门，每个部门又各成为一种哲学家的行业。哲学上的这种分工，像产业上的分工那样，增进了技巧，并节省了时间。各人擅长各人的特殊工们不但增加了全体的成就，而且大大增进了科学的内容。

在一个政治修明的社会里，使最下层人民普遍富裕的，是各行各业的产量由于分工而大增。各劳动者，除自身所需物品以外，还有大量产物可以出卖；同时，因为一切其他劳动者的处境相同，各个人都能以自身生产的大量产物，换得其他劳动者生产的大量产物，换言之，都能换得其他劳动者大量产物的价格。别人所需的物品，他能予以充分供给；他自身所需的，别人亦能予以充分供给。于是，社会各阶级普遍富裕。

考察一下文明而繁荣的国家的最普通技工或日工的日用物品，你就会看到，用他的劳动的一部分（虽然只是一小部分）来生产这种日用品的人的数目，是难以数计的。例如，日工所穿的粗劣呢绒上衣，就是许多劳动者联合劳动的产物。为完成这种朴素的产物，势须有牧羊者、拣羊毛者、梳羊毛者、染工、粗梳工、纺工、织工、漂白工、裁缝工以及其他许多人联合起来工作。加之，这些劳动者居住的地方往往相隔很远，把材料由甲地运至乙地，该需要多少商人和运输者啊！染工所用药料，常须购自世界上各个遥远的地方，要把各种药料从各个不同地方收集起来，该需要多少商业和航运业，该需要雇用多少船工、水手、帆布制造者和绳索制造者啊！为生产这些最普通劳动者所使用的工具，又需要多少种类的劳动啊！复杂机械如水手工作的船、漂白工用的水车或织工用的织机，姑置不论，单就简单器械如牧羊者剪毛时所用的剪刀来说，其制造就须经过许多种类的劳动。为了生产这极简单的剪刀，矿工、熔铁炉建造者、木材采伐者、熔铁厂烧炭工人、制砖者、泥水匠、在熔铁炉旁服务的工人、机械安装工人、铁匠等，必须把他们各种各样的技艺联结起来。同样，要是我们考察一个劳动者的服装和家庭用具，如贴身穿的粗麻衬衣，脚上穿的鞋子，就寝用的床铺和床铺上的各种装置，调制食物的炉子，由地下采掘出来而且也许需要经过水陆运输才能送到他手边供他烧饭的煤炭，厨房中一切其他用具，食桌上的一切用具，如刀子和叉子，盛放食物和分取食物的陶制和锡蜡制器皿，制造面包和麦酒供他食吃喝的各种工人，那种透得热量和光线并能遮蔽风雨的玻璃窗，和使世界北部成为极舒适的居住地的大发明所必须借助的一切知识和技术，以及工人制造这些便利品所用的各种器具，等等。总之，我们如果考察这一切东西，并考虑到投在这每样东西上的各种劳动，我们就会觉得，没有成千上万的人的帮助和合作，一个文明国家里的微不足道的人，即便按照（这是我们很错误地想象的）他一般适应的舒服简单的方式也不能够取得其日用品的供给。

《经济发展理论》选

[美] 约瑟夫·阿罗斯·熊彼特

约瑟夫·阿罗斯·熊彼特（Joseph Alois Schumpeter，1883—1950），美籍奥地利人，1883年出生于原奥匈帝国的摩拉维亚省的一个中产阶级家庭，1901—1906年在维也纳大学攻读法律和经济，随后两年游学伦敦，师从著名经济学家马歇尔。1909—1918年在奥匈帝国的捷克诺维兹和塔拉兹大学任教，1919年当选为奥地利共和国财政部长，随后投身商界，1921年担任维也纳私营比德曼银行行长，之后又回到学术界，1925—1932年应邀担任日本某大学的客座教授，并接受了波恩大学经济学教授的职务，1932年迁居美国，担任哈佛大学教授，直到1950年去世。熊彼特是当代西方经济学界的一个自成体系的经济学家。他在西方经济学界被公认为是博学多闻、兼收并蓄的经济学家，是世界上最伟大的经济学家之一。他把创新活动作为他研究和解释经济周期波动的基石，从而把各种经济周期波动统一起来，以创新活动去加以说明创造了西方经济学中统一研究各种经济周期波动的理论体系，开创了研究经济周期波动的一大流派。

《经济发展理论》一书是他早期成名之作。熊彼特在这本著作里首先提出的“创新理论”（Innovation Theory），当时曾轰动西方经济学界，并且一直享有盛名。此书最先以德文发表于1912年，修订再版于1926年，越数年又重印了德文第三版。1934年，以德文修订本为依据的英译本，由美国哈佛大学出版社出版，被列为《哈佛经济丛书》第46卷。现在的中译本，据此英译本译出。熊彼特写这部著作的年代，正是资本主义工业迅速发展、国民生产总值持续增长、资本主义从自由竞争阶段到垄断过渡的时期。该书以“对于利润、资本、信贷、利息和经济周期的考察”作为副标题，涉猎范围可谓极其广泛。但是书中最具特色和最引人注目的，还是他所提出的“创新理论”，并第一次用创新理论来解释和阐述资本主义的产生和发展，认为经济发展的基本因素是企业家的技术革新，从而借以把握资本主义制度的本质。因此，创新理论成了熊彼特“经济发展理论”的核心。

本文节选自何畏、易家详等译的“汉译世界学术名著丛书”《经济发展理论》（商务印书馆，1990年）。

经济发展的根本现象

社会过程（它理性地说明我们的生活和思想）已经引导我们离开对社会发展做先验的处理，并教导我们看出了对之做经验处理的可能性；但是它完成自己的任务是很不完善的，所以我们必须小心地对待这个现象本身，尤其是我们用来理解它的概念，特别是用来表示这种概念的文字。文字的各种联系会导致我们走入歧途，朝着各种毫不足取的方向。与先验的先入之见（更确切地说，是从先验的根子中产生出来并已经变成了先入之见的思想，如果我们忽视不可逾越的鸿沟，使之去做经验科学的工作的话——尽管它本身不是这样一种先验的先入之见）密切相联的，是对历史的“意义”的各种探索。认为一个国家，一种文化，甚至整个人类，一定会表现出一种一致的、直线式的发展的假设也是如此；甚至像罗雪尔这种具有务实精神的人也做出这种假设，无数的哲学家和历史理论家，从维科到兰普雷希特一长串才华横溢的人物，过去认为而且现在还认为，这是理所当然的。以达尔文为中心的所有各种进化思想，还有把动机和意志行为看成不只是社会过程的反映的那种心理学上的偏见，也都属于这一类。但是，进化思想现在之所以在我们的学科中受到怀疑，特别是对历史学家和人类文化学家来说，也还有另一个原因。除了对现在环绕着“进化”思想的不科学的和超科学的神秘主义的谴责以外，又加上了对浅薄涉猎的谴责。对于“进化”一词在其中起作用的一切仓促做出的一般性判断，我们当中的许多人都失去了耐性。

我们必须离开这些东西，然后留下来的还有两个事实。一是历史变化的事实，由于历史变化，社会条件在历史时代中成为历史的“个体”。这些变化既不构成循环过程，也不构成沿着一个中心摆动的运动。社会发展的概念，是由这两种情况连同其他事实来限定的：每当我们不能从以前的事态来充分说明一个给定的历史事态时，我们的确认识到有一个没有解决的然而又不是不可解决的问题的存在。这一点首先对于个体的例子是适用的。例如，我们理解 1919 年德国的国内政治史是前一次战争的影响之一。可是，它对于更加一般的问题也是适用的。

经济发展至今只不过是经济史的对象，而经济史又只是通史的一部分，只是为了说明而把它从其余的部分分离出来的。由于事情的经济方面对于每一种其他事情的这种根本依存性，所以不能单用以前的经济情况去解释经济变化。因为一国人民的经济状态并不单是从以前的经济情况中产生的，而只是从以前的全部形势中产生出来的。由此而引起的在解释上和分析上的困难，由于构成历史的经济解释的基础的那些事实，而变得大为减少了；要是不必对这种观点表示赞成或反对，我们就可以说，经济世界是比较独立的，因为它在一国人民的生活中占据如此重大的地位，并形成或决定其余生活的一大部分；因此，写一部经济史这件事本身显然不同于写一部（譬如说）军事史。在这一点上，还得加上另一个事实，它促进了对社会过程任何一个部门的分别的描述。社会生活的每一个部分，都好像是由一组具有不同特性的人们组成的。各种不同的要素成分一般并不直接影响任何这样一个部门的社会过程，就像一颗炸弹的爆炸只会“影响”那些碰巧在它爆炸的房间里的一切东西那样，而只是通过这个部门的数据和它的居民的行为去施加影响；即使一个事件的发生像我们拿炸弹爆炸的比喻所表明的那样，它的影响也只在主要有关的事物之间发生。因此，就像关于基督教反改革运动对意大利和西班牙的绘画的影响的描述总归是艺术史一样，关于经济过程的描述也总归是经济史，即使在那里，真正的原因大部分也是非经济的。

经济部门又是可以用种类无穷的观点和处理方法去研究的，比如人们可以根据这些观点和处理方法的范围的广度去胪列，或者我们也可以说，根据它们所包含的理论的普遍程度去胪列。从对 13 世纪尼德阿尔泰寺院经济生活的性质的说明，到桑巴特对西欧经济生活的发展的说明，贯串着一条继续不断的、逻辑上一致的长线。像桑巴特的这种说明就是理论，并且的确是我们此刻所说的那种经济发展理论。但它不是本书第一章的内容所意味着的那种经济理论，后者是自从李嘉图的时代以来人们所理解的那种“经济理论”。诚然，后述意义的经济理论在像桑巴特的那种理论中也起作用，但它完全是一种次要的作用，也就是说，凡是历史事实的联系非常复杂以致必须引用超出一般人的分析能力的解释方法的地方，思想路线就采取那种分析工具所提供的形式。可是，凡是在问题只是使发展或发展的历史结果成为可以理解的，只是找出能说明一种形势或决定一个问题的要素时，传统意义的经济理论就几乎不能做出什么贡献了。

我们在这里不讨论这种意义上的发展理论。我们既不指出历史进化的因素（不论是个别的事件，比如十六世纪美国的黄金生产在欧洲的出现，还是“更一般的”情况，比如在经济人的心理状态中，在文明世界的领域中，在社会组织中，在政治群星中，在生产技术中等等方面发生的变化），也不描述它们在个别的例案中或在各组的例案中的影响。恰好相反，在第一章已将性质对读者做过充分说明的经济理论，只不过是为了它自身的目的而要加以改进，即通过在它上面进行创建。如果这样做也是想要使这种理论能比过去更好地完成它对别种发展理论的服务，那么事实依然是，两种方法是处于不同的水平之上的。

我们的问题可如下述。第一章的理论从“循环流转”的观点描述经济生活，这种生活年复一年地基本上同样地在渠道中流动着，就像血液在生物有机体中循环一样。现在，这种循环流转及其渠道确实及时改变了，在这里我们放弃了与血液循环相似的类比。因为，虽然后者也在有机体的成长和衰亡过程中发生变化，然而它只是继续不断地这样做的，也就是说，通过人们所能选择的、比任何可以分配的数量都要小的步子，但不管怎么小，它总是处在同一结构之内。经济生活也经历这样的变化，但它还经历其他变化，这些变化则不是连续不断地出现的，而且它们还会改变这种结构，即传统的过程本身。它们不能通过对循环流转的任何分析去理解，虽然它们是纯粹经济的，虽然对它们的解释显然是属于纯粹理论的任务。现在这类变化，以及随之而发生的现象，就是我们研究的对象。但是我们并不去问：是哪一些这样的变化实际上使得现代经济制度成为现在这个样子的？也不去问：这种变化的条件是什么？我们只问：的确像理论经常要问的那样，这种变化是怎样发生的？它们又将会引起什么经济现象？

同一件事情，可以做稍为不同的说明。第一章的理论是从经济体系走向一个均衡位置的趋势这种观点去描述经济生活，这种趋势给我们提供了决定货物价格和数量的手段，可以描述为对任何时候存在的数据的适应。与循环流转的情况相比，它本身并不意味着年复一年地发生“同样的”事情；因为它只是意味着，我们把经济体系中的几种过程看作是走向一个均衡位置的趋势的部分现象，但不一定是走向同一种均衡位置。经济体系中理想的均衡状态的位置［从来未达到过的，继续不断地“被追求的”（当然不是自觉地）］是变化着的，因为数据在改变。而在数据的这种改变面前，理论也不是没有武装的，理论正是能够应付这种变化的后果的，它有用于这一目的的特殊工具（例如称为“准地租”一类的工具）。如果变化发生在非社会的数据（自然条件）中，或发生在非经济的社会数据（这里有战争的影响，商业的、社会的或经济的政策的改变）中，或发生在消费者的嗜好中，那么在这个限度内对于理论工具似乎无须做根本的检修。这些工具只有在经济生活本身时起时落地改变它自己的数据时才不起作用——在这里，这一论点同前一论点连接在一起了。铁路的建设可以作为一个例子。连续的变化（它们可能通过由无数的小步骤所形成的连续不断的适应，到头来使一家大百货公司从一家小零售商店成长起来）属于“静态的”分析。但是，“静态的”分析不仅不能预测传统的行事方式中的非连续性变化的后果；它还既不能说明这种生产性革命的出现，又不能说明伴随它们的现象。它只能在变化发生以后去研究新的均衡位置。而恰恰就是这种“革命性”变化的发生，才是我们要研究的问题，也就是在一种非常狭窄和正式的意义上的经济发展的问题。我们为什么要这样来陈述问题并离开传统理论，与其说是由于经济变化是实际上这样发生的，而不是由于连续不断的适应，倒不如说是由于这种变化的富有成效。

因此，我们所指的“发展”只是经济生活中并非从外部强加于它的，而是从内部自行发生的变化。如果情况是，在经济领域本身中没有这样的变化发生，而我们所称的经济发展现象在实际上只不过是建立在这一事实之上，即数据在变化，而经济则继续不断地使自己适应于这种数据，那么我们应当说，并没有经济发展。我们这样说的意思应当是：经济发展不是可以从经济方面来加以解释的现象；而经济（在其本身中没有发展）是在被周围世界中的变化拖着走。因此，发展的原因以及它的解释，必须在经济理论所描述的一类事实之外去寻找。

仅仅是经济的增长，如人口和财富的增长所表明的，在这里也不能称作发展过程。

因为它没有在质上产生新的现象，而只有同一种适应过程，像在自然数据中的变化一样。我们要将注意力转向别的现象，把这种增长看作是数据的变化。

每一个具体的发展过程，最后都依存于以前的发展。但是为了看清事物的本质，我们将把这一点抽象掉，而是让发展从一种没有发展的地位上产生。每一个发展过程为下一个发展过程创造先决条件。从而后者的形式被改变了，事情将变得与在每一具体发展阶段不得不首先创造它自己的条件时可能发生的事情不同。可是，如果我们想要找到事情的根源，我们可以不把所要解释的要素包括在我们的解释的数据之中。但是，如果我们不这样做，我们将会在事实与理论之间造成一个明显的脱节，这可能给读者造成重大的困难。

如果我比在第一版中能够更加成功地集中注意于本质性的东西的说明并防止误解，那么进一步特别解释“静态”和“动态”二词连同它们的数不清的含义，就是不必要的了。我们所意指的发展是一种特殊的现象，同我们在循环流转中或走向均衡的趋势中可能观察到的完全不同。它是流转渠道中的自发的和间断的变化，是对均衡的干扰，它永远在改变和代替以前存在的均衡状态。我们的发展理论，只不过是对这种现象和伴随它的过程的论述。

《就业、利息和货币通论》选

［英］约翰·梅纳德·凯恩斯

约翰·梅纳德·凯恩斯（John Maynard Keynes，1883—1946），出生于英国一个学者与文官相结合的家庭。毕业于剑桥大学并在该校执教，是英国著名的经济学巨匠，以他的理论为基础而形成的凯恩斯主义是20世纪西方经济思潮中最大的一个流派，不论是对西方经济学说，还是对世界各国的经济政策，都有重大影响。1902—1906年期间，凯恩斯在剑桥大学学习数学，但他的兴趣很快就转移到经济方面，开始追随剑桥学派的创始人马歇尔学习经济学，并深得马歇尔的赏识。凯恩斯一生对经济学做出了极大的贡献，一度被誉为资本主义的“救星”“战后繁荣之父”等。美国从罗斯福新政伊始，几乎历届总统都推行凯恩斯主义。美国前总统尼克松曾说：“我们现在都是凯恩斯主义者。”在很长一段时间内，西方经济社会以“有没有读过凯恩斯的《就业、利息和货币通论》”作为“有没有头脑”的衡量标准。

1936年，凯恩斯最主要的著作《就业、利息和货币通论》出版。该书的中心思想是有效需求理论，因有效需求不足导致失业增加和经济衰退，而利率、工资、价格等因素并不能使经济体系实现自我调节。该书自出版以来，凯恩斯主义成为西方世界通用的名词，而凯恩斯不但被认为是20世纪最重要的西方经济学家，而且被置身于具有历史里程碑意义的西方经济学家的行列，与亚当·斯密相提并论。有人把他的理论誉为一场像“哥白尼在天文学上，达尔文在生物学上，爱因斯坦在物理学上一样的革命”。

本文节选自高鸿业译的《就业、利息和货币通论》（商务印书馆，1999年）。

古典经济学的假设前提

大多数论述价值论和生产论的著作主要既研究定量的资源如何在各种不同用途之间进行配置，也研究在使用这一定量资源的前提下，各种资源的相对报酬及其产品的相对价值如何得以决定。这符合李嘉图的传统。因为李嘉图公开表示他对国民收入的数量不感兴趣；他对待国民收入的分配则完全不同。在对分配有兴趣这一点上，他正确地评价他的理论的特点。但他的后继者，由于目光不够清晰，却把古典理论用于有关财富来源的研究。请看李嘉图在1820年10月9日给马尔萨斯的信：“你认为，政治经济学是对财富的性质和来源的研究——我认为，它应该研究各个阶级如何瓜分它们共同创造的社会产品的规律。无法得到有关其数量的规律，但比较可靠的关于比例的规律却可以被找出来。每一天，我都更加确信：前者的研究是徒劳的，而只有后者才是经济科学的真正目的。”

还有，关于现有可用的资源，如适合于就业的人口的多寡、自然财富的规模以及已被积累起来的资本设备的数量，这些著作往往使用对既定数量进行描述的方法加以处理；但是，关于何种力量在现有可用的资源中决定实际使用量的大小的纯理论则很少以详尽的方式加以考察。如果说这种纯理论根本没有被考察过，那当然是没有根据的。因为，针对就业量的波动的论述为数众多，而且，每一个论述都涉及上述的纯理论。我要说的是：并不是这一主题受到忽视，而是作为这一主题基础的基本理论被认为是如此简单和明显，以致它最多只能被稍微提及一下。①

I

我认为，虽然对它们几乎未加讨论，古典学派的就业理论（被认为是简单和明显

① 例如，庇古教授在《福利经济学》（第4版，第127页）中写道（我加的重点号）：“在讨论的整个过程中，除非明确指出例外的情况，我们略去某些资源的非自愿的失业这一事实。这样做并不影响论证的实质，却可以使问题简单化。”两相对照，李嘉图公开放弃研究整个国民收入数量的任何企图，而庇古教授在一本专门从事研究国民收入问题的著作中，却声称：同一理论适用于非自愿失业存在和不存在时的情况。

的）奠基于两个基本假设前提之上。[①] 这两个假设前提是：

1. 工资等于劳动的边际产品

就是说，一个就业的人所得到的工资等于就业量减少一人所损失的产值（减去由于产值的下降而免去的开支之后）；然而，二者的相等是有限制条件的，因为，根据有关的原理，当竞争和市场具有不完全性时，二者的相等会受到破坏。

2. 当就业数量为既定时，工资的效用等于该就业数量时的边际负效用

就是说：每一个就业者的实际工资正好足以（按照就业者自己的估计）诱使实际就业的人继续维持原有的就业数量；类似于第一个假设前提的竞争不完全性的限制条

① 这两个基本假设前提可以用下列的图形加以说明。下列的图形是目前西方经济学的劳动需求和供给曲线：图中纵轴的实际工资代表工资（劳动者在一定时间中所能得到的报酬）所能买到的实物量，如若干食品、衣着等。由于这些实物具有效用，所以图中的实际工资也代表效用量的多寡。按照西方经济学的假设，“理性的人”是厌恶劳动的，因为，劳动会产生负效用。由于这一原因，所以只有当劳动者得到的实际工资能够补偿劳动者的负效用时，他才肯从事劳动，即就业。图中横轴的就业量代表整个社会劳动者的就业的数量。

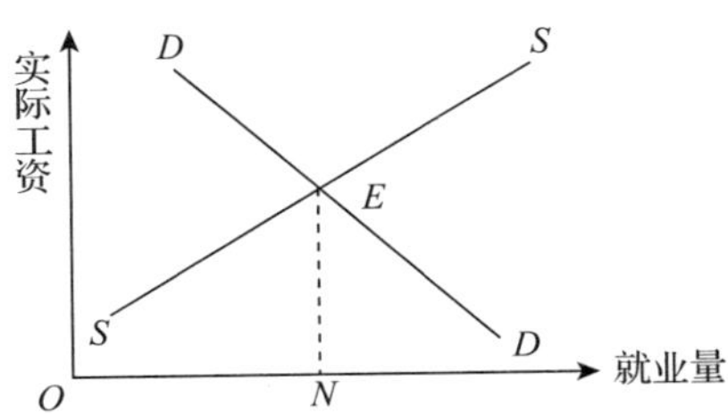

图中的 SS 曲线是劳动的供给曲线。它表示在不同的实际工资作为报酬的情况下愿意就业劳动者的数量。当实际工资较低时，即它仅能补偿较低水平的劳动负效用时，只有少量的劳动者愿意就业，也就是不很懒惰的劳动者愿意从事劳动。据说随着实际工资的提高，它所能补偿的负效用越大，一部分比以前就业的人较为懒惰的劳动者便会加入就业行列。换言之，愿意就业的劳动者随着实际工资的提高而增加。这就是凯恩斯所指的第二个假设前提。

图中的 DD 曲线是劳动的需求曲线。它表示在不同的实际工资水平下，企业家愿意雇用的劳动者数量。由于资本主义的生产系以利润为目的，所以只有当劳动的边际产品，即劳动者在生产上能给企业家带来的利益至少等于他的实际工资时，企业家才会雇用较多的劳动者。根据收益递减规律，据说劳动者的边际产品必然递减。因此，DD 曲线向下倾斜。该曲线的意思是：随着实际工资的下降，企业家愿意雇用更多的劳动者。这就是凯恩斯所指的第一个假设前提。

根据上述两个前提，凯恩斯以前的传统学者否认非自愿失业的存在，因为，在图上的供求相等之点（均衡点），一切愿意为现行的工资（由图上的 EN 表示）而工作的劳动者（由图上的 ON 表示）都已就业。按照传统的西方学者的说法，如果此时还有失业者存在，那不外乎来自两个方面的原因：一方面，处于转业状态的劳动者，即暂时性的所谓“摩擦失业”；另一方面，劳动负效用较大的人，也就是特别懒惰的人，他们嫌工资太低而不愿意就业，即所谓“自愿失业”。——译者注

件，第二个假设前提中所说的相等会由于劳动者联合成为工会组织而遭受破坏。[1] 在这里，负效用必须被理解为由于种种原因，一个人或一群人宁愿失业也不愿接受被他们认为其效用低于某一最低限度的工资。

第二个假设前提与所谓“摩擦”失业并不矛盾。因为，把第二前提应用于现实时，理所当然地应该容许在调整过程中存在的各种不完善之处，而这种不完善之处使得充分就业不能继续存在。例如，由于估算错误或时断时续的需求，专业化的资源的比例暂时失调可以导致失业；或者，由于未预见到的变动而导致的时间的拖延；或者，从一种工作转移到另一种工作所必须有的时间；由于这些原因，在一个非静态的社会中，总会存在着“在不同工作中转移”中而失业的资源。除了“摩擦”失业之外，第二个假设前提也与“自愿”失业并不矛盾。“自愿”失业系指：由于法律规定、社会成规，由于为了能以集体的力量来进行工资协议而形成的工会组织，由于对变革的反应迟钝或者单纯由于人的顽固性，人们拒绝接受相当于他们的边际生产率的产品价值的报酬而去工作。[2]“摩擦”失业和“自愿”失业已经构成失业的全部范畴。古典学派的假设前提不容许第三类失业范畴的存在，这个第三类范围将在以下被我定义为“非自愿”失业。

在这些限制条件的范围内，按照古典学派的理论，就业的资源数量系由这两个假设前提所决定：第一个前提提供就业的需求曲线，第二个提供就业的供给曲线，而就业的数量则决定于边际产品所带来的效用等于边际就业所带来的负效用之点。

根据以上所述，有可能增加就业量的方法仅有四种。

（1）改善组织机构和增加预见性，以便减少“摩擦”失业。

（2）减少以实际工资表示的劳动的边际负效用，从而在每一实际工资下，会有更多的劳动者愿意工作；这样会减少“自愿”失业。

（3）工资品行业中的边际实物劳动生产率的增加。[3]（采用庇古教授的便于使用的工资品这一名词来表示，其价格可以决定货币工资的效用大小的物品）

（4）非工资品的价格相对于工资品价格的增加，与此同时，非工资收入者把开支从工资品转移到非工资品上去。

据我了解，以上是庇古教授的《失业论》的实质性内容——唯一存在的对古典学

① 按照西方经济学的说法，工会被认为是破坏完全竞争的“垄断组织”。该组织往往人为地规定工资的水平（如每小时若干元），从而使人为规定的工资所代表的效用不能和劳动者由于劳动而遭受到的负效用相等。——译者注

② 即人们嫌工资太低而宁肯失业。——译者注

③ 工资品系指劳动者生活中所需要购买的物品。生产这些物品的行业劳动生产率的增加意味着这些物品的价格降低，从而工资所代表的效用量增加。因此，一部分嫌工资太低而“自愿”失业的劳动者会加入就业行列。——译者注

派的就业理论的详细论述。

Ⅱ

古典学派的两种失业范畴能概括全部失业现象吗？事实是：总有一些人愿意接受现行工资而工作，却无工可做。大家承认，按照现行的货币工资，只要存在着需求，一定会有更多的人就业。古典学派认为，这种现象与他们的第二个假设前提并无矛盾之处。他们争辩道：虽然对劳动的需求在全部愿意为现行的货币工资而工作的人全部就业以前已经得到满足，但这是由于劳动者之间的公开或暗中的不为少于现行工资而工作的协议。他们还说：只要劳动者整体同意降低货币工资，更多的人就会得以就业。如果情况确实如此，那么，这种失业，虽然看上去显然是非自愿的，但不完全如此。它应被归纳到上述的“自愿”失业的范畴，因为，这种失业是由于集体协议工资等原因而造成的。

这就引起了两点值得考察之处：第一点牵涉到劳动者对实际工资和货币工资的态度，而这一点在理论上并不重要；第二点却具有关键性的意义。

我们暂时假设，劳动者不准备接受较低的货币工资而工作，从而，现行的货币工资水平的降低会通过罢工或其他手段导致已经就业的一部分劳动者退出劳动市场。这是否能证明现行的货币工资能准确地衡量劳动者的边际负效用？不一定如此。因为，虽然降低现行的货币工资会导致一部分劳动者退出就业，但如果工资品的价格上升，以致现行的货币工资所能购买到的工资品较前为少时，却不一定导致同一后果。换句话说，实际的情况可能是：在一定的范围内，劳动者所要求的是一个最低限度的货币工资而不是一个最低限度的实际工资。古典学派一向暗中假设着，这不会在实质上改变他们的理论。但是，事实并非如此。因为，如果劳动的供给函数不把实际工资作为它的唯一的自变量，这里劳动的供给函数即为上面的第二个假设前提。那么，古典学派的论点就会完全崩溃，从而使实际的就业量不能得以确定。他们似乎没有理解到，除非劳动的供给仅仅是实际工资的函数，他们的劳动供给曲线会随着每一次价格的变动而改变。这样，他们的方法与其特殊假设条件是分不开的，从而不能被用来处理更加一般的情况。

日常的经验也毋庸置疑地告诉我们：劳动者要求得到的（在一定限度内）是一定量货币工资而不是实际工资的情况远不是一种可能性，而是正常的事例。虽然劳动者通常会抵抗货币工资的削减，但当工资品的价格上升时，他们并不拒绝工作。人们有时说，劳动者抵抗货币工资的下降而不抵抗实际工资的下降是不合乎逻辑的。但是，不论是否合乎逻辑，经验表明，劳动者确实是按此行事的。

此外，作为经济萧条的特征的失业是由于劳动者拒绝接受货币工资削减的论点显然没有得到事实的支持。断言美国在 1932 年的失业问题不是由于劳动者顽固地拒绝接受货币工资的削减，便是由于他们执拗地提出对实际工资的要求超过经济机构的生产

率所可能提供的水平这一说法是很难令人信服的。经验表明：在劳动者既没有明显改变最低实际工资要求，又没有明显改变他们的生产率时，却存在着巨大的就业量的变动。劳动者在萧条时期绝不比在高涨阶段更加不讲道理——实际情况确实如此。他们的物质劳动生产率也并不更少一些。这些来自经验的事实构成确凿的理由来怀疑古典学派的分析是否恰当。

如果能对货币工资的变动和实际工资的变动之间的实际关系做出统计考察，那会是饶有兴趣的。关于某一具体行业的变动情况，我们会期望实际工资的变动和货币工资的变动具有相同的方向。但以整个的工资水平的变动情况而言，我设想统计考察会发现：货币工资的变动和其相对应的实际工资的变动通常不具有相同的方向，而几乎总是方向相反的。就是说，可以发现：当货币工资上升时，实际工资下降；而当货币工资下降时，实际工资上升。这是由于在短期内，下降的货币工资和上升的实际工资各自出于独立存在的原因而很可能与就业量的减少有关；劳动者在就业量减少时较易于接受工资的削减，而在同一的就业量减少的情况下，实际工资不可避免地要上升，其原因在于：当产量减少时，劳动者在同一数量的资本设备下的边际生产率会增加。

如果现行的实际工资确实是一个最低限度，从而在低于这一限度的情况下，愿意工作的劳动者不会超过现在的就业量，那么，除了摩擦失业以外的非自愿失业就不会存在。但是，认为实际情况一定如此则是荒谬的。因为，按照现行的工资，即使工资品的价格上升，通常总可以雇佣到比现行就业数量还要多的劳动者；由此可见，实际工资是下降的。如果这是正确的话，那么，用现行的货币工资能购买到的工资品就不能准确地代表劳动的边际负效用，从而第二个假设前提不能成立。

然而，还有一个更加基本的反对意见。第二个假设前提来源于一种想法，即：劳动者的实际工资取决于劳资双方在工资上的协议。古典学者们当然承认，双方协议的是货币工资[①]；甚至也承认，被劳动者认为是可以接受的实际工资并不完全与当时的货币工资的大小有关。虽然如此，他们仍然认为，协议所规定的货币工资决定了实际工资的大小。因此，古典学派的理论认为，只要劳动者接受货币工资的削减，他们的实际工资便会降低。实际工资趋于同劳动的边际负效用相等这一假设前提显然意味着：劳动者自己可以决定他为之而工作的实际工资，虽然不能决定在这一工资水平的就业量。

简言之，传统的理论认为：劳资双方的工资协议决定了实际工资。从而，假设在雇主之间存在着自由竞争，而在劳动者之间又没有限制性的工会组织，那么，如果后者愿意，后者可以使他们的实际工资等于在同一工资下雇主们提供的就业人数的边际

---

① 因为在现代社会中，一般不用实物作为工资支付给劳动者。——译者注

负效用。如果不是这样的话，那么，就不再有任何理由来期望实际工资和劳动的边际负效用之间的等同趋向。

必须记住，古典学派的结论并不仅仅意味着：一个单个的劳动者可以通过接受被另一个劳动者拒绝接受的较低工资而得到就业机会；这一结论还企图被应用于劳动者的整体。这一结论被认为可以同样被应用于封闭的和开放的社会，而并不受到开放社会的特点的影响，或者一个国家削减货币工资对该国的外贸的影响。这些当然都完全处于本书所讨论的范围以外。这一结论也不考虑以货币衡量的工资总额的减少对银行制度和信用状况引起的某些反应这种间接的影响；这些影响将在第 19 章中详加论述。他们的结论只是奠基于一个信念，即在一个封闭的社会中，当货币工资的一般水平降低时，至少在短期内，实际工资必将有某些下降，虽然下降的程度并不总是成比例的；也许会有例外，但例外情况并不重要。

实际工资的一般水平取决于劳资之间的对货币工资的协议这一说法并不具有显而易见的正确性。奇怪的是，很少有人企图证实或推翻这一说法，因为，这一说法与古典理论的一般论调远远不相一致。古典理论引导我们相信：价格取决于以货币表示的边际直接成本，而货币工资又在很大程度上决定边际直接成本。因此，如果货币工资有所变动，那么，按照古典学派的理论，价格会做出几乎相同比例的变动，从而使实际工资和就业水平基本上与变动前一样。劳动者所经受的任何少量的增益与损失会由边际成本中的其他部分的损失和增益来抵消，从而使边际成本保持不变。古典学派之所以未能遵循这一思路追究下去，其部分原因在于他们已经形成的信念，认为劳动者可以决定自己的实际工资，其另一部分的原因也许在于他们的先入之见，认为价格取决于货币数量。而且，劳动者总是可以决定自己的实际工资这一命题，一旦被接受下来，又和劳动者总是可以决定他们自己愿在何种实际工资下达到充分就业（即在一既定实际工资下的最大就业量）混淆在一起。

综上所述，对古典学派的第二个假设前提，我们有两个反对意见。第一个反对意见牵涉到劳动者的行为。在货币工资不变的情况下，由于价格上升而导致的实际工资下降一般不会使在现行工资下的劳动供给量低于价格上升前的实际就业量。如果说会使劳动供给量低于价格上升前的实际就业量的话，那就等于说：现在的失业者虽然愿意在现行的工资下就业，但会在生活费用稍微上涨时，拒绝为现行工资而工作。然而，这一古怪的假定却贯穿在庇古教授的《失业论》的全书之中，这也是正统学派的追随者们在暗中所假定的东西。

但是，另外一个较为基本的反对意见将在本书的以下各章加以发展。这个反对意见来源于我们不同意工资协议可以直接决定实际工资的一般水平这一假设条件。就假设工资协议可以决定实际工资而论，古典学派暗中塞进了这个不恰当的假定。因为，对于全部劳动者的整体而言，可能不存在任何办法来使相当于货币工资的一般水平的工资品等于现行的就业量的边际负效用；也可能不存在任何途径，使劳动者全体能够通过它与雇主们对货币工资的讨价还价来把实际工资改变到某一既定的水平。这就是我们的论点。我们将致力于证明：决定实际工资的一般水平的是某些其他的因素。说明这一问题将是本书的主题之一。我们将进行争辩并且指出：对于我们生活于其中的经济制度在这一方面的运行，一向存在着原则性的误解。

Ⅲ

虽然在个人或集体之间的围绕着货币工资的讨价还价往往被认为可以决定实际工资的一般水平，而在事实上这种讨价还价所关心的却是不同的事物。由于劳动者的流动性不够完善，从而工资不能精确地反映不同职业的真正的有利之处，所以任何个人和集体如果容许他们的货币工资做出相对于其他人的货币工资的削减，那么，削减就会使他们的实际工资相对地下降。这已构成充分的理由来使他们抵抗货币工资的削减。另一方面，要想抵抗对一切劳动者影响相同的由于货币购买力改变而造成的实际工资的每一次下降却是不现实的。事实上，来自这种方式的实际工资的下降一般不会遭受抵抗，除非下降的幅度达到极端的程度。此外，在少数几个行业中抵抗货币工资的削减所引起的对增加就业量的阻碍，其严重性要远低于全部行业对实际工资的削减加以抵抗时所引起的同一阻碍。

换句话说，对货币工资的讨价还价主要是影响实际工资总量在不同劳动者集体之间的分配，而不是影响每一个就业者的平均实际工资。我们将会看到，后者取决于一系列不同的因素。一群劳动者通过联合而形成工会组织的作用在保护他们的相对的实际工资。实际工资的一般水平则取决于经济制度中的其他因素。

因此，值得庆幸的是：与古典学派相比，劳动者倒是更加合理的经济学者，虽然他们是在下意识中做到这一点的。以他们抵抗货币工资的削减而论，即使这时的工资的实际购买力大于现行的就业量的边际负效用，他们也会这样做，因为货币工资的削减往往限于个别的行业，并且很少，或者从来就不涉及全体劳动者。相反，他们并不抵抗货币工资不变时的实际工资的降低，因为，这种降低会和总就业量的增加联系在一起。除非降低到如此程度，以致实际工资有可能下降到现行就业量的边际负效用之下。每一个工会都会采取一些手段来抵抗货币工资的削减，不论削减的数量小到何种程度。但由于没有一个工会会梦想到对每一次的生活费用的上涨举行罢工，所以工会并没有对就业量的增加设置障碍，而古典学派却把设置障碍的责任加在工会的头上。

Ⅳ

现在，我们必须给第三种类型的失业，即严格的“非自愿”失业下一定义。对这种类型的失业，古典学派不承认其存在的可能。

显然，我们所说的“非自愿”失业并不指工作还没有消耗掉人们的全部工作能力以前的状态。一天工作八小时并不由于人们的精力能维持十小时的工作而被称为失业。如果有一批劳动者由于他们不愿意接受少于某种水平的实际工资而进行劳动，那么，我们也不把他们当作“非自愿”失业者。此外，为了方便起见，也把“摩擦”失业排除在我们所定义的“非自愿”失业之外。这样，我做出如下定义：如果当工资品的价格相对于货币工资做出微小上升时，为了现行的货币工资而愿意工作的劳动供给总量和在同一货币工资之下的对劳动的需求总量都大于现行的就业量，那么，人们便处于“非自愿”失业状态。另一个可供选择的、其实质内容完全相同的定义将在下一章中加以说明。

根据这一定义，第二个假设前提所假定的实际工资和就业的边际负效用的相等在现实的意义上就相当于“非自愿”失业不存在的情况。① 我们把这种没有“非自愿”失业的情况称为“充分”就业。在这样的定义之下，“摩擦”和“自愿”失业并不与“充分”就业发生矛盾。我们将会发现：这与古典理论的其他特征也是吻合的，而古典理论最好应被称为充分就业条件下的分配理论。只要现实符合古典学派的假设前提，上述意义的非自愿失业是无从发生的。② 因此，所有的失业必须来自“从一个工作转移到另一个工作之间的”暂时性的失业，或者来自对高度专业化的资源的时断时续的需求，或者来自工会的不让非工会人员就业的“限雇原则”。③这样，如果接受古典传统的经济学者忽视了作为他们的理论基础的特殊假设前提，那么，他们必然会做出在逻辑上完全符合他们假设前提的结论，即：所有的失业（除了所承认的例外以外）归根结底是由于没有工作的生产要素拒绝接受相当于它们的边际生产率的报酬。④ 古典学派的经济学者可能同情劳动者对削减货币工资的抵抗，也可能承认，为了对付暂时性的局面而接受货币工资削减并非明智之举；但是，对科学的忠诚会迫使他来宣称，无论如何，这种对货币工资的削减的拒绝是问题的最终原因。

显然，如果古典理论仅适用于充分就业的事例，那么，把它应用于“非自愿”失业的问题就是错误的——假设这种问题是存在的话。（谁能否定它的存在?）古典学派的理论家们很像置身于非欧氏世界的欧氏几何学家们：这些人发现，他们看到的显然为平行的线段却会相交，于是便指责线段没有画直——作为唯一的能够解决矛盾的出

① 因为，这时的实际工资正好等于劳动的边际负效用，从而意味着一切认为实际工资能够补偿他的劳动边际负效用的劳动者都已就业。因此，此时的失业者只能归之于“摩擦”或“自愿”的范畴。——译者注

② 因为，第二个假设前提认为，实际工资总是和劳动的边际负效用相等的。——译者注

③“限雇原则”是西方劳动经济学的术语。它的大致意思是：被雇用的劳动者必须属于工会。——译者注

④ 劳动、资本和土地被西方经济学称为“生产要素”。这里的“生产要素”显然指劳动者。——译者注

路。然而事实上，除了推翻平行线的假设条件以及建立一个非欧氏几何学以外，并不存在着别的出路。类似的事情也要求今天的经济学者去做。我们需要推翻古典理论的第二个假设前提并且建立一个使严格意义上的非自愿失业成为可能的运行方式的理论体系。

V

在着重指出我们与古典理论体系的分歧时，我们不应忽视一个重要的共同之点。因为，正同过去一样，我们将维持第一个假设前提，仅使它受到和在古典理论中相同的限制条件。我们必须在此稍停一下，来考虑这一做法所牵涉到的是什么。

它意味着：在既定的组织结构、设备和技术的条件下，实际工资和产出数量（从而和就业量）是唯一相关的，因此，一般说来，只有在实际工资率下降时，就业量才会伴随着实际工资的下降而增加。[①] 我并不想对被古典经济学者（正确地）宣称为不可缺少的这个事实提出不同意见。在既定的组织结构、设备和技术的条件下，每一个劳动者所争取到的实际工资与就业量具有唯一（负）相关的关系。这样，如果就业量增加，那么，在短期内，每一个劳动者所得到的以工资品表示的报酬一般必然下降，从而利润上升。[②] 这不过是大家熟悉的命题的另一个方面，该命题为：在正常情况下，各行业的运行会在短期内受到收益递减的限制，而在短期内，设备等都被假设为不变；因此，工资品行业中的边际产品（它们决定实际工资）必然随着就业量的增加而减少。的确，只要这一命题能够成立，任何增加就业的手段必然会导致边际产品的减少，从而，会减少以这种产品所衡量的工资率。

但是，当我们把第二个假设前提推翻以后，虽然就业量的减少必然会使劳动者得到在数值上等于较多数量的工资品的工资，然而，就业量的减少却不一定是由于劳动者要求提高以工资品计算的工资而引起的；从而，劳动者愿意接受较低的货币工资未必能解决失业问题。我们在这里所涉及的工资论以其与就业的关系只能留待至第 19 章及其附录，才能加以说明。

Ⅵ

自从萨伊和李嘉图时期以来，古典经济学者们都在讲授供给创造自己的需求的学说——其大意是：全部生产成本必须直接或间接地被用来购买所生产出来的产品，但

---

① 按照第一个假设条件，实际工资不但等于劳动的边际产品，而且，当劳动量增加时，劳动的边际产品还会由于收益递减规律而下降。——译者注

② 该论点可述之如下：受到雇用的人为 n 个，其中第 n 个人每日为收获量添增 1 蒲式耳，从而工资的购买力为每日 1 蒲式耳。然而，第 $n+1$ 人每日只为收获量添增 0.9 蒲式耳，因此，除非小麦的价格作出相对于工资的上升，一直到每日的工资的购买力为 0.9 时，就业量不能增加到 $n+1$ 人。这样，工资总额会是 9/10 $(n+1)$ 蒲式耳，而过去则为 n 蒲式耳。因此，如果增加雇用一人，那么，这必然牵涉到收入从原有被雇用的人手中转移到企业家那里。——译者注

对该学说，他们并没有很清楚地加以说明。

在约翰·穆勒的《政治经济学原理》中，该学说被明白地陈述如下：

“构成偿付商品的手段的东西还是商品。每人所持有的偿付其他人的产品的手段就是他自己所拥有的产品。既然如此，所有的卖者不可避免地会成为买者。如果我们能突然使一国的生产能力加倍，那么，我们会在每一个市场上使供给加倍。但是，与此同时，我们也会使购买力加倍。每人都会具有双倍的需求和供给。每人所购买的是过去的两倍，因为，他在交换中能提供给别人的也是过去的两倍。”①

作为该学说的一个推论，任何具有购买力的个人的节制消费行为被认为必然会使由于节制消费而解放出来的劳动和商品被用于生产资本品的投资。下面引自马歇尔的《国内价值的纯理论》的一段话可以显示传统的说法：

“一人的全部收入都是被用于购买劳务和商品的。当然，人们常常听到：一人花费掉其一部分收入，并且储蓄剩下的部分。但是，大家熟悉的一条经济学公理说道：一人用其收入的储蓄部分来购买劳动和商品的情况正和他用他的被称为消费部分来购买劳动和商品的情况相类似。当他企图从所购买到的劳动和商品中得到现在的享受时，这被称为他在进行消费。当他使得他所购买的劳动和商品被用于生产他在将来可以从其中得到享用物的财富时，这被称为他在进行储蓄。”

要想从马歇尔较后的著作②中或从埃奇沃斯或庇古教授的著作中找到类似的话确实是不容易的。该学说在今天从来不以这种简陋的形式出现。虽然如此，它仍然是整个古典理论的一个基础；没有前者，后者便要崩溃。现在的经济学者在是否同意穆勒的说法上可能要踌躇一下，但他们在接受以穆勒的说法作为前提而得到的结论并不会表现犹豫。例如，这种被确信不移的观点几乎贯穿于庇古教授的全部著作。他相信，除了会增加摩擦以外，有无货币并不会造成实质性的后果；③他相信，生产论和就业论可以（像穆勒所做的那样）根据“实物”数量的交换而得以建立，与此同时，货币可以在其后的一章中以无关宏旨的方式被引入进来。这种被确信不移的观点是古典传统的现代化说法。现时的思想仍然深深地浸泡在这种想法之中，认为如果人们不以一种方

---

①《政治经济学原理》，第3编，第14章，第2节。

② J. A. 霍布森先生在他的《工业的生理学》（第102页）中引用了上述穆勒的话之后，指出马歇尔最早在他的《工业经济学》（*Economics of Industry*，第154页）中已对穆勒的话加以评论：“但是，虽然人们具有购买力，他们可以不去使用它。……但是马歇尔没有抓住这一事实的关键的重要性，并且他似乎把这种行为限于在‘危机’时期。”我认为，从马歇尔的较后的著作来看，这对马歇尔始终是一句公道的评语。

③ 因为，按照古典学派的意见，“合乎理性的人”不会把货币闲置起来而不去让它增值。可参阅《译者导读》的有关传统的货币数量论部分。——译者注

式把钱花掉，那么，也会以另一种方式这样做。[①] 战后的经济学者确实很少能以前后一致的方式成功地维持这一观点；因为，他们在今天的头脑中已经过分地充满了相反的思想倾向，已经充满了过于明显地与他们以前的观点发生矛盾的经验事实。[②] 但是，他们没有从中得出足够深远的结果，从而也没有修改他们的基本理论。

在《鲁宾孙漂流记》不存在交易的经济中，个人的收入完全来自他的生产活动。他所消费掉的或保存下来的事实上是、而且只能是他自己生产活动的产物。古典学派把故事中的经济当作现实世界，把由前者中所得到的结论应用于后者。古典学派错误的原因可能即在于此。然而，除此以外，生产成本总是能从由于需求而造成的销售所得中全部收回这一古典学派的结论具有很大的可信性，因为，很难把它与另一个看来和它相似的正确命题分开，而后一个命题是：在社会中从事某一生产活动的各生产要素的收入总量必然等于这一生产活动的生产物的价值。

同样的，人们很自然地会设想：如果一人能增加自己的财富而又显然没有从其他人那里取走任何东西，那么，他必然也会增加整个社会的财富；因此（正如刚才引用的马歇尔的话那样），一个人的储蓄行动不可避免地会导致与之相对应的投资行动。因为，按照相同的道理，也可以不容置疑地说：个人财富净增量的总和必然正好等于社会财富净增量的总量。[③]

无论如何，那些以如此方式思索的人都受到了视觉上的幻象之骗；视觉上的幻象把本质上不同的事物看成似乎相同的东西。这些人错误地设想在节制现在的消费和准备将来的消费之间存在着自行协调的关系；而在事实上，决定后者的动机与决定前者动机之间并不存在着任何单纯的联系方式。

这样，把社会总产量的需求价格和其供给价格假设为相等的说法可以被当作古典理论的“平行线公理”。如果承认这一点，那么，其他各点便会随之而来——私人和国家从事节俭为社会带来的利益、看待利息率的传统的态度、古典学派的失业论、货币数量论、自由放任在对外贸易上必然会带来的利益，如此等等。对于所有这一切，我们将要提出疑问。

---

① 参阅艾尔弗雷德·马歇尔和玛丽·马歇尔：《工业经济学》（第157页）：“用不耐穿的材料制作衣服对工商业是不利的。因为，如果不把他的购买力用于添置衣服，他们会以其他方式用于给劳动者提供就业机会。”读者会觉察到，我是在再一次引用早期的马歇尔的话。写作《经济学原理》时的马歇尔已经具有足够疑虑程度，以致变为非常谨慎和模棱两可。但是，旧的观点从来没有从他思想的基本假设中剔除出去。

② 罗宾斯教授的与众不同之处在于：他几乎是单独一人继续维持前后一致的思想体系，他的政策建议属于和他理论体系相同的类型。

③ 在这里，个人和社会财富净增量系顺次指整个社会的储蓄和投资量。——译者注

Ⅶ

在本章以上的各个地方，我们指出：古典学派的理论依次取决于下列的假设条件：

（1）实际工资等于现行的就业量的边际负效用；

（2）严格意义上的非自愿失业并不存在；

（3）供给创造自己的需求，其意义为，在产量和就业的任何水平，总需求的价格都等于总供给价格。

这三个假设条件在实质上可以说是同一事物，因为，三者的存在与否必须是共同的；三者中的任何一个在逻辑上牵涉到其他两个。

《经济学》选

［美］保罗·萨缪尔森

保罗·萨缪尔森（Paul A. Samuelson，1915—2009），著名经济学通才大师，后凯恩斯主流学派的杰出代表。1915 年出生于美国印第安纳州的加里城，16 岁进入芝加哥大学学习经济学，毕业后在哈佛大学继续攻读学业，26 岁取得博士学位，是麻省理工学院研究生部的创始人。萨缪尔森在提高经济理论的科学分析方面，比当代任何一个经济学家所做的贡献都要大。他重新改写了大量经济理论当中的核心问题，而且在好几个领域当中都取得了与古典经济学理论相媲美的成就。他是把凯恩斯理论提升到经济学主流地位并演变成客观经济理论的第一人。萨缪尔森 1970 年获“诺贝尔经济学奖”，他是美国经济学者当中获经济学界最高奖项的第一人，在西方经济学中处于一代宗师的地位。萨缪尔森教授曾长期为美国《新闻周刊》的经济学栏目撰稿，曾担任美国前总统约翰·肯尼迪的经济顾问，属于那种能够同普通民众进行交流和沟通的为数极少的科学家之一。

萨缪尔森的许多著作使得他在年轻时就赢得了世界声誉。1947 年获美国经济学会颁发的第一枚约翰·贝茨·克拉克奖章，1948 年出版了他最有影响的巨著《经济学》教科书，之后大约每三年更新一次，迄今已经有了 17 个版本。半个世纪以来，这部世界上最为实用和畅销的经济学教科书，早已被译成了法文、德文、中文、俄文等 40 余种文字，其销售总量也已超 1 000 万册。该书是现在所有经济学教科书的“鼻祖”。把微观经济学与宏观经济学结合在一起是他的首创。现在所有的教科书都沿用了这个体系。该书不仅能够让初学者迅速地浏览主流经济学的全貌，而且能不断刷新财政学、金融学、统计学、会计学、制度经济学、国际经济学、发展经济学和环境经济学的知识。在西方，它堪称一部“小型的经济学百科全书”。总之，20 世纪几乎整个经济学领域都受到了萨缪尔森的影响，他的《经济学》教材一版再版，被认为是资产阶级经济学出现以来，第三本最流行的经济学教科书（前两本分别是约翰·穆勒的《政治经济学原理》、马歇尔的《经济学原理》）。

本文节选自萧琛主译的《经济学》（人民邮电出版社，第17版，2004年）。

经济学基础知识

骑士的时代已经过去；随之而来的是智者、经济学家和计算机天才的世界。

——埃德蒙·伯克

A. 导言

开卷之际你也许会问：为什么要学习经济学？事实上人们往往有很多理由。一些人学经济学是为了赚钱；另一些人则出于某种担心：如果不懂供求规律，则势将成为现代的文盲；还有一些人是出于对某些问题有强烈的兴趣，如计算机和信息革命如何改变我们的社会，或者，美国近年的收入分配为何如此悬殊，等等。

……

稀缺与效率：经济学的双重主题

那么，经济学是什么？最近30年来，经济学已经涵盖了形形色色的论题。如何定义这个成长中的学科？若干重要的定义如下：

◆ 研究社会的组织和技术如何影响价格和资源在不同的用途上进行配置；

◆ 考察金融市场的行为，包括利率和股票价格；

◆ 考察收入分配，以及如何在不损害经济运行的前提下对穷人给予帮助；

◆ 研究商业周期①，考察如何利用货币政策调节失业和通货膨胀的波动；

◆ 考察各国贸易模式并分析贸易壁垒有何影响；

◆ 观察发展中国家的发展，并就资源有效利用的激励方式提出建议；

◆ 提出并回答政府采用何种政策才能达到既定的重大目标等问题，如加快经济增长、有效利用资源、实现充分就业、稳定价格水平和公平地分配收入。

显然这是一份不错的清单，也许你还可以将它扩展好多倍。但是，如果将所有这些定义加以提炼的话，我们就会发现其中存在着一个共同的主题：经济学（economics）研究的是一个社会如何利用稀缺的资源以生产有价值的物品和劳务，并将它们在不同的人中间进行分配。

这个定义的背后隐含着经济学的两大核心思想：即物品和资源是稀缺的；社会必

① 也有译作“经济周期”。——译者注

须有效地加以利用。事实上，正是由于存在着稀缺性和人们追求效益的愿望，才使得经济学成了一个重要的学科。

不妨考虑一个不存在稀缺的社会。如果能无限量地生产出各种物品，或者，如果人类的欲望能够完全得到满足，那么，会产生什么样的后果呢？既然人们拥有了自己想要拥有的一切东西，当然也就不必再担心花光其有限的收入。而企业也不必为劳动成本和医疗保健问题犯愁；政府则不用再为税收、支出和环境污染等问题而大伤脑筋，因为谁都不再会在乎这些问题。此外，既然我们所有的人都能够随心所欲地得到自己所想要的东西，那么，也就没有任何人会去关心不同的人或不同阶层之间的收入分配（是否公平的）问题。

在这个丰裕理想的伊甸园里，所有的物品都实行免费，仿佛沙漠中的沙子和海洋中的海水。所有的价格也都因此变成了“零”，市场也因此而变得可有可无。如果是，则经济学当然也就不再是一个有用的学科。

然而，任何现实社会都绝不是那种拥有无限可能性的“乌托邦”，而是一个到处都充满着**经济品**（economic goods）的**稀缺**的世界。稀缺（scarcity）是指这样一个状态：相对于需求，物品总是有限的。实事求是的观察家都不会否认，尽管经历了两个世纪的经济增长，美国的生产能力还是不能完全满足每个人的欲望。如果将所有的需要加总起来的话，你立刻就会发现，现有的物品和劳务根本就无法满足每个人的消费欲望的很小的一部分！我们的国民产出须得扩大很多很多倍，才有可能使得普通的美国人都能达到医生或联赛棒球手那样高的生活水准。更何况是在美国以外的国家，特别是非洲和亚洲地区。那里，成千上万的人甚至还处于饥寒交迫之中。

鉴于人的欲望的无限性，就一项经济活动而言，最重要的事情当然就是最好地利用其有限的资源。这使我们不得不面对效率这个关键性的概念。**效率**（efficiency）是指最有效地使用社会资源以满足人类的愿望和需要。相反的情况包括“无法遏制的垄断”“恶性无度的污染”“没有制衡的政府干预”，等等。这样的经济当然只能生产少于“无上述问题”时该经济原本可以生产的物品，或者还会生产出一大堆不对路的物品。这些都会使消费者的境遇比本该出现的情况要差。这些问题都是资源未能有效配置的后果。

在经济学中我们这样讲：在不会使其他人境况变坏的前提下，如果一项经济活动不再有可能增进任何人的经济福利，则该项经济活动就被认为是有效率的。

经济学的精髓之一在于承认稀缺性是现实存在，并探究一个社会如何进行组织才能最有效地利用其资源。这一点，可以说是经济学伟大而独特的贡献。

微观经济学与宏观经济学

亚当·斯密通常被认为是微观经济学（microeconomics）的创始人，今天，经济学的这一分支主要是研究作为单个实体的市场、企业、家庭的行为。亚当·斯密曾在

《国富论》(1776) 中考察了物品价格的形成，以及土地、劳动和资本的价格如何确定等问题，并揭示了市场机制的长处和弊端。更为重要的一点是，斯密指明了市场的效率特征，并看到了社会经济效益事实上是出自于个人的自利行为。所有这一切，在今天无疑仍然具有重要的意义。尽管自亚当·斯密时代以来，微观经济学已经有了长足的进展，但斯密的观点仍然被今天的政治家和经济学家们频繁地加以援引。

经济学的另一个重要分支是宏观经济学（macroeconomics）。它研究经济的总体运行。在约翰·梅纳德·凯恩斯 1935 年发表革命性巨著《就业、利息与货币通论》之前，现代意义上的宏观经济学还根本不存在。当时，英美经济尚未走出 20 世纪 30 年代的大萧条，失业超过了美国劳动力总数的四分之一。凯恩斯的新理论分析了失业增加和经济减速这类商业周期的原因。如今，宏观经济学已经拓展到很多领域，如投资与消费的决定、中央银行对货币和利率的管理、导致国际金融危机的原因，还有，为什么一些国家经济繁荣、而另一些国家却停滞不前等问题。尽管宏观经济学已经进步并远远超越了凯恩斯的开创性研究，但凯恩斯所提出的命题仍然不失为今天的宏观经济学的基本范畴。

微观经济学与宏观经济学两大分支共同构成现代经济学的核心。

经济学的逻辑

经济生活是由一系列活动所组成的复杂的集合，包括购买、销售、讨价还价、投资、劝说和威胁等。经济科学的最终目的就是要理解这些复杂的活动。这也正是本书的宗旨之所在。那么，经济学家们又是如何完成他们的任务的呢？

经济学家采用科学的方法来理解经济生活，包括观察经济事件、利用统计分析和历史记录。对于预算赤字的影响或通货膨胀的原因等复杂现象来说，历史研究可以提供丰富的知识和依据。

经济学家经常依赖于分析和理论。理论研究方法使得经济学家能够进行一般化的抽象，诸如讨论国际贸易与分工的好处，税收与配额的弊端，等等。

此外，经济学家们创建了一门被称为经济计量学（econometrics）的专业分析学科，即将统计学工具应用到经济问题的分析之中。借助经济计量学，经济学家可以从堆积如山的经验数据中抽象出简单明了的事物之间的联系机制。

不妨提请初出茅庐的经济学人注意一下：必须警惕经济推理中各种常见的思维谬误。由于经济关系通常十分复杂，涉及许多不同的变量，因此很容易混淆：事件背后的准确原因和政府政策对经济的影响。以下是经济推理中一些常见的谬误：

- 后此谬误（the post hoc fallacy）。……
- 不能保持其他条件不变（failure to hold other things constant）。……
- 合成谬误（the fallacy of composition）。……

导言中我们姑且简略地提及这些谬误。以后，当引入了经济学工具之后，我们还将重新就这些问题展开讨论，并举例说明不注意经济学逻辑会使你犯什么样的错误。这些错误有时会使你付出昂贵的代价。当你学完这本书之后，不妨再回过头来看看，为什么上述那些看似矛盾的结论实际上却是完全正确的。

……

B. 经济组织的三个经济问题

人类社会都必须面对和解决三个基本的经济问题，无论它是一个发达的工业化国家，是一个中央计划型的经济体，还是一个孤立的部落社会。每个社会都必须通过某种方式决定生产什么、如何生产和为谁生产。

事实上，经济组织的这三个基本问题，也即生产什么、如何生产和为谁生产，在今天与在人类文明之初是同样地重要和关键。下面我们就进一步仔细地观察这三个问题：

◆ 生产什么商品和生产多少？一个社会必须决定，在诸多可能的物品和劳务之中，每一种应该生产多少以及何时生产。今天，我们应当生产比萨饼还是衬衫？生产少量优质衬衫还是大批普通衬衫？我们应当利用有限的资源生产更多的消费品（如比萨饼），还是应当生产较少的消费品和较多的投资品（如生产比萨饼的机器），从而让明天有更多的产出和消费？

◆ 如何生产物品？一个社会必须决定谁来生产，使用何种资源，以及采用何种生产技术。谁来种田，谁来教书？用石油发电，还是用煤炭发电，或是用太阳能发电？设备是由人还是由机器人来操作？

◆ 为谁生产？谁来享用经济活动的成果呢？收入和财富的分配是公平合理的吗？社会产品如何在不同的居民之间进行分配呢？我们的社会是否会成为一个富人很少而穷人很多的社会？教师、运动员、汽车工人还是互联网企业家，谁应当得到高的收入？社会应该给穷人提供最低消费，还是严酷地遵循不劳动者不得食的原则？

……

《经济学原理》选

［美］格里高利·曼昆

曼昆（N. Gregory Mankiw，1958— ）教授是世界著名的经济学家，新凯恩斯主义的代表人物之一，不仅为凯恩斯主义找到了微观基础，而且与他的同事一起，进行了一系列深入研究，找出了这一学派今后进一步发展的方向，开创了一个学派的先河。

他29岁即成为哈佛大学历史上最年轻的终身教授之一，诺贝尔经济学奖获得者，曾就读于麻省理工大学、普林斯顿大学。现任哈佛大学经济学教授，同时担任马萨诸塞州剑桥的一个非营利性智囊团——国家经济研究局所属的货币经济计划部主任，还被聘为国会预算办公室及波士顿联邦储备银行的顾问。另外，他还供职于ETS考试研发委员会下的经济学高阶水平考试委员会和NBER商业周期委员会。

《经济学原理》1998年在美国出版时创造了两项吉尼斯世界纪录：一是这本书还没完稿时，出版商就出价140万美元买下版权，从而创下经济学著作卖价的吉尼斯世界纪录；二是这本书一出版就很快风行美国，其畅销速度和畅销数量再次创下吉尼斯世界纪录。

这本书从内容、体系结构列表、体例都体现了“经济学学生的入门教科书”的定位，把较多篇幅用于应用与政策，较少篇幅用于正规的经济理论。作者试图使读者通过对这本书的学习，在将来看报、经商或从政时，都能应用到经济学知识。该书主要从供给与需求、企业行为与消费者选择理论、长期经济增长与短期经济波动以及宏观经济政策等角度深入浅出地剖析了经济学家们的世界观。全书语言洗练、思想深邃，必能对读者的学习和工作有所裨益，适于经济管理类本科生、研究生及MBA学生使用，也可作为经理人员的经济学入门。

本文节选自梁小民译的原书第三版《经济学原理》（机械工业出版社，2003年）。

不对称信息

“我知道一些你不知道的事。”这是在孩子们中常听到的一句嘲讽话，但它包含了人们如何相互作用的深刻真理。在生活中，一个人对未来的发展知道得往往比另一个人多。获得相关知识的差别被称为信息不对称。

例子有很多。一个工人对自己会把多少精力用于工作比他的雇主知道得多。一个二手车的卖者对车况的了解比买者多。第一个是隐蔽性行为的例子，而第二个是隐蔽性特征的例子。在每种情况下，黑暗中的一方（雇主、买车者）都想知道相关信息，但有信息的一方（工人、卖车者）都有掩盖这些信息的激励。

由于不对称信息如此普遍，所以，经济学家近几十年把许多精力用于研究它的影响。而且，2001年诺贝尔经济学奖实际授予了在这个题目上做出开拓性贡献的三位经济学家（乔治·阿克洛夫、迈克尔·斯宾塞和约瑟夫·斯蒂格利茨）。

隐蔽性行为：委托人、代理人及道德危险

道德危险（moral hazard）是在**代理人**（agent）代表**委托人**（principal）完成一些工作时出现的问题。如果委托人不能完全监督代理人的行为，代理人就倾向于不会像委托人期望的那样努力。道德危险这个词指代理人不适当或不道德行为的风险或“危险”。在这种情况下，委托人就要试图用各种方法鼓励代理人更负责地行事。

雇佣关系是经典的例子。雇主是委托人，而工人是代理人。道德危险是没有受到完全监督的工人责任心下降的诱惑。雇主可以用各种方法对这个问题做出反应：

- 更好的监督。雇用保姆的父母知道在自己家里安装摄像头，以便在外出时录下保姆的行为。目的是抓住不负责任的行为。
- 高工资。根据效率工资理论（在第19章中讨论的），一些雇主会选择向其工人支付高于劳动市场供求均衡的水平的工资。赚到这种高于均衡水平工资的工人不太会怠工，因为如果他被抓住了并解雇，他就无法找到另一份高工资工作。
- 延期支付。企业会延迟支付工人的部分报酬，因为如果抓住工人怠工并解雇，他就会蒙受相当大的损失。延期报酬的一个例子是年终奖金。同样，一个企业也会选择在工人职业生涯的后期进行支付。因此，工人随着年龄而增加工资可能不仅仅反映经验的利益，也是对道德危险的一种反映。

并不需要单独使用减少道德风险问题的这几种机制，雇主可以用这些机制的某种组合。

在工厂之外，还有许多关于道德危机的其他例子。有火险的房东可能很少买灭火器，因为房东要承担灭火器的费用，而保险公司得到了许多利益。家庭会住在洪水风险较高的河边，因为家庭要享受风景，而洪水之后灾难补贴的成本则由政府承担。许多管制的目的正是要解决这个问题：保险公司会要求房东买灭火器，政府也会禁止家庭在洪水风险较高的土地上安家落户。但是，保险公司并没有关于房东会如何谨慎的完全信息，政府也没有家庭选择住所时有多大风险的完全信息。结果，道德危险问题就不可避免。

隐蔽性特征：逆向选择和次品问题

逆向选择（adverse selection）是在卖者对要出售的物品的特征了解得比买者多的市场上产生的问题。结果，买者要承担物品质量低的风险。这就是说，从无信息买者的角度看，所出售物品的“选择”可能是“逆向的”。

逆向选择的经典例子是二手车市场。二手车的卖者知道自己汽车的缺陷，而买者通常并不知道。由于最破旧的二手车的车主比那些拥有最好的二手车的车主更愿意把自己的车卖出去，买者就担心得到一个“次品”。结果，许多人都不去二手车市场上买车。这个次品问题可以解释为什么只使用了几周的二手车比同一种型号的新车卖得低几千美元。二手车的买者会推测，卖者急于把二手车出手是因为卖者知道买者不知道的一些事情。

逆向选择的第二个例子出现在劳动力市场上。根据另一种效率工资理论，工人的能力有差别，而且，他们比雇用自己的企业更了解自己的能力。当企业降低它支付的工资时，能力较强的工人就会离去，因为他们知道自己能找到其他更好的工作。因此，企业会选择支付高于均衡水平的工资，以此吸引更好的工人。

逆向选择的第三个例子出现在保险市场上。例如购买医疗保险的人比保险公司更了解自己的健康问题。由于有严重隐蔽性健康问题的人比其他人更可能买医疗保险，所以，医疗保险的价格反映的是病人的成本而不是普通人的成本。结果，保险公司就通过高价格来限制正常健康的人购买医疗保险。

当市场受到逆向选择困扰时，看不见的手就不一定能发挥其魔力。在二手车市场上，好的二手车的车主可能会选择留下这些车，而不是以疑神疑鬼的买者愿意支付的低价格出售。在劳动市场上，工资会处于使供求平衡的水平之上，这就会引起失业。在保险市场上，低风险的买者可能选择不买保险，因为向他们提供的政策没有反映他们的真实特征。支持政府提供医疗保险的人有时把逆向选择问题作为不相信私人市场能自己提供正确医疗保险数量的一个原因。

为传递私人信息发信号

虽然不完全信息有时是公共政策的动因，但它也激发了，否则就很难解释的个人行为。市场以多种方式对不对称信息问题作出反应，发信号就是其中之一。**发信号**（signaling）是指有信息的一方仅仅为了信誉而披露自己私人信息所采取的行动。

在前几章中，我们说明了一个发信号的例子。正如我们在第 17 章中看到的，企业会花钱做广告，向潜在客户发出它们有高质量产品的信号。正如我们在第 20 章中看到的，上完大学并获得学士学位的学生会向潜在雇主发出他们能力强的信号。回想一下与教育的人力资本理论相对立的教育信号理论，人力资本理论断言，教育提高人的生产率，而不仅仅是传递内在能力的信息。有关发信号的这两个例子（广告、教育）看来似乎是极不相同的，但在表面现象之下它们仍有许多相同之处：在这两种情况下，有信息的一方（企业、学生）都用信号让无信息的一方（客户、雇主）相信有信息的一方提供高质量的东西。

采取什么行动才算是一种有效信号呢？显然，其成本必须昂贵。如果信号是免费的，任何人都可以使用它，它也就不能传递信息。由于同样的原因，还有另一个要求：信号必须是低成本的，或者是对有高质量产品的人更有利的。否则，每一个人都有同样使用信号的激励，信号也就不能说明什么了。

再来考虑我们的两个例子。在广告的案例中，产品优良的企业从广告中得到了相当的利益，因为想尝试这种产品的客户更可能成为经常性客户。因此，有好产品的企业为信号（广告）付费是理性的，而且，客户把信号作为有关产品质量的信号内容也是理性的。在教育的案例中，有能力的人会比没有能力的人更容易从学校毕业。因此，有能力的人为信号（教育）付费是理性的，而且，雇主把信号作为个人能力信息的内容也是理性的。

世界充满了发信号的例子。杂志的广告有时包括“在看电视时”这样的短语。为什么在杂志上出售产品的企业选择强调这个事实？一种可能性是，企业力图传递它支付昂贵信号（电视上的时间）的愿望，希望你感到它的产品是高质量的。由于同样的原因，精英学校的毕业生总是很有信心地在他们的简历上加入此类事实。

案例研究

礼物是信号

一个男人正为女朋友的生日送什么礼物而发愁。他自言自语：“我可以给她现金，我根本不知道她的嗜好和她想什么，而她可以用现金买任何她想要的东西。”但是，当他把钱给她的时候，他得罪了她。她觉得他并不是真正爱她，最后两人分手了。

这个故事的背后有什么经济学道理呢?

在某些方面，送礼是一种陌生的习惯。当我们故事中的男人提出，人们通常对自己偏好的了解多于其他人，因此，我们可以预期每个人对现金的偏好都大于实物。如果你的雇主要用商品代替你的工资支票，你很可能会拒绝这种支付手段。但是，当爱你的某个人（你希望的）做同样的事时，你的反应会完全不同。

送礼的一种解释是，礼物反映了不对称信息和发信号。我们故事中的男人拥有女朋友想知道的私人信息：他真的爱她吗？为她选择一件好礼物是他的爱的信号。可以肯定，要挑选一件能成为信号的正确特征的礼物。但其代价是高昂的（需要时间），而且，它的代价取决于私人信息（他多爱她）。如果他是真的爱她，选择一件好礼物就不难，因为他一直在想着她。如果他并不爱她，找到适当的礼物就较为困难。因此，送一件适合于女朋友的礼物是他传递他爱她这种私人信息的一种方法。送现金表明他甚至懒得去试一试。

送礼的发信号理论与另一种观察是一致的：在感情居于问题中最重要的地位时，人们最关心习惯。因此，给女朋友或男朋友送现金是一个坏主意。但是，当大学生收到父母的支票时，他们通常并不难过。父母的爱不容置疑，因此，接受者也许并不把现金礼物理解为缺乏感情的信号。

引起信息披露的筛选

当有信息的一方采取披露自己私人信息的行动时，这种现象称为发信号。当无信息的一方引起有信息的一方披露私人信息时，这种现象称为**筛选**（screening)。

一些筛选是常识。一个买二手车的人会要求这辆车在出售之前经过汽车技师的检验。拒绝这个要求的卖者表明了他的车是次品的私人信息。买者会决定出一个低价或去寻找另一辆车。

筛选的另一个例子较为微妙。例如，考虑一个出售汽车保险的企业。这个企业想向安全的司机收取较低的保险费，而向爱冒险的司机收取较高的保险费。但是，如何才能辨别这两种司机呢？司机知道他们是安全的还是爱冒险的，但爱冒险的司机不会承认这一点。司机的历史是一种信息内容（保险公司实际上在利用它），但由于汽车事故的固有随机性，历史记录是预期未来风险的一种不完全的指标。

保险公司通过提供能使他们自行甄别的不同保险政策来区分两类司机。一种政策是保险费较高，而且补偿所发生的任何一次事故的全部费用。另一种政策是保险费较低，但要扣除若干费用。（这就是说，司机要对事故的第一个 1000 美元负责，而保险公司只补偿剩余的风险）要注意的是，对于爱冒风险的司机，扣除是一种更大的负担，因为他们更可能发生事故。因此，在扣除费用足够大时，含有扣除条款的低保险政策将吸引安全的司机，而没有扣除条款的高保险政策将吸引爱冒险的司机。面对这两种政策，两类司机都会通过选择不同的保险政策而披露自己的私人信息。

不对称信息与公共政策

我们已经考察了两种不对称信息——道德危险和逆向选择。而且，我们也说明了个人如何用发信号和筛选对这个问题做出反应。现在我们考虑研究信息不对称对于公共政策的适当范围的意义。

市场成功和市场失灵之间的拉力是微观经济学的中心。我们在第 7 章中提到，从使社会可以在市场上实现总剩余最大化的意义上说，供求均衡是有效率的。亚当·斯密的看不见的手似乎是至高无上的。这个结论被外部性（第 10 章）、公共物品（第 11 章）、不完全竞争（第 15—17 章）和贫困（第 20 章）的研究弱化了。这些市场失灵的例子表明，政府有时可以改善市场结果。

不对称信息的研究给了我们一个留心市场的新理由。当一些人知道的比另一些人多时，市场也不能使资源得到最好的利用。那些拥有高质量二手车的人在卖车时会由于买者担心买到次品而遇到麻烦。那些很少害病的人会由于保险公司把他们与那些有大病（但隐藏起来了）的人放在一起而在得到低成本医疗保险时遇到麻烦。

尽管不对称信息可以在一些情况下要求政府有所作为，但三个事实使这个问题复杂化了。第一，正如我们已经说明的，私人市场有时可以用发信号和筛选的结合，从而依靠自己解决不对称信息问题。第二，政府也并不比私人各方有更多信息。即使市场的资源配置不是最优的，也是次优的。这就是说，当存在信息不对称时，决策者会发现这很难改善市场承认的不完美结果。第三，政府本身也是一种不完善的制度——我们将在下一部分讨论这个题目。

《科学管理原理》选

[美] 弗雷德里克·泰勒

费雷德里克·泰勒（Frederick Taylor，1856—1915），美国工程师、发明家，科学管理的创始人。他不断在工厂实地进行试验，系统地研究和分析工人的操作方法和动作所花费的时间，逐渐形成其管理体系——科学管理。泰勒被誉为“科学管理之父”，将科学方法系统地引入管理实践中以取代传统的经验管理。泰勒于1856年出生于美国宾夕法尼亚州费城的一个中产阶级家庭，1875年他开始在一家钢铁机械制造厂当学徒，之后进入米德维尔钢铁公司做了一名机械工人，历任车间管理员、技师、工长。1883年，他在新泽西州斯蒂文斯技术学院获得机械工程学位，升任总工程师。1890年，他到一家制造纸板投资公司任总经理，在1893—1898年，从事工厂管理咨询工作并于1898年起，在宾夕法尼亚州伯利恒钢铁公司担任管理顾问。在1901年，开始无偿提供管理咨询服务，并不断进行演讲和撰写管理文章以宣传他的科学管理主张。1906年，任美国机械工程协会主席。1915年在费城去世。泰勒的主要观点包括：科学管理的根本目的是谋求最高工作效率；达到最高工作效率的手段是用科学的管理方法代替旧的经验管理；实施科学管理的核心问题，是要求管理人员和工人双方在精神上和思想上来一个彻底变革。

1911年，泰勒出版了《科学管理原理》一书，集中体现了其管理思想与研究成果，引起了当时美国企业界和管理学界的广泛关注，泰勒所倡导的科学管理制度被称为“泰勒制”，激起了当时人们研究和发展科学管理方法的热情，许多人成了泰勒的追随者并为科学管理理论的完善与发展做出了卓越的贡献。在漫长的管理理论发展史中，这本书被公认为是一个重要的里程碑，它标志着一个全新的管理时代的来临，掀起了一场企业管理的变革，使得西方19世纪末20世纪初的早期工厂管理实践向科学管理迈进了一大步。时至今日，泰勒的《科学管理原理》一直被奉为管理人不可不知的经典。

本文节选自马凤才译的《科学管理原理》（机械工业出版社，2007年）。

科学管理的基础

科学管理坚信：雇主与雇员的真正利益是一致的；除非实现了雇员的财富最大化，否则不可能永久地实现雇主的财富最大化，反之亦然；同时满足工人的高薪酬这一最大需求和雇主的低产品工时成本这一目标是可能的。

总之，财富最大化只能是生产率最大化的结果。

工人和管理者双方最重要的目标是培训和发掘企业中每个人的技能，以便每个人都能尽其天赋之所能，以最快的速度、用最高的劳动生产率从事适合他的等级最高的工作。

在各行各业，即使在那些微不足道的细节上，用科学的方法代替单凭经验行事的方法，也将带来巨大的收益……而这种最好的方法和工具只有通过对所有正在采用的方法和工具进行系统的科学研究和分析，同时结合准确、精密的动作和时间研究才能发现和形成。

管理人员和工人亲密无间的、个人之间的协作，是现代科学或任务管理的精髓。

管理的主要目标应该是使雇主的财富最大化，同时也使每一位雇员的财富最大化。

广义上讲，这里用到的“财富最大化”不仅意味着公司或其所有者能获得更多的利润，还意味着各行各业都达到了最好的经营状况。而且，只有这样才能实现永久的社会财富最大化。

同样的道理，雇员的财富最大化不仅意味着他可比其他同级别的雇员得到更多的薪酬，更为重要的，还意味着每位雇员的劳动生产率达到了最高。因此，一般来说，如果给予他机会，他就能够从事与其天赋和聪明才智相适应的最高级别的工作。

毋庸赘言，雇主的财富最大化及雇员的财富最大化应该是管理的两个首要目标。但毫无疑问的是，在整个工业界，总体上雇主的组织与雇员的组织之间，残酷斗争多于真诚合作，以致雇主和雇员两者的相互关系不可能协调到利益完全一致的地步。这一观点可能为雇主和雇员双方的大多数所认同。

持上述观点的大多数人认为，雇主与雇员的根本利益必然是对立的。恰恰相反，作为科学管理的坚实基础之所在，科学管理则坚信：雇主与雇员的真正利益是一致的；除非实现了雇员的财富最大化，否则不可能永久地实现雇主的财富最大化，反之亦然；同时满足工人的高薪酬这一最大需求和雇主的低产品工时成本这一目标，是可能的。

科学管理原理寄希望于引导：至少是使那些不同意上述科学管理目标的人改变其观点；雇主认识到对其雇员采取更为宽容的政策将更有利，而不是试图通过支付尽可能低的工资获得最大产出；雇员改变在劳动成果归属方面的看法，而不再对雇主获得合理甚至超额利润耿耿于怀，认为其全部劳动果实都应归自己所有，也不再认为他们为之工作并在相应事业上投资的人就不该享有或只应享有很少权利。

……

本文将指出，在现行的所有管理制度下，基本原则过于教条，每个工人必须对其所做工作承担最后责任，这样，工人就会以自认为是最好的方法去行事，管理人员则很少给予帮助和指导。本文还将指出，因为工人单枪匹马，在这种管理制度下，工人很少按照业已存在的科学或工艺原则和规律去行事。

本文是将此作为一般原理来阐述的（在本文的后面给出进一步例证）。但是，作为每个工人每项动作基础的、适用于几乎所有机械工艺的科学，是如此重大、如此深奥，以至于难以对这一科学有深刻的理解。如果没有和他共事或领导他的人的指导和帮助，或者其本人就缺乏教育或智力低下，那么，即使他最适合做这项工作，也不能深刻理解这一道理。为了按照科学规律行事，应该在管理人员和工人之间推行比各种现行管理方式更平等的责任制。发展这一科学的管理人员，也应指导和帮助在科学原则下工作的工人，并对所完成的工作承担比通常条件下更大的责任。

本文将主要阐明，为按照科学规律办事，管理人员必须接手并完成那些本应由管理者来完成的工作。几乎所有工人的操作都应有一个或多个管理人员准备的操作要领做引导，以确保他们可以比现行方法更好、更快地完成任务。每个工人每天都应从其领导那里得到指导和友善的帮助，而不是像过去那样，一个极端是受尽其老板的驱使和压迫，另一个极端是对工人听之任之，不提供任何指导。

管理人员和工人亲密无间的、个人之间的协作，是现代科学或任务管理的精髓。这可由一系列的例证来说明。

通过这种友好的协作，即通过平等地分担每天的责任，所有那些妨碍每个工人和每台机器完成最高产量的巨大障碍（如前所述）将被铲除。比起原有管理制度下的工人所得，工资可以增加30%～100%，加上每天同管理者肩并肩地亲密交往，可以彻底根除“磨洋工”的所有原因。在这一制度下，不用几年，工人们就会在足资教训的实例面前认识到，人均产量的大量增加，只会为工人提供更多的就业机会，而不是导致更多的工人失业。这样就彻底推翻了“工人产量的增加，带来的是其他人的失业”的谬论。

我的观点是，有很多事情不但可行，而且必要。通过著作和报告来教育工人和社会的各个阶层，使他们认识到每个工人和每台机器的产出最大化是多么重要，而这只有通过采取现代科学管理才可实现。本文的多数读者也许会说，所有这些仅仅是理论罢了。恰恰相反，科学管理的理论或思想正在被理解，而管理本身有一个逐步演变的过程，已发展了将近30年的历史。在此期间，各行各业一家接一家公司（雇主和雇员）已经逐步从传统的管理改变为科学管理。迄今为止，在美国至少有5万名雇员在这一制度下工作，他们每天比在其周围、与其具有同样能力的工人多挣了30%～100%的工资，而其所在的公司也比以前赚取了更多的财富。在这些公司里，每个工人和每台机器的平均产出实现了翻番。近些年来，在这种制度下工作的工人不曾有过一次罢工。代表传统管理特征的互相怀疑、提防以及或多或少的公开斗争没有了，取而代之的是管理人员和工人之间的友好协作。

本人已经撰写了若干论文，说明了应采取的临时措施，在科学管理下实行的细节以及从传统管理转变成科学管理的实施步骤。但不幸的是，这些论文的多数读者错误地采取了机械论而没有看到其本质。

科学管理主要包括一些广泛意义上的原则和一些可用于很多方面的理念以及一种使任何人都信得过的观点，也即被认为是应用这些一般原则的最佳途径。当然，绝不可把它和这些原则本身混同起来。

在此声明，绝不存在包治工人和雇主百病的灵丹妙药。只要有人天生懒惰或低能，只要有人天生贪婪和残忍，只要邪恶和犯罪困扰着我们，那么我们就摆脱不了贫穷、苦难和忧愁。没有哪一个由个人或一伙人所控制的管理制度和权宜之计，能保证工人和雇主持久富裕。

富裕依赖于众多因素，它完全超出了任何一个集团、任何一个州，甚至一个国家的控制。因此，在一定时期内，工人和雇主双方的利益或多或少会受到损害。

但可以认为，在科学管理下，将会更富裕、更快乐，不协调和纠纷将更少；而不景气的时期会更少些、更短些，所遭痛苦也更小些。这一点在那些首先用科学管理原理代替单凭经验行事的城镇、地区或州表现得尤为突出。

我深信，这些原理必将为整个文明世界所普遍采用，采用得越早，造福于全体人民就越大。

《人力资本投资》选

［美］西奥多·W·舒尔茨

西奥多·W. 舒尔茨（Theodore Wilhelm Schultz，1902—1998），美国芝加哥学派著名经济学家，人力资本理论研究的开山鼻祖，创立了人力资本经济学，他也是最早研究经济发展理论的先驱之一。1946 年出任芝加哥大学经济学系主任，1960 年发表了震惊西方整个学术界的《人力资本投资》。从到芝加哥大学开始，他就进入了经济研究的中心地带，为他后来获得 1979 年诺贝尔经济学奖奠定了学术基础。

1960 年，舒尔茨在美国经济学联合会上发表的题为《人力资本投资》的演说中，对于人力资本观点做了非常系统的论述，这篇演说震惊了西方整个学术界。这不仅因为，舒尔茨一向给人的印象是一位农业经济学家，而且因为一般人总以为资本是有形的、物质的，至于教育、在职训练、保健、人口流动等方面的投资也可以增加一国资本存量和加速经济发展的观念对于当时的经济学界来说的确是很新鲜的。这次会议以后，人力资本成为经济学中一个非常热门的新兴领域。“人力资本”也成了西方教育经济学的基本概念，人力资本理论成为现代西方经济学的一个主要学派。

人力资本的基本观点可以归纳为以下几个方面：① 有技能的人的资源是一切资源中最为重要的资源；② 人力资本投资的效益大于物力资本投资的效益；③ 教育投资是

人力资本投资的主要部分；④ 人力资本的理论是经济学的重大问题，等等。

本文节选自蒋斌、张蘅译的《人力资本投资》（商务印书馆，1990 年）。

人力资本的范围和内容

什么是人力投资呢？它们能与消费区分开吗？它们真可以确定和测量吗？它们对收入有何贡献？即使它们与砖块和灰浆相比似乎无定形，与公司的投资账目相比难以查明，却的确不是七零八碎的东西；它们更像潘朵拉之盒[①]里装的东西——困难和希望。

人力资源显然既有数量大小，又有质量高低。人员数字、有效工作所占比例以及工作小时数都是基本的数量特征。为了使我的工作大体上过得去，我将忽略这些，只考虑技能、知识以及影响人类从事生产劳动的专门能力的类似属性。由于为增强这些能力而花费的资金同时也增加了人类努力（劳动）的价值生产率，所以它们将产生正值收益率[②]。

我们如何能估价人力投资的多少呢？对于有形资本货物，惯常的做法是根据生产资本货物的支出来估算资本形成的多少。这一惯用法也完全适用于人力资本形成。不过，对于人力资本还有另外一个问题——一个对有形资本货物无关紧要的问题：如何把日常消费开支和资本形成开支区分开。这一区分在概念上和实际上都困难重重。我们能想出三类开支：日常消费开支、耐用消费部分的开支和耐用生产部分的开支。这两种耐用能力表现为投资；一个变成提供消费服务的人力资本，另一个成为增强个人生产能力的人力资本形态。

确定每一部分的工作是很困难的。当人力投资所产生的任何能力变成了人力的一部分从而无法出售时，它仍旧通过影响人力所能挣得的工资和薪金来同市场保持联系。由此产生的报酬增加正是这种投资的结果[③]。

尽管在我们目前的认识阶段准确测度人力投资还存在着不少困难，但是通过考察某些对改善人的能力较为重要的活动，就能得出许多深刻的认识。我将集中在五个主要方面：①卫生保健设施和服务，概括地说，包括影响人的预期寿命、体力和耐力、精力和活力的全部开支；②在职培训，包括由商社组织的旧式学徒制；③正规的初等、

---

① 潘朵拉下凡时宙斯神送给她一个盒子，由于她违禁打开观看，因而一切灾害和罪恶跑到世上，只有希望还留在里面——译者注。

② 尽管如此，我们观察到的收益既可以是负值、零值，也可以是正值，因为我们的观察结果是从一个具有不确定性因素和不完善知识、具有意外收获和损失以及大量错误的世界中得出来的。

③ 原则上，通过对投资所产生的未来附加收入打折扣，便能确定投资的价值，这正如对实物资本货物的收入流打折扣便能确定其价值。

中等和高等教育；④不是由商社组织的成人教育计划，特别是农业方面的校外学习计划；⑤个人和家庭进行迁移以适应不断变化的就业机会。除了教育之外，人们对这些活动的确切情况知之甚少。尽管在农业领域推广服务在传递新信息和发展农民的新技能方面起着重要的作用，但我将避免评论成人学习计划[①]。我也不会进一步详细讨论与经济增长相关的国内迁移。

卫生保健活动既有数量含义又有质量含义。一些经济学家忙于鉴定改善健康状况所起的作用[②]，即提高人力资源的质量的健康措施，例如，额外的食物和较好的住所（特别是在一些不发达国家）。

食物的作用随着人们越来越富裕而发生变化，这阐明了一个已经提到过的概念问题。我曾指出，额外的食物在某些穷国里具有“生产物资”的属性。但是，食物的这种属性随着食物消费量的增加而减少，当达到某个节点后，食物的进一步增加就成了纯消费[③]。这同样适用于服装、住房，或许也适用于医疗服务。

我对在职培训的评述将包括有关这类培训数量的推测，一段关于学徒制衰退的评论，然后是一条有用的经济学原理——这类培训费用将由谁承担。人们并没有因教育的不断发展而放弃在职培训。看来，从前由商社承办的某些培训已经停办了，而另一些培训计划则开始实施，以适应工人教育的增长和对新技能需求的变化。每年向这类培训投资的数额只能是一个推测。哈罗德·F. 克拉克认为它大体上等于正规教育的开支数额[④]。在别的国家，在职培训也被认为是重要的。例如，某些观察家对苏联工厂中进行的这类培训之多有很深的印象。与此同时，学徒制则几乎已销声匿迹，部分原因是它现在的效果不佳，部分原因是学校目前在很多方面起着它的作用。执行学徒契约的困难无疑也加快了它的绝迹。在法律上，它们已经近似于契约劳务了，基本的经济要素和行为十分明显。在学徒工的生产率低于他的生活资料开支和培训开支的最初阶段，他做好了服务的准备。但是以后，当他的生产率开始超过生活资料支出和培训支

---

① 见 T. W. 舒尔茨：《农业与知识的应用》，载于《展望未来》（密执安州巴特尔克里克：W. K. 凯洛格基金会），第 54－78 页。

② 保健经济学正处在发展初期。塞尔玛·J. 穆什金（Selma J. Mushkin）的调查［《关于保健经济学的定义》，载于《公共卫生报告》，美国卫生、教育和福利部（1958 年 9 月），第 785－793 页］是十分有用的，因为它具有适当的经济洞察力。

③ 例如，食物需求的收入弹性甚至在达到额外食物不再有“生产物资”属性的节点之后仍为正值。

④ 根据他 1959 年夏天的评论；也见哈罗德·F. 克拉克（Harold F. Clark）：《在常规高等教育结构以外创办教育事业的潜力》，载于《资助高等教育：1960—1970 年》，由 D. M. 基泽（D. M. Keezer）编辑（纽约：麦格劳—希尔图书公司，1959 年），第 257－273 页。这篇论文完稿以来，雅各布明塞尔（Jacob Mincer）进行了开拓性研究。见其《在职培训：成本、收益及某些含意》，载于《政治经济学杂志》（增刊），第 70 期（1962 年 10 月）第 50－79 页。

出时，如果在法律上不对他做出限制，他将谋求其他工作，而这恰恰是老板期望收回从前投资的时期。

分析在职培训时，加里·S. 贝克尔（Gary S. Becker）区分了一般技能和特殊技能，并观察到大多数（如果不是全部的话）在职培训将产生一般技能。他针对这些一般技能提出了一个原理：在竞争市场中，这种培训的全部费用将由雇员来支付，商社最终不会承担其中任何一项开支。贝克尔指出了几个推断。那种认为商社花在培训上的费用为其他商社提供了外部节约的观念与这一原理不符。该理论还指明了一个有利于从在职培训转向入学的因素。由于在职培训开始时减少了工人的收入，以后又增加了他们的收入，该原理也给出前面所述熟练工人收入—年龄关系曲线的斜率比非熟练工人的斜率更陡的原因。这一切表明，对在职培训进行有意义的经济研究的时机已经成熟了。

幸运的是，我们在教育方面有了较可靠的根据，教育投资的增长速度一直很高，这完全可以独立说明大部分用其他方式无法解释的收入提高。我将仅仅对有关教育的总开支（包括学生放弃的收入）、这些开支同消费者收入以及选择性投资的表面关系、劳动力教育资本量的升高、教育收益，以及教育资本量的增加可能对国民收入和个人所得的贡献等方面的某些初步结果进行一下总结。

教育的日常开支并不难估计，它包括教师、图书管理员和行政人员的劳务费，教育设施的使用和维修费，以及教育设施所包含的资本的利息。然而，估计另一部分总开支（学生放弃的收入）却要困难得多。尽管如此，这部分开支还是应当包括在内，而不能忽略不计。例如，在美国，半数以上的高等教育经费是由学生放弃的收入组成的。早在1900年，这部分被放弃的收入就占初等、中等和高等教育总开支的1/4左右。到1956年，它相当于全部开支的2/5。被放弃的收入的重要性不断增加一直是教育实际总开支明显上升的一个重要因素，用时价计算，被放弃的收入从1900年的4亿美元增加到1956年的287亿美元。教育开支增长百分比为消费者收入提高百分比的三倍半左右，假如把教育看作是纯消费，那么这意味着教育需求的高收入弹性。教育开支的增长与按美元计算的实物资本形成总量的增长相比，也高三倍半左右。假如我们把教育看作是纯投资，这一结果则表明教育收益比非人力资本收益率更有吸引力。

在大多数经济分析中，有些受过多年学校教育的人（当然，特别是妇女）没有被看成是收入的获得者。因此，为了分析学校教育的发展对报酬的影响，必须把人口中的教育资本量和劳动力的资本总额区分开来。由于在校学生的入学天数已经显著增加，又由于工人受到的教育大多数是中学和比以前更高的教育，因而把完成的学年数作为一种计量单位已远远不能令人满意。我的初步估计表明，劳动力的教育资本量在1900—1956年间上升了近8.5倍，而再生产性资本量却只升高了4.5倍（两者均为1956年时价）。当然，这些估计有许多限制条件。但不管怎么说，这种人力资本的增长幅度之大和速度之快，使得它们很可能成为解开经济增长之谜的关键所在。

目前进行的有关教育收益的研究十分令人振奋。尽管中学和大学毕业生潮水般地涌来，收益问题却没有变得无足轻重。即使按下限估计，也可证明这类教育收益与非人力资本的收益一直相差无几。把政府和私人用在教育上的全部费用以及学生上学期间放弃的收入看作是成本，把所有这些成本看作是投资而不划在消费支出之中，正是这些估测要说明的大部分问题。不过，在教育产生某种消费资本的意义上，这些开支中有一部分无疑是消费，这种消费资本具有改善学生今后生活的消费口味和消费质量的属性。假如某人把这种教育总开支的很大一部分（或者说一半）划入消费，这当然会使其之后变成教育投资部分从而提高人的生产能力的所观察到的收益率翻一番。

幸运的是，当我们着手研究教育对个人所得和国民收入的贡献的时候，如何在消费和投资之间划分劳动力的教育开支的问题并没有给我们造成麻烦，因为分配方面的变化仅改变了收益率，而没有改变总收益。我一开始就指出，在近几十年里美国国民收入未得到解释的增长一直特别大。这一未得到解释的收入增加到底有多少是劳动力受教育的收益率呢？后面我将回答这个问题。

……

《动机与人格》选

［美］亚伯拉罕·马斯洛

亚伯拉罕·马斯洛（Abraham Maslow，1908—1970），美国社会心理学家、人格理论家和比较心理学家。他是人本主义心理学的主要发起者和理论支持人。1951 年，马斯洛被聘为布兰代斯大学心理学教授兼系主任。1967—1970 年曾任美国心理学学会主席。马斯洛并不是第一个表述人本心理学思想的心理学家，但由于他对于传统心理学的批评具有相当的深度，其著作使人本心理学的观点得以更加丰富和清晰，故他具有“人本心理学之父”之称。

马斯洛的著作比较丰富，如《变态心理学原理》《动机与人格》《发展中的心理学》《科学心理学》《人性研究之父》，其中《动机与人格》是他的奠基作。在这部著作里，他的一些主要思想都已成形，包括影响极大的需要层次论和自我实现论。此书被公认为 20 世纪 50 年代心理学领域最重要的一部著作。

关于马斯洛的著作，西方一直有较大争论，我国也开始了初步讨论，但至少有一点是无可争辩的，即它具有极大的启发性。它的思想火花超出了心理学领域，在管理学、经济学、教育学、社会学、哲学、美学等多种学科中激起了再创造。马斯洛的《动机与人格》不仅具有较高的学术价值，可供各学科和领域的研究者参考，对于一般读者，在个人修养、心理健康以及如何发挥自己的潜力上也有参考价值。

这里节选了《动机与人格》第四章即“人类动机理论”的部分内容，讲述了人类在获得了相应的基本生理需要、安全需要、归属和爱的需要以及自尊需要之外，还具有自我实现的需要。

本文节选自许金声等译的《动机与人格》(华夏出版社，1987 年)。

第四章　人类动机理论

导　言

这一章试图系统地阐述一个积极的动机理论。它将满足前一章列举的理论要求，同时又符合已知的、临床的、观察的以及经验的事实。但它最主要是由临床经验直接导出的。我想，这个理论符合詹姆士和杜威的机能主义传统，并且与韦特海默、戈尔德斯坦和格式塔心理学的整体论，以及弗洛伊德和阿德勒的精神动力论相融合。这种融合或综合可以称为整体动力理论。

基本需要——生理需要

通常作为动机理论基点的需要是所谓的生理驱力。最近的两项研究使我们有必要修正我们对这些需要的看法。这两项研究是：①体内平衡概念的发展；②发现口味（在食物中进行的优先选择）相当有效地指明了体内实际的需要或者匮乏。

体内平衡指的是身体维持血流的经常的正常状态的一种无意识的努力。坎农描述了这一过程。其内容有：血液的水含量、盐含量、糖含量、蛋白质含量、脂肪含量、钙含量、氧含量，恒定的氢离子标准（酸碱平衡），血液的常温。很明显，其内容还可以包括其他无机物以及荷尔蒙、维生素，等等。

杨对口味与身体需要之间的关系的研究做了如下概括：如果身体缺乏某种化学物质，人就会趋向于（以一种不完善的方式）发展那种缺少的食物成分的专门口味或癖好。

……

安全需要

如果生理需要相对充分地得到了满足，接着就会出现一整套新的需要，我们可以把它们大致归为安全需要类（安全、稳定、依赖，免受恐吓、焦燥和混乱的折磨，对体制、秩序、法律、界限的需要；对于保护者实力的要求，等等）。上面谈到的生理需要的所有特点同样适合这些欲望，不过程度稍弱。它们同样可能完全控制机体，几乎可能成为行为的唯一的组织者，调动机体的全部能力来为其服务。因此我们可以将整个机体描述为一个寻求安全的机制、感受器、效应器、智力以及其他能力则主要是寻求安全的工具。正如在饥饿者那里表现的一样。这个压倒一切的目标不仅对于他目前的世界观和人生观，而且对于他未来的人生观都是强有力的决定因素。几乎一切都不如安全重要（甚至有时包括生理需要，它们由于被满足、现在不受重视了）。假如这种状态表现得足够严重，持续得足够长久，那么，处于这种状态中的人可以被描述为仅仅为了安全而活着。

……

归属和爱的需要

假如生理需要和安全需要都很好地得到了满足，爱、感情和归属的需要就会产生，并且以新的中心，重复着已描述过的整个环节。现在，个人空前强烈地感到缺乏朋友，心爱的人、妻子或孩子。也就是说，他一般渴望同人们有一种充满深情的关系，渴望在他的团体和家庭中有一个位置，他将为达到这个目标而做出努力。他将希望获得一个位置，胜过希望获得世界上的任何其他东西，他甚至可以忘掉，当他感到饥饿的时候，他就把爱看得不现实、不必需和不重要了。此时，他强烈地感到孤独，感到在遭受抛弃，遭受拒绝、举目无亲、浪迹人间的痛苦。

……

我们必须强调的是，爱和性并不是同义的。性可以作为一种纯粹的生理需要来研究。一般的性行为是由多方面决定的，也就是不仅由性的需要，也由其他需要决定，其中主要是爱和感情的需要。爱的需要既包括给予别人的爱，也包括接受别人的爱。

自尊需要

除了少数病态的人之外，社会上所有的人都有一种对于他们的稳定的、牢固不变的、通常较高的评价的需要或欲望，有一种对于自尊、自重和来自他人的尊重的需要或欲望。这种需要可以分为两类：第一，对于实力、成就、适当、优势、胜任、面对世界时的自信、独立和自由等欲望；[①] 第二，对于名誉或威信（来自他人对自己尊敬或尊重）的欲塑。对于地位、声望、荣誉、支配、公认、注意、重要性、高贵或赞赏等的欲望，这些需要比较被阿德勒（Alfred Adler）及其拥护者们所强调，并且比较被弗洛伊德所忽视。然而，今天在精神分析学家和临床心理学家之中，对于它们的突出的重要性产生了越来越广泛的注意。

自尊需要的满足导致一种自信的感情，使人觉得自己在这个世界上有价值、有力量、有能力、有位置、有用处和必不可少。然而这些需要一旦受挫，就会产生自卑、弱小以及无能的感觉。这些感觉又会使人丧失基本的信心，使人要求补偿或者产生神

---

① 我们还不知道这一特殊的愿望是否带有普遍性。关键的问题在于，特别是对于今天来说，那些命中注定要被奴役和统治的人会感到不满并萌发反抗意识吗？根据众所周知的临床数据我们可以认为一个已知真正自由为何物的人（这种自由不是以放弃安全感为代价得来的，而是建立在充分的安全感之上的）是决不会自愿或轻易地允许他的自由被夺走的。但我们并不十分确切地知道，对于那些生而为奴的人，情况是否也相同。

经病倾向。从对严重的创伤性的神经病的研究我们很容易明白基本自信的必要性，并且理解到，没有这种自信，人们会感到何等无依无靠。

……

自我实现需要

即使所有这些需要都得到了满足，我们可以经常（假如并非总是）预料新的不满足和不安又将迅速地发展起来，除非个人正在独特地干着他所适合干的事情。一位作曲家必须作曲，一位画家必须绘画，一位诗人必须写诗，否则他始终都无法安静。一个人能够成为什么，他就必须成为什么，他必忠实于他自己的本性。这一需要我们就可以称为自我实现（self-actualization）的需要。关于自我实现的更充分的描述请看第11章。

“自我实现”这一术语是戈尔德斯坦首创的，本书在一种更加特殊和有限的意义上予以采用。它可以归入人对于自我发挥和完成（self-fulfillment）的欲望，也就是一种使它的潜力得以实现的倾向。这种倾向可以说成是一个人越来越成为独特的那个人，成为他所能够成为的一切。

满足这一需要所采取的方式在人与人之间是大不相同的。有的人可能想由此成为一位理想的母亲，有的人可能想在体育上大显身手，还有的人可能想表现在绘画或创造发明上。[①] 在这一层次上，个人间的差异是最大的。

自我实现需要的明显的出现，通常要依赖于前面所说的生理、安全、爱和自尊需要的满足。

《管理的实践》选

[美] 彼得·德鲁克

彼得·德鲁克（Peter F. Drucker，1909—2005），1909年生于维也纳，1937年移居美国，终身以教书、著书和咨询为业，是当代国际上最著名的管理学家，被称为“大师中的大师”“现代管理之父”。在美国，他曾担任由美国银行和保险公司组成的财团的经济学者，美国通用汽车公司、克莱斯勒公司、IBM公司等大企业的管理顾问。为纪念其在管理领域的杰出贡献，克莱蒙特大学的管理研究生院以他的名字命名——

① 显而易见，创造性行为，例如绘画，与其他任何行为一样是有着多种决定因素的。在具有天赋创造性的人们身上可以看到他们满意与否、幸福与否，是饥饿还是满足。而且创造性活动显然是有报偿的，有改善作用的，或者是有纯经济效益的。我的印象是（当然是通过非正式的实验），通过仔细观察，完全可以区分基本满足的人们的艺术与智慧的成果和基本不满足的人们的艺术与智慧的成果。无论如何，这里我们还必须以一种积极的方式将外显行为与它的形形色色的动机或目的区分开来。

彼得·德鲁克管理研究生院。他著述颇丰，包括《管理的实践》《卓有成效的管理者》《管理：使命、责任、实务》《旁观者》等几十部著作，已传播到全世界130多个国家。其中《管理的实践》一书奠定了他作为管理学科开创者的地位，而《卓有成效的管理者》已成为全球管理者必读的经典。2002年6月，美国前总统布什宣布彼得·德鲁克成为当“总统自由勋章”的获得者，这是美国公民所能获得的最高荣誉。

《管理的实践》是德鲁克在1954年写成的一本具有经典意义的管理学著作。该书提供了观念、原则和工具，是一套极具系统化的管理知识。从管理的本质切入——就管理者的角色、职务、功能的认知及其未来面临的挑战，有着精辟独到的见解，掀开了管理的奥秘与实务。本书以“管理企业、管理管理者、管理员工和工作”三项管理的任务，贯穿整本书的主轴和精髓，并以八个关键成果领域、三个经典的问句以及组织的精神丰富其内涵。

本文节选自齐若兰译的《管理的实践》（机械工业出版社，2006年1月）。

管理层的职责

首要职能：经济绩效

在制定任何决策、采取任何行动时，管理层必须把经济绩效放在首位。管理层只能以所创造的经济成果来证明自己存在的价值和权威。企业活动可能会产生大量的非经济性成果：为员工带来幸福、为社区的福利和文化有所贡献等。但是，如果未能创造经济成果，就是管理的失败。如果管理层不能以顾客愿意支付的价格提供顾客需要的产品和服务，就是管理的失败。如果管理层未能令交付于它的经济资源有所提高或至少保持其创造财富的能力，也是管理的失败。

就这个层面而言，企业管理是独一无二的。军方的总参谋部可能会很合理地自问，其基本军事决策是否符合国家的经济结构和利益，但是如果军事考虑从一开始就以经济需求为优先，那么总参谋部就是严重的失职。在军事决策中，决策所造成的经济影响通常都是次要考虑，只是限制性的因素，而不是军事决策的出发点或根本理由。身为军事组织的特殊机构，总参谋部必须把军事安全放在第一位，否则就是对其职责的背叛，是一种危险的渎职行为。同样，尽管企业管理层必须考虑企业决策对于社会所造成的影响，但同时也需要把经济绩效放在首位。

因此，管理层的第一个定义是：管理层是经济器官，是工业社会所独有的经济器官。管理层的每一个行动、每一项决策和每一个考虑，都必须以经济作为首要尺度。

管理的首要职能是管理企业

这一说法看似明显，却不能推出明显的或被普遍接受的结论。它既意味着对管理

层和管理者活动范围的严格限制，也意味着对创造性活动的重要职责。

……

……管理者不仅是经济动物，同时也是开创者。只有当管理者能以有意识、有方向的行动主宰经济环境、改变经济环境时，才能算是真正的管理。因此企业管理也就是目标管理，这将是贯穿本书的基本原则。

管理管理者

要取得经济绩效，就必须有一家企业。因此，管理的第二种职能是利用人力和物质资源造就一家能创造经济价值的企业。具体地讲，这就是管理管理者的职能。

根据定义，企业必须能够生产出比这家企业所拥有的资源更多更好的物质产品。它必须是一个真正的整体；大于或者至少不等于它的所有部分的总和，它的产出大于所有投入的总和。

因而，企业绝不能成为一个机械的资源汇集体。利用资源组成一家企业，若仅仅将资源按逻辑顺序汇集在一起，然后打开资本的开关，如19世纪经济学家所笃信的那样（也如许多学究式经济学家的后继者们所仍然相信的那样），是不够的，它需要资源的嬗变。而这种变化是不可能来自于诸如资本之类无生命的资源的。它需要管理。

……

因此，管理“管理者”也就是运用资源来打造企业，使资源能充分发挥生产力。而管理是如此复杂而多面，即使在很小的企业中，如何管理“管理者”都是非常重要而复杂的任务。

管理员工和工作

管理的最后一项职能是管理员工和工作。工作必须有效执行，而工作必须由员工来完成——从纯粹的非技术性员工到艺术家、从推车的工人到执行副总裁都是企业员工。这意味着要对工作进行组织，使之成为最适合人类的工作；对员工进行组织，使得员工最有效地进行工作。这也意味着应该将人视为资源——也就是说，人具备独特的生理特质、能力和限制，因此应该像处理其他资源（如铜）一样，给予同等的关注。但同时也应该将人当成不同于其他资源的资源，每位员工都有自己的个性和公民权，能够掌控自己是否要工作以及做多做少和绩效好坏，因此需要激励、参与、满足、刺激、奖励、领导、地位和功能。只有通过管理才能满足这些要求。因为员工只有通过工作和职务，并身属企业才能得到满足，而管理层则是给企业注入生命的重要器官。

……

管理的综合性

管理的三项职能——管理企业、管理管理者以及管理员工和工作，都能够分别加以分析、研究和评估，并区分目前与未来的状况，但是在日常的管理工作中，则无法清楚区分三者，也无法把今天的决策和关乎未来的决策完全分开。任何管理决策都会影响到管理的三项职能，而且必须将三者同时纳入考虑。而影响未来的关键决策往往都是针对现况的决策，例如针对目前的研究经费、申诉处理、人员升迁和解雇、维修标准或顾客服务所做的决策。

我们甚至不能说其中任何一项任务比其他任务更重要，或需要更高超的技术或能力。没错，企业绩效是第一位的，这是企业的主要目标和存在的目的。但是，无论管理层多么懂得经营企业，如果企业不能健全运作，也就没有企业绩效可言。如果对员工或工作管理不善，情况也同样如此。未对管理者进行有效管理而取得的经济成效是虚构的，并且实际上是在浪费资本，未对员工和工作进行有效管理而取得的经济成效同样也是一种假象。它不仅会使成本增长到使企业失去竞争力的程度，它也将通过制造阶级仇恨和阶级纷争，使企业根本无法运作而使经济成效荡然无存。

管理企业在三项职能中居于首位，因为企业是经济机构，但是管理管理者及管理员工和工作也同样重要，因为我们的社会不是经济机构，所以它对管理的这两个领域极为关注。社会的基本信念和目的都要求在这两个领域内得以实现。

在本书中，我们始终把现在与未来综合在一起。但是，我们将分别讨论管理层的三项主要职能：管理企业、管理管理者以及管理员工和工作。然而，我们必须牢记，在实际操作中，管理者总是在每一项活动中履行着这三项职能。我们必须牢记，在同一时间内履行的是三项而不是一项职能，由同样的人履行并由同样的人完成这些职能，执行同样的决定并推行同样的决策，实际上是管理者独特的状况。因此，在回答“什么是管理层”“管理层在做什么”这些问题时，我们只能说管理层是一种有着多重目的的机构，它既管理企业，又管理管理者，也管理员工和工作。如果这其中缺掉任何一项，就不再有管理可言——也不会有企业或工业社会了。

《Z 理论》选

[美] 威廉·大内

威廉·大内（William G. Ouchi，1943— ）是一位日裔美国管理学家，美国斯坦福大学的企业管理硕士，在芝加哥大学获企业管理博士学位，是美国加利福尼亚州立大学的管理学教授。他在管理学上的贡献是提出了著名的“Z 理论”。威廉·大内从 1973 年开始专门研究日本企业管理，经过调查比较日美两国企业的经验，提出 Z 理论。大内根据研究结果认为，日本的经营效率一般都较美国高。他因此提出，美国的企业应该结合本国的特点，向日本企业管理方式学习，形成自己的管理方式。他这种管理方式归结为“Z 型管理方式”，并对这些方式进行了理论上的概括，提出了“Z 理论”这种组织发展理论，大内成为“Z 理论”的创造者。

《Z理论》全名为《Z理论——美国企业界怎么迎接日本的挑战》，1981年出版后立即得到各国管理界和管理学者的注意，引起了广泛的重视，成为畅销书之一，并成为20世纪80年代研究管理问题的名著之一。其研究的内容为人与企业、人与工作的关系，企业文化理论也是这种研究的一项重大成果。该书内容分为两个部分：第一部分，向日本学习；第二部分，使Z理论起作用。在这本书里，大内提出“日本企业成功的关键因素是它们独特的企业文化”。这一观点引起了管理学界的广泛重视，吸引了更多的人从事企业文化的研究。

本文节选自孙耀君、王祖融译校的《Z理论》（中国社会科学出版社，1984年3月）。

日本企业和美国企业的对比

模式是现实的抽象。它试图梗概地展示事物中重要的和区别性的特点，以便使我们能够迅速理解其特性。上述两章展示了日本组织机构的模式并叙述了该类型的独特之处。这种方法虽然使我们能够描述一个复杂现象，但它也有过分简化的缺点。真正的日本组织机构在不同程度上显示了上述特点，但没有一个机构会以纯粹的形式包含上述的每一个特点。实际上，日本大企业所有的经理都企图尽力使企业具备这些基本特点。

我描述日本组织模式的目的，是把它作为陪衬以便进行比较，并能更好地理解美国模式。因而，最后我们从现实中提出两个抽象，每个抽象都描述某些基本倾向。这些倾向抓住组织形式中不常为人所认识的本质。这样做的时候，我们发现美国模式在每个重要方面恰恰是日本模式的对立面。

对比：

日本机构	美国机构
终身雇佣制	短期雇佣制
缓慢的评价和升级	迅速的评价和升级
非专业化的经历道路	专业化的经历道路
含蓄的控制	明确的控制
集体的决策过程	个人的决策过程
集体负责	个人负责
整体关系	局部关系

不仅是美国模式的部件，而且包括由部件组成工作制度的方式都需要考虑。美国企业雇佣制的特点是短期。在从事体力劳动和办公室工作的职工中，公司经常出现

50%的年度职工补缺率，在某些年度甚至高达90%。一个企业可能花费15天来训练新雇员，但他们大概干了两至六个月就辞职了。即便是经理级人员，每年25%的补缺率也并非罕见，以致负责协调企业全面工作的副总经理们也经常更动。密执安大学的罗伯特·科尔（Robert Cole）教授的研究表明，美国公司人员的补缺率为日本公司的四至八倍，而辞职和解雇在日本大企业内事实上几乎没有。

雇员的迅速流动迫使公司采取迅速评价和升级的办法。经常更换经理使一些尚未适应该企业微妙性的新人担任了有影响的职位。这种迅速评价与升级的过程在经理中经常产生歇斯底里的态度：他们觉得，如果三年内没有得到重大升迁就意味着失败。近年来，从研究院毕业的大批企业管理硕士涌进工业界加剧了这种歇斯底里。1980年，大约有45 000名新毕业的企业管理硕士进入美国工业界，而20年前仅有4 000名。商学研究院也助长了他们这种歇斯底里的态度，因为研究院认为，经他们培养和训练的每一位商业硕士都具有优越的能力，会很快地升到美国工业界的上层。这些硕士如果不能得到迅速升迁，就感到非常不耐烦而想换到别的公司去。美国一些著名的大学商学研究院所做的调查表明，在他们学校毕业的企业管理硕士，在毕业以后头十年内平均换过三个公司。

这种人员的迅速流动产生了有趣的怪现象。年轻有抱负的经理要求迅速擢升到掌权的位置——一个能对决策或大事有影响的位置。如果某家公司在彻底了解雇员的技能和能力之后不能给予迅速评价和升迁，那么这些人就会变得不耐烦。他们会经常寻求一家以步伐真正迅速、能够迅速识别才能、不受年龄或工作年限的限制即给予提升而著称的公司。但他们不久就发现爱因斯坦早已知道的真理——运动是相对的。虽然这位年轻人现在每年得到一次擢升，但别人也是如此。因而停滞不前而不是向前迈进（即比别人快一些）的感觉又回来了。可是，在这种局面下，还有进一步的失望。如一位经理已经爬到公司较高职位并指望对大事和决策施加影响时，却发现这是不可能的。在一家人员迅速升迁和流动的公司里，人们学会了不依靠或不与别人协商地进行工作。没有人会知道或关心别人的问题，也没有人会在一家公司任职较久，从而也不会和其他人对某事负起连续性的合作责任。人与人、部门与部门之间都是互不通气的，每个人都盯着自己能够独立做的那些事情。在那样的环境里，对决策和大事要施加广泛影响是不可能的。这使这位经理感到灰心丧气。因此，一些人又转到另一个有盼头的环境里。这种事情当然不会有愉快的结局。

有一家美国公司对于这个问题创造了独特而成功的处理方法。芝加哥的宝石茶叶公司是一家经营杂货药品和其他零售业务的大公司。我有一个学生，是个年轻的妇女，在她获得企业管理硕士学位之后去到这家公司工作。六个月之后她回校访问时为我讲了一个故事。

"圣诞节期间，在芝加哥区的我的全班同学有一次小型聚会，大家互相比较每人的

第一个职务。每个人都吹嘘自己的工作是多么重要和复杂。有一位男生说他正在为一家拥有数十亿资本的公司设计世界范围的计算机网络；另一位同学叙述他每天买卖数千万美元的债券。轮到我的时候，大家都问我在宝石茶叶公司干什么。我感到有点窘，我告诉他们，我在芝加哥的奥斯扣药店储藏室工作四个月之后，刚刚被提升为毛茸茸的填制动物玩具部的副主任，我负责一个货架的玩具，这个货架有五英尺高，六英尺长。”公司为她指定一位“监护人”，他是本公司的一位高级负责人，关心她各方面的情况，并告诉她虽然她从基层开始学习业务，可是最高层领导对她是很赞赏的。

美国企业对人员流动的典型反应是迅速评价和升级。再者，典型的经历道路是高度的专业化。在操作工人这一级，人员补缺率为50%的公司每年必须重新训练一半的劳动力。为了完成这个任务，工序必须分得很细，以便使每一道工序简单得能在数天内学会。当然，这些简单的工序使人非常厌烦，以致工人一有机会就会辞去，另择职业。于是，这个周期又重新开始。

对于从事技术和管理的人，专业化程度甚至更高。经理们与别人互不了解，只能依靠别人的专业化知识。也就是说，依靠别人对问题给予标准方式的处理。人们期待持有硕士或更高学位的电机工程师以与其前任基本相似的方式处理问题。经理们知道这一点就可以放手做他的计划，计划内需要电机工程师提供材料时，他不用顾虑工程师会做出不合标准和不协调的反应。作为电机工程师，他的目标是达到高度专业化，并在专业方面作到全国闻名。他不能依靠他目前的雇主来解决终身就业问题。为了保持在其他公司就业的可能性，他必须维持高水平的专业技能，以便能适应任何公司的需要。只能满足一家公司需要的人最终将冒着被解雇的风险，美国企业在总的方面通过专业的配合，协调了许多高度专业化人员的成就。因而，几乎没有什么雇员能够单独完成或致力于结合和协调的工作。

因此，我们面对一组具有广泛不同才干、技能和目标的人员，而这些人员同在一个企业彼此却是“陌生人”。由生产部门升上来的经理不懂得人事或会计工作的细微、巧妙之处，所以，除了一个外行的身份之外，他既不能指挥也不能评价人事或会计人员。仓库经理不懂得计算机程序编制员的工作性质，因此只能与他们进行疏远的和形式上的协调。任何事情都不能听凭默契和想象力去决定，因为涉及的双方很可能持有不同见解。因而，控制方法变成了明确的和形式的，从而失去协作生活中的一切微妙性和复杂性。

我曾有机会在一家生产和销售电子产品的美国公司工作。这些产品都是“独立件”，在某种意义上可以说每件单独装在一个盒内，不需要其他附件，而且是典型地由一个推销员独自推销。这家公司多年来一直很成功，并对其推销员的个人进取心和创业精神颇为自豪。随着时间的转移，业务的性质发展为系统产品。现在，顾客的特点是不要“独立件”产品，却要买可以装配成为工作整体的系统产品。由于在技术上部件之间的区别很大，以致没有一个人能够理解整个系统的所有部件，所以各个产品部的推销员不得不协同工作来完成销售业务。因而，要求推销员团结起来向顾客提出完整统一的系统就成为非常重要的事情了。不幸的是，该公司的控制制度仍然是那种鼓励推销员单独工作的制度。由于推销员和经理的补缺率较高，经理们无法使用敏锐观察的方法来评价推销员的长期表现，而只能着重根据显然可见的销售额来决定给他们加薪和分红的金额。经销部经理由于本身对于产品系统的各个方面以及对其他推销员都不熟悉，所以不愿依据主观尺度来衡量推销员的贡献，而是着重根据每个人销售额的大小。推销员知道经理对他们的评价完全以售出的产品件数为依据，就不关心把自己的心得告诉其他推销员也不与他们配合。他们充分理解，这样的行为最终会造成自我毁灭，但是这种使人陷入罗网的控制制度不允许他们共同合作。这家公司在新的业务中搞得很乱，并蒙受巨大损失。

同样，在美国形式的组织机构中，一切特点相互缠结并相辅相成。许多局部构成一个体系，它与首先由社会学家马克斯·韦伯（Max Weber）描述为官僚主义机构的形式非常相似。[①] 官僚主义这个词现在已经变得带有贬义，但它原来是用来描述一个具有惊人效率的机构体制。为什么现代学者几乎普遍地把官僚主义形式认为是低效率的，而与官僚主义打交道的人也都把它看成是僵硬的、感觉迟钝的和低效率的呢？

答案也许和组织机构的社会环境有关。韦伯于75年前生活并工作于欧洲中部，那时该地叫做普鲁士。在当时那种环境里，公司和政府机构的雇用人员极少有超过数百的。城市里一般也只有数千居民。一个家庭里的许多成员可能在一个企业或一个局里一起工作。亲戚、友谊、宗教和同事关系把他们联结在一起。韦伯确实观察到局、署里低效率的主要根源来自裙带关系和偏袒。社会纽带是如此之多而密切，以致“理智的”或不受人情影响的决策是罕见的。在这种环境下，韦伯提出理想形式的组织是把人分开，迫使他们在技术上专业化，并正式接受指挥和评价，以便彼此打交道时保持客观态度。对于韦伯而言，组织机构需要反对不合理的社会关系的势力，并在技能和效率的基础上，而不是在政治或友谊的基础上使有效的工作得到相应的公正对待。

自韦伯的时代以来，西方特别是美国的组织机构，保持了官僚主义形式的特点。

---

① 关于韦伯观点的最近以及完整的译文请阅读马克斯·韦伯的《经济和社会》（*Economy and Society*），G. 罗思与C. 威蒂克合编，贝德明斯特出版公司，1968年版。关于把韦伯观点应用于美国机构的解释，请阅彼得·M. 布劳和W. 理查德·斯克特合著的《正式组织》（*Formal Organization*），斯克特·福尔斯曼出版公司，1962年版。

但是，社会环境已经变了。现在已经不存在密切结合的社会（在那种社会里，人们是如此密切以致彼此之间难以客观对待），我们现在的官僚主义则处于下述环境，即人们彼此之间既不熟悉也不关心。我们未能做到在密切的社会关系与客观性之间搞好平衡，而现在却有一个客观的然而是自动化的社会以及工作机构，力量的平衡已为一种不对称的推力所取代，而这种推力是以正规性、自动化和个人主义为方向的。一个组织如果要做到经济上有效益，职工们情绪又满意，必须在以亲密无间为一方和以客观性及明确性为另一方之间保持着微妙的平衡。

组织逐渐形成的主要因素必然是该组织所处的社会和历史环境。这些环境也是造成日本和美国组织间另一重大区别的原因，即它们迥然不同的根源。

不同的传统

“新干线”（高速列车）风驰电掣地开过日本的农村。我们可以看到被一片片稻田环绕的农舍。这种格局不是偶然形成的，而是由于种植水稻特需的技术所形成的结果。稻米是日本人的主食。种植水稻需要建立并保持一个灌溉系统，这需要大量的劳动力。更为重要的是：插秧和收割必须有二十多人共同合作才能顺利进行。所以，一户单干所得的收获不能自给，而十多户共同协作则可有余。因此，日本人为了生存，也不得不同心协力地一起工作。

日本是一个完全建筑在海洋下巨大火山的上端的国家，适于农业的耕地很少，可供耕种的每寸山坡都被改成梯田。紧密地盖在一起的小房子可以进一步节省土地。日本经常遭受地震和台风那样的天灾。因此他们一贯使用轻型建筑材料，以便在房屋由于受灾而倒坍时不会压死人，还可以迅速地、花费不多地重建起来。由封建时代一直到 1668 年的明治维新，每个封建主都试图制止其臣民迁往他地，以防邻近的封建主能够聚集较多的农民，多生产粮食，雇用一支军队对自己造成威胁。显而易见，在 19 世纪末叶之前，桥梁是不会轻易建造的，因为桥梁会促进农民的流动性。

以上因素所显示的这种特殊的生活方式展示了这样一个国家：它的人民属于同一民族，具有同一历史、语言、宗教和文化，多少世纪多少代以来他们就和老邻居住在一个小村里。由于毗邻而居，而且房舍狭隘，一家的私事无法保密，日本人便只能依靠同心协力而生存下来。在这种环境下所形成的最核心的社会价值（没有这样的价值，社会就不能延续下去）就是个人并不重要。

对于西方人来说，这是令人寒栗的社会写照。让个人爱好从属于团体的和谐并知道个人需要从来不能置于全体利益之上，这些都是西方人所厌恶的。但是西方哲学家和社会学家有一句常常提到的话：只有人们自愿地把他们的自我利益服从于社会利益，个人的自由才能存在，完全由自私自利的人组成的社会是大家互相斗争、没有自由的社会。这个问题经常是试图理解社会的中心问题。这在每个世纪都是一个重要论题，不管这作家是柏拉图还是霍布斯（Hobbes）或 B. F. 斯金纳（B. F. Skinner），这个问题都依然存在——理解哪些现代组织处于自动作用和极权主义的冲突中心。在以往的某些时期里，亲属团体（即社会的中心制度）在对抗的力量之间进行调停，以保持实现自由的平衡；在其他时期里，教会或政府是最关键的；而在我们这一时代则把工作组织作为中心制度。

为了完成对日本和美国生活环境的比较，让我们考虑在美国上空飞行一次吧。在堪萨斯州的上空由飞机窗口往下俯瞰，我们看到一所单独的农舍被田地包围的格局，继之以另一所单独农舍被田地包围。19 世纪早期，堪萨斯州没有汽车。最近的邻居也许远在 2 英里外；冬季冗长，积雪颇深。核心的社会价值无疑地必然是自力更生。这些就是孩子们也不得不学会珍视的该时该地的现实。

工业革命的关键是发现以非人力能源代替人力能源，能够超越人们最大的梦想而增加国家的财富。但这里有个难题。为了使非人力能源这个巨大的财富成为现实，需要一个复杂的工厂，把成百甚至成千的工人集中在工厂里。再者，几个工厂建在一个中心地点使得产生能源的效率更高。西方世界几乎在一夜之间就由农村和农业的国家变成城市的和工业的国家。我们的技术进展似乎不再能够适应我们的社会结构，在某种意义上，日本人却能较好地应付现代工业主义；我们仍然忙于保护我们相当极端的个人主义；而日本人却抑止他们的个人主义并强调合作。

事实上，现代工业生产和工业生活对合作比对我们所惯行的那种个人主义具有更好的适应性。但放弃个人主义并非解决问题的办法。解决的办法是必须使人们对工作组织与社会存在着的密切的联系具有更透彻的理解。新的组织设计反映了这个观点。在研究组织的社会科学工作者中，目前广泛流行着组织的生态观点。这种从生物模式借来的生态观点启发人们去思考组织的内部形式，就像对一朵玫瑰花或一只象的内部那样，只不过是对于特殊生态环境的一种适应性的反应①。这种论点使人联想到日本形式（J 型）代表一个对“同质性”、稳定性和集体主义状况相适应的模式——个人行为紧密配合的形式。对比之下，美国形式（A 型）则代表一个对“异质性”、流动性和个人主义的天然适应模式——人们淡漠地联系着，极少有密切的关系。

严格使用生态模式，意味着在一个物种里而不是在单一的生物体内的缓慢变化。例如，一只象生下来以后，即便需要五条腿，也不能生出第五条腿。这个物种或是适应环境而生存下来，或是不能适应环境而绝种。适应过程有利于那些能够为适应环境而改变的生物体。生存者的新特性将变成一般性的。如果西方社会多年来系统地倾向

① 有人如果对把生态学观点应用于组织的正式陈述感兴趣的话，他们应当阅读迈克尔·T. 汉南与约翰·H. 弗里曼合著的《组织的人口生态学》（*The Population Ecology of Organizations*）。美国社会学月刊第 82 卷（1977 年 3 月）。

于选择 A 型组织（正如韦伯所坚称的），那么我们又如何解释设在美国由日本投资并由日本经营的企业所获得的成功呢？这些 J 型机构，虽然是从纯日本形式修改来的，但在这个 A 型组织为统治形式的环境里繁荣起来的同时还保留了许多日本特点，这又是怎么一回事呢？

这个问题后来被证明甚至比上述那种问题还要难以回答。我在比较美、日两国企业的研究中走了一半的历程之时，为国际商用机器公司的经理们描述了我的初步调查结果。有一位副总经理说："你是否认识到你刚才描述为日本式的那种形式恰好就是国际商用机器公司的形式。"让我指出"国际商用机器公司是以自己的方式发展到目前形式的——我们并没有抄袭日本！"虽然国际商用机器公司的其他雇员可能极不同意这人的意见，我却大吃一惊，因为我原来认为与文化有密切关系的 J 型组织形式，事实上可能在文化方面一点也不独特。A 型和 J 型也许是普遍型，能够在各种环境中生存；A 型一般说来能够更好地适应美国及西欧的条件，而 J 型则更适宜日本通常存在的情况。也许西方的社会情况还存在一些变异性，也或许西方社会情况正处于演变状态。尤其是，也许 J 型组织的形式，虽与纯日本形式不同，却又很相似，具有一些能够很好适应西方情况的性能。

……

《竞争战略》选

［美］迈克尔·波特

迈克尔·波特（Michael E. Porter，1947— ），哈佛商学院教授，是当今全球第一战略权威，被誉为"竞争战略之父"，是现代最伟大的商业思想家之一。2002 年 5 月埃森哲公司对当代最顶尖的 50 位管理学者的排名中，迈克尔·波特位居第一。

作为最受推崇的商学大师之一，波特教授撰写了多达 17 部书及 100 多篇文章。他提出的"竞争五力模型""三种竞争战略"在全球被广为接受和实践，其竞争战略思想是哈佛商学院的必修科目之一。

《竞争战略》是波特教授最具代表性的著作，已经再版 53 次，并被译为 17 种文字，可谓把战略管理的理论推向了高峰。该著作中的许多思想被视为战略管理理论的经典，该书中明确提出了三种通用战略，这是波特教授最具影响力的贡献。

《竞争战略》涉及有关企业外部的产业与竞争者分析，波特认为，在与五种竞争力的抗争中，蕴含着三类成功型战略思想：总成本领先战略、标歧立异战略、目标集聚战略。波特认为这些战略类型的目标是使企业的经营在产业竞争中高人一等。在一些产业中，这意味着企业可取得较高的收益；而在另外一些产业中，一种战略的成功可能只是企业在绝对意义上能获取些微收益的必要条件。《竞争战略》的出版奠定了波特教授在商界泰山北斗的地位。

本文节选自陈小悦译的《竞争战略》(华夏出版社，1997 年 1 月)。

基本竞争战略

第一章把竞争战略描述为：采取进攻性或防守性行为，在产业中建立起进退有据的地位，成功地对付五种竞争作用力，从而为公司赢得超常的投资收益。各个公司为达到这一目的采用了许多不同的方法，并且对于即定的公司来讲，其最佳战略将最终是反映公司所处具体情况的独特产物，但在最广泛意义上，我们可以归纳出三种具有内部一致性的基本战略（既可分别使用也可以结合使用），为公司长期发展建立进退有据的地位，从而在产业中胜过竞争对手。本章描述了这些基本战略，并探讨了各自的要求及风险，旨在为下一步分析建立起入门基础概念。本书后面章节将更多地谈及如何在某些具体类型的产业状况中将这些广义基本战略转变为具体战略。

三种基本战略

在与五种竞争作用力的抗争中，有三种提供成功机会的基本战略方法可能使公司成为同行中的佼佼者：

（1）总成本领先战略（overall cost leadership）；

（2）标歧立异战略（differentiation）；

（3）目标集聚战略（focus）。

有时公司可能成功地寻找一种以上的方法作为其基本目标，尽管如后面将讨论的那样，这种情况实现的可能很小。有效地贯彻任何一种基本战略，通常都需全力以赴，并辅以一个组织安排。如果公司的基本目标不只一个，则这些力量将被分散。这些基本战略使公司得以在产业竞争中胜过对手；在某些产业中，结构意味着所有的公司都可能取得高收益；而在另一些产业中，一种基本战略的成功在绝对意义上讲仅使公司获取勉强可接受的收益。

1. 总成本领先

第一种战略在 20 世纪 70 年代由于经验曲线概念的流行而得到日益普遍的应用，那就是通过采用一系列针对本战略的具体政策在产业中赢得总成本领先。成本领先要求积极地建立起达到有效规模的生产设施，在经验基础上全力以赴降低成本，抓紧成本与管理费用的控制，以及最大限度地减小研究开发、服务、推销、广告等方面的成本费用。为了达到这些目标，有必要在管理方面对成本控制给予高度重视。尽管质量、服务以及其他方面也不容忽视，但贯穿于整个战略中的主题是使成本低于竞争对手。

尽管可能存在着强大的竞争作用力，处于低成本地位的公司可以获得高于产业平均水平的收益。其成本优势可以使公司在与竞争对手的斗争中受到保护，因为它的低成本意味着当别的公司在竞争过程中已失去利润时，这个公司仍然可以获取利润。低成本地位有利于公司在强大的买方威胁中保卫自己，因为买方公司的压力最多只能将价格压到效率居于其次的竞争对手的水平。低成本也构成对强大供方威胁的防卫，因为低成本在对付卖方产品涨价中具有较高的灵活性。导致低成本的诸多因素通常也以规模经济或成本优势的形式建立起进入壁垒。最后，低成本地位通常使公司与替代品竞争时所处的地位比产业中其他竞争者有利。这样，低成本可以在全部五类竞争作用力的威胁中保护公司。原因是讨价还价使利润蒙受损失的过程只能持续到效率居于其次的竞争对手也难以为继时为止，而且在竞争压力下效率较低的竞争对手会先遇上麻烦。

赢得总成本最低的地位通常要求具备较高的相对市场份额或其他优势，诸如良好的原材料供应等。或许也可能要求产品的设计要便于制造生产，保持一个较宽的相关产品系列以分散成本，以及为建立起批量而对所有主要客户群进行服务。由此，实行低成本战略就可能要有很高的购买先进设备的前期投资、激进的定价和承受初始亏损，以攫取市场份额。高市场份额又可进而引起采购经济性而使成本进一步降低。一旦赢得了成本领先地位，所获得的较高利润又可对新设备、现代化设施进行再投资以维护成本上的领先地位。这种再投资往往是保持低成本地位的先决条件。

成本领先战略似乎就是 Briggs&Stration 公司在低马力汽油发动机业获得成功的基石，这家公司在世界范围内占据了 50% 的市场份额。林肯电器（Lincoln Electric）公司在电弧焊设备及其供应上的成功也是一例。其他在众多产业中以成功地应用了成本领先战略而著称的公司有爱默生电子（Emerson Electronic）、德州仪器（Texas Instruments）、布得（Black and Decoker）以及杜邦（DuPont）。

成本领先战略有时可以引起一个产业革命，在这一产业中，竞争偏离了历史基础，竞争对手没有在思想上和经济上做好准备，采取必要步骤以最大限度地减少成本。1979 年，哈尼斯菲格就是一个敢于在越野起重机产业中挑起一场革命的公司。哈尼斯菲格公司开始只有 15% 的市场份额，后来公司重新设计起重机，采用模块化部件和更新结构使之便于生产，易于维修，同时降低了材料消耗。然后，公司建立了与产业规范相去甚远的几个装配区和一个传输主装线，采取大批量零配件订货以节约成本。所有这些使该公司生产出的产品质量可被接受、价格则下降 15%。哈尼斯菲格的市场份额迅速增长到 25% 且仍继续增长着。哈尼斯菲格公司液压设备（Hydraulic Equipment）分部总经理威利斯菲希尔曾这样说道：

“我们没有去开发在性能上显著优于他人的机器，我们想要开发的产品在制造上的确简便，并有意识地作为一种低成本机器来标价”。

竞争对手们攻击该公司的市场份额是降低利润“买”来的，公司否认了这种说法。

2. 标歧立异战略

第二种战略是将公司提供的产品或服务标歧立异，形成一些在全产业范围中具有独特性的东西。实现标歧立异战略可以有许多方式：设计或品牌形象（Fieldcres 在毛巾被和床单产业的名声最响，Mercedes Benz 在汽车业中声誉卓著）、技术特点（Hyster 在起重卡车业当中；Maclntosh 在立体声元器件业中；Coleman 在野营设备业中）、外观特点（Jenn－Air 在电器领域中）、客户服务（Crown Cork 及 Seal 在金属罐产业中）、经销网络（Caterpillar Tractor 在建筑设备业中）及其他方面的独特性。最理想的情况是公司使自己在几个方面都标歧立异。例如，卡特皮勒推土机公司（Caterpillar Tractor）不仅以其经销网络和优良的零配件供应服务而著称，而且以其极为优质耐用的产品享有盛誉。所有这些对于大型设备都至关重要，因为大型设备使用时发生故障的代价是昂贵的。应当强调，歧异战略并不意味着公司可以忽略成本，但此时成本不是公司的首要战略目标。

如果歧异战略可以实现，它就成为在产业中赢得超常收益的可行战略，因为它能建立起对付五种竞争作用力的防御地位，虽然其形式与成本领先有所不同。歧异战略利用客户对品牌的忠诚以及由此产生对价格的敏感性下降使公司得以避开竞争。它也可使利润增加却不必追求低成本。客户的忠诚以及某一竞争对手要战胜这种“独特性”需付出的努力就构成了进入壁垒。产品歧异带来较高的收益，可以用来对付供方压力，同时可以缓解买方压力，当客户缺乏选择余地时其价格敏感性也就不高。最后，采取歧异战略而赢得顾客忠诚的公司，在面对替代品威胁时，其所处地位比其他竞争对手也更为有利。

实现产品歧异有时会与争取占领更大的市场份额相矛盾。它往往要求公司对于这一战略的排他性有思想准备，即这一战略与提高市场份额不可兼顾。较为普遍的情况是，如果建立歧异的活动总是成本高昂，如广泛的研究、产品的设计、高质量的材料或周密的顾客服务等，那么实现产品歧异将意味着以成本地位为代价。然而，即便全产业范围内的顾客都了解公司的独特优点，也并不是所有顾客都愿意或有能力支付公司所要求的较高价格（当然在诸如挖土机械设备行业中，这种愿出高价的客户占了多数，因而 Caterpillar 的产品尽管标价很高，仍有着占统治地位的市场份额）。在其他产业中，歧异战略与相对较低的成本和与其他竞争对手相当的价格之间可以不发生矛盾。

3. 目标集聚战略

最后一类基本战略是主攻某个特定的客户群、某产品系列的一个细分区段或某一个地区市场。正如歧异战略那样，目标集聚战略可以具有许多形式。虽然低成本与产品歧异都是要在全产业范围内实现其目标，集聚战略的整体却是围绕着很好地为某一特定目标服务这一中心建立的，它所制定的每一项职能性方针都要考虑这一目标。这

一战略的前提是：公司能够以更高的效率、更好的效果为某一狭窄的战略对象服务，从而超过在更广阔范围内的竞争对手。结果是，公司或者通过较好地满足特定对象的需要实现了标歧立异，或者在为这一对象服务时实现了低成本，或者二者兼得。尽管从在整个市场的角度看，集中战略未能取得低成本或歧异优势，但它的确在其狭窄的市场目标中获得了一种或两种优势地位。三种基本战略之间的区别如下图所示。

		战略优势	
		被顾客察觉的独特性	低成本地位
战略目标	全产业范围	标歧立异	总成本领先
	仅特定细分市场	目标集聚	

采用目标集聚战略的公司也具有赢得超过产业平均水平收益的潜力。它的目标集中意味着公司对于其战略实施对象或者处于低成本地位，或者具有高歧异优势，或者兼有二者。正如我们已在成本领先战略与产品歧异战略中已经讨论过的那样，这些优势保护公司不受各个竞争作用力的威胁。目标集聚战略也可以用来选择对替代品最具抵抗力或竞争对手最弱之处作为公司的战略目标。

……

目标集聚战略常常意味着对获取的整体市场份额的限制。目标集聚战略必然地包含着利润率与销售量之间互为代价的关系。正如标歧立异战略那样，目标集聚战略可能会也可能不会以总成本优势作为代价。

……

编选说明

受四川大学锦城学院邹广严院长的委托，我从2006年10月开始负责《百家经典选读》的编写工作。在时间紧、人手少的情况下，我们克服了种种困难，终于如期完成了这项有意义的工作。在书稿即将付印之际，我想就本书的编选原则，学习这本书的目的和意义，以及怎样阅读这本人文素质教育读本等几方面的问题，谈一点我的意见。

按照我的理解，我们面前的这本书既是大学生通识教育的一本教材，同时也是人文素质教育的一个课外读本。我们编写这本书的宗旨，是试图在当前通识教育、素质教育逐渐开始受到重视的背景下，为同学们打开一扇与中外经典零距离接触的窗口。

说到学习经典的目的和意义，我想先从大学教育的现状以及由此引起的思考谈起。

关于大学教育，实际上一直存在着两种不同的主张。一种强调教育应培养适应市场需要的有专门技能的人才；一种强调教育应培养视野开阔、有较高精神素质和道德境界的人格。换句话说，一种重视“能”，一种重视“人”；一种关注技能的训练和培养，一种关注精神的充实和提高。

教育究竟应该以“人”为本还是应该以“能”为本，这是一个有争议的问题。假若我们以此为题举行一次辩论，我相信论辩的双方都可以有充足的理由支持自己的论题。“以人为本”这句话，现在谁都会说了；其中的深刻内涵，却未必人人都知道。在今天人们的口头禅中，“以人为本”，有时竟被理解为“满足大众的肤浅需要”。

教育既然以“树人”为宗旨，当然是“以人为本”了。但教育要“树”的人，特别是高等教育要“树”的人，却是指有很高精神境界的人。中国古代教育一直强调“先立乎其大”、先做人后做事、“纵然一字不识，也须堂堂正正做一个人。”——“怎样做人”的道理，其实也就是中国传统“大学”（Great Learning）的学问。这种学问可以简单得一般老百姓都懂，也可以深奥得哲学家也把它说不清楚。可见它其实是一门复杂高深的学问：其最高最深的精髓，远不是一般人一时半会所可以洞察的，所以才需要放在“大学”中来花力气学习。

中国古代的“四书”，《大学》是开篇第一本。《大学》开宗明义便说：“大学之道，在明明德，在亲民，在止于至善。”其实也就是指出：“大学”在根本取向上与“小学”是完全不同的：

“小学”的目标是读书、识字；大学的目标却是“明心”、“尽性”。

“小学”做到底，可以做成满腹学问的考据学家、文字学家、训诂学家、熟悉各种自然历史知识和各种名物典章制度的专家、“活字典”、“活百科全书”；“大学”做到底，有过“大学”修炼的人，其内心境界却与一般人有着天壤之别。简单地说就是：他已经经历过“大学”的洗礼，在内心修养和精神境界方面都已经有过一番（或多次）脱胎换骨，他已经走在了“明心”、“尽性”、“止于至善”的道路上了。

按照传统儒学的理解，这样的人，就可以成为把学习（格物）和自我实现（尽性）融而为一的人，就可以成为把成就自我和成就他人结合起来的人，就可以成为私心最少的人，成为最愿意努力为社会为他人服务的人。——这样的人，做官，就可以“内圣外王”、“治国平天下”；做老师，就可以帮助他人发挥潜能、止于至善、最大限度地实现其自身价值；做普通老百姓，就可以给家庭、邻里、社区带来光，带来温暖，带来愉快。就可以成为他人的榜样，就可以使风俗淳厚、社会和谐。

这就是我们过去的“大学”宗旨。那时虽然没有现代意义上的大学，人们读书学习的最高目标却是要“树人”、“成人”、自我实现、止于至善。这样的培养目标，可以说一直以“人”为出发点和归宿点。无论“内圣外王”、“治国平天下”，其着眼点都始终是“人”的价值的实现。以人为本，“人是目的”，是这种教育内在的核心理念。

一直到19世纪末、20世纪初中国现代大学开始形成的时候，大学的宗旨，仍然与这一传统教育理念保持着内在的联系。蔡元培是中国现代教育的奠基人之一，他对大学的设想是：大学只应该是“研究高深学问”的地方。这所谓“高深学问”，除了自然科学、社会科学的高深知识之外，主要地也还是怎样做人、怎样成人的学问。至于各种各样的专业技能，按照蔡元培的设想，则应该放到各种高等专科学校去学习。很显然，这样的设想，既有学习西方的成分，也有继承传统的内容。

然而也就是从那时开始，大学教育的发展，逐渐开始有了背离传统的趋势。首先是工业化和现代化在西方的率先完成，导致了世界范围的技术崇拜。在这种背景下，中国要追赶现代化的步伐，就要把科学技术的发展和各种专业技能的训练变成大学教育的主要目标。蔡元培原来认为应该放在不同高等专科学校学习的东西，今天许多都成了大学的重要专业和重要学科。这不能不导致大学理念的改变。简单地说就是：今天的大学，已经不再是以人为本；“人”的培养，已经逐渐让位于“能工”的培养。

以上对传统教育理念和现代教育理念所做的简要勾勒和对比，不是批评现代教育，更不是倡导“复古”，而是试图通过这一对比，指出两者结合的好处。锦城学院就是把两者结合的典范。它的育人标准是“做人第一、能力至上”，它注重培养“高素质复合型的应用型人才”；需要注意的是，注重应用型人才的培养绝不等于可以忽视学生思想素质、道德情操、精神境界的提高。

在谈论现代教育的时候，我想谁也否认不了的一个事实是：现代社会政治、经济、科学、技术的快速发展，确实需要大量受过专门训练、有专业技能的“专家”或“偏才”。一个什么都能干却什么也干不好的人，毕业后是不会有太大出路的。就这一点而言，我们不仅现在，就是将来也始终要注重专业技能的培养。但同样明显的是：学生来大学学习，不仅有适应社会市场需求的一面，同时也有充实自己内心、提高自己精神境界的一面。只有很高的专业技能而无高尚的精神境界，无论从哪方面讲都有悖于大学教育的宗旨。康德说“人是目的”，这句话在教育领域尤其需要予以注意。

值得欣幸的是，近年来，教育界和社会上的有识之士已越来越意识到需要重视对当代青年进行思想品格、心理素质、综合知识等方面的教育。在这种气氛下，“人文教育”、“素质教育”、“通识教育”等提法，渐渐在一些大学和教育管理部门里流行起来。

我们面前的这本书就是基于这一思路而率先在大学开展的教育探索和创新。它的目的很明确，那就是结合“止于至善”的精神，结合“三讲三心”明德教育的理念，把经典的阅读提到大学教书育人的日程上来。

编写“百家经典选读”的计划，是邹广严院长率先提出来的；许多篇名也是他亲自指定的。为了搞好这一工程，锦城学院专门成立了以邹广严为主编、王亚利为副主编的“百家经典选读”编委会。由此不难看到学校对这件事的高度重视。

说到“经典”选编的取舍原则，这可以说是最难确定的。经典那么多，其中不少又是大部头著作，怎样取舍确实让人非常为难。加之目前国内各大学也没有很好的样板可以借鉴参考，我们便只好自己在这方面率先做一些探索和尝试。我们的取舍原则大致是：一，偏重社会、政治、经济（包括管理）；偏重道德、伦理、修养；偏重历史、哲学、宗教；因此基本舍弃了文学艺术和其它领域的经典。二，在上述领域内，无论中外古今，所有那些曾经对后世，或正在对今天发生大的影响的名著，一般都予以优先的考虑。三，篇幅巨大的名著，本着“借一斑窥全豹”的方针，选取有代表性的章节或段落来传达其主要精神。最后一点当然是不得已的，因为即使这样，我们也很难将篇幅控制下来。我们清楚地知道许多巨著都有多方面的丰富内涵，希望这种“割裂”不是导致阅读上的浅尝辄止或断章取义，而是引起同学们将来直接阅读原著的兴趣。——万事开头难。只要在大学学习阶段开了这个头，将来直接阅读原著也不是什么高不可攀的事情。

那么，在现阶段，我们应该怎样学习这本“经典选读”呢？

按照编委会的思路，这本书主要是供给读者作为通识课教材兼课外读物的。这句话需要作点解释。所谓教材兼课外读物，指的是文选中有些篇目可以在一些课程（例如“经典导读”、“中国文化概要”、“西方文化概要”等通识课、素质课、校级平台课）中作为课堂教学的内容，而另一些篇目则留待学生自己课外阅读。考虑到后面这一点，我们在编选时便做了一些方便同学们阅读的工作，例如每篇选文都有简介，文言选文都有注释和白话翻译。有了这些，已经进入大学学习阶段的同学应该不会有阅读上的困难了。当然，以更高的标准来看，要深入领会经典的精义，也不是可以一蹴而就的事情。我们相信日积月累的熏染，相信一点一滴的启迪，更相信同学们在实现自身价值的漫漫人生路上，最终会发现经典也是自己的良师益友，从而能够养成这样一种良好习惯，即在自我成长的各个阶段，始终能够从人类迄今已经创造出来的智慧中汲取精神养料。——如果这样，我们的辛苦也就没有白费了。

冯　川

二〇一四年一月二十四日